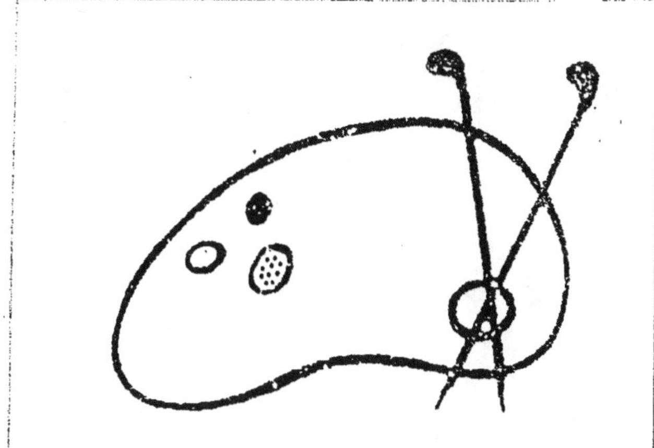

Couvertures supérieure et inférieure
en couleur

COUVERTURES SUPERIEURE ET INFERIEURE D'IMPRIMEUR.

LES

CRÉANCIERS DE L'ÉCHAFAUD

LES
CRÉANCIERS DE L'ÉCHAFAUD

PROLOGUE

I

CE QUI SE PASSAIT
SUR LA PLACE DE LA ROQUETTE UNE NUIT DE NOVEMBRE

Deux heures du matin venaient de sonner.

Il faisait froid, humide, gluant; dans le brouillard intense qui tombait, on entendait le bourdonnement sourd de la foule dont la place de la Roquette était encombrée. A peine distinguait-on à trois pas. Des agents et des sergents de ville contenaient les curieux, et les empêchaient d'approcher du milieu de la place où six hommes travaillaient.

Ces hommes construisaient l'échafaud sur lequel l'assassin Cornille Lebrun devait avoir la tête tranchée au commencement du jour.

On entendait le bruit sec du marteau frappant sur les boulons, le heurtement des planches et des madriers; on

voyait, traversant le brouillard comme des feux follets, les lanternes rouges des ouvriers.

Dans cette nuit, dans ce brouillard... ce bourdonnement de la foule... ce bruit de maillets... ce pavé gras... cette brume qui tombait glacée : c'était lugubre !

On sentait en soi le sang froidir dans ses artères, on frissonnait d'humide et de terreur, et, sous les vêtements les plus chauds, la chair de poule piquait la peau.

Le public abject des exécutions était là, toujours le même !... les visages au teint livide, aux joues creusées, aux yeux à flamme sournoise, aux lèvres minces... les corps maigres sur lesquels, sans qu'ils frissonnassent, se collaient la cotte et la blouse de toile mouillée par la bruine des nuits.

Les voix qu'on entendait étaient enrouées par le *jaune* (c'est ainsi qu'ils nomment l'eau-de-vie).

Des femmes !... des jeunes filles !... des mères étaient là, avec le bébé, vert de froid, pendu au sein laiteux.

Le plus grand nombre de ces gens était venu dix fois à cette même heure, guettant si la débauche de sang que la justice leur a promise avait eu lieu cette nuit-là.

Tout cela grouillait, allait, venait, battant la semelle pour se chauffer les pieds, échangeant les plus cyniques propos.

Ces gens semblaient se connaître entre eux. Des marchands ambulants circulaient dans les groupes, glapissant:

—Des cigares et du feu !

— Cognac, anisette et cassis ! deux sous le verre !

— Ça brûle ! ça brûle !... les chaussons aux pommes !

Les habitués s'abordaient ainsi entre eux :

— Tiens ! c'est vous ! bonjour... Mais je vous ai vu à Lapommeraye ?

— Oui, je n'en manque pas une.

— C'est comme moi !

— Je me souviens de vous... nous étions là-bas !

— Oui. Nous serons plus près aujourd'hui.

— Oh ! il ne *fera* pas autant de monde

— Non ! Si ce n'était que j'ai l'habitude... je ne serais pas venu... On dit que c'est un pleurnicheur.

— Ah ! c'est pas comme Lapommeraye, il était solide.

— Ah ! on n'en a pas toujours des comme ça.

Un marchand coupa la conversation en criant :

— Des cigares et du feu ! ça réchauffe.

Un hideux gamin, Gavroche mêlé de Tortillard, greffé depuis le soir sur un arbre, disait à un apprenti en... crime, logé sur la branche voisine :

— C'est moi qui suis bien là... Si le brouillard tombe, j'en perds pas une bouchée, j'ai son dernier sourire.

— Est-ce que ça te fait quelque chose à toi?

— Oui ! ça me fait envie...

— Eh bien ! et moi donc ! J'irais d'aplomb, je voudrais une belle exécution.

— Avec ça, qu'on doit beaucoup souffrir... Allons donc ! ça dure une seconde... un froid sur le cou, et puis quoi, après ?

Un marchand secoua l'arbre en criant :

— Eh là-haut ! ça brûle, les chaussons aux pommes.

D'un autre côté, une jeune fille à l'œil bleu, au front pur, aux joues roses, s'adressait à une jeune mère qui tenait son enfant par la main :

— Ma chère, je n'ai qu'une peur : c'est qu'il soit gracié.

— Oh ! il n'y a pas de danger ; l'échafaud est dressé, il sera exécuté...

— Je croyais qu'il y avait le recours en grâce.

— Oh ! mais il n'a pas voulu seulement se pourvoir en cassation... Il dit qu'il est innocent.

— Ils disent tous ça !

— Des lâches, pardi !... Comme tous les hommes... Vous avez vu ? La pauvre femme ! l'a-t-il assassinée...

— Oh ! le gredin !... aussi je veux voir son visage.

L'enfant que la mère tenait par la main se mit à crier ;
la mère lui dit :

— Tu cries encore... prends garde, si tu n'es pas sage,
tu ne le verras pas guillotiner.

Un marchand sépara les deux charmantes créatures en
leur offrant :

— De l'anisette, du cognac ! deux sous le verre...

Un curieux, grimpé sur le mur, disait à son voisin de la
borne au-dessous :

— Tu sais qu'il fait le malin ; il a dit : *C'est avec le
même calme que j'entends votre arrêt que je le subi-
rai : les coupables seuls tremblent devant l'éternité.*

— Malheur ! Des phrases ! Depuis le *Courrier de
Lyon*, ils disent tous ça. En voilà une pièce qui a gâté
les guillotinés... Nous le verrons, sur la balançoire, si il
fera encore son Lesurques.

— Moi, d'abord, si il bronche, je le siffle.

— Et moi, donc...

Tout à coup, un brouhaha fit vaguer la foule ; les ga-
mins crièrent :

— Les municipaux ! les municipaux !

Un détachement de gardes de Paris fit évacuer la
place... puis les gendarmes à cheval entourèrent l'échafaud, encore perdu dans le brouillard. Ce ne fut, pendant quelques minutes, que cris, hurlements et protesta-
tions qui allèrent réveiller le condamné dans sa cellule.

Puis le silence se fit, silence troublé seulement par le
grondement de la foule . . . .

. . . .

Dans le coin de la place, près de la porte d'entrée de
la prison de la Roquette, derrière la première ligne de
soldats, presque sous les pieds des chevaux, deux hommes
étaient adossés au mur, vêtus d'un gros pardessus dont
le collet était relevé, moins contre le froid que contre les
curieux, près l'un de l'autre, muets, se donnant la main.

Chaque soir, depuis huit jours, ces deux hommes s'étaient présentés chez le marchand de vins qui occupe le coin de la rue Folie-Regnault ; chaque soir ils avaient demandé si les *ouvriers de la petite maison* étaient venus.

Ce soir, on leur avait dit :

— Oui.

Ils avaient pâli, s'étaient regardés une seconde, puis se pressant la main comme pour se donner du courage... l'un avait fait un effort pour répondre au marchand de vins :

— Je vous remercie bien, monsieur !

Silencieux, ils étaient sortis, avaient été jusqu'au milieu de la rue Folie-Regnault, près l'impasse Launay, et s'étaient accroupis plutôt qu'assis devant une petite maison singulière.

Une petite maison isolée, ne portant pas de numéro, de construction bizarre, d'aspect lugubre : quatre murailles crevassées, lavées ou plutôt blêmies par le vent et la pluie ; un toit rouge de sang...

Sous l'auvent de ce toit et au-dessus de la porte, une seule fenêtre, ronde comme l'œil d'un fauve immense. Cet œil était éclairé.

Devant la porte, une charrette attendait, dans laquelle des hommes chargeaient des poutres, des planches et des paniers.

La charrette chargée, les chevaux l'avaient conduite sur la place de la Roquette ; les deux hommes s'étaient levés et l'avaient suivie.

Il était une heure du matin.

Depuis cette heure, les deux hommes étaient là accotés au mur suintant, les pieds dans la boue, la main dans la main, n'échangeant pas un mot, immobiles, silencieux.

A quatre heures du matin, un des ouvriers qui avaient dressé l'échafaud se glissa vers eux.

— Monsieur Vincent ? demanda-t-il à voix basse.

Les deux hommes se dressèrent aussitôt.

Celui qui paraissait être l'aîné des deux hommes dit à mi-voix :

— C'est moi ! Eh bien ?...

L'aide du bourreau répondit en parlant plus bas :

— Je viens de la part de qui vous savez, vous dire que tout est entendu : vous avez votre permis.

— Merci ! dit celui qui avait parlé ; nous y serons...

L'aide retourna aussitôt à l'échafaud ; celui qu'il avait appelé Vincent pressa la main de son compagnon en lui disant :

— Allons, Charles, tout est fini... maintenant, il nous faut du courage.

— J'en aurai.

— Tu le vois, je suis fort.

— Je serai fort, Vincent.

Les deux hommes reprirent leur place et s'accroupirent sur le pavé gras.

Ce groupe était étrange dans la brume, dans le brouillard... immobiles, alors qu'autour d'eux les gens soufflaient dans leurs doigts que raidissait l'onglée, les deux hommes restaient là, plus qu'insensibles au temps... car il faisait froid et leur front fumait, il bruinait et leurs mains étaient sèches. La foule grondait, ils n'entendaient pas ; on se bousculait, ils ne bougeaient pas... Pressés, tassés l'un contre l'autre, dans ce brouillard, dans cette nuit, ils semblaient une protubérance énorme, poussée contre le mur, entre le ruisseau et la borne.

Quand le premier coup de sept heures sonna, comme s'ils s'éveillaient en sursaut, ils se levèrent.

L'aube d'hiver, grise, triste, étendait sa lueur brumeuse au-dessus des arbres du cimetière du Père-Lachaise... le brouillard était presque entièrement tombé ; on pouvait voir enfin.

— Ciel ! fit un des hommes retombant épouvanté sur son compagnon.

Celui-ci regarda, et à son tour, se sentant défaillir, il fit un effort pour dompter sa faiblesse... il avait vu la place.

Et c'était un lugubre spectacle qu'on voyait sur la place de la Roquette, ce matin de novembre ; ce jour gris, cette mer de têtes blêmes qui s'étendait aussi loin que le regard pouvait porter... Dans cette mer, cette île sombre faite de soldats, au milieu de laquelle se dressaient les deux bras rouges de l'échafaud.

Domptant sa faiblesse, l'aîné des deux hommes, Vincent, prit dans ses bras son compagnon, et l'embrassant, il lui dit à l'oreille :

— Allons ! allons ! Charles, debout ! du courage ! il va venir !

Charles se redressa, et secouant la tête comme pour en chasser les nuages qui enveloppaient son cerveau, il se tint droit, le bras passé sur l'épaule de Vincent.

La porte de la Roquette s'ouvrit... une immense clameur emplit la place, immédiatement suivie d'un silence de plomb.

Les deux hommes essayèrent vainement d'étouffer les sanglots qui grondaient dans leur gorge... puis, ensemble enlacés, ils se découvrirent et s'agenouillèrent.

De la porte, trou noir comme un abîme dans ce jour à peine naissant, deux hommes sortirent d'abord, qui tenaient chacun une lanterne allumée ; derrière, marchait le condamné, appuyé sur les épaules du prêtre, et soutenu par un aide, à cause des entraves qui lui liaient les pieds, les mains, et l'empêchaient de marcher.

Le malheureux dit à l'aide qui le soutenait :

— Pas si vite !

Il s'arrêta :

Et tournant la tête du côté où étaient les deux hommes, il dit à voix haute :

— Adieu, et souvenez-vous...

Les deux hommes répondirent d'une voix déchirante :

— Adieu!... adieu !...

L'aide entraîna le condamné, qui, en mettant le pied sur la première marche de l'échafaud, embrassa le prêtre et lui dit :

— Mon père, merci de vos soins pieux... C'est à vous que je confie mes dernières volontés !... Vous m'avez promis de les voir avant la fin du jour... Adieu, mon père, priez pour moi et consolez-les.

— Votre volonté sera faite!... Oh! mon fils, pensez à Dieu...

— Adieu !

Se tournant vers l'aide qui le soutenait, il lui dit :

— Aidez-moi, mon ami, que nous finissions vite.

Il monta les degrés de l'échafaud, calme, fiévreux, et, comme s'il doutait de lui, d'un mouvement rapide il se jeta sur la bascule...

Les aides l'attachaient... Le silence n'était troublé que par la voix de l'aumônier, qui, à genoux sur les marches de la guillotine, priait :

— *Requiem æternam, dona ei, Domine, et lux perpetua luceat ei. Offerentes meum in conspectu altissimi, Kyrie eleison; Christe eleison; Kyrie eleison.*

La planche bascula... Dans le brouillard, dans les lueurs de l'aurore, dans le soleil qui voulait crever ce gris, un éclair jaillit entre les deux poutres rouges de l'échafaud.

On entendit le sinistre cri coupé...

La tête de Cornille Lebrun, l'assassin de Mme Mazel, était tombée.

La société était vengée ! Ses représentants avaient puni.

Un gémissement sourd s'exhala de milliers de poitrines.

Deux gendarmes à cheval s'avancèrent sur la foule, ouvrant un passage pour une voiture basse dans laquelle les aides avaient hissé un panier rouge... plus rouge que le sang qui filtrait au travers de ses brins d'osier... Cette voiture était suivie d'un fiacre, dans lequel l'aumônier en surplis était monté.

En voyant le lugubre cortège devant lequel la foule s'écartait, les deux jeunes hommes du coin de la place se levèrent ; des mains, des coudes et des épaules, ils se frayèrent un passage dans la masse, et, tête nue, ils coururent derrière la voiture...

Arrivés près du faubourg Saint-Antoine, un gendarme voulut les chasser. L'aide qui leur avait parlé sur la place de l'exécution l'en empêcha, disant qu'ils avaient un permis... Il fit arrêter la voiture, descendit, et leur demanda respectueusement :

— Je viens au nom de monsieur l'aumônier vous demander si vous voulez monter avec lui.

— Non, fit celui qu'on appelait Vincent ; nous le suivrons à pied.

— C'est que nous devrons aller vite.

— Nous courrons, alors !

L'aide salua, et, reprenant place sur le siège du fourgon, il dit au brigadier de gendarmes :

— Allons plus doucement ; ils refusent de monter, ils veulent le suivre à pied.

— Mais, qu'est-ce que ces gens ? demanda le brigadier.

— Ce sont les fils du supplicié !...

II

LE CHAMP DE NAVETS

Sur la demande du prêtre, le cocher avait ralenti le trot de ses chevaux, les deux fils pouvaient suivre le convoi en hâtant le pas. Le fourgon et son cortège traversèrent la place de la Bastille, suivirent le boulevard Contrescarpe, le pont d'Austerlitz, le boulevard de l'Hôpital, la place d'Italie et la route de Choisy

Enfin, on arriva au cimetière d'Ivry... La porte était ouverte...

Le fourgon funèbre, la voiture du prêtre et les gendarmes entrèrent au trot ; la porte allait se refermer ; mais, sur le vu du permis, les gardiens laissèrent entrer les deux fils du supplicié, et le cimetière fut fermé derrière eux, au grand désappointement de quelques curieux qui se signèrent sur le passage du convoi.

Ce fut au pas que le cortège traversa le petit cimetière ; puis il entra dans l'enclos réservé aux cadavres des suppliciés : Le *Champ de Navets*.

Sur cette terre maudite, dernière punition que la société inflige à celui qu'elle a condamné, point de tombes, de croix, de couronnes, de fleurs... rien qui dise à ceux qui restent :

« Celui que tu aimais est là ! »

Rien, rien que le chardon et l'ortie prêts à mordre les pieds de ceux qui osent aller visiter le *Coin maudit*.

Le jour était presque tout à fait levé, une grande ligne gris-blanc s'étendait à l'horizon, le brouillard était enfin tombé, et les squelettes des arbres dessinaient leurs silhouettes sombres dans les gris de l'aube. Tout était triste, silencieux, lugubre dans ce cimetière ; on n'entendait que le heurtement du sabot des chevaux et les gémissements des roues du fourgon embourbées dans les glaises.

Les voitures s'arrêtèrent devant le trou béant...

Les deux frères se placèrent au bord de la fosse ; leurs cheveux fumaient sous la sueur que le vent du matin glaçait sur leur front.

L'aumônier descendit. Voyant qu'on ouvrait le fourgon, qu'on allait tirer la manne... le cercueil, il fit signe aux aides d'attendre un moment.

S'avançant alors vers les malheureux jeunes gens, il leur dit :

— Messieurs Vincent et Charles Lebrun, je dois vous remettre en ce lieu cette lettre qui contient les dernières volontés de votre père, Cornille Lebrun... Il veut que vous en preniez connaissance devant sa dépouille mortelle, sur laquelle vous jurerez de les accomplir.

L'aîné des fils prit la lettre des mains du prêtre, et, après y avoir appliqué ses lèvres, il brisa le cachet.

C'était un curieux tableau que cet enterrement à cette heure... Ce jour triste de novembre, cette terre stérile, ce fourgon noir, dont la porte ouverte laissait voir, à demi perdu dans l'ombre, le panier rouge... ces gendarmes à cheval, ces aides du bourreau muets, le prêtre à genoux priant ; ce trou béant réclamant son cadavre, et sur le monticule formé par la terre extraite, les deux fils, tête nue, debout...

L'aîné lut à mi-voix de façon à être entendu de son frère :

6 heures du matin (avant la toilette).

« Mes fils bien-aimés,

« Je vous lègue mon nom et je veux que vous le portiez fièrement, car je meurs innocent. Sur mon corps

encore chaud, vous jurerez de rechercher sans cesse ni
trêve celui pour lequel la société m'a condamné à mort,
non pour me venger, mais pour sauver ma mémoire.

« La société veut du sang pour du sang ; je la paye.
Vous trouverez le coupable ; ce jour, au nom du sang que
je verse pour lui, je veux qu'il soit gracié, qu'il n'ait
d'autre punition que le remords éternel du crime commis
par lui et pour lui.

« Mes fils, vous êtes des hommes ! Je n'ai demandé
ni cassation ni grâce, parce que les juges ont eu raison de
par la loi... et parce que mon innocence ne peut se contenter d'une grâce. Vous serez dignes de moi et ne
chercherez qu'une chose : la preuve de ma non-culpabilité.

« Mon corps devra rester dans le *Coin maudit* jusqu'au jour où vous prouverez à la société qu'elle s'est
trompée ; ce jour seulement vous me coucherez auprès de
votre mère.

« Vous êtes des hommes, je ne crains rien pour vous.
Mais votre sœur Marguerite peut être à jamais perdue par
l'erreur qui m'a fait condamner ; avant de penser à moi,
vous penserez à elle ; je veux qu'elle soit mariée avant
que vous commenciez vos recherches, qu'elle quitte au
plus tôt le nom que, femme, elle ne pourrait défendre s'il
était attaqué.

« Marguerite devait se marier avec Berry, votre ami ;
depuis mon arrestation, il n'est plus revenu chez nous
par discrétion, a-t-il dit ; on m'a assuré qu'il ne m'accusait pas... S'il en est ainsi, renouez ce mariage brisé.

« Si un mariage prompt était impossible, que Marguerite, je le lui demande en grâce, se sacrifie : qu'elle entre
en religion jusqu'au jour où vous aurez prouvé à tous que
votre père, Cornille Lebrun, est mort innocent.

« Je sens que vous trouverez le coupable. Quand vous
aurez convaincu la société de sa culpabilité, je vous or-

donne de réclamer sa grâce ; puisque à notre époque on
dit encore : Sang pour sang, — j'ai payé—et le coupable
est à nous.

« S'il est véritablement une autre vie, si l'âme est !...
si sortie de son enveloppe, la créature peut suivre d'en
haut ce qui fut sa joie sur la terre... sans cesse je serai
avec vous. L'échafaud vous doit mon sang : ne me vengez
pas, purifiez-moi.

« En somme, je vous ordonne, mes fils :

« 1° De marier votre sœur ou de vous dégager de cette
servitude.

« 2° De sauver ma mémoire.

« Et je vous ordonne de lever haut la tête, car vous
êtes les fils de Cornille Lebrun qui meurt innocent du crime
pour lequel il est condamné.

« Ma mort ne peut pas être un sujet de douleur.

« Victime d'une imperfection sociale, je sers l'humanité en mourant pour elle.

« Je vous défends donc de porter mon deuil.

« Adieu, ma fille bien-aimée, ma Marguerite !

« Adieu, mon Vincent !

« Adieu, mon Charles !

« Adieu !

« CORNILLE LEBRUN. »

Les deux fils baisèrent pieusement la signature ferme de
leur père.

L'aîné dit à l'aumônier :

— Monsieur l'abbé, nous sommes prêts à exécuter les
volontés de notre père.

Le digne abbé se releva, pressa la main des deux jeunes
gens, et éclatant en sanglots, il dit :

— Mes pauvres enfants... du courage !

Vincent et Charles Lebrun se serrèrent l'un contre

l'autre : on vit que leurs faces se contractaient sous l'effort qu'ils faisaient pour ne pas pleurer.

— Nous sommes forts, monsieur l'abbé, assura le plus jeune fils.

L'abbé se retourna vers les aides du bourreau et leur dit :

— Allez !

Obéissant au prêtre, les aides sortirent aussitôt du fourgon le panier rouge qui contenait les restes mortels du supplicié Cornille Lebrun.

Ils le placèrent par terre.

Deux aides en retirèrent alors le corps décapité, et, l'étendant sur l'herbe, ils le débarrassèrent des courroies qui attachaient encore les pieds, les poignets et les bras du malheureux.

Les fils se raidissaient, serrés l'un contre l'autre, se tenant, s'enfonçant dans les bras les ongles de leurs doigts crispés, les yeux secs mais fiévreux, les dents grinçaient sur les lèvres serrées... mais ils se tenaient droits, immobiles.

Les soldats et les aides faisaient des grimaces pour ne point pleurer, l'abbé avait détourné la tête et priait...

On sortit la tête du supplicié.

Elle était livide ; ses traits étaient calmes, la bouche était souriante, les yeux étaient à demi ouverts.

Vincent et Charles Lebrun s'agenouillèrent ; ils prirent la tête de leur père et l'embrassèrent sur les lèvres... puis, étendant la main, ils dirent :

— Sur ton corps outragé, père, nous jurons qu'il n'y aura ni repos, ni joie, ni plaisir, jusqu'à l'heure où, ton innocence reconnue, nous pourrons t'étendre aux côtés de notre pauvre mère.

La loi veut que le corps soit jeté à la fosse ; les deux aides levèrent les pieds du décapité, qui glissa dans le trou béant... Le cadavre tomba et rebondit, puis le fos-

soyeur sauta dans la fosse, étendit le corps que la mort
n'avait pas raidi ; il prit la tête des mains des fils, et la
plaça entre les jambes.

L'abbé, qui priait, jeta la pelletée de terre... alors...

Alors, c'était trop ; les deux malheureux frères éclatèrent en sanglots, et, s'appuyant sur l'abbé, ils dirent
d'une voix déchirante :

— Oh ! mon père ! mon père !

L'abbé les embrassa chacun au front :

— Pleurez, mes amis, pleurez et reprenez courage...
la mort n'est rien !... Sauvez sa mémoire...

Ils restèrent jusqu'à ce que la dernière pelletée de terre
eût comblé la tombe.

Quand tout fut fini, ils se retournèrent : ils étaient
seuls !...

Le fourgon, les aides et les gendarmes étaient partis.

L'abbé leur offrit sa voiture pour rentrer dans Paris ; ils
refusèrent.

— Je vous quitte, mes pauvres enfants, et n'oubliez pas
que je suis entièrement à votre disposition jour ou nuit,
personne ou argent... Au revoir !

Et le prêtre remonta en voiture.

Seuls, les deux malheureux jeunes gens se prirent les
mains. Vincent dit :

— Charles, nous allons commencer aujourd'hui.

— Oui, nous irons tout de suite chez Berry...

— Oui !

Ils s'agenouillèrent devant la tombe, prièrent quelques
minutes et sortirent du cimetière ; ils s'essuyèrent les
yeux, se prirent le bras et se dirigèrent vers Paris.

III

REQUIESCAT IN PACE

Les fils de Cornille Lebrun étaient deux beaux et solides garçons.

Vincent, l'aîné, avait vingt-quatre ans; d'une taille un peu au-dessus de la moyenne, il était svelte et élancé; sans être mis avec recherche, il était élégant et gracieux dans chacun de ses mouvements : c'était le seul point sur lequel les deux frères se ressemblaient.

Le visage de l'aîné était d'un ensemble distingué ; ses cheveux, bien plantés, étaient châtain-brun ; le dessin du nez était pur, la bouche bien arquée ; la moustache, fine et rousse, tranchait bien sur la lèvre rouge et seyait au teint un peu mat de la peau ; l'œil brun, vert vif, brillait sous les cils longs, et les paupières un peu lourdes donnaient aux yeux un charme étrange.

Charles n'avait que vingt-deux ans ; à peu près de la même taille que son frère, il était, comme lui, admirablement fait.

Il était blond, si blond, que ses cils paraissaient presque blancs ; ses yeux étaient bleus ; la bouche, fine, était couverte par une moustache soyeuse ; le nez, le front, les lignes du visage enfin, lui donnaient des airs de son frère.

Couverts tous les deux d'épais pardessus de couleur foncée, on ne pouvait remarquer que le pied, peut-être un peu long, mais très cambré ; les mains, gantées, étaient irréprochables.

Ils marchèrent silencieux d'abord ; lorsqu'ils furent arrivés au boulevard de l'Hôpital, Vincent dit à Charles :

— Nous allons commencer aujourd'hui l'exécution des volontés du père. Charles, je ne sais pas encore les moyens que nous emploierons ; nous nous concerterons à cet égard quand nous serons plus calmes. Mais je crois que nous devrons d'abord arrêter entre nous ceci : Les volontés de notre père resteront un secret ; personne autre que nous ne doit savoir la mission qu'il nous a donnée. Pour tous, nous ne protestons pas et nous acceptons le fait consacré.

— Je suis absolument de ton avis. Nous rassurerons le vrai coupable, et nous arriverons plus facilement à notre but en profitant de sa confiance dans son impunité.

— Mais cette décision s'étend à tous... même à notre sœur ; seuls nous savons qu'un testament a été fait.

— Oui, frère !

— Je te dis cela, afin qu'aucun mot à ce sujet ne puisse nous échapper chez Berry.

Ce furent les seules paroles qu'ils échangèrent le long de la route.

Après une grande heure de marche, les deux frères arrivèrent rue Barbette, au Marais ; ils entrèrent dans une maison qui occupait le milieu de la rue. Ils frappèrent. Un jeune homme vint ouvrir... En voyant les deux fils, il recula ; et, comme sous le coup d'une violente émotion, il leur demanda d'une voix saccadée :

— Comment venez-vous si matin ?...

— Nous venons de là-bas.

— Là-bas, où ?

Vincent fit un effort, respira bruyamment et dit d'une voix sourde :

— C'était pour ce matin... nous venons... de l'exécution !

— C'est fait ?

Les deux fils baissèrent la tête et pleurèrent...

Le jeune homme qui avait ouvert cacha sa tête dans

ses mains, comme pour échapper au tableau que la nouvelle qu'il apprenait évoquait devant ses yeux.

— Oh ! mon Dieu ! mon Dieu !

Il y eut un silence de quelques minutes, troublé seulement par les sanglots des enfants de Cornille Lebrun et
les soupirs de celui qu'ils venaient voir.

Enfin, obligeant la nature à se soumettre à sa volonté, Vincent releva la tête, essuya ses larmes, et, prenant la main du jeune homme, il lui dit :

— André, nous sommes orphelins. C'est moi qui suis
maintenant le chef de la famille. La société est vengée, à
tort ou à raison... Elle s'est vengée en nous punissant,
nous... Le premier devoir que j'ai à remplir est de remplacer celui qu'elle nous a pris, et c'est pour cela que je
viens vers toi.

Celui qu'on appelait André avait à peine entendu ce
que Vincent lui avait dit; tout à l'idée terrible de l'exécution, il hochait la tête en répétant :

— C'est fait... On l'a exécuté !

— André, reprit Vincent, ne parlons plus de lui ! Le
courage nous manquerait pour accomplir notre mission...
Nous voulons te parler de graves choses.

— De graves choses? fit le jeune homme en relevant la
tête.

Il poussa deux fauteuils devant la cheminée, de la
main invita les deux frères à s'asseoir, et, debout, au
milieu d'eux, il dit :

— Maintenant, mes pauvres amis, je vous écoute.

Vincent se recueillit quelques minutes, puis, relevant la
tête et regardant fixement André, il lui dit :

— André, avant que je continue, il faut que tu me
jures ici de répondre franchement à ma question.

— Quelle question ?

— Je te demande d'abord ce serment.

— Je te jure de dire la vérité ! fit André cherchant

sur le visage de son ami à deviner ce qu'il voulait lui demander.

— Tu le jures ?

— Je le jure !

Vincent se leva, se plaça devant André et fixa son regard sur le sien... Charles leva la tête et regarda André... Le frère aîné demanda :

— André, crois-tu à la culpabilité de notre père ?

André pâlit, ses lèvres tremblèrent ; assurément la réponse l'embarrassait... Il semblait hésiter ; les deux frères qui l'observaient fronçaient déjà les sourcils. Comme faisant un effort, il dit :

— Je vous jure que je ne le crois pas coupable...

Et à son tour il observa l'effet produit par sa déclaration ; les deux frères eurent un sourire de remerciement.

Vincent reprit sa place en disant :

— Alors je puis te parler franchement.

— Vous doutiez donc de moi ?

— Depuis l'arrestation de notre père, tu n'es plus revenu chez nous.

— Je me suis excusé dans une lettre.

— C'est vrai... mais...

— Mais, reprit André, vous avez cru que ce que je vous écrivais n'était pas sincère.

Les deux frères affirmèrent de la tête.

— Vous avez cru qu'ami indigne je vous abandonnerais à l'heure où le malheur frappait chez vous... Voici la vérité, l'accusation portée contre votre père brisait l'union préméditée entre votre sœur et moi ; dès l'arrestation de M. Cornille Lebrun, vous avez envoyé Marguerite chez une parente pour pouvoir plus facilement vous consacrer entièrement à aider l'enquête qui aurait dû innocenter votre père... Ma présence chez vous était inutile : j'aurais, moi aussi, gêné ; ce que je ne voulais pas... Il m'avait semblé de bon goût de vous écrire qu'en face du malheur qui vous frappait, je cessais mes visites, mais restais prêt à vous servir de quelque façon que ce fût.

— C'était bien là l'expression de ta pensée ?

— C'était, et c'est ma pensée.

— Tu ne fuyais pas la famille de... l'assassin ?

— Je ne crois pas que Cornille Lebrun est un assassin... dit André d'une voix ferme. Je fus l'ami de M. Lebrun, je suis l'ami de ses fils.

— Nous venons te demander plus, André.

— Parlez.

— André, tu aimais notre sœur Marguerite.

— Je l'aime encore...

— Notre sœur Marguerite t'aimait. Nous venons te demander si l'amour que tu avais pour elle, tu l'as gardé pour la fille du supplicié ; nous venons te demander si tu l'aimes assez, la pauvre enfant, pour renouer le mariage brisé... Si tu dis non, nous n'aurons contre toi ni animosité, ni haine. Il faut être fort pour dégager l'enfant des accusations sous lesquelles est tombé le père.

La mise en demeure était catégorique : Il fallait non plus payer de paroles, mais répondre par un fait, prendre un engagement.

C'était grave ; le jeune homme le comprit, car baissant la tête, il devint livide.

— Épouser Marguerite... répéta-t-il à mi-voix. Puis il se tut.

Les deux frères attendirent quelques minutes, l'observant ; voyant qu'il ne répondait pas, ils se regardèrent en hochant la tête et ils se levèrent. L'aîné dit :

— Adieu, André. Nous t'avons compris ; nous n'avons pas le droit de te blâmer.

— Pauvre Marguerite, dit Charles.

Ils allaient sortir de la chambre. André courut vers la porte, et, se plaçant devant eux, il s'écria :

— Je n'ai pas dit que je refusais ! Je ne sais quelles idées m'ont traversé le cerveau. Les exigences du monde avec lequel on est forcé de compter. Moi seul ai, avec vous, la persuasion de l'innocence de votre père... pour tous ce sera la fille de... du condamné.

IV

TROIS FRÈRES

André continua :

— Je n'ai pas reculé, j'ai envisagé la situation que j'allais accepter... Les enfants ne sont point responsables des pères... les filles en se mariant perdent leur nom ; et alors que les deux choses subsisteraient, que le père serait coupable et que Marguerite porterait son nom, la pauvre enfant n'a rien fait, elle... Et mon amour est assez grand pour la protéger contre ceux qui chercheraient en elle une autre que Mme Berry. Charles, Vincent, mes frères, je vous demande la main de Marguerite Lebrun, votre sœur.

— A la bonne heure !

Et les deux malheureux jeunes gens, les yeux mouillés de larmes, serrèrent affectueusement la main d'André.

Ils reprirent tous les trois leur place autour de la cheminée. André reprit :

— Les bans avaient été publiés, tout était prêt ; il faut fort peu de temps pour tout terminer, je vous crois désireux de hâter l'accomplissement de cette union.

— Oh ! oui... Nous sommes des hommes, et nous devons tout supporter ; mais Marguerite va se trouver sans famille ; une jeune fille ne peut vivre avec deux jeunes gens.

— C'est absolument mon avis.

— Le malheur qui vient d'arriver va l'accabler, elle t'aime : toi seul lui donneras la force nécessaire pour y résister... Tu l'aimes, et une fois de plus nous venons de voir que tu es un honnête garçon... bien digne de l'amour que tu lui as inspiré. Nous savons qu'elle sera heureuse.

— Dès demain, nous nous occuperons des démarches nécessaires.

— Dans quinze jours vous serez mariés.

— Un mariage bien simple... rien qu'avec les témoins.

— Non pas ! reprit Vincent, un mariage sans fracas, mais ainsi que nous le devons faire... Mon père l'a exigé ainsi, elle se mariera en blanc.

— Que me dis-tu là ? fit André surpris.

— Nous ne portons pas le deuil de notre père. C'est un martyr, et sa mort doit être notre gloire; les victimes, en arrosant de leur sang les causes pour lesquelles on les sacrifie, les rendent plus fortes... Tant que la mort sera le châtiment, la société outrepassera son droit.

— Vous allez, dès que Marguerite sera mariée, chercher le vrai coupable, demanda André.

— Non, cette recherche nous est interdite ! répondit Vincent, suivant le plan déjà arrêté avec son frère.

— Vous avez raison, mes amis, tâchez d'oublier.

— Nous oublierons, dirent les deux frères avec un singulier sourire.

— Est-ce que Marguerite est revenue de chez sa tante ?

— Nous la ferons revenir demain... A compter de demain, tous les soirs tu viendras dîner avec nous.

— C'est entendu.

— Une grâce ?

— Parle.

— Devant Marguerite, jamais un mot de notre père.

— Pauvre enfant, elle ne sait donc rien ?

— Elle sait tout ; mais il faut, pour elle et pour nous, éviter d'en parler.

— Oui, vous avez raison... elle pleurerait.

— Et les larmes tuent certaines natures.

Les deux frères se levèrent.

— Au revoir, à demain, frère André.

— Au revoir, dit celui-ci.

Les trois jeunes gens s'embrassèrent.

Les deux frères partirent.

Lorsqu'André eut fermé la porte sur eux, il revint près de la cheminée, s'assit dans un grand fauteuil, resta dix grandes minutes accoudé, le front dans ses mains, l'œil fixe, songeant à ce qu'il avait décidé, et il dit :

— L'étrange union ! Bah ! fit-il tout à coup, et chassant sans doute les derniers scrupules qui le tourmentaient pour épouser la fille du supplicié.

V

LE TESTAMENT.

Quinze jours après les différentes scènes que nous avons racontées, vers onze heures du soir, les fenêtres du premier étage du restaurant de la Grappe d'Or étaient illuminées. Une vingtaine de personnes étaient autour de la grande table, fêtant dans un dîner la célébration du mariage de Mlle Marguerite Lebrun avec M. André Berry.

Quand la noce était arrivée au restaurant, les garçons avaient dit :

— On dirait un enterrement !

Mais, avec les desserts et les vins fins, le dîner s'était gaiement terminé.

Un parent du fiancé, un marchand de meubles du faubourg Saint-Antoine, avait pris à part un des frères de la jeune mariée, Vincent, et lui avait dit :

— Monsieur, je suis franc, moi : si mon neveu est marié avec votre sœur ce n'est pas ma faute. Vous savez ce que c'est, dans le commerce, nous avons des préventions ; c'est la fille d'un homme qui a été jugé, exécuté, et tout son train.

Vincent écoutait le sourire sur les lèvres ; il était livide, mais il ne bougeait pas.

— Vous me direz à ça : c'est pas une raison que le père ayant été un assassin, les fils et la fille soient des malhonnêtes gens. Certainement, non ; moi qui suis l'honnêteté même, j'ai un fils qui ne vaut pas la corde pour le pendre. Enfin, ça ne fait rien. Je disais à mon neveu : Tu as tort de te marier à la fille d'un assassin. Je suis franc, moi, je le dis comme je le pense.

Vincent était de marbre, mais une petite mousse lui venait aux lèvres ; il répondit cependant :

— Oui, vous êtes franc...

— Voilà comme je suis... Heureusement, cette jeunesse quitte le nom... Mais, voyez-vous, quand je suis venu, je me disais : ils vont être lugubres, en deuil ; pas du tout... La jeune fille en blanc, vous habillés comme tout le monde. Ça m'a surpris, mais je me suis dit : pourquoi sont-ils comme ça ?... J'ai trouvé, et c'est de ça que je vous remercie. Vous avez dit : mon père est un grand coupable, il nous a déshonorés... Nous allons arracher ça... ne plus nous en souvenir. Et en preuve que nous ne le regrettons pas, que nous le renions, nous ne porterons pas son deuil... C'est très bien, jeune homme ! Je suis franc, moi, je vous le dis en deux mots, c'est très bien...

— Je vous en remercie, monsieur, dit Vincent.

Le fils aîné de Cornille Lebrun était adossé au mur, une main dans son gilet. Pendant la tirade du marchand de meubles, il n'avait pas bronché... il avait toujours souri.

Quand le parent du marié s'éloigna, il exhala un long soupir, il retira sa main de sa poitrine : ses ongles étaient sanglants ; pour se contenir, il déchirait son linge et sa chair.

Vers minuit chacun des invités se préparant au départ, le marchand de meubles dit à son neveu :

— Mon ami, la chose est faite, il n'y a pas à revenir là-dessus ; mais j'espère que tu te dispenseras de voir la famille : tu vas séparer ta femme de tous ces gens-là.

— Le plus que je pourrai, mon oncle.

On s'embrassa.

Charles et Vincent allaient offrir leur bras à leur sœur pour la reconduire jusqu'à la voiture. Celle-ci leur dit :

— Vincent, tu m'as dit : le jour où tu seras mariée, je te dirai pourquoi nous ne devons pas pleurer, pourquoi tu dois au plus tôt terminer le mariage en train. Je viens te demander de tenir ta promesse.

— Marguerite, je te le répète encore, tout ceci est un secret que ne connaissent et ne doivent connaître que les enfants du... supplicié.

— Je le sais, Vincent.

André s'avançait. Marguerite se leva, et après avoir embrassé son frère, elle lui prit le bras. Vincent serra la main d'André, et lui dit :

— André, en te donnant notre sœur, nous savons te donner une compagne fidèle et dévouée : en la prenant, tu fais un bon mariage et une bonne action. Dieu vous voit, vous serez heureux.

Les invités criaient autour de la table, réclamant les mariés, pour boire, disaient-ils, le coup de l'étrier.

Après s'être de nouveau embrassés, les frères et la sœur se quittèrent. Les deux fils Lebrun descendirent la chaussée des Amandiers, prirent le boulevard qui longe le cimetière, tournèrent à droite pour suivre la rue de la Roquette ; en passant sur la place, ils se découvrirent tous deux... puis, prenant la seconde rue à droite, ils frappèrent à la porte d'une maison bourgeoise.

Une vieille femme vint leur ouvrir. Avant qu'ils eussent parlé, elle leur dit :

— Vous êtes messieurs Lebrun ?

— Oui, madame.

— Entrez, messieurs, monsieur l'abbé vous attend.

Guidés par la vieille femme, les deux jeunes gens montèrent au premier étage.

Celle qui les dirigeait ouvrit une porte, et dit :

— Monsieur, ce sont ces messieurs.

— Ah ! fit une voix, qu'ils entrent.

Charles et Vincent entrèrent. Après avoir salué l'abbé, sur son invitation ils prirent place devant le feu qui ronflait dans l'âtre d'une immense cheminée.

— Mes enfants, dit l'abbé, vous avez accompli bravement la première volonté de votre père ; désormais vous êtes libres et vous pouvez vous dévouer à la mission qu'il vous a imposée.

— Nous sommes prêts.

— Il a cru agir sagement en me confiant pour vous la remettre à cette heure une seconde lettre ; craignant une surveillance exagérée, il a désiré que cette lettre ne vous fût remise qu'au jour où ceux qui avaient intérêt à sa mort seraient rassurés, vous ayant vus, oubliant sa mort tragique, ne plus penser qu'à des intérêts privés en mariant votre sœur. Ce qu'il a voulu sera fidèlement exécuté.

L'abbé ouvrit son secrétaire et en tira une petite lettre ne portant aucune suscription sur l'enveloppe.

— Voici cette lettre.

Vincent la prit ; il s'avançait vers la lampe pour la lire, l'abbé l'arrêta :

— Suivant fidèlement les ordres de votre père, c'est

chez vous, seuls, que vous devez en rompre le cachet et en prendre connaissance. J'ai fait mon devoir.

— Mon père, dit Vincent, nous vous remercions de vos soins pieux. Nous allons, à dater de ce jour, travailler à l'accomplissement de notre tâche. Nous allons sauver de l'ignominie la mémoire de notre père. Prêts à commencer, nous vous demandons à vous, qui avez eu son dernier soupir, qui le dernier avez pressé sa main, de nous donner votre bénédiction.

Les deux fils du condamné s'agenouillèrent ; l'abbé, ému, leva les mains au-dessus de leur tête et dit :

— Au nom de Dieu, soyez bénis.

Vincent et Charles Lebrun se relevèrent et sortirent, pressés de gagner leur demeure pour y lire la dernière lettre de leur père.

VI

LA BAGUE

Il était deux heures du matin lorsque les deux frères arrivèrent à leur appartement de la rue Charlot. Il faisait froid ; mais anxieux de savoir ce que contenait la lettre que l'abbé leur avait remise, ils ne songèrent pas à faire du feu ; la bougie allumée, ils lurent :

« Mes enfants, je veux vous donner un renseignement qui vous servira à retrouver le coupable. Lorsque je fus confronté avec le cadavre, quelques jours après le crime, je ne vis pas au doigt de la victime une bague que je lui avais donnée six jours avant ; cette bague n'a pas été mise dans l'inventaire des objets disparus de chez Mme Mazel. Au reste, vous savez que le vol consiste en

or et billets de banque et une paire de boucles d'oreilles
en brillants.

« Ces diamants sont faciles à vendre. Il n'en est pas
de même de la bague : c'est un anneau assez large, sur
lequel six griffes attachent un diamant énorme, assez
gros pour être remarqué s'il est vendu... il a deux taches,
je vous le dessine sur le verso de ce papier... la bague
est ciselée d'une course grecque, qui dissimule qu'elle
s'ouvre. En appuyant sur une des griffes sertissant le diamant, une petite lame d'or se lève et découvre cette inscription : *Cornille à Adèle*... Cette bague, assurément,
l'assassin la gardera, car la justice ne la connaît point.
Personne ne sait ce que vous savez là ; soyez donc circonspects... Je n'ai pas déclaré au tribunal que la veille
du crime j'avais vu Mme Mazel, c'eût été une charge de
plus contre moi. Je vous le dis à vous : c'est ce jour que
je sus que le soir elle devait réunir une somme considérable en or et billets. Il faudrait chercher quels sont ceux
qui ont pu avoir connaissance de ce fait : Mme Mazel, j'en
suis certain, n'en avait parlé qu'à moi.

« CORNILLE LEBRUN. »

Avant la signature, deux lignes avaient été effacées.

Vincent tourna la lettre et vit sur le verso du papier la
bague soigneusement dessinée sur quatre faces.

— Allons, dit-il, en serrant la lettre, c'est demain
que nous nous mettons à l'œuvre, reposons-nous.

Les deux frères gagnèrent chacun leur chambre.

Malgré l'heure avancée à laquelle ils s'étaient couchés,
au point du jour ils étaient debout. Ils partirent ensemble
et se rendirent au cimetière d'Ivry. — Ils allèrent s'agenouiller dans le coin maudit... Leur prière fut longue.

En arrivant à Paris, ils allaient se séparer.

— Où vas-tu? demanda Vincent à Charles.

— Je vais chez le notaire de Mme Mazel ; il faut que je

sache dans quelles mains a dû passer la somme avant d'arriver chez elle.

— Oui ! c'est utile.

— Interrogeant l'un et l'autre, je verrai où cela me mènera... Et toi ?

— Moi je vais chercher un homme qui va louer pour nous l'appartement dans lequel Mme Mazel a été assassinée.

— Que dis-tu là ?

— Je dis ce que je vais faire...

— Mais si l'on sait cela, que dira-t-on ?

— Ce qu'on voudra... qui peut m'en empêcher ?

— Ne crains-tu pas que ça donne l'éveil, qu'on ne voie ce que nous cherchons ?

— Au contraire, notre oubli, le mariage de notre sœur, notre indifférence feront croire à du cynisme, la vie que nous allons mener fera supposer à tous que nous renions notre père.

— Mais quel est ton but en faisant cela ?

— Mon but est de reconstruire pas à pas le crime...

— Comment cela ?

— Oui ! dans la chambre même je chercherai les invraisemblances en suivant l'instruction ; je placerai à côté tout ce qui se peut faire, follement ou raisonnablement, et j'arriverai assurément à reconstruire la vérité.

— Mais alors que tu l'auras reconstruite de fait, tu n'auras pas trouvé l'homme.

— C'est vrai, mais je serai dans la voie pour le trouver... et puis toi, de ton côté, tu m'apporteras tes probabilités... nous assemblerons les faits et les gens, et de là jaillira la lumière.

— Oui ! peut-être, fit Charles pensif.

— Ah ! pour arriver au but, il nous faut du courage... Tu ne sais pas, Charles, ce que nous aurons à souffrir... Nuit et jour il faudra nous mêler à tous les mondes, bal, théâtres, fêtes... nous devrons peut-être y aller... et nous devrons avoir le visage de la circonstance. Hier, Charles, j'ai commencé l'épreuve ; un parent d'André m'a félicité de mon indifférence. « Vous avez raison, a-t-il dit, de renier votre père, c'était un misérable, vous n'en rougissez pas... Vous dites : ce n'est pas mon père, et vous vous amusez, vous faites une noce au mariage de votre sœur, vous ne portez pas le deuil et vous êtes gai... »

— On t'a dit cela.

— Oui, on m'a dit cela.

— Et tu n'as pas bondi ?

— Moi... j'ai souri, j'ai approuvé.

— Oh ! le misérable !

— Tu vois, Charles, tu n'es pas fort ! Tu ne te contiens pas et tu risques de tout perdre.

— C'est vrai... c'est qu'il est si difficile de se contenir en entendant insulter son père... la sainte victime.

— Hé ! mon Dieu, c'est là l'égoïsme de tous les hommes qui veulent bien hériter de la fortune de leur père ; de leur gloire... mais non de leur faute et de leur crime... Ils ont le cynisme de l'avouer dans leur gros rire bête ; ils disent : l'argent, c'est toujours pur. Nous qui n'avons de notre père que l'héritage de l'échafaud, que la société prive de sa fortune... nous, nous sommes l'exception à laquelle on ne peut nuire ; on veut bien nous croire indignes, ingrats ; on ne peut pas nous croire reconnaissants... Nous sommes bien libres de nos actions, va, personne ne se doute de la mission que nous nous sommes donnée...

— Je serai fort, dit Charles.

— Il le faut... il faut, Charles, qu'avant un mois nous passions aux yeux de tous pour deux fils sans âme et sans cœur... deux bambocheurs, coureurs d'aventures, s'amusant pour oublier la tache de leur nom, mangeant l'argent que leur père a volé.

— Ah ! que dis-tu là ?...

— Je dis ce qu'ils te diront, ce qu'il faut que tu entendes sans sourciller... Charles, il faut se mettre au niveau des gens avec lesquels on doit vivre .. ils le feraient, eux ; pourquoi te fâcherais-tu qu'on te suppose capable de le faire.

— Tu m'épouvantes !

— Que diras-tu dans quelques jours en les voyant...

— Mais pourquoi me dis-tu cela?... tu veux donc me décourager?

— Te décourager? es-tu fou... Mais au contraire, je te cuirasse, je te dis : on va te frapper là, là et là... sois prêt à tout recevoir. Tu ne sais pas qu'hier, pour entendre cet homme avec calme, le sourire sur les lèvres, mes ongles me labouraient les chairs.

— Ne crains rien, frère ; tu verras.

— Quittons-nous.

— A ce soir?

— Oui, chez nous.

Comme ils étaient sur la route, et qu'ainsi placés ils dominaient Paris, Vincent reprit :

— Il est là, dans cette ville immense, dans ce temple, dans ce bourbier, dans ce Paris qui cache tout et qui éclaire tout... Il est là, riche de son crime, gantant ses mains pour cacher le sang... Il vit insoucieux, heureux... Il oublie et dit : c'est le passé... Mais aujourd'hui nous nous mettons à l'œuvre, nous les fils pieux, et si bien que tu sois caché, si haut que tu te sois élevé, toi qui fis tuer notre père, nous te trouverons... C'est seulement aujourd'hui que l'œuvre de la justice commence.

Les deux frères se pressèrent la main et se séparèrent.

FIN DU PROLOGUE.

PREMIÈRE PARTIE

LES BOUGES ET LES TRIPOTS DE PARIS

I

LE CHAT ENRAGÉ

Dans la rue Zacharie, existait un cabaret singulier.

On y entrait par une allée étroite et longue, aux murs suintants, aux dalles boueuses.

Le couloir aboutissait sur une petite cour puante et qui semblait prendre jour dans le ciel.

C'est dans cette cour que les abonnés du bouge déposaient leurs équipages, c'est-à-dire les hottes, les sacs pleins de la récolte de la nuit, avant d'entrer dans le sanctuaire.

Le sanctuaire, c'était une salle assez grande, qui avait dû être une écurie.

Le sol était salpêtré, le plafond était zébré de solives.

Les murs, vierges de peinture, étaient couverts de croquis et de devises à la craie et au charbon.

Le cabaret comptait six tables, rangées devant un comptoir immense qui en occupait toute la longueur.

Dès qu'on avait franchi le seuil du bouge, on était pris

à la gorge par une odeur indescriptible, mélange d'acide et de fumée.

A cette odeur, les novices toussaient ; mais les habitués aspiraient bruyamment, emplissant avec bonheur leurs poumons de cet air pestiféré.

L'aspect d'ensemble était bizarre, mais repoussant, laid, sale...

Cependant, de cinq heures du soir à une heure du matin, un monde étrange allait, venait, grouillait, vivait enfin dans le bouge.

La clientèle était digne du lieu.

Tout ce que les bagnes avaient laissé échapper, tout ce que les prisons ne voulaient plus garder, était là !

Quand la police cherchait un assassin ou un filou, c'est en ce lieu qu'elle descendait d'abord.

Son homme pouvait n'être pas là, mais toujours il y était venu.

On aurait pu nommer ce bouge : le rendez-vous des Escarpes.

Mais il avait un nom :

Le Chat enragé.

D'où venait cette singulière enseigne ?

D'une lugubre histoire :

Un jour, le fondateur du cabaret mourut.

La veuve, — celle qui tenait et tient encore la maison, — n'ayant pas cru devoir pour si peu suspendre le cours de ses affaires, avait laissé le cadavre de son mari, sans veilleur, dans la soupente qui servait de chambre à dormir.

Lorsqu'on vint pour ensevelir le corps du malheureux, les ensevelisseurs reculèrent épouvantés en voyant son visage défiguré.

Un chat avait dévoré le nez et les lèvres du cadavre...

Les charmants loustics qui fréquentaient le cabaret n'avaient pas laissé échapper l'occasion d'une enseigne gaie.

Ils avaient appelé le bouge :

Le Chat enragé.

Ce fut le dernier souvenir donné au mort.

La veuve devînt naturellement la *Mère du Chat.*

Elle avait environ cinquante ans.

Nous ferons son portrait d'une ligne :

Elle n'était pas laide, elle était... hideuse.

Pour servir sa nombreuse clientèle, elle n'était aidée que par un garçon ; un être étrange, gracieux comme Quasimodo, grand comme Méphistophélès ; ses bras étaient si démesurément longs, qu'il desservait une table en restant au bout.

On le nommait Champignon.

Les uns disaient, à cause de son nez, les autres à cause de sa bosse.

Nos lecteurs ont vu suffisamment le lieu, et nous pouvons passer à ceux qui l'occupaient, un soir de septembre, vers dix heures.

Ce soir, les habitués allaient et venaient, d'une table à l'autre, se parlant bas.

Il se passait assurément quelque chose d'extraordinaire au *Chat enragé,* car les clients appelaient Champignon, désignaient sournoisement de l'œil un homme seul à une table, et, sur un signe affirmatif du garçon, ils retournaient parler bas avec les autres.

L'homme duquel on semblait ainsi s'occuper paraissait avoir entre vingt-cinq à trente ans, d'assez bonne mine, l'air doux.

Il avait l'allure d'un ouvrier.

Assurément, c'était un habitué du bouge, car il avait dit en entrant :

— Champignon, une chopine.

Et il s'était attablé.

Il avait mis le morceau de pain qu'il portait sous son bras sur la table.

Il avait tiré de sa poche un morceau de charcuterie enveloppé de papier et il dînait.

Champignon lui avait dit d'un ton rogue :

— Vous savez qu'il est encore venu.

— Reviendra-t-il?

Et Champignon reprit :

— Mais vous savez que vous vous ferez des affaires si vous attirez ces gens-là ici.

L'homme releva la tête et dit :

— Ah çà ! est-ce que c'est ma faute, à moi !... Je ne sais pas seulement qui ça est !

— Oh ! c'en est *un!* répondit le garçon en fronçant le sourcil et hochant la tête.

— Est-ce que je sais, moi !...

Et, haussant les épaules, le jeune homme dit plus haut :

— Et puis, au diable ! Ceux qui ne seront pas contents me le diront.

On grommela dans la grande salle, mais Champignon se tut.

C'est que celui qui parlait était un solide gaillard, bien bâti, aux épaules larges, aux bras nerveux, un fort enfin, et dont l'œil disait qu'il était tout prêt à se servir, contre qui voudrait, des avantages que la nature lui avait donnés.

Champignon ne répondit pas un mot.

Il alla à la table du fond occupée par six individus.

La meilleure mine des six vous faisait penser :

« Tiens, mais cet homme-là serait très bien sur les bancs de la cour d'assises. »

Quand ils eurent entendu Champignon, le dialogue suivant s'engagea à mi-voix.

— Eh bien, c'est nous qui ne sommes pas contents et qui le ferons voir.

— Mais voilà longtemps que je vous le dis.

— Que tu dis quoi?

— Je vous dis, affirma Champignon, je vous dis qu'il en a été, qu'il en est encore.

— C'est un *rousse*, quoi!... Il n'est ici que pour la *donner* sur nous.

— Peut-être bien! dit un des hommes, en regardant de travers celui dont on parlait.

— D'abord, qu'est-ce qu'il fait ici!... Est-ce qu'il travaille avec nous?

— Non... il ne fait jamais d'affaire.

— Alors, pourquoi vient-il là? Pourquoi nous fréquente-t-il?

— C'est vrai, ça!

— Voulez-vous que je vous dise, continua celui qui parlait, nous sommes tous des *pantes*... il y a comme ça un tas de *gonses* qui se faufilent avec nous... on parle avec ça, on n'a pas le respect de soi-même... et puis, qu'est-ce qui la danse?... C'est nous! Assez de ce jeu-là!

— Mais oui, pardi... faut lui faire une bonne fois son affaire.

— Il n'y a que ça!... Écoutez, Champignon vous a dit que depuis quatre jours il vient un grand bonhomme qui le demande...

— Ah!

— L'homme qui le demande... c'en est un de la sûreté...

— Tu crois, demandèrent les cinq autres, dont les fronts se plissèrent et dont les yeux jetèrent des flammes.

— Je vous le dis, Champignon n'est pas un *pante*, il est à la *redresse*... il a *tiré son pré*... il s'y connaît et il me l'a dit.

— Qu'est-ce qu'il t'a dit?

Et les six chenapans avancèrent leurs six têtes... Un bouquet pour la guillotine.

Celui qui semblait les diriger continua :

— Il m'a dit : « Assurément on a fait un coup ces

jours-ci, on cherche du monde, on lui envoie un malin de là-bas qui, sous prétexte d'écraser un grain avec lui, va la *donner* tout le temps sur nous. » C'est pas tout, il m'a dit encore, car c'est un zig, Champignon : « On a fait un coup ces jours-ci. Si vous connaissez monsieur La-dèche, dites-lui de *chasser* au pauvre bougre qui a fait le coup, parce qu'il va probablement *rappliquer* ce soir. »

— Et nous allons laisser faire ça... ici... chez nous!

— Ah! malheur, jamais de la vie !

— Il voit trop clair ce *gonse-là,* il faut lui boucher les *châssis.*

— Et lui clore le bec.

— L'envoyer *sorguer.*

— Pour quinze jours....

— Pour plus que ça !

— Qu'est-ce qui commence... et nous tombons tous dessus...

— Mais, ici ? fit observer un des coquins.

— Ici, c'est chez nous !... Tous sont prévenus... Il a été de la rousse; il a beau faire son boniment, que c'était une affaire de cœur.., Malheur ! il en a été ! il en est ! il en sera toujours !... Quand on a mordu à ce pain-là, on en a toute la vie après les dents... Faut lui en faire passer le goût... Allons, qui est-ce qui commence ?...

— Moi ! fit un individu en se levant.

C'était un homme immense, ancien tailleur de pierres ; il avait deux chevrons de bagne ; quinze ans. De son ancien métier il n'avait gardé qu'un sobriquet, fait d'un calembour sur son prénom, et qui exprimait sa force, on l'appelait Pierre *De-taille.*

En le voyant se lever, tous les habitués se rappro-chèrent du groupe, se doutant qu'il allait se passer de cu-rieuses choses.

Seul à sa table, calme, le dîneur mangeait sans s'aper-cevoir du complot tramé contre lui.

Pierre Detaille se balança un peu sur ses jambes pour s'assurer qu'il était d'aplomb, il fit jouer ses bras et ses épaules dans les articulations, roula sa tête sur son cou et dit :

— Vous allez voir ça, mes petits... ça ne va pas peser lourd.

La mère Duchat, au courant de ce qui se passait, regardait la scène en souriant.

— Enfin, on va donc avoir un peu de distraction, pensait l'aimable créature.

Car on pouvait se battre, se tuer chez elle ; tant qu'on ne cassait rien, elle ne s'en préoccupait pas.

Le tailleur de pierres se dirigea vers la table, en se balançant, la tête un peu penchée, les yeux à demi ouverts, le bout de la langue passant au coin de la bouche.

Le dîneur se versait à boire quand le colosse se plaça devant lui et dit d'un ton narquois :

— Dis donc, monsieur *Du-Daim*, est-ce que tu aimes bien ça, toi, boire le vin que tu te verses ?

Le jeune homme releva la tête, le front plissé, l'œil interrogateur, se demandant pour quel motif on venait l'insulter... il répondit sur le même ton :

— Monsieur... *La-Brute...* je n'ai pas compris ce que vous me demandiez.

— Tu vas le voir, alors...

Et Pierre Detaille, en disant ces mots, prit le verre que le jeune homme venait d'emplir, et le but d'un seul trait.

Tous les habitués du *Chat enragé* éclatèrent de rire.

Celui qu'on venait d'insulter devint pâle, il se leva, les yeux menaçants, les dents serrées, les poings crispés... mais, se domptant, calme, il prit le verre que le colosse venait de vider et le remplit jusqu'au bord.

Les habitués regardaient stupéfaits.

— Ce n'est pas assez d'un verre, ça n'a rafraîchi que

tes lèvres... il faut te rafraîchir toute la figure, dit le jeune homme.

Et rapide, il lança le verre de vin au visage de Pierre et se tint aussitôt sur ses gardes.

Il y eut un murmure d'étonnement parmi les assistants.

Le tailleur de pierres n'avait pas bronché ; il restait droit, le visage ruisselant, comme si, en même temps qu'il lui avait rafraîchi la face, le vin lui avait glacé le sang dans les veines. Ce calme ne dura que quelques secondes.

Pierre Detaille passa sa main sur son visage pour en essuyer et le vin et la honte. On put voir ses tempes battre violemment, les veines de son cou se gonfler ; il respira bruyamment, puis d'une voix sourde :

— Je vais te manger le cœur.

Et se ramassant sur lui, baissant la tête comme un taureau, regardant en dessous, les poings en garde, il marcha à petits pas, et se jeta sur son adversaire.

Celui-ci évita le choc par un écart de savate.

Les habitués du lieu firent aussitôt un cercle autour des combattants ; les uns grimpés sur les bancs, les autres hissés sur les tables.

Les deux hommes s'élancèrent l'un sur l'autre, s'étreignant à faire éclater leurs os. Il y eut une minute de lutte pendant laquelle on n'entendit que leurs souffles haletants. Se dégageant de l'étreinte du tailleur de pierres, le jeune homme le saisit au col et le combat devint hideux ; on entendit le bruit sourd du poing meurtrissant les chairs.

La lutte ne pouvait être douteuse. D'un effort vigoureux le colosse dégagea son cou de l'étreinte ; terrassant son adversaire, il se mit à califourchon sur lui et son poing sanglant se leva...

Assurément, comme le fer rouge sous le marteau, la cervelle du malheureux allait jaillir sous l'énorme poing du misérable.

Celui qui dans le complot avait poussé au crime, placé au premier rang, excitait les combattants.

— Finis-le donc le mouchard ! criait-il.

Tout à coup un brouhaha se produisit, les spectateurs du combat sautèrent des bancs, des tables et regagnèrent vivement leurs places.

Le tailleur de pierres qui allait abaisser son poing se sentit enlever de dessus sa victime, et fut jeté comme une masse dans un coin du bouge.

Champignon avait jeté ces mots :

— Attention... v'la police !

En jetant ce cri, Champignon se trompait. Il avait entendu une voiture s'arrêter devant l'entrée de l'allée, il avait vu surgir dans le bouge deux individus assez bien vêtus.

Ces individus entraient au moment où la galerie criait :

— Mort au mouchard.

Aussitôt l'un des deux individus avait dit à l'autre :

— C'est lui ?

Et écartant ceux qui faisaient cercle autour des combattants, il s'était précipité ; voyant le tailleur de pierres étrangler d'une main celui que son autre main allait écraser, il saisit le misérable au col, et avec une facilité inouïe, il arracha le colosse de sa proie et le jeta à deux pas de là.

C'est alors, qu'entendant les cris de Champignon, tous les coquins avaient regagné leurs places.

Il y eut d'abord un moment de stupéfaction, pendant lequel le pauvre diable se releva, faisant jouer son cou dans son col et respirant bruyamment pour s'assurer qu'il avait bien sa tête.

Les deux individus se tenaient sur leurs gardes, tandis que le tailleur de pierres se traînait dans le fond de la salle, n'osant se redresser devant ceux qui l'avaient terrassé.

Les habitués du *Chat enragé*, d'abord inquiets de la descente de police annoncée à haute voix par Champignon, regardaient en dessous, et ne voyant que deux jeunes gens élégamment vêtus, se rassurèrent et commencèrent à causer bas entre eux.

Le tailleur de pierres était meurtri de la secousse ; il reprit sans mot dire sa place, au milieu de ses amis.

— Qu'est-ce que c'est que ces gens-là ?

— Méfiez-vous-en, dit Pierre Detaille en se frottant, ils sont solides.

Champignon appela à mi-voix un des hommes.

— Hein ?

— Est-ce que tu connais ces gens-là ?

— Le plus grand est celui qui vient le demander.

— Ah ! ils en sont alors... *maigue* à nous.

— Bronchez pas, dit tout bas Champignon, j'ai entendu à la porte une voiture ; il doit *pousser des roussins* jusque dans la cour.

— Va ouvrir la petite porte... si quelquefois on a besoin de jouer des pattes, dit l'un.

— Soyez tranquilles ! répondit Champignon, toujours sur le même ton.

Seule, la mère Duchat restait calme dans son comptoir.

En se relevant, le jeune homme avait remercié les deux nouveaux venus de l'aide inattendue qu'ils lui avaient apportée.

— Vous êtes, dit le plus grand des deux individus, monsieur Panafieu ?

— Ah ! C'est vous, monsieur, qui êtes venu ici plusieurs fois me demander ?

— Justement, monsieur.

— Ma foi, monsieur, dit en riant Panafieu, enchanté, et bien heureux d'avoir fait votre connaissance à cette heure-là.

— J'ai une proposition importante à vous faire.

— Je suis à vos ordres, monsieur. Nous allons partir d'ici, car ces... messieurs pourraient revenir sur nous.

— Je ferai ce que vous voudrez, monsieur; mais ce n'est pour nous... car, ajouta-t-il plus haut et de façon à être entendu, s'ils plaisait à ces... messieurs de nous tourmenter, mon frère et moi nous avons dans notre poche de quoi faire sauter la cervelle à une douzaine d'entre eux.

Panafieu regarda le groupe entassé dans le fond... Un silence glacial accueillit les paroles de l'inconnu.

— Nous pouvons nous asseoir tranquillement maintenant, ils ne bougeront plus... Quant au tailleur de pierres, patience! je le retrouverai. Asseyez-vous donc, messieurs.

Les deux nouveaux venus prirent place à la table où Panafieu avait commencé à dîner.

— Puis-je savoir, messieurs, à qui j'ai l'honneur de parler?

— Nous vous dirons notre nom, si vous acceptez les propositions que nous venons vous faire.

— Très bien, messieurs... Champignon, une bouteille et du vieux... vieux! Vous me permettrez bien, messieurs, de vous offrir un verre.

Quand le garçon eut servi la bouteille, Panafieu dit :

— Messieurs, je vous écoute.

II

LA JOLIE SOCIÉTÉ

L'aîné des deux frères prit alors la parole.

— Monsieur, l'on m'a dit que vous connaissiez un côté singulier de Paris, que vous connaissiez un monde bizarre!

— C'est vrai, monsieur... c'est ce qu'on ne me pardonne pas, vous l'avez vu tout à l'heure.

— Comment, c'était pour cela ?

— Mon Dieu, oui. Depuis deux ans je vis au milieu de ces gens qui sentent bien que je n'ai ni leurs goûts, ni leurs façons, ni leurs idées... ni leurs principes surtout ; ils ont vainement cherché le motif de ma présence parmi eux ; n'ayant rien trouvé, ils ont dit la phrase qui est une condamnation ici : *Il est de la police !*... et c'est cela qu'on voulait me faire payer tout à l'heure.

— Vous connaissez tous les bouges où se réunissent les...

— Dites le mot : les assassins, les voleurs, les escarpes... Oui, monsieur.

— Vous connaissez ces gens ? dit avec un certain embarras le plus jeune des frères.

— Oui, monsieur, je connais leurs noms, leurs demeures — quand ils en ont ; — je connais, et c'est cela surtout qu'ils ne comprennent pas, leurs crimes et leurs condamnations.

— Vous jugez enfin les aptitudes de chacun ?

— Oui, monsieur...

Les deux frères se regardèrent, semblant dire :

— On ne nous avait pas trompés !...

— Pour des motifs que je n'ai pas à vous faire connaître, je me suis obligé à vivre avec ces mondes singuliers... deux couches de la société... ceux qui sont des assassins et des voleurs et ceux qui ne sont que des escrocs et vont bientôt devenir assassins et voleurs... qui le deviendront fatalement et ne pourront l'éviter que par... la mort...

— De qui parlez-vous ?

— Des piliers de tripots, des joueurs véreux, de ceux qui jouent l'argent des autres, qui vendent, pour jouer, les bijoux de leurs maîtresses...

— Et vous connaissez à fond tout ce monde ?

— A fond.

— Vous savez les moyens d'existence de chacun ?

— Le moyen d'existence est le même pour tous : le crime !

— Je m'explique mal, reprit le jeune homme ; j'entends dire : vous pouvez voir si un jour les ressources de l'un ont augmenté d'une façon inexplicable ?

— Parfaitement... Je connais l'endroit où tel va toujours ; je connais sa maîtresse ; je sais ce qu'il lui coûte... ou ce qu'elle lui coûte... Je sais que celui-ci vole au jeu, celui-là vole dans les poches, cet autre dans les caisses... Je sais que ces autres volent après avoir tué... Je connais enfin le travail de chacun, et en même temps je sais le moyen, je sais le motif et le but.

— Vous m'étourdissez...

— Ah ! monsieur, c'est une étude cruelle à faire, une étude dans laquelle on laisse ce que Dieu vous donna de bon et d'humain. C'est un chemin aride, dans lequel, si on ne laisse sa vie, on laisse souvent son cœur...

— Qui vous a poussé à cette étude ?

Panafieu regarda les deux frères et répondit :

— Je vous ai dit, messieurs, que je ne voulais pas dire ce que vous me demandez là.

— Excusez-nous !

Il y eut un silence de quelques minutes au bout duquel le plus jeune des deux frères dit à l'autre :

— Eh bien ! finissons... Demande maintenant à monsieur...

— Oui ! monsieur, voici ce que je veux de vous, pour des raisons que comme vous je veux taire : je désirerais voir ce monde étrange, je voudrais pour cela mon entrée partout, dans les tripots, les bouges, les cabarets... Je voudrais que vous me montriez les grands coupables qui vivent impunis au milieu de la société qu'ils se sont faite et où le crime se nomme le travail.

— Mon Dieu, monsieur, pour être venu à moi, vous avez dû vous renseigner, on a dû vous dire que j'étais pauvre.

— Oh! la question d'argent n'existe pas...

— Alors, messieurs, topez là, c'est entendu!...

— Vous consentez à nous guider?

— Absolument... Et puis-je savoir, messieurs, à qui j'ai affaire?

— Il le faut même! Voici nos cartes.

Panafieu lut les cartes que l'aîné des deux hommes lui donna :

— Vincent Lebrun... Charles Lebrun... rue Charlot.

— Demain, si vous le voulez, monsieur Panafieu, nous vous attendrons chez nous, et nous en causerons plus longuement.

— A dix heures si vous le voulez, messieurs.

— A dix heures, soit!

Les trois hommes se levèrent; au moment où ils allaient sortir, le tailleur de pierres vint se placer devant eux... ils reculaient pour se mettre en garde lorsque Pierre-de-Taille, s'inclinant et roulant sa casquette dans ses mains, dit d'une voix qu'il cherchait à rendre douce :

— Messieurs, au nom de mes camarades, je viens vous faire nos excuses... Des cancans et des mensonges ont été cause de ça, et je prie M. Panafieu de me pardonner.

Les deux frères étaient stupéfaits. Panafieu regarda fixement Pierre pour s'assurer qu'il ne cachait pas un piège sous ce retour.

— Pourquoi m'as-tu insulté? demanda Panafieu.

— Pour vous chercher querelle; on disait que vous étiez de la rousse... maintenant on voit ce que c'est, on a du cœur et on ne veut pas être fâché avec des amis. J'ai bu votre vin et je viens vous offrir de boire un coup avec nous pour me pardonner.

Panafieu allait refuser lorsque Vincent lui dit tout bas :

— Acceptons, peut-être aurons-nous besoin d'eux.

— Vous avez raison, dit Panafieu.

— Nous acceptons, dit tout haut Vincent, seulement c'est moi qui paye.

— Faut pas vous gêner pour ça, dirent deux ou trois voix.

Après avoir trinqué, il fallut se serrer la main; ce détail répugnait bien aux jeunes gens, cependant ils s'y soumirent. En les reconduisant, Pierre-de-Taille leur dit :

— Et vous savez, messieurs, quand vous aurez besoin d'un homme, je suis là... vous êtes des vrais, vous...

Lorsque les frères Lebrun et Panafieu furent dans la rue, Vincent demanda :

— Mais d'où vient ce changement subit ?

— C'est bien simple, il nous prenaient pour des agents de la police... et maintenant...

— Et maintenant?

— Ils nous prennent pour trois coquins, comme eux, qui viennent de combiner un coup.

— C'est bien flatteur pour nous.

Sortis du cabaret du *Chat enragé*, les trois hommes suivirent la rue Zacharie jusqu'à la rue de la Huchette et arrivèrent bientôt devant le Petit-Pont. Là, Panafieu dit aux frères Lebrun :

— Messieurs, je vous quitte.

— Ah ! vous ne venez pas du côté du Marais...

— Non, je suis forcé d'aller ce soir voir un ami.

Tout en disant qu'il partait, il restait devant Vincent et Charles comme embarrassé de sa contenance.

Les deux frères eux-mêmes étaient assez embarrassés

pour s'expliquer. La chose était des plus simples cependant.

Le maigre repas de Panafieu qu'ils avaient troublé, la toilette du pauvre diable, c'est-à-dire un paletot élimé dont les bordures et les doublures avaient presque disparu, le linge d'un blanc qui n'était plus douteux, tout cela révélait un besoin absolu et pressant. Les deux frères étaient prêts à donner et ne savaient comment offrir. Panafieu aurait désiré une avance et ne savait comment demander. Vincent dit alors :

— Vous nous quittez, monsieur Panafieu, et je puis compter sur vous...

— Absolument.

— Les affaires sont les affaires... J'ai votre parole, je dois à mon tour m'engager.

— Vous m'avez également donné votre parole.

— Vous savez que beaucoup de gens ne considèrent pas la parole comme un engagement absolu, vous êtes l'homme qu'il me faut, je tiens à vous lier.

— Voulez-vous que je vous signe un papier, demanda en riant Panafieu... mais demain nous le pourrons faire.

— Je vous l'ai dit, monsieur Panafieu, j'ai été adressé à vous et je sais ce que vous valez, je n'ai nullement besoin d'engagement écrit; nous nous trouverons demain chez moi pour arrêter le plan de ce que nous devons faire, et voilà tout.

— Alors je ne sais pas ce que signifie l'engagement que vous voulez prendre.

— Mon cher monsieur Panafieu, quand on fait une affaire on donne des arrhes.

— C'est une habitude... agréable

— Et je voulais vous offrir...

— Cher monsieur, dit Panafieu plus gai, on a une regrettable coutume, paraît-il.

— Laquelle ?

— Au bout de vingt-quatre heures, l'affaire rompue, on doit rendre les arrhes...

— C'est une profonde erreur, monsieur Panafieu ; au bout de vingt-quatre heures, si, du consentement des deux parties, l'affaire se trouve rompue... les arrhes appar-tiennent à celui qui les a reçues.

— Parfait.

— Monsieur Panafieu, voici les arrhes et c'est affaire conclue.

— Conclue, répéta le pauvre diable en tendant la main.

Vincent lui glissa dans la main un rouleau de vingt-cinq louis en lui disant :

— Monsieur Panafieu, au revoir, à demain dix heures.

— A demain, monsieur Panafieu, dit Charles.

— Au revoir, messieurs, à dix heures, demain.

Les deux jeunes gens lui pressèrent la main et s'éloi-gnèrent.

Seul le pauvre diable contempla le rouleau : il le pres-sait, disant :

— C'est impossible... Cela pèse comme de l'or.

Il courut sous un réverbère et, brisant le rouleau, il regarda d'un œil ardent les pièces qu'il contenait.

— De l'or ! fit-il, de l'or !

Et malgré lui, il en prit une pièce et la jeta sur le trot-toir, écoutant le son pour s'assurer qu'elle n'était pas fausse.

— Mais c'est de l'or, pour de vrai ! exclama-t-il joyeu-sement.

Il avait ramassé sa pièce et, divisant le contenu du rouleau, il en mettait dans toutes ses poches, lorsqu'on lui frappa sur l'épaule. Il se retourna d'un coup et vit devant lui son adversaire.

— Pierre-de-Taille ! exclama-t-il en reculant et se met-tant en garde.

Voyant le mouvement, le colosse lui dit tout honteux :

— Aie pas peur, Panafieu, au contraire !

— Mais, pourquoi es-tu là ?

— Parce que je t'ai suivi avec les deux hommes.

— Pourquoi m'as-tu suivi ? Que veux-tu ?

— Panafieu, j'ai agi avec toi comme un misérable, je t'en ai demandé pardon... Panafieu, je viens à toi en ami et je te supplie de m'écouter.

Le jeune homme regarda l'hercule et, lisant dans ses yeux qu'il ne mentait pas, il lui dit :

— Je t'écoute.

III

OU L'ON VOIT QUE LES PETITS COUPS DE POING ENTRETIENNENT L'AMITIÉ

Avant d'aller plus loin, le lecteur nous permettra de lui présenter le pauvre diable qu'il vient de voir sous le nom de Panafieu.

C'était un beau garçon de vingt-cinq ans, au teint mat, au nez fin, aux yeux bleus ; sa bouche bien arquée semblait faite pour sourire ; ses cheveux châtains et épais tombaient en masses lourdes sur ses oreilles d'enfant ; sous ses lèvres d'un rouge vif resplendissaient des dents d'une blancheur éclatante ; il portait toute sa barbe, une barbe douce dans laquelle la lumière jetait des reflets d'or.

Pauvrement vêtu, dans des habits achetés d'occasion, il était cependant fort bien ; disons plus, Panafieu, malgré son accoutrement, était beau, très beau.

— Que me veux-tu ? demanda-t-il au tailleur de pierres.

— Je veux t'assurer que je regrette ce qui est arrivé...

— Ceci est passé. Après ?

— Je veux te le prouver, et pour cela je viens te

dire : je ne fais rien en ce moment, j'ai confiance en toi... Si tu as un coup à faire, je demande à en être et ne réclamerai rien pour cela... Veux-tu de moi ?

Panafieu se plaça devant Pierre-de-Taille, lui prit les deux mains, et, l'amenant dans la lumière du bec de gaz, il le regarda dans les yeux.

— Pourquoi viens-tu me faire cette proposition? demanda Panafieu.

— Écoutez, c'est bien simple... On m'a dit : « Il en est. » Alors je vous ai attaqué ; je croyais tomber sur un feignant, je suis habitué à voir les gens reculer devant moi ; vous, au contraire, vous m'avez presque attaqué, et dame ! vous tenez bien votre coin, vos amis sont encore pires que vous. Le grand, c'est pas un homme, ça, c'est un hercule. Il m'a pris comme une plume ; j'en suis pas revenu encore.

— Tout ça ne me dit pas le motif de ton retour vers moi.

— Vous ne comprenez pas que je vois clair, moi ; ce qu'on disait de vous n'est pas vrai. Vous faites une affaire avec les deux gandins.

— Une affaire?

— Je ne sais pas ce qu'elle est ; mais j'ai de l'œil, j'en ai assez de travailler avec un tas de fainéants, comme ils sont tous au *Chat*. Avec vous autres on est certain d'être soutenu au moins, on peut compter les uns sur les autres ; si vous avez besoin d'un homme, me voilà. Veux-tu ?

Panafieu ignorait le but que poursuivaient les deux frères Lebrun. Il pensa que peut-être un homme de la force de Pierre-de-Taille pouvait être utile au besoin, et il résolut de consulter les deux frères.

— Je ne puis pas te répondre ce soir, je demande à réfléchir, et demain soir je te donnerai réponse.

— Vous ne m'en voulez plus?

— Non.

— Oh ! vous verrez, monsieur Panafieu, que je rachè-
terai l'affaire de ce soir... Je ne suis pas difficile, je ne
demande que ma vie... Vivre mal ou bien, qu'importe ?
Pourvu qu'on mange tous les jours et qu'on ait autour de
soi des gens sur lesquels on puisse compter.

— Eh bien ! à demain, au *Chat*.

— A demain, monsieur Panafieu.

— Et surtout pas un mot.

— Ça, vous pouvez y compter.

Le gros gaillard restait embarrassé devant Panafieu.

— Que veux-tu ? lui demanda ce dernier.

— Est-ce que ça vous fait quelque chose de me donner une bonne poignée de main ?

Panafieu rit et tendit la main au colosse, qui la serra
et partit joyeux en disant :

— A demain.

IV

OU IL EST PROUVÉ QUE LE BIEN VIENT EN DORMANT

Seul, Panafieu tira de sa poche une poignée de louis,
et, la faisant glisser d'une main dans l'autre, aux rayons
du réverbère, charmé du son et du scintillement, il
dit :

— Que c'est beau l'or... Va-t-elle être heureuse. Allons vite !

Et aussitôt, comme pris d'une fièvre subite, il glissa
son or dans ses poches et se mit à courir en chantant.

Il traversa ainsi tout le quartier de l'Hôtel-de-Ville,
remonta la rue du Temple et arriva bientôt rue de Poitou.

Il frappa au numéro 12.

On ouvrit, et il grimpa sans reprendre haleine jusqu'au sixième étage.

Il heurta à une porte qui se trouvait au fond d'un étroit corridor.

— Qui est là? demanda une voix de femme.

— Lise, c'est Paul, dit Panafieu.

— Attends, fit la voix.

Presque aussitôt la porte fut ouverte par une jeune fille de dix-sept à dix-huit ans, qui lui dit d'un ton maussade :

— Tu pourrais bien rentrer plus tôt... Ce n'est pas le travail qui te retient dehors.

Panafieu ne répondit pas; il prit M{^lle} Lise par la main, et ayant fermé la porte, il conduisit la jeune fille au milieu de la chambre.

— Ah çà! qu'est-ce que tu fais? dit-elle... Tu vas encore faire des bêtises; je ne suis pas en train de rire. Au lieu de passer tes soirées au cabaret, tu pourrais bien venir me chercher à mon magasin et rentrer avec moi... Laisse-moi tranquille.

Et comme la jeune fille allait regagner son lit. Panafieu la retint encore et lui dit :

— As-tu déjà vu de l'or pour de bon, Lison? Regarde...

Et aussitôt, aux pieds mignons de la belle enfant, Panafieu fit des cascades avec ses vingt-cinq louis.

Pendant quelques minutes, M{^lle} Lise resta émerveillée devant le petit tas d'or, disant :

— C'est à toi! à toi?

— C'est à moi, ma Lise; c'est à nous.

Lise se baissa, emplit ses petites mains.

— Qu'allons-nous faire, mon petit homme? dit-elle.

— Souper d'abord, et en soupant nous causerons.

— C'est ça, fit la jeune fille joyeusement, et oubliant que Panafieu rentrait trop tard, sans avoir été la chercher à son magasin, elle lui sauta au cou, l'embrassa à pleine bouche, en disant :

— Oh ! que je t'aime !...

Panafieu était riche, il avait le droit de tout faire !... Il descendit l'escalier, éveilla le portier et lui dit :

— Père Levasseur, levez-vous !

— A cette heure-ci ? Qu'est-ce qu'il y a ?

— J'ai faim, dit Panafieu le plus simplement du monde.

— Vous avez faim, dit le cerbère en relevant son bonnet de coton et en regardant son locataire pour s'assurer qu'il n'était point fou. Et que diable voulez-vous que j'y fasse ?

Panafieu montra deux louis au concierge et dit :

— Je sais, père Levasseur, que vous êtes considéré dans le quartier ; vous allez nous chercher de quoi souper... : Mme Levasseur voudra bien nous aider, et nous partagerons.

Mme Levasseur montra aussitôt sa tête rose, entièrement perdue dans les oreillers.

Disons bien vite que Levasseur était laid, mais que Mme Levasseur était très gentille.

Levasseur avait cinquante-sept ans, et Mme Levasseur, qui venait d'atteindre trente-sept ans, jurait qu'elle en avait vingt-neuf, que son mari était un père pour elle ; elle ne l'appelait, du reste, que « petit père. »

En entendant Panafieu dire :

— Madame Levasseur voudra bien vous aider et nous partagerons...

Nicette — c'était le petit nom de Mme Levasseur — avait répondu en souriant :

— Je suis prête à vous être agréable, monsieur Paul.

Et elle s'était levée...

Levasseur avait pris un louis, et était sorti pour aller aux provisions.

— Votre femme avait peur, lui dit Panafieu à son retour, je suis resté avec elle ; hâtez-vous, je remonte et nous mettrons le couvert en vous attendant.

Il remonta. Le père Levasseur en allumant le feu disait à sa femme :

— Quel malheur qu'il soit panier percé comme ça, monsieur Paul ! Mais quel bon garçon, et comme il nous aime !

— Toi, répondit Mme Levasseur, tu es toujours comme ça : du moment où l'on t'invite à prendre quelque chose, les gens ont toutes les qualités... Moi, je ne l'aime pas ce garçon-là...

— C'est parce qu'il a couru des bruits.

— Oui, pour cela... Avec ses façons et sa légèreté, une femme est bien vite compromise.

— Tu sais bien que je méprise ce qu'on dit.

— Tout le monde n'est pas comme toi.

Et Nicette, laissant à son mari le soin de fricoter, grimpa à la chambre de Panafieu.

Nous n'avons nulle raison de faire assister le lecteur à ce souper ; nous aurons plus tard l'occasion de lui raconter les mystérieuses relations de Mlle Lise et de Mme Nicette, et nous irons attendre Panafieu chez les deux frères Lebrun.

<h1 style="text-align:center">V</h1>

VIVENT LE JEU, LES BELLES

Le matin, vers neuf heures, les deux frères, en attendant la visite de Panafieu, causaient ensemble, pendant que dans la salle à manger une servante dressait trois couverts.

Charles, le plus jeune des deux frères, demandait à Vincent :

— Tu crois alors que cet homme nous conduira dans tous les bouges et les tripots de Paris ?

— C'est mon but.

— Mais, je n'en vois pas bien la raison.

— Cependant, c'est bien simple.

— Explique-toi alors.

— Depuis un an nous cherchons... Le seul indice que nous ayons trouvé, tu le connais.

— Deux billets de banque.

— Oui, les numéros étaient dans l'inventaire de Mme Mazel.

— Mais en suivant la voie des billets, nous avons trouvé une maison de jeu.

— Justement.

— Alors, il nous faudrait chercher dans les banques d'Allemagne.

— Point ; les banques ferment maintenant... Or, notre homme va revenir à Paris : qui a joué jouera. On empêchera l'établissement des jeux en France ; les tripots sont là pour combler moins avantageusement cette lacune.

— Mais tu as couru toutes les banques d'Allemagne.

— Oui, et j'ai pu voir que le joueur ne se guérit jamais. Il a joué, il joue et il jouera, quels que soient les résultats que ses martingales, ses systèmes auront obtenus.

— Tu crois que c'est un joueur ?

— J'en suis convaincu... Tout ce que j'ai pu apprendre par l'instruction m'assure que l'homme qui a commis le crime n'est pas un vulgaire assassin. Cette carte, sur laquelle était suivie une martingale, et qui fut d'un si grand poids contre notre pauvre père, qui jouait, hélas ! cette carte trouvée dans l'escalier, est déjà une induction assez forte.

— C'est vrai !

— Et puis, mon cher Charles, si tu avais pu, comme moi, juger de près le joueur, tu comprendrais cela... Tu comprendras l'urgence pour une société civilisée de pouvoir surveiller cette passion, ce vice. On n'empêchera pas le joueur de jouer; le joueur ne peut être dompté que par une surveillance active... Il faut satisfaire son vice et le limiter. Le joueur passe ses nuits à chercher des martingales; il attend, anxieux, l'heure où la partie commence... J'ai vu des joueurs plus réservés, mais peu.

— Cependant l'éducation doit modérer ce vice primitif.

— Non. Pour le joueur malhonnête les banques ne peuvent suffire et c'est cette raison qui m'a fait revenir à Paris... Aux joueurs véreux il faut le tripot... Ah ! que de choses j'ai vu là-bas ! continua Vincent en tisonnant le feu. J'ai vu de pauvres gens que la passion du jeu tient à la gorge et que rien n'arrête; pauvres, ils trouveront les moyens d'aller à l'autre bout de l'Europe porter l'argent qu'on leur défendra de jouer chez eux... Pauvres gens qui, pendant l'hiver, vivent de privations pour venir, à l'ouverture de la saison, tenter le coup qui doit les enrichir; ils ont économisé vingt-cinq louis, économie terrible qui les a fait geler tous les jours de grand froid, qui les a privés de vin à leur repas; ils croient n'avoir économisé que de l'argent, ils ont aussi économisé des maladies précoces. Ils sont là, suivant et inscrivant chaque coup sur une carte *ad hoc*...

Lorsqu'ils croient que le moment propice est venu, ils réunissent leur douzaine à leur sixaine... leur visage n'est plus le même; les coins de la bouche sont contractés : un tremblement convulsif agite leurs mains. Quand ils perdent, ils jettent un regard de haine aux croupiers, un regard de rage au gagnant... Ils perdent et tu crois qu'ils cesseront? Jamais... S'ils ne peuvent revenir aux banques loyales, ils iront aux tripots où on les vole. Ce que j'en ai vu pendant cette saison... ce que je vis de malheureux venir là, ce que je vis d'heureux gâcher ce qu'ils avaient... ce que je vis d'escrocs à l'abri de nos lois! Tout ce monde arrivait joyeux, plein d'espoir... Les malheureux au jeu avaient encore une ressource, ils se faisaient rapatrier par la banque de Bade.

Le charmant homme qui la dirigeait, M. Dupressoir, a consolé bien des joueurs pauvres, qui allaient partir désespérés... Mais le tripot n'a pas de pitié, il ruine, et le joueur ruiné n'a que deux issues pour sortir... la mort ou le crime...

— As-tu déjà été chercher dans les tripots ?

— Oui, à Lyon en revenant d'Allemagne et ici...

— Et tu as vu de curieuses choses ?

— Oh ! oui... Dans un tripot de la rue de la Tour, un jour je vis entrer dans le salon un garçon pâle, le visage encadré de longs cheveux châtains ; il était entièrement vêtu de velours noir. Il souriait en jetant sur le tapis ses dix premiers louis... il perdit une fois, deux fois, quatre fois, cinq fois, doublant sa mise... il riait toujours. Les femmes, tu sais ces grandes filles aux mains blanches, dont les ongles sont des griffes, lui rendaient son sourire. Lui, impassible, il fouillait dans les poches de son paletot et prenait des louis à la poignée... Il perdait toujours. Il arriva un moment où plus pâle, les dents serrées, le rire nerveux, il tira sa dernière poignée de louis... Une des filles lui dit à l'oreille :

— Vous avez tort de vous acharner là... Changez la couleur.

Au moment où le banquier dit :

— Rien ne va plus !

Il changea sa masse... Il perdit. Il sortit aussitôt du salon et descendit les marches sans trébucher.

Le soir, le concierge dit qu'on avait trouvé un homme pendu dans la cave de la maison... C'était le pauvre garçon que nous avions vu quelques heures avant. Je crus que l'exemple allait profiter aux naïfs qui fréquentaient le tripot.

— Eh bien ? demanda Charles.

— Sitôt que le corps fut décroché... tous ceux qui

étaient descendus le voir se précipitèrent dessus... ils se partagèrent la corde et remontèrent vivement prendre leur place autour du tapis vert.

— Oh! c'est affreux!

— Dans un tripot, à Lyon, sur les quais du Rhône, je vis un homme d'une trentaine d'années entrer dans le salon; on jouait le trente-et-quarante. Pendant une heure il joua les intermittences, il perdit. Il fouilla dans son portefeuille, prit les derniers billets qui lui restaient, les jeta sur le tapis, et accoudé, la tête dans sa main gauche, la main droite dans la poche de son habit, il attendit. Quand le râteau du banquier enleva ses billets, il sortit la main de sa poche, baissa la tête comme s'il regardait les valeurs qu'il allait risquer, et quand le banquier cria : « Faites votre jeu, messieurs! » une détonation se fit entendre, et la cervelle du malheureux ensanglanta le tapis.

— Et c'est ce monde que nous allons voir! dit Charles Lebrun avec horreur.

La servante entra et dit :

— Il y a un monsieur qui vous demande... M. Panafieu.

— Ah! très bien; qu'il entre, dit Vincent.

La bonne introduisit Paul Panafieu.

VI

LES PREMIERS PLANS

Panafieu n'était plus le même homme; il avait sacrifié à une toilette de bon goût une partie de la somme que lui avait donnée la veille l'aîné des fils Lebrun. Il avait fort bon air sous ses vêtements neufs.

— Cher monsieur, dit en lui tendant les mains Vincent

Lebrun, nous vous attendions pour nous mettre à table.

— Suis-je en retard ?

— Point du tout... Jeannette, servez-nous.

Les jeunes gens se mirent à table et déjeunèrent ; lorsqu'on leur servit le café, Vincent dit :

— Maintenant, si vous le voulez, causons, monsieur Panafieu.

— J'attends votre bon plaisir.

Vincent se recueillit quelques instants, puis, ayant offert un cigare aux deux convives, il commença :

— Mon cher monsieur, nous avons sur vous de longs renseignements que nous a donnés la personne qui vous a désigné à nous.

— Quelle est cette personne?

— Un haut employé du service de la sûreté.

— Ah ! on a dû vous dire, monsieur, que si j'ai servi d'agent, c'était poussé par un mobile particulier, que je n'en ai pas fait mon état.

— On nous l'a dit, monsieur, nous savons qui vous êtes, et c'est pour cela que nous nous sommes adressés à vous, voulant avoir un agent et un ami.

— Vous êtes trop bons, messieurs.

— On nous a dit que nous pouvions absolument, et quoi qu'il arrive, compter sur votre discrétion.

— Muet comme un écrivain public ! fit en souriant Panafieu.

— Je vous dis cela, parce que vous pouvez ne pas accepter ce que nous allons vous proposer et qu'alors, monsieur, vous devrez, sur ce que nous allons vous dire, garder le plus profond silence.

— Monsieur, je vous donne ma parole d'honneur. J'avoue que vos précautions éveillent au plus haut point ma curiosité.

— Vous vous souvenez de nos noms, monsieur ?

— Certainement, répondit Panafieu étonné, messieurs Vincent et Charles Lebrun.

— Vous souvenez-vous d'un crime qui fit beaucoup de bruit l'an dernier?

— L'an dernier? répéta Panafieu, regardant avec une certaine inquiétude les deux frères... un crime... que voulez-vous dire?

— Nous voulons parler de l'assassinat de Mme Mazel.

— Mme Mazel, oui, je me souviens... attendez, l'affaire Cornille Lebrun... Lebrun.

— Lebrun, répétèrent les deux frères.

— Et vous êtes...

— Nous sommes les fils de Cornille Lebrun.

— Ah!

Il y eut un silence de quelques minutes. Panafieu, embarrassé pour interroger, attendait qu'on lui parlât. Ce fut le frère aîné qui reprit :

— Monsieur Panafieu, nous avons la conviction que notre père a été condamné innocent.

— Nous le savons, dit Charles.

— Vous le savez !

— Oui, et nous voulons aujourd'hui rechercher le coupable.

— Oh ! très bien, fit Panafieu.

— L'échafaud nous doit notre père, nous voulons sauver sa mémoire et nous avons besoin d'un homme comme vous qui nous dirige dans nos recherches.

— Mais ceci me plaît beaucoup, messieurs.

— Vous acceptez, vous nous aiderez à retrouver le coupable ?

— Je vous le promets.

— Oh ! merci, merci !...

Et les deux frères serrèrent la main de Panafieu.

— Je ne connais pas l'affaire, il faudrait que j'étudie l'instruction et les pièces du procès.

— Nous avons tout cela.

— Il faudra, pour trouver une piste, reconstruire tout le crime.

— C'est une chose possible encore. A la vente qui eut lieu à la suite de la succession de Mme Mazel, nous avons fait louer l'appartement où le crime eut lieu.

— C'est ici ?... demanda vivement Panafieu.

— Non ! non ! Et nous avons racheté tout le mobilier que nous avons laissé tel qu'il était après le crime.

— Ah ! mais c'est une enquête très sérieuse et très intéressante à faire.

— Notre père, monsieur, nous a donné cette mission.

— Rechercher le coupable ?

— Oui !

— Eh bien, messieurs, j'accepte, et je vous le jure, ce qui sera possible sera fait. C'est pour une cause presque semblable que je fis le limier. Une personne qui m'était chère fut assassinée, et je m'étais donné la mission de livrer à la justice son meurtrier ; j'étais sur sa trace lorsqu'il quitta la France et je dus cesser mes poursuites. J'employai à cette recherche deux années ; dirigé par l'homme le plus fort en cette matière, je puis vous assurer que je suis arrivé aujourd'hui à une force égale, sinon supérieure. Votre cause est digne, elle est bonne, messieurs Lebrun, je suis à vous corps et âme.

— A la bonne heure.

— Et nous commencerons ? demanda Charles.

— Nous commencerons aujourd'hui. Vous allez me conter, comme elles reviendront à votre mémoire, les choses qui vous ont frappés dans l'instruction et le procès, je l'étudierai cette nuit ; demain ou après-demain nous irons visiter le lieu du crime et, dans quelques jours, nous suivrons une piste.

Nous sommes trois ; j'ai à vous proposer un agent qui travaillerait avec nous sans savoir ce qu'il fait et qui pourrait nous être utile par le monde dans lequel il vit, et auquel je suis maintenant suspect.

— Expliquez-vous.

Panafieu raconta les propositions qui lui avaient été faites par Pierre-de-Taille, et l'on résolut d'en faire un aide aveugle.

— Voulez-vous, demanda Panafieu, me dépeindre votre père et ses relations avec la victime?

— Volontiers.

— Ne crois-tu pas, dit Charles à son frère, qu'il vaudrait mieux raconter à M. Panafieu les circonstances du crime?

— Cela vaudrait mieux... qu'en pensez-vous, monsieur Panafieu ?

— Si vous me contez le crime, malgré vous, vous écarterez les circonstances ou les objets qui ont été les charges de l'accusation.

— Non pas !

— Pardonnez-moi, vous ne pouvez pas être impartial... Le jour sous lequel vous me présentérez les faits sera forcément favorable à votre malheureux père... et pour lutter contre une accusation, pour trouver contre elle quelque chose, il faut que je ne prenne mes renseignements que d'un indifférent, lequel placé au milieu des preuves a reconstruit le crime par des inductions et des déductions.

— J'ai cela... c'est le rapport du magistrat instructeur... mais il est cruel pour notre père....

— Mais j'y pense, dit tout à coup Charles, nous avons aussi le rapport du premier agent, qui ne fait que raconter ce qu'il a vu et ce qu'il a fait...

— C'est vrai...

— Le rapport d'un agent ?

— Oui, fort curieux même...

— Mais lisez-moi cela.

— C'est vrai, c'est plus simple, c'est naïf, brutal...,
mais enfin on voit le désir d'arriver à la vérité.

— Et surtout le désir d'être lu... C'est arrangé comme
un roman.

— C'est ce qu'il me faut, dit Panafieu.

Vincent alla prendre dans un meuble un dossier qu'il
apporta sur la table. Pendant qu'il cherchait la copie du
rapport, Charles offrit des cigares à Panafieu. Celui-ci
s'étendit sur la chaise, prêt à écouter ; les deux frères,
plus recueillis, jetèrent leurs cigares ; accoudé sur le dossier de sa chaise, Charles Lebrun écouta son-frère.

VII

LE CRIME DE L'AVENUE FRIEDLAND

Vincent lut :

« La dame Mazel loge avenue Friedland, dans les
Champs-Élysées de Paris.

« Sa maison est ouverte jour et nuit, pleine de bruit,
de confusion, rendez-vous des joueurs et des joueuses de
toutes conditions.

« Une nuit elle soupe, selon son ordinaire, avec l'abbé
Poulard, et elle se couche...

« Cet abbé vit avec la dame Mazel dans une grande
familiarité, commande à ses domestiques, et partage avec
elle son autorité.

« Depuis plus de trois ans, il boit, mange dans cette
maison ; il couche tantôt dans une chambre qu'il a chez la
dame Mazel, tantôt dans un appartement qu'il a loué dans
la même avenue. La chambre qu'il a chez cette dame
est au-dessus de la garde-robe de celle-ci et communique
à sa chambre par un petit escalier, sur lequel est une porte
qui donne dans la ruelle et qu'elle peut ouvrir de son lit.

« Le lendemain, 2 octobre, on la trouve assassinée de cinquante coups de couteau.

« Je trouve dans le lit de la dame Mazel, qui est tout rempli de sang, un morceau de cravate de soie noire en- tièrement ensanglanté et un mouchoir, qui est aussi ensan- glanté et marqué 6.

« Je juge que la dame Mazel a arraché, en se défen- dant, à l'assassin, cette cravate et ce bonnet. Je trouve dans une de ses mains quelques cheveux.

« Les cordons de sonnette se trouvent tournés à plu- sieurs tours autour de la tringle de la hausse du lit, à une telle hauteur qu'on n'y peut atteindre ; je trouve dans les cendres un couteau à secret : le manche de ce couteau est presque brûlé ; il ne paraît à la lame aucune trace de sang ; je pense qu'il a été nettoyé par la chaleur des cendres.

« Je ne trouve aucune fracture aux portes de l'anti- chambre et de la chambre. Celle de la chambre qui donne sur le petit escalier et celle de la garde-robe sont fermées en dedans, chacune avec un verrou.

« Il y a dans la chambre une armoire que j'ouvre ; j'y trouve une bourse dans laquelle on mettait d'habitude l'argent des cartes ; elle contenait 278 francs. Je trouve également dans le coffre-fort quatre sacs à argent ouverts avec un couteau sanglant, car deux sacs ont des taches de sang. Je trouve un sac vide très petit, avec une étiquette portant ces mots : *« Monsieur l'abbé Poulard. »* Dans ce sac je trouve une boîte carrée dans laquelle Mme Mazel avait coutume de mettre ses pierreries. Cette boîte est vide.

« Je fouille la robe de la victime et je trouve dix-huit louis...

« J'ai interrogé les deux femmes de chambre, elles m'ont désigné un nommé Lebrun, autre amant de la dame Mazel ; j'ai fait venir cet homme, qui me déclara être venu la veille et n'avoir été que l'ami de la dame Mazel.

« Je l'oblige à me rendre compte de la visite faite la veille. Il a dit qu'étant venu rendre visite à la dame Mazel et étant sorti de sa chambre il a causé avec les deux femmes de chambre sur le degré de l'escalier.

« Après les avoir quittées, il est allé en bas dans le petit salon, a posé son chapeau sur la table, et s'étant assis près du feu, il s'est endormi...

« Qu'il s'est réveillé dans la nuit, a vu toutes les portes ouvertes moins celle de l'avenue, est sorti et l'a fermée.

« Assisté par le commissaire, j'ai fait fouiller le sieur Lebrun ; on a trouvé sur lui la clef du salon, un passe-partout qui ouvre la porte de la chambre... Le passe-partout me paraissait un fort indice contre lui : je conseillai à M. le commissaire de le faire arrêter.

« Je fis alors essayer au sieur Lebrun le mouchoir tourné en forme de bonnet de nuit, qui parut lui être assez juste.

« J'interrogeai alors le cocher et le cuisinier, qui ne me donnèrent rien de nouveau.

« Continuant nos perquisitions, je trouvai au bas du petit escalier une longue corde neuve tenant à un croc de fer à trois branches et ayant d'espace en espace différents nœuds pour servir d'échelle...

« Je fis alors visiter Lebrun et ne trouvai sur lui, ni sur ses habits, ni sur son corps, aucune marque de sang ni aucune égratignure.

« Je continuai mes perquisitions, et je trouvai dans le grenier de la maison, sous quelques brins de paille, une chemise dont tout le devant et toutes les manches étaient ensanglantés ; il y avait au côté des impressions de doigts sanglants ; sous la chemise, je trouvai un col-cravate taché de sang au bout.

« Je me retirai après avoir mis les scellés sur les appartements en laissant garnison dans la maison et, avec le prisonnier, j'allai faire une perquisition chez lui rue du Faubourg-du-Roule.

« Je trouvai un panier de ferraille dans lequel il y avait un crochet, une lime et une serviette marquée C. L..., et rien autre chose qui puisse servir à le convaincre.

« Je me saisis du linge pour le comparer avec le col et la chemise, mais les lingères ne trouvent aucun rapport entre ce linge et la chemise ensanglantée.

« M. le commissaire, sur un ordre, livre à des experts les clefs saisies sur Lebrun ; les serruriers remarquent que le passe-partout trouvé sur Lebrun est fort différent de celui des gens de la maison. Celui de Lebrun paraît avoir un morceau rapporté et nouvellement limé ; ce passe-partout ouvre non seulement la porte de l'avenue, mais encore celle l'antichambre et deux des portes de la chambre de la dame Mazel. Les passe-partout des gens de la maison n'ouvrent que la porte de la rue !

« Ne trouvant aucune fracture aux portes, le passe-partout trouvé sur Lebrun me semble une telle pièce de conviction, que j'engage le commissaire à l'arrêter et à le diriger sur le dépôt pour le mettre à la disposition du parquet.

« Fait sur ma conscience, le 3 octobre 1869.

« VELERDIER,

« Employé particulier du cabinet. »

— C'est tout, dit Vincent, qu'en pensez-vous ?

VIII

OU PANAFIEU
EST COMPLÈTEMENT DE L'AVIS DES DEUX FRÈRES

Panafieu avait attentivement écouté la lecture du rapport, lorsque Vincent lui demanda après avoir lu :

— Eh bien ! que pensez-vous de cela, monsieur ?

— C'est très curieux, répondit-il. Il y a dans cette affaire un mystère, un imbroglio qui pique ma curiosité. Il sera nécessaire, avant de rechercher l'*homme*, de reconstruire absolument le crime ; il faudrait voir les lieux, suivre les indices, retrouver et étudier les gens qui sont nommés dans ce rapport.

— Nous pourrons retrouver tous les gens de la maison, mais l'homme introuvable, c'est l'abbé.

— Comment ! l'abbé... n'a pas paru au procès !

— L'abbé n'a jamais été retrouvé.

— Que me dites-vous là... L'abbé disparu le lendemain du crime et votre père condamné... exclama Panafieu étourdi de ce non-sens. Mais l'abbé vivait dans la maison, l'abbé entretenait des relations avec la femme Mazel, il disparaît le lendemain de l'assassinat ; mais c'est l'abbé qui est le coupable.

— Vous ne connaissez pas l'accusation, dit le plus jeune des frères. Notre père a été condamné pour avoir assassiné Mme Mazel et son amant, l'abbé Poulard, dont le linge fut retrouvé ensanglanté dans le grenier ; notre père a été accusé de l'avoir assassiné et d'avoir caché le cadavre.

— Ah ! diable ! ceci se complique... dit Panafieu. On a retrouvé les vêtements de l'abbé ?

— Oui, ces vêtements étaient lacérés, ensanglantés. Le linge trouvé dans le grenier était le sien.

— Et le corps ?

— Disparu sans qu'il ait jamais été possible de savoir ce qu'il était devenu.

— Dans les poches du vêtement ?

— Rien ! ou plutôt si : les papiers, mais pas un sou, pas un liard.

— Il a été dévalisé ?

— C'est probable !

Panafieu réfléchit longuement.

Disons qu'à cette heure, contre l'avis des deux frères, il croyait à la culpabilité de Cornille Lebrun.

Il releva la tête et demanda :

— Votre père était riche ?

— Il jouissait de la rente des biens de notre pauvre mère, environ 15,000 francs.

Il avait en outre personnellement 6,000 francs de rente.

— Je vous prie d'excuser mes questions ; elles n'ont qu'un but : m'éclairer dans l'étude que je veux faire de l'instruction et du procès... et ne sont nullement l'expression du doute à son égard.

— Parlez, oh ! ne craignez rien ! nous sommes habitués à l'accusation et nous savons qu'elle repose, hélas ! sur des faits terribles.

— Votre père n'avait-il avec Mme Mazel que des rapports d'ami ?

— Notre père, dit Vincent, était l'amant de Mme Mazel.

— Ah ! très bien, ceci justifie le passe-partout et bien des choses... Votre père était-il embarrassé dans ses affaires par des spéculations ?

— Non !

— Était-il jaloux ?

— Notre père était un viveur... Veuf très jeune, il

menait joyeuse vie, et l'amour facile l'avait fait aveugle
sur la conduite de ses maîtresses.

— Cette dame Mazel avait quel âge ?

— Mais elle était jeune !

— Jeune et très jolie ; elle avait une grande réputation
de beauté.

— Elle était riche ?

— Riche ! non, mais elle gagnait beaucoup d'argent.

— Comment ! elle gagnait de l'argent ?

— Elle recevait deux fois par semaine, et ces nuits
on jouait chez elle un jeu d'enfer dans lequel je suis
certain qu'elle avait la plus grosse part.

— Tranchons le mot, c'était un tripot...

— C'était un tripot.

— Comment diable ! votre père allait-il dans cette
galère ?

— Mais c'est simple ; notre pauvre père était joueur.

— Ah ! cela change tout...

Et Panafieu, hochant la tête, se disait en lui-même :

— Il est bien évident que s'il n'est pas le coupable, il
a bien dans sa conduite tout ce qu'il faut pour le paraître.
Un homme riche qui fréquente les tripots... un père qui
prend pour maîtresse une femme... singulière, qui lui
permet des relations avec un abbé, lequel d'après un sac
trouvé dans l'armoire paraît avoir fourni l'argent dans
la maison le jour du crime, et qui, ayant l'habitude d'y
coucher, part au milieu de la nuit... Je suis avec les ju-
rés. Le sentiment qui guide ces deux pauvres garçons est
trop louable pour les désespérer en leur disant cela... et
puis travailler à cela ou à autre chose.

Ayant ainsi pensé, Panafieu releva la tête et dit aux
deux frères :

— Écoutez, messieurs, je ne puis rien dire aujour-
d'hui... Je vais, si vous me le permettez, emporter toutes
les pièces de l'instruction et du procès ; je vais étudier

tout cela demain... je vous ferai part de mes impressions.

— C'est entendu !

— Si je vois la possibilité d'un résultat... si je vois un coin obscur, je marche avec vous...

— Prenez, alors... dit Charles Lebrun en lui donnant deux manuscrits.

— Qu'est-ce cela ?

— C'est la copie du tout... C'est aussi plus facile à lire... et nous tenons, vous le comprenez, à garder les pièces authentiques.

— Voulez-vous, monsieur Panafieu, dit Vincent, nous retrouver ici dans deux jours à pareille heure ?

— Demain, monsieur, je vous verrai... Je passerai la nuit, s'il le faut.

— Merci, merci, monsieur, dirent les deux frères en lui tendant la main.

Panafieu sortit, emportant les manuscrits ; en descendant, il pensait :

— Cornille Lebrun est simplement le dernier des coquins ; il avait compromis la fortune de ses enfants, et il a assassiné et la femme et l'abbé pour voler les valeurs qu'il savait être dans l'armoire... Enfin, pour cinq cents francs, je puis bien lire ça.

J'ai été assez souvent, pour un dîner, obligé d'entendre le drame d'un ami...

Les deux frères, confiants, disaient :

— Je crois qu'il est, comme nous, convaincu de l'innocence du père !

Et Vincent ajoutait :

— Quelque chose me dit qu'il trouvera le coupable.

IX

OU PANAFIEU COMMENCE A ESPÉRER

Panafieu arriva chez lui au moment où Nicette Levasseur, portant un panier plein de victuailles, grimpait l'escalier. Après s'être assuré, par un regard, que personne
ne pouvait les entendre, il dit à Nicette :

— Où vas-tu ?

— Chez vous.

— Chez moi ?... eh, bon Dieu ! quoi faire ?

— Mais nous dînons ensemble ce soir.

Ils montèrent.

Pendant que les deux jeunes femmes s'occupaient du
dîner, Panafieu feuilleta le dossier... Attaché d'abord par
la lecture des premières pièces, il abandonna bientôt le
tout en disant :

— Ils sont fous...

Le dîner était prêt, on se mit à table, Panafieu soucieux, les deux femmes gaies.

Lise dit, en voyant son front plissé :

— Qu'as-tu donc, toi ?

— Une affaire que j'ai étudiée et qui m'embarrasse,
parce que je comptais beaucoup sur elle...

— Quelle affaire ?

— Tu n'y comprendrais rien.

— Tu m'ennuies, toi, quand tu me réponds ça ; à t'entendre, on croirait vraiment que je suis une imbécile...

— Ce n'est pas que tu sois une imbécile, mais ça ne
t'intéresserait pas et ça ne t'amuserait pas...

— Qu'en sais-tu ?

— Enfin, dites-lui ce que c'est, puisqu'elle veut le savoir, dit Nicette.

— Une femme qui a reçu cinquante coups de couteau.

— Cinquante coups de couteau ! firent les deux femmes. en bondissant.

— Et il dit que cc n'est pas intéressant, ajouta Mlle Lise.

— Où ça ? Quand ça ? dit en avançant un frais museau Mme Nicette.

— Mais, c'est vieux... C'est de l'an passé ! fit Panafieu haussant les épaules. C'est l'affaire Mazel.

— Ah ! Et Poulard ?...

— Oui, c'est ça ; c'est vieux !

— Mais, dit Nicette, je le connais, l'abbé Poulard.

— Tu... Vous connaissez l'abbé Poulard ? fit vivement Panafieu.

Comme Nicette devint très rouge, Paul put croire que c'était de l'erreur faite par lui ; il continua :

— D'où le connaissez-vous ?

— Oh ! c'était un drôle d'abbé. Les trois quarts du temps il n'était pas en costume.

— Vous l'avez vu en bourgeois ?

— Oui... mais on dit qu'il a été assassiné, ce n'est pas vrai.

— Comment, ce n'est pas vrai ?

— Mais non, je l'ai vu.

— Vous l'avez vu ?

— Comme je vous vois.

— L'abbé Poulard ?

— L'abbé Poulard, pas en abbé, alors.

Panafieu mordant ses ongles, et l'œil fixe, réfléchit quelques minutes.

Mlle Lise dit aussitôt :

— Ah ! c'est ennuyeux tout ça. Parlons d'autre chose.

— Oui, dit Nicette, parlons d'autre chose.

Panafieu obéissant secoua la tête comme pour en chasser les pensées, et dit aussi :

— Vous avez raison, parlons d'autre chose. Au reste,

ma Lison, je te ferai remarquer que c'est toi qui as exigé que je cause affaire.

— Oui, je t'en demande pardon.

— Explique-moi plutôt où et quand vous êtes devenues, avec la gracieuse Nicette Levasseur, si amies que ça.

— En vous attendant le soir, monsieur, fit Nicette; madame est descendue chez nous et la plus grande sympathie nous a pris l'une et l'autre.

— C'est ma meilleure amie, dit Lise en serrant la main de Nicette.

— C'est moi qui la console de vous, dit méchamment sa bonne amie.

— Vous ne pouviez, mesdames, assembler plus aimables personnes, dit en goguenardant Panafieu.

Ce qui le préoccupait surtout, c'était de savoir, par Mme Levasseur, tout ce qui l'intéressait au sujet du mystérieux abbé.

Le dîner terminé, Panafieu descendit aussitôt pour se rendre au rendez-vous qu'il avait donné à Pierre-de-Taille; mais en sortant, il avait dit à Nicette de façon à n'être entendu que d'elle :

— Tu garderas ta loge ce soir...

— Si tu le veux !

— Oui, je rentrerai après minuit... j'ai à te causer à toi seule...

— Bien, dit Nicette.

Dès qu'elles furent seules, les deux femmes se rapprochèrent, et Lise, se penchant sur son amie, lui dit :

— Pourquoi lui as-tu parlé de Poulard ?

— Je ne sais pourquoi, je l'ai regretté aussitôt. Au reste, que crains-tu ? il ne le connaît pas...

— Il va chercher à le connaître...

— Allons donc... Est-ce que tu crois qu'il se doute ?...

— Je crains tout de lui...

— Tu es folle ! dit Nicette.

M. Levasseur disait à son locataire au moment où il passait :

— Mais, dites-moi, monsieur Paul, ce que ma femme fait toujours chez vous ? elle n'en quitte pas...

— Ah ! fit Panafieu... votre dame est si charmante qu'on recherche sa société.

Et il partit en se disant :

— Qu'est-ce que cela signifie ?... j'ai vu le regard de Lise, quand Nicette a parlé de Poulard ; quelle chaîne mystérieuse attache tout cela ? Soyons muets... mais ouvrons l'œil.

X

OU L'ON VOIT QUE L'HABIT NE FAIT PAS... L'ABBÉ

Lorsque Panafieu arriva au *Chat enragé*, la charmante société que nos lecteurs connaissent était déjà rassemblée. En le voyant rentrer, Pierre-de-Taille se leva et se précipita pour lui presser la main. Les habitués du fond de la salle se serrèrent pour lui faire une place au milieu d'eux.

— Ce soir, nous n'avons causé que de toi, lui dit Pierre-de-Taille.

— Que disiez-vous ?

— On regrettait l'affaire d'hier.... c'est si bête des gens qui ont de l'œil, de se tromper comme ça.

Panafieu n'avait aucune raison pour expliquer sa conduite ; comme il lui semblait utile de paraître le coquin supposé, il accepta la situation en disant :

— Tout est fini, maintenant ; c'est entendu, monsieur, n'en parlons plus !...

— Vous ne nous en voulez pas alors, monsieur Panafieu, demanda Ladèche.

— Du tout !

— Eh bien, alors, cette fois-ci, vous allez accepter un verre de *pive*.

— J'accepte.

— Je vous le disais toujours, fit Ladèche avec l'accent traînant des Parisiens, et en s'adressant à la jolie société dont il était le plus bel ornement. Je vous le disais, M. Panafieu, c'est un vrai homme... *Un gonse à la manque*, ça se voit tout de suite ; mais lui, allons donc, jamais... Champignon, holà ! deux *petites filles* (c'est ainsi qu'on appelait dans la langue fantaisiste du *Chat enragé* les bouteilles de Bordeaux).

Pierre-de-Taille s'était mis à côté de Panafieu ; il demanda à mi-voix :

— Eh bien, veux-tu de moi ?

— Oui ! je te prends... mais je te dirai à quelles conditions.

— Des conditions !... ce que tu voudras... à toi tout entier.

— Nous causerons de ça ailleurs, dit Panafieu sur le même ton... Tais-toi.

— Je suis muet !

Ladèche avait versé les deux bouteilles ; il offrit un verre à Panafieu, et, trinquant, il dit :

— A la vôtre, monsieur *Panaf*...., et à notre retapage.

— A la vôtre...

Après avoir bu, Panafieu dit :

— Qu'est-ce qui se souvient de l'affaire Lebrun ?

— L'affaire Lebrun, dit Ladèche, celui qu'on a raccourci l'an passé.

— Oui.

— Je me souviens à peu près... Pourquoi ?

— Je parlais de ça tantôt... et je ne me souvenais pas de la date.

— Oh! je sais ça, moi, fit Ladèche, c'était vers cette époque-ci. Je la connais cette histoire-là.

— Comment, tu la connais? demanda indifféremment Panafieu.

— Pardi, il n'a pàs voulu jaspiner... mais, il n'était pas seul, vous concevez, cinquante coups de couteau! quand on en a tant que ça à donner, on prend un ouvrier.

— Ah! moi, je ne connais pas l'affaire.

Se tournant vers ses amis, Ladèche reprit :

— Dans l'affaire, il y avait chose... vous savez bien... l'abbé.

— Ah! l'abbé Poulard... dirent deux des habitués du bouge.

L'air indifférent, Panafieu écoutait attentif; il demanda :

— Quel abbé?

— Eh bien, un abbé, qu'on a dit avoir été assassiné... Assassiné, Poulard! Malheur! c'était un abbé qui n'était pas un abbé.

— Vous le connaissiez?

— Oui, on le connaissait... et on le connaissait pas, vous savez...

— Comment ça... il venait ici?

— Jamais de la vie, c'était un homme du monde.

— Je ne vous comprends pas.

— Eh bien, vous savez ce que c'est, monsieur Panafieu; c'était un homme qui avait besoin, pour affaires, de bons gaillards; eh bien! on lui donnait un coup de main.

— Et il est mort!

— Mort! pas du tout, dit Ladèche en haussant les épaules, je suis certain qu'il était du coup, seulement il était avec un gars... En voilà un qui n'a pas été bavard.

— Comment diable vas-tu penser qu'un homme s'est

laissé condamner quand il n'avait qu'un mot à dire pour livrer son complice?

— Parce que c'est un malin et un père de famille.

— Qu'est-ce que tu dis?

— Eh, oui, pardi! un père de famille. C'est bien simple, cependant. Le Lebrun était un *gonse à la redresse;* s'il avait *planqué* Poulard, à quoi que ça lui servait, je vous le demande? Ils étaient raccourcis tous les deux, et voilà tout. Tandis qu'en se *clouant le bec* il avait chance de se faire commuer... et puis il laisse à sa famille un relief, le doute reste tout le temps; d'abord, mon système, à moi, c'est qu'il ne faut jamais avouer.

Panafieu resta devant Ladèche, hébété de son raisonnement.

— Et on n'a jamais revu ce Poulard? demanda-t-il.

— Si, dit Ladèche en clignant de l'œil, je l'ai revu une fois, mais pas en prêtre.

— Ah!

Craignant, par interrogatoire direct, de faire renaître les soupçons de la veille, Panafieu se tut, se réservant d'en parler à un autre moment.

Il fit signe à Champignon de renouveler la consommation; mais Ladèche, n'étant pas interrogé, ne voulut pas saisir l'occasion de se taire, et il continua :

— Ah! c'est une affaire qui les avait mis au cent coups là-bas... car il paraît que les coups de couteau étaient des égratignures, mais que le coup mortel était d'un spécialiste et qu'on y avait reconnu la main d'un ancien... sans pouvoir cependant mettre le nom.

Panafieu regardait assez surpris son interlocuteur; évidemment il y avait dans ce que racontait Ladèche une coïncidence bizarre.

— C'est fait, et maintenant on peut dire et penser ce qu'on veut; eh bien, pour moi, c'est l'abbé qui a fait le coup, d'autant que, la dernière fois que je l'ai vu, il était mis comme un gandin.

— Est-ce que vous avez travaillé ensemble ?

— Oh! non, c'est pas mon genre... Il travaille dans le grand, lui; moi, je fais mes affaires dans le petit commerce... On a chacun sa clientèle. Pas vrai? ajouta-t-il en riant avec ses compagnons, jetés dans une douce gaieté par cette aimable plaisanterie.

— Savez-vous, monsieur Panafieu, que vous étiez avec deux rupins, vous.

— Oui, mais c'est pour une autre affaire...

— Je m'en suis douté; je me suis dit : ça, c'est un coup enlevé, c'est pour un coup de malin, où l'on va s'habiller, faire des manières...

— Oui, c'est une affaire de famille.

— Ce que nous appelons une affaire intime.

— C'est ça !...

— Pour ces choses-là, il vous faudrait un homme comme Poulard...

Panafieu saisit le moment pour justifier sa curiosité...

— Ah! malin, fit-il, vous avez deviné que c'était pour cela que je m'informais...

— On ne cache pas ce qu'on veut à Bibi ! dit avec un sourire satisfait le charmant Ladèche.

— Mes enfants, dit Panafieu. je suis forcé de partir: mais si quelqu'un avait des nouvelles de Poulard, il est prié de nous mettre en relations ensemble...

On trinqua, et, après avoir dit à Pierre-de-Taille qu'il le verrait le lendemain, Panafieu se retirait lorsque Ladèche vint et dit à mi-voix :

— Vous savez, monsieur Panafieu, si on était intéressé dans l'affaire, on pourrait chercher, et peut-être bien qu'on trouverait, allez...

— Si tu retrouves Poulard d'ici quelques jours, tu en es... .

— Ça suffit, monsieur Panafieu.

Ce dernier sortit aussitôt dans la rue, hâtant le pas pour gagner sa demeure ; il pensait :

— Oh ! cela serait bien étrange... si c'était lui ! lui...

XI

PREMIERS INDICES

Quand il arriva chez lui, Mlle Lise dormait ; il fit le moindre bruit possible, afin de ne pas l'éveiller.

— J'ai, maintenant, pensait-il, bien des choses à éclaircir, assurément j'ai une piste... D'abord, il faut que je sache d'où et comment Nicette et Lise connaissent Poulard ; il faut que je sache comment un abbé ou un gandin, puisqu'il porte les deux costumes, peut connaître cet horrible coquin de Ladèche ; mais d'abord il faut étudier le dossier.

Et aussitôt, ayant bourré son poêle, Panafieu s'accouda sur sa table et lut attentivement les papiers que les frères Lebrun lui avaient confiés.

Après une grande heure de cette lecture, il releva la tête, et pensant tout haut, il dit :

— Si je ne savais pas l'existence de ce Poulard, assurément tout ça prouve son assassinat... Juré, j'aurais condamné Lebrun. De tout ceci il ressort que Lebrun était un joueur, qu'il avait avec Mme Mazel des relations que son titre de père de famille, prêt à marier sa fille, devait l'obliger à rendre plus secrètes ; que, joueur, il a pu compromettre sa fortune, et que, le mariage de sa fille l'obligeant à rendre des comptes, il a cherché par un crime à rétablir sa fortune ; il se trouvait la nuit du crime chez la victime ; il a quitté la maison sans être vu. Comment se fait-il que ce jour il ne soit pas resté la nuit entière chez

Mme Mazel ? Qu'est-ce que cet abbé mystérieux assassiné la même nuit dont le cadavre est introuvable ?

— Eh bien ! non, fit-il tout à coup, Lebrun n'est pas coupable.

— Oh ! mon Dieu, qu'est-ce qu'il y a ? fit, se réveillant en sursaut, Mlle Lise.

— Rien, ma belle mignonne, répondit Paul en embrassant sa maîtresse.

— Toujours en retard.

— Ah ! ma Lizon ! les affaires !

Mlle Lise se consola vite et se rendormit aussitôt.

Panafieu, las de sa journée, rangea les papiers qui lui avaient été confiés, et se coucha.

Le lendemain, vers dix heures, il entrait chez les deux frères.

— Eh bien ! demanda en le voyant Vincent.

— J'ai lu.

— Tout ?

— Tout.

— Et vous pensez ?

— Je pense que vous avez raison, que Cornille Lebrun est innocent,

— Oh ! merci, monsieur Panafieu, firent les deux frères en lui prenant la main.

— Et, de plus, je crois...

— Vous croyez, interrogèrent-ils anxieusement.

— Je crois que je connais le coupable.

— Que dites-vous là ?

— Messieurs, modérez-vous ! je dis : Je connais ; je ne dis pas : J'ai trouvé.

— Que nous importe ? Nous ne voulons pas venger, nous voulons prouver.

— Quel est-il ? demanda Charles.

Panafieu répondit :

— C'est l'abbé Poulard !

— Mais, fit avec désespérance l'aîné des deux frères, vous savez bien que l'abbé est mort, ou tout au moins impossible à trouver.

— C'est justement ce que j'ai à dire.

— Quoi?

— L'abbé existe.

— Que nous dites vous?

— Il existe.

— Vous en êtes certain?

— On l'a vu.

Pâles d'émotion, les deux frères se regardèrent, et, sans force, ils tombèrent dans un fauteuil, pendant que Panafieu souriait, et, heureux de son succès prompt, il disait :

— Vous voyez, messieurs, que je n'ai pas perdu mon temps.

— Asseyez-vous, monsieur Panafieu, je vous en prie, et causons.

— Je suis à vos ordres.

— Eh bien?

— Interrogez-moi.

— Volontiers, dit Vincent. Le point important pour nous, le voici : c'est d'avoir un aide partageant nos convictions. Êtes-vous convaincu de l'innocence de notre père?

— J'en suis absolument convaincu.

Les deux frères échangèrent un regard heureux.

Ils n'étaient donc plus seuls à croire à l'erreur judiciaire, de laquelle leur père avait été la victime.

Il y avait donc un homme au monde qui, au lieu de dire : « Les fils de l'assassin, » disait : « Les fils du malheureux supplicié. »

— Que faire maintenant? demanda Vincent.

— Il faut que je visite au plus tôt cette maison de la rue Friedland.

— Bien; aujourd'hui, si vous le voulez.

— Non, demain.

— Vous avez toutes les pièces?

— Toutes.

— Vors avez vu le rapport?

— J'en mettrais ma main au feu; le coupable, c'est l'abbé.

— C'est l'abbé Poulard; et vous êtes certain qu'il existe?

— Absolument.

— Ah! monsieur, fit Charles, quelle chance heureuse de vous avoir trouvé; c'est vous qui sauverez la mémoire de notre père.

— Vous devez avoir des renseignements particuliers qui pourraient m'aider.

Les deux frères se regardèrent, et Vincent reprit :

— Oui, monsieur, nous sommes francs avec vous; nous avons des détails précis qui doivent nous permettre de reconnaître le coupable... Mais l'heure n'est pas venue de les livrer.

— Ils ne peuvent être utiles aux recherches.

— Peuh! ils seront utiles, surtout comme affirmation!

— Ah!

— Cependant, outre les renseignements qu'il nous est impossible de vous livrer, nous en avons d'autres, trouvés par nous.

— Et c'est...

— C'est que l'assassin, le voleur, doit être un joueur.

— Renseignement très précieux; qui vous l'a donné?

— Par induction; nous avons, dans toutes les grandes maisons de recettes, fait demander à être avisés du passage de certains numéros de billets de banque, inscrits dans un carnet de Mme Mazel.

— Très bien.

— Nous avons pu avoir ainsi deux billets; nous avons alors cherché la filière probable suivie par ces billets.

— Et vous avez trouvé ?

— Pour les deux le même point de départ.

— C'était ?

— Une maison de jeu d'Allemagne.

— C'est vague.

— Comment cela ?

— La présence d'un homme dans une ville de jeu n'entraîne pas qu'il est un joueur.

— Pardon, ou l'homme est excessivement riche, et alors il joue gros jeu, c'est-à-dire des billets de mille francs, ou c'est un joueur qui risque une pareille somme... ou...

— Ou un voleur, cela est vrai.

— Les banques d'Allemagne sont fermées pour la saison... Il doit donc revenir à Paris.

— Où les jeux sont assez stupidement interdits ; il va donc courir les tripots.

— Justement.

— Oh ! fit Panafieu, je m'explique vos premières questions.

— Eh bien ! que pensez-vous qu'il faille faire ?

Panafieu, accoudé sur ses genoux, la tête dans ses mains, réfléchissait. Après quelques minutes d'hésitation, il dit tout à coup :

— Écoutez : les renseignements les plus utiles, je ne les ai pas trouvés dans le dossier que vous m'avez confié. Je suis forcé de mettre dans mon langage les mêmes réticences que vous mettez vous-même, soyez donc indulgents pour ce que je vais vous dire.

Les deux frères écoutèrent attentifs, après avoir fait un geste d'acquiescement à la demande de Panafieu, et celui-ci continua :

— Mme Mazel n'est pas morte des coups de couteau qu'elle a reçus, paraît-il.

— Que dites-vous là ?

— La vérité. Elle a été tuée d'un coup particulier... le coup connu d'un assassin introuvable, "et que les gens que vous avez vus au *Chat enragé* nomment « le travail de tel ou tel. » Les innombrables coups qu'elle a reçus n'avaient d'autre but que de dissimuler le coup mortel qui, comme un cachet, indiquait que le crime avait été commis par tel ou tel individu.

— Oh ! mais, c'est très curieux et très utile ce que vous nous apprenez là.

— Je le sais ! et si par les renseignements, par les déductions que je tirerai sur les lieux mêmes, je trouve l'assurance de ce que je crois être, ah ! sur mon sang, sur ma vie, nous trouverons le véritable coupable.

— Quel est ce coup mystérieux ?

— Je ne puis vous le dire, mais je vous le dirai demain.

— Il faut cependant vous hâter.

— Vous avez raison.

— Si vous voulez visiter aujourd'hui la maison...

— Je le veux bien.

— Nous sommes à vos ordres, dit Vincent.

— Eh bien, cette nuit même... à l'heure où le crime fut commis, nous nous rendrons ensemble à l'avenue Friedland, et... je rétablirai le crime...

— Bien !

— L'un de vous, messieurs, vit-il la chambre du crime lorsque le corps y était encore ?...

— Oui, monsieur, dit Vincent, je fus appelé le matin et je trouvai la chambre dans le désordre qu'y avait apporté le crime...

— Vous avez vu le corps ?

— Oui.

— Bien, alors nous n'avons besoin de personne, vous m'établirez les faits.

— Absolument...

— Je me retire, messieurs, je viendrai vous prendre ici à minuit.

— C'est cela ! dit Vincent.

— Mais, demanda Charles, pourquoi ne passez-vous pas la journée avec nous ?

— Oh ! j'ai à revoir bien des choses qui me seront utiles ce soir.

— Pour cette raison nous vous laissons libre. A ce soir.

— A ce soir, messieurs, dit Panafieu en se retirant.

Les deux frères restèrent seuls.

— Que penses-tu de tout cela ? demanda l'aîné.

— Je pense que nous serons tout à fait renseignés ce soir.

— Mais les façons, ou plutôt les mystérieux secrets de cet homme ne te semblent pas étranges ?

— Point... N'avons-nous pas sur certains points avec lui des façons semblables ?

Vincent hocha silencieusement la tête, puis dit :

— Enfin ! ce soir, nous verrons.

Pendant ce temps, Panafieu était rentré chez lui ; Mlle Lise était sortie. Il avait pris dans le fond d'une malle cachée sous le lit, un petit paquet qu'il avait glissé précieusement dans sa poche, en disant :

— Nous verrons bien... oh ! ce serait étrange.

Puis, d'une liasse de papiers, il avait tiré un feuillet couvert d'une fine écriture.

— Remettons-nous bien tout cela dans la tête, avait-il dit.

Et il avait lu le papier de la première à la dernière ligne.

XII

LA MAISON DE L'AVENUE FRIEDLAND

Le lendemain, vers une heure du matin, un fiacre s'arrêtait devant une maison de l'avenue Friedland.

Cette maison semblait inhabitée, les persiennes étaient hermétiquement fermées et entre les interstices des pavés qui se trouvaient devant la porte, l'herbe poussait.

L'entrée du rez-de-chaussée et du premier qui composaient l'appartement de Mme Mazel était à droite; à gauche se trouvait une petite porte, c'était l'entrée des appartements du second et du troisième.

Les fenêtres de ces deux appartements avaient les persiennes relevées; on voyait à travers les vitres et les rideaux et les tentures.

Ces deux étages étaient habités; le premier et le rez-de-chaussée étaient absolument fermés par les persiennes au premier, par les contrevents au rez-de-chaussée, depuis le crime qui remontait à dix-huit mois.

Cette nuit, à travers les lames des persiennes, on voyait filtrer une pâle lumière.

Ce fait avait même été remarqué par quelques voisins attardés; mais, nous l'avons dit, il était une heure du matin, et, dans ce quartier désert, pas un être n'errait à cette heure avancée.

Quand le fiacre s'arrêta, la porte s'ouvrit aussitôt.

Panafieu et les deux frères Lebrun descendirent de la voiture, et, ayant renvoyé le cocher, les trois jeunes gens entrèrent dans la maison.

C'était la servante des deux frères qui, envoyée par eux, avait éclairé les pièces de l'appartement et avait ouvert la porte en entendant la voiture s'arrêter.

La porte fermée, Vincent dit à celui qu'il amenait :
— Nous y sommes... où commençons-nous ?
Panafieu dit aussitôt :
— Avons-nous besoin de cette femme?
— Non.
— Renvoyez-la...
La vieille servante reçut avec plaisir son ordre de départ et ne fut pas longue à l'exécuter.
Dès que les hommes furent seuls, Panafieu regarda autour de lui.
Ils étaient dans une grande antichambre peinte en chêne et marbre, sur le parquet de laquelle était un grand tapis de crin, et sur laquelle s'ouvraient trois portes.
— Voyons, dit Panafieu, laissez-moi m'orienter suivant ce que j'ai lu.
Cette porte à ma gauche est celle qui permet de gagner les appartements particuliers sans passer par le petit salon de réception.
Il ouvrit la porte et acheva :
— C'est bien cela.
Puis, faisant la même chose pour la porte de droite :
— Celle-ci donne sur le petit escalier qui conduit directement au premier dans la salle à manger. Nous allons rentrer par la porte du milieu.
Panafieu entra suivi des deux frères. C'était un petit salon tendu d'étoffes algériennes!
— C'est cela, voici le petit salon, le fumoir dont les fenêtres donnent sur les jardins ; c'est ici qu'on recevait les gens inconnus, les habitués étaient immédiatement dirigés par le petit escalier de droite à la salle à manger, d'où ils entraient dans le salon. Seuls, M. Cornille Lebrun et M. l'abbé Poulard passaient par la porte de gauche et traversaient un vestiaire qui donnait dans cette pièce ; le voici, et la galerie qui y donne également. C'est cela, ces deux portes — dissimulées au reste dans la

tenture — étant fermées, ils se dirigeaient sans être vus par le grand escalier dans le vestibule du premier. Si vous voulez, nous allons suivre le chemin.

— Ah! monsieur Panafieu, vous avez bien étudié le plan, vous connaissez mieux que nous la maison.

— Pardi! Etes-vous seulement jamais venus?

— Une seule fois.

— Oui, je sais. Allons, avançons.

Et son bougeoir à la main, Panafieu ouvrit la porte qui se trouvait à sa gauche et les trois jeunes hommes se trouvèrent dans un large couloir appelé galerie à cause de quelques mauvaises peintures bien encadrées qui pendaient le long des murs humides. Ils suivirent le couloir, ouvrirent une porte faite de vitraux coloriés et trouvèrent les premières marches d'un large escalier sur lequel rampait un étroit tapis algérien.

— C'est bien cela, voici l'escalier... Montons.

Arrivés au premier étage, les trois hommes s'arrêtèrent.

— Orientons-nous, dit encore Panafieu; cette porte-là dans le coin, c'est la porte dérobée de la chambre; ici la porte du couloir, sur lequel s'ouvre la porte de l'office, par lequel les gens arrivaient à la salle à manger. Suivons-le, nous n'avons rien à voir dans l'office ni dans la cuisine. Voyons la salle à manger.

En disant ces mots, Panafieu, suivi des deux frères, longeait le couloir et entrait dans la salle à manger. C'était une salle à manger pleine de goût et de faux luxe. J'entends dire que les murs étaient couverts de moulures d'un beau dessin, mais de bois peint; que les panneaux que ce faux ébène encadrait étaient de papier peint; que les bronzes qui ornaient la cheminée étaient en zinc galvanisé, et que le tapis était en toile cirée.

— Ah! voici la salle à manger. C'est joli ici, dit naïvement Panafieu.

Les deux frères se regardèrent en haussant imperceptiblement les épaules. Panafieu continua :

— Suivons maintenant la porte du petit escalier ; c'est ça. Là est la porte du grand salon où l'on jouait.

En disant ces mots, Panafieu ouvrit la porte du salon ; il était éclairé. En le voyant, le naïf garçon s'écria :

— Fichtre ! c'est chic, ici.

C'était le grand salon bête des appartements modernes, or et blanc, le Louis XV dans ce qu'il a de plus criard, avec ses bronzes rocailles que les gens de goût appellent « la camelote. » Un meuble en soie rouge avec les bois toujours blanc et or, et un tapis formant sur un fond blanc un immense bouquet de fleurs rouges ; le plafond était un ciel comme jamais on n'en a vu, dans lequel il poussait des fleurs.

Deux tables immenses occupaient le milieu du salon et sur ces tables se trouvaient encore les petits coffres dans lesquels on resserre les fiches et les cartes. Après avoir tout examiné, Panafieu dit :

— C'est bien cela, voilà le salon où l'on jouait. Vous savez que, renseignements pris, c'était un vrai tripot. Ah ! dans le coin à droite se trouve une petite porte qui donne sur le couloir ; la voici..., montons toujours. Là, à côté, dans le couloir, une porte qui donne sur le cabinet de toilette... la voici. C'est superbe, ici, exclama Panafieu entrant. Ça sent encore les parfums de la dame !

Les deux frères, à mesure qu'on approchait du lieu du crime, qu'on visitait les différentes pièces dans lesquelles était si souvent venu leur père, devenaient plus sombres et restaient silencieux.

Le cabinet de toilette était tendu d'une étoffe de soie Pompadour, à petits dessins fort riches ; il était meublé de deux petits fauteuils bas nommés crapauds, d'une dormeuse et d'un vaste divan de même étoffe. Une glace occupait tout un panneau et devant se trouvait un meuble immense en ébène, recouvert d'une tablette de marbre blanc, et surmonté de deux étagères sur lesquelles étaient rangés de nombreux flacons.

— C'est ici, dit Panafieu, que, selon l'instruction, l'abbé Poulard recevait assez souvent l'hospitalité. Entrons dans la chambre à coucher.

Malgré eux, les deux frères se rapprochèrent, tandis que Panafieu, indifférent, ouvrait la porte de la chambre.

La chambre à dormir était la mieux disposée de toute la maison. Le lit capitonné de soie bleu ciel occupait sous une ample tenture le fond de la chambre. C'était un lit immense, aussi large qu'il était long et qu'on n'atteignait pour se coucher, qu'en montant deux marches couvertes d'une peau d'ours blanc. En face le lit, s'ouvraient deux fenêtres qui donnaient sur l'avenue Friedland ; entre ces fenêtres était une petite table couverte d'un tapis de satin bleu, brodé d'un chiffre immense : A. M.

Sur cette table se trouvait tout un arsenal de toilette en ivoire : brosses, limes, ongloires, peignes ; tout cela portait, au milieu d'arabesques sculptées, les deux lettres A. M.

La chambre était tapissée de satin bleu ; au-dessus de la table était pendue une glace de Venise extraordinairement grande. Entre les deux portes, celle du vestiaire et celle du cabinet de toilette qui, toutes deux, étaient dissimulées dans les tentures, était une armoire de vieil ébène sculpté. Le tapis était dégoûtant ; on y voyait encore les sanglantes maculations qu'y avait laissées le crime... Dans chaque coin de la chambre était un petit fauteuil bas absolument capitonné de satin bleu ; devant chaque fenêtre étaient deux vases étrusques, montés sur des bronzes antiques... Ils servaient de jardinière et les fleurs qui y étaient le jour du crime y étaient encore, fanées, desséchées.

Nous avons dit ce qu'était la chambre et nous devons

dire pourquoi Panafieu resta quelques minutes dans l'encadrement de la porte ouverte, le bougeoir à la main et n'osant entrer.

Pour chasser l'odeur que les linges ensanglantés auraient pu répandre dans la chambre, des odeurs avaient été jetées sur le lit, et des parfums avaient été brûlés dans la pièce. Aussi, en entrant, respirait-on une odeur forte qui montait au cerveau.

Vincent suivit Panafieu, et montrant le lit, dit :

— Vous le voyez, nous avons tout conservé dans l'état où ça était.

— C'est une heureuse idée qui aujourd'hui va nous servir.

Et Panafieu, le bougeoir à la main, regarda le lit de plus près.

— C'est bien singulier, disait-il à mi-voix en regardant au bas de l'oreiller une goutte de sang noir séché... comme c'est la même chose.

— Que dites-vous? demanda Vincent.

— Rien! c'est une observation!

Il regarda encore les draps, les couvertures, et dit :

— Rien! rien!

— Que voulez-vous dire? demandèrent en même temps Charles et Vincent.

— Et vous dites que cette femme a reçu cinquante coups de couteau?

— Oui, les médecins l'ont constaté.

— Alors, on a changé les draps.

— Non.

— C'est inexplicable.

— Le rapport des médecins que je vous montrerai...

— Vous l'avez?

— Oui! Le désirez-vous?

— Oh! mais je crois bien, c'est très intéressant.

— Le rapport, fit Vincent, dit que le premier coup

ayant été mortel, il y avait eu une hémorrhagie interne,
et que la victime n'avait pu saigner.

Panafieu se contenta de hausser les épaules.

— Que pensez-vous donc ? demanda Charles qui avait
vu le mouvement.

— Je ne peux rien vous dire encore ; laissez mon cerveau travailler ; je vois, je constate... j'étudie, je cons-
truis et je vous dirai plus tard ma pensée. Vous m'avez dit
que vous m'indiqueriez la situation du corps.

— Oui !

— Où était-il ?

— Là, sur cette peau.

— Ah ! il était tombé du lit !

— Plutôt tiré du lit.

— Comment cela ?

— Mme Mazel avait le corps sur les marches, ici, la tête
penchée sur son bras droit recourbé et sur lequel ses cheveux abondants formaient comme un coussin. Elle était
complètement nue. Son bras gauche était raide, et la main
était crispée sur ce couvre-pied de satin. Vous voyez, on
a dû couper le morceau... Ses pieds étaient restés sur le
lit, un des pieds était accroché dans les draps et avait em-
pêché que le corps entier ne glissât sur les marches du lit.

— Je vois cela, dit Panafieu attentif. Et vous avez raison ; comme Mme Mazel couchait dans le fond du lit, on a
dû la tirer pour la jeter à terre.

— Ce doit être ainsi.

— Et vous dites que son pied était accroché dans les
draps ?

— Oh ! le pied était presque enveloppé.

— Enveloppé !

— Oui. Elle avait dû se retourner entièrement dans le
lit pour se prendre ainsi...

— C'est singulier, dit Panafieu pensif en caressant sa
moustache.

Charles parla bas à Vincent.

— Mais tu as raison, dit aussitôt se dernier à haute voix.

— Qu'y a-t-il? demanda Panafieu.

— Mais, mon frère a raison, et j'oubliais cela qui vaut mieux ; et fouillant dans la poche de son paletot, il continua : le premier jour de l'instruction, on ne trouvait personne à arrêter ; le procureur ordonna de faire photographier la victime dans l'état où on l'avait trouvée.

— Et vous avez...

— J'ai une épreuve de la photographie.

— Donnez vite.

Vincent prit dans son portefeuille une petite photographie qu'il donna à Panafieu.

C'était une admirable épreuve, saisissante de justesse et de ressemblance, ainsi que les fait toujours l'intelligent et spirituel artiste qui a nom Carjat.

Mme Mazel était absolument belle : un corps magnifique, et que la singulière situation dans laquelle elle avait été trouvée rendait encore plus beau en donnant au buste une fermeté de lignes assez rare. Vue ainsi, on eût cru voir une photographie gaie, et non le tableau d'un crime horrible.

C'étaient bien plus les traits d'une belle dormeuse, qu'un songe voluptueux entraîne lascive, hors de sa couche... qu'une victime sanglante, que la lutte avec l'assassin oblige à se jeter hors de son lit.

Panafieu, malgré le sujet et malgré lui, ne put s'empêcher de dire avec un sourire :

— C'était une jolie femme que Mme Mazel.

Vincent dit nerveusement :

— Je vous en prie, monsieur Panafieu... hâtons-nous ; je voudrais déjà être sorti d'ici.

— Mais pardon, cher monsieur... Nous en avons encore pour longtemps ; asseyez-vous et écoutez-moi.

Et en disant ces mots, il désigna les sièges et plaçant son bougeoir sur un meuble, la photographie à la main, il se promena quelques minutes dans la chambre, puis il dit :

— Écoutez-moi.

Panafieu, furetant partout, ouvrait et fermait les portes qui donnaient sur la chambre à coucher. Après quelques minutes de cette inspection, il dit aux deux frères qui le regardaient avec étonnement :

— Je vais vous reconstruire le crime probable, d'après ce que j'ai lu, ce que je vois, et ce que j'ai appris. D'abord il est bien évident que les nombreux coups de couteau n'ont pas amené, mais ont suivi la mort; il n'y a ici ni trace de lutte ni trace de sang.

Vincent montra le tapis.

— Le tapis! Ce n'est pas du sang; le cadavre est resté là un jour et une nuit, et ces souillures sont le résultat de ce séjour; autrement les draps, la couverture seraient tachés.

Panafieu réfléchit quelques minutes, puis il reprit :

— On avait joué cette nuit-là dans le salon; vers deux heures du matin, Mme Mazel voyant les parties engagées, s'était retirée chez elle en alléguant une forte migraine, votre père était parmi les joueurs, quelques-uns même l'ont entendu dire à mi-voix à Mme Mazel lorsque celle-ci se retirait :

— Je rentrerai à la maison, et ne te verrrai que demain, si tu vas mieux.

Mme Mazel est rentrée chez elle; elle attendait le faux abbé Poulard.

— Croyez-vous qu'il n'était pas là déjà? demanda Vincent.

— Non, j'en suis certain; la place occupée par Mme Mazel dans le lit est beaucoup plus marquée que celle du devant du lit; on croirait même volontiers que le poids

d'une seule personne est insuffisant pour former ce creux.
Quand Poulard est entré, Mme Mazel dormait.

— Qu'est-ce qui vous fait penser cela?

— Oh! c'est simple, il a pu attacher les cordons de
sonnettes aux montants de l'alcôve.

Mme Mazel éveillée n'aurait pas manqué de s'étonner
de semblables préparatifs. Mme Mazel dormait donc quand
celui qu'elle attendait rentra chez elle; il se mit au lit, et
si la mort résulte du coup que je crois, il a dû l'éveiller,
et la trompant par des caresses, jouant avec ses cheveux,
dans un baiser il lui a saisi la nuque et l'a tuée.

— La nuque!

— Ah! çà, quel est ce coup dont vous parlez?

— En deux mots, voici ce que c'est : je crois que
l'assassin de Mme Mazel est un homme connu de la police
qui déjà a tué une femme de cette façon.

— De cette façon? demanda Charles.

— En lui enfonçant une épingle là, derrière la tête,
au-dessus du cou, entre les vertèbres... La mort est
presque instantanée.

— Mais les coups de couteau?

— L'assassin, ayant été longuement recherché pour
un crime semblable, a voulu donner à la mort une autre
apparence, afin de tromper la justice, ce qui a réussi.

— Mais le rapport des médecins?

— Les médecins, les médecins, j'aime mieux garder
pour moi ce que j'en pense. Il y a une chose étonnante,
c'est que les draps ne sont pas tachés, et que l'oreiller
n'a que cette tache de sang, à peine grande comme une
pièce de cent sous.

— C'est vrai, firent les deux frères.

— C'est affreux! dit Vincent, le crime que des caresses
préparent.

— J'en juge ainsi par les traits de la victime.

Et il montra la photographie :

— Voyez, la mort est instantanée, je vous l'ai dit ; et le visage garde encore le sourire, les yeux sont demi-clos, la bouche est froncée ; on sent que le dernier soupir fut un mot d'amour.

Il y eut quelques instants de silence, puis Panafieu reprit :

— Voici le fait : l'abbé est un jeune homme, c'est l'amant aimé de Mme Mazel. M. Cornille Lebrun est un ancien viveur. Il apporte dans la maison un semblant d'aisance qui paraît y régner. Le soir du crime, l'assassin exploite habilement la situation : c'est nuit de jeu. L'argent est dans l'armoire, il a exigé être reçu cette nuit. Mme Mazel l'a reçu et elle craint que Cornille Lebrun ne vienne. Alors, elle a tout fait fermer.

L'assassin sait tout. Pendant le sommeil de la malheureuse, il prépare tout, il l'éveille, l'assure de son amour en la tenant dans ses bras et la tue ; la malheureuse n'a qu'une convulsion dans laquelle elle se retourne, ce qui lui enroule le pied dans les draps. Elle se trouve au bord du lit, et la tête et le buste entraînent le corps. Elle tombe ; elle est morte souriante, et ses doigts, dans un spasme, se sont crispés sur la couverture, que l'on a été obligé de couper. Lui, alors, il a regardé ce corps superbe, puis il a craint que la mort ne soit que factice, et son couteau a donné le coup que les médecins ont déclaré mortel ; et comme le sourire singulier est resté sur la face, il a haché la malheureuse, ne rougissant pas son couteau, puis il s'est dit qu'on l'avait vu entrer, qu'on savait sa présence en ce lieu, et il a cherché le moyen de se mettre à l'abri des soupçons.

D'abord, il a quitté son costume et revêtu des habits qu'il avait apportés sous sa soutane ; il a lacéré sa chemise et sa soutane de coups de couteau, et comme la victime, se trouvant la tête en bas, avait eu des vomissements de sang, il a essuyé sur le parquet et sur la face le sang avec sa chemise et sa soutane. M. Lebrun ne pouvait pas monter dans les chambres des domestiques, puisqu'il ne passait jamais par l'office et par la cuisine, tandis que c'était le chemin ordinairement suivi par l'abbé pour venir la nuit chez Adèle Mazel. C'est l'abbé qui a caché dans les combles fes vêtements sanglants, laissant la porte ouverte pour amorcer les gens chargés de l'enquête. Tout ce qu'il avait prévu et désiré est arrivé.

Lebrun, lorsque le jeu a cessé, était entièrement décavé ; il a demandé au domestique si madame avait dit un mot pour lui. On lui répondit négativement, et comme il faisait encore nuit, en attendant le jour pour trouver une voiture, il descendit dans le salon du bas par l'escalier de l'appartement. Tous les joueurs et joueuses étaient partis par l'escalier de la salle à manger.

Il est resté seul, maussade, ennuyé d'avoir perdu ; il partit au jour... L'abbé, au contraire, a pris dans l'armoire tout l'argent et tous les bijoux qui y étaient, et il est sorti par la porte de la maison, en descendant des chambres des domestiques. C'est cet abbé qu'il faut absolument trouver.

— Mais, demanda Vincent, le criminel dont vous reconnaissez la marque, qu'a-t-il fait déjà ?

— Vous le voulez savoir ? Au reste, je suis un niais de ne pas vous avoir dit pourquoi j'épousais si ardemment votre cause... L'homme que je cherchais jadis et pour lequel je suis devenu un agent... amateur, c'est celui qui a tué Mme Mazel, j'en suis maintenant convaincu... Et c'est...

— C'est ?

— C'est l'assassin de ma mère !

— Ah ! mon Dieu ! firent les deux jeunes gens !

Puis, comme Panafieu passait la main sur son front comme s'il en voulait chasser les pensées funèbres qui l'assiégeaient, ils dirent :

6

— Nous avons fini ici... partons.

— Messieurs, fit Panafieu, je comprends que, pour vous, cette perquisition soit cruelle ; mais j'ai besoin d'étudier plus profondément et surtout solitairement, laissez-moi seul ici... Voulez-vous ?

Les deux frères se regardèrent étonnés...

— Je vous reverrai demain au matin...

— Si singulière que soit votre demande, nous vous obéissons, monsieur Panafieu... J'ai confiance en vous.

— Et vous avez raison, allez...

— Ah ! dit tout à coup Panafieu, n'avez-vous pas la copie du rapport des médecins ?

— Oui.

— Donnez-la-moi, je veux approfondir ça.

Vincent fouilla dans un portefeuille et donna au jeune homme ce qu'il lui demandait, puis se retirant, les deux frères lui serrèrent la main en disant :

— A demain !

— A demain !

Vincent et Charles partis, Panafieu s'assit dans un fauteuil, et, le front dans ses mains, il pensa.

Panafieu, seul, recommença la perquisition qu'il avait déjà faite ; puis, s'asseyant dans le fauteuil, il prit le rapport que Vincent lui avait donné. Nous ne voulons pas priver le lecteur de cette pièce curieuse. .

Panafieu lut donc :

RAPPORT MÉDICO-LÉGAL

« Je, soussigné, Boitard, Auguste-Andoche, docteur-médecin-accoucheur, chevalier de l'ordre de l'Ours-Blanc, commandeur de l'ordre de Saint-Martin, membre de l'Académie de médecine de Montpellier, membre correspondant des Académies de Turin et d'Odessa, etc., etc., accompagné de M. Guérin, commissaire de police, déclare m'être transporté au domicile de la dame Mazel, avenue de Friedland, 38, afin de constater les blessures par elle reçues et ayant occasionné sa mort.

« J'ai trouvé, dans une chambre capitonnée de satin bleu, au premier étage, une femme nue, ayant les pieds sur le lit, la tête en bas... et j'ai constaté que le tronc, l'abdomen et les quatre membres sont sillonnés de hachures multiples, singulières et comme troublées entre elles à plusieurs places ; elles sont superficielles, entament à-peine l'épaisseur du derme ; à peine si quelques-unes atteignent la couche cellulaire sous-cutanée.

« La face, le cou, le dos, les reins sont intacts.

« Une quantité très minime de sang s'est échappée des blessures, car il n'y a guère que l'ouverture noire qui présente quelques caillots desséchés ; ces taches de sang sont roses sur les parties environnantes.

« Sur le tronc, près du sein gauche, à deux centimètres et demi du mamelon, existe un trou de quatre millimètres de diamètre ; l'exploration avec le stylet nous donne une profondeur de quinze centimètres, une direction presque verticale, un peu oblique de haut en bas et de droite à gauche... *c'est évidemment là le coup qui a donné la mort.*

« A l'ouverture de la poitrine on trouve, en effet, le quatrième espace intercostal traversé ; la plèvre gauche renferme du sang noir extrêmement liquide dont on peut évaluer la quantité à un litre et demi.

« Le poumon est traversé dans son lobe supérieur et, derrière lui, la hanche descendante de l'aorte est perforée de part en part.

« Aucune trace de violence, du reste, dans une partie quelconque du corps de la victime.

« De ces faits dûment examinés et discutés, nous concluons à la mort presque instantanée due à la blessure

unique qui siège au côté gauche de la poitrine... Un couteau de poche fut l'arme du meurtrier.

« Le coup ayant, en effet, comme il résulte de l'examen,
intéressé l'aorte descendante, le plus gros vaisseau est
sorti du corps à sa sortie du cœur ; il y a eu hémorrhagie
abondante et foudroyante, qui a déterminé une mort
prompte.

« Les autres blessures nous semblent avoir été faites
après la mort avec la pointe du couteau, le meurtrier voulant assouvir sa basse vengeance par un acte de férocité
cynique.

« En foi de quoi nous avons signé... »

Panafieu s'arrêta et, haussant les épaules, il dit pour
remplacer la signature :

— L'imbécile !

Panafieu relisait le rapport, regardait la photographie
que lui avait donnée Vincent et éclatait de rire en répétant :

— Quel idiot ! et dire que la vie des gens est sans
cesse entre les mains de ces gens-là. Ça a étudié la
médecine à la Faculté de... l'ignorance, poussé par
celui-ci, protégé par celui-là, ayant appris négligemment,
toujours forcé de recourir à un dictionnaire ou à un traité
même pour couper un cor. On confie à ça la grave mission de rechercher la mort... C'est peut-être la première fois que ce nid à décorations s'est trouvé devant un
cadavre dont il n'était pas l'auteur.

Voyons cela, continua-t-il en tournant le feuillet. Ah !
toujours la nomenclature des croix, ordres, etc. C'est l'autopsie à la salle de dissection. Tiens, c'est à Beaujon
qu'on a transporté la victime. Est-ce que je ne connais
personne à Beaujon... mais si. Voyons donc !

Ah ! Jobert ; mais il n'est plus là, maintenant : il est à
Vincennes. Oui, voici la date, 5 octobre 1878 ; certainement, il était interne à Beaujon. S'il avait été dans le ser-

vice de ce grand homme ! Nous verrons bien. Au fait, pourquoi n'irais-je pas ce matin?

En disant ces mots, Panafieu se leva et alla soulever le rideau d'une fenêtre qui donnait sur l'avenue Friedland.

— C'est le petit jour, dit-il.

En effet, le jour commençait à naître.

Panafieu fit encore le tour de la chambre suivant la direction qu'il supposait avoir été prise par l'assassin.

Il sortit par le cabinet qui se trouvait d'un côté du lit, et dont la seconde porte s'ouvrait dans le coin du palier qui servait de vestiaire.

Il suivit le couloir qui longeait la cuisine et l'office

Il sortit par l'escalier qui desservait la maison.

— C'est bien cela, pensa-t-il. Ainsi, il a monté jusqu'aux chambres des domestiques et y a porté sa soutane et sa chemise, en laissant toutefois cette porte fermée au pêne pour bien diriger la perquisition. Et les idiots s'y sont laissé prendre. Allons d'abord à l'affaire qui doit me mettre absolument sur la voie.

Et, suivant le chemin qu'il avait pris, Panafieu rentra dans l'appartement.

Il éteignit les lampes et sortit, au grand étonnement des voisins, par la porte de la rue Friedland.

Le jour était tout à fait venu.

Il héla un fiacre, monta dedans et dit au cocher :

— Cours de Vincennes, à l'hôpital.

XIII

UN AFFREUX MAIS CURIEUX TABLEAU

Le cocher fit la grimace, mais Panafieu ayant ajouté : je te prends à l'heure, il devint plus gracieux. Plus d'une heure après, la voiture s'arrêtait devant l'hôpital militaire.

Panafieu descendit et, s'adressant au concierge, il lui demanda

— Le docteur Jobert?

— Il est à l'amphithéâtre.

— Qu'est-ce qu'il fait là?

— Il est de service aujourd'hui et il a deux autopsies.

— Ah! Et peut-on le voir?

Le concierge regarda Panafieu assez embarrassé.

— Je ne sais pas... si vous êtes de ses amis...

— Je suis de ses bons amis, dit audacieusement Panafieu, et je suis son collègue.

— Ah! vous êtes médecin... Oh! mais c'est autre chose... Veuillez me suivre, monsieur.

Panafieu suivit le concierge qui le laissa bientôt devant la salle de dissection de l'hôpital.

Panafieu entra.

Nous avons dit que nous voulions montrer les bouges et les tripots; nous entendions les curiosités de Paris. Nous avons là une curiosité parisienne et nous demandons au lecteur la permission de lui montrer un amphithéâtre d'hôpital.

C'est une grande salle qui prend son jour par des châssis placés en haut. Le long du mur opposé à celui dans lequel est la porte, six tables de pierre recouvertes d'une plaque de fonte se suivent. Sur trois de ces tables sont couchés trois corps roidis, trois corps rigides, que le jour tamisé qui vient du haut éclaire et couvre d'une pâleur verdâtre.

Sur la première table qui appartenait au service du docteur L.... était étendu le cadavre d'un jeune homme de vingt-cinq ans environ. Il était couché sur le dos et sa jambe gauche était accrochée par des ellignes, espèces de crochets assemblés par des chaînettes, et se trouvait rapprochée de la face, permettant ainsi de travailler les muscles du fémur. La face du malheureux avait déjà subi un travail horrible. Des incisions avaient été faites de chaque côté de la mâchoire, des fossettes sanglantes qui faisaient rire le cadavre dont les yeux enfoncés n'avaient plus de paupières.

Sur cette horreur, deux jeunes gens étaient penchés. Bien vêtus et protégeant leur linge par un grand tablier blanc, de leurs mains aux ongles bien coupés, ils dirigeaient le scalpel dans les chairs, puis prenaient leurs cigarettes, en dégageant des peaux et des muscles rouges les petits faisceaux des nerfs brillants et d'un blanc de nacre... L'un sifflait le motif le plus en vogue de la dernière opérette.

A l'autre table, un seul homme travaillait, un grand garçon de vingt-quatre à vingt-cinq ans, la cigarette à la bouche, le scalpel à la main.

Sur la table de fer, un sujet était non étendu, mais dressé. Il avait le ventre placé sur un escabeau, et sa tête était sans cheveux, sans peau et sans cervelle. Le crâne scié tombait sur les bras désarticulés... Les jambes pendaient de l'autre côté, et le corps présentait les reins. C'était horrible! c'était sur la région postérieure que le jeune homme travaillait.

La troisième table était occupée par un corps dont l'autopsie venait d'être terminée.

Si odieux qu'était ce tableau, ces corps n'ont pas encore subi le dernier outrage. Les garçons, avant l'ensevelissement, arrachent aux cadavres les belles dents, coupent les longs cheveux... Et c'est affreux à penser, ces cheveux vont tourbillonner autour de joues roses en parfumant l'air... et ces dents, sourire dans une bouche qui offre des baisers.

Rien au monde ne peut rendre ce tableau repoussant... Les tables sombres, les corps raides, les peaux vertes, les faces qui grimacent, les yeux sans regard, les bouches tordues ou béantes, les yeux enfoncés, noirs...

parfois vides, la nuque fauchée à coups de ciseaux, les nez sans chair, camards... C'est affreux !

Panafieu passa au milieu de tout cela avec le plus grand calme.

Il alla frapper sur l'épaule du jeune homme qui travaillait à la dernière table et lui dit :

— Avez-vous une minute à me donner, Jobert?

Le jeune homme se retourna.

— Tiens, Panafieu!

Il essuya sa main sur la bavette de son tablier, et lui tendant la main.

— Et ça va bien ce matin?... Qu'est-ce qui vous amène?... Vous venez déjeuner avec moi?

Panafieu lui pressa la main en lui répondant :

— Oui ! Si vous pouvez...

— Vous arrivez bien, j'ai fini... Et le docteur s'assit sur la table de fer, roulant une cigarette.

— Sapristi, fit Panafieu malgré lui, en respirant un mouchoir parfumé, ça n'est pas gai, ici.

— Ah bien! fit en riant le docteur, c'est affaire d'habitude... Et montrant la partie qu'il disséquait : Si vous saviez ce que c'est intéressant de suivre après la mort la maladie qu'on n'a pas pu vaincre.

— Quelle chance que la famille n'assiste pas à la constatation des erreurs commises !

— Oh! Vous avez raison... Que de célébrités démolies!

— Dites donc, fit Panafieu, parole d'honneur, je ne suis pas bégueule, ça n'est pas pour faire ma tête, mais j'aimerais mieux aller causer dehors.

— Fumez toujours une cigarette.

— Pour je ne sais quoi, je ne prendrais pas quelque chose que vous auriez touché... Vous m'avez donné la main et je suis guéri.

— Lavez-vous donc les mains, fit le docteur en riant.

— Jamais ici.

— Eh bien, je suis à vous dans une minute, le temps
d'enfiler ma redingote... Vous aviez l'air si tranquille, si
calme en entrant.

— Oui, mais ça a passé vite. Maintenant je ne suis
plus à mon aise ici. Ça ne vous fait rien à vous ?

— Rien... même souvent, quand nous avons une autopsie un peu longue, nous déjeunons là.

— Ici ?

— Très bien, sur ce coin de table.

— Ah ! bon Dieu... Tenez, je ne fais pas le brave. Je
sors et je vous attends dehors.

Et ainsi qu'il le disait, Panafieu se précipita vers la
porte accompagné par les rires des médecins.

Mais comme Panafieu n'était pas un niais, il revint sur
ses pas et dit :

— Messieurs, vous êtes trop gais pour que je ne vous
prie d'accompagner M. Jobert. Nous allons déjeuner, et je
pars devant, commander à la Tourelle.

XIV

UNE PETITE CONVERSATION GAIE AU DESSERT

Les quatre jeunes gens se trouvaient réunis, quelques
minutes après la visite de Panafieu à l'hôpital de Vincennes, autour d'une table, dans un cabinet particulier. Le
déjeuner fut ce qu'il devait être. On s'amusa des dégoûts
de Panafieu ; on se fit fanfaron de cynisme, et, comme si
on était honteux d'être bon, on chercha par tous les
moyens à prouver qu'on n'avait ni âme, ni cœur, et tout
cela pour être drôle, la seule chose qui ne put réussir.
Comme les deux jeunes gens devaient reprendre le service à midi, Panafieu resta seul avec le docteur Jobert.

A la suite d'une longue causerie sur les autopsies, Panafieu dit au docteur :

— Mon cher docteur, pour des raisons... d'études, je suis venu me renseigner près de vous.

— Sur quel sujet?

— Vous souvenez-vous d'un crime commis, il y a un an et demi, avenue Friedland.

— Je crois bien ! La belle Adèle Mazel ?

— C'est cela même.

— C'est moi qui ai fait l'autopsie.

— Mais le docteur?

— Comme aide du docteur.

— Ah !

— Et que voulez-vous savoir?

— Je vais vous le dire. J'ai lu le rapport du docteur et j'ai lu le rapport des agents ; les dissemblances m'ont tellement frappé que j'ai voulu m'adresser à vous pour être bien certain.

— C'est bien simple.

— Vous ne vous compromettez pas au moins en me contant cela? dit hypocritement Panafieu.

— Point du tout... Le docteur s'est trompé... mais quand je lui ai parlé, il m'a dit : « Qu'importe la cause de la mort? la vérité est bien que c'est le sieur Lebrun qui l'a donnée. N'augmentons pas l'atrocité du crime par une révélation qui pourrait lui donner des imitateurs. »

Panafieu, malgré la tristesse du sujet, sourit; il était heureux d'avoir deviné juste.

— Je ne vous cache pas, dit-il, que ça m'intéresse au plus haut degré.

— Eh bien, mon cher, je suis prêt à vous renseigner.

Panafieu s'accouda sur la table, emplit les coupes de champagne et demanda :

— Vous connaissez le rapport du docteur ?

— Mais, mon cher, c'est moi qui l'ai écrit sous sa dictée.

— C'est vrai, vous m'avez dit que vous aviez fait l'autopsie.

— Oui, en qualité de prosecteur à l'école pratique, j'ai fait de mes propres mains l'ouverture du cadavre, naturellement sous les indications du médecin expert.

— Du médecin qui a tant de croix...

— Oui, fit en riant Jobert.

Panafieu était heureux, il avait trouvé déjà un renseignement précieux ; il avait hâte de savoir, et les questions se pressaient sous ses lèvres.

— Vous avez vu la dame Mazel morte, vous avez vu, vous avez touché les blessures, vous avez fait l'autopsie légale?

— Oui... silencieux, obéissant, écrivant sous la dictée.

— Du savant, fit ironiquement Panafieu. La question pour moi est là, vous avez touché les blessures du doigt.

— Certainement.

— Vous en avez constaté la gravité? La blessure du sein gauche qui a pénétré dans la poitrine était bien mortelle, n'est-ce pas?

Jobert rit, haussa les épaules et dit :

— Le rapport médico-légal l'affirme... Un joli coup de couteau en effet... Un homme bien vivant qui le recevrait n'en réchapperait certainement pas.

Panafieu vit bien que le docteur était prêt à tout éclaircir, prêt surtout à prouver que les heureux auxquels on donne souvent des titres mériteraient plus que leurs élèves d'aller à l'école... Il saisit l'occasion et reprit aussitôt :

— Pourquoi un homme?... vivant?... Est-ce que vous supposez qu'Adèle Mazel était morte quand l'assassin lui plongea son couteau dans le sein ?

— Mon cher ami, je vais plus loin, j'affirme que le coup n'a frappé qu'un cadavre.

— Vous êtes sûr de cela? demanda Panafieu, cherchant vainement à dissimuler l'anxiété avec laquelle il écoutait les révélations de Jobert.

— Très sûr, dit celui-ci en décachetant une bouteille de champagne.

— Vous pourriez prouver cela ?

— Mon Dieu, oui, dit négligemment le docteur en emplissant les coupes ; j'ai même la preuve.

— La preuve !

— Oui ; mais qu'importe, mon cher, que cette malheureuse ait été tuée de ..lle ou telle façon ! elle a été assassinée, voilà le fait. L'assassin a été découvert, confondu aux assises, condamné et exécuté ; la question est vidée.

Panafieu était embarrassé pour reprendre la question que, lassé, son ami semblait vouloir abandonner. Il résolut d'être plus clair et il lui dit :

— Écoutez, mon cher Jobert, pour des raisons particulières, j'ai besoin d'être renseigné à ce sujet... Ne vous étonnez pas de mon insistance, je vous en prie... j'étudie cette cause, j'ai besoin de savoir toute la vérité... Aidez-moi à rétablir les faits.

— Mais, mon cher Paul, je suis entièrement à votre disposition... Je vais vous dire ce que je sais.

— Oh ! merci.

Et se rapprochant du docteur, l'oreille tendue, il dit :

— Je vous écoute.

Le docteur prit un cigare, en coupa la pointe avec ses dents, l'alluma et raconta en fumant :

— Je vous ai dit tout à l'heure que c'était moi qui, sous la direction du médecin expert, l'homme aux croix, comme vous dites, avais procédé à l'autopsie et que j'étais par cela bien à même de juger de la nature des blessures.

— Oui ! fit Panafieu anxieux... Alors ?

— Tout d'abord la position, la netteté du cadavre, le calme du visage, le peu de sang qui maculait le corps me firent douter que la mort fût le résultat de blessures par instrument piquant et tranchant, car le fait de ces blessures est de donner beaucoup de sang, et leur nombre, du reste, devait faire supposer de la part de la victime une résistance qui aurait laissé des traces en raison des forces dépensées par l'assassin pour la vaincre.

— Mais c'est cela, c'est bien cela… Absolument juste. C'est ce que j'ai pensé, exclama Panafieu.

Jobert pensa quelques secondes, pour reporter sa mémoire à l'époque du crime, et il reprit :

— L'examen approfondi de chaque blessure en particulier, et même de celle du sein gauche, me donna raison. Je me demandai à part moi si toutes ces blessures n'avaient pas été faites *post mortem*, c'est-à-dire après la mort… mais l'absence d'une autre cause déterminante de la mort entraîna le médecin à conclure au caractère mortel de celles qui, seules, étaient visibles et palpables.

— Mais comment ce médecin, ce docteur, cet homme qui doit savoir, cet esprit enfin, peut-il conclure aussi catégoriquement quand il a douté ? demanda Panafieu en frappant sur la table… car enfin ce monsieur a signé que la mort avait été le résultat de la perforation de part en part d'un gros vaisseau, suivie d'hémorrhagie foudroyante.

— *Errare humanum est*, dit le docteur après avoir vidé son verre ; ce proverbe, vrai pour l'homme, l'est bien plus pour le médecin.

— Mais, mon cher, d'une expertise médicale dépend souvent la vie d'un homme.

— C'est vrai, mais ce pauvre vieux docteur a été influencé peut-être par les circonstances accablantes relevées dans l'instruction contre l'accusé. L'assurance de la culpabilité l'a probablement fait conclure un peu vite.

— Vous en parlez à votre aise.

— Que voulez-vous, le fait est accompli… Et quelle…

— Dites le mot : ânerie.

— Il ne pouvait pas y avoir hémorrhagie foudroyante...
la vieille école ! mon cher, celle qui luttait tant contre
ceux qui sont aujourd'hui nos professeurs. Mais pour nous,
c'est bien plus facile à constater. Ainsi voyez le rapport ;
il note comme quantité de sang épanché dans la cavité
thoracique un demi-litre, c'est à peine la quantité de sang
que l'on tire de la veine d'un malade que l'on saigne.

— Mais la blessure la plus grave ?

— La blessure constatée de l'artère aorte descendante,
le plus gros vaisseau du corps, aurait dû fournir quatre
à cinq litres de sang, si elle avait été faite durant la vie,
ces cinq litres de sang se seraient échappés en moins
d'une minute, et la victime aurait succombé subitement ;
or, puisque la quantité de sang manque et que l'orifice de
sortie existe, c'est que ce dernier a été fait quand l'artère
n'avait plus de sang ; or, l'artère est justement dans cet
état exsangue pour des raisons qu'il est inutile d'expliquer,
après la dernière pulsation du cœur.

— Enfin, la blessure est-elle mortelle ? demanda Panafieu.

— Oui, la blessure serait mortelle, mais elle ne l'a
pas été dans ce cas particulier, et j'ai pensé depuis que
l'assassin l'avait faite, ainsi que les autres, pour donner le
change.

— Voilà la vérité, toute la vérité, exclama Paul....
Mais, continua-t-il en se rapprochant, avez-vous vu la
véritable cause de la mort ?

— Oui...

— Oh ! parlez.

— Je ne sais ce qui fait que, las de l'autopsie déjà
faite, je n'abandonnais pas ce corps... mais je voulus
chercher la cause qui avait échappé au médecin-expert.

— Très bien ! vous êtes un travailleur, vous !

— Je fis transporter le cadavre dans mon pavillon, à
l'École pratique, et là, seul, je repassai en revue, avec

attention, tous les points de la surface du corps en retournant le cadavre ; je relevai les longs cheveux épars sur les épaules, en les tordant, je les fixai sur le sommet de la tête. La nuque était alors bien dégagée.

Panafieu attentif, anxieux, les yeux fixes, la bouche à demi ouverte, écoutait le docteur qui, après avoir allumé un autre cigare, s'accouda sur la table et continua :

— Je regardais avec admiration la ligne gracieuse du col, les épaules, lorsque mes regards se trouvèrent arrêtés par un point qui choquait la vue, et marquait comme d'un signe le col blanc... Parmi les petits cheveux frisés qui couvraient le cou de la femme à cette région, une boucle se trouvait sur la ligne médiane comme agglomérée par un liquide desséché et collé sur la peau... A ce moment, je ne sais ni comment, ni pourquoi, je me souvins qu'on avait constaté que quelques gouttes de sang tachaient l'oreiller de la victime... et immédiatement, par une association d'idées naturelles, je vis une relation entre cette tache de sang et cette boucle de cheveux plaquée contre la nuque.

Le visage de Panafieu aurait bien étonné celui qui aurait entendu le lugubre récit qu'il écoutait... Panafieu souriait, il semblait heureux... Le docteur emplit les coupes, vida la sienne et reprit :

— Immédiatement je m'armai d'une loupe et soulevai délicatement la boucle de cheveux. C'était bien du sang desséché qui avait aggluiné ces petits cheveux ; en examinant plus attentivement leur surface d'implantation, je vis sur la peau blanche et mate un point noir si petit qu'il m'eût certainement échappé à l'œil nu.

Joignant le geste à la parole et démontrant avec son cigare, Jobert continua :

— Ce point noir faisait un léger relief, avec l'extrémité de ma pince, je frottai et je sentis parfaitement comme un corps résistant situé sous la peau ; ne pouvant m'ex-

pliquer ce phénomène, je fis une ouverture à ce niveau,
et vis surgir entre les lèvres de la plaie écartée l'extrémité d'une aiguille d'or de quatre à cinq lignes de diamètre.

— Et allons donc, je le savais bien.

— Que dites-vous ?

— Rien, mon cher, continuez ; je me réponds à moi-
même.

Et, emplissant les coupes, l'air joyeux, Panafieu répéta :

— Continuez... continuez.

— Je cherchai à imprimer à l'aiguille des petites se-
cousses ; elle résista : elle était comme enclavée. Armé
de mon scalpel, je poursuivis plus loin mes investiga-
tions ; j'arrivai, après avoir traversé les muscles de la
nuque, aux deux premières vertèbres cervicales ; l'atlas et
l'axis...

Malgré l'aridité du récit, Panafieu écoutait studieuse-
ment, en promenant son doigt sur sa nuque, à mesure
que parlait le docteur, pour mieux se rendre compte de
la place où fut donné le coup mortel. Jobert continua :

— L'aiguille était fixée entre les arcs de ces deux vertèbres, je la saisis fortement et l'arrachai le plus doucement possible... son extrémité plongeait de deux centimètres dans le canal médullaire.

— Et...?

— Et c'était là la cause de la mort.

— Ah !

— L'aiguille ayant piqué un coin de la moelle allon-
gée, siège de la vie, auquel on a donné le nom de nœud
vital...

— Et vous avez été alors absolument convaincu... que
c'était cela qui avait occasionné la mort?

— Absolument.

— N'avez-vous pas vu de cas semblables?

— Sur les gens, non ! Les physiologistes ont fait des expériences à ce sujet, mais sur les animaux seulement... Ils ont constaté que le seul point du cerveau ou de la moelle piqué légèrement, donnait la mort très prompte.

— Et vous n'avez jamais entendu parler de ce genre de mort sur personne ?

— Non !

— Il y a quatre ans, une femme aux Batignolles ?

— Non, je ne m'en souviens pas.

— C'est une pauvre femme qu'on trouva un matin assassinée.

— Et les médecins constatèrent ce même coup ?

— Mais non, mon cher docteur ; comme aujourd'hui, ils cherchaient la mort dans l'empoisonnement. L'étude des intestins n'ayant rien donné... on finit par attribuer la mort à une cause cérébrale, et c'est dans cette recherche que l'on trouva véritablement la cause de la mort.

— Mais je n'ai jamais lu procès semblable.

— Évidemment, puisqu'on n'a jamais trouvé l'assassin.

— Ah bah ! mais alors, on l'a trouvé depuis, car, malgré les désignations, ce Cornille Lebrun était bien l'auteur du crime.

— Vous croyez ?

— Les coups de couteau devaient dépister l'instruction, ils y ont réussi.

— Vous croyez que c'est lui seul ?...

— Absolument.

Panafieu pensa quelques minutes, puis, pour ne pas en dire trop, il reprit :

— Vous avez peut-être raison. Voulez-vous encore un verre de champagne ?

— Volontiers.

Panafieu versa et demanda.

— Mais cette épingle, est-ce que vous l'avez encore ?

— Ma foi, je l'ai gardée quelque temps, on me l'a prise.

— C'est regrettable, j'aurais voulu la voir.

— Non, au fait, je l'ai donnée à une petite femme mariée que j'ai connue.

— Vous faites de jolis petits cadeaux à vos maîtresses, docteur.

— Une petite femme ma foi bien amusante, la petite Nicette.

— Tiens, un nom peu parisien.

— C'est cependant une Parisienne ; ce n'est pas une duchesse, fit le docteur en riant, mais moi je m'en moque un peu ; marmotte, bonnet ou chapeau, je ne regarde que le petit museau qui est dessous.

— Celle-là serait drôle, dit Panafieu, pensant tout haut... Est-ce que votre Nicette ne tire pas le cordon dans ses moments perdus ?

— Vous la connaissez !

— Ah ! c'est trop fort.

— Comment, vous connaissez Nicette Levasseur.

— Eh ! vous êtes bon, vous la connaissez bien, vous !

— Ah ! mon ami, ce n'est pas un reproche, bien au contraire, mes compliments.

— Mon cher docteur, permettez-moi de vous les adresser sincèrement.

— Au reste, il est temps que nous changions de conversation, la gaieté manquait au déjeuner.

— Docteur, je bois à elle !

Et Panafieu, changeant tout à fait de façon, ayant réussi dans ses recherches, leva gaiement son verre.

XV

DEUX LETTRES

Le même jour, en rentrant chez lui, Panafieu fut arrêté
par son concierge.

— Ah ! monsieur Paul, j'ai une lettre pour vous.

— Vous l'avez reçue aujourd'hui ou hier ?

— Ah ! c'est vrai, vous n'êtes pas rentré, fit en riant
Levasseur... oh ! la jeunesse !... C'est une lettre qu'un
drôle de bonhomme a apportée ce matin...

— Un drôle de bonhomme !

Panafieu prit la lettre, et comme le jour il faisait nuit
dans la loge, ce qui est au reste assez commun dans les
maisons de Paris, Panafieu mit la lettre dans sa poche,
se réservant de la lire chez lui.

— Je vous remercie, monsieur Levasseur ; et madame
n'est pas là ?

— Non, la pauvre femme ! elle est jeune encore, et
dame l on n'a pas beaucoup de plaisir ici... Alors, comme
il y a aujourd'hui un bal de société où va une de ses tantes,
elle m'a demandé la permission d'y aller. Pauvre Nini,
vous pensez bien que je n'ai pas eu la cruauté de lui refuser, d'autant que c'est un monde tout à fait comme il
faut.

— Vous avez bien raison ! mais c'est tôt pour partir à
un bal.

— C'est qu'il y a un banquet avant, à cinq heures, et
il en est six.

— Déjà ! fit Panafieu.

— Mais oui, monsieur Paul, six heures, c'est un bal de
nuit.

— Vous n'êtes donc pas jaloux? demanda Panafieu pour causer.

— Oh! c'est du monde comme il faut, et puis, je vous l'ai dit, elle y est allée avec sa tante, une femme de la haute qui ne nous voit pas à cause de sa position, mais qui adore ma femme.

— Ah! la tante à héritage, à laquelle on n'a rien à refuser.

— C'est ça, fit en riant bêtement Levasseur, et puis voici le fin mot : je permets à ma femme d'y aller aujourd'hui, pour qu'elle me laisse aller à notre réunion samedi.

— Quelle réunion?

— Mais vous savez bien que je fais partie de la société des *Enfants de la Lyre d'Orphée.*

— Ah! les *Enfants de la Lyre d'Orphée!*

— Oui, une société de chant; nous avons un banquet tous les premiers samedis du mois : deux francs soixante-quinze, vin et café compris; tous hommes; je vous y mènerai un jour, si vous voulez. On chante chacun son tour et c'est là où on se *durcit le nez.*

En disant ces mots, l'enfant de la Lyre d'Orphée éclata de rire.

— Je ne dis pas non! répondit Panafieu, il faut bien s'amuser un peu; et il grimpa vivement l'escalier, pressé de lire la lettre qu'avait apportée le matin « un drôle de bonhomme. »

Dès qu'il fut chez lui, comme la nuit tombait, il alluma sa bougie et ne fut pas peu surpris de voir sur les chaises les vêtements de tous les jours de Mlle Lise. La robe achetée lorsque Panafieu avait remis de l'argent n'était plus là. Mlle Lise avait fait toilette.

Panafieu vit sur la table une longue feuille de papier, sur laquelle couraient quatre rangées de pattes de mouche... Il lut aussitôt :

« Mon cher Paul,

« Je suis d'avis qu'on ne doit pas s'amuser les uns sans les autres; tu n'es pas rentré la nuit dernière et je vais t'imiter cette nuit.

« Seulement, moi, je suis honnête, je peux dire où je vais; j'accompagne Mme Levasseur à un bal de famille.

« A demain donc, si tu rentres cette nuit, toutefois.

« Lise. »

— Diable, fit en riant Panafieu, ça va mal ici... Ah çà! qu'est-ce que ce bal où va Nicette? Tout cela me paraît bien singulier. Je crois que je ne connais qu'à moitié ma tendre compagne et je suis presque certain de ne pas connaître du tout Nicette... Il y a là un mystère qu'il faudra bien que j'éclaircisse... Mais ce n'est pas tout cela, pensons aux affaires.

Et aussitôt il ouvrit la lettre que lui avait donnée le concierge. Elle était écrite en grosses lettres bien tremblées, bien lourdes, et qui révélaient l'ignorance par l'application qu'on avait dû y mettre; la lettre disait :

« Monsieur,

« Je me suis occupé de l'affaire dont je m'étais chargé; je sais où vient des fois le Poulard, et je suis prêt à vous y conduire; si vous êtes toujours dans les intentions de me faire la situation qui est promise. Si vous pouviez ce soir, je vous mènerais à endroit où il va; c'est un l'endroit où il va pas mal de femmes et où on joue beaucoup d'argent.

« Je n'en dirai ni ferai davantage qu'ayant une réponse pour mes affaires personnelles.

« J'ai bien l'honneur d'être, monsieur Panafieu, votre dévoué serviteur.

« Isidore, dit Ladèche.

7.

« *P.-S.* — Je serai toute la soirée au *Chat enragé.* »

— Ah ! mais ça va très bien ! exclama joyeusement Panafieu.

Puis, comme il tenait les deux lettres de la même main, il ajouta :

— C'est curieux, il me semble qu'il y a un lien mystérieux entre ces deux lettres-là... Voyons, que vais-je faire.?... chercher les deux frères Lebrun ?

Il réfléchit quelques minutes, puis pensa tout haut :

— Non ! il faut que j'éclaire toute cette affaire seul ; j'y ai d'abord un intérêt tout particulier, ensuite les frères ne manqueraient pas de brusquer la chose, et, en voulant aller trop vite, de tout compromettre. Seul j'irai voir Ladèche, j'irai avec lui dans la maison, il me désignera l'homme, que je filerai pour connaître sa demeure. On peut se tromper, il faut donc être prudent... Ce soir j'étudie ; si ce que je vois, si ce que j'entends est dans la vérité, d'ici deux ou trois jours je serai renseigné, et il sera temps d'en parler aux frères. Il suffit à leur satisfaction que je leur dise ce que j'ai appris aujourd'hui.

Il se tut quelques minutes, comme suivant une pensée, puis il exclama :

— Mais cette Nicette avec Jobert... c'est trop fort... allez-y comprendre quelque chose... C'est que je croyais positivement l'avoir dérangée de ses devoirs.., ces airs de sainte-n'y-touche ! je n'en reviens pas !... Demain j'opérerai de ce côté-là.

Panafieu vida ses poches, il lui restait cinq louis...

— Bon ! dit-il, avec vingt francs je ferai ce que je voudrai de Ladèche. Si nous allons dans ce tripot, j'ai trois louis à jouer... tout cela est suffisant, d'autant que demain j'espère avoir des fonds... Il est temps d'aller au rendez-vous, allons-y !

Il allait partir lorsque ses regards tombèrent sur la lettre de Lise.

— Pauvre petite ! comme dit Levasseur, il faut bien qu'elle s'amuse ! Tant qu'elle ne choisira pour ça que des soirées de famille ! Je la consolerai... demain par un petit cadeau.

Il éteignit sa bougie et descendit aussitôt.

Une demi-heure après il entrait au *Chat enragé.* Le cabaret, comme chaque soir, était plein de monde. Il fit un signe à Ladèche et à Pierre-de-Taille, qui vinrent s'asseoir avec lui à une table presque à l'entrée. Après avoir fait venir une bouteille, Panafieu demanda à Ladèche :

— Eh bien, tu l'as trouvé ?

— Oui, et je sais un endroit où il va ce soir.

— Où cela ?

Ladèche hocha la tête en souriant niaisement.

— Eh bien, qu'as-tu ? lui demanda Paul.

— Dame ! vous savez, chacun ses affaires. Je suis-t'y avec vous, j'y suis-t'y pas.

— Mais c'est entendu, puisque tu nous sers...

— Alors je suis avec vous ?

— Tiens, voici des arrhes, répondit Panafieu en lui donnant un louis.

— Alors, à la vie à la mort !... monsieur Panaf..., vous permettrez que *j'étouffe*, dit Ladèche en mettant le louis dans sa poche.

— Ne te gêne donc pas... et quelle est la chose ?

— Voici en deux mots :

— J'écoute.

Et Panafieu se pencha vers son interlocuteur.

— L'abbé n'est plus visible que le soir, vers les dix heures ; il va dans deux maisons, une rue Aumaire, l'autre faubourg Saint-Denis... C'est dans cette dernière qu'il va ce soir ; sous les allures d'une table d'hôte où vont des fillettes, on y joue la nuit un jeu d'enfer.

— Bien ! et tu dis qu'il doit y venir ce soir ?

— C'est sûr...

— Mais comment as-tu su cela ?

— Oh ! c'est bien simple...

— Dis-moi aussi dans quelles circonstances tu l'as retrouvé ?

— À vos ordres...

— Eh ! Champignon... tu vois bien qu'on étouffe ici... donne-nous donc à boire.

Champignon obéit.

— D'abord, qu'est-ce que ce Poulard ? Est-ce véritablement un abbé ?

— Mais non ! Comment ! vous ne savez pas ça !

— Pas le moins du monde ; on m'a dit : « Si l'abbé Poulard vivait encore, vous auriez tous les moyens d'exécuter l'affaire que vous cherchez. » Or, tu m'as dit, toi, que l'abbé existait ; mon affaire est donc encore faisable. Voilà comment j'ai su qu'il existait un abbé Poulard ; voilà pourquoi je désire le voir... mais je ne sais pas un mot de plus sur lui.

— Poulard mort ! allons donc, il aime trop vivre.

— Mais, est-il abbé ?

— Non. Voici la chose : il a été élevé au séminaire de Saint-Sulpice ; trois fois il s'est sauvé, trois fois on l'a fait rentrer. C'est pas un homme, c'est un satyre, fit Ladèche, un rigoleur fini, qui chante toujours :

> Des femmes, des femmes
> Il n'y a qu' ça !
> Tant que la terre tournera
> Des femmes, des femmes.

Ah ! ah ! ah ! quel drôle de garçon !

— Ah ! ah ! ah ! fit Pierre-de-Taille en se tordant, il est amusant ce Ladèche... Champignon, une bouteille.

Panafieu rit avec ses acolytes et reprit avec calme :

— C'est un bambocheur.

— Voilà la chose, reprit Ladèche, il a donc été élevé au séminaire, une quatrième fois il s'est encore sauvé ; cette fois, la famille a dit : en voilà assez, qu'il s'arrange ! Lui, de son côté, il a écrit à sa famille : « Je sens que je ne suis pas né pour être curé, mettez-moi dans les affaires... dans le commerce... etc... » La famille a dit non ! lui a fait l'obstiné ; alors on a suspendu la pension. On se disait : il n'a pas le sou, faudra qu'il cède... Jamais de la vie, qu'a dit Poulard ; il s'est dit : Je vais faire du scandale. Pour lors... il a gardé la soutane, et dans le quartier latin on le voyait se promener avec des jeunesses au bras, et fumant sa pipe, ou pincer un rigodon à Bullier. Quand les agents lui disaient : « Mais vous avez un costume ecclésiastique, c'est défendu d'en porter ici !... » lui disait : « Donnez m'en un autre, je ne demande que ça, mais je n'ai rien à me mettre et vous ne voudriez pas me condamner à aller tout nu... » Seulement ça a bien été quelques jours comme ça, mais après on lui a absolument interdit d'aller au Beuglant et à Bullier, vêtu ainsi... Alors, savez-vous ce qu'il a fait ? il a acheté des vieux boutons d'une tunique de la garde nationale et en a fait coudre à sa soutane.

Il était avec la petite Lida, la modiste ; elle lui a cousu aussi des parements et un col en satin vert..., alors on l'a laissé circuler en disant : c'est original... et tout le monde le nommait : l'abbé.

— Mais quel âge a-t-il ?

— Dame ! à cette époque-là, il avait dans les vingt-cinq ans.

— Quel homme est-ce ?

— Oh ! très bien fait, très beau et surtout très fort et très adroit...

— Est-ce un joueur ?

— Ah ! s'il est joueur... je crois bien ! une fois il a joué sa cravate, son paletot et ses bottes.

— Ah! ah! ah! Est-il amusant ce Ladèche! répéta Pierre-de-Taille en versant dans les verres.

— Mais c'est un garçon curieux à connaître, dit Panafieu... C'est un type.

— Cette fois-là, il a même tout regagné.

— Ah !

— Oui, avec une épingle d'or qu'il a jouée après et qui restait à sa cravate... Encore une manie, il a toujours à sa cravate une grande épingle comme les épingles à trois pour un sou, sans tête, sans boule, seulement en or.

Malgré lui Panafieu ne put retenir une exclamation. Ladèche le regarda et, comme les yeux fixes, la bouche ouverte, il pâlissait, il lui dit :

— Eh bien ! qu'est-ce que vous avez ?

— Rien, rien! fit aussitôt Panafieu se domptant... je n'ai rien ! je suis étourdi, abruti de ce que tu me contes là...

— Est-ce pas que c'est un drôle de bonhomme?

— Oh! oui, bien singulier...

Et Paul, en disant ces mots, essuyait la sueur qui perlait sur son front et s'efforçait de dissimuler le halètement de sa poitrine ; il sentait le froid courir dans ses veines et le feu lui piquer la peau... Il voulait vaincre l'émotion qui l'envahissait et regardait bêtement sans l'écouter, Ladèche qui racontait toujours.

On comprend facilement l'émotion du pauvre garçon ; cette fois il ne doutait plus. L'abbé mystérieux était joueur, c'était bien l'amant, l'intime d'Adèle Mazel, et l'épingle... l'épingle singulière en or, lui était spéciale.

Sans voir ce qui se passait en son interlocuteur, Ladèche continua :

— Je me suis souvenu d'une petite blanchisseuse qu'il avait connue dans le temps. J'ai été la voir, elle m'a dit :

— Oh! maintenant il ne fait plus de folies comme dans le temps, cependant il joue toujours... Je l'ai vu chez une pratique à moi, une dame qu'on nomme Chinette, et qu'il avait connue dans une petite table d'hôte, où il va quelquefois... Avec ce renseignement-là je me suis dit : faudra que je trouve...

— Oh! c'est un malin Ladèche... et je dis ceci devant Panaf..., fit Pierre-de-Taille en levant son verre pour trinquer, il est *difficile à refaire;* c'est un vrai, un *mariole!*

— Oui, je crois qu'il faut être malin pour me refaire, moi, dit Ladèche avec fatuité.

Panafieu écoutait, mais n'entendait pas; il pensait toujours :

— L'épingle d'or !

— Pour lors donc, reprit Ladèche, je prends l'adresse de Mme Chinette, rue Laval prolongée, j'y vas, et j'y dis que je viens de la part d'un monsieur pour lui demander l'endroit ous qu'il pourrait la voir... Elle me dit que la personne n'avait qu'à fixer elle-même. Moi je lui dis : on désire se trouver avec vous dans une réunion, par exemple où vous prenez votre pension... Alors elle me dit : « C'est Faubourg-Saint-Denis, chez la Balandier... » Je lui dis alors : « C'est que cette personne-là vous a vue avec l'abbé et voudrait pas se trouver avec lui. » « Ah! qu'elle s'écrie, c'est bien simple, l'abbé ne vient chez la Balandier que tous les jeudis, qu'il n'y vienne que demain... » « C'est ça, que je dis, on y sera. » Vous voyez que ça n'a pas été bien malin; j'avais l'adresse de l'endroit et le jour où il va... Or c'est jeudi ce soir.

Panafieu n'avait entendu que la fin du récit de Ladèche, il lui demanda :

— Tu dis donc que tous les jeudis il va chez la Balandier?

— Oui.

— Je connais ça, la Balandier, j'y ai été autrefois. Que fait-il maintenant, le sait-on?

— On dit qu'il est à son aise... On croit qu'il est encore dans les ordres, seulement il est en province, c'est pour ça qu'il vient faire ses coups à Paris. Il y en a qui disent qu'il est défroqué... Le vrai mot, c'est qu'on ne sait pas, qu'on n'a jamais bien su. Il avait disparu du quartier latin, et on ne l'a revu que dix ans après ; il n'était pas habillé du tout en ecclésiastique, il était en pur gandin.

— Le connais-tu, toi ?

— Moi, je le connais, oui, mais lui ne me connaît pas... Si c'est bien celui que je pense ! Dame ! vous savez, monsieur Panafieu, on peut se tromper.

— C'est celui-là, affirma Panafieu, qui se mordit aussitôt les lèvres.

Mais Ladèche n'avait pas fait attention, et il reprit :

— C'est votre avis, n'est-ce pas, moi je suis presque sûr.

— Pardi, fit Pierre-de-Taille, c'est certain que c'est lui... c'est toi qu'on tromperait, tu es à la redresse pour tout ça.

— Voici ce que nous allons faire ce soir, dit Panafieu après avoir réfléchi quelques minutes, vous allez m'accompagner au faubourg Saint-Denis.

— Chez la Balandier, fit avec répulsion Pierre-de-Taille.

— Non, vous resterez en face la porte tous les deux, vous vous posterez et guetterez sa sortie ; puis, chacun de son côté, l'un retardant, l'autre avançant, et changeant le mouvement à votre tour, pour qu'il n'y voie rien, vous le filerez et demain vous me donnerez l'adresse de sa demeure.

— Ça, c'est facile.

— Moi, je monterai et je l'observerai. Je veux voir seulement si c'est bien l'homme dont j'ai besoin, car je ne dois pas compromettre mon affaire en l'allant conter au premier venu.

— Je crois bien.

— Faut être fin et prudent... Et vous êtes content de moi, alors, monsieur Panafieu? demanda Ladèche.

— Très content, fit Panafieu en lui serrant la main...

— Eh bien, alors, dit en se levant Pierre-de-Taille, pour nous donner du cœur au ventre, si on doit passer la nuit, prenons une autre bouteille.

— Oui ; mais dépêchons-nous, il est temps.

— Champignon! cria Pierre-de-Taille, une bouteille, et du pareil !

La bouteille vidée, Panafieu paya, et, suivi de ses deux aides, il gagna le faubourg Saint-Denis.

XVI

CHEZ LA BALANDIER

Le bouge dans lequel nous allons introduire le lecteur mérite une description particulière. C'est, du reste, un lieu-type de notre époque que la table d'hôte à femmes. Espèce de restaurant borgne qui cache le plus souvent, sous son enseigne, un commerce que la police n'autorise pas.

La table est envahie chaque soir par des femmes; quelques hommes seulement y viennent irrégulièrement.

La Balandier demeurait, nous l'avons dit, faubourg Saint-Denis, un peu plus haut que la rue d'Enghien.

La maison n'avait que trois étages ; l'entrée était une petite porte encaissée entre deux boutiques.

Le corridor étroit et sombre était sillonné sur un côté par un ruisseau dans lequel séjournaient, les trois quarts du temps, les eaux ménagères de la maison.

Les murs étaient gras, les dalles toujours humides, et la nuit seulement, grâce aux quinquets fumeux qui pendaient dans l'escalier, on pouvait entrer sans se guider à tâtons, et ne pas risquer de s'aller briser les reins dans la cave béante sous l'escalier.

L'escalier tortueux était étroit et sans air ; comme les cuisines des logements des trois étages donnaient dessus, on y respirait constamment l'odeur nauséabonde de la cuisine mal faite.

Il fallait un estomac solide pour garder l'appétit jusqu'au troisième étage.

A ce troisième étage était un petit palier sur lequel s'ouvrait la porte d'un seul appartement, celui de la Balandier.

En entrant dans un corridor qui servait d'antichambre, on était pris à la gorge par l'odeur que laisse le séjour des chats dans les maisons mal tenues, et par la senteur âcre du pétrole.

Là, une grosse fille bête, parlant à peine le français, prenait votre chapeau et votre pardessus et les portait dans une autre chambre.

Cette prévenance n'était qu'une précaution prise, qui vous obligeait à ne pas partir sans être vu.

Puis, cette fille vous ouvrait la porte de la salle à manger... quelle salle à manger !

La salle à manger était une grande pièce, humide, sur les murs de laquelle s'étendait un papier décoloré. Elle était meublée d'un unique buffet à étagères en acajou. Au milieu était une grande table de bois blanc montée sur des tréteaux. La cheminée n'avait pas de garniture ; de chaque côté était un vase de porcelaine gagné à quelque tourniquet de fête foraine. La glace qui surmontait la cheminée était encadrée dans un panneau à moulures, peint en gris, et les habitués de la table d'hôte avaient gravé mille sottises avec des diamants de bagues sur la glace même.

Les murs étaient ornés de cinq tableaux, des lithographies encadrées qui avaient la prétention d'imiter les su-

perbes gravures au burin du dernier siècle. Ces tableaux
étaient la Liseuse, la Pantoufle, l'Indiscret, le Verron...
On voit qu'elles étaient choisies dans le goût des habitués...
Sur le panneau de la glace était le pilori de la famille et des
intimes, cinq photographies : la maîtresse de la maison,
vingt ans plus jeune ; sa fille, une fort belle personne,
dans un costume très-léger ; un gendarme, le premier
mari de la Balandier et le père de l'enfant ; un beau jeune
homme que la fille de la Balandier, Lida, appelait l'ami
de maman, et enfin le portrait de miss Menken dans le
costume des *Pirates de la Savane.*

Sur la table, une grande nappe d'une blancheur douteuse ; la nappe devait durer deux jours. Lorsqu'elle était
trop tachée, on couvrait l'endroit d'un napperon. Les ser-
viettes étaient changées deux fois par semaine, et les
abonnés les glissaient dans un anneau portant un numéro.

La Balandier dirigeait le service ; sa fille ne venait que
très rarement à la table, au plus six fois l'an... Personne
n'avait vu l'ami de Mme Balandier, le beau Gustave.
Quand, à l'heure du dîner, il avait besoin de parler à la
Balandier, il la faisait appeler dans la cuisine.

On ne savait qu'une chose de lui :

> On l'appelait le beau Gustave,
> Il avait une chaîne en or,
> Pour les hommes c'était un brave,
> Pour les femmes un vrai trésor.

Sur cette grande pièce s'ouvrait une chambre un peu
plus petite : elle était à peu près meublée et le milieu
était occupé par une table sur laquelle était un tapis vert...
C'était là qu'après le dîner l'abonnée disait à son voisin,
le visiteur, le novice :

— On va faire une petite partie, je n'ai pas mon porte-
monnaie, prêtez-moi un louis.

Ça réussissait quelquefois, mais nous devons à la vérité de reconnaître que c'était rare.

C'est dans ce lieu que, vers huit heures, entra Panafieu.

On dînait : une douzaine de femmes entouraient la table, le sexe fort n'était représenté que par quatre hommes.

Il remarqua que toutes les dames qui l'entouraient étaient maussades : pas une ne parlait, ce qui était absolument anormal; les hommes, penchés sur leurs assiettes, déchiraient la viande nerveuse qui composait le repas.

Panafieu désirait lier conversation avec sa voisine; ce fut facile, car elle commença :

— En voilà un dîner! heureusement que nous n'avons pas de râtelier pour manger cette viande-là.

— Effectivement, madame, dit Panafieu... il faut la conviction profonde que nous avons que c'est bien de la viande pour consentir à la manger.

— Ici, c'est toujours comme ça.

— Comment, toujours des menus semblables?

— Non! alors, je ne viendrais jamais... mais dès qu'ils ont des nouveaux, ce sont eux qui ont les bons morceaux, et nous rien.

— Est-ce que tu as vu les épinards, toi?... demanda une des femmes à celle qui causait avec Panafieu.

— J'en ai vu... passer pour eux.

— Alors nous, qu'est-ce que nous mangerons?

— Mais, reprit avec amertume la voisine, nous ne valons probablement pas ces dames, nous autres.

— Ces dames, qu'est-ce que c'est?

— Nous le savons bien, ce qu'elles sont, dit une femme.

— Ça fait des manières comme si ça valait mieux que nous! fit une autre.

Un grand garçon, qui venait d'arracher une bouchée à sa portion, demanda à sa voisine :

— Qui est-ce donc ? Je ne les ai pas vues entrer. Est-ce que je les connais ?

— Mais oui ! répondit celle qu'il interpellait ; tu ne connais que ça, les deux fillettes qui viennent quelquefois.

— Ah ! oui, celles qu'on dit être des femmes honnêtes ?

— Ah ! ah ! ah !

Et ce fut un rire général autour de la table.

Panafieu regardait et écoutait ahuri.

— De qui donc parle-t-on ? demanda-t-il à sa voisine.

— De deux mijaurées qui sont là, fit celle-ci en montrant la petite pièce dont la porte était fermée. Ici c'est toujours comme ça, nous venons tous les jours, on se moque de nous ; celles-ci viennent par hasard, on les met à part. Ce qu'il y a de meilleur, c'est pour elles... On les sert d'abord.

— Laisse donc... Ce sont des poseuses, dit une femme avec mépris.

— Où sont donc ces dames ? demanda Panafieu.

— Là, à côté, répondit la voisine en désignant la porte, vous entendez bien rire.

Tout à coup un grand brouhaha se produisit : tout le monde cria en apercevant la bonne qui portait majestueusement sur son lit de cresson une dinde.

La bonne et la dinde disparurent dans le petit salon.

Un murmure immense s'éleva ; une des femmes dit aussitôt :

— Laissez donc, ces dames attendent de la famille.

Cette plaisanterie fine et neuve fut accueillie par un immense éclat de rire.

Quelques minutes après, la dinde amputée sortit du petit salon et fut offerte à la grande table.

On se doute de la réception grincheuse qui lui fut faite.

La voisine de Panafieu dit :

— Ces dames en ont trop, nous pouvons en prendre maintenant.

Panafieu, qui avait observé ce qui se passait, ne trouvant pas dans les gens qui entouraient la table celui qu'il cherchait, pensa aussitôt que peut-être il était parmi les hôtes du petit salon, et s'adressant à sa voisine, il lui demanda :

— Mais quelles sont donc les personnes qui sont là ?

— Je vous l'ai dit, deux mijaurées qui veulent se faire passer pour ce qu'elles ne sont pas, et comme les gens avec lesquels elles viennent ne comptent pas... dam, elles sont reçues à bras ouverts; et nous qui avons fait la maison, voilà..., tandis qu'il n'y en a que pour elles.

— Est-ce que vous connaissez les hommes ?

— Non et oui. Je les ai vus quelquefois : ce sont des gens mariés qui sont dans les affaires : ils ne viennent ici que parce qu'ils sont sûrs de ne trouver que des gens qui ne les connaissent pas.

— Je vous demande ça, parce que je croyais reconnaître la voix d'un des hommes, un garçon qu'on nommait l'Abbé au quartier Latin.

— L'Abbé ! oh ! je n'ai jamais entendu ce nom-là.

— Je me suis trompé, dit aussitôt Panafieu ne voulant pas qu'on attachât la moindre importance à sa demande.

Nous n'avons pas besoin de répéter plus longtemps au lecteur les imbécillités des habitués de la Balandier ; il suffit d'avoir traversé une fois ce monde pour savoir à quel degré de sottises il atteint. Ce mélange d'ignorance, de bêtise et de cynisme est navrant; cependant il est des hommes qui trouvent cela fort drôle. Nous n'en prendrons pour preuve que quatre individus qui étaient à la grande table, au dessert, échangeant avec ces dames les plus niaises et les plus grossières obscénités.

Ils riaient à se tordre.

Ils riaient à ce point, que la grande bonne qu'on nommait Nini-la-Roussie, dit avec conviction :

— Je ne sais pas si on mange mieux dans le petit salon, en tout cas on ne s'embête pas trop ici.

— Quand ces messieurs voudront rire, ils lâcheront les femmes honnêtes.

— Elles n'avaient pas besoin de manger de la dinde pour le devenir.

La porte du salon s'étant ouverte, on entendit une voix de femme qui disait :

— Si on veut s'amuser... je veux du champagne.

Panafieu, en entendant cette voix, sursauta comme s'il recevait une commotion électrique, pencha la tête pour entendre, mais la porte était fermée.

Il devint pâle.

Se penchant vers sa voisine, il lui demanda d'une voix qu'il cherchait vainement à rendre ferme :

— Est-ce que vous connaissez le nom des femmes?

— C'est une nommée Elise et une autre grosse qui veulent se faire passer pour des femmes mariées.

— Ah ! fit Panafieu livide, mais calme.

On desservait la grande table.

Une femme demanda à la Balandier :

— Aujourd'hui, alors, parce que ces chipies sont là, on ne joue pas?

— Mais si, mes chéries, dit la Balandier, on va vous mettre un tapis sur cette table, et vous jouerez... vous serez plus à votre aise qu'avec ces...

Cet hypocrite dédain lui conciliait les hôtes de la grande table.

— Oh ! elle voit clair la mère Balandier, dit Nini-la-Roussie.

— Elle connaît bien son monde, dit une autre.

Panafieu avait tiré son carnet et il écrivait sur une euille.

« Lise, je veux te voir immédiatement, arrange-toi à m'inviter, je veux entrer dans le salon... je le veux.

PAUL. »

Il plia le papier en quatre et le donnant à la bonne il lui dit tout bas :

— Remettez ce papier à la plus jeune des deux dames du petit salon.

— Mais, monsieur, si on me voit... fit la bonne.

— Qu'on vous voie ou ne vous voie pas, voici 5 francs.

La bonne ne fit plus d'observations, elle entra dans le petit salon.

Panafieu, l'œil fixe sur la porte, écoutait. Il entendait dans le cabinet un grand brouhaha qui dura quelques minutes, puis le silence. Prêt à tout, il se leva. Il vit aussitôt la bonne revenir par la porte du couloir, elle vint à lui et dit en ouvrant la porte du petit salon :

— Ces dames vous prient d'entrer.

Dans la grande salle tout le monde s'occupait du jeu, et personne ne s'occupait de lui.

Il entra.

Autour de la table étaient dressés quatre couverts ; il vit seulement Lise et Nicette, il courut aussitôt aux rideaux qui fermaient l'alcôve et les souleva... personne ; mais il vit une petite porte, il l'ouvrit et vit le couloir.

Il comprit. Alors il revint vers les deux femmes, et debout devant elles, les bras croisés, hochant la tête, il dit :

— Est-ce que tu espères me faire croire que vous étiez seules ?

— Non, dit Lise, deux hommes étaient là, avec nous. Ils sont partis dès que j'ai reçu ton mot, qu'ils ont lu.

Panafieu était étourdi du calme avec lequel il était reçu par sa maîtresse. Il était bien un peu embarrassé par la présence de Nicette, devant laquelle il ne pouvait pas faire profession de fidélité absolue ; mais il ne s'expliqua pas le regard hardi, l'air de défi de Mlle Lise.

Il aurait voulu trouver dans le petit salon des hommes auxquels il aurait... parlé, il aurait encore voulu trouver Lise seule ! car Nicette était gênante pour les explications.

— Ainsi, fit-il, c'est cette maison que tu appelles le rendez-vous des gens comme il faut, c'est ici qu'a lieu ce bal de société auquel Mme Levasseur est invitée par sa tante.

Nicette allait répondre. Lise l'arrêta d'un geste et dit :

— C'est ici l'endroit que j'ai choisi pour t'attendre lorsque tu ne rentres pas... et tu vois que je n'ai eu qu'un tort, c'est d'y venir seulement aujourd'hui, puisque j'ai le... bonheur de t'y rencontrer.

— Ah ! c'est trop fort, fit Panafieu abasourdi, c'est elle qui se plaint.

— Mais qu'est-ce que tu fais ici ?

Et en disant ces mots, Mlle Lise s'était dressée.

Panafieu, mordillant sa lèvre, les sourcils froncés, lui prit le poignet. Là, la plaçant devant lui, le regard dans le sien, il lui dit d'un ton sec :

— Pas de scène, pas de cris, pas de comédie... Pourquoi es-tu ici ?

— Je suis libre de...

— Lise, réponds-moi ! Je ne plaisante pas ! Réponds... réponds vite, ou je...

— Oh ! la ! la ! à moi ! au secours !

Panafieu, du pied, poussa la porte du petit salon, et appuya la paume de sa main sur la bouche de Lise en menaçant :

— Réponds, ou je t'étrangle !

Le visage de Panafieu disait assez qu'il était prêt à exécuter ses menaces, car Nicette se jeta sur lui en disant :

— Laissez-la, elle est libre de faire ce qu'elle veut.

Panafieu repoussa du coude l'amie de Lise, et, la fixant
du regard, il lui dit :

— Je te défends de dire un mot à toi... je sais ce que
tu es...

Nicette, effrayée, se tut.

— Réponds-moi... dit Panafieu à Lise...

— Tu me fais mal... lâche-moi !...

D'un mouvement brusque le jeune homme obligea Lise
à s'asseoir.

— Maintenant réponds...

— Je ne veux pas...

— Ah ! reprit Panafieu furieux, ne résistez pas, je suis
capable de tout. Répondez-moi.

Lise n'avait pas d'excuse et savait bien que, du moment
où son amant consentait à s'expliquer, c'est qu'il n'était
pas décidé à se fâcher avec elle.

Lise pleura !...

Les larmes sont la dernière raison de celles qui n'en ont
pas à donner.

— Pas de pleurs ! Pourquoi es-tu là ?

— Pour te punir, te rendre jaloux.

— Tu mens !

— Si ! Je savais que tu viendrais.

— Oh ! fit Panafieu confondu par cette déclaration.

Nicette, qui observait ce qui se passait, dit aussitôt :

— Oui, c'est moi qui le lui avais dit.

— Mais, exclama Panafieu outré, vous me prenez pour
un imbécile.

Puis, plus calme, il reprit :

— Madame Levasseur, je me réserve de vous parler
dans un autre moment; à cette heure, je désire parler à
Lise et vous prie de ne pas vous en mêler.

— Monsieur, répondit effrontément Nicette sur le même
ton, si Lise est ici, c'est que je l'ai obligée à y venir.

— C'est toi... c'est vous qui osez me dire cela? dit Paul menaçant.

— Oh! bas les mains, monsieur Paul, on ne me touche pas, moi !... Voulez-vous la vérité, c'est moi qui vais vous la dire.

Étourdi de l'audace de Nicette, Panafieu se tut. Lise, pour n'avoir rien à dire, pleurait à chaudes larmes.

Nicette reprit :

— Nous sommes venues ici pour vous, oui, monsieur Paul, pour vous; cela vous étonne, mais c'est la vérité. Oh! je n'entends pas vous dire que nous l'avons fait pour vous punir de ce que vous n'êtes pas rentré hier, non.

Panafieu était impatienté d'entendre parler à la première personne du pluriel, mais il n'osait réclamer, craignant une méchanceté de Nicette, qui continua :

— Non, monsieur Paul, nous sommes venues ici sur le conseil que j'ai donné à Lise, et pour vous être agréable.

— Qu'est-ce que vous dites là! exclama Panafieu qui regarda fixement Nicette pour voir si elle ne se moquait pas de lui.

Celle-ci, le regardant avec un méchant sourire, répondit :

— Je dis que nous sommes ici... non pour vous être agréable, le mot n'est pas juste, mais pour vous être utile.

— Oh! c'est trop fort? fit Panafieu, haussant les épaules... Et ne voulant pas répondre à Nicette, sentant que la lutte avec elle était embarrassante, il dit ironiquement à Lise :

— Ainsi, tu es venue ici pour m'être utile, tu t'es dit : le moyen d'être agréable à Paul qui m'aime, c'est d'aller dans un bouge où le vice est un passeport, c'est d'y aller avec une amie, ce qui permet toute supposition...

c'est de m'enfermer dans une chambre particulière avec des hommes...

Et comme Panafieu, les bras croisés, attendait une réponse devant Lise qui pleurait... Nicette répondit :

— Et certainement, monsieur Paul, nous nous sommes dit cela !

Paul eut un mouvement d'impatience ; mais, feignant de ne pas s'en apercevoir, Nicette reprit :

— D'abord, mettons les choses à leur place...

— Et à la fin, s'écria Panafieu, je ne vous parle pas, à vous !

Mais aussitôt Nicette, le défiant du regard, lui répondit crânement :

— C'est moi qui te parle... et tu m'écouteras... puisque tu le veux !

Nicette était brave. Panafieu fut lâche ! Voyant Lise relever brusquement la tête en entendant tutoyer Paul, il regarda Mme Levasseur et se tut ; celle-ci, sentant qu'elle était maîtresse de la situation, se reprit aussitôt et dit :

— Je vous demande pardon, la rage me fait vous parler familièrement... excusez-moi !

Lise regardait son amie, mais Nicette était forte et eut pour elle un sourire confus qui chassa tous les doutes que cette phrase avait fait naître...

Ayant donné à Panafieu la mesure de ce qu'elle était capable de faire, elle continua plus simplement :

— En deux mots, monsieur Paul, voici la chose : Une fois, vous nous avez parlé de l'abbé Poulard...

— Hein ! fit Panafieu étonné, eh bien !

— Vous nous avez dit qu'il était mort !

— Oui !

— Vous avez semblé avoir besoin de renseignements sur lui quand nous l'avons déclaré vivant.

— Eh bien ?

— Comme je le connais, j'ai voulu en avoir le cœur

net, savoir si je m'étais trompée ; je lui ai écrit et lui ai donné rendez-vous ici ; seulement, j'ai prié Lise de m'accompagner.

Panafieu haussa les épaules.

— Ah çà, Nicette, pour qui me prenez-vous donc ? Êtes-vous folle d'espérer me faire avaler des contes semblables ?

— Je vous jure que je vous dis la vérité.

Panafieu ne croyait pas un mot de ce que lui contait Mme Levasseur. En entendant la voix de Lise, il avait été douloureusement surpris ; mais comme l'amour qu'il avait pour sa maîtresse n'était construit absolument que sur un passé vertueux, il en prit son parti, se réservant d'y revenir, lorsqu'il n'aurait pas à subir Mme Nicette. Revenant au motif de sa visite chez la Balandier :

— Et vous me dites que vous vous étiez fait accompagner par Lise... alors Lise s'était fait accompagner, puisque je vois quatre couverts.

— Non, l'abbé fait toujours ainsi ; il fait mettre quatre couverts en disant qu'il attend un ami, et cet ami ne vient jamais.

— Ah !... Mais, je me suis informé tout à l'heure de l'homme qui était ici, et l'on ne m'a pas parlé d'abbé.

— Croyez-vous pas qu'il porte toujours le costume ?... Mais jamais, au contraire. Dans le temps, seulement. Au reste, ici il est très peu connu ; il n'y a guère que la Balandier qui le connaisse.

— Et lorsque je suis entré il partait...

— Oui !

Comme Panafieu avait posté ses deux hommes en bas, il fut tranquille. Ladèche allait filer l'abbé et le lendemain il aurait son adresse positive.

— Lise, dit-il, fais-moi le plaisir de mettre ton chapeau, nous allons partir... nous nous expliquerons à la maison.

— Écoutez, monsieur Paul, si vous tourmentez encore

Lise à propos de ça... ce n'est pas bien. Je vous ai dit la vérité ; nous avons cru vous être agréable.

— Ma chère madame Levasseur, vous faites ce que vous voulez, vous en avez le droit; ceci regarde votre mari. Pour Lise, c'est autre chose... Si je suis avec elle, c'est que je l'aime, et vous me permettrez d'agir à ma guise...

— Oui! vous l'aimez bien!

— Oui!

— Vous en êtes jaloux... d'elle.

— J'ai ce malheur...

— Oh! si je voulais, fit plus bas Nicette, je lui prouverais qu'elle a bien le droit de faire ce qu'elle veut.

Panafieu haussa les épaules, en disant à haute voix :

— Pauvre M. Levasseur! s'il savait que je vous ai rencontrée ici!... Vous voyez ce qu'un mot pourrait faire...

Nicette se mordit les lèvres.

Lise était prête; Panafieu appela la servante, régla, et en passant devant la Balandier étonnée, il lui dit :

— Si jamais vous recevez madame chez vous, je vous jure, madame, que je vous envoie le commissaire avec un petit récit détaillé de ce qui se passe dans votre établissement...

Et il sortit... Il entendit dans l'escalier la voix de Nini-la-Roussie qui disait :

— Je te l'ai toujours dit, la Balante, en recevant de ce monde tu perdras ta maison... Je te fais dix louis...

— Banquo!

Dans le faubourg, Panafieu chercha du regard si ses hommes étaient là. Ne les voyant pas, il partit rassuré.

Au moment où ils allaient entrer chez eux, Nicette dit à l'oreille de Panafieu :

— Je veux te parler...

— Demain, fit celui-ci sur le même ton.

Quelques minutes après Lise et Panafieu étaient chez eux, et ce dernier disait :

— Maintenant, que nous sommes seuls, nous pouvons causer ; tu n'espères pas que je me suis satisfait de ce que dit cette... Mme Levasseur... Écoute bien, Lise, sois franche, dis-moi toute la vérité... ou cette nuit est la dernière que nous passons ensemble.

XVII

OU IL EST PROUVÉ
QUE Mme NICETTE FAISAIT UN SINGULIER MÉTIER

Lise comprit qu'il n'y avait plus à hésiter, il fallait parler loyalement. Elle essuya ses larmes et dit à Panafieu :

— Je n'ai pas fait de mal... et c'est toi qui par ta conduite me feras faire ce que je ne veux pas faire...

— Qu'est-ce que tu dis là ? ma conduite ?

— Maintenant tu ne rentres plus... Nous sommes malheureux, et tu ne cherches pas d'occupation.

— Et qui t'a dit cela ?... Comment, nous sommes malheureux ? De quoi manques-tu ?

— Oh ! il n'y a pas si longtemps.

— C'est depuis quelques jours seulement que j'ai trouvé... à travailler.

— C'est une raison de plus alors pour ne pas passer la nuit à t'amuser !

— Mais tu es folle.

— Non, je ne suis pas folle, c'est la deuxième fois en quinze jours que tu ne rentres pas.

— Ma chère enfant, tu fais passer sur mon dos les reproches que je voulais te faire ; c'est une tactique adroite, mais de laquelle je ne suis pas la dupe... Je ne suis pas rentré, c'est vrai, non pas pour m'amuser, mais parce que le... travail que je fais m'y obligeait.

— Quel est ce travail ?

— Je ne puis te le dire.

— Naturellement.

— Contente-toi, pour t'assurer qu'il est lucratif, de recevoir l'argent qu'il me rapporte... et, revenant à toi, comment et pourquoi te trouvais-tu chez la Balandier ?

— Mais je ne suis pas comme toi ; c'est la première fois que j'allais là.

— Ah ! tu vas me faire l'histoire de Mme Levasseur.

— Non pas... je te dis la vérité... Tu n'étais pas rentré, alors Nicette me voyant me désoler me dit : Tu es bien sotte de te tourmenter comme ça quand il s'amuse ! Elle me proposa d'aller avec elle le soir dans une maison, me disait-elle, où l'on s'amusait beaucoup ; il y venait beaucoup de monde drôle, des acteurs, des actrices, des journalistes...

— Chez la Balandier ?...

— Je ne savais pas... elle me dit ça... Elle ajouta que, justement, cet abbé qu'elle devait me faire connaître y venait...

— Comment ! te faire connaître ! fit Panafieu ahuri.

— C'est-à-dire qu'elle m'avait compté des histoires drôles sur cet homme, et qu'elle m'avait dit : Un jour que je le rencontrerai, il m'invitera à dîner, tu viendras avec moi. — Oh ! mais comme ami seulement — et tu verras, ajoutait-elle, comme il est amusant.

— Et c'est pour cela qu'elle t'avait invitée ce soir.

— Oui.

— Et tu as tout de suite accepté.

— Non, je lui ai dit : Je ne voudrais pas, malgré tout le mal qu'il me fait, que Paul apprenne cela ; elle m'a dit qu'elle avait dit à son mari qu'elle était invitée à un bal de société, que je semblerais l'y avoir accompagnée.

— Et tu acceptas ?

— Non ! je lui ai dit : Si Paul n'est pas rentré avant

quatre heures, j'irai; mais s'il revient, je n'irai pas... Tu n'es pas rentré.

— Et tu y as été...

— Oui! et je n'ai pas fait de mal!

Panafieu prit les deux mains de Lise, l'amena devant la lumière, et, la regardant bien dans les yeux, comme s'il cherchait à lire dans le fond de son âme, il lui répéta, en la scandant, sa dernière phrase :

— Et tu n'as pas fait de mal?

— Non! répondit Lise.

— Lise, reprit Panafieu, tu te souviens que si le maire n'a pas célébré notre union, nous avons de par Dieu une chaîne sainte; nous avons, dans le coin d'un cimetière, un pauvre petit ange que nous aimions.

— Oh! ne me parle pas de lui, Paul, dit aussitôt Lise en pleurant.

— Lise, sur la dépouille mortelle de notre pauvre petit enfant, tu me jures que tu ne mens pas.

— Oh! je te le jure, c'est la première fois que je voyais cet homme, et il a dans le regard une chose qui m'a déplu... c'est la première fois... et ce serment m'oblige à te dire la vérité : cet homme m'a fait la cour, il voulait que je lui donne un rendez-vous seule... et j'avoue que j'ai été très surprise, car Nicette, qui m'avait dit qu'elle l'aimait, semblait n'en être pas jalouse, au contraire. Elle m'engageait...

Panafieu exclama dans un mouvement de rage :

— Ah! la sacrée... mâtine... elle me le paiera.

— Mais je lui ai répondu comme je le devais. Je te le jure, Paul !

Panafieu regarda Lise plus tendrement, puis, l'attirant dans ses bras, il lui dit :

— Et tu ne le feras plus?

— Oh! non !

— Allons, embrasse-moi, et que tout soit fini.

— Mais tu ne découcheras plus, toi.

— Jamais!

— Et un long baiser fut échangé entre eux. La paix était signée.

XVIII

ROUERIES DE MADAME NICETTE

Le lendemain Panafieu se rendait chez les deux frères Lebrun, il leur raconta ce qui s'était passé depuis deux jours, il était enfin absolument sur la trace du coupable. Les deux frères lui donnèrent de l'argent dont le pauvre diable avait le plus grand besoin, heureux des nouvelles qu'il apportait et qui faisaient présager un résultat prochain.

Ils demandèrent à aider Panafieu dans ses récherches.

— Si vous avez bientôt l'adresse de sa demeure, si vous savez les endroits qu'il fréquente, emmenez-nous avec vous.

— Lorsque je serai plus certain, je ne demande pas mieux ; mais je n'en suis encore qu'aux recherches.

— En dehors de cette table d'hôte où vous l'avez vu, il va, dites-vous, dans un tripot.

— Oui, rue Aumaire.

— Je voudrais, si vous allez là, que vous nous y emmeniez.

— J'accepte, mais je vous le répète, ce soir je saurai si je suis dans la bonne voie...

— Au reste, nous ne pourrions ni aujourd'hui ni demain ; nous devons assister ce soir et demain à une fête de famille.

— Ah ! fit Panafieu que le mot de famille surprit dans la bouche des fils du supplicié.

— Nous devons assister demain au baptême de notre neveu.

— Dont je suis parrain, dit Vincent ; que voulez-vous, c'est là qu'est notre véritable famille ; la tâche que nous a laissée notre père nous oblige à rester célibataires ; nous ne haïssons pas pour vivre seuls ; notre cœur à tous a besoin d'affection, et c'est sur notre sœur et sur sa famille que se reporte aujourd'hui tout le besoin d'aimer.

— Et, ajouta Charles, la vie que nous menons nous montre sans cesse un monde que nous avons besoin d'oublier.

— Vous êtes heureux, vous, dit Panafieu pensif, il vous reste quelqu'un à aimer.

— Pauvre garçon, dit Vincent en regardant Panafieu.

Mais celui-ci chassa la tristesse qui l'envahissait et reprit :

— Messieurs, après-demain, vous recevrez un mot de moi, qui vous donnera un rendez-vous. Ce soir, je vais voir mes hommes, savoir ce qu'ils ont appris, et si vous me le permettez, c'est moi qui dirigerai l'action.

— Monsieur Panafieu, vous savez notre but.

— C'est de retrouver le coupable pour lequel votre père a été exécuté.

— Oui, mais le retrouvant, nous ne voulons pas le livrer à la justice.

— Que voulez-vous faire? demanda Panafieu surpris.

— Je m'explique : nous voulons le livrer à la justice, mais nous voulons que son action serve non à venger, mais à réhabiliter notre père. Vous comprenez.

Panafieu réfléchit quelques minutes, puis il dit :

— Messieurs, je vous ai dit que je cherchais aussi un coupable ; si ce que je crois est, c'est le même homme que nous poursuivons. Or, moi j'ai à venger ma mère.

— Pourquoi voulez-vous...

— Mais, interrompit vivement Panafieu, nous n'en sommes pas encore là ; nous vendons la peau de l'ours.

Emparons-nous de lui, d'abord ; et surtout, ayons rassemblé les preuves nécessaires.

— Vous avez raison, dit Vincent.

— Ainsi, reprit Panafieu, nous convenons que si es renseignements que j'attends de mes hommes sont bons, nous le faisons pendant quelques jours surveiller ; s'il va dans un tripot, nous le suivons.

— Oui.

— Il est temps alors de nous occuper des mesures à prendre.

— C'est cela.

— Car, je vous le répète, tout ce que nous faisons n'est bâti que sur des inductions ; nous n'avons pas un fait, pas une preuve.

— C'est vrai.

— Mais, dit Vincent, si j'en crois les histoires de police, il y a toujours un système facile à suivre.

— Lequel ?

— Interroger la femme... Vous nous avez dit que vous l'avez trouvé à la table d'hôte avec une femme que vous connaissez.

Panafieu, naturellement, en contant la scène de chez la Balandier, n'avait pas parlé de Lise, il n'avait parlé que de Nicette.

— Oui, fit-il, c'est aussi ce que je compte faire. Je vous assure même que si je vais vous demander quelque argent, c'est que j'ai l'intention de lui offrir une fine partie dans laquelle je lui délierai bien la langue.

— Très bien, et pour cela nous sommes à votre disposition.

Charles alla chercher un portefeuille duquel il tira deux billets de mille francs qu'il donna à Panafieu.

— Oh ! c'est trop ! fit celui-ci.

Monsieur Panafieu, nous vous prions d'accepter ;

employez-en un à l'affaire, et l'autre aux nécessités de l'existence dans laquelle nous vous entraînons...

Panafieu n'insista pas, regardant les deux billets, il s'approcha de la fenêtre et dit naïvement :

— C'est drôle, on me le disait bien : ils sont bleus.

— Monsieur Panafieu, dit Vincent, à après-demain...

— A après-demain, messieurs...

Et Panafieu descendit la main dans la poche, serrant de ses doigts crispés les deux billets. La tête un peu à l'envers, gris comme s'il avait bu, Panafieu, sans s'en apercevoir, parlait tout haut, il disait :

— Je veux acheter le cor de chasse qui est chez le marchand en face chez nous, les deux tableaux du boulevard des Filles-du-Calvaire... Ah! cette fois je vais prendre un dictionnaire de rimes... voilà assez longtemps que j'en ai envie... ça, il ne faut pas que je l'oublie; ça va remettre tout à fait Lise.

Il entra dans un magasin de nouveautés, acheta quatorze mètres d'une étoffe nouvelle et courut aussitôt chez lui.

Levasseur l'arrêta au passage.

— Monsieur Panafieu! cria-t-il.

— Hein! qu'est-ce que c'est.

— Une lettre!...

— Bien !

Panafieu prit la lettre, reconnaissant l'écriture immense de Ladèche, il l'ouvrit et lut :

« Monsieur Panafieu,

« Tout va bien, mais nous avons été dépistés deux fois... nous avons des renseignements curieux. Je vous verrai demain matin chez vous à dix heures.

« Votre serviteur respectueux et dévoué.

« ISIDORE. »

— Très-bien, fit Panafieu tout haut; enfin, je vais donc me reposer tranquille, jusqu'à demain, plus d'affaires.

Se retournant pour gagner l'escalier, il vit que le père Levasseur était encore devant lui...

— Qu'est-ce que vous voulez donc, père Levasseur?

— Je voulais vous inviter à venir avec moi ce soir...

— Où donc ?

— C'est ce soir le dîner des *Enfants de la lyre d'Orphée.*

— Ah oui !

— Et d'abord, je dois vous remercier, et puis moi, je suis un homme qui rend une politesse pour une politesse.

— Que voulez-vous dire ?

— Ma femme m'a dit que, hier, elle revenait de chez sa tante, parce que le bal n'avait pas lieu, et que vous et votre dame l'ayant rencontrée, vous avez été assez bon pour l'emmener souper chez une parente à vous.

Panafieu, abruti, restait devant le concierge sans trouver un mot à répondre : il voyait la figure fraîche et riante de Nicette derrière les vitres de la loge. Il voulait parler et ne trouvait pas un mot.

— Eh bien, fit Levasseur, voulez-vous me faire l'honneur d'accepter? On chante, au dessert...

— J'accepte.

— Ah! à la bonne heure... Vous savez, nous partons à quatre heures d'ici.

— Bien.

Comme un étranger entrait dans l'allée et demandait un renseignement au père Levasseur, Panafieu entra dans la loge et dit à Nicette, qui le reçut en riant :

— Eh bien, tu es d'une jolie force, toi.

Nicette rit et dit :

— Tu vas bien, Paul ?

— Je te dirai ça demain.

— Comment

— Oui, arrange-toi pour dîner avec moi demain.

— Tous les deux ?

— Oui !

— Tous les deux !... c'est entendu, alors... où...

— Chez Brébant... tu vois que j'y vais grandement, moi... Tais-toi, voici ton mari... Vous avez été trop aimable de raconter cela à M. Levasseur.

— Pas du tout, monsieur Panafieu... sans vous je me serais bien ennuyée hier.

— Ah! la chère petite... Vous ne vous figurez pas, monsieur Panafieu, ce qu'elle a été sensible à votre invitation, dit Levasseur... Tu sais, Nini, que j'invite M. Paul avec moi, *Aux enfants*, ce soir...

— Va, petit père, amuse-toi, car tu seras encore seul demain.

— Demain ! fit Levasseur.

— Mais oui, je te l'ai dit hier, ma tante a remis le bal à dimanche.

— Eh bien, tu ne me le disais pas, je n'y aurais pas pensé, tu vois... je ne me souviens pas du tout.

— Mais si ça t'ennuie, petit père, je n'irai pas.

— Du tout, du tout, ma belle, tu iras, et le père Levasseur embrassa le front de Nicette pendant qu'elle serrait amoureusement la main de Panafieu.

— Au revoir, dit ce dernier.

— A tout à l'heure, monsieur Panafieu, répliqua Levasseur.

Paul grimpa l'escalier; comme Mlle Lise était à l'atelier, il écrivit deux lignes pour lui dire qu'il passait la soirée à la société des *Enfants de la Lyre*, puis, glissant dans une enveloppe un billet de cent francs, il écrivit dessus : « *Pour la façon*, » glissa le billet dans le coupon, qu'il plaça sur la table... en disant :

— Ce soir, je peux revenir tard ; on sera aimable.

A quatre heures, il partait avec le père Levasseur pour le banquet des *Enfants de la lyre d'Orphée.*

XIX

AUX ENFANTS DE LA LYRE D'ORPHÉE

Il existait autrefois dans Paris des petits cercles d'artisans, de prolétaires qui, deux fois par semaine, se rendaient chez des marchands de vins ; dans ces petites réunions, la politique était absolument exclue. On nommait ces petits cercles : des goguettes. Le but était de chanter et d'encourager les chansonniers. L'artisan composait sa petite chanson qu'il venait réciter le soir ; certains jours même des concours avaient lieu et des prix de poésie étaient distribués.

Les pauvres diables qui se délassaient ainsi d'un rude labeur quotidien, ne visaient dans leurs compositions qu'au gai, au bon ou au bien... ils ne cherchaient point le succès dans l'ordure ; les gens auxquels ils s'adressaient étaient leurs amis, et ils voulaient toujours ne chanter que des choses dignes d'eux... ils écrivaient mal peut-être, jamais malhonnêtement.

Les goguettes, qui avaient tout fait pour la légende napoléonienne en chantant le *Petit Chapeau*, furent naturellement supprimées par le gouvernement qu'elles avaient aidé à faire. Alors la franche, bonne et naïve chanson fut délaissée, le café-concert prêta sa scène aux ordures les plus grossières, et aux chansonniers du Caveau, des Épicuriens de la Lice chansonnière, succédèrent les paroliers de la chanson sans raison, sans esprit, qui ne prend ses effets que dans l'ordure et dans la grossièreté... genre immonde qui n'a même pas pour lui le savoir-faire.

La goguette détruite, les vieux amis de la chanson instituèrent plusieurs sociétés, entre autres le *Caveau,* la *Lice* et les *Enfants de la lyre d'Orphée* : ces sociétés n'ont d'autre but qu'un banquet musical, où les vieux amis se retrouvent et où au dessert chacun chante sa petite chanson. C'est une physionomie de Paris et nous allons la montrer à nos lecteurs en le conduisant aux Vendanges de Bourgogne, dans le grand salon pour noces, où se réunissaient tous les mois les *Enfants de la lyre d'Orphée.*

A côté de gens de talent tels que Ch. Colmann , Ch. Gilles, Gustave Leroy, E. Ferteau, se trouvaient les plus naïfs faiseurs de chansons... on en jugera...

A l'heure où Panafieu fut introduit par Levasseur dans la grande salle, une cinquantaine de convives entouraient la table... La plus cordiale gaieté régnait ; pas de manières, pas de façons, peuple on était, peuple on restait ; on venait pour s'amuser et on s'amusait sans être gêné par un faux col empesé, par des souliers trop étroits ou par une toilette de cérémonie.

Tout le monde se connaissait ; on riait, et fort, sans retenue ; on mangeait pour de bon, oh ! un dîner solide, on en avait pour son argent. Levasseur, en invitant Panafieu, lui avait dit le prix invariable : deux francs soixante-quinze, vin et café compris.

En voici le menu :

Potage : julienne et vermicelle.

Filet de hareng saur, radis et beurre.

Carrelet (sur la carte du menu on mettait turbot).

Fricandeau.

Haricots panachés.

Gigot.

Salade.

Fromages : Gruyère et Brie.

Biscuits, pruneaux et confitures.

Café, un petit verre.

Une bouteille.

On voit que c'était un vrai repas, bien pesant, bien solide et très bon.

. Lorsque les garçons apportèrent les tasses de café, un homme d'un certain âge placé au milieu de la table se leva, prit un petit maillet qui se trouvait à côté de son couvert, en frappa la table de plusieurs coups. Le silence se fit aussitôt, et il dit :

— Messieurs, on peut fumer.

Un murmure joyeux accueillit cette déclaration, chacun tira de sa poche cigares et pipes pendant que l'homme, c'est-à-dire le président des Enfants de la Lyre d'Orphée, continuait :

— Messieurs, nous allons commencer les chants. Nous rappelons à nos sociétaires et à nos visiteurs que toutes chansons politiques ou contraires à la morale et aux mœurs sont sévèrement interdites. La parole est à notre maître de chant pour la donner à qui de droit.

Une salve d'applaudissements accueillit ce speech et le voisin du président, le maître de chant, ouvrant un livre, lut :

— La parole est à notre maître de chant pour la chanson d'ouverture, en seconde à notre sociétaire Levasseur ; en troisième, le visiteur Jacques voudra bien se préparer.

Nous donnons à nos lecteurs un couplet qui est bien le type de la chanson de goguette des classiques ; c'est le couplet où un petit balancement de tête se produisait, où on se disait à mi-voix :

— C'est bien fait, ça...

Le président chanta accompagné par tous les convives :

> Pan! pan! faisons, gais trouvères,
> Pan! pan! sauter les bouchons.
> Pan! pan! faisons de nos verres,
> Pan! pan! jaillir les chansons.

> L'esprit philosophique
> N'est pas de mon goût ;
> Il s'est fait éclectique
> Pour expliquer tout...
> Que m'importe Sénèque,
> Si, du corps qu'il dissèque,
> La valeur intrinsèque
> A rien se résout...
> Pan! pan! etc., etc.

Les applaudissements les plus chaleureux remercièrent le chansonnier. Alors le secrétaire, voisin du président, se leva, saisit le maillet, frappa quelques coups pour réclamer le silence et dit gravement :

— Messieurs, applaudissons une seconde fois, c'est pour notre président.

Et les bravos de recommencer aussitôt.

Tout cela fera sourire ; mais, si naïf que cela soit, c'est honnête, et préférable surtout à certaines chansons de café-concert que nous refusons de qualifier... Le plus curieux de cela, c'est de voir l'emploi des expressions naïves pour exprimer les plus grandes choses. Après quatre vers gonflés, ampoulés, arrive une niaiserie prétentieuse ; nous allons en donner un exemple.

Levasseur faisait peu de chansons, il avait avec la grammaire de telles difficultés qu'il avait fini par rompre absolument toutes relations avec les muses... Il chantait les chansons de ses collègues. Il chanta, aux applaudissements de tous, une chanson humanitaire dans laquelle nous cueillerons la strophe à effet.

Ce que nous ne pouvons pas rendre, c'est l'accent convaincu de Levasseur chantant :

> . . . .
> Sur l'autel des Beaux-Arts,
> Immortelle épopée,
> Le dernier des Césars
> Brisera son épée...

Refrain.

Du progrès, dans nos rangs,
Agitons la *crécelle*,
La paix universelle,
Plus de conquérants.

Oh ! mais, c'est qu'il les méritait les applaudissements,
Levasseur... il fallait voir son bras agitant dans le vide
« la *Crécelle* du progrès ».

— Une seconde fois pour notre sociétaire Levasseur.
Encore une fois, messieurs, pour notre sociétaire X...,
auteur des paroles.

Et les habitués se penchaient et se disaient entre
eux :

— C'est sa meilleure.

C'est assurément meilleur que les *Marchands d'oi-
gnons* ou *T'as le nez sale*, romances qui font les dé-
lices de cafés-concerts.

C'était le tour de Panafieu.

Disons tout de suite que Panafieu était romancier ; oui,
il aimait les choses tendres, les amoureux, les oiseaux ; il
avait fait beaucoup de chansons sur le départ et le retour
des hirondelles, il chanta « sa dernière œuvre. »

Se levant il dit : *T'en auras pas, Nicolas*, paysan-
nerie.

Et d'une voix de fausset assez rare — heureusement, —
il soupira :

Les yeux vifs et le front vermeil,
Abandonnant sa chevelure,
Aux haleines de la nature
Qui l'entourait de son soleil,
Nanette revenait fleurie
De sa moisson dans la prairie,
Quand Nicolas sur son chemin,
Lui dit en lui tendant la main :
— Oh ! donne-moi de ta cueillette,

Rien qu'une fleur,
Je suis sûr d'y trouver, Nanette,
Ton petit cœur !
Tra la la, pourquoi donc faire ?
Tra la la, tu n'en auras pas,
    Nicolas,
Lou lou la, lou lou laire,
Tu n'en auras pas,
    Mon gars !

Panafieu, encouragé par quelques bravos, continua :

Mais le printemps embaumait l'air,
L'oiseau chantait dans l'aubépine...
Et Nicolas dans sa poitrine
Sentait l'amour brûler sa chair !...
Sur ses épaules découvertes,
Où tombaient quelques feuilles vertes,
Sa lèvre voulut se placer,
Pour lui dérober un baiser...
— Ne me repoussez pas, Nanette,
    Dit-il tout bas,
Un baiser sur ta gorgerette
    Ne se voit pas.
      Traderidera, etc.

Le regard de Panafieu se promena sur ses auditeurs, cherchant sur le visage de chacun l'effet produit par sa chanson. Tout à coup son regard se fixa sur un homme placé au bout de la table.

Levasseur, qui était à côté de son invité, fut obligé de lui dire :

— Eh bien ! qu'est-ce que vous faites donc, ce n'est pas fini ?

— Au fond du verre ! cria un sociétaire croyant que Panafieu ne se souvenait pas du troisième couplet.

Panafieu accepta cette supposition, il vida son verre et reprit :

9.

> Mais vers le bois des châtaigniers,
> Tout plein d'amour et de mystère,
> Dans le muguet, dans la bruyère,
>
> L'amour se plaça sous ses pieds.
> Elle allait tomber, la fillette...
> En chiffonnant sa collerette,
> Le soir, il lui disait tout bas :
>
> . . . .

— Ma foi ! s'interrompit Panafieu, je ne me souviens plus... je vous demande pardon...

Le président calme se leva, frappa du maillet et dit :

— Messieurs, applaudissons notre visiteur Panafieu...

Après une première salve, le président reprit :

— Une seconde fois, messieurs, l'auteur est le chanteur...

Et les *Enfants de la lyre* obéirent. Levasseur disait :

— C'est très gentil ça... c'est malheureux que vous ne vous souveniez pas de la fin.

Et voyant que l'œil de Panafieu ne quittait pas le bout de la table, il demanda :

— Mais qu'avez-vous donc?

— Rien, rien ! fit vivement Panafieu...

Puis se ravisant :

— Est-ce que vous connaissez le grand garçon qui est là-bas au bout de la table ?

— Le blond ?

— Oui !

— Qui a les yeux si brillants ?

— Oui, c'est ça !

— Non !

— Est-ce qu'il vient quelquefois ici ?

— Jamais ! Je ne l'ai pas encore remarqué.

— Ce n'est pas un habitué ?

— Oh ! non. Est-ce que vous le connaissez !

— Non, mais je l'ai vu je ne sais où et je voulais savoir son nom.

— C'est bien simple.

— Comment cela?

— A son tour de chanter, le maître de chant l'appellera.

— C'est vrai! ce sont toujours les choses les plus simples auxquelles on ne pense pas.

Les chants continuaient, et comme quelques chut se faisaient entendre, Levasseur et son invité se turent et écoutèrent.

Panafieu, attentif, attendait le tour de celui qu'il observait; l'homme se leva.

On venait d'appeler :

— Le visiteur Gustave.

Et Panafieu eut un mouvement de dépit... Après avoir réfléchi quelques minutes, il demanda à Levasseur :

— On ne vient pas comme on veut, ici.

— Ah mais non! il faut être présenté.

— Alors vous pouvez, par le sociétaire qui a présenté l'homme de là-bas, savoir ce qu'il est?

— Lequel?

— Le grand blond.

— Celui qui a chanté :

> Je me repens, j'ai honte de mon crime,
> Accueillez donc le forçat libéré.

— Oui, c'est ça.

— Qui a une figure de femme et une voix de basse?

— Oui, mais ne dites pas qu'on vous le demande.

— Pardi, je vais regarder sur le livre par qui il a été présenté et je dirai au camarade sociétaire : « Quel est donc ce garçon que tu as amené qui a une si belle voix ? » Il me dira : « C'est tel ou tel. » Alors je dis : « Il a tort

de ne pas se livrer au chant, qu'est-ce qu'il fait donc ? »
C'est pas plus malin que ça.

— Très bien !

Entre deux chansons Levasseur alla faire ce qu'il avait
dit, il revint bientôt et dit à Panafieu.

— Il se nomme Gustave Lebeau : il est portefeuilliste,
mais il paraît qu'il n'est jamais à l'atelier... c'est une
gouappe !

— Très bien, vous n'avez pas son adresse ?

— Non, l'autre le connaît du café où il va, à côté de la
porte Saint-Denis...

— Ah ! je sais, fit Panafieu, c'est complet !...

— C'est ça ! affirma de la tête Levasseur en souriant.

La soirée s'acheva sans autre incident, mais, en partant,
Panafieu écrivit sur son carnet les renseignements que
lui avait donnés Levasseur.

XX

DE L'INFLUENCE DU SOLEIL SUR LES CHOSES
ET SUR LES GENS

Le lendemain matin, il faisait un temps doux, le pâle
soleil d'hiver jetait un peu de gaieté dans la nature, c'est
pour cela qu'on était joyeux dans la chambre de Paul
Panafieu.

Dès l'aube, Mlle Lise s'était jetée à bas du lit, et, dans
le plus simple appareil, pieds nus, elle avait pris le coupon et était allée à la fenêtre. Là, aux rayons du soleil
naissant, elle avait regardé le cadeau qu'elle avait trouvé
la veille sur son lit, et qu'elle n'avait qu'imparfaitement
vu à la lumière.

Satisfaite et, pour cela, joyeuse, elle avait couru vers
le lit où Panafieu dormait encore comme un juste, et sans

respect pour le sommeil lourd du matin, elle l'avait réveillé en l'embrassant à pleine bouche.

Panafieu, éveillé en sursaut, avait bien un peu maugréé, mais, en voyant le petit museau rose qui lui souriait, en lisant dans les grands yeux de Lise tout le bonheur que son cadeau lui avait fait, il se mit à l'unisson et fut gai comme elle; et la tenant dans ses bras, l'épaule inondée de ses cheveux, il contemplait sa petite compagne de misère et de joie; et, avec cette voix qui n'est pas ridicule entre amoureux, il dit :

— Et nous sommes bien contente?

— Oh! oui, mon Paul.

— Et cette fois, nous avons beaucoup d'amour pour lui

— Oh oui !

— Et nous renouvellerons le serment fait de ne jamais aller avec... n'importe qui dans les bouges où l'on a été?

— Ne parlons plus de ça, j'ai juré...

— Et qu'est-ce que tu vas faire?

— Je suis forcée de me hâter, je vais m'habiller pour aller au magasin.

— Au magasin, aujourd'hui?

— Eh bien?

— Aujourd'hui, mignonne, tu as congé...

— Comment cela ?

— Je te donne congé... Tu as de quoi acheter du fil et des aiguilles, n'est-ce pas ?...

— Oh! oui, mon petit homme! fit Lise en montrant son billet de 100 francs et en embrassant son amant.

— Vous allez acheter tout ce qu'il faut pour votre robe et vous ne retournerez au magasin que lorsqu'elle sera essayée.

— Oh! que tu es gentil!... Mais il faut faire prévenir au magasin.

— C'est entendu... allons vite, habille-toi et va chercher ce qu'il te faut.

Mademoiselle ne se fit pas prier, en quelques minutes elle fut prête.

Elle rangea le petit ménage, puis, ayant coupé un petit morceau d'étoffe « pour réassortir » elle embrassait son Paul lorsqu'on frappa à la porte.

— Va ouvrir, lui dit Panafieu.

Lise ouvrit la porte et voyant le visiteur, recula en jetant un petit cri.

— C'est ici, entre, dit Panafieu qui avait reconnu la voix de Ladèche.

En voyant le singulier personnage, Lise avait eu peur, et, en regardant plus attentivement, la moqueuse échangea avec Paul un regard étonné, en faisant des efforts pour ne pas éclater de rire.

— Allons, Lison, va vite à tes affaires... laisse-nous.

Lise se hâta d'obéir ; il était temps, au reste, car Panafieu entendit dans l'escalier les notes gaies de son rire d'enfant.

La porte fermée, Ladèche demanda :

— C'est madame votre dame ?

— Oui.

— Permettez-moi de vous faire mon compliment.

— Tu es trop bon.

— Vous avez reçu mon mot ?

— Oui... Qu'as-tu à me dire ?

— Voilà toute l'histoire. Nous l'avons filé, mais impossible de le forcer.

— Comment ça ?

— Il n'est pas rentré chez lui.

— Qu'a-t-il fait ?

— Il a été dans deux cercles, puis dans un tripot où l'on joue toute la nuit.

— Alors tu l'as perdu ?

— Non, on aurait dit qu'il se doutait du coup.

— Enfin quel résultat ?

— Voilà ! il a été au chemin de fer du Nord, il n'a pas pris un billet, nous n'avons pas pu savoir où il allait, il avait une carte d'abonnement et le train de la banlieue partait.

— Alors, tout est perdu?

— Ah ! non !

— Tu as d'autres renseignements ?

— Oui.

— Dis vite.

— Je sais où nous le trouverons souvent.

— Où cela?

— Au tripot de la rue Aumaire.

— Quand·

— Demain samedi, c'est le jour où l'on joue gros jeu et il n'y manque jamais.

— Ce renseignement est précieux.

— Vous connnaissez l'endroit?

— Oui, oui.

— Etes-vous content ?

— Oui, et je vais te donner, pour toi et Pierre-de-Taille, cent francs que vous vous partagerez.

— Cent francs !...

— Oui.

— Mais c'est presque un métier d'honnête homme que vous me faites faire... et je gagne plus qu'en faisant l'autre...

— Si nous réussissons, tu verras le coup que nous avons après.

— Oh ! j'ai confiance en vous, moi. Qu'est-ce que nous avons à faire ?

— Rien. Jusqu'à demain reposez-vous.

— C'est un travail facile. Après?

— Après, vous vous trouverez à huit heures du soir dans le jardin du Mont-Saint-Martin.

— On y sera.

— Derrière le poste.

— Si on n'était pas là... c'est que, pour éviter les agents, ou pour se chauffer un peu le coffre, on irait en face boire un verre de vin chaud.

— C'est bien.

— Maintenant tu peux partir.

— Alors, à demain.

— A demain.

Ladèche partit aussitôt; en descendant l'escalier, il disait :

— Je ne sais pas, mais je crois que le métier que je fais n'est pas propre; il est vrai que voilà un petit savon qui lave bien des choses.

Et en disant cela, Ladèche plaçait son billet devant le soleil et le regardait en souriant :

— Ma foi, il n'y a que les imbéciles qui ne changent pas de métier !

Seul, Panafieu pensa à tout ce qu'il avait fait et à ce qui restait à faire.

Il résultait de l'entretien avec Jobert que la mort de la dame Mazel était due à l'épingle enfoncée dans les vertèbres cervicales.

De la découverte de l'abbé soi-disant disparu, il résultait que le vrai coupable était bien ledit abbé.

Cet abbé mystérieux, quel était-il ? Ce point restait à éclaircir.

Où trouverait-on le faux abbé; il le savait !... pour cette expédition il fallait être prudent. Panafieu se demanda s'il ne devait pas pour cela demander aide à la police... il décida qu'il valait mieux tout faire lui-même, puisque les deux frères voulaient une vengeance particulière.

Lui aussi voulait venger sa mère et il lui plaisait de le faire seul.

Il restait toujours un point capital, savoir ce qu'était

l'abbé, et Panafieu pour cela comptait sur le dîner fin qu'il devait faire le soir avec Nicette, qu'il se réservait d'étudier à fond. Qu'était cette femme singulière qui, sous des apparences honnêtes, cachait tant de dévergondage?...

> ... « C'est une chose étrange
> Que Dieu place parfois le visage d'un ange
> Sur un cœur de démon...»

— Dans tous les cas, pensait Panafieu, c'est demain que nous en finirons; je prépare mes hommes et je tente une chose audacieuse : enlever un homme en plein Paris, et dans un quartier tellement surveillé par la police qu'un des plus grands tripots y fleurit sans crainte... A ce soir donc les affaires...

A ce moment, Mlle Lise lui ouvrait la porte et venait tendre à son amant son gai sourire... C'est le soleil qui rendait Lise ainsi, car elle dit :

— Oh ! le beau temps !... Ça me rend toute joyeuse !

Et c'est vrai qu'il transforme, le vieux soleil, quand, dès l'aube, embrasant les vitres, crevant les rideaux, faisant joyeusement scintiller les cadres dorés que le temps a ternis, encadrant la petite chambre, il vient apporter la santé, la gaieté et l'amour, en faisant miroiter dans ses rayons une poussière d'or.

C'est un vieux généreux qui met l'or sur tout ce qu'il touche; sous son regard tout illuminé, les meubles de vieux chêne noir se garnissent de bronze doré, les portraits rient dans leurs cadres, les cheveux blancs s'argentent, les cheveux blonds se dorent.

Le pauvre se sent revivre en recevant son heureuse visite...

Et les deux pauvres étaient heureux... Ils s'aimaient.

Mlle Lise dressa le couvert et étala sur la nappe blanche les provisions du déjeuner.

Mlle Lise plaça les chaises très près l'une de l'autre, de façon à n'avoir qu'à tourner la tête pour rencontrer celle qu'elle aimait. Ce fut un gai déjeuner, souvent interrompu par des rêves, par... bref, un gai déjeuner.

Lorsqu'il fut terminé, Lise tira du fond du panier les « fournitures » de la robe, indiquant ainsi qu'il était temps de se mettre au travail ; c'est son Paul qui dessina les patrons, mais, en tailleur consciencieux, sur son modèle même.

Nous n'avons aucune raison de raconter au lecteur les détails de ce travail, les scènes de ce dialogue, qui se composait de :

— Voyons, Paul, fais donc attention.

— Attends, ne bouge pas, lève le bras.

— Ah ! Paul, voyons... sois donc sérieux.

— Non, finis donc.

— Oh ! es-tu agaçant.

Ça dura une heure, au bout de laquelle le tartufe de Paul dit que son travail l'obligeait à passer la soirée dehors. Il déclara même qu'il rentrerait tard.

Mais Mlle Lise ne se fâcha pas.

— Eh bien ! tant mieux, je vais travailler... et ma robe sera presque faite quand tu rentreras.

Oh ! la robe neuve, quelle joie pour les jeunes filles... la robe neuve ! Mais c'est, je crois, un penseur qui a dit :

« Le meilleur défenseur de la vertu d'une femme, c'est souvent une robe neuve. »

C'est probablement ce que pensait Panafieu.

XXI

OU PANAFIEU
EST PRÊT A CROIRE QU'IL N'EST QU'UN IMBÉCILE

Le soir de ce jour, vers cinq heures, Panafieu descendait de chez lui et entrait chez le père Levasseur.

Le père Levasseur, nous avons oublié de le dire, se livrait, dans ses moments, aux réparations de chaussures : la goguette occupait son esprit, sa loge prenait son temps, la cordonnerie ses bras.

— Ah ! vous voilà, poète, fit-il, en regardant Paul.

— Vous allez bien ?

— Vous voyez, très bien.

— Je voulais vous prévenir que je rentrerai tard.

— Vous savez que vous êtes considéré comme un ami.

— Vous êtes trop bon.

— Au reste, mon cher Paul, je n'ai pas de mérite à ça, ma femme va passer la soirée chez sa tante, la partie manquée de l'autre soir, vous savez ?

— Oui, oui.

— Et il est possible qu'elle rentre à la même heure que vous.

Panafieu fut confus par cette phrase.

Il regarda le concierge pour voir s'il n'y avait pas mis une malveillante intention.

Mais ce dernier, calme, continua à fermer le bec d'une empeigne qui bâillait.

— Ah ! j'oubliais, fit tout à coup l'Enfant de la Lyre d'Orphée, ma femme me l'avait cependant bien recommandé ; j'ai une lettre pour vous, c'est une dame qui la lui a remise, paraît-il, quelques minutes avant son départ.

— Ah ! merci, monsieur Levasseur... A ce soir.

— A cette nuit, farceur, répondit en riant le concierge, qui se remit aussitôt au travail en chantant :

>   Viens, tais-toi,
>   Et suis-moi.
>   Charles, gagnant ma mansarde
>   Tiens la rampe et prends garde,
>   Pas de bruit
>   Il est minuit!

Panafieu sortit et brisa le cachet de la lettre.

Dès qu'il eut lu les premières lignes, il se dit :

— Oh! c'est trop d'audace; décidément elle est forte, Nicette.

Il avait lu :

« Mon Popol,

« Je sais mon mari assez bête pour te remettre mystérieusement la lettre que je t'écris, et je trouve ça amusant.

« Je t'attends à cinq heures et demie, au café de Mulhouse, près le passage Jouffroy; si tu veux, nous irons de là chez Péters; il y a trop de gens de lettres chez Brébant, et j'y suis connue.

« Cependant je ferai ce que tu voudras. Je t'attends au café à cinq heures.

« En attendant le bonheur de t'embrasser pour de bon, je t'aime... »

La signature était un indéchiffrable barbouillage.

— Très bien, fit Panafieu; plus je vois, plus cette femme m'intrigue. Pourquoi est-elle concierge, d'abord? Elle écrit très bien, elle a eu des relations dans tous les mondes, c'est très drôle! Mon ami Panafieu, il est absolument nécessaire que vous trouviez la clef de ce mystère.

Une demi-heure après, Panafieu entrait dans le café; il vit aussitôt Nicette qui, assise devant la première table, l'attendait, feuilletant les journaux illustrés.

Ceci ne devait pas le surprendre, et cependant il resta deux secondes interdit devant celle qu'il venait rejoindre.

C'est qu'une nouvelle singularité étonnait le jeune homme. Nicette n'était plus la même, ce n'était plus la petite femme mise bourgeoisement qu'il voyait chaque

jour, vêtue de laine et coiffée du chapeau « du Temple. »
Point.

Nicette était bien faite, gracieuse et jolie, nous l'avons
dit, et Nicette était très élégamment vêtue ; son corps
souple jouait dans une robe de soie qu'elle portait à ravir ;
ses mains, un peu fortes, étaient gantées ; ses pieds lourds
étaient très adroitement chaussés. Ce n'était certainement pas la mise d'une femme distinguée. Mais c'était
la toilette distinguée d'une cocotte.

Surpris et flatté, oui, flatté, Panafieu vint vers elle et
lui dit :

— Je ne t'ai jamais vue si belle !

— Vraiment, fit-elle, mon cher Paul, je crois que nous
nous sommes mal jugés tous les deux : toi en me prenant
pour une... simple... moi en te prenant pour un niais !...

— Hein ?...

— J'ai dit : en te prenant pour un niais...

— Tu es raide...

— Au reste, nous avons tout le temps d'en causer ce
soir... Ne t'étonne pas, je suis une femme qui sait toujours se mettre à la hauteur du cadre qu'on lui donne.

— Je sais ça !

— Eh bien, où allons-nous dîner ?

— Mais tu m'as dit chez Péters.

— Oh ! je n'y tiens pas pour ça !... c'est pour toi.

— Comment, pour moi... fit Panafieu ébahi.

— L'abbé, le fameux abbé...

— Poulard ?

— Oui !

— Eh bien !

— Tu le verras peut-être là !...

— Chez Péters !...

— Oui, parce que toutes les nuits, en sortant du cercle,
il y va souper.

— Ah ! fit simplement Panafieu.

Cette fois, le brave garçon commençait à avoir peur de celle qu'il voulait employer à servir ses projets ! Il sentait qu'il était temps de se mettre sur ses gardes ; il n'allait pas en bavardant savoir ce qu'il cherchait... il allait jouer une partie, et il commençait à craindre de ne pas la gagner.

Il but le vermouth qu'il s'était fait servir, paya et dit à Nicette :

— Veux-tu partir ?

— Oui !

— Nous allons prendre une voiture.

— Non ! fit-elle en prenant son bras, allons à pied, je suis heureuse et fière de me promener au bras d'un beau garçon comme toi.

Cette fois encore, Panafieu fut tout interdit ; il consentit cependant. Penchée sur son bras, la tête presque sur son épaule, elle lui dit bas en le serrant :

— Oh ! Paul, je suis bien heureuse, va !... être avec toi... seule avec toi... Oh ! je t'aime plus que tu crois.

Panafieu était tout à fait étourdi ; mais prêt à tout, il se tint sur ses gardes.

Le trajet du boulevard Montmartre chez Péters n'est pas long, et Panafieu, devenu observateur, laissa à Nicette le soin d'entretenir la conversation ; c'est, du reste, le meilleur moyen de juger les bavards et de faire dire des bêtises aux gens qui veulent faire de l'esprit, parce que ceux qui en ont véritablement aiment le silence lorsqu'ils se trouvent avec des bavards.

Assez embarrassée du mutisme de son amant, Nicette se débattait dans les niaiseries.

— Sais-tu que tu m'as fait souffrir chez la Balandier, tu n'as pas trouvé un mot agréable pour moi et tu n'as cessé de te préoccuper de ta Lise ; de deux choses l'une : ou tu aimes Lise ou tu n'as rien pour moi, ou tu te moques de Lise et tu te moques de moi... Réponds donc ?

— Si je me moquais de toi, je ne serais pas là.

— Ce n'est pas une raison... J'ai emmené Lise; veux-tu que je dise pourquoi, car tu peux à bon droit me prendre pour la femme la plus indigne du monde... Eh bien ! j'ai emmené Lise, parce que l'amour que tu lui portes me blesse, me fait souffrir; ou tu m'aimes ou tu ne m'aimes pas; si tu m'aimes, tu dois sentir que la vue constante de tes relations me fait du mal... Je t'aime, toi... Pourquoi ris-tu ? N'aie pas l'air de te moquer de moi, il n'y a rien qui me mette en rage comme ça.

— Je ne ris pas de ça.

Il y eut un silence de quelques minutes, pendant lequel Nicette regardait à droite, à gauche, semblait sourire à tous ceux qui la regardaient; elle espérait une plainte, une remarque de Panafieu; celui-ci, calme, semblait ne rien voir.

— Voyons, reprit Nicette, lasse de ses œillades, est-ce que tu ne trouves pas blessant pour moi l'étonnement que tu as manifesté en me voyant vêtue convenablement?

— Qu'est-ce que tu dis là ?

— Je dis la vérité... est-ce que je ne vaux pas mademoiselle telle ou telle?... Je n'ai pas toujours été ce que je suis, et pour rester ainsi peut-être est-il des choses graves.

Comme le chien de chasse qui dresse l'oreille au coup de fusil, Panafieu écouta... il fixa même dans sa mémoire la phrase qu'il venait d'entendre, ayant la volonté de la faire expliquer le soir même, s'il atteignait le but qu'il se proposait; mais il dit :

— Ma chère Nicette, tu es folle, véritablement; j'ai manifesté ma joie de te trouver encore embellie, et voilà tout. Je t'ai priée de venir avec moi pour rire, nous amuser, oublier la scène de l'autre fois, et c'est toi qui te souviens, lorsque c'est moi qui avais à me plaindre, c'est toi que j'ai connue toujours bonne, rieuse, qui es méchante et maussade.

L'observation était juste, et Nicette ne pouvait pas le démentir.

Elle serra amoureusement le bras de Paul, et lui dit en se penchant sur lui et en lui parlant bas :

— Oh ! mon Paul, je suis heureuse d'être avec toi seule. Je pense à cette Lise, et je souffre !... Je suis jalouse, sais-tu... Je t'aime tant.

— Tu gâtes toute notre partie.

— C'est vrai, je t'en demande pardon, ne parlons plus de tout cela... Tu m'aimes, n'est-ce pas? fit-elle en se tournant rapidement, et sous sa voilette fixant le regard de Paul.

Celui-ci répondit tout naturellement l'immense imbécillité qui sert de réponse à cette idiote demande, il dit :

— Je t'adore !

Nicette, on s'en doute, n'était ni une niaise ni une imbécile; cependant elle se contenta de cette déclaration et remercia par une nouvelle pression de bras, accompagnée d'un nouveau regard et de :

— Oh !... et moi donc?...

On était arrivé devant Péters.

Panafieu connaissait la maison, il fit un signe au garçon qui les dirigea vers les salons du deuxième étage.

Les établissements parisiens se sont tellement multipliés depuis une trentaine d'années qu'il nous semble nécessaire de nous étendre un peu sur les grands restaurants nouveaux. diurnes et nocturnes, de Paris.

Jadis, nos pères s'extasiaient devant les cafés tels que la Rotonde du Palais-Royal, le café Foy, la Régence; aujourd'hui es moindres de nos cafés surpassent ces établissements.

Les restaurants d'alors étaient les Vendanges de Bourgogne et les Frères-Provençaux... Les lions seulement allaient au café Anglais.

Aujourd'hui, sans discuter la valeur relative de la cuisine, on est forcé de s'étonner devant le luxe des établissements modernes.

Péters a fait de ses salons des merveilles de luxe et d'art.

Le service est princier. Le confort de l'ameublement américain s'y joint à la décoration artistique française.

C'est pour le provincial le prétexte de l'étonnement qui fait dire :

— Ah! dans ce Paris, on ne se refuse rien !

C'est pour les pauvres malheureux, que le vice entraîne un jour, l'admiration envieuse qui fait dire :

— Comme c'est beau... Et je voudrais toujours dîner là.

Panafieu comptait sur cet effet; il connaissait certain cabinet du second étage, éblouissant, il avait fait un signe au garçon.

Lorsque ce dernier, après avoir allumé le gaz, pria Nicette et Panafieu d'entrer, celui-ci resta abasourdi en entendant sa compagne dire en retirant son chapeau :

— Ah ! c'est le cabinet tout doré.

— Hein !

— Oh ! pardi ! je le connais, j'y suis venue... Ah! mon Dieu, ce jour-là je me suis amusée !

Panafieu fut tout interdit. Depuis quatre ans il avait avec Nicette une réserve amoureuse que ne comportaient guère leurs relations, mais à laquelle il se croyait obligé en raison de ce qu'il pensait d'elle. Il croyait que Nicette était la femme que la misère a mise au-dessous de la condition que méritait son intelligence, qu'en raison de ce déclassement elle s'était trouvée plus sujette à des entraînements malheureux ; mais jamais il ne s'était figuré que la femme du père Levasseur, de son portier, pouvait être habillée un jour à la dernière mode, connaître à la fois Jobert et le mystérieux Poulard, et surtout que cette petite femme grassouillette, au sourire honnête, qui le matin allait chercher son lait, la tête enveloppée dans la fanchon de laine qu'elle avait tricotée, que la femme honnête de M. Levasseur enfin, était l'habituée de Brébant, de Péters et... des tables d'hôte à femmes.

Ne voulant pas passer pour un imbécile, Panafieu se dompta, prit le plus naturellement du monde le chapeau, le pardessus de sa compagne, enleva son pardessus, le donna au garçon et, se jetant sur le canapé pendant que Nicette replaçait sa coiffure devant la glace, il dit :

— Ma Nicette, à mon tour, maintenant que nous sommes seuls. Je te donne carte blanche ; puisque tu connais la maison, commande.

— Oh ! c'est simple, fit-elle, je me moque des menus de cuisine, moi, je commande ce que j'aime.

— C'est pour moi que tu dis ça.

— Es-tu bête... fit Nicette en courant l'embrasser, j'allais commander des huîtres.

— Ne te gêne donc pas pour ça.

— Eh bien, garçon, voici : d'abord, des huîtres de Marennes.

— Combien, madame ?

— Beaucoup !

— Naturellement, fit en riant Panafieu.

— Je dis : des huîtres, potage bisque, filet madère, écrevisses bordelaises, deux cailles, salade céleri... ça te gêne.

— Pas du tout ! mais tu veux nous faire manger du feu comme dessert.

— J'aime tout ça, moi...

— Quel vin, madame ?

— Du Meursault avec les huîtres.

Se penchant alors vers Panafieu, elle lui dit avec un sourire d'Euménide :

— Tu veux toujours que je fasse à ma guise... coûte que coûte?...

— Mais certainement, ma mie... aujourd'hui je suis riche.

— Tu l'es souvent, maintenant, fit-elle, lançant un regard qui embarrassa Panafieu.

Mais le garçon interrompit en disant :

— Pas de vins rouges?

— Si, si... nous disons du Meursault avec les huîtres et le poisson, du Haut-Brion avec la viande, et du champagne frappé avec le gibier... du Rivart... Allez, nous verrons après.

Le garçon sortit. Nicette alla se placer sur le canapé à côté de Panafieu et lui dit :

— Maintenant, veux-tu faire la paix?

— Que me demandes-tu là? nous ne sommes pas fâchés.

— Sois donc franc... tu me fais des méchancetés, non dans ce que tu dis, mais dans tes gestes, dans tes regards, dans tes façons avec moi ; nous allons faire un bon dîner, qui coûtera cher, et qui n'augmentera ni ne diminuera mon amour pour toi ; tu m'aurais emmenée où l'on me menait enfant, c'est-à-dire à Charonne, dans une guinguette, nous aurions mangé une portion de gibelotte, une galette chaude, nous aurions bu du vin grinchu, je t'aurais aimé autant et j'aurais peut-être été plus heureuse que je ne suis d'être là, cependant seule, bien seule avec toi.

Panafieu, étonné, abasourdi, s'était dressé et regardait fixement Nicette ; celle-ci jetait sur lui tout le charme d'un franc et bon sourire.

— Ah çà ! quelle femme es-tu donc? dit Panafieu.

Le garçon entrait avec les objets nécessaires au service. Nicette mit un doigt sur sa bouche et dit à mi-voix :

— Je te parlerai quand nous serons seuls.

Lorsque le couvert fut dressé, le premier et le second service enlevés, Panafieu se rapprocha de sa compagne.

Celle-ci, satisfaite du mouvement, sourit en lui disant :

— Près de moi, ainsi comme autrefois, je suis prête à tout te pardonner.

— Me pardonner... quoi donc ?

— Le mal que tu me fais.

— Je te fais du mal, moi, ma Nicette ?

— Ah çà ! tu sembles étonné comme si je te parlais hébreu. Vous êtes étourdissants, vous autres hommes, vous aimez les amours faciles, vous êtes habitués à oublier le lendemain avec une autre la femme que vous avez eue la veille, et vous ne pouvez pas concevoir qu'une femme qui ne peut avoir la même liberté que vous, la femme qui s'attache à celui à qui elle se donne, ne souffre pas de se voir mettre au niveau de toutes celles que vous connaissez. Je ne dis pas que j'aime mon mari. Je mentirais. Mais enfin, pour agir ainsi que je l'ai fait, il a fallu un amour puissant, un entraînement irrésistible.

Panafieu regardait fixement Nicette.

Il cherchait à voir si les yeux ne démentaient pas ce que les lèvres disaient.

Point, le regard, l'accent, la voix, tout était sincère.

— Décidément, pensa-t-il, elle est d'une belle force.

Il lui versa à boire, puis il reprit haut :

— Ma belle Nicette, tu es une niaise ; je t'aime beaucoup, tu ne l'as pas vu, et je le regrette. Mais tu ne sais pas te modérer, te contenir, et, si je n'observais la réserve que j'ai avec toi, nous aurions tous les jours des affaires nouvelles.

— Et tu aimes beaucoup Mlle Lise ?

— Oui, j'aime beaucoup Lise. Quand je t'ai connue, je ne t'ai pas trompée à ce sujet. Lise est une malheureuse enfant que j'ai prise avec moi, à une époque où j'étais plus heureux ; ouvrière, sans soutien, sans famille, je lui ai voué une affection toute fraternelle ; tu savais tout cela quand je te connus et ta jalousie me semble de beaucoup en retard.

— C'est que je croyais alors et que je ne crois plus aujourd'hui ; je vois la vérité, tu aimes, tu adores Lise et tu ne m'aimes pas.

— Alors, je ne m'explique guère ta présence ici.

Nicette fut un instant déconcertée ; elle se versa un grand verre de champagne, le but d'un trait et reprit :

— Oh ! mon Dieu, tu es aimable aujourd'hui... parce que tu veux savoir...

— Je veux savoir quoi ? demanda Panafieu inquiet en fronçant les sourcils, et croyant que la fine mouche avait deviné tous ses projets.

— Pourquoi j'ai emmené ta Lise adorée, ta Lise chérie chez la Balandier.

— Allons, Nicette, tu deviens niaise... La première chose qu'a faite Lise, ç'a été de me raconter tout ce qui s'était passé chez la Balandier. Ne réponds pas, ne prends pas ces airs, je sais tout, te dis-je... tu faisais là un vilain métier. Nicette ; tu es cependant assez jolie pour ne pas descendre si bas.

— Qu'est-ce que tu veux dire ? demanda Nicette avec mauvaise humeur.

— Je veux dire que tu as essayé de livrer Lise à cet homme.

— Ah ! elle t'a dit cela, elle !...

Quelques minutes, Nicette réfléchit. Elle répondit :

— Ah ! elle t'a dit ça !... Eh bien, oui ! je l'ai essayé, oui ! Mais ce n'est pas un métier, Paul, tu sais bien ; c'est parce que je rage de voir cette fille près de toi... Je souffre de me voir délaissée, abandonnée, pour elle... Je voulais la perdre pour tuer l'amour que tu as pour elle.

— C'est drôle, Nicette, je ne peux pas croire à cet amour-là.

— Alors, je vais retourner ce que tu m'as dit : Pourquoi suis-je ici ?

— Oh! ce n'est pas la même chose, tu t'ennuies, toi, tu as vu là une partie. Un soir de gaieté! l'amour d'autrefois t'est revenu un moment.

Nicette, en causant, poussée par Panafieu, buvait, buvait toujours. Ses yeux étaient plus vifs, son sourire plus large et sa lèvre un peu lippue. Elle se rapprocha de Panafieu et, plaçant ses mains sur ses genoux, le regardant en face, elle lui dit :

— Voyons, franchement, est-ce que c'est vrai que tu crois que je ne t'aime pas.

— Je crois bien que tu m'aimes... mais d'un amour banal, sans force, sans puissance, qui te plaît, mais ne te rend point heureuse lorsqu'il est satisfait et qui ne t'inquiète ni te fait souffrir lorsqu'il est contrarié.

— Et tu crois ça toi... mais tu es donc bête, mon pauvre Paul. Oh, fit-elle tout à coup se levant, lui prenant la tête et l'embrassant avec passion... Oh, je t'aime trop!

Panafieu, calme, observait sa compagne, elle était au degré où il la voulait, il versa un grand verre et lui dit :

— Allons, buvons, Nini.

Celle-ci, obéissante, prit sa coupe, trinqua, et but d'un seul trait.

Panafieu prit Nicette, l'attira vers lui, et lui dit :

— Écoute, Nicette, je veux m'expliquer avec toi, mais à la condition que tu sois franche. Je t'aime énormément, Nicette, tu l'as vu ?.

— Oui, mais tu es bien changé depuis.

— C'est vrai. Ce n'est pas mon amour pour toi qui a diminué, c'est ma raison qui a modéré mon amour. J'ai eu peur.

— Tu as eu peur, et de qui ?

— De toi !

— Hein! de moi! ah, ah, ah, et Nicette penchant sa

tête sur celle de Panafieu, mêlant ses cheveux aux siens,
riait aux éclats; adorablement belle, car le rire dessinait
le contour mignon de sa bouche, découvrant des dents
superbes, et le hoquet du rire soulevait sa gorge admirable; ah! tu te moques de moi?

— Ne ris pas, Nicette. Je t'ai dit que je voulais m'expliquer avec toi... Je t'aime et j'ai peur de toi. J'ai peur,
parce que tu as l'air sage et que tu ne l'es pas.

Nicette ne rit plus; elle regarda fixement Paul pour
comprendre ce qu'il voulait dire, et répliqua d'un ton
sec :

— Est-ce parce que je t'aime que tu me fais ce reproche?

— Je serais ridicule... Non, Nicette... prêt à t'aimer,
j'ai voulu savoir ce que tu étais, car il me semblait anormal qu'une femme de ton âge, ayant ta beauté, soit liée
à un vieillard ridicule, et qu'une femme de ton intelligence occupe la triste position que vous avez.

— Ah! tu as voulu savoir qui j'étais! répéta Nicette
soucieuse.

— Oui! je me sentais comme je me sens encore prêt
à t'aimer, je te voyais et, comme je te vois aujourd'hui,
à cette heure, la passion m'envahissait et je restais
quelques jours sans te voir pour détruire l'œuvre faite.

— Mais Lise? demanda Nicette en le regardant fixement.

— Écoute, si j'avais été confiant, si encore aujourd'hui
j'étais confiant en toi, eh bien! je suis capable de tout
quitter pour toi! dit effrontément Panafieu.

Nicette avait bien un peu le front à l'envers; mais, en
entendant cette déclaration, elle obligea Panafieu à soutenir son regard pendant qu'elle disait :

— C'est bien vrai, ce que tu dis là?

— C'est vrai... J'ai voulu savoir, j'ai su!

— Tu as su, fit-elle aussitôt avec inquiétude.

— Oui, je vais être franc... ce qui me fait peur en toi, c'est le calme avec lequel tu mens.

— Que veux-tu dire ?

— Oui, Nicette, tu parles de ton amour pour moi, je sais que tu aimes Poulard... Je sais que tu as aimé Jobert.

A ce dernier nom, Nicette resta tout à fait interdite.

— Oseras-tu me démentir, demanda Paul Panafieu... Je sais tout, tout, entends-tu...

Et l'attirant vers lui, la serrant dans ses bras, il lui dit à mi-voix, observant sur son visage l'effet que produiraient ses paroles :

— Et je t'aime cependant, je t'aime d'un amour terrible que je suis forcé de combattre.

— Tu m'aimes, malgré ce que tu as dit? demanda-t-elle.

— Non, pas ainsi, car ma souffrance dans le doute est trop grande. Écoute, Nicette, je te l'ai dit au début de notre entretien, veux-tu être franche, veux-tu me dire ce que tu es... Je ne suis pas jaloux du passé, mais je tremble pour l'avenir, sois franche et loyale et je t'aimerai.

— Est-ce certain que tu m'aimeras? Au reste, tu en sais trop et pas assez... tu sauras tout, advienne que pourra... Oh! j'ai soif.

En disant ces mots, elle prit une coupe de champagne et la vida ; elle sonna, le garçon parut.

— Donnez-nous une marquise.

— Qu'est-ce cela? demanda Panafieu.

— Tu le sais bien... du champagne, du citron, de la glace, et je ne sais quoi... Viens ici, Paul, et tu verras si je suis franche. Tu l'as voulu, que ta volonté soit faite.

Et elle s'assit sur le canapé en désignant à Panafieu une place à côté d'elle.

Le garçon apporta ce qu'on avait demandé, il sortit.

Panafieu poussa le verrou, emplit les coupes, et se plaça près de sa compagne.

— Paul, c'est ma vie entière que je vais te conter.

— C'est un ami qui t'écoute.

— Madeleine repentante... fit-elle en souriant.

Panafieu lui prit les mains, l'embrassa et éloigna son verre.

XXII

L'ÉTERNELLE HISTOIRE

Nicette avait bu plus que de coutume; elle n'était cependant pas ivre, mais elle était dans la situation qu'on est convenu d'appeler « gaie. » Elle commença donc ainsi son histoire :

— Moi je suis née de parents pauvres, mais honnêtes...

Et elle éclata de rire, puis elle prit une coupe à champagne et l'emplit.

— Nicette, fit aussitôt Panafieu, ne bois plus, et, si tu veux que j'attache à ce que tu vas dire la moindre importance... parle sérieusement.

— Mais la gorge me brûle, mon cher, j'ai soif !

— Voyons, Nicette, écoute-moi, ma mignonne, ne bois plus et sois raisonnable.

— Eh bien ! écoute; bois la moitié de mon verre... veux-tu ?

— Oui.

Panafieu vida d'un trait les deux tiers de la coupe; Nicette but le reste... alors elle reprit :

— Mes parents étaient de pauvres braves gens, mon père était bijoutier en doré; il avait épousé la fille de son patron qui avait seize ans... un an après elle était mère de moi... tu vois que je vais vite... Ma mère était très belle et surtout très honnête; mon père était un brave ouvrier qui n'était pas ivrogne, mais qui aimait boire...

tu comprends la différence; il ne rentrait pas en ribote,
non; mais dès qu'il se trouvait avec des amis, il rentrait
plus tard, et lorsqu'il avait bu un coup... tu conçois, pas
en ribote, gai seulement!...

— Oui! fit Panafieu.

— Étant petite fille, j'étais jolie; oh! mais tu sais,
jolie comme tout, si bien que ma mère m'adorait et était
fière de moi : on ne travaillait et on ne pensait que pour
moi; il eût été absolument impossible, en voyant la façon
dont j'étais vêtue, de me prendre pour la fille d'un ouvrier; dès que je fus en âge d'aller à l'école, on fit tous
les sacrifices pour me faire donner une éducation convenable. Élevée au milieu de jeunes filles dont l'avenir
était assuré, je vivais sans souci, croyant que ma situation était égale à la leur... J'arrive brusquement à la
vérité brutale... On me retire de pension, et je vis la
triste réalité, c'est-à-dire sinon la misère, du moins la vie
gagnée au jour le jour.

Ma mère, jeune encore, m'aimait, mais semblait jalouse
de moi, car, il faut bien le dire, j'étais très belle... tu
vois d'ici les luttes constantes de la maison; mon père ne
désirait que sortir avec moi, heureux de répondre à ceux
qui lui demandaient par un regard malin quelle était la
jeune fille qu'il avait au bras :

— C'est ma fille !

Pauvre cher homme, continua tristement Nicette, il
m'adorait... Enfin, cette jalousie dont ma pauvre mère
cherchait vainement à se défendre amena de telles scènes
dans la maison, qu'on se hâta de me marier. A seize ans,
inconsciente de ce que je faisais et sentant bien que je rendrais le calme à la maison en m'en éloignant, craignant ce
que je sentais chaque jour, de ne plus aimer ma mère,
si je devais sans cesse souffrir ces petites tracasseries,
j'épousai, sur l'avis de mes parents, un de leurs anciens
apprentis, un garçon sage, rangé, travailleur et l'air

doux... Te dire que je l'aimais, non ! il n'était pas laid cependant, mais n'était pas bien non plus. Il était banal... de tête, de corps et d'esprit, et, côté terrible, il était absolument bête, sans éducation... Et, tu le sais, l'homme doit être supérieur à la femme. La femme doit respecter son mari ; du jour où elle est forcée de dire aux gens avec lesquels elle se trouve :

— Ne faites pas attention, il n'est pas méchant garçon, mais il est bête !

De ce jour elle est perdue, car ceux auxquels elle a dit cela, sentant qu'aucune affection ne la tient chez elle, cherchent aussitôt à l'en détourner... C'est ce qui allait arriver... Oh ! Paul, je t'en prie, à boire... j'ai soif !

Paul lui versa une coupe de champagne, qu'elle but d'un seul trait... elle reprit :

— Mais alors il m'arriva le plus grand bonheur de ma vie, j'eus un enfant. Oh ! si tu savais comme c'est bon, un petit enfant. Je ne vis plus rien autour de moi, mon mari ne me sembla plus aussi pesant ; je ne l'aimais pas, mais je le sentais nécessaire pour élever le petit ange chéri. Pauvre petit !

Et aussitôt une transition singulière s'opéra dans les manières et dans le ton de Nicette, des larmes abondantes coulèrent de ses yeux et elle continua :

— Pauvre petit, s'il avait vécu, je serais encore une honnête femme, va... Mon mari adorait son enfant... ma mère ne pouvait pas le voir ; à trente-trois ans, coquette, elle souffrait d'être grand'mère, et elle haïssait mon enfant, je le croyais du moins, et de là date ma faute. Je me fâchai avec ma mère... La pauvre femme, je l'ai vue depuis, et je le sens aujourd'hui, elle m'aimait bien, et c'est mon caractère d'enfant gâté qui me faisait prendre pour de la jalousie ce qui n'était que la souffrance qu'éprouve une femme jolie à se sentir vieillir... pauvre mère !

Nicette s'arrêta et essuya ses yeux.

L'incohérence de ses paroles faisait craindre à Panafieu qu'elle ne pût lui dire ce qu'il cherchait dans cette longue histoire.

Nicette demandant encore un verre, Panafieu lui dit :

— Il n'y a plus de champagne... tiens, bois un peu d'eau.

Docile, sans volonté, la jeune femme but et, s'essuyant les lèvres, elle reprit :

— Enfin, la vérité, c'est que mon enfant mourut, j'en devins presque folle. Tous les jours on se disputa à la maison.. Je disais à mon mari des bêtises... que gentille comme j'étais, si je l'avais épousé, ce n'était pas pour travailler... qu'il pouvait bien s'occuper de la maison, que je n'étais pas la cause qu'il était trop niais pour se faire une maison, et que je n'avais pas la force de souffrir de sa bêtise...

Mon mari ne trouvant, tu le comprends, pas de plaisir à se trouver chez lui, commença à riboter. Alors on se disputa tous les jours, et, ma foi, comme tous ceux qui entendaient les scènes qui se passaient chez nous disaient : « A votre place, il y a longtemps que je l'aurais quitté, gentille comme vous êtes surtout... » Tu comprends que lorsqu'on en arrive là, ça n'est pas long à fixer. Je rencontrai Poulard et un soir que mon mari ne rentra pas à l'heure, je fis mon paquet... Je t'ennuie là ! Je fumerais bien, en buvant un... un... un machin américain qu'on boit avec une paille...

— Oui, je vais en faire venir, mais continue, je t'assure que ton histoire m'intéresse. Ce Poulard, qu'était-il alors ?

— Oh ! si tu savais comme il était beau, oh ! et spirituel et gai. Il était au quartier latin, s'étant sauvé d'un séminaire ; il était toujours en abbé, mais un abbé drôle comme tout... avec des boutons de garde nationale à sa unique. Et tu sais, c'était par originalité, car il jouait un jeu d'enfer et gagnait des tas d'argent... Ce que je me suis amusée avec lui !

— Tu l'aimais bien?

— Oh oui ! Il était bon et ne tenait pas à l'argent ; c'est lui qui a fait faire la tombe de ma petite fille.

— Alors, tu l'aimes encore?

— Non, et si cependant.

— Explique-toi.

— Donne-moi à boire alors.

Le garçon, sur l'ordre de Panafieu, avait apporté des grogs ; il en offrit à Nicette qui, tout à fait ivre, continua :

— Écoute, tu le veux, je te dirai tout, mais je ne devrais pas te dire ça. Moi, vois-tu, j'ai une nature effrayante, insatiable. J'aimais cet homme-là par ses vices ; ce qu'il a fait de moi, c'est affreux à dire... cherche, invente tout ce que la fantaisie d'un homme peut oser... j'obéissais par ordre et presque par nature... Eh bien! cet homme-là qui m'adorait, un jour il me quitta... non, il me chassa, et je me trouvai seule, sans asile, n'osant plus aller de l'autre côté de l'eau, craignant de rencontrer de la famille ; croyant comme une imbécile que je le faisais souffrir, j'allais aux endroits où il allait, et je tâchais, par des amours nouveaux à exciter sa jalousie. Il ne me regardait plus, j'étais descendue si bas... si bas...

L'œil fixe et baissé, la bouche lippue, Nicette continua d'une voix sourde :

— Si bas, qu'une fois malade, sans pain, sans asile, errante, je vis le fond de l'abîme que j'avais creusé, la mort ou... car je sentais la main de la police se poser sur moi. C'est alors que je rencontrai le pauvre diable de Levasseur ; il était ce que tu le vois, veuf depuis quelque temps : il me recueillit et me soigna. Alors, acheva Nicette en retombant sur le canapé, comme je suis une mauvaise nature, je l'ai trompé comme les autres. On m'a montré le vice... je l'aime.

— Mais l'abbé? demanda Panafieu... voyant que Nicette n'allait pas pouvoir parler. Tu m'as dit qu'il venait ici quelquefois. Fais-le moi connaître.

— Jamais il ne voudra... il veut bien rire, s'amuser, mais avec des femmes.

— Enfin, s'il venait ici, comment est-il vêtu?

— Il change tous les jours... Dis donc, je ne tiens plus, chante quelque chose, je ne peux plus parler.

Nicette essaya de se lever.

— Oh! comme ça tourne! Je ne tiens plus debout!

Et, en effet, elle se laissa tomber sur le canapé, inerte, morte-ivre.

XXIII

PRÉPARATIFS D'EXPÉDITION

Le lendemain soir, vers huit heures, deux hommes se promenaient devant le jardin du marché Saint-Martin.

Le marché Saint-Martin est situé derrière le Conservatoire des arts et métiers, construit sur les jardins de l'ancienne abbaye Saint-Martin, vers 1765, ainsi que les rues qui y aboutissaient; il fut déclaré insuffisant en 1813, on le démolit et il fut reconstruit en 1817. Il se compose de deux corps de halles; entre ces deux bâtiments se trouve le jardin. Le plan du marché est de l'architecte Petit Radel.

Le centre du jardin est occupé par une fontaine élevée sur les dessins de Gais. Elle est une simple vasque dont l'eau jaillissante retombe en nappe. Ce vase est supporté par un groupe de trois enfants, qui représentent la pêche, la chasse et l'agriculture. Le groupe est suffisant, la fontaine a ce cachet de mauvais goût que nous a laissé l'empire.

Le lecteur reconnaîtra les deux individus qui se promenaient à leur langage; l'un dit:

— Nous ne faisons que passer et repasser devant la porte, et c'est bête... tout à l'heure on va nous demander ce que nous faisons là...

Le plus petit répondit :

— Eh bien, je dirai que j'ai donné rendez-vous à ma connaissance.

— Oui, mais vaut mieux pas avoir à causer avec les *tourne-vis*.

— Alors, entrons prendre quelque chose chez le mastroquet du coin de la rue Volta.

— Mais s'il vient et qu'il ne nous trouve pas.

— Je l'ai prévenu, et puis d'abord, c'était à lui de prendre mieux ses renseignements. Il dit d'être à huit heures dans le jardin, à huit heures tout est *bouclé* dans le marché... oh! il a du nez, il nous trouvera bien.

— Allons-y alors, fit le plus grand, qui n'était autre que Pierre-de-Taille.

— D'abord, moi, j'ai la *dalle en feu*, répliqua le petit maigre, c'est-à-dire Ladèche.

— Il est en retard, dit Pierre en entrant chez le marchand de vins.

— Ah! il n'a pas besoin d'être à l'heure juste.

— C'est que, avant d'aller là-bas... faut que je lui conte ce que je sais.

— Tu lui diras ça en marchant; monsieur, une chopine et deux verres, commanda Ladèche.

— Si tu es sûr de ça, continua-t-il, faut lui dire.

— Oh! je ne manquerai pas.

— As-tu regardé tout à l'heure si tu le revoyais?

— Non! mais attends, je vas tourner par la rue Turbigo, je longerai le marché et je vais voir s'il est là.

— C'est ça. Je t'attends.

— Je reviens tout de suite, fit Pierre en sortant.

— Oui, répondit Ladèche; puis, s'adressant au marchand de vins : redoublez-moi ça !

Quelques minutes après, Pierre rentrait.

— Eh bien! demanda son compagnon.

— J'ai fait le tour, j'ai été jusqu'à la rue du Vert-Bois, je n'ai rien vu.

Seul et pour occuper les minutes de l'attente, Ladèche avait vidé les verres; il dit au marchand de vins :

— Remettez-nous ça.

Les verres pleins, les deux amis trinquèrent et burent.

A ce moment on frappa à la vitre. Le marchand de vins sortait de son comptoir pour aller voir ce qu'on voulait, mais Ladèche le retint.

— Vous dérangez pas !... C'est un ami à nous qui nous appelle... payez-vous vivement.

— Allons-y !... fit Pierre.

Et les deux hommes sortirent, s'essuyant la bouche avec leur manche. Ils trouvèrent Panafieu qui leur dit aussitôt :

— Vous pouvez partir, nous n'aurons besoin de vous qu'à onze heures; que Pierre-de-Taille se trouve avec toi au coin de la rue Aumaire, en face le café que tu sais, et faites bien attention si vous le voyez entrer.

— Compris, et nous sommes libres jusqu'à onze heures.

— Oui.

— Mais Pierre a quelque chose à vous dire.

— Quoi donc? demanda vivement Panafieu.

— Voilà ce que c'est, dit le colosse, depuis l'autre soir, vous savez le soir de chez la Balandier?

— Oui.

— Eh bien! Je suis filé par un bonhomme qui ne m'a pas l'air de quelque chose de propre.

— Est-ce que tu as fait quelque mauvais tour ces temps derniers? demanda Panafieu.

— Mais du tout, je vous l'ai dit quand vous m'avez engagé; dans ce moment-ci, pas un brin d'ouvrage, je ne travaille que pour vous.

— Alors tu ne crains pas que ce soit un agent.

— Un agent! oh! pas du tout, c'est pas ça... Je les connais, les agents; celui-là c'est un monsieur de la *jeunhommerie*, vous savez ce que je veux dire.

— Tu es certain qu'il te file?

— Absolument; avant-hier il était derrière moi, hier encore, et tantôt je crois que je l'ai vu encore. Tout à l'heure, j'ai été fouiller partout aux environs, et je ne l'ai pas vu.

— Je vous retrouverai à onze heures. Méfiez-vous toujours de celui-là, et arrangez-vous de façon à ce qu'il s'écarte de vous.

— Ça, fit Pierre, j'en réponds.

— A ce soir, dit Panafieu, qui partit aussitôt.

Bras dessus, bras dessous, les deux compaings traversèrent la rue Turbigo, pour se diriger vers le marché du Temple.

— Puisque nous avons trois heures à nous, il s'agit de les bien employer... As-tu dîné?

— Non.

— Eh bien! mon vieux Pierre, si tu veux, j'offre à dîner.

— Ça va! j'accepte.

— Je connais par ici un endroit où il y a de l'absinthe, je ne dis que ça!

— Allons-y!

Ces deux hommes, tout à fait dissemblables de caractère, de force, de corps et de visage, étaient bien le couple le plus étrange qu'on pût voir. Pierre-de-Taille était immense; les jambes courtes portaient un buste énorme, aux épaules larges, duquel naissait un cou de taureau; la tête était grosse et le crâne étroit, le front était bas et couronné de cheveux roux, les yeux fendus en amandes remontaient vers les tempes; ils étaient bruns, mais doux; des sourcils épais les recouvraient; le nez large était

court, les oreilles immenses; la bouche grande avait de
grandes lèvres lourdes, le menton se perdait dans une
touffe de barbe rousse comme les cheveux...

C'était le type absolu de la force brutale.

Ladèche, au contraire, était petit et maigre; son cou
trop long portait une petite tête pâle; les cheveux étaient
rares sur le crâne, ils formaient des petites boucles
blondes au-dessus des oreilles; le nez était long et mince.
Les joues creuses, la bouche pincée était couverte par une
moustache blonde à pointe; l'œil enfoncé sous l'orbite
était prompt, vif, fin; il y avait sur cette face la finesse et
le vice.

Pour les deux misérables, c'est l'étalage d'un marchand
de vieux habits qui avait fourni le costume.

Ladèche avait une passion pour les liqueurs fortes et il
avait des heures pour prendre ces diverses consolations :
le cassis, l'eau-de-vie et l'absinthe; puis, il avait des
marchands spéciaux, c'est-à-dire que, quel que fût le quartier où il se trouvait à l'heure de l'absinthe, il connaissait
dans les environs un débit où l'absinthe seule était bonne.
Il n'aurait pas consenti à aller ailleurs. Fréquemment il
disait :

— Ah! nous sommes près d'une maison où il y a du
casse comme on en fait pas, allons boire une goutte.

C'est à ce culte que Ladèche devait d'être presque
toujours dans un état d'ébriété avancé vers minuit... le
jour, il se modérait, disant : le travail avant tout. Cependant, nous l'avons entendu proposer à Pierre-de-Taille
l'absinthe recommandée.

La conversation de ces deux hommes était bizarre. Ladèche parlait, Pierre approuvait et riait. Ladèche adorait
Pierre; confiant dans sa force, il était brave. De Taille
aimait Ladèche qui l'amusait et qui savait diriger les
affaires; confiant dans son adresse, il était audacieux.

Ladèche parlait à de Taille comme on parle aux enfants,

c'était un orateur de cabaret et il aimait cet auditeur attentif et croyant; il lui contait des histoires singulières qui faisaient dire au colosse :

— Avec Ladèche on s'amuse, et, comme il est savant, on s'instruit!

Sur l'invitation de son ami, de Taille le suivit; ils entrèrent chez un débitant de liqueurs, un débit que les ouvriers nomment « un assommoir. »

— Deux absinthes! demanda Ladèche en se plaçant devant le comptoir.

Le garçon servit, et, avec une religieuse lenteur, Ladèche versa goutte à goutte l'eau frappée; puis, le liquide s'épaississant, il précipita alors. Levant le verre et le plaçant devant le gaz, il dit alors à son complice :

— Regardez-moi ça…. de l'opale, quoi!… et maintenant bois ça avec religion.

Obéissant, et avec précaution, le colosse prit le verre, trinqua et le versa dans son coffre immense, ne quittant pas des yeux celui qui le dirigeait. Ladèche, au contraire, buvait à petites gorgées, l'œil à demi-clos, et semblait remercier Dieu d'avoir fait une si bonne chose.

— J'offre l'absinthe, dit de Taille en payant.

— Oui, moi le dîner.

Les deux amis descendirent vers la vieille rue du Temple, Ladèche dit :

— Attends, je vais acheter le dîner.

Il entra chez un charcutier, acheta un jambonneau, puis acheta un pain, du fromage, et dit :

— Nous allons faire un vrai dîner, hein!

— Oui!

Ils entrèrent alors dans une cour qui se trouve rue Vieille-du-Temple, entre la rue Barbette et la rue des Francs-Bourgeois… Dans la cour à gauche se trouve le cabaret, un cabaret bien étrange.

C'est probablement une ancienne remise que l'on a

vitrée ; les murs sont sans peinture, sans papier ; le comptoir est à gauche en entrant, partageant le trou béant qui est l'entrée de la cave ; pour tout ornement, *les murs du* cabaret sont couverts de casiers remplis de bouteilles, et le plafond est rayé par de larges solives ; dans l'une d'elles est un énorme crochet qui sert à accrocher la poulie pour descendre les tonnes... Le cabaret a cinq ou six tables de chêne que l'usage a vernies.

Pour voir quelque chose à cette heure dans le cabaret, il fallait une grande habitude.

De Taille et Ladèche entrèrent dans le bouge et aspirèrent bruyamment, à pleins poumons. Cet air leur plaisait, ils s'y sentaient heureux, ils revivaient, et, disons-le franchement, le cabaret était à cette heure semblable à l'étuve d'un bain de vapeur à l'heure de la chaude.

Les deux amis se souciaient peu de tout cela, ils savaient une chose qui dominait toutes les autres, c'est que là le vin était bon, invariablement bon, et ils ne cherchaient que cela. Ils se mirent à table et commandèrent le vin.

— Et du bon, dit Ladèche.

— Oui, du bon, répéta de Taille, qui disséqua le jambonneau.

Les premiers verres bus, les premiers coups de fourchette donnés, Ladèche, regardant son compagnon en face, lui dit :

— Pierre, qu'est-ce que tu penses du métier que nous faisons ?

— Dam... Je ne pense rien, moi ; je gagne ma vie, c'est tout.

— Voyons ! Tu te souviens de l'affaire que nous avons eue au *Chat*. Est-ce que tu crois que nous nous trompions ?

Pierre pensa quelques minutes et accoucha de :

— Peut-être bien que non.

— Alors, toi, ça te serait donc égal de trahir tes camarades?

— Je ne dis pas ça.

— Si, tu dis ça !

— Non, moi j'ai confiance en toi, ce que tu fais je le fais, je sais que tu ne peux pas faire mal.

Ladèche prit un air digne; il roula son cou dans son col, et tendant la main à de Taille, il répliqua :

— A la bonne heure ! Eh bien ! mon vieux, tu peux compter sur moi comme sur toi-même. Je t'ai dit ça, ajouta-t-il en se rasseyant, pour te juger ; car, tu le sais, je suis incapable d'une bassesse. Certainement les camarades ne valent pas ça, mais je ne me contente pas de leur jugement, c'est le mien que je veux satisfaire. De deux chose l'une : ou je devenais mouchard avec le Panafieu ou je servais un collègue. Dans le premier cas, je refusais. Maintenant, est-ce que nous sommes dans le second cas ?

— Dame, fit de Taille très perplexe, tu dois juger ça

— Je te le demande, dit Ladèche.

— La sueur perla au front du colosse, c'est qu'il faisait des efforts terribles pour répondre.

— Voyons, réponds carrément, pas de détours...

— Moi, je vais te dire.... j'ai craint un moment d'être devenu simplement un rousse ; mais comme il nous recommandait de nous méfier autant de la police que de nos yeux... je me suis dit : ce n'est pas ça !

— C'est très bien raisonné... pour toi !

De Taille essuyait de sa manche son front ruisselant ; il continua :

— Pour l'autre chose que tu demandes, je te dirai que je me fie à toi, car je ne vois pas bien clair dans l'affaire.

— Tu ne vois pas, mon pauvre Pierre... Eh bien ! moi j'ai vu.

11.

— Ah! je le savais bien... Oh! je te connais, toi, on ne te refait pas.

— Dieu merci, non, fit Ladèche en se rengorgeant... J'ai cherché, parce que moi, tu sais ce que je suis, j'ai de l'honneur, et si je n'ai que ça, je l'ai!... Tromper les camarades, jamais!... faire une affaire pour se compromettre au profit des autres, pas de ça non plus...

— A la bonne heure... ça c'est raisonné...

— J'ai fouillé, j'ai cherché et j'ai trouvé. Sais-tu ce que nous faisons?

— Non! fit de Taille anxieux.

— Eh bien, je vais te dire la chose en deux mots.

Jetant autour de lui un regard scrutateur. faisant avec ses mains un porte-voix, il dit d'une voix sourde à de Taille qui se penchait vers lui et tendait l'oreille :

— C'est de la politique; nous travaillons pour le gouvernement ; nous sommes sur la piste d'un complot...

— Vraiment? fit de Taille abruti.

— Comme je te le dis... oh ! mais j'ai de l'œil... pas un mot, tu vois, nous ne savons rien ! mais la vérité la voilà... et tu verras, nous serons payés pour de bon.

— Ça va déjà bien.

— Ecoute, ma vieille, tout le monde a des malheurs, est-ce pas; mais pour nous, c'est la fin si nous voulons; ça, vois-tu, c'est pas être de la rousse... c'est être de la police secrète, c'est chic. On a des protections pour sa famille... et on finit en honnête homme.

— Mais ça me va, ça!

— C'est pour cela que je t'éclaire... Tu n'as pas de répugnance politique...

— Moi, pas du tout... je suis pour l'ordre... Je ne suis pas électeur, mais je suis pour le gouvernement.

— Tu es un homme d'ordre...

— Oui, et pour le maintien de ce qui est la peine de mort.

— Comment, toi, pour la peine de mort?... demanda Ladèche étourdi.

— Oh! oui, mon vieux, sans ça nous aurions trop de concurrence.

— C'est que tu es dans le vrai, dit en riant Ladèche; enfin voici la vérité, guide-toi là-dessus, nous sommes des agents du gouvernement... donc c'est un brevet d'honnête homme que nous avons reconquis. Ce soir, c'est la grande affaire, nous allons probablement arrêter le monsieur. En politique, il y a du biais; or, on ne sait pas encore ce qu'on doit faire, sommes-nous pour le gouvernement, ou passons-nous à l'opposition? voilà la question; moi je me le demande. C'est ce soir, nous avons beaucoup d'argent à gagner d'un côté; mais il est évident que si nous allions en demander à l'autre côté, nous en aurions plus... Comprends-tu?

La bouche ouverte, l'œil hagard, la sueur sur le front, Pierre-de-Taille cherchait vainement à suivre le raisonnement prolixe de son ami; il répondit naïvement :

— Je ne comprends pas un mot.

Ladèche le regarda deux secondes, puis il dit :

— Au reste, cela vaut mieux. En deux mots, voici la chose : Es-tu avec moi ou es-tu avec le Panaf?

— Moi, je suis avec toi.

— Tu me suivras et tu feras ce que je te dirai?

— Oui, certainement.

— Enfin, tu me laisses tes intérêts. Je te promets que nous allons faire une bonne nuit.

— Je m'en remets absolument à toi.

— Entendu, alors: Garçon!

Le garçon vint.

— Vite, vite, donnez-nous une bouteille de beaune!

Puis, s'adressant à de Taille :

— C'est bien entendu, tu agis sous ma direction?

— C'est entendu.

Ils vidèrent la bouteille et à dix heures et demie ils quittèrent le cabaret pour se rendre au rendez-vous que leur avait donné Panafieu.

XXIV

OU PANAFIEU NE COMPREND PLUS RIEN

A onze heures, lorsque Panafieu accompagné par les frères Lebrun arriva au coin de la rue Turbigo et de la rue Aumaire, il vit tout à coup se détacher de la clôture en planches qui entoure l'église Saint-Nicolas-des-Champs, ses deux aides, Ladèche et Pierre-de-Taille. En reconnaissant les deux frères, ceux-ci s'inclinèrent respectueusement, et Pierre dit à l'aîné :

— Ah ! monsieur, on est heureux de travailler avec des gens de votre force... Crédié ! on vous prendrait pour des petit crevés... et quelle poigne, oh ! mes enfants, je me vois encore rouler.

Ladèche, voulant se mettre à la hauteur des gens avec lesquels il se trouvait, dit pour excuser le langage familier de son ami :

— Messieurs, ne vous étonnez pas des façons de Pierre ; vous savez ce que c'est ; on n'a pas reçu d'éducation... Ça dit ce que ça pense... mais c'est bon au fond.

Les deux frères étaient assez embarrassés. D'abord l'obligation dans laquelle ils étaient de causer avec les deux coquins leur répugnait, ils avaient hâte d'en être débarrassés.

Panafieu le comprit, car il dit :

— Nous n'avons pas de temps à perdre, avez-vous du nouveau ?

— Dam ! nous n'avons qu'une chose, nous l'avons vu entrer.

— Ah ! il est là, demanda Vincent.

— Il paraît !...

— Ne serait-ce pas mieux que nous n'entrassions pas? Nous pourrions lui donner l'éveil et le mettre ainsi sur ses gardes.

— Vous avez raison...

— Cependant, demanda Charles Lebrun, ne pourrions-nous pas n'entrer qu'une minute, et partir ensuite sans nous occuper de lui?

— Cela est facile. Assurément, on ne fera pas attention à vous, car à cette heure il y a une nombreuse société.

— Allons-y donc...

— Avant, je place mes hommes. Toi, Pierre, tu vas rester là, et s'il sort, file-le... Ladèche va rentrer avec moi pour me le désigner, et il est probable que nous sortirons derrière lui. Tu as le cocher?

— Le voilà, dit Ladèche en montrant un fiacre qui stationnait à quelques pas de là; c'est Folempin... et nous pouvons compter sur lui.

— Bien! fit Panafieu. Maintenant, messieurs, ajouta-t-il en s'adressant aux frères Lebrun, vous allez rentrer avant nous.

— Mais nous ne connaissons personne.

— Aussi vais-je vous dire le moyen d'être reçus.

— Nous vous écoutons.

— Vous allez entrer par l'allée qui se trouve après le café, vous verrez une porte au fond, sur laquelle est écrit ce mot : *Ici*. Vous ouvrez et vous vous trouvez dans une petite cour; à gauche se trouve une autre porte, près de laquelle est accroché un quinquet. Sur cette porte vous lisez : « Laboratoire, » puis « Le public n'entre pas ici. »

Naturellement, vous entrez, c'est la cuisine et l'office du café; vous traversez sans dire un mot et vous ouvrez une porte qui se trouve dans le coin à gauche; cette porte s'ouvre sur un escalier, vous le descendez... quinze marches environ; vous rencontrez une autre porte que vous ouvrez et vous êtes dans une antichambre-vestiaire. Là. deux individus vous regardent, si vous n'êtes pas connus, ils semblent vous dire :

— Qu'est-ce que vous voulez?

Vous direz :

— Nous sommes invités à la soirée de M. César.

— Et ces messieurs ont leurs lettres? vous demandera-t-on.

Vous répondrez :

— G. S. V.

— Comment dites-vous? demanda Vincent.

— G. S. V... C'est le mot d'ordre. On vous prend alors vos pardessus, et le domestique ouvre une porte et vous entrez. Vous avez compris?

— Parfaitement.

— Maintenant, nous convenons bien qu'en bas nous ne nous connaissons pas; vous allez, vous venez; je ne vous connais pas.

— C'est entendu. Au reste, nous ne ferons qu'entrer et sortir pour voir l'aspect d'un tripot.

— Oh! là, vous verrez un vrai tripot.

— Il n'y a pas de danger? demanda Charles Lebrun.

— Quel danger?

— La police...

— Le secrétaire du commissaire est un des habitués.

— C'est très bien, firent en riant les deux frères.

— Je continue, reprit Panafieu. Vous allez, en sortant, chez Brébant.

— Oui.

— Demandez à Philippe le salon du second, et attendez-moi là. L'affaire faite, je vous rejoins.

— C'est entendu. Nous ferons mettre votre couvert.

— Allons, chacun à son poste. Allez devant.

Les deux frères suivirent la rue Aumaire, en entrant

dans l'allée. De Taille, après avoir échangé un regard avec Ladèche, alla se poster, et Panafieu dit à ce dernier :

— Pas un mot, tu sais ! Tu me l'indiqueras de l'œil.

— Comptez sur moi.

— Attendons encore dix minutes en nous promenant et nous entrerons.

Il offrit un cigare à Ladèche, et en prit un lui-même ; ils se promenèrent silencieux. L'heure venue, ils disparurent dans l'allée.

Avant de conduire le lecteur dans le tripot, nous dirons toute notre pensée sur la malheureuse loi qui défendit les jeux en France. Les moralistes d'alors ont cru détruire les joueurs en détruisant les jeux, et au contraire ils ont fait naître à côté de cette malheureuse passion, de ce vice, le crime... oui, le crime. Le jeu loyal, le jeu sincère, protégé, surveillé, mettait le malheureux atteint de cette passion à l'abri de l'escroc, du voleur, et ne le faisait que la victime du hasard.

Nous avons beaucoup travaillé sur la question du rétablissement des jeux, et nous en sommes arrivés à ce paradoxe : c'est que le vrai moyen, sinon de supprimer, du moins de diminuer les joueurs, c'est le rétablissement des jeux publics.

Et d'abord, n'est-ce pas l'intérêt de l'État ? Ne peut-il pas trouver un impôt énorme contre lequel personne ne pourra se lever... Je l'ai écrit ailleurs.

C'est le moyen, sans changer le commerce, sans nuire au travail, sans ruiner l'industrie, de faire rentrer de l'argent dans les caisses vides de l'Etat. Quel impôt vaudra jamais celui qui frappe sur le luxe, sur les plaisirs, sur les vices enfin ? Véritablement n'est-il pas étonnant que cette question qui apporterait un impôt considérable, ne soit pas étudiée par nos représentants ? Oh ! certainement les philanthropes superficiels vont protester au nom de la morale, au nom de la famille, au nom de... etc., etc.

Avec tout cela, on trompe la logique du bon sens et l'on viole la liberté ; c'est aux dépens du droit de tous, et dans l'unique but de se donner un brevet d'homme de bien, que l'on remonte ainsi le courant de l'opinion publique.

Nous voulons la liberté en tout, et si le jeu est un vice, nous trouvons très naturel que la victime en souffre.

Les jeux sont défendus en France, et jamais on n'a vu un aussi grand nombre de maisons de jeu clandestines.

Jamais des sommes aussi considérables n'ont été jetées sur le tapis... même dans les banques d'Allemagne.

Les jeux autorisés assuraient l'honnêteté, et mettaient le malheureux atteint de ce vice à l'abri des cartes biseautées du premier escroc venu.

Le rétablissement des jeux publics en France, bien réglementé, surveillé, dirigé, serait moral et patriotique.

Car on peut se servir aujourd'hui, pour en réclamer le rétablissement, des causes qui ont amené leur suppression.

Le but désiré, loin d'être atteint, a été tout à fait contraire au résultat recherché, l'expérience l'a prouvé.

Un malheureux orateur dit :

« Il est d'un gouvernement sage de lutter contre les penchants mauvais, de les poursuivre, de les empêcher de se développer, et si on ne parvenait pas à les détruire entièrement, d'en diminuer les conséquences.

« On dit qu'à défaut des maisons publiques il s'élèvera des maisons de jeux clandestines.

« *Non, messieurs,* car nous avons *une police ayant à ses ordres des agents assez nombreux qui parviendront à détruire les maisons de jeu.* »

Aujourd'hui nous jugeons par expérience.

Eh bien ! les trois maisons de jeu sont supprimées à Paris.

Aujourd'hui, Paris compte plus de mille maisons de jeu, cercles, tables d'hôtes, cafés et tripots.

Lyon en a au moins autant, et cela naturellement, sans surveillance, sans réglementation et surtout sans bénéfice pour l'État.

Les jeux rétablis en France n'entraîneraient jamais celui qui n'est pas joueur ; ils atténueraient, au contraire, le mal qui se propage, c'est-à-dire l'exploitation des niais par les grecs et les escrocs.

Et pour terminer cette longue digression, rétablissons les faits, c'est-à-dire que, pour être dans la vérité, il faut absolument dire le contraire de ce que disait M. Salverte en 1836, il faut retourner ainsi la phrase que nous citions plus haut :

Rétablissez les jeux publics, vous empêcherez les tripots ; vous pourrez toujours surveiller les banques réglementées par vous et rendre aux maisons de commerce ceux qui se ruinent dans les tripots et auxquels vous refusez l'entrée des maisons de jeu.

Ceci dit, nous entrons dans le tripot de la rue Aumaire.

Nos lecteurs ont vu dans les instructions données aux deux frères Lebrun par Panatieu l'entrée et le moyen d'être admis dans le tripot. Nous dirons donc que, la porte ouverte par l'homme qui gardait l entrée, on se trouvait dans une grande cave, non une cave moderne, mais les voûtes d'une ancienne église ; c'était une grande salle soutenue par quatre colonnes surmontées d'arcs en ogive. Les murs étaient peints à la chaux, les colonnes étaient entourées de velours vert jusqu'à hauteur d'homme; entre les quatre colonnes étaient deux grandes tables, recouvertes d'un tapis vert avec division en jaune pour le baccarat. Plus de cinquante personnes étaient autour des tables...

La salle était éclairée par quatre lampes couvertes d'abat-jour et par deux quinquets accrochés aux murs de chaque côté de la grande salle.

Les gens qui entouraient les tables semblaient, par leur costume, appartenir à la classe moyenne, et cependant le tapis était couvert d'or. Tout était silencieux, on n'entendait que le tintement de l'or et la voix des banquiers, qui disaient à chaque minute :

— Faites vos jeux, messieurs...

— Tout à la masse !

— Banquo !

— Rien ne va plus !

— Sept ! neuf ! passez...

Et le doux bruit de l'or se faisait entendre.

Notre œuvre, en dehors du drame absolument vrai que nous racontons, est une étude sur cette passion funeste : le jeu ! et à ce titre nous voulons montrer au lecteur par le fait même le danger du tripot et la nécessité du jeu surveillé, étant entendu que l'on ne pourra pas défendre le jeu ! On ne nous croirait pas !

Dans un livre remarquable : *Les Jeux en France*, que l'auteur n'a pas cru devoir signer, nous trouvons les différentes façons de travailler du grec, et nous demandons au lecteur et à l'auteur du livre, M. X..., permission de couper tout entière cette page très instructive et surtout nécessaire à notre histoire pour des événements futurs.

A Londres, le moyen employé par les *grecs* en chemin de fer est des plus simples. Ils sont trois dans un compartiment, admirablement vêtus, distingués parfois et gracieux toujours ; un quatrième voyageur, la dupe, monte en wagon ; naturellement elle regarde jouer, l'un des *gamblers* lui propose de s'intéresser au jeu pour un rien, quelques schellings ; la dupe gagne ; alléchée, elle joue et adieu mon argent. Les grecs descendent à une station voisine, puis recommencent le lendemain.

Il y a quelques années, deux hommes ayant leurs entrées dans le meilleur monde, furent traduits devant la justice pour avoir volé au jeu.

Ce procès eut grand retentissement, en ce sens qu'il était la preuve irréfutable que, dans les cercles les plus épurés, des voleurs peuvent se faufiler à l'abri d'un honnête patronage.

M. G..., l'un des deux voleurs, eut au début de sa carrière une inspiration merveilleuse, inimaginable. Il avait gagné une assez forte somme ; mais les bénéfices n'étaient pas assez rapides, assez considérables au gré de ses désirs. Voici la combinaison qu'il inventa : il acheta une quantité prodigieuse de cartes à jouer, il se retira à la campagne et pendant plusieurs années il se livra à un travail vraiment surhumain. Il marqua, au moyen d'un signe dont il possédait la clef, chaque carte des jeux. Quand il eut terminé, il se rendit à Saint-Nazaire et fit embarquer sur un voilier la cargaison de cartes.

Le navire devait partir le 3o ; le 20 il s'embarqua sur un paquebot à vapeur qui nécessairement arriva à Mexico, M. C... fit acheter par des émissaires toutes les cartes de la ville et les brûla. Grand émoi à Mexico où le jeu est considéré comme une nécessité de l'existence ; la disparition des cartes était commentée dans les salons, dans les hôtels, dans les rues ; c'était presque un deuil public. « Mon royaume pour un cheval ! » était dépassé de cent coudées : « Ma vie pour un jeu de cartes ! » disaient les Mexicains.

Un jour le bruit se répandit, plus prompt que le feu enflammant une traînée de poudre, qu'une voile était signalée au large, et que ce vaisseau apportait un chargement de cartes. C'était le navire de M. C...

A peine arrivé en rade, le navire fut pris d'assaut par des gens qui achetèrent les cartes à des prix fabuleux.

On joua nécessairement avec plus de fureur que jamais.

M. C... mit alors à exécution la seconde partie de sa diabolique combinaison.

Comme nous l'avons dit, les cartes étaient marquées.

Chaque fois qu'il s'asseyait à une table de jeu, dans un salon ou dans un cercle, il gagnait invariablement tous les joueurs, et, chose particulière, cette veine persistante ne donna l'éveil à personne, tant le joueur est pénétré de sa perspicacité.

Quand M. C... eut réalisé une somme assez importante, il revint en France, où, moins heureux ou plus maladroit, il se fit prendre.

Le grec à la tabatière opère en moins grand. Voici son système :

Six ou huit joueurs sont assis autour d'une table de jeu ; l'un d'eux a à côté de lui une tabatière dans laquelle il puise fréquemment ; il tempête chaque fois qu'il a la main parce qu'il passe au premier ou second coup.

Adroitement il se lève, sous prétexte de satisfaire un besoin quelconque, mais il a soin d'emporter la fameuse tabatière : il a pu préalablement, par un prodige de prestidigitation, soustraire une poignée de cartes. Il arrange alors ses cartes de façon à avoir *la main*, puis il les introduit dans sa tabatière. Tout cela s'exécute en moins de temps qu'il n'en faut pour le raconter.

Le grec reprend sa place et pose sa tabatière sous son coude ; lorsque la main lui arrive, il pose ses cartes sur la table devant lui, et, le plus naturellement du monde, il pose sur le paquet de cartes sa tabatière, il fouille alors dans ses poches, prend son temps et prend de l'argent. Quand il a fini, lentement il prend une prise ; mais tout en prenant son tabac, il a poussé un ressort caché ingénieusement au fond de sa boîte ; les cartes qu'elle recélait s'ajoutent sans le grossir perceptiblement, au paquet ; il remet sa tabatière à côté de lui et donne les cartes. Cette fois, il ne tempête plus, la main est heureuse, et il décave ses adversaires.

Pour le *baccara* , les grecs se servent d'une bague à large chaton ; mais le chaton, au lieu d'être une pierre précieuse, est simplement une glace très fine et exactement fidèle.

Le *grec* tient ses cartes de la main gauche ; quand le *ponte* demande une carte, il la lui donne ; mais, avant d'en prendre une, habilement et prompt comme l'éclair, il a eu le soin avec son pouce de la pousser imperceptiblement de façon à voir refléter dans le chaton de la bague qu'il porte à la main droite le bord de sa carte ; si elle ne lui est pas favorable, il ne la prend pas ; dans le cas contraire, il la prend et il est rare qu'il ne gagne pas.

Le *grec* qui pratique ce vol a une grande dextérité ; il opère indistinctement dans les cercles et dans les tripots ; il n'est pas scrupuleux, comme en général beaucoup de ses congénères, sur le choix de ses partenaires ; pourvu qu'ils *éclairent*[1] c'est tout ce qu'il faut.

Le tripot de la rue Aumaire n'était pas privilégié et un bon tiers des gens qui entouraient les tables appartenait à la catégorie que nous avons citée.

Le lecteur est maintenant suffisamment édifié sur les choses et sur les gens qu'il va connaître.

Les deux frères étaient d'abord embarrassés de se trouver dans ce monde singulier ; mais voyant qu'à leur entrée pas un des assistants n'avait tourné la tête, que tous étaient restés penchés sur le tapis couvert d'or, ils se remirent peu à peu et firent le tour de la grande salle souterraine, puis ils s'approchèrent de la grande table et regardèrent les joueurs.

Leur pensée à tous deux était la même. Ils dirent ensemble :

1. Passer.

— Il est ici !

Et leurs yeux cherchèrent vainement sur les visages la marque qui flétrissait Caïn.

— Je me sens mal à l'aise, ici ! dit Charles.

— Moi de même, répondit Vincent. Il me semble qu'en ce lieu, la vie d'un homme est peu de chose.

— Vois ces masses d'or !... Ce que je ne m'explique pas, c'est la mise plus que négligée des gens qui jouent de pareilles sommes.

— J'avoue que je me sens peu de confiance pour ces messieurs.

— C'est un peu à cause de ce que nous a dit Panafieu.

— Peut-être... Je suis impatient. J'ai hâte que cette nuit soit achevée.

— Si elle nous apporte le résultat tant recherché.

— Je ne sais qui me fait croire que nous touchons au but.

— Dieu t'entende !

Les jeunes gens suivaient le jeu avec attention, lorsqu'à l'autre table on dit :

— Je fais vingt louis !

— Banquo ! répond-on.

Les deux frères avaient relevé la tête et s'étaient regardés.

— Tu as entendu... cette voix ?

— Oh ! ce n'est pas possible !

— Voyons donc !

Ils s'avançaient vers l'autre table.

Celui qu'ils avaient entendu avait gagné et il ramassait son or.

— Mais c'est lui, s'écria Vincent.

— Ah ! c'est trop fort, fit en riant Charles.

— Avec ses airs Sainte-Nitouche, dit Vincent du même ton, et gaiement.

Le jeune homme, dont la présence semblait si fortement

les étourdir, avait environ trente ans; il était très élégamment vêtu, finement ganté; assez grand, un peu mince,
d'agréable tournure enfin; le visage était distingué.

Les cheveux châtains blonds, bien plantés, couvraient
le front assez haut de boucles gracieuses; les yeux étaient
bleus de ce bleu sombre du saphir, qui ressortait encore
dans l'ombre que jetaient les cils; les lèvres, correctes,
étaient d'un rouge un peu pâle; le nez, pur de dessin,
était bien fait; les oreilles étaient toutes petites..., il ne
portait ni barbe, ni moustaches..., en somme, c'était un
fort joli garçon...

Vincent avança derrière lui et lui frappa légèrement
sur l'épaule; le jeune homme se retourna aussitôt et resta
quelques secondes interdit en reconnaissant les deux frères.

Ceux-ci éclatèrent de rire... Ce rire rassura le jeune
homme, qui sortit du cercle des joueurs et dit aux deux
frères :

— Comment diable êtes-vous ici?

— Notre présence n'a rien d'extraordinaire. Nous, nous
sommes garçons..., mais toi, André, tu es marié, dit Vincent en plaisantant.

— C'est vrai que c'est assez inexplicable, fit André,
de l'air le plus naturel du monde.

Nos lecteurs se souviennent avoir vu, au premier chapitre de cette histoire, celui que nous retrouvons, André
Berry, le mari de Marguerite Lebrun.

— Est-ce que tu viens quelquefois ici? demanda Vincent.

— Jamais; c'est la première fois ce soir... Vous veniez
d'arriver?

— Oui.

— Vous m'avez vu jouer?...

— Oui, un coup!

— Eh bien! c'est le seul, j'ai voulu voir si j'avais de la

chance, et j'ai gagné, j'allais me sauver... Mais comment
êtes-vous ici ?

— Depuis longtemps, répondit Vincent, on nous parlait des nombreux tripots parisiens ; ma foi, nous nous
étions promis d'en voir un, on nous a indiqué celui-ci, et
nous sommes venus.

— C'est assez curieux, dit Charles, n'ayant ni l'un, ni
l'autre, l'habitude de venir ici, de nous y rencontrer le
même jour.

— J'allais partir, fit André ; voulez-vous faire comme.
moi ? On se trouve ici avec un monde si singulier... qui
me paraît si singulier... J'ai hâte d'être dehors.

— Nous sommes absolument comme toi.

— Partons !

Les deux frères se disposaient à sortir, André marchait derrière eux ; la porte s'ouvrit et Panafieu précédé
de Ladèche entra... En voyant les deux frères, ainsi qu'il
était convenu, il feignit de ne pas les connaître, et sans
se préoccuper de celui qui les suivait, il regarda Ladèche
qui s'était vivement dirigé vers les tables, disant bonjour
de l'œil à quelques-uns des joueurs.

. Les deux frères sortirent suivis d'André ; ils prirent
leurs paletots... mais le garçon s'occupa avec empressement d'André ; ni Vincent, ni Charles le remarquèrent.

Quelques minutes après, ils étaient dehors, la porte
d'allée se fermait sur eux lorsque André, se reculant, dit
aussitôt :

— Qu'est-ce que c'est que ça ?

Mais Vincent, qui avait reconnu Pierre-de-Taille, se
plaça sous le réverbère de façon à couvrir ses deux compagnons et à être reconnu...

Pierre s'inclina et retourna à son poste.

— Qu'est-ce que c'est que cet individu-là, demanda
André ; vous le connaissez ?

— Non. Quand nous sommes entrés, répliqua Vin-

cent, je l'ai vu en faire autant avec des gens qui sortaient.

— Ah !

— Je suppose que c'est un individu qui attend un
compagnon qui est entré pour l'argent commun.

— C'est probable, fit André légèrement en passant
ses bras sous les bras des deux frères.

Il ajouta :

— Mais, je n'en reviens pas de vous trouver là.

— Et nous donc, fit Charles.

— Si nous disions ça à Marguerite...

— Eh ! pas de bêtises, répliqua aussitôt André en riant,
la pauvre chérie !...

— C'est que j'hésitais à te reconnaître... va donc penser à cela : André, l'homme rangé, le père de famille...
joueur... et où ? bon Dieu !

— Oui, c'est évident que ça a dû bien vous surprendre. C'est simple comme tout. Figurez-vous j'étais invité
ce soir à un dîner de famille chez mon oncle; tu sais,
Marguerite avait voulu rester avec l'enfant... J'ai passé
la plus somnolente soirée, tu penses, et je me suis hâté
d'en finir après le café... Ne sachant que faire, désœu-
vré, j'avais prévenu Marguerite que je ne rentrerais que
vers deux heures. Je me suis souvenu de ce tripot qu'on
m'avait signalé comme très curieux et je suis venu...

— « La place m'est heureuse à vous y rencontrer, »
récita en riant Vincent, et j'en bénis le sort puisque tu
as quelques heures à toi, que nous devons nous-mêmes
attendre quelqu'un chez Brébant.

— Quelqu'un ? fit en souriant André.

— Viens avec nous. Tu as mal dîné, tu souperas avec
nous, dit Vincent sans répondre et satisfait au contraire
de la supposition d'André, qui le dispensait d'autres explications.

— Je mange une bouchée et je pars...

12

— Nous aimons trop notre sœur pour te débaucher.

Les trois frères se dirigèrent en causant chez Brébant, ils se firent servir à souper. Vers deux heures, André les quitta.

Seul avec son frère, Vincent lui dit :

— C'est curieux, il m'a semblé qu'André était connu ici.

— Moi aussi.

— Nous allons voir ça.

Vincent sonna, le garçon parut.

— Dites-moi, garçon, est-ce que véritablement notre ami qui sort d'ici, est venu me demander ce soir?

Charles regardait son frère, stupéfait de sa demande.

— Votre ami... M. André, il n'est pas venu aujourd'hui.

— Vous le connaissez bien?

— Oh! certainement, M. André... il vient presque toutes les nuits

— Ah! c'est bien.

Quand le garçon fut sorti, Vincent dit à Charles :

— Eh bien, en voilà du nouveau.

— J'en suis stupéfait.

— Mon Dieu, est-ce qu'André ferait la noce? Nous verrons Marguerite demain.

Le garçon rentrait, il demanda :

— On demande deux messieurs. Est-ce vous qui attendez M. Paul?

— Oui, oui, c'est nous; qu'il entre.

Le garçon se retira.

Quelques minutes après, il introduisait Panafieu. Celui-ci entrant regarda autour de lui et fut comme surpris de voir les deux frères seuls.

— Que cherchez-vous donc? demanda Vincent.

— Mais vous n'êtes pas seuls?

— Absolument seuls, et nous allions vous faire la même question. Le tenez-vous?

— Qui? demanda Panafieu.

— Comment, qui?... mais cet abbé.

— Ah çà, fit Panafieu, je vous avoue que je n'y comprends plus rien.

— Comment cela?

— Nous n'avons pas trouvé notre homme dans le tripot; cependant nous savions qu'il y était... en remontant, de Taille nous a dit vous avoir vus remonter tous les deux avec l'abbé...

— Nous! exclamèrent à la fois les deux frères.

— Mais je n'ai pas remarqué, en vous voyant sortir, si quelqu'un vous accompagnait.

— Mais, dit Charles avec dépit, c'est une mystification... nous sommes sortis avec André, notre beau-frère, qui, comme nous, était venu en curieux visiter le tripot...

— Et cet imbécile de Pierre, continua Vincent, nous voyant sortir avec quelqu'un, est venu nous regarder presque sous le nez...

— Il m'a même dit, répliqua Panafieu, que vous lui aviez fait un signe signifiant :

« — Nous le tenons, ne t'en occupe plus. »

— Mais il est absolument fou... je lui ai fait signe que c'était nous, qu'il reste à son poste... il ne connaît donc pas cet abbé?

— Il le connaît, mais peu... et Ladèche était avec moi... Cette brute, au signe que vous avez fait pour qu'il vous laisse tranquille, a compris qu'il n'était plus besoin de surveiller et l'autre sera parti.

— Avouez que c'est trop ridicule.

— C'est vrai, fit Panafieu tout déconfit.

Ce dernier était tout dépité de s'être laissé jouer ainsi; il sentait le ridicule de sa situation, les préparatifs infinis, hommes, voitures, parties, pour aboutir à quoi? à rien. Il n'osait plus se défendre. Les deux frères le voyant ainsi confus en eurent pitié.

— Voyons, monsieur Panafieu, nous n'avons pas réussi, nous serons plus heureux une autre fois, il ne faut pas se démoraliser ainsi.

— Je vous demande pardon, vous êtes trop bons pour moi ; j'ai été bête, idiot, ridicule, j'aime mieux qu'on me le dise... c'est vrai !

— Allons, dit en riant Vincent, mettez-vous à table et soupons, nous organiserons cela pour une autre fois ; il vient toujours là ?

— Mais oui, toujours... j'ai pris des renseignements, ne le voyant pas, et on m'a dit : il est venu ce soir et il a même beaucoup gagné, on ne s'était pas aperçu qu'il était parti... je croyais qu'il était avec vous ! Cet imbécile qui prend votre beau-frère... Au reste, messieurs, je vous en fais mes excuses, mais véritablement j'ai été trop bête.

— Mais ce n'est pas votre faute.

— C'est ma faute absolument ; le moindre raisonnement, un éclair de bon sens devait me faire penser que vous ne pouviez pas être sortis avec cet individu, je devais penser que cette grosse brute se trompait.

— Mais si l'un d'eux a dit qu'il était venu, qu'on ne l'a pas vu sortir, il y a peut-être une autre sortie.

— Non, non, je connais la maison, c'est inexplicable.

— Où sont vos hommes ?

— Ils sont en bas avec la voiture.

— Congédiez-les et soupons, dit Vincent.

— Vous avez raison.

Panafieu descendit aussitôt. Ladèche et de Taille n'étaient pas dans le fiacre ; un petit marchand de légumes était encore ouvert, le père Tranquille, et ils y étaient entrés pour occuper le temps.

Panafieu y entra à son tour, et dit furieux :

— Vous pouvez partir ! et se tournant vers le colosse,

il ajouta : Toi, Pierre, tu es plus bête que tu n'es gros et c'est toi qui nous as fait tout manquer.

— Comment, il n'est pas là ? demanda Ladèche.

— Mais non, il n'est pas là ! et celui que cet imbécile a pris pour lui est un ami ; tu ne vois donc plus clair, à quoi es-tu bon ?...

De Taille était devenu rouge, puis bleu, puis pâle en entendant le flot d'injures débité par Panafieu. Il ne trouva pas même un mot à répondre, car il n'entendit pas la dernière phrase.

— Je vous reverrai demain et nous chercherons un autre indice.

Panafieu parti, Ladèche dit à son ami :

— Eh bien ! bois un coup, ça fera passer ça...

— Jamais on ne m'en a tant dit ! fit Pierre.

— Faut pas faire attention à ça, ma vieille, les mots ça ne touche pas, ça. Écoute-moi : la voiture est payée, nous allons revenir à pied et nous causerons.

Ladèche appela le cocher, trinqua avec lui et le congédia ; puis ayant payé les consommations, il prit le bras de son ami, encore abruti, et l'entraîna sur le boulevard.

— Ma pauvre vieille, ça te montre ça qu'il faut se servir des gens et voilà tout. Tu te souviens de ce que je t'ai dit tantôt ? eh bien, reparlons-en. De deux choses l'une, ou t'as été négligent, ou t'as été bête.

— Qu'est-ce que tu veux que je te dise ? A minuit, on peut se tromper, ou alors il faudrait que les gens fassent comme les omnibus, qu'ils se mettent des lanternes sur la poitrine.

— Je vais te dire : t'as été léger... Allons, ne nie pas ça, t'as été léger.

— Eh bien, oui, peut-être.

— Et puis, ma vieille, moi je pense à une chose : dès qu'il va avoir eu son bonhomme, il n'aura plus bésoin de nous... et en le trompant tu nous as conservé de l'ouvrage.

— C'est vrai ça, dit naïvement Pierre....

— Je reviens à ce que j'ai dit... Si lui il a un intérêt à le trouver, l'autre doit avoir un intérêt à se cacher... Or, nous pourrions, en étant adroits, travailler avec l'un et prévenir l'autre... moyennant un prix raisonnable.

— Qu'est-ce que tu dis de ça...

— C'est curieux ce que tu as des idées !

— Avec toutes ses affaires et tous ses mystères, on n'avance pas... Tu verras demain : en deux heures je saurai où il est et ce qu'il fait, le bonhomme... En es-tu ?

— J'en suis !

— Eh bien, entrons boire un petit coup... voilà un mastroquet qui est encore ouvert... Vois-tu, pour gagner de l'argent, il n'y a qu'une chose, c'est d'être adroit en affaires... Je sais bien qu'on dira : c'est pas honnête, non, c'est pas honnête.

— Non, pour ça c'est pas honnête !

— C'est pas honnête et ce n'est pas malhonnête ; cependant, c'est adroit, voilà tout. En chose politique dans le gouvernement, ça s'appelle de la diplomatie et voilà...

— Certainement...

— Et puis de quoi, c'est-y avec de l'honnêteté qu'on gagne de l'argent ? Voyons, dis-le... j'y vais pas par quatre chemins... Quand tu as gagné de l'argent, c'est-y avec de l'honnêteté ?...

— Non, pardi.

— Eh bien alors... Tu tiens pas au prix Monthyon, toi.

— Mais qu'est-ce que tu voudrais que je fasse de ça ?

— C'est évident, gagnons de l'argent, tout est là.

Ladèche reconduisit de Taille en lui exposant le plan de sa petite infamie.

Pendant ce temps Pánafieu avait retrouvé les frères

Lebrun, il les assurait d'avoir un prochain résultat, décidé à changer de tactique pour s'emparer de celui qu'il considérait comme le coupable du meurtre de Mme Mazel.

Le souper terminé, les trois hommes se quittèrent, se donnant rendez-vous pour le surlendemain ; Vincent, l'aîné des frères, devant aller le lendemain voir sa sœur pour savoir ce qu'il y avait de vrai dans ce qu'avait dit le garçon du restaurant.

Panafieu rentra tout soucieux, se disant:

— Comment diable a-t-il fait pour nous échapper ? J'aurai ma revanche.

FIN DE LA PREMIÈRE PARTIE

DEUXIÈME PARTIE

UN SOUVENIR DE FAMILLE

I

DIEU BÉNIT LES GRANDES FAMILLES

Avant d'entamer la seconde partie de cette histoire, nous voulons nous excuser près du lecteur, des tableaux un peu crus que nous avons dû étaler devant ses yeux.

L'histoire vraie, absolument vraie, que nous racontons nous obligeait à peindre les lieux où nos personnages avaient vécu.

Ce livre, malgré ces allures rudes, est absolument moral.

C'est l'attaque d'un vice par sa description même.

Partisan de toutes les libertés, nous trouvons qu'en mettant obstacle à une chose nécessaire, il advient ce qui arrive pour les fleuves dont on veut arrêter le cours.

Le fleuve déborde, et ses inondations brisent et détruisent tout.

Sagement endigué, il suivrait son cours sans danger.

Le jeu est ainsi.

Au lieu de le défendre, il faudrait le réglementer.

En le rendant public, on détruira d'abord le joueur que sa position commerciale oblige à la réserve et que le tripot abrite.

Dans les bouges et dans les tripots où nous avons conduit le lecteur, nous avons été quelquefois fort en couleur, et cependant nous n'avons jamais dépassé le vrai.

Où nous pouvions paraître chercher le cynisme, nous ne visions que la vérité.

C'est qu'en cette matière nous croyons encore qu'il faut agir comme le médecin.

La société a ses maux, ses infirmités.

Pour les guérir, il ne faut point regarder le mal qui la ronge avec un verre de couleur qui fera voir rose, il ne faut point l'oindre d'huile parfumée...

Il faut montrer le mal, il faut écarter la plaie pour en bien juger l'étendue.

Il faut y plonger la sonde pour en voir la profondeur.

Il faut la presser pour savoir le degré de sensibilité amené par la douleur.

Il faut voir juste, vrai enfin.

C'est ce que nous avons cherché à faire.

C'était le travail aride de cette histoire.

A quelques scènes près, il est terminé, et c'est dans des tableaux plus doux que doivent se passer les scènes les plus terribles qui constituent ce livre.

Ceci dit, nous reprenons notre récit, non au point où nous l'avons quitté, mais quelque temps après, à la suite de l'insuccès de la rue Aumaire.

Les frères Lebrun, découragés, avaient convenu avec Panafieu de cesser pendant quelque temps les recherches.

Cette décision avait été prise sur le rapport de Panafieu qui, après huit jours de recherches dans tous les tripots avec ses acolytes, n'avait pu retrouver les traces de l'abbé.

Assurément il était sur ses gardes.

On décida donc (certain que la passion le ramène-rait au jeu) d'attendre quelque temps, pour recommencer plus rapidement, ayant cette fois des données à peu près certaines.

Or, deux mois environ après les différentes scènes que nous avons racontées, Vincent Lebrun remontait l'avenue des Champs-Elysées; il passa l'Arc de Triomphe, suivit l'avenue de la Grande-Armée, tourna à gauche et entra dans la deuxième maison. S'adressant au concierge, il demanda :

— M. Berry est-il chez lui?

— Non, monsieur, M. Berry est sorti; mais madame y est.

— Merci.

— Monsieur sait où ça est. Au fond de la cour, la grille qui ouvre sur un jardin.

— Oui, oui, je sais.

Le jeune homme se dirigea aussitôt vers le petit pavillon que lui indiquait le concierge. C'était un pavillon moderne, d'apparence gaie.

On était au printemps. Les arbres fruitiers étaient couverts de fleurs, les bourgeons piquaient verts sur l'écorce sombre des arbres, et la maison, comme un nid, se dressait dans le fond du jardin; un rosier la couvrait entièrement de ses branches sans feuilles.

De chaque côté du perron, des arbres toujours verts perdaient leurs dernières branches dans les grilles d'un balcon qu'ils entouraient comme un bosquet.

Il faisait beau, un doux soleil illuminait le petit jardin, lorsque Vincent ouvrit la porte de la grille.

La bonne, qui était accourue au bruit pour recevoir le visiteur, courut aussitôt vers l'appartement en criant :

— Madame! madame! c'est M. Vincent!

Le sans-gêne avec lequel on recevait le jeune homme ne l'étonnait point. Il se dirigea vers le perron, et au moment où il atteignait la dernière marche, la maîtresse du lieu le reçut avec joie.

— Vincent! fit-elle. Quelle heureuse chance t'amène? Et Charles?

— Je suis venu seul, petite sœur, pour te demander à déjeuner.

— C'est une bonne pensée. Tu ne verras pas André, et il sera bien fâché de ce contre-temps. Il était invité ce matin à un déjeuner d'amis... J'allais faire, tu vois, un triste repas... si on peut être triste près de son enfant.

— Belle petite sœur, dit Vincent, lui prenant les deux mains et l'attirant en dehors de la marquise, tu as la meilleure mine du monde.

— Et cela a l'air de te fâcher.

— Que dis-tu là? cela me rend heureux et me surprend peut-être un peu.

— Comment! cela te surprend?

— Mais, oui, les ennuis du ménage, les tracas de la maman.

— Tu parles en garçon, en célibataire; le calme du ménage et les joies de la maman, voilà ce qu'il faut dire.

Vincent était assez stupéfait; sa sœur lui dit en lui présentant la bonne qui portait son enfant âgé d'un an environ:

— Tiens, regarde ton neveu, joue avec lui. Moi, je vais voir les bonnes pour qu'on hâte le déjeuner.

Et, en disant ces mots, la jeune femme courut dans l'appartement. Vincent se disait:

— Allons, je me suis trompé, tout me semble ici calme, tranquille, heureux. Je causerai en déjeunant.

Quelques minutes après, Marguerite revenait et disait à son frère:

— Donne-moi le bras et viens à table, nous sommes servis.

Vincent tendit son bras et, conduit par sa sœur, il se dirigea vers la salle à manger. On se mit à table.

Dans les recherches faites pour retrouver l'homme pour lequel le malheureux Cornille Lebrun avait été exécuté, il s'était un jour ou plutôt une nuit, trouvé en face du mari de sa sœur, les indications d'un garçon de restaurant l'avaient inquiété sur la conduite de celui qu'il croyait le modèle des maris. Dès le lendemain, il avait voulu s'assurer de la valeur des déclarations entendues, mais il avait pensé que sa présence donnerait l'éveil à André, qu'il pourrait se prémunir contre l'enquête qu'il voulait faire, et il avait ajourné son projet.

Après de longs mois, pendant lesquels les recherches continuées par Panafieu n'avaient donné aucun résultat, découragé par l'insuccès, prêt à abandonner la mission confiée, ou du moins à laisser au hasard le soin de livrer le coupable. Vincent s'était dit :

— Fatigués de nos recherches, Charles et moi avons besoin de repos; si peu qu'il y ait de vrai dans la déclaration du garçon, il y a quelque chose. Occupons-nous donc de notre sœur, peut-être André est-il dans un mauvais chemin, et est-il encore temps de l'arrêter. Sans prévenir Marguerite, qui serait inquiète, sans donner de soupçons à André, cherchons à savoir si la malheureuse passion du jeu ne l'entraîne pas hors de chez lui, ne lui fait pas compromettre l'avenir de sa femme et de ses enfants.

Si quelquefois, jeune, rangé comme il était, n'ayant jamais vécu, il est tombé sous la dent de quelque cocotte, et gaspille chez elle l'affection et le bien qu'il doit à son chez lui... alors, sans en dire un mot à Marguerite, sans en dire un mot à André, avec mon frère, ayant besoin nous-mêmes d'un peu de calme, la belle saison venant, entraînons-les avec nous dans un voyage d'été, bains de mer ou montagnes.

C'était le plan de Vincent; mais pour prendre une décision, il voulait procéder un peu comme un juge d'instruction, c'est-à-dire interroger sa sœur en causant et, des réponses, des faits, des choses, tirer des déductions qui commenceraient à établir sa conduite future.

Une fois à table, Vincent commença l'exécution de son plan.

— Que je suis heureux, ma chère Marguerite, de me trouver là près de toi... Ton beau et doux visage de femme dans lequel moi je retrouve les lignes de l'enfant, je revois nos pauvres aimés autour de la table... Il y a, ma foi, plus de quinze ans... Te souviens-tu ?... Notre mère était là... notre père ici... Toi à côté de lui, moi à côté d'elle, et Charles entre eux, en face de nous.

— Nous pouvons presque reconstituer cette table aujourd'hui, dit Marguerite avec un sourire triste.

— Comment cela ?

— Toi et Charles... André et moi, et notre Cornille, ton filleul entre nous deux...

Vincent pensa quelques secondes, et Marguerite lui dit :

— Qu'as-tu, Vincent ? on dirait que tu es poursuivi par de sombres pensées...

— Point, Marguerite... l'évocation de ceux qui ne sont plus... qui m'attriste et me rend heureux cependant... C'est si beau de se soucier de ceux qu'on aime et qui le méritaient tant. Ne parlons plus de ça, fit Vincent.

Et comme il voulait donner une allure plus banale à la conversation, il ajouta :

— Parlons de toi, ma petite Margot... Es-tu heureuse?

— Oh ! bien heureuse, fit-elle aussitôt.

— Bien, bien heureuse... Ton mari t'aime toujours autant ?

— Toujours.

— Jamais de brouille ?

— Pas l'ombre !

— Tu m'étonnes...

— Comment, je t'étonne...

— Mais oui, fit en riant Lebrun, mais. oui ; non que je
veuille dire que le mariage tue l'amour, non ! Pas même
que tu es assez volontaire pour entraîner à quelque dis-
cussion, non... Je veux dire que ton mari vit de ses rentes
et que son désœuvrement doit amener...

— Comment, son désœuvrement ? interrompit aussitôt
Marguerite... mais tu ne sais donc rien ?

— Quoi donc ? interrogea Vincent curieusement.

— Mais André travaille !

— Il travaille ! et à quoi, bon Dieu ?

— Oh ! mais à un livre énorme, tu verras ça, je te montrerai sa chambre tout à l'heure...

— Ah ! mais tu me dis sa chambre ; vous n'avez donc
pas la même chambre ?

— Non.

— Déjà ?

— Pauvre André ! ce n'est pas lui qui l'a voulu, au contraire... Écoute-moi, j'adore mon enfant, je veux qu'il
couche dans ma chambre, et j'oblige la nourrice à en
faire autant ; tu comprends que nous avons dû faire deux
chambres.

— Oui, oui, je comprends, dit Vincent soucieux.

— C'est depuis cette époque qu'André s'est mis à travailler ; après le dîner, il va faire une petite promenade.
Il entre, tout le monde est couché... il travaille la nuit.

— Ah !

— Toute la nuit, je peux le voir : toujours de la lumière dans son cabinet ; il se couche des fois à quatre ou
cinq heures du matin... et, ajouta-t-elle avec un sourire
rougissant, c'est moi qui vais l'éveiller... vers onze heures
ou midi.

— Ah ! répéta Vincent, il travaille toutes les nuits ! Tu
ne vas jamais le surprendre pendant son travail ?

— Non, il le défend expressément; les portes sont fermées et il ne répond pas.

Vincent affectait la plus grande indifférence; mais fiévreux, il dissimulait sous un masque calme la curiosité qui le dévorait.

Il ne voulait pas montrer l'ombre des doutes qui l'envahissaient, et cependant il désirait savoir si sa sœur, sous son apparente tranquillité, ne cachait pas une souffrance réelle qu'elle voulait taire, sachant que le mal ne peut que s'augmenter à être connu:

Vincent reprit avec un ton indifférent :

— Comment se fait-il qu'un si jeune ménage en soit là?

— Que veux-tu dire ?

— Mais, petite sœur, je m'étonne que tu consentes à faire chambre à part avec ton mari.

— Comme tu es bien célibataire, et que tu ne sais pas tous les ennuis dont je le délivre. Mais songe donc qu'il est impossible de dormir dans une chambre où couche un enfant. A chaque minute on est éveillé... Une mère seule peut se satisfaire des minutes de sommeil qui lui sont accordées... Un homme ne cesserait — si calme, si doux qu'il soit, — de crier...

— C'est seulement depuis que Cornille est au monde que vous vivez ainsi?

— A peu près! mon pauvre André n'osait le demander, et c'est moi qui lui ai offert. Je suis plus libre ainsi d'être toute à mon enfant, tandis que sa présence m'aurait gênée. J'aurais craint de l'éveiller, de le rendre maussade. J'aurais craint surtout que les petits tracas du jeune âge ne détruisissent en lui l'amour immense qu'il a pour notre cher bébé.

— C'est vrai, tu as raison, dit Vincent pour parler.

Marguerite continua :

— Voici ce que c'est : le pauvre André, c'est un sacrifice qu'il me fait, le pauvre ami; il ne se plaint pas, il n'est plus habitué à cette vie à seul et le sommeil est plus rebelle. Il a été obligé de se créer une occupation, il faut qu'il lise, qu'il écrive avant de se coucher. Mais tu crois peut-être que j'exagère; eh bien! Vincent, je t'assure que j'ai vu des fois André veiller encore à six heures du matin.

— Et cela ne t'inquiète pas?

— Je préfère que ce soit ainsi. Au reste, je dois t'avouer qu'il a peu de sommeil; une fois j'en ai eu la preuve : après avoir travaillé toute la nuit, j'avais vu sa lampe et l'ombre de son corps à travers les rideaux; c'est la nuit où j'ai craint les convulsions pour notre cher ange, j'étais prête à chaque minute à l'aller chercher. Rassurée cependant en voyant son ombre penchée sur la table à travers ses rideaux, le matin complètement rassurée sur Cornille, je m'étais mise à la fenêtre avant de me coucher; je le vis qui tournait la rue, je l'avais vu toute la nuit derrière son rideau. Il monta tout tremblant, la figure bouleversée, de me voir à la fenêtre à cette heure. Je le rassurai, et il me dit que par une singulière coïncidence, sans pouvoir soupçonner ce qu'avait l'enfant, il n'avait pu consentir à se coucher, et le matin, las d'un travail mauvais, il avait été faire un tour au bois de Boulogne. Est-ce curieux comme on a des pressentiments, et rien ne pouvait lui faire supposer que son enfant était malade.

— Oui, c'est étrange, répondit nerveusement Vincent. Ainsi, tu es toujours heureuse?

— Dieu merci, oui!... la plus heureuse des femmes.

— Jamais vous n'avez la plus petite scène?

— Jamais !

— Pas de gêne dans le ménage?

Avec de grands yeux étonnés, mais avec un bon sourire, Marguerite dit :

— Mais pourquoi me demandes-tu cela?

Vincent obligea sa face à rendre le sourire que sa sœur lui donnait, et il répondit :

— Ma pauvre Marguerite, parce que je t'aime, parce qu'hier, avec Charles, nous parlions de toi... de vous... que nous pensions à la rapidité avec laquelle nous avons dû faire ton mariage. Nous fiant aux paroles de l'un et aux suppositions des autres, et enfin, pour obéir à la volonté de notre pauvre père, nous avons risqué, non de te faire la plus heureuse — tu aimais André — mais la plus pauvre des femmes.

— Mais, moi, j'étais riche.

— André pouvait être couvert de dettes et nous l'ignorions.

— Mon bon frère, fit en riant Marguerite, merci, mais sois rassuré et rassure Charles... André était plus riche que moi. Sa fortune n'est pas placée en France, mais il est riche... si riche, qu'il n'est pas un de mes désirs, un de mes caprices qui ne soit exaucé.

— Sais-tu quelle est la fortune de ton mari ?

— Non, mais plusieurs fois mon cher André m'a offert d'aller passer quelques mois en Italie. J'ai d'abord répondu que cela coûterait trop cher... Il m'a dit que cela devait être ma dernière préoccupation, car nous ne dépensions pas seulement la moitié de nos revenus.

— Pourquoi, dit aussitôt Vincent, as-tu refusé de faire ce voyage ?

— Parce que j'aime Paris ! répondit Marguerite assez embarrassée et baissant la tête sur son assiette.

— Mais, ma chère petite sœur, tu n'as jamais voyagé, tu ne sais pas tout le charme, tout le bonheur d'une vie semblable...

— C'est vrai, mais pas seule...

— Comment seule ?

— Oui !

— Ah ! André ne te suivrait pas ?

— Non ! et cela se conçoit ; il fait des affaires de Bourse ; il a des fonds engagés... sa présence est nécessaire ici.

Vincent sentit que sa sœur lui répétait textuellement la phrase dite par André pour éviter le voyage, il dit :

— Il avait raison, les hommes se doivent aux affaires et dans ta situation, avec ton enfant, ayant des gens autour de toi, tu devrais l'écouter.

— Non jamais ! répondit Marguerite d'un ton décidé.

— Tu n'aimes pas le voyage ? demanda Vincent étonné.

— J'adore le voyage... je n'ai qu'un désir : voyager.

— Eh bien ?

— Mais jamais sans lui !

Cette phrase fut dite d'un ton qui ne souffrait pas de réplique. Vincent regarda sa sœur, elle semblait embarrassée pour parler ; il y eut quelques minutes de silence au bout desquelles le jeune homme repoussant son assiette, fit signe au domestique qui les servait de s'éloigner. Le domestique obéit ; alors Vincent s'approcha de sa sœur, lui prit les mains et lui dit d'un ton affectueux :

— Marguerite, il y a une grave chose que tu me caches.

La belle jeune femme releva la tête, regarda très franchement son frère et lui répondit :

— Non, Vincent... je ne te cache rien.

— Alors, pourquoi refuses-tu un voyage qui ne peut que t'être agréable ?

— Je te l'ai dit : parce qu'André ne le ferait pas avec moi.

— Tu dois maintenant être beaucoup plus la mère de ton enfant que l'amoureuse de ton mari...

— Mais je te demande pardon, mon cher Vincent, je suis toujours très amoureuse de mon mari...

Comme Vincent la regardait surpris, elle continua :

— Écoute, mon bon frère, je vais te dire la vérité,

mais ceci bien entre nous ; que mon mari ne sache jamais que je te l'ai dit.

Vincent pressa les mains de sa sœur et répondit :

— Je te jure, Marguerite, que ceci sera absolument secret.

— Eh bien, la raison qui m'a fait accepter de faire chambre à part avec André, c'est que mon pauvre ami est atteint d'une affreuse maladie...

— D'une maladie ?...

— Des nuits, sans raison, sans motifs, les yeux hagards, la bouche crispée, le front en sueur, il se lève, saute du lit et court dans la chambre, luttant contre un ennemi invisible ; après une lutte terrible, il tombe épuisé et reste quelquefois une heure sans connaissance.

— C'est étrange...

— Pense à l'état dans lequel j'étais, la première fois que je le vis ainsi... Revenu à lui, il me demanda ce qu'il avait fait, et lorsque je lui conseillai de voir un médecin, il me dit qu'il avait consulté nos plus grandes célébrités médicales. Son mal, qui tenait de l'épilepsie, était incurable. Il me dit que ces crises étaient sans danger, mais sans remède... Comme elles pouvaient m'effrayer, surtout dans la situation où j'étais alors, il me décida à faire deux chambres...

— Quel mal singulier... mais j'ai peur...

— Peur ?

— Mais pour toi.

— Je te l'ai dit, il n'y a pas de danger pour moi. Pour lui, c'est différent, et quoi qu'il dise, je crains, et je ne voudrais jamais le quitter... Ainsi, la nuit je me lève et je vais regarder. C'est moi qui l'ai obligé à ne pas fermer ces grands rideaux. Quand à travers la mousseline je vois son ombre penchée sur la table, je suis tranquille.

— Et il a souvent de ces attaques ?

— Moins maintenant, paraît-il, mais cela ne fait rien, je ne le laisserai jamais seul, tu comprends.

— Oui ! ma pauvre petite sœur.

— Oh ! je ne suis pas à plaindre, tu vois ; le bon cher ami, il fait tout ce qu'il peut pour m'éviter cette pénible vue.

Vincent se taisait, il pensait à ce qu'il venait d'entendre.

D'abord il avait cru trouver l'affirmation de ce qu'il avait appris après l'excursion de la rue Aumaire ; puis le travail obstiné, la nuit, la fortune acquise, le calme de la maison, et enfin cette terrible maladie, ces hallucinations suivies d'épilepsie, tout cela contredisait bien ses suppositions premières.

Pour ne pas laisser tomber la conversation, il dit :

— Mais cette mesure qui te paraît sage d'être séparée de ton mari — ce que je comprends au reste à cause de ton enfant — pourrait peut-être arriver à être dangereuse.

— Comment cela ?

— Une crise plus violente que les autres pourrait nécessiter des soins qui ne seraient pas donnés en temps utile.

— J'ai prévu ce cas : la chambre au-dessous est occupée par une pauvre femme. Elle est prévenue ; si elle entend un bruit persistant elle doit m'avertir.

— Mais, toi, prévenue, s'il s'enferme chez lui ?

— Ah ! tu comprends que, sans qu'il le sache, je me suis fait faire une autre clef.

— Ah ! très bien. Au reste, je ne connais pas cette maison.

— Tu n'es pas encore venu nous voir ici...

— Si, une fois ; c'était grand dîner ; et tu ne m'as pas montré les appartements.

— Oh ! mais, c'est très beau ; tu vas voir ça !

Marguerite appela et dit :

— Bien vite, servez-nous le café.

Et, s'adressant à son frère, elle ajouta en riant :

— Écoute, je me plais ici à un point que tu ne peux croire. Des appartements gais, près des Champs-Élysées, un air pur. Je voudrais finir mes jours ici.

On versait, et la jeune femme dit :

— Nous allons prendre le café, et après, je te montrerai notre petit palais... Nous prenons le café là, je ne te fais pas passer dans le salon.

— Non.

On servit le café.

Quelques minutes après, la jeune femme se levait et montrait à son frère le petit hôtel charmant qu'ils habitaient.

C'était un de ces petits hôtels dont l'entrée se trouve dans une rue et la véritable façade, c'est-à-dire le jardin bordé d'une grille, sans porte, donne sur les Champs-Élysées.

On y entrait par une cour en passant devant le concierge d'une maison commune.

Au fond de cette cour se trouvait un petit jardin.

Le pavillon se trouvait ainsi entre deux jardins.

Dès qu'on avait monté les quelques marches dont nous avons parlé, on se trouvait dans une antichambre qui formait un jardin d'hiver.

A droite, se trouvait la salle à manger, une salle à manger moderne, tendue de cuir et meublée de vieux chêne.

Les murs étaient couverts de faïence de Rouen, vieux plats et vieilles assiettes.

La porte, à deux battants, qui se trouvait au milieu, s'ouvrait sur un salon d'été, décoré avec le luxe et le goût que le décorateur artiste à la mode apporte dans tout ce qu'il fait; nous parlons de C. Salagnad, celui qui décora le magnifique palais des Hellènes, celui qui sait, sans y placer un tableau, faire d'un salon un musée complet.

Les appartements du premier étaient au moins aussi luxueux que ceux du rez-de-chaussée, l'escalier aboutissait à un petit palier sur lequel s'ouvrait une seule porte, l'entrée du salon de réception.

Nous ne nous étendrons pas sur la valeur des panneaux ayant dit le nom de celui qui les avait créés.

Ce salon divisait les appartements de monsieur et madame; une petite porte dérobée, placée aux deux extrémités du salon, donnait entrée chez monsieur et chez madame.

Marguerite dirigeait son frère, elle lui fit voir le petit cabinet de travail de son mari, un petit cabinet artistique dans lequel se trouvait mêlées les copies de nos bonnes toiles et de nos meilleurs sculpteurs modernes; le cabinet de toilette qui suivait cette pièce, ou plutôt qui était sur le côté de cette pièce, car la chambre se trouvait dans une aile du pavillon, était tout de marbre; une immense toilette s'étendait à gauche, et une baignoire de marbre noir se trouvait au fond.

La chambre qui suivait était des plus simples, et cependant des plus riches, toute tendue de cuir repoussé; chaque panneau était occupé par une glace de Venise, dont les biseaux s'enfonçaient dans un cadre de chêne brun.

Les meubles avaient été faits avec des colonnes torses et d'antiques panneaux d'église, et avaient un caractère particulier.

Le devant d'une fenêtre était occupé par une table de chêne encombrée de livres et de papiers.

Marguerite dit à son frère en lui montrant la table :

— C'est là qu'il travaille chaque soir.

— Mais que fait-il?

— Un grand travail historique, un travail de bénédictin, et pour lequel il faut surtout calme et silence.

Vincent regardait autour de lui, tout surpris, et sa sœur lui demanda :

— Mais qu'as-tu?

— Écoute, petite sœur, je te dois toute la vérité ; eh bien, ma mie, je suis à me demander comment vous pouvez avoir un luxe pareil...

— Mais je te l'ai dit.

— Tu m'as dit... c'est vrai, mais moi qui me souviens du petit appartement de la rue Barbette...

— Alors, je ne t'ai pas tout dit.

— Quoi donc?

— André a une tante qui, tant qu'il était garçon, ne voulait pas s'occuper de lui, mais qui, dès qu'elle a su qu'il était marié, lui a immédiatement fait donation de la part de laquelle, sans un procès, André aurait dû hériter.

— Une donation considérable, alors...

— Je crois bien : deux cent mille francs.

— Tu as vu cette affaire...

— Quelle affaire?

— Je veux dire... tu connais cette tante?

— Mais non, elle reste en Savoie... elle est très vieille.

— C'est André qui t'a conté cela...

— Naturellement; ah ça! mais qu'as-tu donc?...

— J'avoue, ma chère Marguerite, que cette maison, ce luxe, ce train, tout cela m'effraie...

— Mais pourquoi?...

— Je te dis, ma belle Marguerite, tout ce que j'en pense, et j'espère que tu n'en diras pas un mot à André... mais je crains que quelque coup de fortune... à la Bourse, ait donné tout cela et qu'un jour un revers...

— Jamais !

— Qu'en sais-tu? demanda Vincent.

— Je sais qu'André m'a dit et me dit souvent : ce qui est ici, ce qui est à nous, notre fortune, nos revenus

enfin, jamais je ne toucherai à cela, fût-ce pour tenter
le plus beau coup... Ceci, est à vous ! et il voulait dire
moi et Ninille, ton neveu.

Vincent qui craignait d'avoir montré trop déjà ses
appréhensions, sembla être satisfait de ce que lui disait
sa sœur.

— Tant mieux, fit-il, et cela me rassure tout à fait...
Ah ! je suis bien content ma chère Marguerite de te voir
si heureuse.

— N'est-ce pas, Vincent, que nous avons une petite
habitation de roi ?

— Tout cela est splendide.

— Et tu vois comme tout est bien aménagé.

— Oui, mais il y a ici un défaut.

— Lequel ?

— Pour entrer dans la chambre, il faut traverser le
salon et passer par le cabinet de toilette.

— Oh ! pas du tout... Je t'ai fait passer par là, mais
il y a une autre entrée. Tiens...

Et Marguerite ouvrit une porte qui se trouvait en face
du lit et donnait sur une longue galerie.

— Qu'est cela ? demanda-t-il.

— Tu le vois, une galerie qui sert de terrasse et sur
laquelle donne l'entrée de nos deux appartements ; la
porte du milieu fermée, nous sommes chez nous absolument.

— C'est superbe.

— Comme le service était obligé de se faire par le
grand escalier, André a fait percer une porte ici, tu
vois...

Et la jeune femme montra à son frère une porte dérobée placée dans le coin de la galerie.

— Ah ! c'est lui qui a fait ouvrir cette porte.

— Oui, elle donne sur l'escalier de service qui monte à
l'étage au-dessus où couchaient autrefois les bonnes...

— Elles n'y sont plus ?

— Non, André veut que tout le monde couche en bas, au rez-de-chaussée de l'aile gauche du pavillon, au-dessous de ma chambre... Il aime mieux cela ; comme il dort le matin, il n'entend pas monter et descendre sans cesse, et puis, je n'aime plus le théâtre depuis que j'ai Cornille, et quand il y va, il rentre par ici...

—. Cet escalier a une porte sur la rue ?

— Oui, sur l'autre rue.

— Ah ! fit Vincent, c'est très commode.

Ayant regardé l'heure à sa montre, il dit à sa sœur qu'il était obligé de partir. Sur la demande que celle-ci lui fit de revenir bientôt avec son frère, il répondit :

— Dans quelques jours, petite sœur, nous reviendrons tous les deux te demander à dîner ; nous t'écrirons la veille afin de nous trouver avec ton mari.

Marguerite l'avait reconduit jusqu'à la porte, il l'embrassa en disant :

— Je suis bien content, ma chère Margot, de te voir heureuse ; car tu dois être bien heureuse, n'est-ce pas ?

— Oui, Vincent ! fit franchement Marguerite, bien, bien heureuse ; j'aime André, il m'aime, je suis riche, car j'ai mon petit ange que voici, et que j'aime encore plus que tout ça...

Et en disant ces mots, elle embrassait son enfant que la bonne venait d'apporter pour recevoir le baiser d'adieu de l'oncle.

Après avoir embrassé sa sœur, Vincent se retira ; en descendant les Champs-Élysées, il se disait :

— Cette fortune est étrange !... Et cependant Marguerite n'est pas une sotte... Si André était joueur, elle le saurait. On cache un mois, six mois, un vice... mais trois ans ! Tout cela est singulier. Enfin, le meilleur de tout cela, c'est qu'elle est heureuse, et nous n'avons rien à désirer de plus.

Sur cette dernière pensée, Vincent oublia philosophiquement ses doutes et se dirigea vers sa demeure.

Arrivé presque au milieu des Champs-Élysées, il acheta un journal dans un kiosque, sauta dans une voiture découverte, et, pendant que le cocher suivait les boulevards pour gagner la rue Charlot, il lut... Tout à coup, ses yeux s'arrêtèrent sur un fait divers qui portait ce titre :

Encore un tripot.

— Qu'est-ce que c'est que ça ? fit-il, et il lut :

« Entre le boulevard Voltaire et la rue Folie-Méricourt, au milieu de la rue Rampon, il existe un petit hôtel, d'apparence bourgeoise, discrètement caché au fond d'un jardin. On dirait une de ces retraites paisibles que les hommes de labeur intellectuel, les magistrats, les écrivains guignent de l'œil pendant leur vie militante, en pensant qu'ils pourront y trouver un jour le repos et l'oubli des tracas : *Sollicitæ jucunda oblivia vitæ.*

« Seulement cette maison coquette paraissait inhabitée. Jamais les portes ne s'ouvraient. Les fenêtres, garnies d'épais contrevents, restaient hermétiquement closes. On ne voyait entrer ni sortir personne. Il y avait absence complète de ce mouvement dont la vie humaine ne peut se passer.

« Parfois, cependant, la nuit, à travers les interstices des volets, filtrait une lumière que quelques personnes avaient pu remarquer. Dès lors commencèrent à courir au sujet de la maison mystérieuse les bruits les plus divers. Les uns, qui avaient vu représenter la *Tour de Nesle,* disaient qu'il se passait là des orgies sanglantes ; d'autres parlaient de fabrication de fausse monnaie.

« Ces rumeurs parvinrent à l'oreille toujours tendue de la police. Curieuse de sa nature, elle essaya de percer l'arcane, et finit par se convaincre qu'il y avait là tout

simplement un tripot d'un cran plus élevé que les autres, et où on jouait un jeu infernal.

« Dès lors un mandat fut lancé par le préfet et confié
aux exécuteurs ordinaires de ces sortes d'opérations, qui
demandent un tact et des aptitudes toutes particulières.

« Un problème difficile se présentait : par quelle issue
entraient et sortaient les affidés dans cette maison muette
et inabordable ?

« Tous les moyens d'investigation furent employés.
Les maisons voisines furent visitées, les caves explorées,
les murs sondés. On tourna vingt fois autour de l'énig-
matique hôtel. Enfin, un indice inappréciable à tout autre
que des gens d'un flair exercé fit découvrir un souterrain , d'une longueur de deux cent cinquante mètres ,
aboutissant au fond d'une allée noire, au milieu d'une
autre rue, et dans lequel on ne pouvait avancer qu'en se
baissant et quelquefois en rampant.

« On avait vu des passants, filant un à un, vers minuit,
le long des maisons, disparaître subitement dans cet endroit comme si la terre les eût engloutis.

« Les mesures furent prises en conséquence , et les
officiers de police, accompagnés d'un nombre respectable
d'agents, se faufilèrent sans être remarqués dans le souterrain. Mais, à l'extrémité, ils se trouvèrent brusquement
arrêtés par une solide porte en fer, qui résista à toutes
les tentatives faites pour la forcer.

« Il fallait renoncer à pénétrer de ce côté et chercher
un autre moyen.

« Une maison mitoyenne avait sur le jardin des jours
de souffrance, dont un parut suffisant pour livrer passage
à un homme de corpulence moyenne; il était, il est vrai,
à la hauteur d'un quatrième étage. On se munit d'une
corde à nœuds , et tout le monde, le commissaire et
l'officier de paix compris, descendit par cette voie pé-
rilleuse.

« L'un des agents, ayant lâché trop tôt la corde, tomba sur un amas de tessons de bouteilles et se blessa assez grièvement.

« Malheureusement une fois en bas, on reconnut qu'on n'était guère plus avancé. La porte de l'hôtel, bardée de fer, les contrevents des fenêtres, assujettis avec de fortes chaînes de fer, ne laissaient aucun espoir de pouvoir s'introduire.

« On délibéra. Le commissaire se rappela tout à coup qu'un des agents avait été forgeron. Il le chargea d'aller chercher le marteau de forge le plus lourd qu'il pût trouver.

« Agile comme un gibier, l'agent s'élança sur la corde à nœuds, remonta, s'éloigna et revint bientôt, laissant tomber sur la terre humide une énorme masse de fer, véritable engin de Cyclope, qu'il rejoignit rapidement.

« La petite troupe attendait, dissimulée derrière un buisson, et, la nuit étant très obscure, rien n'avait trahi sa présence.

« Mettant habit bas, l'ex-forgeron, trapu et musculeux comme Hercule, saisit la masse de fer, et de toutes ses forces en appliqua sur la porte un coup qui fit résonner la maison, comme le cheval de Troie sous le javelot d'Ajax.

« Le bois de la porte se fendit de haut en bas, les serrures sautèrent, et quelques autres coups livrèrent un passage suffisant.

« On se précipita en avant.

« L'émotion des joueurs avait été si terrible que plusieurs s'étaient évanouis. D'autres moins timorés essayèrent de défendre l'entrée de leur repaire. Il y eut une lutte dans laquelle trois agents furent blessés.

« Mais la résistance ne fut pas de longue durée. Force resta à la loi, et l'on pénétra dans la salle de jeu.

« L'ameublement était somptueux. Aux murailles

étaient suspendus des tableaux de maître. Tout respirait un confortable inusité dans les tripots vulgaires.

« Quant au personnel, c'était avec une tenue plus correcte et des manières moins débraillées, celui des établissements de même nature.

« Les grecs étaient en majorité. Il y avait des figures marquées à un certain coin et particulièrement connues de la police. Tous ceux que ces rufians attiraient dans leur antre étaient sûrs d'être dépouillés.

« Beaucoup de joueurs avaient cherché à fuir par l'issue qu'offrait, en tournant sur elle-même, une haute plaque de cheminée, comme dans le roman de *Joseph Balsamo*.

« Mais le fameux souterrain était gardé, et il leur fallut revenir donner leurs noms et leurs adresses.

« Malgré les efforts faits pour faire disparaître les enjeux, la police a pu s'emparer d'une somme importante en billets de banque et en or.

« On a saisi également le mobilier, et, comme pièces de conviction, les barres et les chaînes de fer barricadant les portes. »

Quand Vincent eut lu les dernières lignes de cette étrange découverte, il resta rêveur, il lui sembla qu'il y avait là pour lui un indice nouveau.

A peine arrivé chez lui, il appelait son frère et lui disait :

— Un tripot à deux pas de chez nous, et nous n'avons pas été le voir.

— Justement j'ai reçu un mot de M. Panafieu, dit aussitôt Charles Lebrun.

— Donne.

Les deux frères échangèrent le journal et la lettre, et Vincent lut :

« Messieurs,

« J'ai d'importants renseignements ; il faut absolument que je vous voie aujourd'hui ; soyez assez aimables pour m'attendre vers cinq heures.

« Je crois l'abbé entre les mains de la police. A ce soir.

« Panafieu. »

— C'est bizarre, fit Vincent en pliant la lettre ; il me semble que la découverte du tripot et l'arrestation de 'abbé ne font qu'une.

II

LES PETITS MOYENS DE PANAFIEU.
POUR ENTRETENIR LA FOI DU SERMENT CHEZ Mlle LISE

La veille de ce jour, Panafieu attendait impatiemment Lise ; depuis longtemps l'heure de la journée était passée, et sa compagne n'était pas rentrée.

Ainsi qu'il arrive souvent en pareil cas, l'imagination prompte créait déjà un roman désagréable pour le pauvre garçon.

— Assurément, pensait-il, elle a des relations ailleurs ; au reste, il faut ma sottise pour n'avoir pas remarqué déjà qu'elle rentrait chaque jour plus tard... qu'elle n'a plus pour la maison le même respect... D'abord, elle ne travaille presque plus, et la paresse c'est le premier pas. Je lui avais défendu de voir Nicette, assurément elle n'aura pas tenu compte de ma recommandation.

Nous devons dire qu'un grand changement s'était opéré dans la maison.

Un jour le père Levasseur était devenu fou, et Nicette avait immédiatement cédé la loge... Elle avait justement et par hasard rencontré, en revenant de conduire son mari à la maison de santé, un digne homme qui l'avait installée dans un petit appartement modeste, où elle avait souvent prié Panafieu de venir la voir.

Celui-ci, ayant vu que Nicette recommençait sa vie ancienne, avait absolument défendu à Lise de la fréquenter.

Quand Lise revint, Panafieu, les sourcils froncés, allait la gronder, mais elle lui dit d'un ton si naturel :

— Écoute, Paul, je me suis presque fâchée avec ma patronne, je ne voulais pas veiller si tard, je prévoyais que tu m'attendrais et que tu serais mécontent.

— Tu sais que je ne veux pas que tu restes tard dans les rues.

— Pourquoi aussi n'es-tu pas venu au devant de moi ?

— On a l'air d'un jaloux, et je n'aime pas ce rôle ridicule.

— Alors, c'est que tu ne m'aimes plus.

Panafieu, qui savait son Molière, répondit :

— C'est-à-dire que :

> Moi je comprends l'amour dont une âme est saisie
> Bien plus par le respect que par la jalousie.

— On est jaloux de ce qu'on aime.

Panafieu prit par les deux mains Mlle Lise et lui dit en la regardant dans les yeux :

— Écoute bien, Lise, tu te souviens du serment que tu m'as fait, n'est-ce pas ?

— Oui.

— Souviens-toi qu'un serment c'est terrible.

Panafieu exploitait ainsi un des côtés faibles de sa compagne.

Lise était superstitieuse, et, par des récits fantastiques, il la maintenait en tirant des causes les plus simples les effets les plus effrayants.

— Je t'ai conté l'histoire de la jeune femme aux deux maris.

— De quelle femme? dit Lise toute rougissante, ouvrant de grands yeux curieux.

— Celle qui avait juré à son mari mourant de n'en épouser jamais d'autre.

— Oh! tu me conteras cela pour m'endormir.

Mlle Lise était du peuple, elle adorait les histoires et cherchait dans chacune d'elles un enseignement, une morale... qu'elle n'oubliait pas pendant deux jours.

— Oui, je vais te la conter, et tu verras qu'un serment c'est quelque chose.

— Mais tu me dis cela avec des airs très singuliers.

— Je tiens à ce que cette pensée te reste toujours dans la tête.

Nous devons dire que, malgré ses dénégations, un observateur attentif aurait vu dans les mouvements, dans les regards, dans les réponses de Lise, un certain embarras... même dans sa précipitation à se mettre au lit, et dans son insistance à demander :

— Conte-moi ton histoire, Paul.

Couchée, accoudée sur l'oreiller, la figure inondée de ses beaux cheveux, le regard vif, la bouche demi-ouverte, elle écouta, studieuse, quand Panafieu, assis près d'elle, dit :

— Je commence : D'abord il faut te dire que c'est une manie de jeune fille de se marier tôt ; en se mariant, on jure, elles aiment jurer. Se marier, pour elles, c'est si simple : sur la route, une jeune fille rencontre un beau garçon, les yeux se parlent, les mains se touchent, et allez donc, monsieur le notaire! et allez donc, monsieur le maire! et allez donc, monsieur le curé!

Mlle Lise était profondément endormie.

— Diable! fit-il inquiet, c'est grave, elle dort! il faut que je surveille, il n'est que temps. Demain, quand j'aurai vu les frères Lebrun, j'irai faire un tour à son atelier.

Et à son tour, Panafieu se coucha, mais vainement il essaya de dormir.

Le sommeil était rebelle, l'insomnie féroce lui tient l'œil ouvert ; il se couche sur le côté de droite, sur le côté de gauche, sur le dos, il enfonce sa tête dans l'oreiller, Rien... Il tourne et retourne tant dans le lit qui lui semble dur, que Lise impatientée s'éveille, en disant :

— Si tu ne dors pas, laisse dormir les autres, il faut que je travaille demain, moi.

Ne pouvant dormir, que faire ? Panafieu pense aux affaires qui l'occupent.

— C'est demain que je vois les deux frères, cette fois j'en veux finir : nous allons recommencer avec des données certaines et nous saurons bien ce qu'est cet abbé mystérieux ; la recherche des deux frères, j'en suis certain, est la même que la mienne, c'est le même homme qui assassina la mère Panafieu pour la voler. J'y pense... l'abbé, mais c'est ça ! Nous cherchions toujours comment, une nuit, un homme avait pu pénétrer chez elle... Un abbé, c'était la nuit de Noël, après la messe de minuit... C'est ça... le faux abbé, et il aura volé la pauvre femme... L'instruction a vu une femme facile, parce que l'idée du faux prêtre n'est pas venue au magistrat instructeur. Voyons donc que je relise le rapport que j'ai là.

Panafieu se leva aussitôt, chercha sous une armoire un lourd dossier et en tira un journal sur lequel il lut avec attention :

« Un crime épouvantable vient d'être commis dans le quartier des Batignolles. Une femme veuve, jeune encore et jouissant d'une certaine aisance, a été poignardée cette nuit par un individu qu'elle avait emmenée le soir de Noël. Le vol, paraît-il, serait le mobile du crime.

« Nous avons été visiter la chambre où le cadavre sanglant gisait, et nous sommes restés terrifiés devant l'horrible des détails que nous avons recueillis. Et nous allons, d'après ce qui nous a été raconté, essayer de reconstruire pour les lecteurs de ce journal le crime d'avant-hier.

« Il est deux heures du [matin, la chaussée Clignancourt est déserte. De temps en temps, sous la lueur des réverbères, scintillent les paillettes d'un chicard, qui ramène la pierrette à l'Opéra ou au Casino — car c'est samedi et réveillon.

« Un homme et une femme remontent en causant la chaussée, ils s'engagent dans la rue des Dames; la femme est gaie, l'homme est soucieux. Ils s'arrêtent au numéro treize, ils entrent... un couloir sombre. La femme prend la main de l'homme pour le conduire vers l'escalier, l'escalier est étroit, rude et noir.

« L'homme la suit, il allume une allumette pour se guider à sa lueur; ils montent ainsi trois étages, la femme est entrée chez elle, elle a allumé sa bougie, elle revient chercher celui qui l'accompagne et qui attend sur le carré.

« La lumière éclaire la femme : elle a trente-cinq à trente-huit ans environ, elle est de taille moyenne, replète, presque obèse, assez bien vêtue, son visage est plaisant, l'ensemble sympathique, les yeux sont petits et noirs, la bouche épaisse et bien garnie, le nez petit et retroussé, les joues sont rondes et fraîches, et les cheveux châtains sont très abondants...

« Elle rit en faisant les honneurs de chez elle, des voisins l'ont entendue. Elle se nomme Marie-Pauline Panafieu, elle est veuve, sa conduite est régulière ; cependant on prétend qu'elle avait récemment noué des relations avec un homme qui ne venait chez elle qu'à cette heure.

« Cette réserve lui était, paraît-il, commandée, à cause d'un fils qu'elle aimait et qui serait déjà un homme. On suppose que la malheureuse était avec cet homme que nous nommons l'inconnu.

« L'inconnu suit sa compagne : il traverse l'antichambre, la salle à manger, puis entre dans la chambre à coucher. Lorsqu'il est dans la chambre, Pauline Panafieu sort et va frapper à la porte d'une voisine son amie; on lui ouvre, elle entre et dit :

« — Je fais réveillon, je reviens de la messe de minuit; comme je me coucherai tard, réveillez-moi vers dix heures, je dois être à onze heures chez mon homme d'affaire pour lui donner des valeurs.

« — Vous êtes avec votre ami?

« Elle rougit et dit :

« — Oui.

« — On ne le verra donc jamais?

« — Non, sa position ne le lui permet pas. »

Interrompant sa lecture, Panafieu exclama :

— Voilà bien l'explication, c'est ça, la position, elle croit qu'il est abbé.

Et Panafieu continua sa lecture :

« L'amie l'assure de l'éveiller le lendemain à l'heure convenue. Elle rentra alors chez elle. L'inconnu est étendu sur le canapé. Pauline se met au lit. Elle a parlé de réveillon pour expliquer sa conduite. Ici des inductions.

« L'homme lit son journal.

« Tout est silence dans la petite chambre, Pauline s'est endormie, elle dort la tête appuyée sur son bras droit recourbé. Il est presque cinq heures.

« L'inconnu se lève, va jusqu'au lit, se penche et écoute un instant la respiration régulière de la malheureuse. Alors il fouille dans sa poche, il regarde autour de lui, sa main gauche appuie sur le front de la dormeuse, elle s'éveille à demi.

« Mais le misérable brandit un couteau et la lame disparaît tout entière dans le cou de la fille.

« Il recule alors.

« La bougie est éteinte.

« La lueur blafarde du jour traverse les rideaux.

« Pauline se lève éperdue, elle veut crier, sa voix s'éteint dans sa gorge.

« Le sang s'est peu échappé par l'horrible blessure; mais le couteau, en sortant, a ramené les chairs grasses et la plaie s'est refermée.

« L'inconnu s'est reculé jusqu'au bout de la chambre; il attend là, anxieux, le sourcil froncé, l'œil menaçant, serrant dans sa main crispée le couteau sanglant.

« Pauline râlant se heurta au mur de l'alcôve.

« Le sang l'étouffe, ses yeux hagards ne distinguent plus rien.

« Elle marche comme un aveugle, les mains en avant, trébuchant et se heurtant aux meubles.

« Elle va tomber.

« Sa main s'accroche au canapé.

« Elle vacille un instant, puis tombe enfin couchée, la tête en arrière.

« L'inconnu, dans le coin, le couteau à la main, suit tous ses mouvements.

« Du bruit au dehors! il écoute.

« Les voisins qui rentrent, ils sont joyeux, ils vont faire réveillon... Ils reviennent du bal.

« Pour s'assurer que l'on n'a rien entendu, il va dans l'antichambre, il écoute à la porte de la voisine... rien.

« Il va jusqu'à la fenêtre, sa main sanglante soulève le rideau... rien.

« Il revient alors. Il fouille l'armoire, il cherche, il trouve les valeurs qui devaient être portées le lendemain chez l'homme d'affaires, une quarantaine de mille francs, dit-on, et s'en empare.

« Pauline râle agonisante sur le canapé.

« Lui sourd et calme, il emplit la cuvette, il se lave les mains; il a fini, il soulève le rideau de l'antichambre.

« Personne sur le carré, il sort.

« Ce qu'on ne s'explique pas, c'est que la blessure horrible n'ait pas saigné.

« Des médecins prétendaient même que la peur a déterminé une congestion qui aurait amené la mort avant le coup de couteau.

« Maintenant nous devons peindre ce que nous avons **vu** quand nous sommes arrivé, six heures après le crime.

« D'abord l'antichambre, une petite pièce carrée ; à droite, en entrant, une table recouverte d'un tapis, derrière la table un couloir conduisant à la cuisine.

« A gauche, donnant sur la cour, une fenêtre garnie de rideaux — sur le coin de l'un des taches de sang.

« En face de la porte d'entrée, la salle à manger, meublée de noyer ; dans cette pièce la porte de la chambre.

« Dans la chambre, tout est en désordre. A gauche, un canapé de damas rouge, près du canapé une toilette couverte de flacons, de brosses ; au milieu la cuvette pleine jusqu'au bord d'eau ensanglantée.

« A droite, dans la chambre, l'alcôve ; la tête du lit est enfoncée ; les draps, les couvertures sont à terre.

« Des jupons, des bas sont à terre ; sur la chaise, une robe de soie.

« A la tête du lit, en sortant de l'alcôve, la table de nuit, porte et tiroir ouverts.

« En face du canapé, l'armoire à glace ouverte et dont le linge est en désordre et taché de sang, la trace du doigt quand l'assassin a fouillé.

« Des chaises renversées et de vieux journaux.

« Donnant encore sur la cour deux fenêtres, entre les deux un guéridon sur lequel les voisines ont placé une soucoupe contenant de l'eau bénite et dans laquelle baigne une branche de buis.

« Enfin, au pied du canapé, étendu sur la descente de lit, le corps complètement nu, blanc comme la neige, sans une tache de sang, de la malheureuse Pauline Panafieu.

« Les recherches n'ont encore donné aucun résultat. »

Panafieu, ayant terminé sa lecture, répéta :

— J'en suis convaincu, je le sens là... c'est lui, cet abbé... et elle a été tuée comme la dame Mazel, par l'épingle.

Et, ayant rangé son dossier, Panafieu regagna son lit et ne tarda pas à s'endormir.

III

PRÈS D'ATTEINDRE LE BUT

Vers huit heures du matin, le lendemain, Panafieu grimpa dans un fiacre et se fit conduire à la Préfecture de police.

Lorsque, après avoir passé la première porte, la voiture s'engagea dans la seconde voûte de la Conciergerie, un froid lui courut les os, ses poumons se serrèrent. Panafieu ressentait l'impression ordinaire dont on est saisi en entrant dans une prison, il descendit et se dirigea vers un étroit escalier.

Il monta deux étages et entra dans une petite pièce sombre; il donna son nom, et au bout de quelques minutes une voix dit :

— Panafieu, entrez.

Un agent introduisait Panafieu dans le cabinet du chef de la sûreté. Celui-ci dit aussitôt en le voyant :

— Qu'y a-t-il, Panafieu?

— Monsieur, je viens pour vous parler de la rue Rampon.

— Ah! oui, cet homme que vous nous avez désigné, qui se fait passer pour un abbé.

— Oui, monsieur.

— Il est là, fit le chef.

— L'homme qui est là, monsieur, peut m'être très utile... et je vous demanderai de me le faire voir.

— C'est la moindre des choses. C'est un coquin vulgaire... un escroc, un vagabond, contre lequel nous avons peu à faire.

— Vous vous trompez... monsieur, et dans quelques jours vous reviendrez de cette erreur. C'est un homme dangereux.

— Que voulez-vous dire ?

— Je vous prie, monsieur Lauret, de ne pas me demander aujourd'hui plus de renseignements. Je suis sur une piste, je crois qu'il est nécessaire que vous gardiez l'homme que je vous ai signalé sur un avis que j'avais reçu de son arrestation, lors de la descente dans le tripot. Je ne puis vous en dire plus avant d'avoir vu l'individu.

— Vous me dites là des choses bien singulières, fit l'agent en prenant une prise de tabac. Je vous avoue même que n'ayant rien contre cet individu, nous allions le relâcher tantôt.

— Gardez-vous en bien ! C'est, je crois, un grand criminel.

— Que me dites-vous là ?

— Je ne puis que faire des suppositions, mais elles s'appuient sur des faits tellement graves.

— C'est moi qui ai interrogé cet homme.

En disant ces mots, l'agent chercha dans ses papiers, en lut un, et après cette petite étude, il dit :

— Mon cher Panafieu, je crains bien que vous ne vous trompiez.

Panafieu répondit :

— Monsieur Lauret, j'ai commencé avec un fort, vous le savez, dirigé par M. C... Chaque fois qu'un crime avait été commis, quel que soit le mystère dont on l'ait entouré, toujours M. C..., mon maître, venait quelques

jours après jeter à la justice les coquins qui l'avaient
commis. Un seul put lui échapper, l'assassin des Batignolles, de la rue des Dames. M. C... vingt fois crut le
tenir et toujours le gredin disparaissait. C'est un spécialiste, il tue à coups d'épingle, je l'ai cherché longtemps et
je crois aujourd'hui que c'est l'homme que vous avez entre
les mains.

— Que me dites-vous là ?

— La vérité, je le crois.

— Est-ce que vous le reconnaîtriez?

— Non, monsieur, je ne l'ai jamais vu, mais des gens
que j'emploie m'ont affirmé que c'était lui.

— Celui que nous avons vu est un grand garçon,
blond, une figure féminine, ne portant ni moustache, ni
favoris.

— C'est cela, puisqu'il s'habille des jours en abbé.

— Diable ! vous m'effrayez.

L'agent réfléchit quelques minutes, puis il dit :

— Voulez-vous que je le fasse venir ici ?

— Oui, mais je désirerais l'étudier sans être vu.

— C'est facile. Passez dans ce cabinet dont je vais laisser la porte entrebâillée.

— C'est cela.

Aussitôt Panafieu entra dans le cabinet qu'on lui désignait, et ne fermant pas la porte, il se plaça de façon à
voir et à entendre tout ce qui se passait dans le cabinet.

L'agent sonna aussitôt, et il dit à l'employé qui se présenta :

— Qu'on m'amène Lebeau, celui qui a été arrêté l'avant-
dernière nuit au tripot de la rue Rampon.

Quelques minutes après, on introduisait dans le cabinet un personnage que nos lecteurs ont déjà vu deux fois
dans le cours de cette histoire.

Le chef de police lui demanda aussitôt :

— Ah! vous voilà; êtes-vous maintenant décidé à nous dire vos véritables noms?

— Mais, monsieur, je vous les ai déjà dits.

— Nous savons la vérité, et vos réticences ne nous trompent pas.

— Monsieur, je ne sais même pas pourquoi, ayant relâché tous les autres, on me garde encore.

— Les renseignements donnés par ceux avec lesquels vous vous trouviez dans les tripots vous signalent comme un être dangereux.

— C'est à dire, monsieur, que je défends mon droit, que je ne me laisse pas voler, voilà tout.

— La nuit où vous avez été arrêté, vous vous étiez approprié la *masse* d'un des *joueurs*... vous avez volé...

— D'abord, protesta vivement le joueur, je n'ai pas volé, je me suis trompé d'argent. Oh! je vois les potins qu'on a faits sur moi... je me suis trompé; ce monsieur a prétendu que je jouais avec son argent. C'est possible ça, tout le monde est sujet à se tromper, qui ne se trompe pas en ce monde?

J'ai joué avec son argent, mais j'ai gagné... l'argent gagné ce n'est plus son argent.

Comme l'agent hochait la tête, l'escroc reprit :

— Enfin, monsieur, c'est à moi ou à lui... il y a doute... Puisque volontaire ou forcé, il y avait une association entre nous, il a dû subir les pertes que j'avais faites; à plus forte raison, je dois jouir de ses bénéfices, c'est logique... d'abord ce qui est punissable dans le vol, c'est l'intention de nuire. Eh bien! avais-je l'intention de nuire... Non, certainement non; et puis enfin les dettes de jeu sont au-dessus et au-dessous de la loi... et c'est une dette de jeu, rien qu'une dette de jeu... Une affaire personnelle reste à monsieur et à moi.

— Quels sont vos moyens d'existence?

— Je l'ai dit, monsieur, je suis portefeuilliste.

14.

— Il est bien étonnant qu'un ouvrier soit l'hôte assidu de la Balandier.

— Mais, monsieur, Mme Balandier est mon... amie. Je ne suis pas son hôte assidu, jamais je n'ai dîné chez elle...

— Vous y soupiez presque tous les jours et vous ne partiez qu'au matin.

— Je venais lui tenir compagnie le soir... après ma journée, fit l'individu avec embarras, et je restais tard parce que c'est une femme qui aime les choses spirituelles et qu'elle se plaisait dans ma société.

— Après votre journée, dites-vous... Mais, on a été à l'atelier indiqué par vous, et on a dit que vous ne travailliez pas deux jours la semaine.

— Depuis quelques jours seulement, à cause que je fréquente ces maisons de malheur.

— Mais, dans ces maisons, vous ne gagniez pas... Vous voliez.

— Mon Dieu, monsieur, que vous vous servez donc d'expressions cruelles... Avec ces préjugés-là, je suis un voleur... le mot est dur, monsieur, mais, pour vous, c'est celui qui rend le mieux la chose... Ah! mon Dieu, c'est bien simple, la société appuyée sur des idées fausses ne veut pas croire à ce précepte : L'on prend son bien où l'on le trouve... J'ai emprunté à ce monsieur l'argent qu'il avait enlevé aux autres; eh bien, l'Evangile vaut bien le Code; or, l'Evangile dit : Ne faites pas à autrui ce que vous ne voudriez pas qu'on vous fît à vous-même... Ce monsieur a eu tort, il a vidé la poche des autres... Mais j'ai vidé la sienne..., et je prends Dieu et les saints à témoin que je permets à tous de vider les miennes.

Le chef de la police, les yeux fixés sur lui, dit d'une voix brève :

— Vous êtes un audacieux coquin, monsieur..., et nous allons vous dire ce que vous êtes... Panafieu, appela-t-il.

Panafieu parut devant le voleur tout décontenancé.

— Cet homme, dit-il, n'est pas celui que nous cherchons... mais il doit nous aider à le retrouver...

— Vous connaissez cet homme ?

— Oui, il se nomme Gustave Lebeau, c'est l'amant de la Balandier.

IV

UN MONSIEUR QU'ON AIMERAIT A AVOIR POUR AMI

Le beau Gustave — c'était lui, nos lecteurs se souviennent l'avoir déjà vu pendu par anticipation au coin d'une glace chez la Balandier, et une autre fois à la Société des Enfants de la lyre d'Orphée... c'était lui qui avait inspiré le poète :

> On l'appelait le beau Gustave,
> Il avait une chaîne en or ;
> Pour les hommes, c'était un brave,
> Pour les femmes, un vrai trésor.
> Il avait été chef de claque
> Au petit théâtre Saint-Marcel.
> Un beau gas solide et d'attaque...

Un peu décontenancé d'abord d'être si bien connu en ce lieu, il se remit aussitôt en entendant Panafieu dire à l'agent :

— Voulez-vous me permettre d'adresser quelques mots à l'inculpé ?

— Oui ! oui ! faites !

— Monsieur Lebeau, vous vivez aux crochets de Mme Balandier...

— Monsieur, je suis...

— Ne m'interrompez pas, on vous connaît parfaitement ici. Vous êtes, en outre, accusé de vol...

— Mais je...

— Ne répondez pas, écoutez-moi, interrompit encore Panafieu, vous l'avez avoué tout à l'heure assez cyniquement... Bref, vous êtes ici pour n'en plus sortir, si nous le voulons, que pour aller à Poissy, ce n'est pas douteux... Cependant, comme aucunes plaintes personnelles ne sont portées contre vous, nous pouvons ne pas vous livrer au ministère public, si vous consentez à nous être utile.

L'agent regarda Panafieu, ne comprenant évidemment pas ce qu'il voulait dire ; Gustave avait relevé la tête et attendait.

— Vous être utile ?

— Il y a dans les tripots un homme qui nous est signalé particulièrement ; cet homme, vous le connaissez et vous pouvez nous renseigner sur son compte.

— Oh ! monsieur, si c'est possible de le faire... je vous jure que je n'ai pas un ami dans ces endroits-là...

— Cependant je vous l'ai dit, vous connaissez cet homme.

— Je peux le connaître, je les connais presque tous... et néanmoins, moi, je vais vous dire la vérité : si un de vous m'avait fait l'honneur de me proposer du travail, j'aurais pas mieux demandé que d'éclairer la justice ; moi, je suis un homme d'ordre, je suis pour la police, que je reconnais nécessaire ; je ne suis pas un émeutier, moi je suis pour le plébiciste... et si la police a besoin d'un homme dévoué, me voilà ; ainsi parlez.

Panafieu eut une grimace de dégoût, l'agent lui-même eut un geste de mépris pour cette offre qu'il devait entendre souvent ; se méprenant sur son effet, Gustave continua :

— Ecoutez-moi, vous me connaissez, n'est-ce pas ; j'ai des amis, des femmes. Eh bien ! par elles, je peux savoir ce qui se passe chez bien des gens, et si je savais enfin que vous éclairiez un peu, et si j'étais sûr d'une protection, quoi... eh bien tout ce qui se dit, ce qui se fait, le lendemain vous le sauriez...

— C'est ce que l'on vous demande, fit sèchement l'agent.

— D'abord, reprit Panafieu, vous connaissez un individu qui fréquente les tripots, qui va même quelquefois chez la Balandier.

— Qui donc, monsieur? fit aussitôt le misérable.

— L'abbé.

— L'abbé, ah! mais je crois bien que je le connais; pardi, s'il va chez la Balandier, c'est moi qui l'y ai mené; il y dépense pas mal d'argent, vous savez, il y a des petites femmes... Je le lui ai dit, et il vient. Ah! bien, monsieur, ça tombe bien; celui-là, il a en moi la plus grande confiance. Même que, l'autre fois, comme j'avais remarqué que deux grands gaillards le suivaient, près de la rue Aumaire, je l'ai prévenu...

— Ah! c'est vous qui l'avez prévenu?

— Oui, monsieur, et alors il n'est plus retourné là.

— Savez-vous ce qu'est cet homme?

— Non, monsieur; je sais seulement qu'il est riche, et qu'il a été dans les ordres voilà tout; je ne le connais que du jeu et puis de ce qu'il m'a dit :

« Quand vous connaîtrez une petite femme gentille... »

— C'est bien! dit l'agent avec dégoût. Que voulez-vous de cet homme? fit-il en s'adressant à Panafieu.

— Qu'il nous avertisse le jour où cet homme sera dans un tripot, afin qu'on puisse s'en emparer dans une descente et savoir par une enquête si je ne me trompe pas.

— Vous avez entendu, dit l'agent au beau Gustave.

— Oui, monsieur.

— Allez, faites ce que commande monsieur. Tous les jours, à dix heures, vous ferez un rapport ici.

— Tous les jours à dix heures? à vous?

— Oui, rappelez-vous que vous êtes surveillé et que
la moindre indiscrétion vous perdrait.

— C'est compris.

— Vous êtes libre.

Gustave restait et hésitait à partir, l'agent lui dit :

— Que vouiez-vous ?

— Pardon, monsieur, faut bien s'occuper de sa vie.
Je voulais demander où je toucherai.

Les deux hommes échangèrent un regard de mépris.

— C'est moi qui vous paierai, dit l'agent.

— Bien, monsieur, fit le beau Gustave qui sortit de
l'air le plus naturel du monde, se disant une fois dehors :

— Eh bien, comme ça au moins je suis tranquille, j'ai
une position.

L'agent disait à Panafieu :

— Est-il possible, peut-on croire qu'il existe de pareils individus? Vous croyez qu'il vous sera bien utile?

— Si cet homme veut, avant huit jours nous aurons
l'abbé.

— Mais qu'est-ce que cet abbé?

— Permettez-moi d'attendre jusqu'à son arrestation
pour vous le dire... Un grand criminel.

— Je vous comprends, mon enfant, fit l'agent, toujours
votre recherche.

— Oui, monsieur.

— Dieu vous aide! Venez le matin, je vous donnerai
les renseignements qu'apportera ce misérable.

— Oui, monsieur. Au revoir et merci.

— Au revoir, Panafieu.

Le jeune homme sortit et se dirigea vers la demeure
des deux frères Lebrun.

V

CE QUI FUT CAUSE D'UNE GRANDE DÉTERMINATION

Panafieu n'était pas satisfait de sa visite à l'agent Lauret, c'était pour lui une nouvelle déception. Sur les premiers rapports qui lui avaient été faits du tripot de la rue Rampon, il était convaincu que l'abbé avait été arrêté ; il se trouvait encore une fois que le mystérieux personnage s'était échappé.

A peine sorti de chez l'agent, il regrettait de n'avoir pas demandé au beau Gustave si l'abbé se trouvait rue Rampon lors de la descente de police, et à M. Lauret de lui montrer la liste des noms des personnes arrêtées, et relâchées sur la production de leurs papiers.

Il y avait cependant une compensation à cette déconvenue, c'était l'embauchage de l'odieux misérable qui avait nom Gustave Lebeau ; assurément celui-là le mettrait sur la trace de l'abbé, et s'il en était besoin il avait pour s'en emparer, en cas de lutte, Pierre-de-Taille et Ladèche, car il pouvait avoir des renseignements au bureau de M. Lauret ; mais il ne pouvait se servir du personnel pour ses recherches, que la police avait depuis longtemps abandonnées.

Malgré cette assurance d'un prochain résultat, le pauvre garçon était en proie à une oppression dont il cherchait vainement à se débarrasser ; il avait comme le pressentiment d'un malheur prochain.

— J'ai des idées noires, pensait-il, et c'est idiot pour un garçon raisonnable ; tout cela me vient, j'en suis sûr, du changement de Lise ; décidément, je n'aurais pas cru aimer ainsi. Et puis, je me fais des idées ridicules ; parce que cette enfant rentre un peu plus tard, parce qu'elle est plus coquette, qu'est-ce que cela prouve ? Elle voit que j'ai un peu plus d'argent qu'autrefois, elle en profite... Ça ne fait rien, je suis oppressé, ça me tient là...

Et il respirait bruyamment.

— Et puis, c'est bien simple, je n'ai qu'un mot à dire aux frères Lebrun ; de là, je vais à son atelier, et je suis tout de suite renseigné et tranquille ; est-ce possible, moi, jaloux à ce point !

Il arriva bientôt chez les frères Lebrun, il leur raconta tout ce qu'il savait de nouveau, et leur dit que, dans deux jours, il était plus que probable que l'on tiendrait l'abbé.

— Et vous êtes convaincu que l'abbé est le coupable, c'est votre conviction ?

— C'est-à-dire que je donnerais ma tête à couper.

— Dieu vous entende ! Eh bien, monsieur Panafieu, dit Vincent, vous allez nous faire le plaisir de déjeuner avec nous.

D'abord Panafieu résista, mais espérant chasser ses idées noires, ainsi qu'il disait, il accepta.

C'était bien choisir le plus mauvais moyen ; la conversation des deux frères ne brillait guère par la gaieté, et le sujet sur lequel on revenait le plus souvent était la mission à laquelle ils s'étaient entièrement consacrés.

Quand Panafieu quitta la rue Charlot, il était encore plus triste, plus sombre, plus ennuyé qu'à son arrivée, il traversa le Temple, suivit la rue Réaumur et arriva rue du Caire ; c'est dans cette rue que travaillait Mlle Lise. Il monta à son atelier et, reçu par une apprentie d'une dizaine d'années qui le connaissait, il lui dit :

— Ma chère Rosalie, j'ai quelque chose à te demander, sors un peu.

La jeune fille sortit sur le carré et attendit les questions de M Panafieu.

— Écoute, ma chère enfant, voilà deux francs pour toi, mais tu seras discrète et tu ne diras pas un mot à qui que ce soit de ce que je vais te demander, surtout à elle.

— Oui, monsieur, fit l'enfant ouvrant de grands yeux et plongeant dans sa poche la pièce de quarante sous.

— Dis-moi, est-ce que Lise veille maintenant?

— Je ne sais pas, monsieur, fit l'enfant naïvement.

— Comment, tu ne sais pas si l'on veille le soir? Tu ne pars pas avant les ouvrières?

— Non, monsieur, on ne veille pas chez nous, mais je ne sais pas si Mlle Lise veille.

— Que veux-tu dire?

— Mlle Lise n'est plus ici depuis un mois.

— Comment! Lise n'est plus ici, dit Panafieu inquiet, mais où travaille-t-elle?

— Ces demoiselles disaient qu'elle ne travaillait plus... qu'elle... qu'elle... avait trouvé un monsieur riche.

Panafieu sentit un froid lui courir les os et une sueur froide lui mouiller le front; ses jambes se dérobaient sous lui, il se tint à la rampe pour ne pas tomber.

— Ah! fit le malheureux cherchant à dissimuler la douleur qu'il ressentait.

La petite apprentie lui demanda :

— Mais vous ne le saviez donc pas, monsieur Paul?

— Hein! fit-il, se dressant, un éclair dans les yeux, croyant que la misérable avait dit à ses compagnes d'atelier qu'il acceptait ses débauches; elle a dit que je savais?

— Non! elle a dit que vous n'étiez plus ensemble depuis un mois, et qu'elle croyait que vous saviez qu'elle avait trouvé quelqu'un.

— Oui, oui, c'est vrai! balbutia le malheureux, nous ne sommes plus ensemble depuis un mois; mais je ne savais pas qu'elle ne travaillait plus ici, et je voulais lui parler... Merci, Rosalie...

— Au revoir, monsieur Paul.

Et la jeune fille rentra dans l'atelier en disant :

— Peut-on quitter un si bon et si gentil garçon?

Panafieu descendait l'escalier comme un homme ivre, se tenant à la rampe pour ne pas tomber, secouant la tête pour se débarrasser des brouillards qui lui voilaient complètement le regard.

Ce coup l'abattait, il ne pouvait y croire ; Lise, sa seule et véritable affection, celle qu'il avait prise pure et pauvre le trompait ; sa compagne de joie et de misère, sa Lise arrivait chez lui, chaque soir, sortant des bras d'un autre, et ses lèvres essuyaient dans un baiser la trace humide du baiser de l'autre, du « jeune homme riche, » avait dit Rosalie.

Dès qu'il fut dans la rue, il se mit à courir ; tout le restant du jour, il courut par les rues, les champs, sans savoir où il allait. Disant au vide des mots incohérents, il traversa Paris, marchant, marchant toujours, poursuivi par ses souvenirs...

Il s'assit à la nuit tombante sur un boulevard et il se mit à sangloter. Des gens s'attroupèrent autour de lui, il le vit, se dompta et, se levant, essuyant ses yeux, il se dirigea vers le quartier qu'il habitait.

Le malheureux arriva chez lui, furieux, les yeux secs. Il s'étendit sur le lit, disant :

— Quand elle reviendra ce soir, je lui parlerai... ayant l'air calme. Je ne sais rien... oh! l'indigne...

Il prit un livre et l'ouvrant au hasard, il lut :

« Connaître la vie et en jouir ; non, rien ne me fera sentir moins durement les chagrins qui sont le lot de l'humanité.

« Je suis trop vieux pour me livrer aux plaisirs et trop jeune encore pour ne pas les désirer ; que me reste-t-il à demander à la terre? Privation, impuissance, insupportable refrain qui revient bourdonner sans cesse à mes

oreilles, et que l'homme même répète d'une voix affai-
blie à tous les échos.

« C'est avec effroi que chaque matin j'accueille la venue d'une nouvelle journée, et je pleure amèrement en
songeant qu'elle n'accomplira pas un seul de mes vœux.
Jour funeste qui flétris obstinément l'espérance même
du plaisir, tu m'apportes le dégoût d'une vaine et impor-
tune expérience parmi les créations enfantées par une
imagination dévorante.

« Puis vient la nuit, je crois atteindre le moment
de rendre le repos à mes membres affaissés et le repos
me fuit encore, des songes bizarres m'épouvantent. Ce
dieu qui agite mon cœur, qui émeut profondément tout
mon être, il ne peut rien hors de moi, sur une nature
immobile, et je reste accablé sous le fardeau de l'existence...

« Je désire la mort... je hais la vie. »

D'abord Panafieu avait voulu se donner une contenance en prenant un livre ; les premières lignes lues, il
fut saisi, comme s'il lisait sa pensée imprimée, vive...
Étourdi, il regarda quel était l'auteur de ce cri de douleur,
de cet adieu. C'était Gœthe.

Tout à coup il entendit frapper à la porte, il se leva
aussitôt, disant :

— La voilà.

Il courut ouvrir.

C'était le nouveau concierge qui lui remit une lettre en
disant :

— Une lettre pour vous, très pressée.

— Merci, dit-il.

La porte fermée, seul il s'approcha de la lumière, et
tressaillit en reconnaissant l'écriture.

C'était une lettre de Lise... de sa Lise.

Panafieu déchira vivement l'enveloppe, sa main trem-

blait ; il était oppressé et il sentait que des larmes venaient
à ses yeux.

Il se dompta et lut :

« Mon cher Paul,

« Cette lettre te rendra bien malheureux, je le sais,
mais il est des positions qui commandent.

« Je sais que tu fais tout ce que tu peux pour m'être
agréable, mais ce n'est qu'à force de travail et de privations que tu parviens à peine à faire l'insuffisant.

« Tu sais que je t'aime bien, mais l'amour ne suffit
pas, il ne fait pas vivre ; et alors qu'on vivrait avec un
peu de raison, on doit penser à l'avenir.

« Tu n'as pas de position, tu as besoin de t'en faire une
et je te gêne pour cela.

« Ne m'en veux pas de te dire adieu ; il le faut et c'est
dans ton intérêt, cela m'a fait beaucoup de peine, mais il
le fallait... Je suis la plus forte, je me sacrifie.

« Tu te fâcheras peut-être en recevant cette lettre ;
mais, le calme revenu, tu comprendras que j'avais raison.

« Je te le jure, mon cher aimé, tu es toujours celui
que j'aime et que j'aimerai, il n'y a que toi au monde que
je puisse aimer de la façon dont je t'aime... mais ne vois-
tu pas, mon pauvre chéri aimé, que dans l'état où nous
sommes réduits, c'est une sotte vertu que la fidélité ?

« Crois-tu qu'on puisse être bien tendre quand on
manque de tout ; la misère me causerait quelque méprise
fatale ; je rendrais quelque jour le dernier soupir, en
croyant en pousser un d'amour.

« Je t'adore, compte là-dessus, mais laisse-moi pendant quelque temps faire ma fortune.

« Malheur à qui va tomber dans mes filets, je travaille pour pouvoir beaucoup t'aimer après.

« Tu recevras des nouvelles de moi bientôt par une

amie qui te dira combien j'ai pleuré de la nécessité de te quitter.

« Ne cherche pas à me voir, je ne suis plus à Paris.

« Je t'aime toujours, mon Paul, et t'embrasse de tout mon cœur. Ta

« LISE. »

Quand Panafieu eut terminé sa lecture, il resta comme abruti ; d'abord il sentait que ce n'était pas Lise qui avait écrit ou du moins pensé cette lettre ; ensuite il lui semblait avoir déjà lu toute la seconde partie de la lettre.

— Non, dit-il tout à coup, ce n'est pas Lise qui a écrit cela, la première partie de la lettre n'est pas d'elle. Lise a du cœur, et ces mots n'en contiennent pas.

La fin est d'un style, que ni elle ni ses conseils ne pourraient avoir.

Ainsi, voilà où ont abouti tous mes tourments, tous mes tracas, toutes mes peines, Oh ! les femmes... la misérable...

Il relut la lettre en riant sardoniquement ; il observa qu'on avait rayé plusieurs mots... on avait effacé :

« Quand on manque de pain, la faim me causerait, etc. » pour mettre à la place : « Quand on manque de tout, la misère me... etc. » On avait effacé également :

« Laisse-moi pour quelque temps le ménagement de notre fortune » pour le remplacer par : « Laisse-moi pour quelque temps faire ma fortune. »

On avait rayé encore cette phrase qu'il lut dans l'encre et qui lui fit monter le rouge au visage :

« Je travaille pour te rendre riche et heureux. » Et on lisait au-dessous : « Je travaille pour pouvoir beaucoup t'aimer après. »

Ses yeux étaient secs, la fièvre faisait battre ses tempes, ses dents grinçaient de douleur, de rage et de honte.

— Qui l'eût cru, dit-il en hochant tristement la tête ;
puis se dressant tout à coup, il courut vers un placard
dans lequel étaient quelques vieux livres composant sa
bibliothèque, il prit un volume de Manon Lescaut, le
feuilleta, et, trouvant ce qu'il cherchait, il s'écria :

— C'est ça, la lettre de Manon à Desgrieux ; ah ! ah !
je crois que je reconnais la main, la première partie est
de Nicette, la seconde la copie de Manon. C'est le livre
favori de Nicette. Ah ! très bien ! je vois.

Et malgré lui, nerveux, il fredonna la romance de la
Périchole :

> Oh ! mon cher amant, je te jure
> Que je t'aime de tout mon cœur,
> Mais vrai, la misère est trop dure,
> Et nous avons trop de malheur...

— Oh ! Nicette ! Nicette ! tu me paieras ça !... je te...

Panafieu s'arrêta, un pli traversa son front, comme
l'éclair traverse le ciel lorsque la foudre va gronder, il
exclama :

— Oh ! mais c'est impossible... Nicette est capable de
tout. Oh ! si elle a fait cela, je me vengerai d'elle en
même temps que de lui.

Et furieux, fou, Panafieu sortit et descendit rapidement
l'escalier.

Arrivé dans la rue, il courut vers la place de fiacres et
sauta dans une voiture en disant au cocher ;

— Rue Laval, 47, vite !

VI

COMMENT LADÈCHE SE TROUVE TRANSFORMÉ
EN GARDE-MALADE

Moins d'une demi-heure après, le cocher descendait
Panafieu devant la porte du n° 47 de la rue Laval. Il entra
et demanda à la concierge :

— Madame Levasseur, s'il vous plaît.

— C'est ici, monsieur, au troisième, mais madame n'est pas chez elle.

— Savez-vous à quelle heure elle rentrera ?

— Non, monsieur. Au reste, madame n'est jamais chez elle à cette heure-ci, et il n'est pas probable qu'elle rentre avant minuit, une heure... Madame est sortie avec son amie.

— Son amie ! fit vivement Panafieu.

— Que monsieur laisse sa carte, je la lui donnerai.

— C'est inutile. Je voulais vous demander des renseignements sur...

— Je vous ai donné, monsieur, tous les renseignements que je peux vous donner, fit la concierge d'un ton sec.

Panafieu comprit, il tenait la porte entrebâillée et n'était pas entré dans la loge ; il y entra aussitôt, ferma la porte sur lui, tira de sa poche une pièce de dix francs et la donna à la concierge en lui disant :

— Les renseignements que je veux vous demander sont de peu d'importance.

— Parlez, monsieur, dit la femme de sa voix la plus gracieuse.

— Savez-vous le nom de celle que vous appelez l'amie de Mme Levasseur ?

— Ma foi, monsieur, je ne m'en souviens pas. C'est une jeune dame de dix-huit à vingt ans, très jolie ; elle est blonde foncée, des yeux noirs, une petite bouche et de magnifiques dents... très belle enfin, distinguée et fort bien mise, l'air comme il faut. Ah ! attendez donc, si, je me souviens de son nom... Madame l'appelait hier en sortant... C'est Lise.

— Lise ! exclama Panafieu. Ah ! je le savais bien.

En disant ces mots, il frappa un violent coup de poing sur la table, et se levant, il sortit aussitôt.

— Qu'est-ce que c'est que ça ? dit la concierge. C'est un fou... ou un jaloux.

Elle vit reparaître le jeune homme, elle se recula effrayée ; mais celui-ci, se domptant, lui dit avec assez de calme :

— Madame, une recommandation, je vous prie... Ce que j'ai appris m'a fait beaucoup de mal ; je dois vous en taire les motifs. Je vous en prie, madame, veuillez ne pas dire un mot de ma visite à Mme Levasseur.

En disant ces mots, Panafieu glissait dans la main de la concierge une nouvelle pièce, aussi la femme s'empressa-t-elle de dire :

— Oh ! monsieur, vous pouvez compter sur moi. Dieu merci, on est discrète : on aime parler, c'est vrai, mais on sait se taire lorsqu'il le faut. Vous pouvez venir vous renseigner sans crainte. Je suis toute à votre service.

Panafieu sortit, pressé de cacher l'état nerveux dans lequel l'avait mis l'assurance que la concierge lui avait donnée.

Il remonta dans sa voiture et se jeta dans le coin.

Là, malgré lui, les larmes vinrent à ses yeux, et des sanglots hoquetèrent dans sa gorge.

Le cocher fut obligé de lui demander trois fois :

— Où allons-nous, notre bourgeois ?

Panafieu le regardait ahuri, ne comprenant pas ce qu'il disait.

Se remettant enfin, après avoir réfléchi quelques secondes, il dit :

— Rue de Poitou.

Il retournait chez lui ; là, du moins, il pouvait donner libre cours à sa douleur.

Il avait besoin de se calmer, de se reposer pour décider ce qu'il devait faire.

Blotti dans le coin de la voiture, pleurant et rongeant

son mouchoir, souffrant à la fois de la jalousie, du dépit et de la honte, il pensait :

— L'indigne m'abandonne et croit qu'il suffit de m'assurer d'un reste d'amour pour me consoler ; mais cet amour qui se sera sali, elle croit donc que je serai assez indigne pour l'accepter encore. Mais quel misérable croit-elle donc que je suis ! Quelle banalité pour les femmes que ce mot amour. Je veux la revoir une fois, une seule fois, pour l'écraser de mon mépris, de ma haine. Car je ne l'aime plus, maintenant ; quel amour survivrait à cette ingratitude et à cette honte ?

Puis la rage prenait le dessus, et il exclamait :

— Oh, mais Nicette me le payera cher... Je le sens là. C'est son plan que je croyais avoir déjoué qu'elle a repris... La proxénète, c'est elle qui est allée la livrer à cet abbé, j'en suis certain, et je me vengerai en les jetant tous aux tribunaux. Oui, je le sens là... Lise est à cet homme. La mère de mon fils est maintenant la maîtresse de l'assassin de ma mère.

Le malheureux garçon arriva chez lui en proie à la fièvre la plus violente, il grimpa rapidement ses escaliers, et il allait ouvrir la porte, lorsqu'il vit surgir du couloir l'ombre d'un individu.

Il se recula aussitôt en se demandant qui pouvait se trouver dans la maison à cette heure — il était plus de minuit. Une voix qu'il connaissait bien le rassura en lui disant

— Ayez pas peur, c'est moi, monsieur, je vous apporte du nouveau.

Ladèche avait allumé une allumette, ils furent immédiatement éclairés. Lorsqu'à la lueur de la lampe, ce dernier vit Panafieu, il exclama :

— Ah ! monsieur, qu'avez-vous donc ?

— Quoi ?

— Ah ! mais vous avez la figure à l'envers, les yeux

comme si vous aviez pleuré. Est-ce que vous avez perdu quelqu'un ?

— Oui, fit Panafieu sombre, oui, j'ai perdu quelqu'un !

— Ah ! pauvre monsieur Panafieu, je vous demande pardon si je suis venu aussi tard, mais c'est que c'est très sérieux, nous avons du nouveau.

Panafieu ne l'écoutait pas. Voyant cela, Ladèche se tut et regarda attentivement le pauvre garçon ; après l'avoir observé quelques minutes, il dit :

— Mais, monsieur Panafieu, mais vous souffrez, vous êtes malade.

Et il lui prit les mains...

— Ah ! mais je crois bien, vous avez une épouvantable fièvre... Ah ! mais, parlons pas d'affaire aujourd'hui, faut soigner ça... Voyons, où souffrez-vous ? contez-moi ça...

Panafieu, qui se contenait, ne put résister plus long-temps ; assis sur son lit, il se pencha sur le bateau et fondit en larmes en gémissant :

— Oh ! oui, je souffre, va... oh ! je suis malheureux, oh ! c'est une vraie douleur, et c'est là que ça me mord : jalousie, abandon et honte, tout cela me tient à la fois... oh ! oui, je souffre.

— Ah ! fit entre ses dents Ladèche avec un clignote-ment d'œil, très bien, on comprend, il a poussé des ailes à la petite dame, on connaît ça, les chagrins d'amour ; qui n'en a pas eu ? Je connais ça. C'est raide les premiers jours à passer tout seul, quand on est un peu novice comme le jeune homme ; Dieu merci, j'y ai passé et je n'y passerai plus maintenant. C'est pas une femme qui me mettrait dans cet état-là.

Panafieu pleurait à chaudes larmes, Ladèche reprit tout haut :

— Monsieur Panafieu, je connais ça, les peines du cœur ; faut du courage et pas se laisser abattre, tout est là... Ça se remettra, un coup de tête de jeunesse et voilà... et puis vous savez le proverbe : Un clou chasse l'autre... faut prendre un autre clou, non, une autre petite jeunesse.

Pour le quart d'heure, ce n'est pas tout ça, vous avez l'air d'être tout à fait à l'envers ; il faut vous coucher, vous avez une fièvre de cheval, je vais vous faire passer ça.

Je serai votre garde-malade, je ne veux pas vous quitter cette nuit, vous feriez quelque bêtise ; quand cela ira mieux, nous causerons de notre affaire.

Panafieu était absolument sans force ; son front, ses mains brûlaient, ses dents claquaient, et son corps frissonnait. Ladèche s'en aperçut.

— Allons, dit-il, pas de bêtise, soyez raisonnable ; c'est comme ça qu'on tombe tout à fait malade.

Je vais vous coucher, moi ; oh ! mais, j'ai été *Rabiot* à l'hôpital... Vous occupez de rien, je vais vous déshabiller.

Cette recommandation était inutile ; Panafieu, en même temps qu'il avait appris la conduite de Lise et qu'il en souffrait, sans s'inquiéter de la sueur qui lui mouillait la peau, s'était jeté dans la voiture et, à l'air frais de la nuit, s'était subitement refroidi ; c'est ce chaud et froid qui l'avait mis dans l'état où il était.

Pendant que Ladèche le déshabillait, le malheureux répétait sans cesse :

— Oui, j'en suis certain, elle est avec l'assassin de ma mère... Oh ! la misérable, et mon petit enfant là-bas, qui a froid, elle oublie, elle ! pauvre petit.

Ah ! ah ! c'est drôle, ça ! il tue la grand'mère et puis il aime la petite-fille, ah ! ah !

— Eh bon Dieu ! pensait Ladèche, est-ce qu'il devient fou ?

Panafieu se laissait faire comme un enfant, Ladèche le coucha ; le couvrit chaudement en lui disant :

— N'ayez pas peur, je vais vous guérir et sans médecins, vous pouvez y compter... Ils vous fourreraient un
tas de drogues désagréables à prendre; moi je suis pour
les remèdes que l'on prend avec plaisir et vous allez voir
ça; vous découvrez pas, monsieur Panafieu, je vas préparer la chose.

Ladèche alluma du feu et fit chauffer un litre de vin
très sucré, en disant :

— Et la preuve que ça ne fait pas de mal, c'est que
moi qui ne suis pas malade, j'en prendrais tout de même.

Buvez-moi ça, monsieur Panafieu, et à la vôtre.

Et Ladèche but en même temps que son malade.

Panafieu, obéissant, but tout ce que lui offrait son singulier garde-malade. Notre lecteur comprendra que le vin
chaud fut renouvelé trois fois. C'est que Ladèche se
disait :

— C'est pas raisonnable, j'ai bu la moitié de sa potion,
ça ne pourra jamais lui faire le bien nécessaire... il faut
renouveler la consommation.

Et de là il arriva que Ladèche fit chauffer quatre litres
de vin. Lorsqu'il apporta à son malade sa part du troisième litre, celui-ci dormait profondément.

Ladèche dit alors d'un ton doctoral, voyant la sueur
perler sur le front de Panafieu :

— Il dort, il sue, il est sauvé !

Sur la pointe des pieds, il regagna la table et se versa
le vin chaud, en disant :

— Cela vaut mieux, peut-être que l'abus lui ferait du
mal. Il dort, il s'agit de ne pas l'éveiller... Cependant
ce n'est pas d'une gaieté folle ici... Comment passer
la nuit... dormir... C'est pas possible, ce médicament que
j'ai été obligé de boire pour lui m'a énervé... j'ai avec
ça une soif, il n'y a rien qui altère comme le sucre. Les
malades boivent toujours sucré, c'est ce qui altère leur
santé.

Riant de son calembour, Ladèche cherchait celui qui d'habitude lui faisait écho... Tout à coup il se frappa le front et regarda la pendule.

— Deux heures, s'écria-t-il; depuis onze heures il est là.

Et il regarda son malade ; voyant que celui-ci dormait calme, souriant même, il se précipita dans l'escalier, descendit rapidement, se fit ouvrir la porte et courut de l'autre côté de la rue. Un homme était là, blotti dans l'encoignure d'une porte, Ladèche se dirigea vers lui et dit :

— Ah ! ma pauvre vieille, tu dois t'ennuyer.

— Non ! fit tranquillement De Taille qui se détacha de la muraille.

— Figure-toi que Panafieu est malade ; comme je connais un peu de tout, je l'ai regardé, j'ai dit : vous, il vous faut ça et ça ! ah ! ma vieille, je ne me suis pas trompé, maintenant il dort comme une marmotte... Sais-tu qu'il y a au moins quatre heures que tu es là.

— Oui ! fit avec la plus grande indifférence le colosse.

— Tu ne devais pas t'amuser.

— Si, je pensais !

Ladèche ne s'étonna pas de la réponse. Il reprit :

— Ce garçon est malade ; alors j'ai remis l'affaire à demain, je le soigne et voilà tout ; monte avec moi, nous le veillerons tous les deux...

— Mais pour le soigner, dit Pierre-de-Taille, il faut avoir... ce qu'il faut.

— Il y a là-haut les médicaments arséniaires... J'ai vu dans le bas d'une armoire une douzaine de litres... j'ai vu de l'eau-de-vie, du sucre !...

— A-t-il un rhume ? demanda Pierre-de-Taille.

— Pourquoi ?

— Parce que c'est ça qui est bon, l'eau-de-vie brûlée.

— Ah !... Eh ! nous allons voir ça ; il a un chaud et

froid, peut-être bien qu'il y a un peu de rhume... faut pas regarder à ça... s'il n'en veut pas, ça ne sera pas perdu, nous le boirons, voilà tout...

Ladeche sonna trois fois sans se faire ouvrir ; à la quatrième fois, il frappa avec une telle violence que ce fut le portier qui vint en chemise pour ouvrir. En voyant les deux individus, il allait crier, mais Ladèche lui dit aussitôt :

— Demain, monsieur Clos-porte, je verrai le propriétaire.

— Qu'est-ce que vous dites, vous... est-ce une heure pour...

— Comment, homme sans cœur, sans entrailles, interrompit Ladèche, vous avez un locataire mourant...

— Un locataire mourant ?

— Ce pauvre M. Panafieu ; je cours chercher le médecin ; je reviens avec lui, c'est-à-dire la vie peut-être... et vous refusez de m'ouvrir...

— Mais, monsieur, j'ignorais !

— Si votre maison était mieux tenue, vous sauriez tout...

Le concierge était un peu déconcerté, Ladèche dit alors, en s'adressant à De Taille :

— Entrez, monsieur le docteur.

Puis se tournant vers le concierge :

— Je vous en prie, monsieur, soyez humain, éclairez au moins M. le docteur.

Le concierge se précipita dans sa loge et souple, obéissant, il revint une bougie à la main, en pantoufles et en caleçon ; il monta jusqu'au quatrième étage pour éclairer M. le docteur.

Ils entraient chez Panafieu lorsque le concierge dit :

— Messieurs, si on a besoin de moi...

— Merci, mon ami, merci, répondit Ladèche, entrant

chez son malade, et après l'avoir regardé, il dit à de Taille :

— Vois-tu, ma bonne vieille, avec ces gens-là si on n'avait pas conscience de ce qu'on vaut, on ne se ferait jamais obéir.

Amenant De Taille vers le lit et lui montrant Panafieu qui souriait à son rêve et parlait en dormant, il lui dit :

— Tu vois, il va bien. Écoute...

Ils écoutèrent. Panafieu disait :

— Oui, mère... c'est elle, ma Lise... C'est notre bébé... Tu as trois enfants maintenant.

— Vois, Pierre, et que ce soit une leçon pour toi, dit sentencieusement Ladèche. La famille... Rien que la famille... Tout est là...

— D'abord, répliqua naïvement le colosse, c'est d'elle qu'on hérite.

Les deux compères prirent place à table ; quelques bouteilles avaient été préparées par Ladèche ; mais se souvenant de ce que De Taille lui avait dit, il reprit :

— Il va bien avec le premier traitement, tu vois, mais tu sais que le corps s'habitue à tout, j'ai encore des médicaments là, cependant je crois qu'il vaut mieux changer un peu... je pense à ton idée.

— Quelle idée ? demanda Pierre...

— Et le traitement que tu me proposais.

— Quel traitement ? demanda le colosse ébahi.

— Tu m'as dit avec raison que le chaud et froid qui d'abord avait amené la fièvre, — laquelle j'ai combattue et vaincue par mon traitement, c'est-à-dire par des décoctions de vin, de cannelle et de sucre, infusées de citrons — pouvait avoir laissé le germe d'un autre mal que tu avais le moyen de prévenir.

Les gros sourcils de De Taille fronçaient sur son front

étroit et bas ; il cherchait à comprendre ce que lui disait son ami, et demanda d'un air abruti :

— Moi, j'ai dit ça ?

— Ah çà ! voyons, fit Ladèche le plus naturellement du monde, perds-tu la mémoire ? Ne m'as-tu pas dit tout à l'heure : Dans un refroidissement, la fièvre peut être suivie d'un rhume, et ce rhume peut amener une bronchite !

— J'ai pas dit ça, dit De Taille regardant le lit du coin de l'œil et craignant que Pauafieu ne fût épouvanté de ce diagnostic, j'ai pas dit un mot de ça... J'ai demandé seulement s'il avait un rhume, parce que j'en ai attrapé un en attendant en bas et que j'aurais goûté à ses remèdes.

— Justement, répliqua aussitôt Ladèche ; tu as dit rhume, et moi qui en connais les suites, j'ajoute : le rhume non soigné mène à la bronchite aiguë ; la négligence la rend chronique... et la bronchite chronique c'est le premier pas vers la phthisie.

De Taille, effrayé, frappait sur sa poitrine, s'auscultant à coups de poing pour s'assurer que les poumons ne souffraient pas encore.

Ladèche, tout à sa théorie, continuait :

— Or, tu as trouvé le remède !

Étourdi, les yeux de De Taille sortaient de sa tête comme des tampons de locomotive.

— J'ai trouvé le remède ? fit-il.

— Oui, évidemment, de l'eau-de-vie brûlée, bien sucrée comme un sirop, cela peut arrêter le mal à sa naissance.

— Eh bien ? interrogea De Taille.

— Eh bien ! ma vieille, il faut tout prévoir. Il va se réveiller, il demandera à boire. Qu'est-ce que je lui donnerai ? Ah ! tu n'as pas de réponse... Eh bien ! c'est simple comme tout. Ne te dérange pas, penche-toi en arrière, ouvre l'armoire... Là !... Tu vois des bouteilles... Pas là ! la planche au-dessus. C'est ça, il y a une étiquette.

— Oui.

— Lis-là.

Pierre lut :

— Vieux cognac, fine champagne.

— C'est l'affaire ; il y a deux bouteilles, prends-les ; il ne faut pas marchander pour le tirer de là ; autant en faire beaucoup à la fois... Prends la boîte, là !... en fer-blanc, c'est le sucre.

Ladèche prépara le punch. Quand il flamba, il se tourna avec un air de commisération vers Panafieu endormi, en disant :

— Dors, mon pauvre et brave ami, tu peux être tranquille, tu ne manques de rien, et, si tu te réveilles, tu pourras boire.

Il tira alors de sa poche un jeu de piquet crasseux, le plaça sur la table et s'adressant à De Taille :

— Ma bonne vieille, passe donc deux verres pour nous ; si Panafieu voyait que nous n'en buvons pas, il refuserait d'en prendre, et puis faut penser à ton rhume, toi. Pour passer le temps et pour qu'il ait une vue gaie à son réveil, nous allons faire un piquet.

— Ça va, fit De Taille en coupant, à toi la donne.

Et la partie commença.

A sept heures du matin, Panafieu s'éveillait bien portant et, malgré lui, il riait en voyant Ladèche et De Taille, à moitié ivres, jouant autour de la table.

Ladèche était étincelant de gaieté, De Taille était triste. Le premier criait en frappant sur la table :

— Quatorze de larbins, trois menesses, quatrième d'indigents... J'es roulé, ma vieille... C'est moi qui bois le dernier verre !... à la tienne !

— A la vôtre ! dit Panafieu en éclatant de rire.

Tout autre que Ladèche aurait été surpris en entendant le malade; il n'en fut rien pour lui.

Calme, il se retourna, et riant il dit :

— Ah! ah! ça va mieux. On se réveille et on veut boire. C'est votre droit.

Puis se tournant vers De Taille :

— Tu sais ce que je disais : « Quand il s'éveillera il aura soif; » heureusement nous avions pris nos précautions.

Ladèche regarda dans la casserole qui avait contenu le punch, il en restait à peine un demi-verre. Il ne se déconcerta pas; vidant ce qui restait dans un verre, et versant de l'eau dessus, il dit :

— Il ne faut pas faire d'imprudence; si vous buviez ça pur, ça pourrait vous faire du mal, et je me le reprocherais toute ma vie.

Il porta le verre à Panafieu, choqua le sien en disant :

— A la vôtre !

Ayant bu, le malade demanda :

— Ah çà! comment vous trouvez-vous ici tous les deux, à sept heures du matin, en train de faire une partie?

— Comment, monsieur Panafieu, vous ne vous souvenez pas? dit Ladèche.

— Vous ne vous souvenez pas ? répéta De Taille.

— Pas le moins du monde.

— Voyons, hier, j'avais à vous parler.

— Nous avions à vous parler, reprit De Taille.

— Oui, nous étions venus ensemble; Pierre était resté en bas à m'attendre, croyant que vous n'étiez pas seul. Nous nous disions : « Ne voulant pas causer affaire chez lui, il descendra avec nous. » On me dit chez votre concierge que vous étiez sorti pour une affaire, mais que vous ne tarderiez probablement pas à rentrer. Je me dis : « Qu'est-ce que je dois faire?... L'attendre... »

— Nous nous disions, répéta De Taille : « Attendons. »

— Oui, alors il a attendu en bas et moi en haut.

Panafieu, le front plissé, écoutant attentivement, çher-
chait à se souvenir...

Ladèche continua :

— Je vous attendais donc dans l'escalier, lorsque vous
êtes rentré. Je vous ai vu malade et je vous ai dit :
« C'est pas tout ça, vous ayez les mains brûlantes, le
front couvert de sueur, et vous tremblez, faut vous coucher, et il faut suer. » Alors je vous ai fait suer.

— Et, demanda Panafieu inquiet, je t'ai parlé...

— Vous, vous ne m'avez pas dit seulement bonjour...
vous êtes entré chez vous, et vous avez gémi...

— Je n'ai rien dit...

— Rien ! mais j'ai vu que vous aviez la tête à l'envers,
alors, j'ai dit : C'est pas tout ça... il faut le guérir, et
comme Dieu merci, on a un peu de médecine... je vous
ai fait une drogue... et vous voyez si vous vous portez
bien... et frais.

— Jamais on ne croirait que vous avez été malade.

— Il se porte, dit Ladèche, à bras tendu.

Et ils éclatèrent de rire du mot.

Panafieu soucieux reconstruisait sa journée. Il se souvenait peu à peu de ce qu'il avait appris sur Lise, de la
lettre et de la déclaration du concierge de la rue de Laval.
Un douloureux sourire crispait ses lèvres, il hochait tristement la tête ; c'est qu'il pensait que depuis longtemps
déjà Lise le trompait, puisque la concierge de la rue de
Laval avait dit : L'amie de madame, celle avec laquelle
elle se trouve souvent... c'est une dame très élégante,
toujours bien mise.

Lise venait donc passer la nuit chez lui.

Le matin, feignant d'aller à son travail, elle allait dans
un appartement inconnu.

Elle se transformait et, jusqu'au soir, elle vivait avec qui ?... L'abbé ! pensait le malheureux, c'était son idée tenace.

Les doutes n'étaient plus possibles sur l'indignité de celle qu'il aimait, et il s'étonnait de ne pas l'avoir deviné plus tôt.

Certain détail passé inaperçu revenait à son cerveau qu'il s'expliquait maintenant.

Il se souvenait d'un parfum qu'elle avait sur elle et qu'il avait vainement cherché à se procurer d'abord.

Il l'avait trouvé dans les premières maisons de Paris et il avait été étonné du prix.

Un flacon coûtait cinq louis.

Il l'avait observé à Lise, et celle-ci avait dit que c'était un acheteur de sa maison qui en avait humecté le mouchoir de toutes les dames.

Il se souvenait que souvent, en rentrant le soir, Lise prétextait une migraine et refusait de dîner avec lui.

Ces jours-là, évidemment, Mlle Lise sortait de table...

Il se rappelait l'avoir conduite au théâtre et qu'elle avait paru déjà connaître la pièce.

— Étais-je niais ! dit-il avec douleur.

Panafieu se leva aussitôt, il dit à De Taille d'aller chercher de quoi déjeuner.

— Déjeuner, fit Ladèche ; vous nous invitez à déjeuner. Ah ! monsieur Panafieu, vous êtes au moins un malade reconnaissant.

— Va vite, Pierre, j'ai faim et nous avons beaucoup à faire.

— Le temps de monter et de descendre, dit le colosse qui partit aussitôt.

Panafieu s'adressant alors à Ladèche lui demanda :

— Je me souviens, maintenant, tu venais hier pour une affaire pressée.

— Oui, monsieur, justement ; mais faut pas y pen-

ser. Ce soir, c'est encore une chose à refaire, hier nous
avions remis la main sur notre homme, et nous savions
où il était, dans une maison de jeu du côté de l'Opéra; là
nous pouvions le pincer.

— Maintenant, dit Panafieu, vous allez changer de tactique, vous ne vous occuperez plus que d'une chose, c'est
de le filer jusqu'à sa demeure.

— C'est ce que nous vous avions proposé d'abord.

— Oui, mais d'abord je voulais me trouver en sa présence, le connaître et j'aurais vu après ce que j'avais à
faire. Mais, maintenant, tu entends, coûte que coûte, il
me faut son adresse, sa demeure.

— Ça, du moins, c'est plus agréable à faire, ça nous
donnera un peu de distraction... il y a encore un moyen,
si vous voulez... donc avec celui-là on en finirait vite.

— Lequel ?

— Le plus souvent, nous le retrouvons dans des quar-
tiers et à des heures où il n'y a personne dehors... Si
vous voulez, voilà ce que nous faisons : je le prie de
nous suivre poliment... Comme il fait des manières, De
Taille, qui est derrière lui, l'attrape par les deux épaules,
pendant que, pour lui tenir chaud, il lui attache un mouchoir sur la bouche... Après, nous le ficelons, pour ne
pas le fatiguer nous le flanquons dans une voiture et le
lendemain au matin, à cette heure-ci, au déjeuner, nous
vous le servons.

Panafieu réfléchit longuement, puis il dit :

— Mais vous pouvez vous tromper... Cet homme peut
n'être pas celui que je cherche, et alors...

— Mon Dieu, fit Ladèche en se versant à boire, si c'est
un homme comme il faut nous lui disons que c'est une
aimable plaisanterie et nous le lâchons; comme nous ne
lui donnerons ni nos adresses ni nos noms et que nous
prendrons la précaution de nous faire une tête de circonstance, il sera bien malin s'il nous est désagréable.

Si au contraire c'est un monsieur qui ne veut pas comprendre la plaisanterie et qui en aurait trop vu, le lendemain vous lisez dans le journal qu'un monsieur est tombé d'apoplexie telle rue et qu'on a trouvé le corps au matin.

Cette dernière phrase fut dite avec un calme, une tranquillité qui fit glisser dans les veines de Panafieu un froid mortel. Jamais il n'avait pensé que la vie d'un homme pût être si peu de chose pour certains individus.

— Nous en reparlerons, dit-il.

Et comme De Taille rentrait avec des provisions, il ajouta :

— Allons, vite à table, nous causerons en mangeant.

En mettant le couvert, le colosse dit à Panafieu :

— Mon Dieu! monsieur Panafieu, que vous avez donc des gens mal élevés dans votre maison.

— Qu'y a-t-il donc?

— Quand je suis entré tout à l'heure, votre concierge me dévisageait.

— Cette bêtise, dit Ladèche. Cet homme n'en revenait pas; tu rentres ici, cette nuit, comme médecin.

— Comment, comme médecin?

— Oui, j'ai dit qu'il était médecin. Cet homme, il se dit : un médecin, ça travaille pour les pompes funèbres... jamais pour les boulangers! Un médecin qui va aux provisions, jamais! Trouves-en donc un qui t'ordonne de ces choses-là...

De Taille éclata de rire, Panafieu sourit et on se mit à table.

VII

LA DAME AUX VIOLETTES

Nous laisserons Ladèche raconter à Panafieu les nouveaux renseignements obtenus; nous les laisserons débattre le plan nouveau, avec lequel on devait bientôt s'assurer du mystérieux abbé, et nous conduirons le lecteur chez une Parisienne élégante, dont le monde avait mis le nom en relief.

Tout ce que les journaux avaient de reporters de boudoir étaient en campagne.

Cette beauté superbe, au passé mystérieux, occupait tout le monde.

Les journalistes commençaient par lui attribuer des mots... ce qui indiquait qu'elle était incapable d'en faire.

Un journal n'avait pas craint, dans un feuilleton, de lui consacrer trois colonnes.

Il est vrai qu'il n'y parlait pas d'elle, mais c'est le moyen employé le plus souvent. On y mettait seulement son nom.

Ce genre étant un côté typique de notre époque, nous demanderons au lecteur la permission de lui en présenter quelques feuillets :

Cela avait pour titre : *La Dame aux Violettes :*

« Depuis trois jours le printemps montre son nez rose à travers les poils blancs de la barbe de l'hiver.

« Aussi, mentant à leur réputation de modestie, par les rues, les places et les boulevards, les violettes se font maintenant traîner en voiture découverte, ni plus ni moins que des camélias.

« Les prodigues, elles laissent dans l'air un parfum léger qui annonce la saison heureuse des doux rayons de soleil et des fraîches fleurs.

« La violette est bonne fleur, elle pousse partout, dans les montagnes, dans les vallées, dans les jardins et dans les bois, à l'ombre et au soleil.

« Elle croît dans les Alpes, sur les Pyrénées et dans tous les pays montueux de l'Europe, *même sur les pavés de Paris, dans l'avenue Chaillot.*

« Les prairies de Pensylvanie, de la Caroline, les terres

Magellanaques, les monts Alleghanies, la Sibérie, les voient fleurir.

« Dans les îles de l'archipel indien, au cap de Bonne-Espérance, dans les savanes du Brésil et jusque sur la crête des Andes, pousse la violette parfumée.

« C'est la violette, mais non pas la violette dont je veux parler.

« C'est la « viola carmina » qui n'exhale aucun parfum ou la « viola tricolor », vulgairement appelée pensée.

« Vous pensez malgré vous au petit bouquet de violettes d'un sou. Le bouquet de violettes est le premier cadeau, celui qu'on ne peut refuser ; il ne prend sa valeur que de la main de celui qui l'offre, le petit bouquet de... violettes.

« Il ne manquait à la violette que d'être le pendant modeste du camélia.

« Dumas fils a fait la *Dame aux Camélias.*

« Paul de Kock aurait dû faire la *Dame aux Violettes.*

« Paul de Kock vous fait penser à la petite grisette joyeuse, en robe de laine l'hiver et d'organdi l'été, au bonnet de linge, les brides au vent, qui grimpe le dimanche à la campagne pendue au bras de son homme, portant un bouquet de violettes à sa ceinture ; elle a des chansons plein les lèvres et de la bonté plein son petit cœur.

« C'est la fille du peuple, mon Dieu oui ! elle sait bien lire, à peine écrire. Quand elle griffonne ses pattes de mouches, elle met plus de cœur que d'orthographe ; c'est l'explication de ses fautes.

« Eh bien, il paraît qu'elle a été cela la Dame aux violettes ; mais maintenant voici ce qu'elle est, la belle, la superbe, la... etc., etc. »

Nous ferons nous-même le portrait, en conduisant le lecteur dans le charmant petit hôtel du n° 83 de la rue de Chaillot, où demeurait depuis un mois, disait-on, la Dame aux Violettes.

Depuis plus d'un mois, à chaque course, à chaque grande fête dans un certain monde, on voyait apparaître une grande fille en toilette tapageuse, tenant toujours à la main un énorme bouquet de violettes; aux premières représentations, elle occupait toujours la première avant-scène. Cette femme était inconnue à tous et à toutes, elle était constamment accompagnée par une femme un peu plus âgée qu'elle et moins élégamment vêtue.

Quelquefois, dans le fond de l'avant-scène, un homme se tenait perdu dans l'ombre, invisible pour tous; on le devinait au mouvement en arrière que faisait la jeune femme pour lui parler.

Ayant vainement cherché à la connaître, ne pouvant savoir son nom, les *gommeux* l'avaient surnommée la *Dame aux violettes*.

Nos lecteurs seront plus vite renseignés : la mystérieuse femme à la mode, la coqueluche du high-life, la *Dame aux violettes*, enfin, n'était autre que notre petite amie Lise... Lise!

Cette belle enfant qui portait avec tant d'élégance et de distinction les toilettes les plus riches, qui savait se coucher avec nonchalance dans un huit-ressorts, qui gantait des gants de duchesse, qui portait, sans être ridicule, les chapeaux les plus excentriques de la grande faiseuse, c'était Lise.

C'est une des choses les plus singulières que la facilité avec laquelle une petite grisette se transforme; il y a certaines natures pour lesquelles il semble que la soie a été faite, leur corps a besoin de cette souplesse.

Partie d'une mansarde ou d'une échoppe, jusqu'à dix ans, ça se couchait sur des chiffons ou sur des copeaux, ça quitte la maison pour l'atelier, c'est habitué à se lever à l'aube, à travailler tout le jour, à se coucher tard, sans fatigue, ça mange deux sous de pain et un morceau de petit salé, ça ne boit du vin que les jours de fête, les jours où l'on se grise... Tout d'un coup un élégant, qui a vu dans l'œil la flamme vicieuse, arrache la pauvre fille à l'atelier, et huit jours après, on croirait qu'elle n'a jamais foulé que des tapis, qu'elle est habituée à se coucher matin et à se lever tard, vers midi.

Elle fait elle-même le menu de son déjeuner avec l'orthographe qui lui est restée fidèle.

Truitte fritte.

Pâté de foit gras.

Truffles.

Rome-stec.

Tisane de champagne.

Elle a ce formidable appétit de bouche fraîche.

Au bout de quinze jours, habillez-la comme la duchesse de Chose ; entourez-la comme elle et je vous défie de dire que c'est la fille de Barichon le menuisier.

Hélas! comme la morale est souvent dans toute chose et que le vice veut être puni... c'est un métier dans lequel il ne faut pas vieillir.

C. Monselet en a dit la fin :

Pour la conduire au cimetière

Ils n'étaient que deux seulement :

Un menuisier, une portière,

Sa mère et son premier amant.

Heureusement la *Dame aux Violettes* n'en était pas là.

Elle était à la première période, et mademoiselle faisait (de l'avis de tous) la plus charmante figure dans son hôtel de l'avenue de Chaillot.

C'es là que nous conduisons le lecteur vers midi.

Les domestiques causaient entre eux, attendant le lever de madame, lorsqu'une voiture de place s'arrêta devant l'hôtel.

La personne qui descendit de voiture et qui entra dans le petit hôtel était assurément une amie de la maison, car les domestiques, ayant ouvert, la laissèrent se diriger seule dans les appartements.

Après avoir traversé le vestibule, grimpé l'escalier, passant à travers le salon d'attente, le boudoir-fumoir, la jeune dame entra dans la chambre à coucher...

Tout était plongé dans la plus complète obscurité, les rideaux des fenêtres étaient hermétiquement fermés, ceux du lit l'étaient également.

La visiteuse traversa la chambre, ouvrit une porte dérobée et entra dans un magnifique cabinet de toilette. Dans le fond, qui formait alcôve, une femme de chambre préparait un bain parfumé, dans une baignoire de marbre.

— Je vous cherchais, Julie, dit la dame en s'adressant à la femme de chambre.

— Je n'avais pas entendu entrer madame.

— Venez donc donner un peu de jour dans la chambre.

— Mais, madame a bien recommandé qu'on l'éveillât tard.

— Quelle heure pensez-vous donc qu'il est?

— A peine midi, madame.

— Eh bien! n'est-ce pas assez?

— Du moment où madame me commande je vais lui obéir; mais elle m'excusera près de madame.

— Ouvrez, je l'éveillerai. Elle est rentrée à la même heure que moi hier?

— Vers quatre heures, madame.

— Eh bien! elle a suffisamment reposé.

La femme de chambre rentra dans la chambre, ouvrit les rideaux et les volets intérieurs. La visiteuse souleva le rideau du lit, et après avoir regardé pendant une longue minute la charmante tête de Lise, appuyée sur son bras blanc, inondée par ses beaux cheveux et enfoncée dans des flots de dentelles, elle chantonna un peu haut :

Ma Lison, lève-toi, paresseuse !
Déjà le rossignol a longtemps jargonné.

Les beaux yeux de mademoiselle Lise s'ouvrirent, elle regarda autour d'elle, et voyant son amie, dit maussade :

— C'est toi, Nicette... déjà ! Quelle heure est-il donc ?

— Mais, ma chère, il est plus de midi.

— Oh ! j'avais tant recommandé qu'on me laissât dormir un peu tard !

— Voulais-tu donc faire le tour du cadran ?

Mlle Julie, voulant dégager sa responsabilité, dit aussitôt :

— Je l'avais dit à Mme Levasseur, et c'est madame qui a exigé votre réveil.

— Mais qu'est-ce que nous avons à faire aujourd'hui de si pressé ? demanda Mlle Lise en se frottant les yeux de ses doigts fins.

— Tu ne te souviens donc pas que nous avons un rendez-vous ?

— Où donc ?

— Mais à Bagatelle.

— Ah ! c'est vrai... Oh ! mon Dieu, c'est pour une heure. Jamais je n'aurai le temps de m'habiller. Est-il permis de donner des rendez-vous à cette heure-là !

— Mais c'est toi qui l'as voulu.

— Oui, je me souviens. J'ai affaire ce soir.

Mlle Julie, s'avançant, dit :

— Le bain de madame est prêt.

— Alors, bien vite, hâtons-nous, Julie.

Et ce disant, Mlle Lise sauta du lit, et c'était bien le.

plus charmant tableau qu'on pût voir que ce petit lever de la *Dame aux Violettes*.

Mⁱⁱᵉ Lise était bien la plus jolie créature qu'on pût voir; en même temps que la transformation physique, la trans- formation morale s'était faite, et la petite ouvrière qui n'aurait jamais consenti à laisser voir au delà de la che- ville, sortit du lit calme d'impudeur...

Le bain était là, elle courut à sa baignoire et s'y pré- cipita; elle y resta à peine deux minutes.

S'étendant dans sa baignoire, la tête en arrière, agréa- blement saisie par la tiédeur de l'eau parfumée, elle n'é- tait pas encore assez habituée à son luxe pour ne point jeter un regard heureux sur la décoration et les meubles de son cabinet de toilette...

Disons aussi que c'était un de ces féeriques réduits que le grand décorateur des petits palais parisiens fait si bien. Tentures, peintures et mobilier, tout avait été fait par Charles Salagnad. On sentait la patte — comme on dit en atelier — du décorateur artiste. Au reste, que le lecteur en juge.

Nous avons dit que ce cabinet de toilette avait au fond une alcôve dans laquelle était la baignoire...

Cette baignoire était dissimulée par deux tentures am- ples, entre lesquelles était une immense jardinière, pleine de fleurs exotiques...

La pièce, en raison de l'alcôve, était plus longue que large; les quatre murs, comme le plafond, étaient capi- tonnés d'une soie gris foncé, rehaussée de palmes d'or.

Sur le côté était un grand canapé large, très bas, avec des coussins de même étoffe qui étaient accotés au mur.

Un tapis très épais, d'une couleur gaie, couvrait le par- quet.

Sur un long meuble de marbre étaient tous les vases utiles à la toilette, des carafons de Bohême, montés en argent, des gobelets en vermeil.

La haute glace de Venise était placée au-dessus de la toilette, une petite table d'ébène était dans un angle, des sièges peu nombreux étaient placés à droite et à gauche. Les deux angles de chaque côté de la fenêtre étaient occupés par des fleurs, une lampe à globe garnie de bronze doré descendait du plafond.

Un air chaud, parfumé d'un parfum fort, l'opopanax, emplissait la chambre.

Lise, après avoir jeté un long regard sur son cabinet de toilette, dit à son amie :

— N'est-ce pas que c'est chic... tout de même chez moi ?

— Es-tu enfant, dit Nicette, habille-toi vite.

Lise se dressa dans sa baignoire. Aussitôt Julie l'essuya de linge chaud qui embaumait, puis elle la couvrit d'une grande robe toute d'une pièce, en soie bleue, garnie de biais de satin blanc ; elle s'assit sur le canapé et tendit ses pieds fins et blancs ; la femme de chambre lui glissa des bas de soie rose à travers lequels passait le duvet de sa peau ; ayant chaussé ses mules, Julie lui essuya ses longs et beaux cheveux qui retombaient en masses luisantes sur ses épaules.

Ceci fait, elle se leva et, s'asseyant sur le fauteuil qui se trouvait devant la toilette, elle dégrafa le haut de sa robe, découvrant sa luxuriante poitrine et, se penchant négligemment en arrière, elle dit à la femme de chambre :

— Julie, bien vite, fais-moi ma figure.

La femme de chambre ne fut pas peu surprise de la phrase ; elle vint vers la toilette et alluma une petite lampe, fit chauffer des fers dessus et commença le maquillage de madame.

— Comment, dit Nicette, tu te fais faire la figure, tu sais bien qu'il n'aime pas ça ; es-tu drôle de te maquiller à ton âge, je t'assure que ça ne te va pas, ça te vieillit.

— Toutes les autres le font.

Malgré les observations de Nicette, Lise se fit faire sa tête; elle voulait être comme les autres, comme les éternelles créatures qu'on trouve partout, les sottes qui gâtent leur beauté avec les onguents perfides nécessaires à la toilette ridicule de nos femmes à la mode.

La céruse couvre la peau, le mastic couvre les lèvres, la cire salit les cils, que le fer brûle en les frisant, les sourcils sont faits au crayon gras, les cheveux sont teints... A dix pas, ça vaut le voile des anges et de près des monstres... bêtes déjà; leur figure immobile les fait paraître plus bêtes encore sous leur masque de plâtre.

Il fallait une grande heure pour terminer la toilette de la dame aux violettes.

Nicette s'impatientait :

— C'est ridicule, nous allons faire attendre et tu passeras pour une poseuse...

— Ça, ça m'est égal, fit Lise...

— Ah ! et puis ce n'est pas seulement ça, c'est que j'ai une faim terrible.

— Vite, Julie, alors enfilez-moi ma robe... sans ça elle va pleurer.

On gratta à la porte du cabinet de toilette... Julie alla ouvrir.

— C'est Justin, madame.

— Qu'il entre, fit avec le plus grand calme l'ex-pudique petite ouvrière.

Justin était le cocher et le domestique de confiance; il entra.

— Qu'est-ce que c'est?

— Une lettre et un petit paquet.

— Donne.

Lise prit la lettre, déchira l'enveloppe et lut :

« Ma toute belle,

« Je suis obligé de rester chez moi; au moment de

partir, de la famille arrive, impossible de chasser ce monde-là... pour que tu me pardonnes, je t'envoie un petit souvenir; ce soir je t'enverrai une loge et t'irai retrouver au théâtre.

« Celui qui t'aime,

« RAOUL. »

— Ma pauvre Nicette, voilà le déjeuner envolé.

— Comment cela ?

— Donne donc le petit paquet, Justin.

La dame aux violettes n'était pas fière, elle tutoyait ses gens. Justin lui remit le petit paquet; elle le développa en disant :

— Mon Dieu ! ma chère Nicette, lis la lettre si tu veux, Raoul me dit qu'il ne peut venir aujourd'hui, une visite imprévue l'oblige à rester... et nous sommes libres jusqu'au soir.

Elle avait développé le paquet, et ouvrait l'écrin qu'il contenait :

— Oh ! ma chère, exclama-t-elle ; oh! le joli brillant... regarde donc !

Nicette s'avança et ses yeux s'écarquillèrent sur la superbe bague que renfermait l'écrin. C'était un brillant magnifique, énorme, gros comme une noisette ; il était serti par six griffes sur un anneau ciselé d'une course grecque.

Dans le regard d'admiration de Nicette, il y avait bien un peu d'envie et de dépit, mais elle ne le fit point voir et elle dit :

— C'est un cadeau princier, ma chère... c'est presque une fortune.

Lise se leva, courut à la fenêtre, et, glissant la bague à son doigt, elle fit jouer sur elle les rayons du soleil.

— Oh ! est-il beau, regarde donc...

Et avec une joie d'enfant, elle la tournait et retournait

de tous les côtés. Nicette la reprit encore et la plaçant vers le jour, en connaisseur, elle dit :

— Il est blanc... il vaut plus de vingt mille francs.

— Vingt mille francs ! exclama Lise... tu es folle... je parie qu'on en a le double au Mont-de-Piété.

On ne se figure pas ce que les femmes connaissent vite la valeur des bijoux ; elles vous estiment les pierres, les perles et les brillants comme le premier bijoutier, moins d'un mois après qu'on leur a offert le plus petit diamant. Nicette aussi connaissait parfaitement les bijoux, car elle dit :

— Oui, s'il n'était pas taché, il vaudrait beaucoup plus même.

— Comment ! il est taché.

Et les deux filles d'Ève, collant l'un près de l'autre leurs jolis petits museaux, regardèrent attentivement, sans loupe, avec leurs beaux yeux, cette autre pomme brillante.

— Ah ! c'est vrai, fit Lise ennuyée, oui, une tache... deux taches...

— Oui, deux taches... ça ne fait rien, même avec ça, c'est encore un joli bijou.

— Je la mets, fit Lise en la glissant à son doigt.

— Mais qu'allons-nous faire ?... j'ai faim, moi... Fais faire tout de suite à déjeuner.

— Déjeuner ici, jamais ! Je suis habillée, la voiture est attelée, allons-y tout de même ; nous déjeunerons à la campagne. Ça te va-t-il ?

— Oh ! une idée ! fit Nicette.

— Quoi ? demanda Lise.

— « La nostalgie de la boue. »

— Hein ! Qu'est-ce que tu veux dire ?

— Écoute, ma petite Lise... j'ai envie... de manger à la gargote... au petit cabaret de la barrière... là-bas, en haut de Charonne.

— Oh ! oui, où l'on me menait quand j'étais petite...
Oh ! c'est une idée ça...

— Du vin bleu, du fricandeau à l'oseille, de la gibelotte... et de la galette...

— Allons-y ; Julie, vite, donne-moi une autre robe et
un petit chapeau.

— Tu gardes ta bague ?

— Je crois bien, ce sera drôle... Justin, ne mets pas
ta livrée, tu nous conduiras ; emmène Laurent avec toi ; si
quelquefois on nous manquait, il pourrait répondre.

Justin courut chercher son collègue, et les deux jeunes
femmes descendirent. Lise disait :

— Oh ! quelle bonne idée tu as eue là, et que nous allons nous amuser !

Lise et Nicette descendirent l'escalier et montèrent
rapidement en voiture, le cocher suivit les Champs-Élysées, la rue de Rivoli, la rue Saint-Antoine, et, arrivé à
la place de la Bastille, il se pencha pour demander l'endroit où l'on allait.

— Au *Chat-Nu*, dit Nicette.

— Où est-ce, madame ?

— A Charonne.

— Alors nous allons monter la rue de la Roquette ?

— C'est cela, fit Nicette en fermant la glace de la portière.

Lise regardait curieusement où elle était...

— Mais quel chemin ont-ils pris, ces imbéciles-là...
pour aller à Charonne, ils auraient dû monter la rue Mé-
nilmontant et passer par les Amandiers et le chemin du
Ratrait ; c'était le chemin que nous suivions autrefois
avec les parents... où sommes-nous ici ?

— Ici, nous montons la rue de la Roquette.

— Mais nous allons arriver au cimetière.

— Oui, nous allons passer devant le Père-Lachaise.

Un nuage passa sur le front de Lise, elle se jeta dans

le coin de la voiture, et Nicette qui l'observait lui demanda :

— Mais, qu'as-tu donc ? es-tu indisposée ?

— Non.

— Tu es toute changée ; tu as quelque chose.

— Non, je te dis, je regrette qu'on ait pris ce chemin.

— Mais, il est encore temps ; je vais leur dire de prendre la rue Saint-Maur.

— Non, non, fit vivement Lise, puisqu'ils ont pris ce chemin, j'irai... ça me fera du bien peut-être.

— Mais, que veux-tu dire ?

— Dis à Justin d'arrêter devant le cimetière.

— Devant le Père-Lachaise ?

— Oui, je veux aller voir mon enfant.

— Es-tu folle ? Voyons, tu iras une...

— Je le veux, interrompit Lise d'un ton qui ne souffrait pas de réplique.

Nicette fit la grimace, mais elle se tut.

Elle était venue chercher Lise pour faire une partie de campagne, pour rire, s'amuser ; la partie était manquée, on organisait autre chose et cette fois encore tout se trouvait renversé !

Nicette n'était pas avec Lise pour pleurer. Elle avait en elle assez de douleur pour sa part ; elle n'aimait pas pleurer sur les peines des autres.

Obligée, par la situation qu'elle s'était faite, de subir les caprices de son amie, elle obéit.

La voiture s'arrêta, Lise, subitement attristée, descendit. Deux grosses larmes coulèrent sur ses joues.

Suivie de Nicette, elle alla acheter deux couronnes blanches, et entra dans le cimetière.

Elles marchèrent toutes deux silencieusement, sans échanger une parole, traversant l'ancien cimetière pour gagner les terrains nouveaux.

Le Père-Lachaise est une des curiosités de Paris.

Un jésuite, confesseur d'un roi auquel on donne le sobriquet de grand... à cause des petitesses qu'il fit aux grands hommes de cette époque sans doute, un jésuite du nom de François de La Chaise, ne professant le mépris des richesses qu'en paroles, obtint de celui auquel il donnait chaque jour l'absolution de ses crimes la propriété de Montlouis, dont il fit sa maison de campagne.

Cette propriété devint cimetière de Paris, le 1er prairial an XII.

Dulaure en dit naïvement :

« La vue dont on jouit s'étend sur une grande partie de Paris et des campagnes environnantes.

« Ces avantages ont fait la *fortune de ce cimetière*, et les affections respectables des parents pour la mémoire de leurs morts l'ont transformé en un véritable Elysée ; *tous ceux qui le parcourent désirent l'avoir pour dernier asile.*

Dulaure parlait pour lui, et ce désir a été exaucé.

Il observait, au reste, judicieusement, que les cimetières de Paris étaient, avant cette époque, hideux, repoussants, et devenaient pour la ville de véritables foyers de corruption.

Nicette et Lise se dirigeaient vers le nouveau cimetière. Lorsqu'elles furent arrivées, Lise, sans chercher, s'arrêta devant une allée et dit :

— C'est ici !

— C'est ton enfant ? demanda Nicette.

— Oui, pauvre petit... Ça me fera du bien de prier sur lui... je l'oublie maintenant.

Elle s'engagea dans l'allée ; elle avait à peine fait vingt pas, lorsqu'elle s'arrêta tout à coup, se tournant vers sa compagne, et dit surprise :

— Mais il y a quelqu'un qui prie...

— Qu'est-ce que tu dis ? demanda Nicette.

Lise étendit le bras, et désigna une tombe placée à quelques pas plus loin, et devant laquelle un homme était à genoux, priant la tête dans ses mains, appuyé sur l'entourage de bois noir.

— Mais quelqu'un prie sur sa tombe.

Nicette regarda, et elle dit aussitôt en cherchant à l'entraîner :

— Viens, viens vite... nous reviendrons.

Mais, tremblante, se soutenant à peine, Lise ne put reculer ; elle s'appuyait sur une tombe, sentant qu'elle allait défaillir et ne pouvant faire un pas en avant ou en arrière. Elle avait reconnu celui qui priait.

L'homme était agenouillé sur une tombe très simple : un petit jardinet bien entretenu, entouré de parcelles de pierre dans lesquelles était scellée une grille de fer !... Une pierre tumulaire était dressée à l'extrémité du petit jardin. Sur la plaque en marbre qui s'y trouvait scellée, on lisait :

« Ici repose Marie-Anne-Pauline Panafieu, décédée à l'âge de trente ans. »

Au-dessous était un tiret, et immédiatement après était encore gravé :

« Ici repose Louis-Paul Panafieu, décédé à l'âge de deux ans.

« Priez pour eux ! »

Celui qui priait et qui n'était autre que Panafieu, ayant achevé sa prière ou distrait par le bruit, se leva et regarda les deux visiteuses. En les reconnaissant, il jeta un cri, et se dominant, il se dirigea vers Lise et lui dit :

— Que venez-vous faire ici ?

Lise, accablée, tremblante, ne put répondre, et ce fut Nicette qui dit :

— Monsieur Paul, le lieu me paraît mal choisi pour y faire du scandale.

Panafieu, méprisant, lui répondit :

— Le scandale y vient de votre présence, madame...

C'est ici que reposent ma mère et mon enfant, et je défends à des filles telles que vous d'en salir la tombe.

— Monsieur, fit Nicette en se redressant, vous n'avez
pas le droit de me parler ainsi ; je vais où bon me semble, j'accompagne Lise à la tombe de son enfant, et vous
n'avez point le droit de lui défendre cette pieuse visite.

— Je n'ai pas le droit, dites-vous, de refuser ces hypo-
crites prières...

— C'est l'enfant de Lise... et peut-être a-t-elle seule le
droit de lui donner ce nom.

— Misérable ! fit Panafieu menaçant, et il allait se précipiter sur Nicette, oubliant qu'elle était femme ; celle-ci
s'était vivement reculée en voyant l'éclair de colère qui
avait jailli des yeux du pauvre garçon, et Lise, retrouvant
toute son énergie en entendant l'injure, se jeta sur Panafieu, qu'elle prit à bras-le-corps pour l'arrêter, en lui
disant :

— Elle ment, Paul !... elle ment !... je te le jure.

Et, se laissant glisser, elle se trouva aux genoux de
Paul.

Nicette s'était prudemment retirée à l'écart, derrière
une tombe.

Ainsi qu'il arrive assez souvent après un accès de colère, quand Panafieu eut vu Nicette s'éloigner, Lise effacer, par une prompte protestation, la calomnie qui lui avait
déchiré le cœur, qu'il eut vu Lise tomber à ses genoux et
supplier muette, il sentit des sanglots dans sa gorge, et
des larmes mouiller ses yeux.

— Quoi ! fit-il, c'est ici que je devais te revoir, Lise...
et devant eux... et tu n'avais pas honte d'y venir avec
cette femme qui t'a perdue, et dans la livrée dont le vice
t'a couverte... Si tu savais tout le mal que tu m'as fait...
Si tu savais combien tu as été cruelle...

— Grâce !... supplia Lise en pleurant.

— Lise, reprit Panafieu plus calme, je ne veux pas de plus longues explications ici, relève-toi...

— Pas avant que tu ne m'aies pardonné.

— Je ne veux pas te parler ici... Ne le comprends-tu pas, malheureuse !... Relève-toi...

Un pli soucieux traversait le front de Panafieu. Il avait pensé à l'abbé. Il se contint et reprit :

— Lise, veux-tu m'accorder un entretien d'une heure ?

— Oh ! oui ! fit-elle aussitôt.

— Mais pas aujourd'hui.

— Quand tu voudras.

— Demain, le matin.

— Demain, viendras-tu me voir... où... où te trouverai-je ?

— Tu viendras chez moi, mais je mets une condition à ce rendez-vous.

— Laquelle ?

— Tu vas jurer sur cette tombe que d'ici demain tu ne verras personne... pas même Nicette.

— Je te le jure.

Et, en disant ces mots, la jeune femme étendit le bras vers la tombe de son enfant.

— C'est bien, à demain, va-t'en de ce côté, je veux rester ici et parler à Nicette.

— Embrasse-moi...

— Non ! dit sèchement Panafieu.

Lise n'osa insister, mais deux grosses larmes coulèrent de ses yeux ; elle allait s'agenouiller. Panafieu la releva et lui dit :

— Va-t'en ! demain nous reviendrons ensemble et tu prieras.

Lise, obéissante, baissa la tête, et ne pouvant contenir ses sanglots, elle partit.

Lorsque Panafieu l'eut vue disparaître dans la grande allée, il se dirigea vers l'endroit où Nicette s'était retirée.

Il la chercha, mais la rusée n'avait pas attendu, elle était partie.

Craignant qu'elle ne se trouvât sur le chemin de Lise, il se hâta de gagner l'entrée du cimetière; il attendit, bientôt il vit Lise qui sortait seule. Elle pleurait, et il remarqua à la main qui tenait le mouchoir l'énorme diamant qui jetait mille feux sous les regards du soleil.

Il eut un grincement de rage.

Caché derrière le petit bureau de l'inspecteur des voitures, il vit Lise monter dans un coupé; elle était seule, et il l'entendit dire au cocher :

— A la maison.

— J'en suis certain, Lise n'oserait trahir le serment qu'elle m'a fait... nous verrons demain.

Et la rage au cœur, jaloux, cherchant vainement à contenir ses larmes, il se dirigea vers l'intérieur de Paris.

Panafieu gagnait sa demeure en pensant à la scène cruelle à laquelle il venait d'assister.

Il s'étonnait du courage qu'il avait eu.

C'est que le pauvre garçon était habitué à faire toutes les volontés de sa Lise.

En se souvenant de sa dureté les larmes lui vinrent aux yeux.

Il aimait Lise et il sentait que sa faute même n'avait pas diminué son amour pour elle...

La pensée seule de l'abbé le terrifiait.

Malgré le mépris qui emplissait son âme, le dégoût qu'il sentait pour l'infidèle, le malheureux était bien forcé de se l'avouer à lui-même...

Il aimait, il adorait Lise.

Déjà il regrettait de ne l'avoir point ramenée avec lui.

— Allons, dit-il, larmes et regrets ne servent à rien, je ne peux pas, je ne veux pas oublier Lison. Coupable ou non, sauvons-la de la vie dans laquelle elle se jette... Sauvons-la d'abord, je verrai bien si je l'aime encore assez après. Allons chez nous, là j'agirai plus utilement.

Arrivé à sa demeure, Panafieu passait devant le concierge.

Celui-ci l'appela et lui dit qu'on était venu le demander.

— Qui ?

— Un jeune homme de vingt-huit à trente ans.

— A-t-il dit qu'il reviendrait?

— Oui, monsieur, il doit revenir avant une heure.

— Très bien ! est-ce une personne que j'ai l'habitude de voir ?

— Non, monsieur, c'est un jeune homme qui n'a pas l'air d'être distingué... mais ça ne m'a pas l'air d'être un ouvrier non plus; c'est un jeune homme, quoi.

— Qui diable est ça ? cherchait Panafieu.

— Je crois du reste qu'il vous connaît très peu, car il se renseignait sur votre position.

— Et il n'a pas laissé son nom ?

— Non, monsieur.

— Vous ne l'avez pas demandé?

— Si, si, il a refusé positivement en disant qu'il fallait qu'il vous voie et que vous ne le connaissiez pas...

— Je ne le connais pas !

— De nom... mais vous vous êtes trouvé avec lui.

— Je monte chez moi et je l'attendrai... Dans une heure il doit revenir?

— Oh ! il n'y a pas plus d'une heure qu'il a dit cela.

— Bien, quand il viendra, vous direz que je l'attends.

Panafieu se hâta de gagner son logis... Ayant mis tout en ordre, il attendit. Il était chez lui depuis un quart d'heure à peine lorsqu'on heurta à la porte.

Il ouvrit. Un individu pauvrement vêtu se présenta et demanda mystérieusement M. Panafieu.

— C'est moi ! fit-il.

L'homme entra, poussa la porte derrière lui et, s'étant assuré du regard qu'ils étaient seuls, il dit :

— Une lettre pour vous.

Panafieu était étonné de ses allures et son visage l'exprimait, car l'inconnu ajouta :

— De la part d'une dame.

Et il fouilla dans sa poche et en tira une lettre qu'il donna à Panafieu, puis s'éloignant, il dit :

— Lire vite, c'est pressé.

Panafieu, stupéfait, s'aperçut de la fuite de l'inconnu en entendant la porte se refermer sur lui; il tourna et retourna la lettre; elle ne portait pas de suscription; il l'ouvrit et lut :

« Paul,

« Depuis que je t'ai vu au cimetière, je pleure et je souffre... Paul, je veux te voir; si j'ai mal fait, je veux m'en justifier. Je n'ai eu qu'un tort, c'est de t'aimer assez pour être jalouse de l'amour que tu ressentais pour une autre; j'ai voulu détruire cette affection et c'est moi qui suis punie par ton mépris. Paul, je t'en prie, accorde-moi une heure d'entretien, je t'attendrai ce soir chez la Balandier.

« Ne me désespère pas par un refus, celle qui t'aime et ne mérite pas le mépris que tu lui jettes,

« NICETTE. »

Panafieu haussa les épaules et froissa le papier; puis tout à coup se ravisant, il exclama :

— Au fait, j'irai, peut-être là saurai-je bien des choses...

On frappa à la porte; Panafieu ouvrit. Il fut assez surpris de voir Gustave Lebeau.

— C'est vous, monsieur, qui m'avez demandé tantôt?

— Oui, monsieur, sur l'ordre de M. Lauret, qui m'a envoyé chez vous.

Panafieu offrit un siège à son visiteur, il était assez

embarrassé de recevoir chez lui le beau Gustave. Des renseignements précis qu'il avait eus sur lui ne lui avaient pas fait désirer d'étendre plus loin leurs relations; il ne pouvait empêcher le rouge de lui monter au visage.

Panafieu dit alors :

— Monsieur, veuillez me dire ce qui me procure votre visite.

— Monsieur, je crois que vous me connaissez mal, et je voudrais avant vous dire d'abord que je ne suis pas l'homme qu'on vous a dit. Dieu merci... j'ai été malheureux, mais pas malhonnête.

Panafieu aurait bien voulu clouer la bouche de l'impudent, mais il préféra le laisser aller, le meilleur moyen au reste de gêner les sots est de faire dire des vérités aux menteurs.

Se méprenant sur cet acquiescement, le beau Gustave dit :

— Voyez-vous, monsieur, moi je tiens à l'estime des honnêtes gens... Là-bas on vous a trompé, on vous a dit que j'avais eu dans le temps une histoire... Accusé de vol... C'est pas vrai, monsieur; je ne suis pas, Dieu merci, un voleur. Un jour, je passais devant un marchand d'images, je ne sais comment ça se fait, le bouton de ma manche s'accroche à sa chaîne de montre, il crie : « Au voleur! » Vous voyez ça d'ici, je rougis, je veux lui mettre la main sur la bouche pour qu'on n'entende pas un mot qui, vrai ou faux, pouvait nuire à ma réputation. On m'arrête, et savez-vous ce que le bourgeois a déposé?... Il a dit que je tenais sa chaîne à pleines mains, qu'elle était brisée, que je n'avais pas eu seulement l'intention de lui clore la bouche, mais bien de lui envoyer un coup de poing, à tel point que je lui avais cassé deux dents. C'était autant de mensonges; mais le triste, c'est que le juge d'instruction l'a cru, on m'a condamné... Quand j'ai vu que les hommes étaient méchants, pour me mettre à l'abri de semblable chose, je me suis attaché à aimer une femme, qui s'est conduite avec moi comme une mère, qui venait dans ma prison, qui... ayant connu... dans le temps... intimement les gens de la haute, dans le gouvernement de la maison de l'empereur, a obtenu ma grâce... Alors, la reconnaissance que j'ai pour elle, l'affection... on a encore calomnié ça, et aujourd'hui on me fait passer pour ce que je ne suis pas. Voilà la vérité, monsieur, la vraie vérité.

— Mon Dieu, monsieur, dit Panafieu sèchement, les relations que nous devons avoir ensemble seront très courtes. Elles ne nous obligent pas à nous connaître autrement que nous ne nous connaissons.

— Pardon, monsieur, pardon. Je tiens absolument à être considéré par vous pour ce que je suis et je veux...

— Vous voulez, fit ironiquement Panafieu.

— Certainement, monsieur, certainement ! fit le beau Gustave avec le traînement de langue habituel à une certaine partie de la population de bas étage de Paris.

— Puisque vous le voulez, monsieur, je dois vous dire que je vous connais mieux que vous. J'ai pris, après notre première rencontre aux Enfants de la Lyre d'Orphée, des renseignements sur vous, dans l'endroit où je vous ai retrouvé hier.

Le beau Gustave parut embarrassé.

— Une femme — qui ne mérite guère ce nom — et qu'un métier odieux aurait conduite déjà sur les bancs de la correctionnelle ou de la cour d'assises, sans la protection qu'elle a eue de grands personnages de l'ancien gouvernement et qu'elle servait pour leurs débauches...

Panafieu continua :

— Une femme qui tient aujourd'hui table d'hôte vous aimait enfant; vous aviez seize ans à peine; elle vous recueillit d'abord le jour qu'étant apprenti vous avez déserté l'atelier en volant votre patron pour vivre avec

une bande de vauriens qui n'avaient que le vol pour
moyen d'existence. Vous alliez être arrêté, elle désinté-
ressa votre patron.

— C'est une chose d'enfant, ça !

— Vous viviez avec elle, vous aviez dix-sept ans...
Elle en avait quarante... L'ayant trompée pour une fille
de joie, elle se fâcha avec vous... Arrêté pour vol, jugé,
condamné avec votre complice, vous avez encore recours à elle. Elle fit des démarches, et, grâce à ces protections inqualifiables, vous fûtes gracié... Depuis, vous
vivez chez elle... et d'elle... Vous voyez que je vous connais, monsieur.

Le beau garçon était atterré.

Il y eut quelques minutes de silence, au bout desquelles
le beau Gustave dit :

— M. Lauret m'a envoyé pour vous donner des renseignements.

— Veuillez les dire.

— L'homme en question, qu'on nomme l'abbé, et dont
le nom dans les cercles est M. Raoul, doit aller ce soir au
cercle de la rue Aumaire.

— Au tripot, vous voulez dire ?

— Oui, monsieur, celui que vous connaissez.

— Bien, à quelle heure ?

— Vers minuit.

— Comment savez-vous cela ?

— C'est que c'est ce soir le grand rendez-vous, le jour
où viennent les huppés ; on joue un vrai jeu, et ce jour-là
c'est fermé pour tout le monde.

— Comment fermé ?

— Oui, vous pouvez passer par la cour, vous ne verrez rien, tout est éteint.

— Et où passe-t-on ?

— On demande une carte le jour où on veut venir et
le maître de la maison ne répond qu'à ceux qu'il connaît.

— A quelle adresse lui envoie-t-on?

— A M. Raoul, à Asnières, poste restante.

— Et comment est cette carte?

— En voici une que M. Lauret m'avait dit de prendre pour vous.

En disant ces mots, le beau Gustave donna à Panafieu une carte sous enveloppe.

Celui-ci la prit. C'était l'éternelle carte carrée qui sert aux invitations.

Il lut :

« Monsieur Saint-Avor a l'honneur de prier monsieur Paul Panafieu de venir passer la soirée chez lui le samedi 15 courant.

« On soupera.   Minuit.

« Prévenir si on ne vient pas, et renvoyer la carte. »

Après avoir lu, Panafieu dit :

— C'est bien, monsieur, je vous remercie.

— M. Lauret m'a dit de me mettre à votre disposition pour ce soir.

— J'aurai peut-être besoin de vous, monsieur Gustave, mais pas là.

— Où donc, monsieur?

— Chez la Balandier.

Gustave devint livide.

Il regarda Panafieu et, d'une voix inquiète, il lui dit :

— Oh ! monsieur, je vous en prie, ne dites pas ce que je fais à personne... Oh ! si elle savait ça.

— Vous n'avez rien à craindre de cela, monsieur; je vais là pour dîner avec une personne sur laquelle j'aurai peut-être besoin de renseignements, soyez-y, voyez-la... et demain je vous reverrai.

— Ah ! bien, monsieur, fit le beau Gustave rassuré. Je viendrai ici.

— Oui.

— A pareille heure?

— A pareille heure.

Le visage gai et le cœur léger, le beau Gustave salua et se retira.

Seul, Panafieu écrivit une lettre courte dans laquelle il donnait un rendez-vous à onze heures aux deux associés qu'il avait à son service, Ladèche et Pierre-de-Taille. Et, descendant son escalier, il se dit :

— Cette fois, à nous deux.

Il envoya porter sa lettre, et, sautant dans un fiacre, il se fit conduire chez les frères Lebrun.

Ceux-ci étaient absents.

L'heure du dîner approchait. Il dit alors au cocher :

— Faubourg Saint-Denis! je ferai arrêter devant la maison.

Et la voiture partit.

VIII

OU PANAFIEU SE VENGE AGRÉABLEMENT

Le soir même Nicette descendait de fiacre faubourg Saint-Denis, un peu plus haut que la rue d'Enghien, devant la petite maison que nous avons déjà dépeinte au lecteur.

Elle enfila l'allée étroite et sombre, dans laquelle coulait le ruisseau puant, se guidant à tâton sur les murs suants et vaguement à la lueur du quinquet fumeux qui n'avait d'autre objet que d'éclairer l'escalier de la cave, c'est-à-dire le précipice. Elle monta les trois étages et, quand la grosse fille la reçut, elle demanda :

— Est-on venu me demander?

La fille la regarda de l'air abruti qui lui était particulier et ne sachant que répondre, elle appela :

— Madame?

La Balandier parut aussitôt avec un sourire éternel,

qui, sans raison ni motif, s'adresse à tous et à toutes; elle accueillit Nicette et dit :

— Ah! c'est vous, Nicette; comme vous êtes rare, maintenant. Qui donc demandez-vous?

— Vous savez, un jeune homme qui est venu deux ou trois fois, le jour où nous étions dans le cabinet avec l'abbé.

— Celui qui a fait une scène?

— Oui.

— Monsieur Paul?

— Justement.

— Oh! je le connais très bien. Il n'est pas venu encore.

La Balandier et Nicette étaient dans le couloir qui servait d'antichambre, sur lequel donnait la porte de la cuisine, éclairé par la lampe de pétrole qui empestait.

Une voix qui semblait sortir de la cuisine dit tout à coup :

— C'est-y de M. Paul Panafieu qu'on parle?

— Oui! dit Nicette écoutant.

— Oui, chéri, répéta la Balandier, c'est M. Paul Panafieu.

— Alors, vous pouvez être tranquille, il viendra ce soir.

— Il l'a fait dire? demanda vivement Nicette.

La voix, c'est-à-dire le beau Gustave embarrassé de donner l'explication demandée, pour n'avoir pas à aller plus loin, dit :

— Je l'ai rencontré; il m'a dit qu'on lui garde une place à la table.

— Ah! tu vois, chéri, fit la Balandier, minaudant, en se penchant sur la porte de la cuisine, tu sais, tu l'avais oublié, tu ne m'avais pas dit ça.

Nicette était ennuyée que Panafieu ait fait retenir une place à la table, car elle avait espéré se trouver seule avec lui dans le petit salon. Elle comprit cependant qu'il voulait se tenir sur la réserve, et pensant qu'elle avait la soirée tout entière et plus peut-être pour causer entièrement avec lui, elle fut plus à l'aise à l'idée que, arrivant au milieu du monde, il ne pourrait lui faire des reproches.

— Merci, fit-elle, je prends les deux places du coin.

— Oui, ma chère, choisissez.

Et Nicette entra dans la grande salle. On se mettait à table ; les habituées étaient là, fidèles ; mais, pas un homme. L'arrivée de Nicette ne fit lever la tête à personne ; elle était connue de vue, et non de fait dans la maison.

Un quart d'heure après, Panafieu entra. Il alla vers Nicette, qui se leva à son arrivée, lui tendit la main, craintive, et lui montra sa place réservée près d'elle.

Panafieu arriva souriant, presque gai, semblant avoir absolument oublié la scène du cimetière.

— Tu m'as attendu ? dit-il en s'asseyant et de l'air le plus simple du monde à Nicette.

Celle-ci, un peu étonnée, répondit aussitôt :

— Oui, il y a presque un quart d'heure que je suis là.

— Je t'avais dit à huit heures, fit Panafieu tirant sa montre, il est huit heures.

Voyant son air aimable, sa douceur, Nicette, plus heureuse, lui dit alors à mi-voix :

— C'est que mon cœur va plus vite que ce mouvement.

Panafieu ne répondit pas, et mangea son potâge.

Nicette lui dit :

— Je regrette que nous soyons dans cette chambre commune, j'avais beaucoup de choses à te dire.

— A me dire à moi ; ma chère Nicette, j'aimerais causer avec toi si tu étais franche.

— Moi, je ne suis pas franche avec toi ?

— Non !

— Que veux-tu que je te dise ? Est-ce que je sais ce qu'*elle* fait, moi ?

Il y eut un éclair dans les yeux de Panafieu et un tressaillement dans son être, mais il se contint et dit froidement :

— Qui est-ce qui te parle d'*elle*... *Elle*... Est-ce que
je m'en occupe, c'est fini, bien fini. Elle est heureuse,
riche ; qu'elle vive comme ça et m'oublie. Maintenant, je
suis garçon et veux rester tel.

Il regarda Nicette en face et lui dit :

— Nicette, je suis venu ici en garçon, tu entends;
je ne suis pas venu pour retrouver l'amie de... *Elle*...
je suis venu avec toi... Tu entends bien... Je viens
parce que dans ta lettre, il y a cette phrase : « Je n'ai
qu'un tort, c'est de t'aimer trop. » C'est au nom de
cela que je viens, entends-tu ?

Nicette se tourna vers Panafieu et, les yeux fixés sur
les siens, elle demanda :

— C'est bien vrai, tout ce que tu me dis là, Paul ?...

— Mais évidemment, c'est vrai... il me semble que tu
me caches toujours quelque chose.

— Un jour ou plutôt une nuit, tu te souviens bien
que déjà tu m'as fait cette demande. J'y ai franchement
répondu, je t'ai dit ce que j'étais, ce que j'avais été et ce
que je suis.

— Il me semble à moi que tu ne dis pas tout.

— Et pourquoi ?

— Parce que ta nature, ce que tu as été te permettrait
de t'élever un peu, et qu'au contraire il semble que quelque chose t'oblige à rester en bas.

Nicette le regarda fixement, paraissant embarrassée et
cherchant à comprendre ce qu'il voulait dire...

— Je veux dire que je ne comprends pas qu'une femme
comme toi accepte la situation que tu as...

— Quelle situation ?

— Je t'ai connue chez Levasseur... tu étais...

— Oh ! dis franchement... J'étais portière...

— Et je trouve que cela était assez drôle...

— Tu n'as pas trouvé cela toujours, puisque c'est là que tu m'as remarquée...

— C'est vrai, dit en riant Panafieu... cela n'empêche pas que tu avais là un goût au moins singulier.

— Non, je t'ai dit que cela était ainsi par reconnaissance pour un brave homme qui avait eu pitié de moi aux jours difficiles.

— Lorsqu'est arrivée la catastrophe du pauvre père Levasseur, je t'ai vue encore dans une situation au moins singulière.

— Mais laquelle ?

— Vis-à-vis de Lise, qu'étais-tu ?

— Mais je te l'ai dit... je suis très gênée pour parler ici, à cette table, où tout le monde peut nous entendre.

— Personne ne fait attention à nous.

— Je t'aime, je ne te le cache pas, je t'aime... et j'avais cru même que lorsque je suis devenue libre par la situation de Levasseur, tu aurais fait plus attention à moi... au lieu de cela, je t'ai vu, alors que tu me faisais des promesses insensées, faire des cadeaux superbes à Lise... La jalousie m'a prise, j'ai dit : Si je lui prouve qu'elle le trompe, il la guettera, car il a fait pour elle tous les sacrifices du monde, et ce qu'il pardonnerait à une autre, il ne lui pardonnerait pas à elle.

— C'était douteux comme délicatesse, mais juste comme pensée.

— Alors, je me suis appliquée à t'ouvrir les yeux, parce que je me suis dit : Lorsqu'il aura chassé cette femme, je pourrai espérer l'avoir.

— Mais tu ne t'es pas bornée à m'ouvrir les yeux, tu as un peu préparé ce que tu voulais me faire voir.

— Comment cela ?

— Voyons, franchement, Nicette, dis-moi la vérité.

— Je ne fais que ça... voyons, puisque je dis mon but.

— Ton but est de rester avec moi ?

— Oui ! voilà le motif et le mobile de toutes mes actions bonnes ou mauvaises.

— Alors tu n'es pas plus hypocrite que ça ; tu vis, tu ris, tu t'amuses avec elle et tu ne penses qu'à une chose, à la perdre.

— Es-tu bien sûr que je la perdais ?

Panafieu eut un froncement de sourcils, mais il le dissimula, et sur un ton gai il continua :

— Tu es la crème des amies ; mais est-ce que tu crois que ça ne me gênerait pas un peu dans des relations suivies, le souvenir de certaines personnes ?

— Quelles personnes ? fit Nicette, rougissant et se pinçant les lèvres.

Panafieu compta sur ses doigts d'un ton indifférent.

— Nous disons d'abord ton mari, le légitime ; ensuite nous avons l'abbé, ensuite nous avons le père Levasseur...

— Oh ! mon Dieu ! tu as bien de la mémoire, toi... si on en prenait autant pour vous, il y en aurait plus que ça.

— Pardon, il y a plus que ça.

— Hein ?

— Mais oui, ma chère, nous avons aussi Jobert... tu conçois que dans les moments d'affection, à l'heure des serments éternels qui, pour assurer l'avenir, s'appuient un peu sur le passé, il y a là... un régiment.

— Oh ! fit Nicette rageuse.

— Enfin une compagnie, si tu veux.

— Tu es bien méchant, va, et tu ne mérites pas l'amour que l'on a pour toi.

— Ma chère, je te dis ça, non pour repousser ton idée, mais parce que le meilleur moyen de s'entendre est de se bien connaître à fond, de n'avoir rien à se reprocher après.

— C'est juste.

— Maintenant, si tu es adroite, tu dois concevoir qu'il y a encore autre chose à faire.

— Quoi !

— Ce serait de ne me rien laisser regretter.

— Je ne comprends pas.

— C'est curieux comme tu as la tête dure, ce soir.

— Explique-toi.

— Tu me disais justement, tout à l'heure, que j'aimais beaucoup Lise.

— Et tu me le dis à moi.

— Mais, écoute-moi donc... Tu ajoutais que ce que je pardonnerais à d'autres, je ne le pardonnerais sûrement pas à elle.

— Eh bien ?

— Eh bien, je ne crois pas encore à la culpabilité de Lise. Je crois qu'elle est encore ce qu'elle était en me quittant.

Nicette éclata de rire, un rire forcé, méchant, bruyant, qui alla résonner comme un glas dans les oreilles de Panafieu, et qui lui déchira le cœur. Il dit ironique-ment :

— Tu es gaie, toi !

Le rire de Nicette fit mal à Panafieu, sa pensée prompte lui montra la situation ; elle était terrible ! C'était vrai, Lise... Lise, son aimée, n'était plus à lui... Lise l'avait oublié ; au mépris de tout, de l'amour, de la famille, elle s'était donnée à un autre ! Le rire de Nicette ne lui lais-sait plus de doute, et c'était le doute qui le faisait vivre. Avec la naïveté des bons, il croyait en l'enfant qu'il avait connue pure, en celle qui avait été son amoureuse, et, jusqu'à ce jour, il avait conservé l'espoir que tout avait été donné à Lise, que dans le grand hôtel où elle habi-tait, elle était restée seule... absolument seule. Cette voix secrète que l'on qualifie de pressentiment, il y croyait, et elle lui disait : Lise est toujours celle que tu as connue,

celle qui t'aime ; c'est toujours la digne mère de ton fils...
Or, le rire de Nicette détruisait tous ces rêves ; ce rire
cruel disait clairement :

— Pauvre niais, tu crois ; mais depuis longtemps tu
es trompé... Lise n'est la femme fidèle que pour toi ; tout
le monde sait ce qu'elle est, toi seul l'ignores.

Craignant que les révélations de Nicette ne soient entendues de ceux qui les entouraient, ce fut Panafieu qui
demanda la trêve en lui disant :

— Ma belle, il y a trop de monde ici, ne parlons plus
de ça.

Nicette se tut aussitôt, observant le malheureux garçon
ennuyé de son rire, sentant qu'elle l'avait blessé, et n'o-
sant dire un mot pour remettre la conversation sur son
intime... ennemie.

Panafieu se taisait. Nicette, ennuyée, se hâta de terminer de dîner, et lui dit :

— Sortons, je m'ennuie ici.

— Je ne peux pas rester plus longtemps, fit-il, je dois
te quitter à cette heure... j'ai un rendez-vous que je ne
peux pas manquer.

— Comment, tu vas me laisser ici, dit Nicette ébahie.

Ennuyé, énervé, Panafieu répondit nettement :

— Ma chère enfant, n'attribue à rien de ce qui s'est
passé ce soir mon départ... je te le répète, j'ai un rendez-vous.

— Tu es fâché et tu crois que je me suis moquée de toi.

— Non, ma mie ; je te reverrai demain.

— C'est tout ?

Panafieu la regarda fixement et lui dit d'un ton brusque :

— Non, ce n'est pas tout... si tu dois être franche.

— J'ai été franche.

— Regarde-moi en face pour me répondre, dit Panafieu en lui prenant les mains.

Nicette le regarda fixement.

— Lise m'a quitté pour aller avenue de Chaillot, dans un hôtel superbe... je le sais... maintenant sois franche avec moi... sur ta vie...

— Je suis prête à te répondre.

— Sur Dieu, sur les cendres de ta mère...

— Tu m'ennuies, je ne veux pas qu'on parle de ma mère.

— Sur ta mère morte, Nicette, est-elle la maîtresse de cet homme ?

Nicette fut embarrassée quelques secondes, et, obligée de parler sous le regard de Panafieu, elle répondit en balbutiant :

— Je ne veux pas te répondre, je ne fais pas le serment que tu veux me faire faire. Lise est libre et fait ce qu'elle veut, et puis c'est mon amie et je ne veux pas dire du mal d'elle.

Nicette n'était pas une imbécile et elle se tirait hypocritement de la situation en ne disant rien, mais en laissant tout supposer.

Panafieu, furieux, se leva et se disposa à partir.

Au moment où il se levait, la Balandier vint et lui donna une lettre en lui disant :

— C'est ce que vous avez demandé à Gustave.

— Ah! bien, fit Panafieu surpris.

Nicette le regardait, cherchant vainement à s'expliquer ce que cela voulait dire.

La Balandier était allée parler bas à une femme en lui donnant un vieux journal, Celle-ci avait crié aussitôt :

— Ah! écoutez. C'est une histoire drôle. Je vais vous lire ça, écoutez.

Puis la Balandier était revenue vers Panafieu pour recevoir le prix de son dîner et, en lui donnant sa monnaie, elle lui dit tout bas :

— Restez un peu et écoutez ça.

— Pourquoi ? demanda-t-il sur le même ton.

— Ça vous regarde, à ce que m'a dit Gustave.

— Ah !...

Et Panafieu, curieux, se rassit.

Nicette regardait autour d'elle, ayant comme un pressentiment qu'il se manœuvrait quelque chose contre elle.

La femme *lut* à haute voix :

— Une histoire de wagon... Écoutez.

On fit silence.

« C'était à la garé de Chantilly. L'express allait partir : j'étais en retard. Je courus sur la voie et m'élançai sur le premier wagon venu.

« A peine avais-je ouvert la portière que le « coursier de bronze » jeta son hennissement. Un cri aussi aigu que celui de la machine partit du fond du compartiment que j'escaladais en hâte.

« Le compartiment était occupé par une dame seule.

« C'était elle qui avait poussé un cri lorsque j'étais monté.

« Assez intrigué, je déposais devant moi mon menu bagage, lorsque ma compagne de route, en proie à une émotion excessive, la figure bouleversée, s'approche de moi suppliante et me conjurant, dans la langue de M. Dion-Boucicaut, de descendre à l'instant même.

« Je ne sais pas un mot d'anglais ; mais la voyageuse ajoutait à ses discours ce dialecte universel qui compte Debureau parmi ses lettrés. Sa mimique, d'une orthographe irréprochable, me faisait comprendre ce qu'elle attendait de moi : Ouvrir la portière et me précipiter sur le talus par une vitesse soixante kilomètres à l'heure.

« Descendre d'omnibus sans faire arrêter, poser sans chanceler, sans secousse, son talon vainqueur sur le macadam, quel Parisien ne résout ce problème à la satisfaction générale ? Et puis on est sous les yeux des jolies dames dont on a passé les six sous au conducteur. Mais en express, quinze lieues à l'heure ! et pas de galerie.

« Quant au motif que la fougueuse étrangère paraissait me présenter comme indiscutable, je devais supposer qu'il était tout entier dans l'inconvenance de ma présence en ce wagon ; car si le fond de la langue des Anglais est : *goddem !* le rudiment de celle des Anglaises est à coup sûr : *schoking !* C'est ce qui, pour moi, surnagea sur le flot de verbes dont je suis inondé.

« Assez déconcerté d'avoir transgressé les lois du *cant,* je balbutiai quelques mots d'excuses. Mon Anglaise n'y comprit pas un mot.

« Alors, en me reculant dans le coin le plus éloigné de ma voisine, je protestai de la pureté de mes intentions.

« Peine perdue ! elle poussait des soupirs à attendrir le palais de justice.

« Rien, cependant, à mes allures qui dénotât la recherche des bonnes fortunes. Mon aspect répondait de mes mœurs : Je suis blond, sympathique, contemplatif, et milady aurait dû comprendre que si son sexe la mettait en risque de jouer le rôle de Lucrèce, je n'étais pas fait pour l'emploi de Tarquin, tempérament dont je n'ai que la moitié des aptitudes.

« Le train fuyait toujours, milady ne se calmait pas. Sa surexcitation, au contraire, allait croissant. Tout faisait prévoir une attaque de nerfs.

« Cependant j'avais examiné mon inconnue ; elle était jeune et le visage au repos devait être beau. A l'instant où je la voyais, les traits convulsés, elle ressemblait à la *Cérès* de Prudhon.

« Son corps disparaissait sous une pelisse qui la couvrait tout entière.

« La tête dans sa main, elle mordait rageusement son mouchoir et tirait à chaque instant sa montre, pour voir, sans doute, combien de temps elle avait encore à subir ma présence.

« La croyant un peu plus calme, j'essayai de me rapprocher ; elle pousse non pas un cri, mais un râle.

« Je la vis se dresser et s'élancer vers la glace qui protège la sonnette d'alarme. Je me jetai au-devant d'elle pour la retenir ; ce dernier effort l'anéantit, elle retomba sur les coussins, la sueur perlait à son front.

« Cette tentative, de sa part, m'avait jeté à mon tour dans un état facile à comprendre. On approchait de Paris, qu'allait-il se passer à l'arrivée ?

« Un scandale pour le moins.

« Prenant rapidement mon parti, je saisis mes paquets, bien décidé à m'enfuir comme un voleur aussitôt que nous aurions touché le quai.

« Le train avait ralenti, on arrivait ; j'ouvris la portière, milady jeta un dernier cri qui domina le tumulte de la gare, je ne me retournai même pas, la peur me donnait des ailes.

« Mais l'équipe était là, je n'avais pas fait quatre enjambées qu'un individu s'était précipité sur moi et m'avait saisi à la gorge.

« — Misérable ! s'écria-t-il ; à vous, docteur, là, dans ce compartiment, fit-il à un personnage qui l'accompagnait. La malheureuse !

« Les voyageurs descendaient du train.

« On questionnait, on faisait cercle autour de moi.

« Le chef de gare, qui m'avait saisi — car c'était lui — ne me lâchait pas.

« J'entendais dans la foule des imprécations, des lambeaux de phrases : la cour d'assises ! les galères !

« Les femmes me considéraient avec plus de curiosité que d'indignation.

« Les papas entraînaient leurs fils vers les portes de sortie.

« Tout à coup un éclat de rire homérique se fit entendre.

« Le docteur était apparu sur le marchepied du fatal wagon, et venait de lancer ces mots :

« — La mère et l'enfant se portent bien ! »

Un immense éclat de rire accueillit cette lecture... Panafieu regardait Nicette.

Tout à coup Nicette se leva et dit à Panafieu :

— C'est bien joué, mon cher, c'est drôle, mais tu me permettras de me retirer.

Panafieu la regarda sortir sans trouver un mot à répondre ; vainement il cherchait à s'expliquer ce qu'elle avait voulu dire. Il cherchait à attacher après elle la grotesque histoire qu'il venait d'entendre, rien ne l'aidait.

Nicette étant partie il regarda sa montre et voyant l'heure, se souvenant de son rendez-vous, il se leva à son tour et partit, sans se préoccuper de l'éclat de rire qui salua sa sortie.

Nous arrivons au point capital de notre histoire, et nous devons, avant, faire assister le lecteur à une scène mystérieuse qui s'était passée le matin même de ce jour.

IX

OU IL EST QUESTION D'UNE PERSONNE QUI SE MONTRAIT AU LEVER DU JOUR DANS UN SINGULIER COSTUME

Le matin du jour où Panafieu se trouvait avec Nicette chez la Balandier, la Seine coulait jaune sous la buée matinale ; le jour naissant, le petit port de Charenton était désert ; les bateaux et les trains de bois gémissaient en se heurtant.

Les débardeurs étaient encore chez le marchand de vins du coin de la route d'Alfort ; ils buvaient le vin blanc qui tue le ver.

Les ouvriers gagnaient l'atelier ou le chantier : tout

était calme, et l'horloge de la maison des fous troublait seule le silence en sonnant quatre heures.

Un homme qui traversait le pont de Charenton s'arrêta au-dessus de la troisième arche pour regarder l'eau.

Ce n'était pas un monomane las de la vie qui songeait au suicide, c'était un employé qui, régulièrement, après avoir regardé l'eau au lever du jour, prétendait savoir le temps certain de la journée; il passait toujours sur le pont; sa manie était assurément connue, car aussitôt qu'il se pencha sur le parapet, trois ou quatre ouvriers matineux s'approchèrent de lui.

L'un demanda :

— Eh bien! quel temps aujourd'hui?

— Comme hier, fit-il, nous allons crever de chaleur.

— Mais à quoi voyez-vous cela ?

— A la buée qui est sur l'eau. Dans une demi-heure, lorsque ça va être tombé, vous allez voir le bois des bateaux, il sera couvert de rosée.

— Mais tous les jours c'est comme ça.

— Pas du tout, les jours de chaleur seulement... Tenez, regardez, déjà la buée disparaît, on voit l'eau.

Les trois hommes se penchèrent sur le parapet.

— C'est vrai, firent-ils.

— Qu'est-ce que c'est que ça? dit tout à coup l'un des trois hommes en montrant les arbres de l'Ile-aux-Vaches.

— C'est un baigneur.

— Mais non, fit celui qui devinait le temps, c'est une baigneuse.

— C'est trop fort.

— Mais c'est vrai.

— Mais, oui.

— Allons donc voir ça.

— Oui, descendons, vite, vite.

Les quatre curieux, oubliant l'heure du travail, descendirent vivement dans l'île.

Les débardeurs de la berge, voyant des hommes courir, sortirent du cabaret.

— Qu'est-ce qu'il y a? dit l'un d'eux... C'est peut-être quelqu'un qui se noie.

— Allons vite, les enfants.

Et abandonnant la partie de tourniquet, laissant les bouteilles à moitié vides, les débardeurs coururent vers l'île.

Dans l'île, tout ombreuse de peupliers et de trembles, l'herbe était haute ; une femme de vingt-huit à trente ans, nue comme Ève avant le péché, était accroupie près d'un arbre.

Elle était admirablement belle, une peau éclatante de blancheur, des contours à défier l'ébauchoir d'un sculpteur, des pieds et des mains admirables de finesse et des attaches d'une remarquable élégance.

Ses longs cheveux châtain brun, un peu roux, l'enveloppaient.

Son front haut était traversé par un pli soucieux.

Ses yeux pleins de flammes regardaient hagards.

Sa bouche était crispée par un rire fou.

Lorsque les hommes arrivèrent près d'elle, elle ne bougea pas.

Elle les regardait et il semblait qu'elle ne les voyait pas.

Accroupie, les jambes serrées, les bras croisés sur sa poitrine, enveloppée de ses longs cheveux, elle restait muette, l'œil fixé sur un but invisible.

Un des hommes s'avança vers elle, la femme ne le vit pas.

— Qu'est-ce que vous avez, madame? fit-il

La femme ne répondit pas.

— Vous êtes malade, vous souffrez ?

Elle regarda l'homme durement, sèchement et ce fut tout.

Une femme était venue, elle jeta un drap à la malheureuse qui s'enveloppa fébrilement, puis, se baissant, la jeune femme lui demanda :

— Que faites-vous là, ma chère enfant ?

La femme regarda tout le monde, et, ne reconnaissant personne, elle laissa tomber sa tête dans ses mains et sanglota.

— Mais qu'avez-vous ! insista la même femme.

La malheureuse la regarda fixement et dit :

— Il est mort... Il est mort !

— Hein ! firent les assistants, reculant à ce mot.

— Oui ! reprit-elle, il est mort !

Et elle se leva alors ; se couvrant de son drap comme d'un suaire, elle courut dans la direction de l'eau en criant :

— Oui !... oui !... il est mort !... Il est mort !

Les assistants se lancèrent aussitôt à sa poursuite ; on parvint à la saisir au moment où elle allait se jeter à l'eau. On se demandait ce qu'il fallait faire, lorsqu'arrivèrent des employés de la maison de fous qui reconnurent la malheureuse pour une pensionnaire qu'ils cherchaient depuis le matin. Ils racontèrent qu'elle était à la maison depuis un an environ ; depuis cette époque, elle ne cessait de jeter son cri lugubre :

— Mort ! il est mort.

Un des côtés singuliers de sa folie était de rester toujours nue ; dès qu'on lui donnait des vêtements, elle les déchirait.

Les cancans et les méchancetés allaient déjà leur train : c'était à qui dirait la plus sotte chose et à qui ferait les plus ridicules suppositions.

Les employés la couvrirent et la portèrent dans une voiture qui attendait sur le port.

Les employés montèrent avec elle, et l'un d'eux dit au cocher :

— A la maison !

La voiture partit, et la foule privée de son spectacle hua le cortège. Dès qu'on fut arrivé à l'hospice, on habilla la femme, on l'attacha, et après l'avoir châtiée, on l'enferma dans le cachot. — On punit les fous comme les enfants. — Puis, vers le soir, on vint la prendre, et sur l'ordre du médecin, elle reçut, pendant quelques minutes, une douche d'eau froide.

La malheureuse jeta des cris perçants et tomba sur les dalles en se débattant dans une crise nerveuse.

On coucha la folle immédiatement et elle ne tarda pas à s'endormir. Le lendemain, à la visite du médecin, le chef de service et les internes ne furent pas peu étonnés de voir la malheureuse absolument calme et répondant à leurs questions, ce qui n'était pas arrivé une seule fois depuis son séjour à l'hôpital.

— Ça va bien, aujourd'hui, mon enfant ? demanda le médecin en lui prenant les mains.

— Très bien, monsieur... J'ai été gravement malade ? fit-elle, comme cherchant à se souvenir.

— Oh ! très gravement.

— Mais, où suis-je, ici ?

— Dans une maison de santé, à la campagne.

— A la campagne ? répéta la malade.

— Et vous ne ressentez rien, ce matin ?

— J'ai la tête lourde, et j'ai une douleur qui me tient le cou raide.

— C'est là qu'était le siège de votre mal... Peut-être vous souviendrez-vous.

— Qu'avais-je donc ?

— Vous aviez une épingle à cheveux, une épingle d'or, entrée de deux centimètres là où vous ressentez une douleur.

— Une épingle d'or ?... répéta la jeune femme cherchant à se souvenir.

Le docteur, voyant le changement étonnant opéré dans l'état de sa malade, prit une chaise et s'assit au chevet du lit.

— Vous ne vous souvenez de rien ?

La jeune femme prit son front dans ses mains et cher-cha longtemps, puis dit :

— De rien !

— Avez-vous à peu près l'idée du temps passé ici?

— Depuis combien de temps suis-je ici?

— Bientôt un an.

— Un an!... Mais qui donc vient me voir ?

-- Mais, personne, ma pauvre enfant.

— Comment, personne !

— Ma chère enfant, l'accès à la suite duquel vous avez été amenée ici vous a pris une nuit. Vous avez été trou-vée au matin... dans la rue, et dans un singulier état. Amenée ici, on n'a pu tirer un mot de vous, pas même votre nom.

— Vous ne savez pas mon nom?

Sur un signe du médecin de service, on était allé cher-cher le directeur de la maison, il entrait avec un employé.

Le docteur tenait la main de la malade et ne la per-dait pas du regard ; il suivait sur sa physionomie les différents changements que produisait la nature de ses demandes ; il dit au directeur sans tourner la tête :

— Monsieur le directeur, voilà une guérison radicale singulièrement obtenue.

— Vraiment !

— Absolument. La mémoire seulement fait défaut, mais va revenir peu à peu, autant que je puis juger.

Le directeur regarda la malade, celle-ci semblait en-nuyée de la présence de tout ce monde autour d'elle.

— Ma chère enfant, nous allons vous transporter dans un endroit plus convenable, si le docteur répond de votre état.

— J'en réponds absolument, fit celui-ci, et j'en suis satisfait.

— Mais par quel système avez-vous obtenu ce prodige?

Le docteur éclata de rire en disant :

— Il est des plus simples, il a été au reste trouvé par le sujet lui-même ; mais je ne saurais l'ordonner à nos malades.

La jeune femme avait levé la tête et regardait le docteur en l'interrogeant. Celui-ci lui dit :

— Mais oui, c'est votre promenade dans le pays... dans le costume de notre mère Ève, qui vous vaut cela.

La jeune femme devint pourpre en entendant le docteur.

Faisant des efforts de mémoire, elle tenait sa tête entre ses mains, pressant son front pour en faire jaillir le souvenir rebelle.

— Je ne me souviens de rien de tout cela, fit-elle ; mais qui m'a amenée ici ? Ceux-là doivent savoir...

— Mais, ma chère enfant, je vous le répète, vous avez été ramassée dans le parc Monceaux, vous étiez absolument nue ; et sans en avoir conscience, ne voyant personne, ne vous occupant pas de ceux qui vous approchaient, semblant résister à un ennemi invisible, et paraissant vouloir vous débattre en arrachant des vêtements, vous ne disiez que ces mots :

— Il veut me tuer... Mort ! Mort !

Et vous cherchiez à vous dégager d'une étreinte invisible.

La jeune femme sembla longuement réfléchir.

Le directeur, après avoir parlé bas au docteur qui observait son sujet, lui dit :

— Est-ce que vous êtes fatiguée?

Elle releva la tête et dit clairement :

— Pas du tout, au contraire, parlez-moi, je voudrais me souvenir.

— Savez-vous votre nom?

— Vous ne savez pas mon nom ! Je m'appelle Eugénie Herval.

— Que faisiez-vous?

La jeune femme parut embarrassée pour répondre, puis dit :

— Je ne fais rien, je ne suis pas malheureuse.

— Où restez-vous?

— Quai d'Albret.

— Quai d'Albret ! fit le directeur surpris, où est-ce ça? Je ne connais pas de quai d'Albret.

— Comment ! le long du Rhône, en face le quai Saint-Clair !

— Qu'est-ce que vous me dites là, le Rhône ! Vous ne restez donc pas à Paris?

— A Paris !... J'habite Lyon. Mais où suis-je ici?

— Vous êtes à Paris, ou au moins tout près, je vous l'ai dit, à Saint-Maurice.

— Et c'est à Paris, ce parc dans lequel on m'a trouvée.

— C'est à Paris. Tout cela est bien étrange, fit le directeur en regardant le médecin; puis s'adressant à la jeune femme, il lui dit :

— Ma chère enfant, vous n'avez aucun motif pour désirer rester dans ce mystère?

— Mais, bien au contraire, monsieur, je suis prête à faire tout ce qu'il faudra pour l'éclaircir.

Le directeur parla bas au docteur; celui-ci sembla acquiescer de la tête. Tous les internes de son service entouraient le lit de la folle et souvent ses regards étaient portés sur eux avec contrariété; ce détail avait été observé par le directeur.

Le docteur dit à ses élèves :

— Messieurs, veuillez continuer la tournée, elle a besoin d'avoir moins de monde autour d'elle.

Les étudiants désappointés se retirèrent aussitôt.

— Je vous remercie, fit la jeune femme, je serai plus à l'aise pour m'expliquer.

— Mon enfant, demanda le docteur, vous ne souffrez pas... pas de douleurs de tête ?

— Non, docteur, rien, je suis très calme, si ce n'est une lassitude étonnante qui m'empêcherait de me tenir debout, comme si j'avais été rouée de coups.

Les deux hommes rirent et le docteur ajouta :

— C'est qu'il y a du vrai ; vous n'aviez pas été sage hier et vous avez été battue.

— Battue !

— Mais oui, comme une petite fille.

— Et comme les folles, fit la jeune femme en frissonnant.

— Voyons, ma chère enfant, demanda le directeur, quelle était votre situation ?

— Ça, je m'en souviens parfaitement, j'étais au théâtre ; là, j'ai connu un homme très bien, et il m'en a retirée. J'occupais tout le premier d'un appartement du quai d'Albret.

— Ah ! très bien, je comprends ; nous n'avons pas de réserves à prendre, n'est-ce pas ; vous étiez richement entretenue ?

— Oui, monsieur, répondit Eugénie confuse.

— Au plus loin que vous vous souvenez, vous étiez à Lyon ?

— Oui, monsieur.

— Vous ne vous souvenez pas comment vous êtes venue à Paris ?

— Du tout, monsieur.

— Il y a là un crime mystérieux, et nous ferions bien de nous adresser à la police.

— Oh ! monsieur, fit aussitôt la jeune femme, je vous supplie de ne pas faire intervenir la police, je redeviendrais dans l'état où j'étais. J'ai été la victime et je cher-

cherai seule ce qui est arrivé... La police, les tribunaux,
déjà ça me fait peur.

— Remettez-vous, remettez-vous, mon enfant, et ne
craignez rien, nous ferons cette petite enquête entre nous,
et cela restera un secret pour nous trois, si vous le
voulez ainsi.

— Oui, monsieur, je préfère cela.

— Vous souvenez-vous de la personne que vous aviez
à Lyon ?

— Oui, je me souviens... Attendez donc... un négociant de la ville... Mais je ne le voyais plus ! Oui. Oh ! il y
a longtemps que je suis fâchée avec lui.

Le docteur, voyant son front se plisser pour faire
des efforts de mémoire, dit :

— Monsieur le directeur, restons-en là pour ce matin,
elle est fatiguée, et je craindrais un accident ; nous la verrons ce soir.

— Oui, monsieur le docteur, dit en souriant Eugénie,
j'ai un peu mal à la tête maintenant.

— Dormez, mon enfant.

— Avant, dites-moi, reprit le directeur, vos noms
sont Eugénie Herval, quai d'Albret, à Lyon.

— Oui, monsieur, c'est cela.

— Bien, mon enfant.

Le directeur écrivit les noms pendant que le doc-
teu. préparait un breuvage. Ayant terminé, ce dernier
le donna à la malade et lui dit :

— Buvez cela, mon enfant, et dormez tranquille... Ne
pensez plus à cela ce soir, et ça ira mieux.

La jeune femme obéit.

Le directeur et le docteur sortirent ensemble pour
laisser la malade se reposer ; dès qu'ils furent dehors, le
directeur dit au second :

— Quelle singulière aventure, qu'en pensez-vous, docteur ?

— Je crois absolument nécessaire d'obéir au sujet, car les émotions d'une enquête pourraient amener une rechute.

— Mais quel étrange phénomène que cette guérison !

— Ce n'est pas un phénomène, c'est un cas assez fréquent.

— Vraiment?

— A la suite d'une grande émotion, d'une grande douleur, le mal est arrivé. Hier, par un hasard inexpliqué, elle a pu sortir dans ce costume qu'elle affectionne ; des émotions sont survenues ; d'abord, pour le cerveau presque paralysé, ç'a été un travail énorme que la surprise de se trouver au matin saisie par le froid sur le bord de l'eau ; l'idée de la mort, car elle voulait se noyer, — autre secousse ; ici le châtiment qu'avait amené la peur — encore autre secousse ; enfin cette douche terrible, qui est, croyez-le, une souffrance, souffrance nécessaire, et qui a amené la crise à la suite de laquelle le phénomène s'est produit.

— Vous la croyez sauvée?

— Presque ; mais pour cela, il faut guider la guérison ; le retour de la mémoire peut être fatal, il faudrait savoir enfin, et amener graduellement le souvenir.

— A ce propos, j'ai justement une idée. Ce n'est pas seulement pour l'inscrire sur mon livre d'écrou que je lui ai demandé son nom, je vais prendre des informations sur elle à Lyon.

— Mais il faudrait que cela soit rapide, je crois que le repos va faire un bien énorme.

— Diable ! c'est qu'il faut toujours trois jours, au moins, pour une correspondance.

— Que n'employez-vous le télégraphe !

— C'est vrai, vous me donnez une idée, nous aurons toujours ainsi les premiers renseignements.

— C'est cela ! A tantôt.

— A tantôt !

Le médecin partit et le directeur écrivit aussitôt sa dépêche, qu'il envoya réponse payée, afin de la recevoir immédiatement. Deux heures après, il recevait un télégramme ainsi conçu :

« Eugénie Herval, dite la Comtesse, restait depuis trois ans à Lyon, entretenue par M. Barlidourt, le fondateur du Crédit des fermes et des usines de France, qui a fui ; abandonnée par lui, mais avec une certaine fortune, elle a quitté Lyon depuis un an, ayant liquidé tout ce qu'elle avait, environ cent cinquante mille francs. On prétend qu'elle suivait un jeune homme qu'elle avait connu à Lyon, et qu'elle était partie à Paris, où elle devait s'établir. »

— Voici déjà de précieux renseignements, dit le docteur.

X

UNE SINGULIÈRE HISTOIRE

Vers quatre heures, le docteur et le directeur entraient dans la chambre de la malade. Le bien prévu était survenu, Eugénie Herval allait beaucoup mieux.

— Eh bien ! mon enfant, demanda le docteur qui avait demandé à diriger son sujet, êtes-vous mieux ?

— Oh ! beaucoup mieux, docteur.

— En vous interrogeant, je ne vous fatigue pas ?

— Pas du tout ; mais permettez-moi de vous faire d'abord une question.

— Faites, faites.

— Où suis-je, ici ?

— Je vous l'ai dit, une maison de santé.

— Une maison de fous ? demanda-t-elle en souriant tristement.

— Vous êtes assez bien pour tout savoir. Oui, ma chère.

enfant, vous êtes dans la maison qu'on est convenu d'appeler Charenton.

La jeune femme frissonna, et regarda fixement le docteur.

— Mais ça va mieux, n'est-ce pas, et je sortirai bientôt?

— Ça va si bien, que si vous le voulez, si vous vous ennuyez ici, je suis prêt à vous conduire où il vous plaira d'aller.

— Merci. Alors, je suis plus tranquille, et prête à vous répondre.

— Ma chère enfant, nous savons que vous vous appelez Eugénie Herval, que vous restiez à Lyon et que vous avez un sobriquet.

— C'est vrai; oh! cela, je m'en souviens... la Comtesse...

— Très bien... Vous avez quitté Lyon il y a un an, vous étiez fâchée avec celui qui avait fait votre situation, un faiseur, nommé Barlidourt.

— Oui! oui!... c'est ça, je me souviens, il faisait des affaires de Bourse; un jour il a été obligé de partir pour Genève, laissant un déficit énorme.

— Vous vous souvenez bien de tout cela... de votre appartement du quai d'Albret?

— Parfaitement... très bien, je me souviens, et à mesure que vous parlez, mon souvenir s'éclaircit comme si vous évoquiez... je revois.

— Et vous ne souffrez pas?...

— Oh! si, un peu, un petit mal de tête... mais vous pouvez sans crainte m'interroger!

— Aujourd'hui nous dirons fort peu de chose, nous placerons votre situation et votre départ.

— C'est mon départ surtout dont je ne me souviens pas...

— Voyons, voici ce qui pourrait être : abandonnée,

seule à Lyon, avec une fortune placée en bijoux, en curiosités, en meubles, en voitures, vous avez peut-être
voulu faire de l'argent pour changer d'existence.

— Attendez donc, fit la jeune femme l'œil fixe, le front
plissé, je me souviens de ça ; mais aussi, un notaire, des
vendeurs à la criée... mais oui, pendant que je donnais
un dîner, je me souviens... Oui, oui, c'est cela, j'ai vendu,
ne voulant pas être exposée aux injures des malheureux
qui avaient perdu dans les affaires de M. Barlidourt, et
qui n'auraient manqué de crier contre ma façon.de vivre,
sachant l'origine de ma situation, et l'on me décida à réaliser et à venir à Paris.

— Vous souvenez-vous bien de tout cela ?

— Oh ! oui, oui. Oh ! la mémoire me revient. Je revois mon appartement, c'est cela ; une vente qui fit même
quelque bruit.

— Et vos fonds ?

— Quels fonds ?

— L'argent que vous aviez.

— L'argent ? fit-elle en cherchant. On n'a rien trouvé
sur moi !

Le docteur et le directeur éclatèrent de rire.

Eugénie releva la tête ; puis rougissant, elle dit :

— Ah ! c'est vrai ! j'oubliais le costume primitif...
Quelle singulière idée ai-je eue là... Je me souviens de
ceci : J'ai touché de ma vente quatre-vingt-deux mille
francs... Mais non je ne les ai point touchés... ils sont
chez le notaire.

— Très bien, voilà un homme qui nous donnera d'utiles
renseignements.

— Non, je me souviens bien ; j'avais une somme de
cinquante mille francs... en portefeuille, le reste au Crédit
Lyonnais.

— Tout cela est très utile comme renseignements, dit
le directeur en prenant des notes.

— Mais, demanda le docteur, lorsque vous fîtes vendre chez vous, vous avez assisté à la vente ?

— Oui.

— La vente terminée, vous avez fait faire vos malles et vous êtes venue aussitôt à Paris ?...

— Attendez donc ! Et la jeune femme prit son front dans ses mains et pensa quelques instants... — Non; non, je suis restée à Lyon plusieurs jours : je suis allée rester à l'hôtel Collet... J'ai terminé mes affaires... C'est curieux, je ne me souviens pas comme je suis partie.

— Rappelez-vous bien vos souvenirs.

— Je fais tous mes efforts, et je vous avoue que je suis très étonnée... Mes souvenirs me donnent ceci : J'ai vendu pour quitter Lyon, je voulais m'établir à Paris, mais vers l'hiver seulement ; pendant le temps qui me restait pour atteindre cette époque, je voulais voyager, voir la Suisse, l'Italie et revenir par Marseille. Je devais, en passant à Lyon, m'arrêter pour terminer mes dernières affaires, et, de là, partir pour Paris dans l'intention de me fixer.

— Le plan était très correct ; mais où a-t-il été arrêté ?

— D'abord, reprit la jeune femme, il faudrait savoir où je suis devenue... folle. Est-ce à Lyon ? est-ce à Paris ? Ai-je dans le premier accès, sans conscience de ce que je faisais, été prendre un billet ? suis-je venue à Paris ?... Là, l'accès qui m'a fait mettre dans l'état où vous m'avez trouvée est-il survenu ?... Je cherche et ne me souviens pas.

— Tout cela est peu probable... Cela se peut cependant... Vous ne vous souvenez de personne autour de vous ?... Une bonne ?

— Non. J'avais renvoyé en entrant à l'hôtel toute ma maison, je voulais voyager seule. Mais, j'y pense, monsieur le docteur, lorsque j'ai été ramassée, on a dû faire de moi un studieux examen; on a dû rechercher les causes de ma folie.

— Oui, ma chère enfant, tout cela a été fait, mais cela vous éclaircirait peu.

— Enfin, à quoi a-t-on attribué mon état ?

— Le rapport concluait en disant qu'il était probable qu'à la suite d'un accident survenu pendant votre sommeil, vous vous étiez levée atteinte d'aliénation mentale, vous aviez couru devant vous la nuit, et vous étiez tombée épuisée de fatigue à la porte du parc Monceaux.

— Mais à quoi attribuait-on cette attaque subite ?

— D'abord à une lésion au cerveau très-légère, suivie d'une attaque d'hystérie révélée par l'examen immédiat.

La jeune femme devint pourpre du bout du nez aux oreilles... Après une grande minute, pendant laquelle, la tête dans ses mains, elle semblait chercher, elle demanda :

— Qu'est-ce que cette lésion ? où et comment avait-elle été produite ?

— C'est ce que nous recherchons ensemble. Du reste, j'ai télégraphié à quelqu'un que je connais à Lyon pour avoir des renseignements sur cette affaire, et je viens de recevoir une réponse.

— Ah ! fit vivement la jeune femme, et que vous dit-il ?

— Il me dit avoir été chez votre notaire, lequel a encore entre les mains une somme de quinze mille francs déposée par vous avant le départ.

— Ceci me fait du bien, je vous assure, monsieur ; c'est du moins de quoi me remettre un peu et pourvoir aux choses nécessaires... Et ensuite ?

— Ensuite on est allé à l'hôtel Collet.

— Ah !... Qu'a-t-on appris ?

— Vous y êtes restée douze jours...

— Oui, c'est cela, dix ou douze jours...

— Mais vous n'y étiez pas seule...

— Je n'étais pas seule, fit la jeune femme étonnée, levant ses grands yeux sur le directeur.

— Non... Vous seriez partie de l'hôtel le 11 mai, après un souper avec un homme très bien, qui était venu dans l'hôtel avant vous, un nommé de la Havertière.

— De la Havertière... souper... et partie avec lui... moi?

— C'est ce que dit la dépêche; au reste l'homme arrivera cette nuit.

La jeune femme restait stupéfaite.

Le docteur lui dit :

— Rassemblez bien vos souvenirs, peut-être est-ce après un souper un peu... corsé.

— Cet homme, reprit le directeur, se nommait Raoul de la Havertière.

— Raoul de la Havertière? répéta Eugénie Herval.

Le docteur et le directeur observèrent leur sujet, qui semblait se donner un mal énorme pour se souvenir.

Tout à coup elle pâlit, il lui passa par le corps un rapide frisson, et elle dit :

— Oui, oui, je me souviens... Oh! mais c'est impossible; je croyais n'avoir fait là qu'un rêve épouvantable... C'est donc vrai!

— Parlez, mon enfant, et soyez calme : tout aujourd'hui pour vous est rentré dans l'ordre normal, vous pouvez parler sans crainte; mais soyez calme, ne vous effrayez pas.

— Je me souviens ; mais tout cela est si étrange et si confus dans ma mémoire, que je ne puis croire que ce soit vrai.

— Nous vous écoutons, madame; mais procédez sagement, pour que vos souvenirs se placent mieux.

— Je me souviens effectivement, mais vaguement, vous savez, et comme d'un rêve d'un homme fort bien, qui se plaçait chaque jour à côté de moi à la table d'hôte. J'allai avec lui plusieurs fois au théâtre. Une fois, je devais partir, mes malles étaient prêtes, il me pria à souper; il devait, je crois, m'accompagner en Suisse... C'est bien cela, Raoul, je me souviens du nom.

— Vous accompagner en Suisse, dit le docteur; vous aviez lié avec lui des relations intimes?

La jeune femme, embarrassée, enfin souriant, dit :

— Oui, je crois... C'était un blond, très beau garçon et jeune. Pendant le souper, peut-être ai-je bu un peu plus que de raison, Je l'ignore; toujours est-il qu'il avait loué pour nous deux un compartiment seul, et que je ne me souviens absolument pas du voyage.

— Pas du tout ?

— Du tout...

— Vous ne vous souvenez pas de la gare. Si vous aviez été dans un état d'ébriété qui vous fît perdre tout souvenir, votre situation devait être assez visible pour qu'on vous remarquât à la gare.

— Oh! mais je me souviens de la gare; je criais fort, il voulait enregistrer mes bagages avec les siens, je refusai... craignant une rupture en route qui aurait pu avoir lieu par ce fait. J'aime mon indépendance. Je me souviens du compartiment; il avait pris du champagne à la gare et m'en fit boire dans une petite coupe de vermeil qu'il avait dans son nécessaire de voyage; nous avons bavardé une grande heure, puis peu à peu je me suis endormie...

— Vous ne vous souvenez pas de ce que vous avez dit au départ?

— Non, vaguement : il s'informait si j'avais tout emporté.

— Savait-il que vous aviez des valeurs?

— Oui, il savait que j'avais vendu mon mobilier, la chose avait fait du bruit à Lyon.

— Il ne vous parlait pas des valeurs provenant de cette vente ?

— Attendez !... Si... il me dit de faire attention à une

somme aussi forte sur moi, que j'aurais dû placer cet argent. Je lui dis que je l'emportais justement à Genève où ce placement devait être fait, qu'au reste il n'y avait pas de danger, cet argent étant dans une petite caisse au fond d'une de mes malles. Il me reprocha cette imprudence, disant qu'il n'était pas rare qu'un colis s'égarât... Mais j'avais autre chose à faire qu'à m'occuper de cela.

Pendant les dernières paroles, les deux hommes échangèrent un regard qui semblait dire : nous sommes sur la piste.

— En arrivant à Paris, n'avez-vous rien dit?

— En arrivant, je dormais ; il est probable que je dormais debout en marchant, car je ne me souviens de rien, absolument rien.

— Cependant, il faisait grand jour.

— Je ne sais.

— Quand reprîtes-vous l'usage de vos sens?

— Oh! la nuit, vers une heure ou deux du matin... Là, je me souviens bien, et, je vous le répète, cette affreuse scène me paraissait un rêve. On avait mêlé au vin de Champagne un soporifique.

— C'est probable, et peut-être une de ces poudres terribles qui agissent sur le cerveau et qui aura sinon provoqué, du moins préparé l'attaque... Continuez, madame.

— Je m'éveillai dans une chambre assez riche, cherchant à me rappeler où j'étais, je ressentais un grand mal de tête ; je me souvins de lui, me croyant à Genève, et, surprise de ne pas le voir à côté de moi, d'être seule, j'eus peur, je me levai pour voir où j'étais, je soulevai les rideaux de la fenêtre qui donnait sur un large boulevard ; j'étais au premier, je me recouchai, me disant : M'ayant vu dans l'état où j'étais, il aura été à ses affaires pour me laisser dormir.

— A une heure du matin !

— A Lyon, Raoul passait une partie des nuits au cercle, il jouait beaucoup.

— Ah ! très bien !

— Je ne fus pas étonnée ; j'allais me rendormir lorsque j'entendis s'ouvrir une porte ; j'écoutai, et quelques minutes après il entra dans la chambre.

— Tu es éveillée ? fit-il surpris.

— Je m'éveille à l'instant et j'avais peur ; où sommes-nous ici ?

— A l'hôtel des Bergues.

C'était la première fois que j'allais à Genève, je le crus. Je lui dis que j'avais eu un peu faim, il me répondit qu'il était bien tard pour réveiller les garçons, qu'il n'y avait que le veilleur sur pied ; il m'offrit de faire la trempette avec des biscuits et du champagne, il en avait dans son nécessaire. Je refusai et l'invitai à se coucher, en lui disant que je désirais me lever tôt le lendemain.

— Et pourquoi donc ? me demanda-t-il.

— J'ai hâte de voyager pour m'amuser, répondis-je, et je ne serai tranquille que lorsque mes fonds seront en sûreté ; demain, dès que je serai levée, j'irai les porter... et après je serai tout entière à nos excursions.

Il ne répondit pas, et quelques minutes après il était près de moi... Il était environ deux heures du matin.

— Précisez l'heure le plus possible, dit le docteur attentif.

La jeune femme continua, et son visage reflétait les diverses impressions de frayeur que lui ramenait le souvenir de la terrible nuit.

— Je dois dire que j'aimais cet homme, peut-être un caprice, je ne sais ; mais je l'aimais avec passion, j'étais tout entière à mon amour, abandonnée à ses caresses... Un moment je le sentis m'appuyer la tête sur l'oreiller ; je cherchai à me dégager, croyant qu'il plaisantait ; mais alors sa main me pressa plus fort et je sentis son autre main me relever les cheveux à la naissance du col, sous la nuque ; j'étouffais, et je crus à la vérité qu'il voulait m'étouffer et m'étrangler... Je fis un effort nouveau pour m'arracher de son étreinte... je ne pus ; au contraire, mes membres se prenaient dans les plis des draps... Alors je sentis une douleur aiguë, qui me fit faire un soubresaut qui me dégagea peut-être, parce que certain d'avoir réussi dans son œuvre, il me laissait... Car, je le vois encore, il était là dans l'angle de la chambre, les yeux terribles, les sourcils froncés... Je sautai du lit et, entraînant avec moi le drap dans lequel je me trouvais maladroitement enveloppée, je cherchai une issue, et j'allais me sauver. En me voyant encore vivante, il sauta sur moi et me prit par le drap qui m'enveloppait, son poing me frappait sur le crâne à coups redoublés, tandis que sa main cherchait à m'étrangler ; je me dégageai du drap, parvins à sortir. En me poursuivant, le drap lui resta dans les mains, il s'y prit les jambes en courant et tomba. J'eus le temps de gagner la rue... Là, je ne me souviens plus.

Le directeur et le docteur étaient atterrés, le docteur reprit :

— C'est bien cela : tout s'explique : la lésion au crâne produite par le poing, la petite blessure au cou, qui pouvait être mortelle si elle avait atteint le nœud vital et qui n'a amené qu'une paralysie du cerveau ; ce mouvement fébrile par lequel elle voulait déchirer ses vêtements, se croyant toujours dans ce drap qui l'empêchait de fuir... ces mots : tuer, mort... C'est épouvantable !

— Reconnaîtriez-vous cet homme ?

— Oh ! je ne veux pas le voir ! fit aussitôt Eugénie avec terreur.

— Ma chère enfant, dit le docteur, ne craignez rien, vous êtes maintenant entourée d'amis qui veillent sur vous.

— Vous n'avez rien à craindre, ainsi que vous dit le docteur, il est de toute nécessité que vous ne laissiez point ce crime impuni. Puis vous avez tout perdu, vos malles...

— Elles étaient probablement dans cet hôtel...

— Le but de l'assassin, et qui a été atteint, était de vous voler. Mais, dans cet hôtel, cette épouvantable scène a dû éveiller quelqu'un?

— Non, monsieur. Oh! je me souviens de cela; c'est ce qui a été le dernier coup. En me sauvant, j'espérais voir du monde venant à mon secours, être vite à l'abri du misérable; mais point, l'escalier superbe était désert, la porte de la rue était entr'ouverte et je me guidais aux premières lueurs du jour naissant.

— Reconnaîtriez-vous cettte maison?

— La chambre, oui, l'intérieur de la maison : mais l'extérieur, non.

— Et la rue?

— Non.

— Vous vous rappelez bien du misérable?

— Oh! très bien.

— Avouez, dit le docteur au directeur, que tout cela est étrange.

— Oui, fit le docteur. Est-il possible qu'à notre époque un homme emmène de Lyon une femme, l'attire dans un guet-apens; cette femme disparaît sans que personne s'émeuve; l'homme peut prendre ses malles, ses valeurs, et la malheureuse est depuis un an dans une maison de fous; cela en plein Paris, c'est impossible.

— Que faire? demanda le docteur.

— Monsieur, en cette question qui m'est toute personnelle, je vous prie de suivre mon avis. Je désire que la police n'entre pas dans tout ceci, momentanément du moins. Concevez que le coupable, si cette affaire était ébruitée, ne manquera pas de se mettre à l'abri. Pro-

cédez donc avec prudence d'abord ; je vais faire venir
mon argent de chez le notaire. Une fois tranquille de ce
côté, avec de nouveaux détails que mes souvenirs me four-
niront, nous commencerons les recherches.

— C'est parfaitement raisonné, dit le docteur.

— Encore faut-il, ajouta le directeur, avoir un homme
capable de faire ces recherches, et nous n'avons guère
que la police qui puisse nous donner cet homme. Voulez-
vous, madame, que je voie le préfet de police personnellement, que je lui raconte à lui seul ?

— Non, non, monsieur, je vous en prie ; non, plus
tard. Ne m'avez-vous pas dit que vous aviez envoyé à
Lyon ?

— Oui.

— Quand doit revenir la personne que vous y avez envoyée ?

— Elle arrivera cette nuit.

— Eh bien, restons-en là pour aujourd'hui, demain
cette personne m'aidera à reconstruire mes souvenirs.
Des détails que j'ai oubliés nous aideront et nous donne-
ront peut-être un indice certain.

— Vous avez raison.

— Et puis, dit le docteur, il faut vous reposer un peu...
vous êtes fatiguée... un peu de fièvre.

— Je ne demande pas mieux, docteur ; lorsque je parle
trop, j'ai des douleurs à la tête.

— Il faut être très réservée. Maintenant, tout est
éclairci, vous allez mieux ; il n'y a donc qu'une chose à
faire, vous reposer.

Le docteur et le directeur se retirèrent et, dès qu'ils
furent seuls, ce dernier dit à l'autre :

— Quelle épouvantable chose ! Est-ce possible à Paris ?

— Ce qui m'effraye, c'est le secret dont ce crime est
resté enveloppé et qui a pu permettre au misérable de
recommencer, car ceci me semble une chose organisée.

Cette maison doit être dans un quartier éloigné. J'ai hâte de voir celui que vous avez envoyé à Lyon... Au revoir.

— Au revoir.

Et ils se quittèrent après avoir décidé qu'ils ne verraient la malade que le lendemain.

XI

CE QUI SE PASSAIT PAR UNE BELLE NUIT DANS LE NOUVEAU PARIS

Panafieu, en sortant de chez la Balandier, se dirigeait vers le petit cabaret de la rue Vieille-du-Temple ; en passant devant la rue où il demeurait, il hésitait à monter chez lui pour prendre une arme, espérant en finir le soir, coûte que coûte, avec celui qu'il cherchait depuis si long-temps. Il s'était arrêté au coin de la rue de Poitou, lors-qu'on lui frappa sur l'épaule ; il se retourna vivement et se trouva face à face avec Jobert, qu'il n'avait pas revu depuis sa visite à l'amphithéâtre de l'hôpital de Vincennes.

— Tiens, vous voilà, fit-il, je parlais justement de vous ce soir.

— Moi, j'ai seulement pensé à vous.

— Ah ! excusez-moi, mon cher ami, de n'aller vous voir que lorsque j'ai un service à vous demander, mais j'avais l'intention d'aller à Vincennes ces jours-ci.

— Bien vous a pris de ne point le faire, je n'y suis plus. Je suis maintenant à Charenton... pas pour mon compte, vous savez...

— Je m'en doute bien, répondit en riant Panafieu, et par quel hasard, restant si loin, vous trouvé-je par ici.

— Mais ce n'est pas un hasard, je sors de chez vous ; j'ai laissé ma carte chez votre concierge.

— Avez-vous besoin de moi, enfin !

— Non pas, Dieu merci, mon cher ami, je viens vous apporter un renseignement sur l'affaire pour laquelle vous étiez venu me consulter à Vincennes.

— Un renseignement! exclama Panafieu tendant l'oreille, entrons au café.

— Si vous voulez ; mais hâtons-nous, je suis pressé

— Moi aussi, ça va bien... Il est onze heures, je vous tiens jusqu'à onze heures et demie.

— C'est cela.

Ils entrèrent au café, se firent servir, et Panafieu, s'accoudant devant le docteur, lui dit :

— Je vous écoute.

— Voici la chose. Vous vous souvenez que lorsque vous vîntes à Vincennes, vous m'avez parlé d'un crime étrange resté mystérieux; je vous donnai le rapport des constatations personnelles que j'avais faites après le médecin de service.

— Oui, eh bien?

— Vous m'avez parlé d'un autre crime commis aux Batignolles, à l'aide d'un couteau, et que vous supposiez avoir été le résultat d'une épingle enfoncée au-dessous de la nuque.

— Oui, c'est cela.

— Eh bien, mon cher, mon chef de service m'a raconté une tentative semblable commise sur une femme qui est en ce moment à Charenton.

— Qui vit?

— Qui vit ; elle était folle depuis ce jour, et il y a seulement deux jours la raison est revenue.

— Vraiment... et elle a raconté?

— Elle a raconté des choses étranges : un homme qui l'a emmenée probablement pour la voler, qui devint son amant, et qui tenta de l'assassiner une nuit où il était couché près d'elle.

— Elle connaît l'assassin?

— Ah! je ne sais pas.

— Et je pourrais voir, parler à cette femme?...

— Justement, écoutez donc, j'ai pensé à vous; quand le docteur, qui est très familier avec moi, m'a raconté cela, je n'ai pu réprimer une exclamation ; il m'en a demandé le motif, je ui ai raconté votre histoire, mes constatations.

— Et alors?

— Alors, il a trouvé cela si singulier, si étrange, qu'il m'a dit qu'il voudrait bien vous voir. J'ai pensé que ça ne vous serait pas désagréable.

— Mais bien au contraire, fit Panafieu joyeusement, au contraire, je vous en remercie bien.

— Je me suis douté que vous seriez content de ça, et je suis venu vous voir.

— C'est aujourd'hui seulement ?

— C'est ce soir même en dînant chez le docteur; il me contait ça au dessert.

— Et qu'avez-vous décidé avec lui?

— Que j'allais vous venir voir immédiatement et vous demander si vous vouliez venir à Charenton ces jours-ci.

— Je crois bien, mais pas ces jours-ci, demain si c'est possible.

— Quand vous voudrez, on vous recevra.

— Eh bien, demain à dix heures, voulez-vous?

— Oui, je vois le docteur à huit heures, je lui dirai de dix à onze.

— C'est cela.

— Et nous déjeunerons par là... une matelotte.

— Oui, oui, c'est entendu.

— Sur ce, mon cher Panafieu, au revoir, la demie sonne.

— Au revoir, merci et à demain, à la maison des fous, je vous demanderai.

— C'est cela, au revoir.

Le docteur étant parti, Panafieu se dirigea vers le cabaret de la rue Vieille-du-Temple, se frottant les mains et disant :

— Cette fois, je crois que nous avançons. Si je ne réussis pas cette nuit, demain j'aurai des détails.

Quelques minutes après il entrait dans le cabaret où Ladèche et De Taille l'attendaient.

Les deux compagnons jouaient aux cartes et Ladèche criait en tapant sur la table :

— Quinte au larbin, quatorze de pains à cacheter.

De Taille regardait son ami atterré, celui-ci continuait joyeusement.

— Oui, ma grosse vieille, si tu as froid, t'as pas à te plaindre... Ah ! tu peux ramasser tes outils, tu vas voir cette capote. A moi de flancher... Nous dirons quinte et quatorze, quatre-vingt-quatorze, une tierce majeure au tabac... quatre-vingt-dix-sept, dix-huit, dix-neuf, vingt, vingt et un, deux, trois, quatre, cinq, six, sept, huit et neuf... et quarante de la redingote... Tu peux fouiller ta poche, ma vieille !

La grosse figure de De Taille était toute déconfite, ses grosses lèvres s'avançaient, ses yeux avaient presque des larmes. Au contraire, Ladèche riait comme un fou, parlant hautement :

— Faut aller à l'école, mon vieux, on jouera la bataille !

Et il éclatait de rire, lorsqu'il s'arrêta tout d'un coup en reconnaissant Panafieu qui entrait.

— Eh ! voilà le patron, entrez donc, entrez donc, bourgeois, et permettez-nous de vous régaler.

Ladèche commanda :

— Un litre Fleur-de-Raisin, et du pareil... Eh bien, monsieur Panafieu, est-ce pour ce soir ?

— Oui, dit Panafieu lorsqu'il fut assis. Écoutez-moi avec attention.

Les deux coquins avancèrent leurs têtes.

— Vous allez vous procurer une voiture...

— Nous avons ça.

— Bien. Vous vous placerez dans la rue Aumaire.

— Devant la boîte de l'autre fois.

— C'est cela, environ dix maisons plus loin... notre homme y sera ce soir ; au moment où il sortira vous vous en emparerez et le monterez avec vous dans la voiture... Je serai là, et je vous dirai où nous irons ; il faut que cela soit fait adroitement, pas de bruit, pas de scandale ; si vous réussissez, vous savez que vous serez bien payés.

— C'est pas pour ça, monsieur Panafieu, nous n'avons encore rien fait pour vous ; ça, au moins, c'est de l'ouvrage.

— Oui, à la bonne heure, répéta De Taille, c'est un ouvrage amusant, et en disant ces mots, le colosse se frottait les mains et passait sa langue sur ses lèvres.

— Soyez là dans une heure.

— A la vôtre, monsieur Panafieu, et soyez tranquille, dans une heure nous y serons, et nous vous trouverons là ?

— Oui, je pars, car je suis pressé.

Il trinqua, but et partit aussitôt.

Restés seuls, les deux copains se levèrent.

— Tu sais, mon petit vieux, c'est toi qui éclaire, dit Ladèche à son ami ; quand tu seras fait au piquet, nous recommencerons ça.

De Taille tira sa bourse de sa poche, et paya, puis les deux amis sortirent.

Ladèche n'était pas un ingrat ; montrant un débit de tabac au colosse, il lui dit :

— Veux-tu un *mégo* ?

— Des folies, dit De Taille, j'accepte.

Ils entrèrent chez le marchand de tabac, choisirent deux cigares d'un sou, ou deux mégos, dans la langue de

Ladèche, et jetant dans l'air les spirales de fumée, ils marchèrent en causant.

— Mon petit père, dit Ladèche, voici ce qu'il faut faire d'abord.

— Quoi ?

— Il faut faire notre plan... J'ai des nerfs d'acier, de l'adresse, mais je dois reconnaître que tu es plus solide pour des coups comme ça ; d'abord nous ne savons pas si notre particulier n'est point un hercule.

— Ça, c'est vrai.

— Toi, tu es l'homme pour de vrai.

— Qu'est-ce que tu dis ?

— Je dis que tu es l'homme qu'il faut, tu conçois, tu saisis le particulier, moi je le guigne ; j'ai préparé un mouchoir en cravate et je me jette dessus le bonhomme que tu tiens, pour lui empêcher de respirer le mauvais air, en lui collant mon mouchoir sur la bouche.

— C'est ça, et c'est moi qui te le tendrai.

— S'il crie, tu sais, j'ai un moyen de le faire taire.

— Qu'est-ce que tu fais ?

— Comme ça, fit Ladèche en avançant la tête comme un bélier ; un coup de cheveux dans l'épigastre... et... v'lan... Si il crie encore, c'est qu'il a dans le ventre un soufflet d'accordéon.

— C'est ça... et une fois ficelé, je le colle dans le fiacre.

— Et aussitôt, pour ne pas qu'il s'ennuie, cet homme, je m'assois près de lui et je lui fais un brin de conversation, pendant que tu lui fais des gants et des manchettes avec de la ficelle.

— Compris ; mais, où allons-nous ?

— Chez Collignon.

— Ah ! c'est vrai, pourvu qu'il soit rentré.

— A cette heure-ci... Je crois qu'il doit être rentré ; tu sais bien qu'il n'aime pas travailler passé minuit, nous le trouverons au *Cocher fidèle*.

— Allons vite. Il est minuit un quart.

— Minuit un quart, comme le temps passe quand on est gai.

Moins d'une demi-heure après, les deux amis entraient au *Cocher fidèle*, un cabaret borgne qui se trouvait dans une rue de La Chapelle.

— Le voilà, fit en entrant Ladèche.

Et suivi de De Taille, il alla prendre place à une table devant laquelle était assis un cocher.

Ce dernier dit en les voyant :

— Tiens, vous voilà donc vous autres... Comment que ça se fait que vous êtes par ici ?

— C'est pas par hasard. Es-tu libre cette nuit ?

— Absolument libre. Vous avez une affaire ?

— Oui, et bonne... Un emballage à la sourdine.

— Et on éclaire comptant ?

— Oh ! immédiatement, tu penses qu'on ne fait pas de ces trucs-là à l'œil. Voilà ce que c'est, faudrait que tu attelles tout de suite, et que nous partions ; tu conçois, ça peut être pour deux heures comme pour quatre heures, et faut pas manquer l'affaire.

— Nous prenons un verre, et nous partons.

— C'est ça.

On fit servir, on but, et les trois complices quittèrent aussitôt le cabaret pour aller à l'écurie qui se trouvait à côté.

Celui qu'ils appelaient Collignon était un de ces cochers étranges que nous voyons sur des voitures plus étranges encore.

Le sobriquet qu'on lui avait donné avait été gagné ; un jour, une pratique ayant oublié le pourboire, l'aimable automédon avait eu avec lui une conversation touchante qui l'avait amené sur les bancs de la correctionnelle. Grâce au malheureux qu'il avait failli tuer, on l'avait acquitté. Mais l'accusation avait fait allusion à Collignon, et le sobriquet lui était resté.

La voiture qu'il sortit de la remise, aidé de De Taille, était un vieux fiacre bossué, vermoulu, qui gémissait en roulant de toute la force de ses essieux; les banquettes crevées laissaient sortir le foin et le varech qui les garnissaient.

Si la voiture était hideuse, il n'en était pas de même du cheval.

C'était une bonne bête, jeune encore, ardente. Les jambes un peu lourdes en haut et fines au-dessus du boulet indiquaient un trotteur.

Le cheval fut vite attelé, le cocher monta sur le siège, Ladèche se plaça près de lui et le colosse se mit à genoux sur la banquette de devant, ouvrit les glaces et passa la tête entre Ladèche et Collignon. Le premier disait à l'autre :

— Voici la chose, tu conçois... Nous te plaçons presque devant la porte, nous nous postons de chaque côté dans des encoignures; le particulier sort, tu nous vois sauter dessus, tu te penches sans descendre et tu ouvres la portière dont nous ne fermerons pas la poignée.

— Bien, je comprends. Alors?...

— Alors, nous balançons notre bonhomme dans ta guimbarde; De Taille monte d'abord, moi après, tu fermes sur nous.

— Bien, mais s'il crie?

— Pas de danger, nous lui faisons manger un foulard... On ne peut pas faire deux choses à la fois.

— Oui... c'est pour savoir; vous ne surinez pas... parce que ça salit les voitures; les rousses qui ont de l'œil voient ça, et alors...

— Mais non, mais non, faut que nous fassions la livraison vivant. Alors nous nous arrangeons du bonhomme.

— C'est bien entendu ; mais où allons-nous porter ça ?

— Justement, c'est ce que j'allais te dire. Une fois que nous serons dedans, tu verras un jeune homme qui se placera à côté de toi sur le siège, et c'est lui que tu auras à écouter.

— Bon, c'est celui-là qui éclaire. C'est que tu sais, ces coups c'est dangereux, on peut faire du pré ; et moi je tiens à recevoir du blé pour de bon.

— Aie pas peur, la maison est bonne, on paie bien.

Quelques minutes après, la voiture s'arrêtait rue Aumaire. Collignon descendait de son siège, et, pendant que les deux hommes allaient se poster, il barbouillait avec du cirage les numéros de sa voiture.

Ce petit travail terminé, il alluma un cigare — mégot — que lui avait offert Ladèche, remonta sur son siège, et, ayant regardé si la portière fonctionnait bien, englouti dans son manteau, il attendit l'heure du travail.

Une demi-heure après environ, Panafieu parut. Ladèche qui le reconnut sortit de son ombre et vint à lui.

— Nous y sommes, vous voyez, monsieur Panafieu.

— C'est votre voiture qui est là ?

— Oui, moi je suis dans ce coin-là, pour que notre homme ne chasse pas de l'autre côté. De Taille est dans le coin de la porte, devant la voiture ; il est bien caché, vous voyez, on ne le voit pas.

— Et tu es sûr du cocher ?

— Comme de moi-même. C'est choisi, vous savez, et tout est entendu ; nous emballons l'homme ; la guimbarde bouclée, vous montez sur le siège et vous dirigez le cocher.

— Très bien, va à ton poste ; il est deux heures, je me promène au bout de la rue afin de vous prévenir s'il y avait menace de danger.

— Quel homme ! fit Ladèche en s'éloignant, il pense à tout.

Panafieu allait regagner le bout de la rue, la porte s'ouvrit ; il s'arrêta en reconnaissant le beau Gustave ; celui-ci dit en passant près de Panafieu :

— Il sort, il met son pardessus, il est derrière moi.

Et Gustave continua tranquillement son chemin.

Panafieu se jeta aussitôt dans l'encoignure d'une porte de l'autre côté de la rue, en sifflant doucement.

La porte du café s'ouvrit encore.

Panafieu sentit qu'on lui serrait le bras comme dans un étau, et qu'on l'attirait dans l'ombre de l'encoignure d'une porte.

C'était Ladèche, qui lui dit d'une voix faite de râle :

— Cachez-vous là ; il va du côté de la voiture... Attention, il pige autour de lui.

En effet, l'homme qui venait de sortir du tripot regardait autour de lui.

Il se dirigea du côté où se trouvait le fiacre de Collignon.

Tout à coup il s'arrêta.

— Est-ce lui ? demandait bas Panafieu.

— Attendez, je ne vois pas.

L'homme avait fouillé dans sa poche et il continuait sa route près de la voiture.

Il s'arrêta pour allumer son cigare à la lanterne.

Ladèche dit bas :

— C'est l'abbé !

Et il siffla.

Aussitôt De Taille se jeta sur l'individu et le terrassa.

Ladèche avait couru, il avait à la main une cravate roulée qu'il appliqua sur la bouche de l'individu.

Panafieu fouillait dans sa poche pour y prendre son casse-tête, que déjà la portière s'était ouverte.

L'homme bâillonné avait été jeté dans le fiacre.

Les deux compagnons étaient avec lui et la portière s'était refermée.

Voyant que tout était terminé, sans qu'on eût entendu un cri, Panafieu regarda autour de lui ; son regard, perçant l'ombre, chercha si un témoin pouvait surgir... Rien.

Il grimpa près du cocher et lui dit :

— Donne-moi ton fouet et tes guides.

Celui-ci obéit et la voiture partit, Panafieu sourit, entendant la voix gouailleuse de Ladèche qui disait :

— Eh bien, jeune homme, un train de plaisir à l'œil, quoi...

XII

PETITS ET GRANDS CHAGRINS D'AMOUR.

Le soir où se passaient ces divers événements, les deux frères Lebrun avaient reçu de leur sœur une invitation à venir dîner.

Ils avaient trouvé en arrivant leur beau-frère André, gai, heureux de les recevoir, et qui leur dit :

— Je vous demande pardon, c'est comme une fatalité ; chaque fois que vous venez, je suis sorti, et cependant je sors peu.

Comme Vincent avait souri, croyant qu'il se souvenait de leur rencontre nocturne au tripot de la rue Aumaire, il ajouta :

— Je te jure, mon cher, que le soir où tu m'as rencontré, c'était la première fois que j'allais en ce lieu.

— Et Brebant, farceur, dit en riant Vincent.

— Oh ! je n'y vais presque jamais.

— Tu plaisantes ; on t'y connaît absolument, le garçon t'appelle par ton petit nom.

— Mais c'est évident, fit André le plus naturellement du monde : je dîne toujours, mais je déjeune rarement ici ; je fais des affaires à la Bourse, tu le sais, et tu conçois que je suis là tout près à l'ouverture.

Marguerite parut avec son enfant et ils cessèrent.

Vincent observa à son frère que Marguerite paraissait souffrante; il le dit à André, qui répondit en riant tout bas :

— Elle est de mauvaise humeur, elle est maussade; depuis deux jours elle boude.

Vincent connaissait sa sœur, il savait qu'elle était d'un caractère absolument égal; toujours douce, prévenante et aimante.

Pour ne pas craindre de montrer devant lui qu'elle avait du chagrin, il pensa que la chose était grave.

Il ne répondit pas, se promettant d'interroger sa sœur.

On se mit à table. Comme on apportait son enfant, André le présentant à ses beaux-frères, leur dit :

— Mais, voyons, vous deux, quand donc penserez-vous à faire une fin... à vous marier? il est temps de donner des cousins ou plutôt des cousines à votre neveu.

Les deux frères échangèrent un triste regard que Marguerite comprit, et qu'André surprit, car il dit :

— Avez-vous donc fait vœu de chasteté?

— Presque, mon cher André, répondit Vincent. Nous ne nous marierons peut-être jamais.

— Quoi, vous n'avez pas le désir d'avoir de la famille?

— Notre famille, fit-il en prenant le petit bébé, en l'embrassant et en le plaçant sur ses genoux. Notre famille, la voici tout entière : c'est ce petit chérubin rose et vous... Au reste, j'aime mon neveu comme mon fils; nous aurions des enfants aujourd'hui, habitués à considérer Cornille comme notre héritier, nous les aimerions moins. Dieu merci, Paris permet de vivre en garçon avec les bénéfices du mariage, sans ses désagréments. Toute notre vie, mon cher André, est dans ton enfant. C'est à lui que s'adressent tous nos vœux... Pauvre petit ange, quand je viens vous voir, il me semble que ses petites mains roses, en caressant mon front, en chassent les lugubres souvenirs... C'est notre fils comme c'est le tien.

— Le petit ange n'est pas à plaindre, l'avenir est certain pour lui.

Charles avait repris l'enfant et causait avec André ; Vincent se pencha vers sa sœur et lui dit bas :

— Qu'as-tu donc, Marguerite ? tu es triste aujourd'hui ; pour des querelles sans importance, il ne faut pas penser à cela... Oublie, ma belle ; il ne faut jamais bouder dans un ménage.

Marguerite se pencha à son tour, et lui dit :

— J'ai de grands chagrins, Vincent.

— C'est bien grave ?

— Oh ! oui, bien grave, si grave que je ne sais ce que je ferai.

— Que dis-tu là ?

— Vincent, viens me voir demain, j'ai besoin de conseils.

Vincent inquiet regarda sa sœur, il ne lui répondit pas, car il vit que le regard inquiet d'André s'était dirigé sur eux.

Ce qu'il venait d'apprendre le tourmentait ; déjà lors des dernières visites qu'il avait rendues à sa sœur, Vincent avait cru voir que Marguerite cachait ses chagrins sous une feinte gaieté. Il connaissait sa sœur, il la savait courageuse ; pour qu'elle en arrivât à faire cet aveu, il fallait qu'elle eût de graves sujets. D'un autre côté le ton loyal, sincère, avec lequel son beau-frère lui avait déclaré ne jamais aller la nuit dans les lieux où par hasard il l'avait rencontré, le rendait très perplexe ; il croyait en André, il le savait incapable d'un mensonge, et pour une chose aussi banale, entre hommes surtout. Tout songeur, Vincent acheva de dîner.

On comprendra facilement l'intérêt que les deux frères portaient au ménage de leur sœur. Absolument voués à

la recherche de celui pour lequel leur père avait été
tué, ils avaient dû renoncer à toute idée de famille ;
ils considéraient Marguerite plutôt comme leur fille que
comme leur sœur ; leur neveu était leur fils. C'est dans
cette maison que, las de vaines recherches, découragés,
dégoûtés par les gens qu'ils étaient obligés de voir, ils
revenaient au sein des douces joies de la famille, ils venaient s'enivrer des baisers du petit Cornille et des bons
sourires heureux de leur Marguerite.

Marguerite étant maussade, Vincent inquiet, il s'en-
suivit que le dîner s'acheva tristement et rapidement.

A dix heures, les deux frères descendaient l'avenue des
Champs-Elysées.

Vincent dit à Charles :

— Je suis bien ennuyé, tu sais la force de caractère
de Marguerite, tu sais combien elle craint de nous tourmenter sachant les graves préoccupations que nous avons
déjà.

— Eh bien ?

— Eh bien, Marguerite faisait ce soir des efforts
inouïs pour retenir ses larmes ; elle m'a dit qu'elle désirait me parler demain, qu'elle avait besoin de conseils.

— Que me dis-tu là... C'est peut-être un peu de jalousie... Tu sais que nous avons rencontré André chez Brébant une nuit et le garçon nous a dit que c'était un
habitué.

— Justement, André m'a formellement déclaré que
jamais il n'allait chez Brébant la nuit, qu'il y était connu
parce qu'il y allait le matin déjeuner avant la Bourse.

— Je me souviens parfaitement que le garçon nous a
répondu, lorsque nous lui avons demandé s'il connaissait
André : « Oui, monsieur, M. André est un habitué, il
vient presque toutes les nuits. »

— Tu en es certain ?

— Absolument certain, et voilà toute la vérité. André

est comme beaucoup de gens mariés, un peu jeune.. Le calme a succédé à la lune de miel, nous sommes dans la quatrième année, il a un enfant, il est heureux ; mais les sens parlent peut-être un peu. fort en lui. Comme la situation de Marguerite les a obligés d'être très réservés dans leurs relations; il s'amuse un peu de temps à autre passé minuit ; Marguerite s'en est aperçue et, dame ! le premier coup a été dur.

— Je pense qu'il n'y a que ça. Mais une chose me blesse.

— Laquelle ?

— Le mensonge d'André à mon égard... Que diable ! je suis un homme, je suis son ami, un ancien compagnon de plaisirs... Qu'est-ce que cette négation ? à moi !

— C'est niais, voilà tout. Il te considère comme le père de Marguerite, et a craint la morale d'ami que tu aurais pu lui faire.

— Enfin, je suis très ennuyé ; je connais Marguerite ; la pauvre enfant échappant miraculeusement au coup qui nous a frappés, s'est trouvée bien seule, le mariage a été son refuge ; car la mort de notre pauvre père avait éloigné d'elle toutes ses amies ; ses relations ne se sont pas renouées ; son mari, son enfant, c'est le monde pour elle ; naïve et aimante, elle n'a jamais cru que celui qu'elle adore, auquel elle est prête à tout sacrifier, pût la tromper. Si malheureusement c'est d'une chose semblable qu'elle a à se plaindre, la pauvre amie en souffrira bien.

— Il faut voir André, lui parler en camarade.

— C'est la seule chose qu'il nous est impossible de faire.

— Non ! pas dans le sens où tu l'entends... Ne pas le moraliser, lui dire qu'il ne doit pas faire ceci ou cela... Il nous enverrait promener... Non ! lui dire de se tenir sur ses gardes, de se méfier enfin...

— Et je pense, nous pouvons nous tromper... Nous

n'avons pas rencontré André seulement chez Brébant, nous l'avons rencontré dans un tripot.

— Eh bien !

— Il pourrait se faire qu'il fût joueur, et que des pertes...

— Oh ! ceci serait plus grave.

— Enfin, j'irai demain.

Lorsqu'ils arrivèrent chez eux, on leur dit que Panafieu était venu deux fois et avait laissé une lettre ; ils l'ouvrirent et lurent :

« Cher monsieur Vincent,

« J'ai de très, très graves choses à vous apprendre, je crois que je tiens l'*homme*... Je fais ce soir une tentative audacieuse ; j'ai absolument besoin de vous voir demain dans l'après-midi. Cette fois, je crois pouvoir vous dire : nous l'avons.

« A demain trois heures, sans faute.

« PANAFIEU. »

— Ah ! ceci me fait du bien ! dit Charles.

— Voilà tant de fois déjà que nous sommes sur le point de toucher le but...

— Il faut bien que nous y arrivions, cependant.

— Que va-t-il faire ce soir ?

— Ce qu'il nous disait l'autre jour, s'en emparer.

— Diable ! s'il se trompe. C'est grave... Enfin, demain nous verrons.

Les deux jeunes gens gagnèrent leurs chambres, désireux d'être au lendemain pour savoir ce qu'étaient les chagrins de Marguerite et ce qu'avait fait Panafieu.

XIII

UNE HISTOIRE D'ENFANT

Le lendemain matin, le docteur Jobert vint chercher Panafieu; celui-ci en partant dit au concierge qu'une femme devait le venir voir et lui donna sa clef pour lui remettre, déclarant qu'il serait de retour vers midi.

Il monta en voiture et le docteur lui dit :

— Est-ce que vous n'êtes pas Lyonnais, vous ?

— Si, dit Panafieu.

— Vous pourrez alors causer avec cette femme plus facilement, c'est une payse... Mais comment diable êtes-vous devenu Parisien ?

— C'est assez étonnant, car je devrais dormir dans le Rhône.

— Que me dites-vous là ?

— La vérité... J'ai voulu me tuer

— Vous avez voulu vous tuer ?

— Oui.

— Oh ! contez-moi ça. Ça passera le temps d'ici à Charenton.

— C'est mon histoire que vous me demandez là. Eh bien ! écoutez.

— Du plus loin qu'il m'en souvienne, monsieur, j'avais des parents qui m'adoraient, un père, brave et honnête ouvrier, une mère digne de lui. C'était un heureux ménage; sitôt que la misère voulait mettre son nez chez nous, il y avait quatre bras vigoureux pour la repousser.

Nous habitions Paris; j'avais, je crois, sept ans en 1849, lorsqu'un soir, ma mère rentra pâle et défaite. Mon père courut chercher le médecin; avant qu'il ne fût revenu, ma mère était morte du choléra. Ce fut un coup terrible pour mon père. La digne femme enterrée, sur le conseil de la famille, il vendit ce qu'il avait et vint à Lyon. Nous demeurions dans un hôtel garni, aux Brotteaux. On m'avait mis à l'école. Mon père, monteur en bronze, travaillait chez un fabricant de bronzes d'église. D'ouvrier rangé qu'il était, le manque de famille autour de lui, les mauvaises connaissances en firent un ivrogne. Chaque soir il rentrait ivre; or, il fut des jours où nous ne mangions pas.

Des troubles éclatèrent à Lyon, des barricades furent élevées à la Croix-Rousse.

Je m'en souviens comme d'aujourd'hui, on nous renvoya de l'école. Vous savez comme les enfants aiment le tapage. Ayant entendu le bruit de la fusillade, je bouillais d'aller voir de près ce que c'était.

Je montai à la Croix-Rousse.

Il était quatre heures du soir, c'était en décembre. Le jour baissait. Je vois comme si j'y étais, en face l'endroit où se trouve aujourd'hui le chemin de fer de la *Ficelle*, se dresser une barricade éventrée.

J'avançai; la troupe, après avoir enlevé la barricade, s'était retirée.

Déjà un peu plus loin l'on recommençait, car j'entendais le bruit sourd de la pince mordant le pavé.

Vous savez la curiosité féroce des enfants. Je n'avais pas assez vu; ce que je cherchais, c'était les morts.

Je grimpai après la barricade et je rentrai dans une cour, dont la porte avait été enfoncée.

Là, je vis sous un hangar, sur la paille, six cadavres !

J'eus peur d'abord, et je me sauvai.

Puis je revins, je regardai et je jetai un cri terrible.

Le premier étendu, le front troué par une balle, la barbe inondée de sang, la main coupée d'un coup de hache ou de sabre, c'était mon père...

A mes cris, on était accouru.

Les femmes m'entouraient, on voulait me consoler, comme si on consolait un enfant qui perd son père.

Tout à coup une femme dit :

— Emmenez-le vite, ça va recommencer.

Effectivement on entendait le bruit régulier des pas des soldats.

On entendit crier :

— Voilà la troupe !

Des hommes me prirent malgré ma résistance, et m'emmenèrent dans une maison dont ils fermèrent la porte.

J'entendis à vingt pas, éclatant, terrible, le bruit de la fusillade.

Puis des cris... oh! des cris affreux que j'entends encore.

Une heure, on me garda dans la maison...

Quand je sortis, il faisait nuit sous le hangar funèbre.

Je vis la paille sanglante... On avait enlevé les cadavres.

Ainsi c'était fini; mort ou vivant, je n'avais plus de père.

J'étais seul, et j'avais neuf ans.

Les soldats qui campaient dans les rues avaient bien autre chose à faire qu'à s'occuper de mes larmes.

On m'intima l'ordre de rentrer.

Je regagnai les Brotteaux, et lorsque je voulus prendre la clef de la chambre, la femme me dit que mon père avait été renvoyé le matin de l'hôtel.

Je ne répondis pas.

Je sortis et je marchai sans savoir où.

Le lendemain, au petit jour, je m'éveillai glacé.

J'étais couché sous une voiture, sur une grande route; je regardai, j'étais aux Charpennes.

J'étais rompu, mes dents claquaient de froid.

Avez-vous dormi une nuit d'hiver à la belle étoile, monsieur? Oh! c'est terrible, allez... Il me semblait que mes mains étaient mortes, malgré moi mes yeux s'ouvraient tout grands.

Et puis, j'étais bien légèrement vêtu, allez, et la brise, le brouillard du matin d'hiver, m'avaient tout trempé, si bien que mon corps que je croyais gelé était encore assez chaud pour faire fumer mes vêtements.

Ces nuits vous vieillissent, monsieur.

Je m'étais endormi à neuf ans, et je m'éveillai à quinze.

Je pensai alors, et en songeant au seul immense dans lequel j'allais vivre sous peu, il me parut impossible de jamais sortir de la position dans laquelle j'étais.

Sans argent, sans pain, sans gîte et sans métier.

Je marchais toujours, si bien que j'arrivais au quai d'Albret.

Comme j'étais là, je descendis sur le port et m'asseyant sur la berge, les pieds ballants au-dessus de l'eau, je regardai l'eau brune du Rhône rouler en mugissant. Malgré moi, monsieur, je me dis :

« — Je suis seul sur la berge, personne ne me verra, avec ce brouillard-là surtout; si je me laissais glisser... j'irais revoir maman là-haut. »

Je regardais encore autour de moi... J'hésitais.

Depuis la veille midi, je n'avais pas mangé, j'avais froid. Quand mangerais-je ? Où irais-je me chauffer ?

J'eus plus froid encore de penser à tout cela, et je me dis : la mort vaut mieux.

Le brouillard qui devenait plus intense me cachait le Rhône, mais je l'entendais couler sous mes pieds.

Je fermai les yeux, je pensais au père et à la mère que j'allais revoir, et je me laissai glisser.

Tout à coup, sur la pente rapide, mes pieds rencontrèrent une pierre et je m'arrêtai. En même temps l'instinct de la conservation me revint, je voulus vivre ; la mort, que je désirais quelques minutes avant, me faisait peur maintenant. Des pieds et des mains, je m'accrochai aux pierres gluantes ; dix fois je glissai, et, perdu dans le brouillard, je crus tomber dans le fleuve ; enfin, après un quart d'heure de lutte, j'arrivai sur le quai.

Il était temps.

Cependant j'avais vaincu une de mes plus cruelles souffrances, le froid ; je suais.

Je marchai dans Lyon à l'aventure, jusqu'au soir ; j'errai ainsi souffrant de la faim.

C'est une chose pénible que la faim, allez !

Au coin de la rue des Bouchers, j'avais vu, à la devanture d'un épicier, un tonneau découvert plein de harengs saurs... J'allais et venais, puis je revenais devant la boutique. Enfin, prenant mon courage à deux mains — comme on dit — je passai près du tonneau, je plongeai la main, je pris un hareng et je le cachai sous ma blouse.

Je ne peux pas vous dire ce que je ressentais. C'est affreux. Il me sembla quelques minutes que je n'avais plus faim, j'avais volé, j'étais un voleur.

Je tournai la rue Saint-Marcel et j'entrai sous une porte cochère pour manger, lorsque tout à coup une main se posa sur mon épaule, un frisson me courut des ongles aux cheveux.

J'étais sûr que c'était l'épicier qui, m'ayant vu, me faisait arrêter par un agent. En moins de temps qu'il n'en faut pour le dire, je vis la prison où j'allais rester jusqu'à vingt ans.

Je voulus fuir, mes jambes refusaient de me servir ; je m'appuyai à la porte pour ne pas tomber.

Une voix qui me parut terrible me dit :

« — Tu as volé, petit.

« — Non ! ce n'est pas moi. »

On me prit le bras, celui dont la main tenait l'objet volé, et d'un coup je fus tourné.

Je vis devant moi une belle paysanne de dix-huit ans, habillée d'une robe à gros plis vert foncé, avec un petit châle sur le coù et une chaîne d'or qui faisait au moins trois rangs et qui n'en finissait plus.

La bonté était gravée sur son frais visage.

En vain, elle cherchait à faire gros yeux et bonne grosse voix.

Cependant, conscient de la faute commise, je restai devant elle les yeux baissés, n'osant pas la regarder.

« — Tu es donc voleur, petit?

« — Oh! non madame, fis-je en pleurant. Oh! non, je vous en supplie, ne le dites pas.

« — Je l'ai vu. »

Je restai muet.

« — Pourquoi as-tu volé?

« — J'avais faim.

« — Mais que font tes parents?

« — Je n'en ai pas...

« — Tu n'as pas de parents?

« — Ils sont morts. »

Et j'éclatai en sanglots.

« — Pauvre petit, fit-elle, c'est vrai, ça... mais où demeures-tu?

« — Je n'ai plus de chambre.

« — Comment, pauvre petit malheureux... Mais, comment cela se fait-il?

« — On a tué papa hier sur une barricade.

« — Oh! mon Dieu. »

Et comme je pleurais à chaudes larmes, la brave femme m'avait attiré vers elle et, pleurant aussi, elle m'embrassait et m'essuyait les yeux.

« — Tu as faim, pauvre petit chérubin, viens, mon petit mignon, fit-elle, viens. »

Elle m'entraîna, et comme elle me fit repasser par la rue des Bouchers, je crus qu'elle allait me reconduire à l'épicerie, la pauvre femme chérie.

Je pleurais, et la suppliais.

« — Oh ! je vous en prie, madame, ne me faites pas prendre... Ne me faites pas mettre en prison... Je ne le ferai plus...

« — Aie pas peur, pauvre bon petit... et elle m'embrassa en ajoutant :

« — Je ne veux pas que l'on t'arrête, mon mignon : mais je ne veux pas que tu aies volé, tu vas remettre ça où tu l'as pris. »

Tremblant, j'obéis.

Alors, elle me prit la main, me conduisit dans un cabaret ; là elle fit faire un déjeuner et nous nous mîmes à table.

C'est cette femme qui me recueillit, et de laquelle je porte aujourd'hui le nom.

C'est cette femme qui fut assassinée par le misérable dans les circonstances que vous savez.

La voiture s'arrêta.

— Nous sommes arrivés, dit Jobert.

Ils descendirent et se hâtèrent de joindre le docteur.

XIV

OU PANAFIEU EST ABSOLUMENT SUR LA VOIE

La maison des fous de Charenton est connue de tous les Parisiens.

Son nom est presque devenu un proverbe. On envoie un homme à Charenton pour qualifier qu'il est fou.

Cette maison est, comme beaucoup d'autres œuvres humanitaires, l'œuvre de la première République française.

La maison de Charenton, destinée aux fous ou aliénés, est située hors Paris, à l'extrémité du village de Charenton.

En l'an X, on établit dans cette commune quarante lits d'hommes et trente de femmes pour les indigents attaqués de folie qui sont à la charge des hospices de Paris.

On ne met à Charenton que ceux qui paraissent guérissables.

Quand tout espoir de guérison est perdu, les aliénés sont alors transférés dans les hospices de Bicêtre ou de la Salpêtrière.

Il ne faut point entendre, hélas! que quarante lits d'hommes et trente de femmes signifient un chiffre égal de malades, non! . . .

Plus tard nous pourrons nous étendre sur la maison de Charenton.

Une scène capitale de notre histoire doit s'y passer le jour où nous retrouverons le père Levasseur.

Bornons-nous à dire ce qu'étaient les hôpitaux avant la Révolution... ce qu'elle a fait pour les aliénés, en citant les quelques lignes d'histoire relatives à l'hospice des aliénés avant la surveillance de l'administration.

Nous faisons cette citation pour montrer un peu ce qu'a fait notre siècle révolutionnaire.

« En 1801, au moment où l'on a constitué l'administration générale des hospices, Bicêtre contenait des valides, des aveugles, des paralytiques, des épileptiques, des goutteux, des vénériens, des scrofuleux, des incurables, des fous et des enfants.

« Les sexes, les âges, les infirmités y étaient confondus.

« Il y avait à Bicêtre 1,505 lits où les malades couchaient seuls; 262 où ils couchaient deux; 144 à double cloison qui séparaient les pauvres couchés ensemble; 172 lits à seul scellés dans les murs pour les fous; 126 appelés auges pour les goutteux, et 33 lits de sangle placés au besoin dans les dortoirs. »

On venait de supprimer les lits à quatre qui occasion-

naient entre les coucheurs de violentes querelles qui se
terminaient souvent par des blessures.

Avant la Révolution il existait des lits dont un seul servait à huit personnes; quatre coucheurs veillaient la moitié de la nuit, pendant que quatre autres sommeillaient
pendant l'autre moitié.

De nombreux et utiles changements ont été opérés,
des constructions, des réparations, des agrandissements,
des plantations d'arbres, des mesures de propreté relatives
aux salles et aux individus, un accroissement et une amélioration de nourriture, ont un peu tempéré le malaise et
le sentiment d'horreur qu'a toujours inspiré dans l'hospice, la réunion de toutes les misères et de tous les vices
de l'humanité.

Les fous sont beaucoup plus nombreux qu'on ne croit;
la seule statistique de Bicêtre, un établissement de fous et
d'incurables, voisin de Paris, nous donne en dix ans pour
cette seule maison :

2,167 fous qui se classent ainsi :

106 pour cause d'ivrognerie;

69 de naissance ;

49 par excès de travail de corps et d'esprit (!)

39 par l'effet de l'âge ;

58 par accident ;

157 par suite de maladie ;

118 par épilepsie;

20 par suite de mauvais traitements de père et mère
où de leurs maîtres;

19 par vice de conformation du crâne ;

27 par émanation de substances malfaisantes ;

21 par l'onanisme ;

55 par religion ;

78 par ambition ;

37 par amour ;

116 par infortune ;

24 par les événements politiques ;

99 par chagrin ;

24 qui ont simulé l'altération par esprit de fainéantise ou pour se soustraire à la conscription ;

Et 1,054 pour causes inconnues.

Nous venons de donner là un rapport du commencement du siècle de 1803 à 1813, c'est-à-dire à une époque où la population était du quart de ce qu'elle est aujourd'hui.

Nous sortions de la période révolutionnaire, le chiffre des fous était juste de moitié moins que le siècle précédent ; on n'en comptait pas moins de 3,500 en dix ans. Aujourd'hui la population quadruplée nous donne en ce même temps à peine le double.

Nous demandons pardon au lecteur de cette digression et nous continuons.

Le docteur en voyant Panafieu dit :

— Ah ! c'est vous, monsieur, qui avez déjà vu se produire un fait semblable ?

— Oui, monsieur.

— Venez donc, vous allez nous être très utile.

Panafieu et Jobert suivirent le docteur.

En parcourant les longs couloirs le docteur causait avec Panafieu. Celui-ci lui raconta ce qu'il avait déjà raconté à Jobert : l'assassinat de sa mère adoptive et puis récemment le rapport sur l'assassinat de l'avenue Friedland.

— C'est absolument la même chose, dit le docteur.

On entra bientôt chez Eugénie Herval. Nous ne fatiguerons pas le lecteur par les mêmes répétitions.

Tous les détails étaient ceux que Panafieu connaissait ; il demanda à la jeune femme de dépeindre celui qu'on appelait de La Havertière.

— Raoul, fit-elle.

— Raoul ! exclama Panafieu se souvenant du nom que lui avait dit Nicette.

— Qu'avez-vous? demandèrent à la fois le docteur et Jobert.

— Rien, rien... J'ai, j'en suis certain maintenant, de précieux renseignements à donner à madame.

— Dites vite, fit le docteur.

— Docteur, dit Panafieu, c'est malheureusement impossible ; il faut que ce soit absolument un secret, ou je risquerais de compromettre une recherche qui dure depuis plus de quatre ans.

— Faites, faites, mon ami, dit le docteur indifférent ; vous allez être utile à ma chère malade, et c'est tout ce que je désirais. Faites-lui maintenant retrouver ce qu'on lui a volé... et...

— Et je vous devrai la santé et à monsieur la fortune, c'est-à-dire le bonheur sur terre.

— C'est ce que je pensais, dit le docteur en riant. Allons, mon cher Jobert, allons au service.

Le docteur allait sortir, Panafieu le retint en disant :

— Docteur, j'ai une chose très importante à vous demander.

— Dites.

— Peut-être serait-il nécessaire que madame sortît. Est-ce possible?

— Oh ! maintenant, parfaitement. Mais vous ne la quitterez pas, et mieux vaudrait même vous faire accompagner de Jobert.

— Nous ferons cela.

— Je signerai la sortie tout à l'heure.

— Merci, docteur.

Le docteur et son aide sortirent.

Seul avec Eugénie Herval, Panafieu lui dit :

— Madame, je suis depuis quatre ans à la chasse du misérable dont vous avez été la victime ; aujourd'hui je crois le tenir. Vous pouvez me donner cette assurance.

— Comment cela ?

— Cet homme est arrêté.

— Oh! fit vivement Eugénie, je ne veux pas d'enquête de police... Je vous en supplie, monsieur, je vous le jure, j'en mourrais s'il me fallait raconter devant le tribunal ce que j'ai raconté au docteur.

— Mais, rassurez-vous, madame; je suis absolument de votre avis. La police, qui m'avait aidé d'abord, y a renoncé depuis cinq ans. C'est moi, moi seul avec qui vous vous trouverez.

— Alors, je ne vous comprends pas... Quelle assurance me demandez-vous?

— Madame, cette nuit, je crois avoir découvert le misérable, sans avoir recours à la police. Des hommes et moi l'avons arrêté et enfermé dans une maison que j'avais préparée pour ce jour.

— Lui! Vous l'avez arrêté?

— Je le crois... C'est le destin, qui vient aider les vengeurs à l'heure fatale, qui a voulu que je vous trouvasse. J'avais jusqu'alors des preuves par indice, il me manquait le témoignage terrible d'une victime, lorsque Jobert m'amena à vous... Je vous demande, madame, de venir avec nous voir celui que nous avons arrêté, et de me dire si c'est le misérable. Le portrait que vous m'en avez fait est absolument le sien.

— Monsieur, fit Eugénie Herval, qui tremblante d'abord à l'idée de revoir cet homme, avait réfléchi quelques minutes, je me confie à vous et à M. Jobert; j'irai où vous voudrez, mais vous ne me quitterez pas.

— Je vous le jure.

— Eh bien! quand vous voudrez.

— Demain, à pareille heure.

— C'est cela. Mais un mot encore; je ne veux pas qu'il me voie, je ne veux pas lui parler.

— Non, sans qu'il vous voie, vous le verrez et nous direz si c'est l'homme que nous cherchons.

— C'est cela... A demain, monsieur.

Panafieu sortit aussitôt, Jobert l'attendait. Ils allèrent déjeuner, et convinrent pour le lendemain de l'heure du rendez-vous.

Jobert devait amener Eugénie Herval en voiture à Paris; là Panafieu les conduisait où il voulait.

Ces conventions faites, le jeune homme sauta en voiture et se fit conduire chez lui.

En le voyant entrer, le concierge lui dit :

— J'ai donné votre clé à Mme Lise, elle est chez vous et vous attend.

— Bien.

Panafieu grimpa lestement ses quatre étages, et ne fut pas peu étonné d'y trouver Lise dans le costume qu'elle portait lorsqu'elle était chez lui.

Elle lui sauta au cou, comme aux beaux jours, en disant :

— Bonjour, mon Paul ! je t'attends depuis une heure.

Panafieu, s'asseyant, dit à Lise :

— Assieds-toi, ma Lise, et parlons sérieusement.

Lise baissa la tête en disant :

— J'espérais que tu aurais ouvert la porte, et que tu ne m'aurais plus jamais parlé du passé.

Panafieu, disons-le, resta ébahi. Lise lui dit alors :

— Je croyais qu'un seul mot suffirait pour cela.

— Et lequel ? demanda le jeune homme intrigué.

— Paul, je jure que je reviens aussi digne que je suis partie.

En entendant cette phrase, Panafieu fut quelques secondes à se demander s'il devait rire ou se fâcher.

Il prit Lise par la main, l'amena devant la fenêtre afin de l'inonder de lumière, et, la regardant bien fixement, il lui dit :

— Répète ce que tu viens de dire.

— Je te jure, répéta solennellement Lise, que je reviens aussi digne que je suis partie.

« Je te le jure sur la tombe de notre enfant. »

Ce souvenir, nos lecteurs ont pu le voir, était toute la vie du brave garçon.

Il dit :

— J'ai trop de choses à faire aujourd'hui pour te demander cette explication... Tu reviens, dis-tu?

— Oui.

— Tu rentres ici en amie. Nous nous expliquerons plus tard. Tu as tout laissé chez ce...

— Je reviens dans les mêmes vêtements que j'avais il y a un mois.

L'accent sincère de Lise avait ému Panafieu.

Il tenait la main de Lise.

Tout à coup il s'arrêta, releva la main de la jeune femme et lui dit en lui montrant une splendide bague :

— Qu'est cela? Je croyais que tu disais : Je reviens comme je suis partie.

Lise baissa les yeux.

Dame! elle était femme, et ce magnifique bijou lui plaisait.

Il lui semblait bien cruel de le renvoyer, d'autant qu'elle avait une excuse.

Elle dit naïvement à Paul :

— Celui qui me l'a donnée, me l'a donnée comme un souvenir de famille qui devait me porter bonheur. Je l'ai gardée et tu vois que c'est vrai, puisque mon premier bonheur m'arrive : je te retrouve.

— Tu n'avais pas besoin de cela pour me trouver... Lise, si tu veux rester ici, dès ce soir tu auras renvoyé cette bague.

Lise baissa la tête.

Sans dire un mot, elle retira la bague, l'enveloppa et la plaça sur la table.

Panafieu l'attira dans ses bras, l'embrassa, puis la regarda longuement, et deux grosses larmes coulèrent sur ses joues, pendant qu'il disait à mi-voix :

— Pourquoi n'es-tu plus Lise?

XV

OU PANAFIEU REGRETTE D'AVOIR ENLEVÉ UN HOMME

Quelques heures après, Panafieu se trouvait chez les frères Lebrun, il leur racontait tout ce qu'il avait appris, tout ce qu'il avait vu, tout ce qu'il avait fait.

Il leur raconta l'étrange histoire de la femme de Charenton.

Les deux frères étaient pleins d'espoir.

Panafieu dit :

— Vous m'avez parlé jadis d'un détail secret que vous gardiez pour la dernière heure et qui devait être très utile... L'heure vous semble-t-elle venue d'en parler? car maintenant que je crois avoir l'homme, ce que je veux, ce sont des preuves.

— Nous n'avons, dit Vincent, aucun motif de vous cacher cela. A vous, surtout. Vous, c'est nous en cette affaire.

— C'est mon avis.

— Je vais vous montrer cela, c'est une lettre de notre père avec un dessin.

Vincent alla fouiller dans un portefeuille et revint avec la lettre.

— La voici, lisez, dit-il en donnant la lettre à Panafieu.

Celui-ci lut

« Mes enfants,

« Je veux vous donner un renseignement qui vous servira pour retrouver le coupable.

« Lorsque je fus confronté avec le cadavre, quelques jours après le crime, je ne vis pas au doigt de la victime une bague que je lui avais donnée six jours avant.

« Cette bague n'a pas été inscrite dans l'inventaire des objets disparus chez Mme Mazel.

« Au reste, vous savez que le vol consiste en or et billets de banque, et en une paire de boucles d'oreilles en brillants.

« Ces diamants sont faciles à vendre ; il n'en est pas de même de la bague : c'est un anneau assez large sur lequel six griffes attachent un diamant énorme, assez gros pour être remarqué s'il est vendu. Il y a deux taches, je vous le dessine sur le verso de ce papier ; la bague est ciselée d'une course grecque, qui dissimule qu'elle s'ouvre.

« En appuyant sur une des griffes sertissant le diamant, une petite lame d'or se lève et découvre cette inscription : *Cornille à Adèle.*

« Cette bague, assurément l'assassin la gardera, car la justice ne la connaît point. Personne ne sait ce que vous savez là. Soyez donc circonspects. Je n'ai pas déclaré au tribunal que, la veille du crime, j'avais vu Mme Mazel ; c'eût été une charge de plus contre moi. Je vous le dis à vous, c'est ce jour que je sus que le soir elle devait réunir une somme considérable en or et en billets. Il faudrait chercher quels sont ceux qui ont pu avoir connaissance de ce fait.

« Mme Mazel, j'en suis certain, n'en avait parlé qu'à moi.

« CORNILLE LEBRUN. »

Panafieu tourna vivement la lettre, sa main tremblait ; un doute ou plutôt une lueur avait traversé son esprit. Il regarda au verso les quatre dessins représentant la bague sous ses différents profils, et, les voyant, il s'exclama joyeusement :

— C'est cela ! c'est cela !... Oh ! nous l'aurons.

Les deux frères regardèrent Panafieu, ne s'expliquant pas cette exclamation, et Vincent demanda :

— Qu'avez-vous donc ?

— Ecoutez, c'est incroyable, c'est renversant... Cette bague !...

— Eh bien ?

— Mais je sais où elle est.

— Que dites-vous là ?

— Je dis que ce matin, tout à l'heure, je tenais cette bague.

— Alors, vous le tenez... C'est l'homme de cette nuit que vous avez arrêté. C'est lui ! dit Vincent.

Panafieu, abasourdi par ce qu'on lui disait, se récria :

— Mais, non, je me suis trompé.

— Que voulez-vous dire ?

— Je me suis trompé, pardieu ! en voici bien la preuve. La bague dont je vous parle et dont voici le dessin parfait, je ne l'ai pas vue entre les mains de l'abbé.

— Où l'avez-vous vue ?

Panafieu ne désirait pas mettre tout le monde dans ses secrets. Il fut fort embarrassé d'abord de la question ; mais se remettant vite, il dit :

— Je l'ai vue entre les mains d'une femme.

Vincent, calme, pensait sérieusement et jugeait plus sainement ; il dit :

— Vous vous êtes déjà trompé sur les indices plusieurs fois, en dernier lieu sur le malheureux que vous avez enlevé cette nuit, ce qui ne va pas manquer de faire un certain scandale.

— Mais la preuve, je l'ai, vous dis-je. Un homme,
que nous allons trouver en deux heures, a donné à...
une femme que je connais, et qui l'a en sa possession,
cette bague à gros diamant.

— Cher monsieur Panafieu, dit Charles en voyant
son frère sourire, vous ne comprenez pas, ou plutôt vous
comprenez mal ce que vous dit mon frère ; il vous dit de
vous mettre en garde contre votre premier mouvement...
Votre vif désir d'arriver au résultat tant cherché fait que
vous acceptez trop facilement les preuves.

— Mais je vois, que diable ! fit Panafieu en montrant
la lettre, qu'il rendit à Vincent, qui lui dit :

— Mon cher ami, écoutez, une bague, c'est bien banal ;
un gros diamant comme celui-là, il y en a cent mille...
Il y en a quelques millions ayant des taches et montés
comme cela.

— Ah ! vous êtes décourageant !

— Mais non, mon cher Panafieu, je suis logique.
Voyez vous-même la situation dans laquelle vous a placé
votre exécution irréfléchie de cette nuit... Voyez ce qui
peut arriver si cet homme fait scandale...

— Je me moque bien de cela. Il est impossible qu'il
trouve les auteurs de son enlèvement.

— Trop d'audace... et trop de quiétude.

— Mais enfin, après ce que je vous dis, que voulez-
vous donc faire?...

— Oh ! c'est bien simple.

— Dites, j'écoute.

— Allez immédiatement voir la personne qui a cette
bague, priez-la de vous la montrer.

Vincent prit la lettre.

— Écoutez, mon cher ami, fit-il, vous pouvez voir
cette bague, courez vite et exécutez ce que dit cette
phrase.

Panafieu écouta ; Vincent lut :

« *En appuyant sur une des griffes sertissant le diamant, une petite lame d'or se lève et découvre cette inscription :* CORNILLE A ADÈLE. »

— C'est vrai, c'est simple, vous avez raison ; je n'ai qu'à prendre la bague et une des griffes, dites-vous ; j'essayerai à toutes... et je me moque bien de la casser.:.

— Mon frère a raison, dit Charles, et jusque-là, gardez toujours cet abbé...

— Ah! mon Dieu! exclama Panafieu se frappant le front.

— Et qu'avez-vous donc? dirent Vincent et son frère étonnés.

— J'ai, j'ai... que je n'ai pas une minute à perdre ; dans un quart d'heure je suis ici.

Et sans en dire davantage, Panafieu sauta sur son chapeau, se coiffa et partit en courant, laissant les deux frères étourdis.

— Ma parole d'honneur, il devient fou! dit Vincent.

— Je crains qu'il ne le soit déjà, ajouta Charles.

Panafieu ne devenait pas fou ; il se souvenait qu'il avait commandé à Lise de se défaire immédiatement de cette bague, en la renvoyant à celui qui l'avait donnée. Et c'est en courant qu'il se rendit de la rue Charlot à la rue de Poitou, dans laquelle il demeurait, craignant que l'ordre qu'il avait donné ne fût déjà exécuté.

Lorsqu'il arriva rue de Poitou, chez lui, le concierge lui dit :

— Ah! monsieur, vous arrivez juste au moment où madame Lise sort d'ici.

Panafieu eut un tressaillement; il jouait de malheur.

Est-ce que, ayant en main la preuve peut-être, il allait l'avoir perdue? Il demanda vivement :

— Elle sort d'ici.à l'instant?

— Oh! monsieur, il n'y a pas dix minutes...

— De quel côté est-elle allée? demanda Panafieu impatient.

— Je ne sais pas, mais je ne crois pas que madame soit allée bien loin, car elle était en négligé. Je lui ai demandé si elle me laissait la clef, et elle m'a répondu :

— Non, je reviens tout de suite.

Panafieu se douta bien de ce qui était : Lise, ne voulant pas aller elle-même reporter la bague, était allée la remettre à un commissionnaire pour l'envoyer à son adresse. S'il ne pouvait la joindre au plus tôt, c'en était fait de la bague ; la preuve lui échappait. Il demanda fébrilement :

— Mais, je vous en prie, dites-moi de quel côté vous pensez qu'elle soit allée.

Le concierge était muet, ce fut sa femme qui répondit :

— Monsieur, je l'ai vue aller du côté de la rue des Filles-du-Calvaire.

Sans répondre, Panafieu sortit de la maison et courut de ce côté.

Le concierge dit à sa femme :

— Assurément, ce jeune homme-là a un grain.

Panafieu gagna la rue Vieille-du-Temple, monta la rue des Filles-du-Calvaire; il aperçut, au coin du boulevard, Lise qui parlait à un commissionnaire ; il courut plus fort, et au moment où Lise donnait le petit paquet au Savoyard, c'est lui qui le prit.

La jeune fille poussa un cri, mais Panafieu essoufflé lui dit :

— Retourne à la maison, j'ai besoin de ça. Je reviens dans une demi-heure.

Panafieu descendait déjà la rue des Filles-du-Calvaire pour gagner la rue de Vendôme, que Lise et le commissionnaire n'étaient pas encore revenus de leur surprise.

Le Savoyard revint plus vite à lui, et s'apprêtant à courir, il dit :

21.

— Mais, mademoiselle, il vous vole, je vais l'arrêter.

— Non, non, fit celle-ci, c'est mon mari, c'est lui qui m'envoyait ; il a changé d'avis.

Elle paya le commissionnaire, et inquiète, intriguée, pensive, elle regagna la demeure de Panafieu, se demandant vainement :

— Pourquoi, après avoir si fermement exigé, revenir m'empêcher de faire ce qu'il voulait... Pourquoi s'est-il si vivement sauvé ?

Lise remonta chez elle, anxieuse, impatiente de revoir son amant pour avoir l'explication de cette fougue incompréhensible.

Panafieu, heureux d'avoir retrouvé Lise, satisfait surtout d'être arrivé à temps et de tenir entre ses mains la preuve, se hâtait d'arriver rue Charlot, chez les frères Lebrun.

Quand ceux-ci le virent entrer couvert de sueur, haletant, suffoquant, ils dirent :

— Eh mon Dieu ! qu'avez-vous ? Que s'est-il passé de nouveau ?

Faisant des efforts pour parler, Panafieu, après avoir arraché son col pour respirer, dit avec des halètements :

— Je l'ai... j'ai couru... Il était temps.

— Vous l'avez ? qui ? quoi ? demandait Vincent.

— Je vous ai dit que je croyais avoir vu la bague... J'ai couru... Une minute plus tard, je ne l'avais pas.

— La bague ! exclama Vincent, la bague ? vous l'avez.

— Oui, oui, je le crois, répondit le pauvre garçon en se remettant un peu.

Les deux frères, anxieux, entourèrent Panafieu, disant :

— Remettez-vous, mon brave ami, remettez-vous.

— Ça va mieux.

Panafieu se leva alors, et s'approchant de la fenêtre, suivi des deux frères, il développa la bague ; puis montrant le brillant au jour, et indiquant de la pointe de son ongle, il dit :

— J'ai lu tout à l'heure : « Un diamant énorme. » Voyez.

Et, plaçant la bague sous le jour, il montra le diamant qui était gros comme une noisette. Il continua en démontrant :

— La lettre dit encore : « Il y a deux taches », en voici une... et voici l'autre... La bague est ciselée d'une « course grecque qui dissimule qu'elle s'ouvre. » Voyez, voici bien le petit dessin grec. « En appuyant sur l'une des griffes, une petite lame d'or se lève. » Voyez, un... deux... trois... celle-ci cède...

Les deux frères penchés sur Panafieu, les yeux écarquillés, tremblants d'impatience, suivaient tous ses mouvements.

Lorsque l'ongle appuya sur la troisième griffe, la petite lame d'or se leva, poussée par un ressort.

— Voyez, exclama Panafieu joyeux.

Ils regardèrent et lurent « Cornille à Adèle. »

On juge facilement du mouvement de satisfaction des deux frères ; cette fois enfin on était véritablement sur la piste. L'heure était prochaine à laquelle ils pourraient enfin retirer du coin maudit le cadavre de la sainte victime de l'imperfectibilité humaine. Une fois encore, l'innocent frappé réclamait par son sang contre la peine de mort.

Vincent prit la bague, et la tournant et retournant sur toutes ses faces, il dit :

— C'est bien cela... C'est bien cela.

— Et vous avez trouvé cette bague chez un marchand ? demanda Charles.

— Vous plaisantez ! avec quoi, mon Dieu ! Cette bague a une valeur d'au moins vingt mille francs. Je ne

puis vous dire de qui, ni comment je l'ai ; mais je puis
et je vais vous trouver celui qu'il l'a donnée.

— Avez-vous besoin de nous ?

— Pas maintenant.

— Au reste, je dois rendre une visite à ma sœur, et
je reviens aussitôt. Charles reste ici, et vous m'y trouverez dans une heure... D'ici là, sachez quel est le propriétaire de cette bague.

— Dans deux heures je le saurai. Il faut tout prévoir :
cette preuve accablante pourrait disparaître, je vous la
confie ; chez vous elle est en sûreté.

— C'est cela, fit Charles ; mais hâtez-vous, monsieur
Panafieu ; nous touchons le but et vous devinez notre impatience.

— Je la comprends, puisque je la ressens moi-même.

— Dans deux heures, répéta Vincent en prenant la
main du jeune homme.

— Dans deux heures. Au revoir !

Et il partit pour retrouver Lise. Vincent monta en voiture pour se faire conduire chez sa sœur, tandis que
Charles tenait précieusement la bague.

Quand Panafieu arriva chez lui, il trouva Lise qui l'attendait inquiète, elle dit aussitôt :

— Qu'as-tu fait de cette bague ? Pourquoi t'es-tu sauvé
ainsi ?

Panafieu l'embrassa avec effusion, puis, s'asseyant devant elle, pressant ses mains et la maintenant sur ses genoux, il dit :

— Ma Lison, je ne peux pas répondre à tes demandes ;
mais cela n'a aucun rapport avec toi ! Sois donc tranquille
à ce sujet. Tu m'as dit tout à l'heure que tu revenais à
moi en amie, aussi pure que tu étais partie ?

— C'est vrai !

Panafieu eut un gros soupir plein d'incrédulité.

— Lise, si tu veux que la confiance que j'avais en toi

renaisse, je veux tout savoir. Réponds à mes questions, sans phrase, et franchement.

— Je t'écoute.

— Lison, souviens-t'en, notre vie dépend non de ce que tu vas dire, mais de ta franchise.

— Je jure sur notre enfant, sur ma mère, sur Dieu, de ne te dire que la vérité.

Il y eut un silence, puis Panafieu reprit :

— Nicette t'a fait connaître quelqu'un.

— Non ! voici la vérité. Nicette m'aimait beaucoup ; elle m'emmena un jour dans un appartement superbe, avenue de Chaillot ; elle me dit que, si je voulais écouter la personne qu'elle m'avait présentée, cet appartement serait à moi... Elle me dit que cette personne était mariée...

— Et cet homme, c'est l'abbé ?

— Oui, c'est celui qu'on nomme l'abbé et Raoul de La Havertière.

— Raoul de La Havertière ! exclama Panafieu.

— Qu'as-tu ?

— Rien, continue.

— Je disais que je ne crois pas que ce soit son vrai nom. Je crois qu'il est marié.

— Tu ne connais donc pas sa demeure ?

— Non.

— Cela est bien singulier ; mais alors comment correspondais-tu avec lui ?

— Je t'ai dit, et c'est la vérité absolue, que la cause de tout cela c'est Nicette, Nicette qui avait tout fait, servait d'intermédiaire entre nous.

— C'est Nicette qui correspondait avec ce Raoul ?

— Oui.

— Par elle, alors, je saurai où il demeure.

— Mais, qu'as-tu besoin de cela, pourquoi veux-tu le voir ? Ne crois-tu pas ce que je te dis, veux-tu...

— Non, non, ce n'est pas cela. Je ne puis te rien dire à ce sujet.

Tout à coup il se souvint que celui que Nicette avait présenté à Lise chez la Balandier, la première fois qu'elle y était allée, passait pour l'abbé. Il trouvait là un renseignement tout à fait précieux ; il demanda à Lise :

— Dis-moi, Lise, celui que tu appelles Raoul, c'est l'homme que Nicette te fit connaître à la table d'hôte du faubourg Saint-Denis ?

— Oui, c'est la première fois que je le vis.

— C'est celui qu'on appelait l'abbé ?

— C'est celui-là même.

Panafieu se leva aussitôt et dit :

— Alors je l'ai, c'est l'abbé que nous tenons.

Il l'embrassa et sortit vivement en laissant la jeune femme stupéfaite, se disant :

— Que se passe-t-il ? que veut dire cela ?

Cependant Lise était plus tranquille, elle avait été écoutée, pardonnée, et elle se savait encore aimée.

Panafieu était rapidement descendu ; une fois dans la rue, il avait regardé l'heure à sa montre.

— Bigre ! fit-il, c'est l'heure du rendez-vous, ils doivent m'attendre.

Et sautant dans une voiture qui passait, il dit au cocher :

— Vite, conduisez-moi place de la Bastille. Et se couchant sur les coussins, s'essuyant le front, il ajouta en soupirant : Quelle journée !

Panafieu allait à la Bastille où il devait avoir des nouvelles de son prisonnier.

Ladèche l'attendait ; il lui dit que l'individu, très inquiet, n'avait pas encore ouvert la bouche ; il avait très bien déjeuné.

Panafieu recommanda la plus grande surveillance, et, après avoir donné de l'argent à Ladèche, il rentra chez lui au grand plaisir de Mlle Lise, à laquelle il dit en rentrant :

— Et maintenant, ma belle mignonne, je ne sors plus d'ici, afin que nous ayons le temps de faire la paix.

Nous les laisserons ensemble pour suivre Vincent Lebrun, qui arrivait chez sa sœur, à l'avenue de l'impératrice.

En entrant, lorsqu'il s'était informé si M. Berry était là, on lui avait répondu :

— Non, monsieur; Monsieur est sorti, mais Madame est là.

— Tant mieux, avait pensé Vincent, nous pourrons causer plus librement.

XVI

DU DANGER DE LAISSER TRAINER DES LETTRES
ET DES BIJOUX

Le jeune homme fut immédiatement introduit près de sa sœur. Lorsque la porte fut fermée, il prit Marguerite par la main et, la regardant fixement, étonné de voir ses yeux rouges et gonflés, il exclama :

— Mais, qu'as-tu donc, ma belle? Tu as pleuré.

Marguerite se jeta dans les bras de son frère et fondit en larmes.

— Mais, reprit Vincent, c'est donc grave, bien grave... Voyons, Marguerite, je viens pour te consoler; ne pleure pas ainsi; parle-moi, ma belle.

Au milieu de ses sanglots qu'elle cherchait à apaiser, Marguerite dit :

— Oh! je suis bien malheureuse, Vincent, bien malheureuse!... Et si je n'avais pas mon enfant, je ne sais ce que je ferais.

Vincent embrassa affectueusement sa sœur, cherchant

à la consoler. Lorsque ce débordement de douleur fut
un peu apaisé, il la fit asseoir, s'assit près d'elle, et, lui
prenant les mains, il lui dit :

— Voyons, qu'y a-t-il, ma chère petite sœurette?

— Il y a qu'André me trompe, qu'André a un ménage
en dehors d'ici.

— Que me dis-tu là?

— Je te dis la vérité.

— Ce sont des cancans, des méchancetés. André t'a-
dore.

— N'essaye pas de me tromper, les faits ont justifié
mes soupçons. Je résolus de surveiller mon mari. Un
soir, lorsque, m'ayant quittée pour aller écrire, j'observais son ombre à travers les rideaux, je le vis placer la
lampe et je le vis aussi placer le mannequin qui me trompait sur sa présence. J'éclatai de rire, car je crus qu'il
n'avait d'autre but que de passer pour un travailleur et
qu'il allait simplement se coucher... Après — je t'ai dit
que j'avais une autre clef de son appartement — je m'y
rendis aussitôt pour le surprendre. Quand je voulus ouvrir la porte, je sentis une résistance, des verrous la fermaient en dedans. Ennuyée du contre-temps, je restai
pensive, cherchant un moyen d'entrer sans bruit, lorsque
j'entendis la porte de la rue se fermer.

Je sortis du couloir, j'allai sur la terrasse, je regardai
dans la rue et je vis André qui sortait par la petite porte.
Je devinai ce qui se passait... Tu comprends ma douleur... Toute la nuit je pleurai...

Marguerite continua :

— J'avais encore un doute cependant... Peut-être
était-il sorti ce jour-là par extraordinaire. Pendant
quatre jours je le veillai, quatre jours il sortit. Je ne pouvais plus douter. Alors, oh! Vincent, si tu savais ce que
j'ai ressenti là... Il me trompe, lui... lui en qui j'ai mis
toute ma vie, ma seule famille, et je ne puis rien dire,

car au fond il m'a fait une grâce en me donnant son nom, la fille du supplicié n'a pas le droit de se plaindre.

— Tais-toi, malheureuse, fit aussitôt Vincent, prenant dans ses bras sa sœur qui sanglotait, tais-toi, la jalousie t'égare. André ne te trompe pas. Tu souffres, je te dois la vérité; mais ceci, tu l'entends, ma sœur, ceci est dit entre nous; André a une malheureuse passion... passion terrible de laquelle il a honte et à laquelle il ne peut résister. Je l'ai surpris un jour y sacrifiant, de là l'enquête dont tu me parlais.

— Que me dis-tu là? demanda la jeune femme, dont le visage s'éclaira d'une lueur d'espérance.

— Marguerite, André est joueur.

— Joueur !

— Oui, chaque nuit, il va au cercle ou dans les maisons clandestines dont Paris est infecté et il joue une partie de la nuit.

Marguerite avait baissé la tête et triste elle ne répondait pas.

Vincent reprit :

— Mon Dieu, c'est terrible le jeu, c'est vrai ; mais enfin, ma mignonne, tu es sûre ainsi de l'amour de ton mari. André est avant tout un honnête homme; il joue, mais il s'arrêtera avant d'engager l'avoir de sa femme ou de son enfant. Et puisque tu t'en es aperçue, nous lui en parlerons. Tu sais bien que vous êtes notre seule famille; si un jour il faisait une sottise, nous sommes assez riches pour tous. Allons, console-toi, et un bon baiser.

Et, lui prenant la tête, il l'embrassa en souriant.

Mais Marguerite, le regardant affectueusement, lui dit :

— Oh ! tu es bon, Vincent, tu es bon, mon frère, et je te pardonne ton mensonge.

— Mon mensonge?

— Oui, Vincent... Ecoute, j'ai un jour, à l'heure ou l'on fait les chambres, fait venir un serrurier, il a pris l'empreinte de la clef du verrou ; le lendemain j'avais une clef de la chambre d'André ; le soir même après son départ j'y entrai et je trouvai alors...

— Quoi ?

— Des lettres de femmes et des bijoux que je n'ai jamais vus chez nous.

— Que veux-tu dire ?

La jeune femme se mit à pleurer, continuant malgré ses larmes :

— Oui, j'ai trouvé des lettres de femmes, qui ne me laissaient aucun doute sur la nature de leurs relations ; j'ai vu deux paires de boucles d'oreilles en brillants et une bague dans un écrin magnifique... Tu le vois bien, frère, il n'y a pas à douter... Il m'a dit que c'étaient des souvenirs de famille.

— C'est évidemment fort malheureux ; mais enfin tu t'exagères la situation ; sois calme, petite sœur, je verrai ton mari, et je le ramènerai à toi. Ce n'est pas étonnant qu'il ait des bijoux de sa mère.

Se redressant, Marguerite reprit :

— Ce n'est pas tout, Vincent ; jusqu'alors ces faits s'étaient passés, et moi seule les avais connus. Il m'avait assez respectée pour ne pas mettre nos gens dans cette confidence. Il faisait ce qu'il voulait le jour, il rentrait tard, mais au moins, toujours au matin il était là.

— Eh bien ?

— Eh bien, cette nuit, il a jeté le masque, plus de contrainte ; je dois accepter la vie qui m'est faite. André n'est pas encore rentré.

— Diable ! fit aussitôt Vincent, ceci est plus grave ; tant que cela n'était qu'une chose d'intérieur, je ne disais rien, je t'aurais même donné le conseil d'en faire autant ; mais maintenant que la chose devient scandaleuse, j'en parlerai à ton mari. Ecoute ma pensée, ma chère Marguerite, c'est que ton mari n'a qu'un vice. Les lettres, c'est de l'enfantillage ; il aime le jeu, je l'ai vu là une fois, et c'est là qu'est le mal.

— Mais on ne passe pas toutes les nuits au tripot.

— On y passe même quelquefois le jour... Voyons, Marguerite, ne te désole pas, je me charge de ramener ton mari vers toi.

— Mais je n'oublierai jamais.

— Voyons, rassure-toi. D'abord j'ai une bonne nouvelle, nous sommes seuls et je puis te le dire.

— Laquelle ? Vincent, fit tristement la jeune femme.

— Nous sommes sur les traces de l'assassin pour lequel notre pauvre père...

— Tu crois ?

— J'en suis presque sûr... J'ai eu souvent cette espérance, mais sans preuve, et cette fois j'ai une preuve...

— Ah ! si cela pouvait être. Ah ! pauvre père !...

— Bonne sœur, tu oublies tes chagrins à l'espoir de cette revendication d'honneur.

— Tu as des preuves ?

— Oui. Il faut te dire, petite sœur, que nous avions une lettre de notre père nous donnant un dernier renseignement que nous devions tenir secret.

Et Vincent raconta à sa sœur ce que disait la lettre de Cornille Lebrun, que nos lecteurs connaissent.

— Et, continua-t-il, c'est cette bague que nous avons trouvée.

— Cette bague... Tu es sûr ?

— Absolument ; tu comprends que ce n'est pas une bague ordinaire et surtout les noms gravés... Au reste tu vas la voir, je l'ai sur moi.

— Oh ! fais voir, dit Marguerite avec la curiosité habituelle aux femmes.

Vincent fouilla dans ses poches et en tira la bague qu'il donna à sa sœur... Celle-ci la regarda surprise, la tournant de tous les côtés, disant :

— C'est singulier.., Oh ! mais c'est étrange !

— Qu'as-tu donc ? demanda Vincent intrigué.

— Cette bague ressemble absolument à celle que j'ai vue avec des boucles d'oreilles dans l'armoire d'André.

— C'est de la folie, fit aussitôt Vincent, qui sentit cependant un frisson lui couvrir le corps.

— Voilà trois jours, quatre jours, et nous pouvons la comparer si vraiment c'est un souvenir de famille.

— Comment cela ?

— Je t'ai dit que j'avais des clefs pour entrer dans les appartements d'André. Viens avec moi.

Vincent ressentait une étrange impression, il avait presque envie de refuser de contrôler la comparaison que voulait sa sœur, il sentait en lui un froid mortel, quelque chose lui serrait le cœur ; chassant l'horrible idée qui venait de lui traverser le cerveau, il suivit sa sœur.

Celle-ci entra dans la chambre et, avec un sourire amer, elle lui dit en montrant le lit qui n'était pas défait :

— Tu le vois, il ne s'est pas donné la peine de me tromper.

Elle alla à l'armoire, l'ouvrit et dit :

— Tiens, tu vas voir, voici les écrins.

Vincent respira bruyamment en entendant cette phrase et s'avança.

Marguerite prit un écrin et l'ouvrit.

— Oh ! les admirables boucles d'oreilles.

— Non ! Vincent, reprit Marguerite suivant sa pensée, ce ne sont pas là des souvenirs d'une mère, ce sont des cadeaux proposés.

Elle prit l'autre écrin et l'ouvrit.

Il était vide.

Vincent devint livide ; prenant l'écrin des mains de sa sœur, il y plaça en tremblant la bague qui y entra parfaitement.

— Oh! mais non, ce n'est pas possible! exclama-t-il.

— Qu'as-tu donc? demanda sa sœur en le regardant.

Elle devina la pensée de son frère, car reculant, les yeux démesurément ouverts, elle jeta un cri et dit :

— Ah! mais non!... non! Vincent, c'est impossible!

Debout, tenant l'écrin dans sa main crispée, le front inondé de sueur et la face blême, Vincent restait muet, atterré, épouvanté par sa pensée.

Redevenant plus vite que la jeune femme maître de lui-même, Vincent dit :

— Il vient de nous passer par le cerveau la plus horrible pensée, et j'ai presque honte de nous.

— Tu as raison, mon frère.

— C'est bien cette bague ; mais ton mari l'aura achetée peut-être par spéculation... Peut-être a-t-il seulement prêté de l'argent dessus, il faut que je le voie au plus tôt.

— Oh! c'est affreux, cette pensée m'a glacé le sang.

Tous les deux voulaient chasser le doute, et vainement ils cherchaient à se tromper ; l'idée était là, forte, puissante, emplissant leur cerveau.

Vincent dit à sa sœur :

— Petite sœur, je t'ai dit les graves occupations que j'avais en ce moment. Je vais partir, ne pense plus à ces enfantillages, pardonne à ton mari un peu léger, et, dès qu'il sera de retour, dis-lui qu'il faut absolument que je lui parle.

— Oui ; et tu me laisses seule.

— Mais, ma Marguerite, sois donc raisonnable... Tout cela n'est peut-être rien.

— Si ce n'est ce que je pense, alors, ce serait un malheur.

— Un malheur. Oh! tu le saurais tout de suite... Adieu, petite, adieu... Ce soir, demain peut-être, tu nous reverras.

Et en disant ces mots, Vincent sortit tout fiévreux,

laissant sa sœur étourdie de lui voir ces étranges façons.

C'est qu'en quelques secondes, tout un monde de pensées avait traversé le cerveau du jeune homme.

La bague, c'était absolu, il y a trois jours elle était
chez son beau-frère.

Les femmes ne se trompent pas en bijoux. C'était bien
cette bague que Marguerite avait vue.

André n'était pas rentré ce soir-là, et Panafieu avait
arrêté la veille et gardait celui qu'il supposait être l'abbé.

Cette coïncidence était terrible.

La fortune de son beau-frère était inexplicable depuis
quelques années.

Il avait beau vouloir repousser ces pensées, elles revenaient battre sans cesse son cerveau, comme le mouton
frappe le métal pour l'estamper.

Et cependant, non, c'était impossible. André, ce jeune
homme, cet ami, ce frère... non, ce ne pouvait être le misérable qu'ils cherchaient.

Dieu ne leur avait pas réservé cette dernière douleur.

Quand Vincent arriva chez lui, son frère l'attendait,
curieux de savoir les motifs des tourments de sa sœur.

Quand celui-là eut raconté ce qu'il avait appris, ce
qu'il avait vu, on juge de la consternation du malheureux garçon.

Cependant il repoussa l'affreuse pensée.

— Oh! non, cela n'a pas de sens, c'est absolument impossible... Au reste, nous allons bientôt savoir la vérité,
et peut-être est-ce justement ce pauvre André qui nous
donnera des renseignements... Au reste, tu sais bien ce
qu'il t'a dit, il fait toutes les affaires qui lui semblent
bonnes, de là sa situation; ne les cherchant pas, il choi-
sit... Le misérable, par un hasard singulier, se sera peut-
être adressé à lui pour vendre ses bijoux, et par lui nous

serons renseignés. Depuis quatre ans, ces bijoux peuvent avoir passé dans bien des mains.

— C'est vrai ! dit Vincent.

Mais on sentait que le doute était là mordant toujours. Il reprit :

— Il faut voir au plus tôt Panafieu.

— Que veux-tu faire ?

— Je veux aller avec lui voir l'homme qu'ils ont arrêté hier.

— Il doit venir nous chercher pour cela.

— Quand ?

— Demain !

— Oh ! je n'aurai jamais la patience d'attendre jusque-là.

— Mais, tu m'as dit qu'André allait venir. Il est inutile de se trouver ici quand il viendra.

— Oui, car il faut, en camarade, le prier de ménager notre pauvre Marguerite. Qu'il fasse ce qu'il voudra, mais qu'il se cache... C'est curieux ce que je ressens là.

— Quoi donc ?

— Une oppression, quelque chose qui me crie : Malheur ! malheur !

— Oh ! mon pauvre Vincent, c'est un mot que nous connaissons bien, celui-là.

Vincent se jeta sur un fauteuil et tenant la bague, la tournant, faisant jouer le ressort, il dit :

— Que tout cela est étrange... Cette bague qu'on trouve après tant de temps et comment !...

— Il faut, dit Charles, que Panafieu nous dise aussi comment et par qui il l'a eue et la personne qui la lui a donnée.

— Pauvre père !... Sainte victime, et la société qui t'a assassiné, qu'aura-t-elle pour toi ? l'indifférence.

— Allons, Vincent, du courage, que diable ! nous touchons le but.

— Ah! mon pauvre Charles, j'ai peur ! j'ai peur!

XVII

LES PETITS MOYENS DE PANAFIEU

Panafieu avait la manie des contes; aussi le soir, attirant sa Lise près de lui, la faisant asseoir sur ses genoux et lui montrant le portrait du bébé qui pendait près de la glace, il lui dit :

— C'est grâce à lui que nous nous retrouvons ensemble.

Lise essuya ses beaux yeux.

— Écoute, ma Lison, écoute notre histoire.

Et prenant un livre dans l'armoire, il lui lut :

Elle était blonde, elle avait des yeux verts, des dents blanches, des lèvres rouges, des oreilles roses, des joues fraîches, des cils et des sourcils noirs.

Lui était roux-brun, il avait des yeux gris, des dents brillantes, de grosses lèvres, le nez fin, le teint pâle, les moustaches blondes et la bouche toujours souriante.

Elle travaillait près de la fenêtre au premier, lui travaillait au rez-de-chaussée en face.

Un vrai travailleur, allez; il était à l'établi de six heures du matin à sept heures du soir.

Le premier jour qu'ils s'étaient vus, ils avaient souri.

Elle avait rougi, baissé les yeux et fait la moue.

Huit jours après elle avait souri à son sourire.

Quinze jours après, ils s'étaient rencontrés à la porte et... ils avaient rougi tous les deux.

Un mois après, ils s'étaient parlé.

Six semaines après, il l'attendait le soir...

Six mois enfin, et tout le monde était d'accord, eux, parents et amis, que l'on n'avait que juste le temps de rendre visite à M. le maire.

C'était le printemps de l'an passé.

Vous dire ce que l'on s'amusa à la noce est impossible.

Oh! la jolie petite fête! comme tout le monde était joyeux! comme on criait, comme on dansait!

Sans compter que chaque fois qu'on quittait le restaurant pour aller faire un tour, les mariés en tête, tous les passants se retournaient et disaient :

— Oh! voilà un ménage bien assorti.

Il y avait bien des sceptiques qui riaient du bouquet... Mais, bah! on est si méchant; les familiers disaient :

— On n'est pas parfait.

Fallait voir ce ménage-là travailler.

Oh! mais, c'est que ni lui ni elle ne voulaient que leur petit fût malheureux ; ils voulaient qu'il eût, en venant au monde, son petit trousseau bien complet.

Ils voulaient que la tire-lire fût pleine, afin que Petit-Chéri ne manquât de rien.

C'est que le travail est dur, on le savait par soi-même, et l'on ne voulait pas que Petit-Chéri devînt un ouvrier.

Aussi, on en usait de la santé, on en sacrifiait de la vie... Les braves enfants !

Un dimanche, à l'automne, en revenant des vendanges, il fut père !

Ah ! le fou ! Il fallait le voir : il allait, il venait, il courait, il chantait, il la mangeait de baisers, elle ; et Petit-Chéri, donc, il manqua l'étouffer...

Il prit plus de dix témoins pour déclarer son fils à la mairie.

Dès que l'accouchée fut sur pied, le travail recommença, et bien plus fort.

Donc, on était trois.

Pendant un an Petit-Chéri devint beau, mais beau, et amusant donc.

Et puis, il trouvait qu'il ressemblait à elle, elle trouvait qu'il ressemblait à lui, naturellement.

Il avait des petites mines si jolies, qu'un dimanche de soleil, on le mena chez un photographe et qu'on dit :

— Vous savez, pas d'économie, mettez-y le temps ; faites-le en deux ou trois fois, mais de la belle ouvrage !

Le portrait, bien ressemblant, fut encadré et pendu d'un côté de la cheminée, en pendant avec le portrait en miniature à la couleur fine de la grand'mère.

Un soir, lorsqu'il rentra, elle lui dit que Petit-Chéri avait mal à la gorge.

Il courut chercher le médecin, on obéit à son ordonnance ; toute la nuit lui ou elle portèrent le pauvre petit dans leurs bras.

Au matin, le chérubin expira sur les genoux de son père.

Ah ! si vous l'aviez vue, elle, à genoux devant le berceau de son petit :

— Pourquoi que vous nous l'avez pris, Seigneur ! Mais qu'est-ce qu'il avait fait, ce pauvre chérubin ! Vous saviez que mon homme et moi, si vous nous aviez demandé la moitié de notre vie, nous vous l'aurions donnée... Mais, mon Dieu ! qu'est-ce que vous voulez donc que je fasse sans mon pauvre petit enfant ?

Et quand les croque-morts vinrent lui voler son fils...

Oh ! l'affreuse scène !

Dès que le pauvre petit fut couché dans le cimetière, le ménage devint froid... Elle pleurait... Lui, sachant qu'il ne devait plus trouver la gaieté au foyer, rentrait tard.

On se chamailla, on se disputa, on se fâcha. Comme les petites joues où les lèvres se trouvaient n'étaient plus là, on resta des jours, des semaines sans se parler.

Un jour, las d'une vie qui n'amenait que des disputes, qui ne promettait que des ennuis pour le présent, que des misères pour l'avenir, on se fâcha tout de bon et l'on résolut de se séparer.

Tout était entendu, il dit :

— Je suis un homme, je travaille, je gagne bien ma vie, je partirai avec mes chemises, toi t'auras tout le ménage.

— Je n'en veux pas, je ne veux rien de vous.

— Dis pas de bêtise... Je te laisse tout... tout !

— Je ne veux qu'une chose et je l'ai. Moi j'irai chez ma mère.

— Quelle chose que t'as prise ?

— Le portrait à Petit-Chéri.

Et elle montra le tableau qu'elle avait déjà caché dans sa poche.

— Le portrait ! jamais ! jamais ! Prends tout le ménage, les affaires, tout ! Mais Petit-Chéri, c'est à moi !

— T'auras pas le courage de le prendre à sa mère.

— Au moins, avant de partir je peux bien le voir.

— Pauvre ange mignon, fit la mère, les yeux pleins de larmes en souriant au portrait.

Il s'avança près d'elle, et regardant par-dessus son épaule, le cœur gonflé, essuyant ses yeux de ses grosses mains rudes :

— Pauvre petit, va... s'il était là !

— S'il était là, t'aurais été raisonnable.

— Ses bons petits yeux.

— Les tiens.

— Oui, presque ; il avait ta bouche.

— On dirait qu'il sourit encore.

— Oh ! c'est qu'il était la gaieté d'ici, lui... On avait du plaisir à être à la maison, au moins...

— C'est pour ça que je pleure... et seule... seule...

— Si t'avais seulement pleuré une fois avec moi...

— Je pleurais le jour. Quand tu revenais, je voulais pas pleurer... J'étais triste ; je pouvais cependant pas rire.

— Eh bien! alors — et il éclata en sanglots — c'est pas des raisons pour me chasser, ça.

— Mais, répondit l'autre en larmes, c'est toi qui m'abandonnes.

— Moi !

Il prit sa femme dans ses bras... leurs lèvres se touchèrent. On pleura, on embrassa le portrait, on s'embrassa, on pleura encore; tout fut oublié.

Quelques minutes après, accrochant le portrait, lui, disait :

— Dis donc, ça fait bien ça ! mais il faut lui donner un pendant.

Et comme Lise pleurait, pour la consoler, Panafieu l'embrassa et lui fit observer que l'heure du sommeil était sonnée.

Lise ne pleura plus.

Panafieu, calme, tranquille, voyait enfin le but qu'il cherchait depuis si longtemps. Il avait retrouvé Lise et s'abandonnait tout entier au plaisir de cet agréable retour. Le lendemain il allait en finir avec l'homme qu'il avait trouvé. Il n'y avait plus de doute possible pour lui : les révélations de Lise, la découverte d'Eugénie Herval et enfin la bague, tout venait lui prouver qu'il était dans la véritable voie.

Deux fois dans la nuit on vint frapper chez lui; il ne répondit pas, il avait une occupation plus douce.

Le lendemain matin il se rendit chez les frères Lebrun. Ceux-ci le reçurent avec empressement; c'étaient eux qui, la nuit même, avaient envoyé chez lui.

C'est qu'un événement nouveau était survenu, un événement grave qui, brisant le doute, les jetait dans une terrible perplexité; au milieu de la nuit, leur sœur, Mme Berry, était venue chez eux; la malheureuse femme était dans la plus mortelle inquiétude, dans la plus cruelle anxiété.

André, son mari, n'était pas rentré depuis la veille. Qu'était-il arrivé? Avait-il quitté pour toujours le domicile conjugal, abandonnant sa femme et son enfant; un accident, un malheur était-il survenu ?

Les deux frères ne pensèrent pas à consoler la jeune femme, une épouvantable idée leur traversa l'esprit à tous deux. André n'était pas rentré, André était donc l'homme que Panafieu avait arrêté la nuit précédente à sa sortie du tripot.

André était donc l'abbé, le Raoul, enfin cet assassin de femmes, cet autre Philippe qu'ils cherchaient depuis si longtemps; André, leur ami, leur frère, le père de leur neveu était l'assassin de la dame Mazel, pour lequel Cornille Lebrun était mort sur l'échafaud.

Les deux frères se regardèrent, ils ne révélèrent pas à leur sœur ces épouvantables pensées. Ayant hâte de sortir du doute dans lequel ils étaient, ils envoyèrent, au milieu de la nuit, la domestique pour chercher Panafieu, voulant que celui-ci les emmenât tout de suite près de l'homme qu'il avait arrêté rue Aumaire ; ils voulaient savoir au plus tôt la vérité, malgré sa cruauté. Nous l'avons dit, Panafieu n'avait pas répondu. Lorsqu'il arriva au matin chez les deux frères, il s'excusa en disant qu'il avait passé la nuit dehors. Ceux-ci lui firent signe de ne point parler devant leur sœur, qui, assise sur un canapé, le front dans ses mains, gémissait, pleurait en disant :

— Oh! mon Dieu ! oh! rendez-le-moi, pour mon enfant. Faites, mon Dieu ! qu'il ne lui soit rien arrivé, que je le revoie et j'oublierai tout ce que je souffre.

Les deux frères descendirent aussitôt, en entraînant Panafieu avec eux. Étant en bas, ils dirent :

— Il faut que vous nous meniez à l'instant vers l'homme que vous avez arrêté.

— Qu'y a-t-il donc de nouveau? demanda Panafieu.

22.

— Nous ne pouvons rien dire, ne nous interrogez pas.

— Oh! je vous en supplie, insista Vincent, partons, partons vite, il faut que je voie cet homme, il faut que le doute qui me mord en ce moment s'éteigne ou vive.

— Allons-y, fit alors Panafieu, et hélant une voiture, il y monta avec les deux frères, observant la plus absolue discrétion.

Panafieu cherchait vainement à percer le mystère qui enveloppait la conduite des deux frères. Pourquoi cette hâte, pourquoi cette inquiétude, pourquoi cette anxiété?

La voiture se dirigea vers la place de la Bastille, pendant que Panafieu disait à Vincent :

— J'ai, ce matin, un rendez-vous avec Eugénie Herval; je dois la conduire près de l'individu que nous avons arrêté et nous allons la prendre.

— J'aurais désiré que nous nous rendions seuls à l'endroit où est cet individu. Mais enfin, puisque vous avez pris rendez-vous avec cette personne, nous irons ensemble; seulement, hâtons-nous.

La voiture, tournant la rue Charlot, suivit la rue de Turenne et s'arrêta bientôt à la place de la Bastille, devant un café. Panafieu descendit aussitôt et, s'adressant au docteur Jobert qui vint au-devant de lui, il lui demanda :

— Est-elle avec vous?

— Oui, elle est dans la voiture.

— Très bien! Remontez près d'elle et dites à votre cocher de nous suivre.

Panafieu, s'adressant au cocher, avant de remonter, lui indiqua la route qu'il avait à suivre. Il remonta près des deux frères. Les voitures suivirent le faubourg Saint-Antoine, passèrent la place du Trône, le cours de Vincennes, puis tournèrent pour gagner Montreuil. Elles s'engagèrent dans le petit pays, suivant la rue des Prés, traversèrent la place de l'Église, et s'arrêtèrent devant une maison bourgeoise de modeste apparence.

Vincent dit à Panafieu :

— Je désire voir cet homme et lui parler seul.

— Il sera fait ainsi que vous voudrez, dit Panafieu.

Les trois hommes descendirent de la première voiture, le docteur et la jeune femme qui l'accompagnait de la seconde. Panafieu ouvrit la porte et les introduisit dans la maison. La porte était à peine fermée que Ladèche se présenta.

— Passez, leur fit-il en les reconnaissant, vous arrivez bien. Si nous n'avions attaché notre bonhomme, il se serait détruit.

Panafieu fit entrer ceux qui l'accompagnaient dans l'intérieur de la maison. Après avoir présenté les frères Lebrun au docteur Jobert et à Eugénie Herval, il les pria de rester au salon, et il dit à Vincent de le suivre.

Ils montèrent au premier étage. Ladèche, qui les précédait, ouvrit toutes les portes. Dans le salon où ils arrivèrent, une table était dressée devant la porte ; sur cette table, des bouteilles vides et les restes du dîner de la veille.

C'est là que les deux gardiens de l'homme de la rue Aumaire passaient la nuit pour le veiller.

Sur un lit, dans le fond, un homme, les mains liées, était étendu, cachant sa tête dans ses bras ; en voyant l'homme, Vincent eut un mouvement fébrile.

Il se tourna vers Panafieu, et désignant Ladèche et Pierre-de-Taille qui étaient à la table, il lui dit :

— Je vous ai demandé la faveur d'être seul.

— C'est vrai, répondit Panafieu.

Puis s'adressant aux deux copains :

— Venez, vous autres ; monsieur Vincent, nous sommes derrière cette porte, si vous avez besoin de nous.

Les trois hommes sortirent et fermèrent la porte sur eux.

L'homme couché sur le lit s'était soulevé tout d'un coup en entendant la voix de Vincent.

Ce dernier marcha vers lui, tremblant, pâle, et lui dit :

— C'était donc toi, André ! toi...

Vincent prit sur la table un couteau et coupa les liens qui tenaient les mains de son beau-frère.

Celui-ci était atterré, son regard évitait de rencontrer celui de Vincent.

— André, reprit Vincent, c'est toi qui as tué Mme Mazel?

André baissa la tête et ne répondit pas.

— Oh! c'est affreux! exclama Vincent, laissant tomber sa tête dans ses mains, s'arrachant les cheveux de désespoir. Oh! c'est affreux! toi, notre beau-frère, notre seule famille. Mais, misérable! tu n'as pas craint la justice divine le jour où, après avoir fait tuer le père, tu déshonorais les enfants!

André ne répondit pas; mais écrasé par la terrible accusation, de ses mains cachant son visage, il acceptait les imprécations de ceux qu'il avait fait si malheureux.

Vincent se sentait anéanti par le coup terrible qu'il venait de recevoir.

Les sanglots roulaient dans sa gorge, et il pleura.

En voyant son beau-frère pleurer, peut-être dans l'espoir d'obtenir son pardon, André releva la tête, et se précipitant à ses genoux, il lui demanda :

— Grâce! je suis un misérable! tue-moi! mais sauveles! Sauve Marguerite! sauve Cornille! qu'ils ne sachent pas ce que je suis. Vincent, ça été dans un moment de folie, dans un moment de fureur jalouse, que le crime s'est commis. J'ai été lâche en ne me révélant pas le jour où ton père fut condamné. J'ai eu peur. Vincent, grâce! je suis bien coupable, mais je suis bien malheureux.

Vincent pleurait toujours et ne l'entendait pas.

C'est que la situation était épouvantable.

Les malheureux jeunes gens avaient sacrifié toute leur vie à la recherche de l'assassin de leur père ; ils avaient, pour arriver plus sûrement à ce but, abandonné toute idée de famille. Adorant leur sœur, ils avaient placé en elle toute leur affection ; acceptant le célibat, c'est sur leur neveu qu'ils reportaient cette grande joie humaine, la paternité.

Et, tout à coup, les malheureux allaient se trouver en face de ce dilemme : ou sacrifier la mémoire paternelle à la réhabilitation de laquelle ils avaient consacré leur vie, ou sacrifier des vivants : leur sœur, qui avait déjà tant souffert ; leur petit neveu, cet innocent que le ciel leur avait donné comme un consolateur.

Et l'hypothèse terrible était là : le misérable, le père, qu'en faire ? Sa dénonciation, c'était sa perte par l'infamie de la mère et de l'enfant ! Le secret, c'était la mort lente, par l'horreur de la fille et des fils, obligés de vivre à côté du meurtrier de leur père.

Vincent, d'abord abattu, se redressa, secouant la tête pour en chasser les pensées cruelles qui obstruaient son cerveau ; décidé, prêt à tout, semblant vouloir aller au-devant du malheur qui le frappait, il dit :

— Les larmes sont inutiles, il faut agir, agir vite. Tu es l'assassin, je le sais ; ne cherche pas à me tromper en attribuant le crime à un accès de jalousie. Non, tu n'es pas l'assassin aveugle, tu n'es pas l'homme qui tue sans conscience de ce qu'il fait ; tu es la créature indigne qui cherche sa vie en la prenant aux autres.

André relevait la tête et semblait interroger.

Vincent reprit :

— Tu as tué, jadis, avec les mêmes armes, une malheureuse femme qui avait cru à ton amour ; cette femme s'appelait Pauline.

En entendant ces mots, l'allure d'André changea tout
d'un coup, ses yeux jetèrent des flammes.

Il se tut cependant et Vincent continua :

— Après, tu connus la dame Mazel, toi, son amant, non
épris de sa beauté, mais cherchant le moyen de te trouver
seul avec elle, afin de faire une tombe de la couche qu'elle
t'offrait, pour la voler.

— C'est faux! exclama André.

— Tais-toi, misérable! dit Vincent, dont la voix écra-
sante de mépris obligea le criminel au silence. Tais-toi!
car ce n'est pas tout. On pouvait croire que ces deux
crimes commis, ces deux vols exécutés, te trouvant riche
de leur produit, croyant par ton hypocrisie et tes mensonges réussir à t'introduire dans une honnête famille dont
tu fis des victimes, on pouvait croire que tu avais honte
et regret du passé. Mais non, criminel de la peau aux
moelles, assassin né, fauve, pour lequel il faut du sang
pour vivre, tu partis un jour à Genève; tu compromis
dans un tripot la moitié de la fortune que tu avais déjà
volée.

Vincent continua :

— A ton retour, passant par Lyon, pour rétablir la
fortune compromise, tu n'eus qu'une pensée : le crime.
Tu fis encore une nouvelle victime ; sans t'arrêter à son
amour, sans t'arrêter devant sa beauté, toujours par le
même moyen, dans une nuit d'amour, tu tentes de tuer
Eugénie Herval.

Hébété, discernant mal ce qu'il entendait, épouvanté de
ces révélations, et voulant les détruire, André s'écria :

— Tout cela est faux !

Puis s'avançant vers son beau-frère qui, se méprenant
sur son mouvement, se mit sur ses gardes, il dit avec un
certain ton de hauteur :

— Vincent, c'est faux, ces accusations sont indignes
de moi. Je suis un grand coupable, c'est vrai ; mais je

suis un grand coupable, parce que j'ai laissé faire un martyr, parce que j'ai laissé exécuter Cornille Lebrun, parce que j'ai laissé peser sur lui la mort de Mme Mazel, qui ne fut point un assassinat, mais un malheur. La vérité, la voici : J'aimais Mme Mazel, elle aimait ton père, elle nous trompait donc tous les deux, lui par moi, moi par lui ; lorsque nous le sûmes, j'eus avec elle une altercation violente, la nuit ; dans cette altercation, des propos malheureux furent échangés. Emporté, violent de ma nature, je ne pus me contenir, je frappai ; je ne me souviens plus du reste, j'étais fou, je la vis tomber à mes pieds. Quand je lui parlai, elle ne me répondit pas ; quand je la vis morte enfin, je me sauvai. J'eus d'abord dans l'arrestation de Cornille Lebrun, dans l'accusation qui portait sur lui, la satisfaction de l'amant trompé qui se venge. Quand, raisonnable, je voulus détruire ce qui était fait, il était trop tard. Je me perdais, et je fus assez lâche pour me taire. C'est là mon crime, je suis coupable, assassin, soit, ajouta-t-il d'une voix sombre, mais un assassin jaloux, et non un voleur !

Pendant cette longue explication, Vincent était resté calme, impassible, regardant des cheveux aux pieds le misérable, l'enveloppant de mépris. Quand il eut fini, haussant les épaules, il fouilla dans sa poche, prit la bague et, la lui présentant, lui dit :

— Qui donc, si ce n'est toi, a arraché cette bague au cadavre?

Voyant la bague, le misérable fut atterré.

Vincent qui l'observait le vit s'avancer lentement vers lui. Craignant une tentative ridicule, il se hâta de sortir de la situation et de se diriger vers la porte ; frappant le panneau d'un coup de poing vigoureux, il cria :

— Entrez!

La porte s'ouvrit aussitôt.

André, en voyant entrer Charles Lebrun et Panafieu, se recula aussitôt dans l'angle le plus éloigné de la chambre.

Vincent dit aussitôt à son frère :

— Charles, tous les malheurs sont pour nous, regarde celui pour lequel notre malheureux père a été exécuté.

— André! s'écria Charles atterré ; car, jusqu'à la dernière minute, il se refusait à croire aux suppositions de son frère.

Le malheureux jeune homme, moins fort que son aîné, se jeta dans ses bras et fondit en larmes.

Panafieu, étonné d'abord du nom qu'il venait d'entendre, ne comprenant pas ce que les deux frères voulaient dire, s'avança à son tour vers le misérable ; celui-ci se redressa en le voyant se diriger vers lui, et, d'un ton hautain, il lui demanda :

— Que me voulez-vous?

— Je veux te voir en face, bien en face !

— Je n'ai à répondre qu'à ces messieurs ; vous avez fait votre métier d'agent, laissez-nous !

— Te laisser, coquin!... Ah! tu crois que je suis un agent.

— Qui êtes-vous donc? fit André menaçant.

— Celui que tu as fait orphelin... Je suis le fils de Pauline Panafieu, la malheureuse que tu as assassinée!

Cette fois encore, sombre, épouvanté, André Berry se recula dans le fond de la chambre, en disant :

— C'est faux ! c'est faux !

— Ce n'est pas toi qui as assassiné ma protectrice, ma mère Pauline Panafieu, rue des Dames ?

Ce n'est pas toi qui as assassiné Adèle Mazel, avenue Friedland ?

— Non! je ne l'ai pas assassinée! Non ! ce n'est pas un crime, c'est un malheur !...

— Ce n'est pas toi qui as assassiné Eugénie Herval? reprit Panafieu.

— Non ! non ! fit en se redressant le misérable. C'en est trop à la fois. Pour qui me prenez-vous donc !... Un grand malheur est survenu à la suite d'une querelle... Un homme, un innocent a payé ce malheur de sa vie par ma faute, par ma lâcheté, soit ! mais c'est tout... Je suis un malheureux, je ne suis pas un assassin !

— Ce n'est pas toi qui as tué Eugénie Herval ? demanda Panafieu.

— Non ! je n'ai tué personne... Au reste, je ne connais pas les gens dont vous parlez.

— Vous ne connaissez pas Eugénie Herval ? demanda encore une fois Panafieu, hésitant cette fois devant la force des dénégations d'André.

Panafieu, on le comprendra, craignait d'avoir été un peu prompt ; il se souvint que les deux frères Lebrun connaissaient celui qu'il avait arrêté et il craignait d'avoir fait fausse route en attribuant au même les trois crimes. Celui que les frères Lebrun appelaient André pouvait dire la vérité ; son accent semblait sincère, il était distingué et avait l'air d'un homme du monde, et, comme le vol avait été le mobile de tous ces crimes, il se demandait si l'élégant qu'il injuriait pouvait être un voleur, si le beau garçon au doux visage pouvait être un assassin, d'autant qu'il n'avait pas entendu le demi-aveu qu'il avait fait à Vincent.

— Non ! non ! Je ne sais ce que vous voulez dire ! s'écriait André, sentant qu'il ébranlait la conviction de l'accusateur et voyant les deux frères en larmes, c'est-à-dire prêts à la pitié... au pardon peut-être.

Panafieu voulut en finir, il sortit. André respira. Les frères Lebrun, en voyant l'énergie avec laquelle André repoussait les accusations portées contre lui, commençaient à douter, ils espéraient...

Aussitôt la porte s'ouvrit. La chambre était plongée dans une demi-obscurité, car les jalousies abaissées interceptaient le jour. Dans l'encadrement de la porte, Eugénie Herval parut.

En la voyant, André jeta un cri terrible et recula stupéfait et épouvanté.

Par les interstices des feuilles de bois des jalousies, le jour filtrait à peine, la chambre était obscure, et la jeune femme décoiffée, vêtue d'une robe de couleur claire, avançait vers le coupable, le bras étendu; on eût dit un spectre.

André, les yeux démesurément ouverts, regardait terrifié cette apparition, craignant d'entendre parler cette bouche qu'il croyait muette à tout jamais.

Le fantôme avançait toujours.

Les deux frères et Panafieu regardaient cette scène, vivement impressionnés. André s'était blotti dans le fond de la chambre, Eugénie marchait sur lui, il étendit la main et s'écria :

— Grâce ! grâce !

— Eugénie était à deux pas de lui, croisant ses bras sur sa poitrine, et le regardant en face, elle lui dit :

— Me reconnais-tu, Raoul ? me reconnais-tu, moi! assassin !

André, défaillant, était tombé à genoux, et cachant sa tête dans ses mains, il disait épouvanté :

— Elle vit !... Je suis perdu !

En entendant ces mots, les deux frères essuyèrent leurs larmes. S'approchant de la jeune femme, Vincent lui demanda :

— Vous reconnaissez cet homme ?

— Oui, messieurs, c'est cet homme que j'ai connu à Lyon, qui m'a emmenée à Paris, qui, là, a tenté de m'assassiner; c'est cet homme qui m'a volé !

— André, tu as entendu cette femme, réponds, lui dit Vincent.

André baissa la tête et ne répondit pas.

— Tu n'as rien à répondre, André?... Rien!... Misérable!

Et les deux frères eurent un mouvement d'horreur.

— Ah! tu ne peux plus nier, coquin! Tu la croyais morte comme les autres, tu ne pensais pas voir surgir devant toi un témoin vivant !

— Après avoir causé bas avec son frère, Vincent dit à Panafieu de faire monter ses hommes. Immédiatement Ladèche et De Taille furent appelés ; ils vinrent se mettre aussitôt à la disposition des deux frères. Vincent s'adressant à De Taille, qui le regardait avec admiration, se souvenant sans doute de leur connaissance au *Chat enragé*, lui dit :

— Pierre, tu me réponds de cet homme, sur ta vie, tu entends ; vous ne le quitterez pas une seconde. Ladèche surveillera au dehors, toi dedans. Et souvenez-vous que vous m'en répondez.

— Oh! vous pouvez compter sur moi. A dater de cette heure, je suis vissé ici.

— Et moi je veille au grain. Pas de flâneurs autour de la maison.

— C'est cela. Il faut qu'il n'y ait que vous et nous qui sachions que cet homme est ici.

— Convenu... On doit lui éviter de faire des mauvaises connaissances.

André avait relevé peu à peu la tête, il écoutait. Vincent continuait à donner des instructions à voix basse aux deux compagnons, et Panafieu faisait sortir Eugénie Herval qui se trouvait mal à l'aise en présence du misérable.

André, inquiet, demanda :

— Mais qu'allez-vous faire de moi ?

Vincent le regarda avec mépris et lui répondit :

— Te juger et te punir !

André allait répliquer, mais les deux frères sortirent.

Il eut un mouvement de rage en voyant se fermer la porte. Ladèche le vit et lui dit :

— Allons, mon petit père, faut pas être méchant et pas te faire de mauvais sang... Tu verras qu'avec Pierre nous ne sommes pas désagréables en société.

André se jeta sur son lit, la tête dans ses mains. On l'entendait rager sourdement. De Taille, préparant les cartes, dit à son camarade :

— Nous pouvons en tailler une, le voilà tranquille, il ronfle.

XVIII

LA VEUVE D'UN VIVANT

Lorsque les deux frères sortirent de la chambre, ils trouvèrent Panafieu et Jobert soignant la jeune femme, qui était en proie à une crise nerveuse. Panafieu dit aussitôt à Vincent :

— Nous allons aller à Paris, et je cours immédiatement à la préfecture.

Vincent tressaillit.

— Panafieu, vous savez, mon ami, ce que vous m'avez promis; pour des raisons que je ne puis vous expliquer ici, il faut que la police ne se mêle pas de cette affaire.

— Comment cela? Mais il faut que ce gueux-là soit jugé, condamné !...

— Mon ami, je vous en supplie, laissez-moi diriger tout cela. Pas un mot encore ; vous voulez venger votre mère, vous serez vengé, je vous le jure !

Eugénie Herval était tout à fait remise; ayant entendu les derniers mots, elle dit :

— Oh ! monsieur, vous avez raison, que tout cela reste là.

— Mais il y a aussi des intérêts compromis que les tribunaux seuls peuvent obliger cet homme à rendre, dit Jobert.

— Ces intérêts je vous les garantis à tous deux. Messieurs, c'est un aveu cruel à faire. Je vous le dois pour vous demander le secret le plus absolu sur tout ce qui s'est passé, sur ce qui suivra... Cet homme est de notre famille !

Panafieu comprit la situation terrible des deux frères, qui, pour venger la mémoire du père mort, étaient obligés d'envoyer un autre membre de la famille à l'échafaud.

— Je vous jure, messieurs, dit Jobert, que vous pouvez compter sur ma discrétion absolue.

— Messieurs, pour moi c'est entendu, je me fie à vous, dit Panafieu, je sais que vous me vengerez dignement.

— Au reste, plus que jamais, mon cher ami, nous avons besoin de vous.

Puis s'adressant à la jeune femme, il lui dit :

— Vous allez retourner à Charenton ?

— Oui, monsieur, aujourd'hui seulement ; demain je rentrerai à Paris. Je suis à vos ordres absolument.

— En rentrant, on ne manquera pas de vous interroger.

— Je dirai que l'on s'était trompé, et le docteur affirmera mon dire.

— C'est cela.

— Et je ne demande qu'une chose : ne plus revoir cet homme, et le savoir dans l'impossibilité de me retrouver.

— Madame, c'est ce qui sera ; et ce qui vous fut volé, ou du moins la valeur, vous sera rendu. C'est à ce prix que nous vous demandons de nous céder absolument le misérable.

— C'est une affaire conclue, dit Panafieu.

— Vous nous permettez de nous retirer...

— Oui, oui. Allez.

Les deux frères saluèrent, puis, après avoir recommandé à Panafieu de bien faire surveiller André, ils mon-

tèrent en voiture. Seuls tous deux, ils s'abandonnèrent à
leur douleur, à leur désespoir.

Panafieu, ayant donné ses instructions à ses deux acolytes, monta en voiture avec la jeune femme et Jobert,
et, comme ils étaient dans le secret, il leur expliqua la
situation affreuse des deux frères qui les obligeait à agir
aussi singulièrement.

Moins atteint qu'eux et pour oublier les scènes du matin, il termina en proposant un déjeuner qui fut accepté.

Panafieu dit au cocher de les conduire aux Quatre Sergents de La Rochelle, près la place de la Bastille. Ce fut
un gai déjeuner, qui n'avait rien gardé de la triste scène
à laquelle on venait d'assister. Au reste, c'est souvent au
retour du cimetière que se font les bons déjeuners, on y
porte même des toasts ainsi conçus :

« — Mes amis, c'était un bon garçon, un brave père
de famille, c'est donc à lui qu'il faut boire, mes amis, à
la *santé du mort!* »

Panafieu et ses invités avaient hâte de se débarrasser de la lugubre impression qui les tenait encore. Eugénie Herval était la bonne fille qui subit et ressent à l'heure
même, mais sur laquelle rien ne reste. Convaincue qu'elle
n'avait plus à craindre le misérable, assurée que son
affaire n'irait point devant les tribunaux, et certaine que
sa position restait la même, puisque les frères Lebrun
avaient pris l'engagement de tout rembourser, elle avait
hâte de chasser gaiement le souvenir de la petite maison
de Montreuil.

Jobert était médecin et philosophe, c'est tout dire ;
il avait assisté à toutes ces scènes, sinon avec indifférence, avec curiosité ; c'était tout. La visite finie, il avait
faim.

Panafieu but plus que de raison. C'est que le brave
garçon était satisfait, son but était atteint, et, ma foi, disons ce qu'il pensait, dans d'heureuses conditions. Lui

aussi était convaincu que le misérable allait être châtié...
Et le petit pécule enlevé à sa mère d'adoption, sans
affaire, sans procès, allait lui revenir.

Il but, et sa langue déliée, il raconta tout ce qu'il
savait des frères et du père Lebrun, il fit un long récit
de ses recherches. Nous avons dit qu'il avait trop bu.

Contre son habitude, il parla de Lise, de sa Lise qu'il
adorait plus que jamais. Il raconta qu'elle l'avait quitté,
et c'était elle qui l'avait mis sur la piste véritable, car
celui qui cherchait à l'enlever n'était autre que cet
André Berry, dit l'abbé, dit Raoul de la Havertière. Il
raconta tout; il exposa son amour en des termes tels
que Jobert pressait la main d'Eugénie Herval, en échangeant avec elle des regards singuliers.

Nous avons dit que Panafieu était poète, et dame, dès
qu'il avait bu, le poème lui venait aux lèvres, il avait besoin de réciter ses vers. Aussi n'est-ce pas sans crainte
et sans stupeur que Jobert l'entendit dire :

— Ce que je l'aime, ma Lise ! ce que je l'aime ! Non !
ça ne se rend pas. Quand elle n'était plus là, voyez-vous,
plus d'existence, plus de soleil. Je lui ai fait des vers,
c'est un de mes petits moyens.

— Elle est revenue, vous les avez déchirés, dit prudemment Jobert pour en éviter l'audition.

— Oui, je les ai déchirés.

— Ah ! fit Jobert, avec un soupir de soulagement, et
il versa un verre de champagne à sa compagne, espérant
avoir évité le poème.

— Je les ai déchirés, continua Panafieu avec émotion en s'adressant à Eugénie Herval; mais ils sont gravés là... Et c'est à vous, madame, à vous que je veux
les dire.

Jobert faillit défaillir.

Il se penchait vers la jeune artiste du théâtre de Lyon

pour l'encourager... mais si près, si près, que ses lèvres touchèrent presque ses joues.

Panafieu, une main sur le cœur, les yeux levés, le regard perdu dans l'infini, dit :

— Le titre dit tout : *Une larme au passé.*

— Comme le vin rend les gens méchants, disait tout bas le docteur à Eugénie Herval qui lui souriait.

Panafieu récitait :

Le souvenir est là... Par un soir de décembre,
La brume sur ma vitre étale son brouillard,
Et la lune parfois vient jeter dans ma chambre
Son nocturne rayon qui me dit : il est tard !

J'ai l'onglée et pourtant mon cœur est plein de flamme,
Je suis seul et j'entends un murmure de voix
Les cent yeux de mon âme découvrent à la fois
Dans un coin de la chambre un beau portrait de femme.

Ce n'est point un portrait, elle vit, l'infidèle,
Le froufrou de la soie annonce qu'elle est là,
Ses blonds cheveux épars s'envolent autour d'elle,
Elle redit les mots qu'elle m'a dits déjà.

Et ma tête est tombée entre mes mains crispées,
Mes doigts ont de colère arraché mes cheveux ;
Je voulais de mon être éloigner ces pensées,
Une larme brûlante est venue à mes yeux !

. . . . à

Ce matin, je l'ai vue ; une riche voiture
Qui la portait au bois m'a presque éclaboussé,
Elle a tourné vers moi sa charmante figure,
Elle ne m'a rien dit... et puis elle a passé...

Si je continuais longtemps sur ce chapitre,
Je pourrais griffonner un livre tout entier ;
Une larme est tombée... elle sera mon titre,
Je ne savais que mettre en haut de ce papier.

Aussi, voyez l'erreur : que l'on est sot d'écrire !
Je croyais le passé plus gai que le présent ;
C'était un beau mirage, et voilà maintenant
Que je suis attristé lorsque je croyais rire.

Ah ! c'est que j'oubliais ! nous étions en décembre,
La brume sur ma vitre étendait son brouillard
Et la lune parfois illuminait ma chambre
De ses rayons d'argent qui disaient : Il est tard !

— C'est très joli, dit Eugénie Herval, qui n'avait entendu que le dernier mot.

— Un peu long, peut-être, dit Jobert en contenant sa rage.

— C'est que je l'aime tant, fit naïvement Panafieu.

— Ça se voit, répondit Jobert en lui versant un verre plein de champagne.

Panafieu but d'un trait et essuya les larmes qui coulaient de ses yeux.

— Comme c'est beau l'amour, dit Jobert désignant Panafieu et embrassant effrontément sa compagne.

— Eugénie Herval éclata de rire et dit :

— Quel drôle de médecin.

— Oui, n'est-ce pas, fit celui-ci, je guéris tout.

Nous devons retourner vers les malheureux héros de notre histoire.

Les frères Lebrun s'étaient fait conduire dans un café du boulevard du Temple, près de la rue Charlot.

Subissant le contre-coup des terribles émotions qu'ils avaient ressenties le matin, ils étaient muets, et, pendant tout le trajet de Montreuil au boulevard, ils n'échangèrent pas un mot.

Lorsque le cocher arrêta sa voiture, Charles, regardant par la portière, dit :

— Nous ne sommes pas chez nous, nous sommes au Jardin-Turc.

— C'est moi qui lui ai dit de nous descendre au café le plus proche de la rue Charlot.

— Que veux-tu faire?

— Nous avons besoin de causer longuement et sérieusement.

— Descendons, frère.

Ils descendirent, soldèrent le cocher, entrèrent au café et allèrent se placer à la table la plus reculée.

Le garçon ayant apporté les consommations qu'ils avaient commandées, Vincent dit à son frère :

— Écoute-moi, Charles. La situation est terrible pour nous tous, terrible surtout pour Marguerite. Si la malheureuse enfant apprend ce que nous savons, elle en mourra. Le moins qui puisse lui arriver, c'est la folie.

— Je le crois, dit Charles.

— Il faut cependant que justice soit faite. Au-dessus de la vie infâme et indigne de l'assassin, je place notre malheureux père.

— Oh! oui, le père d'abord. Qu'importe le reste.

— Tu as raison et tort, Charles... Le père d'abord, oui! Qu'importe le reste, non!... Nous devons penser à Marguerite et à notre cher petit Cornille. C'est notre famille à nous. Et, sache-le, si Marguerite sait ce que nous savons, elle aura pour son fils autant de haine qu'elle a aujourd'hui d'amour.

Comme Charles faisait un geste de dénégation, Vincent ajouta :

— J'en suis certain. J'ai vu Marguerite lorsque ce doute affreux m'a traversé l'esprit. Je l'ai vue, te dis-je, c'est la mort pour elle et sûrement l'abandon de Cornille.

— Que faire alors? Tu ne veux pas cependant obliger notre sœur à vivre avec celui qui fut le meurtrier de notre père. Tu ne veux pas revoir et accepter cet... homme.

— Je veux venger notre père, Charles... Mais je veux aussi ne pas tuer ma sœur et son enfant.

Pendant quelques minutes, les deux frères furent muets, abîmés dans leurs pensées.

Vincent appela un garçon et l'envoya chez lui pour porter une carte sur laquelle il écrivit quelques mots.

Moins d'un quart d'heure après, la domestique des deux jeunes gens paraissait.

Charles, étonné, regarda son frère, qui dit à la servante :

— Françoise, est-ce que Mᵐᵉ Berry est encore à la maison ?

— Oh ! non, monsieur, elle est partie presque derrière vous; la pauvre dame Marguerite, elle était tout en larmes... Mais avec ça, elle était inquiète de son enfant, et puis elle se disait que peut-être M. André était rentré.

— Elle est retournée chez elle ?

— Oui, monsieur Vincent.

— Bien. Et que vous a-t-elle dit ?

— Pauvre madame, monsieur, elle n'a fait que pleurer et gémir, que c'était à fendre l'âme. Elle m'a dit que, pour certain, il devait être arrivé malheur à M. Berry, et que vous étiez allé pour avoir des nouvelles. Quand elle est partie, elle m'a dit que si vous saviez quelque chose; même un malheur, a ajouté la pauvre chère dame en sanglotant, qu'il fallait lui faire savoir tout de suite.

Il y eut dans les yeux de Vincent comme un éclair, puis son front fut traversé d'un pli qui s'effaça aussitôt, et d'une voix sombre, il dit :

— Elle avait raison, Françoise, un malheur est arrivé.

— Que me dites-vous là, monsieur ?

— Un grand malheur, Françoise, et c'est pour cela que je vous ai fait venir ici, n'osant rentrer chez moi, craignant de trouver la pauvre enfant en larmes, et ne me sentant pas le courage d'augmenter son immense douleur.

— Oh ! mon Dieu ! monsieur Vincent, mais vous m'effrayez. Qu'est-ce qu'il y a donc ?

— Françoise, vous allez prendre une voiture, et vous irez chez ma sœur... Vous l'avez connue enfant, vous lui parlerez en mère, vous la consolerez ; tous les malheurs nous frappent à la fois... Si André n'est pas rentré chez lui, ce n'est pas qu'il oubliait son intérieur, qu'il cherchait ailleurs des plaisirs... André était digne de ma chère Marguerite.

Charles, stupéfait en entendant son frère, le regardait, ne s'expliquant pas ses étranges paroles.

La vieille servante, effrayée, demanda :

— Mais, mon Dieu ! monsieur Vincent, qu'est-ce qu'il arrive encore ?

— Françoise, dit Vincent, André a été tué hier matin dans un duel... pour une cause sacrée ! Dites à Marguerite que son mari est mort pour elle, pour nous, pour son fils.

— Ah ! mon Dieu ! Seigneur ! mais il n'y a donc plus de justice sur terre !... Un si brave homme ! un bon père ! Ah ! mon Dieu ! Et cette pauvre Margot, elle en mourra, c'est sûr !

Et en disant ces mots, la vieille fille pleurait à chaudes larmes.

— Allons, dit Vincent, allons, Françoise, vous savez que nous sommes habitués au malheur ; il faut, vous qui êtes notre vieille amie, il faut être courageuse, il faut que vous alliez aider l'enfant, votre petite Margot, à supporter le malheur qui la frappe, il faut la consoler... Allons, Françoise, soyez la brave et courageuse femme que nous connaissions.

La vieille servante essuya ses yeux du revers de sa

manche ; et suffoquant, pour arrêter ses sanglots, elle dit en se domptant :

— Oui, monsieur Vincent, oui, je serai courageuse pour ma petiote ; oui, j'y vais et je la consolerai ; je ne veux pas qu'elle en meure, elle, la pauvre enfant du bon Dieu.

— Allez vite, Françoise, et dites-lui que nous irons tantôt chez elle.

— Mais, monsieur, quelle scène ! quand cette pauvre enfant va revoir le corps.

— C'est ce que je veux éviter, Françoise, on ne le portera point chez lui... C'est chez nous que je le fais conduire. Au reste, vous ne devancez Charles que de deux heures. Allez bien vite.

— Ah ! mon Dieu ! mon Dieu ! quand il y a tant de gueux sur terre qui n'ont rien, faut-il que des braves et bonnes gens comme ceux-là aient tant de malheurs !

Et la brave femme, fondant en larmes, sortit et monta en voiture. Seul avec son frère, Charles lui dit :

— Vincent, je ne comprends plus du tout ce que tu fais, pourquoi cette affreuse histoire ?

— Pour sauver notre honneur en sauvant notre sœur. Que t'importe, agis avec moi.

— Mais, elle se croira veuve.

— Elle sera veuve demain... veuve d'un vivant ! tiens, que t'importe.

Ayant payé, Vincent entraîna son frère sur le boulevard, en lui disant :

— J'ai trouvé, Charles ; notre sœur vivra heureuse avec une mémoire à chérir, notre père sera réhabilité, et les victimes seront vengées.

FIN DE LA DEUXIÈME PARTIE

TROISIÈME PARTIE

LES CRÉANCIERS DE L'ÉCHAFAUD

I

OÙ L'ON ANNONCE LA MORT D'UN HOMME
QUI SE PORTE BIEN

Nous nous trouvons encore en face du terrible problème : La peine de mort.

La société a-t-elle le droit de tuer celui qui a tué ?

La peine de mort est-elle un châtiment, est-elle un exemple ?

Le châtiment est insuffisant, l'exemple ne sert à personne. Sans vouloir aller aussi loin que Lycurgue, qui ne faisait des lois que pour les bons, nous croyons qu'il est un autre moyen de punir. — Nous le croyons, en allant plus loin que les partisans de la peine de mort. — Qu'est-ce que la vie pour l'homme qui l'a risquée chaque fois qu'il a commis un crime ? Sur cent condamnés, dix au plus tremblent devant la mort, cinquante font de l'échafaud la tribune de l'infamie !

Nous ne parlons pas de l'innocent pour lequel la justice devient criminelle et ne peut plus rendre ce qu'elle a pris.

Le coupable doit être puni et mis dans l'impossibilité
de nuire, il doit dans le labeur exagéré passer sa vie.
Nous n'approuvons pas la mansuétude de Lycurgue,
disions-nous en nous rappelant l'anecdote que raconte
Plutarque :

« Étant assailli de tous côtés à coups de pierre, Lycurgue fut obligé de s'enfuir de toute sa force.

« Il avait déjà échappé à la poursuite de tous ces
mutins et gagné un temple, lorsqu'un jeune homme
nommé Alcandre, qui n'avait pas d'ailleurs un méchant
naturel, mais qui était fort prompt et fort colère, l'ayant
poursuivi plus opiniâtrement, l'atteignit; et comme il se
tournait de son côté, il lui donna un coup de bâton sur le
visage et lui creva un œil.

« Lycurgue ne se laissa point abattre de douleur, au
contraire; se tournant du côté du peuple, la tête haute,
il lui fit voir son visage tout sanglant et son œil crevé.

« Ceux qui le virent en cet état eurent tant de confusion et de honte que sur l'heure même ils lui livrèrent Alcandre, ils l'accompagnèrent tous chez lui, en lui
témoignant la douleur et le ressentiment qu'ils avaient
de l'outrage qu'il venait de recevoir; il les congédia
après les avoir remerciés, et ayant fait entrer avec lui
le jeune homme, il ne le maltraita point; il ne lui dit aucune parole fâcheuse ; il fit seulement retirer sa domestique et lui commanda de le servir. Alcandre obéit sans
répondre.

« Et se tenant toujours près de lui, il eut le temps de
connaître sa douceur, sa modération et les autres grandes
qualités de son âme, de sorte qu'il commença à l'aimer
avec passion. »

Ce châtiment serait absolument du goût des coquins
qui deviendraient les amis de leur victime : c'est l'exagération du bon, et la mort est l'exagération du mal.

Vincent Lebrun était envahi par toutes ces pensées,

cherchant toujours le moyen de sortir de l'affreuse situation dans laquelle il se trouvait. Obéissant à la volonté de son père, il ne voulait pas livrer André, il ne voulait pas se faire justice lui-même, et cependant il voulait satisfaire Panafieu et Eugénie Herval, et surtout sauver leur nom.

Tout à coup, et comme frappé d'une inspiration subite, il dit à son frère :

— Sais-tu où je pourrais retrouver le docteur?

— Oui, notre voiture a été arrêtée par le passage à niveau du chemin de fer de ceinture ; ils ont pu nous rejoindre et ils ont même passé devant nous dans la rue Saint-Antoine.

— Eh bien ?

— J'ai vu la voiture s'arrêter au coin du boulevard Beaumarchais devant les Quatre Sergents de La Rochelle, où, sans doute, ils sont à déjeuner.

— Allons-y alors.

— Comment, tu as faim ?

— Mais, non, je veux voir le docteur... Au reste, nous n'avons pas besoin d'y aller tous les deux.

— Que vas-tu faire?·

— Mon Charles, je n'ai pas le temps de t'expliquer cela. Fais ce que je te dis : à mon retour, si j'ai réussi, tu comprendras.

— Mais tu le sais, frère, je suis prêt à t'obéir.

— C'est cela, va chez nous, raconte l'histoire que tu m'as entendu raconter à Françoise.

— André mort !

— Oui, ce soir on portera le corps chez nous.

— Que me dis-tu là, Vincent? souviens-toi de la volonté formelle de notre père : pas de sang !

— Charles, je t'en prie, écoute-moi, obéis-moi aveuglément. Tu sais bien que je ne ferai rien contre les vo-

lontés de notre pauvre père... Va vite, je pars, à ce soir !
fais ce que je te dis.

Stupéfait, inquiet, Charles vit son frère sauter en voiture et se diriger vers la Bastille. Il gagna, triste, soucieux, la rue Charlot, se disant :

— Que va-t-il faire? Je crains qu'il n'ait pas sa raison
et fasse quelque folie... Il a besoin de Jobert, et celui-ci
ne prêterait pas la main à une chose inavouable. Il va
peut-être lui demander un narcotique et ramener André
en le faisant passer pour mort. Mais quel est le but?...
J'aurais dû l'accompagner.

Charles, arrivé chez lui, raconta à la concierge de la
maison l'histoire du duel, et ajouta que, ne voulant pas
effrayer leur sœur, le corps de leur beau-frère devait être
le soir même apporté chez eux.

La concierge fit le signe de la croix, une douce manie
qui ne faisait de mal à personne, et qui donnait quiétude
et satisfaction à son âme.

Le jeune homme monta aussitôt chez lui, cherchant à
comprendre la comédie que son frère préparait. Pendant
ce temps, Vincent se rendait aux Quatre Sergents de La
Rochelle, il s'informait au garçon et apprenait que ceux
qu'il cherchait étaient dans un cabinet; il fit passer sa
carte à Panafieu.

II

UN SOUVENIR DE L'INSURRECTION DE JUIN 1848

Nos lecteurs ont jugé suffisamment ce qu'était Eugénie
Herval. C'était ce qu'on qualifie ordinairement : une
bonne fille, elle était de plus très belle; elle avait pris le
théâtre pour arriver : son plus grand talent était dans ses
maillots. Guérie, heureuse, calme, elle se sentait revivre
dans ce déjeuner improvisé, dans ce gai repas qui suivait

la terrible scène de Montreuil. Le bon vin rend bon, dit un proverbe. En cette occasion, il la rendait plus belle. Il remuait en elle des désirs qui se réflétaient dans ses yeux, désirs qu'une année de claustration rendait plus visibles.

Jobert avait pour la poésie de Panafieu tout le mépris qu'elle méritait, il enlaçait l'*artiste* dramatique du théâtre de Lyon et caressait une idée fréquente chez certains viveurs : faire raconter aux femmes aimables leur histoire de jeunesse.

Il faut bien dire la vérité : déjà l'amitié, la sympathie et le chambertin 65, avaient apporté dans la société une douce familiarité. Eugénie tutoyait Jobert, qui tutoyait Eugénie... Les poésies de Panafieu avaient placé la causerie du côté triste. Et Eugénie, montrant la place de la Bastille, dit :

— C'est ici que s'est passé ma jeunesse...

— Sur la colonne ? dit en riant Jobert, croyant qu'elle répétait le vieux calembour.

— Mais non... Est-il bête !... Dans le quartier, en juin 48, j'étais là !

— Contez-nous ça, dit Panafieu en s'accoudant sur la table.

— Conte-nous ça, mon ange, dit Jobert.

Mais la jeune femme se dégagea, et, devant la fenêtre, montrant le coin de la place, elle dit :

— Non, ce que je dis est sérieux ; si je suis ce que je suis, c'est parce qu'on a fusillé mon père là en juin.

Les deux hommes froncèrent le sourcil, décidément la journée tristement commencée devait tristement finir.

— Si mon père avait vécu, il m'aurait surveillée ; honnête, il m'aurait faite honnête. Quand ils tuent les gens, ils ne pensent jamais qu'il y a une famille derrière.

— Ils s'en moquent bien ! dit Panafieu.

Jobert observait la malade; c'était la mémoire qui revenait encore.

Eugénie dit :

« Mes parents demeuraient rue Jean-Beausire, au coin du boulevard. Je me levai à six heures du matin. Ma mère pleurait, mon père n'était pas rentré depuis deux jours. Je me glissai sans bruit dehors, je descendis vite les trois étages. La porte de la rue était ouverte, je sortis.

« La rue était toute dépavée, la barricade qu'il y avait en face de la porte avait été enfoncée. En redescendant le boulevard, j'entrai dans une cour où j'avais vu porter des blessés la veille. La cour était vide. La porte d'un petit caveau était ouverte. J'avançai la tête et la reculai bien vite; un homme était étendu là. Je retournai chez nous et j'allai prévenir le concierge que je venais de voir un insurgé dans le caveau de l'autre maison. Le concierge et un voisin vinrent aussitôt.

« L'homme était tué.

« Nous le reconnûmes tous les trois pour l'avoir vu la veille à l'attaque de la barricade.

« C'était un grand gaillard de vingt-huit à trente ans, très brun, sa chevelure était abondante.

« En fermant les yeux, il me semble le voir encore.

« Il avait reçu une balle juste entre les deux yeux, le sang lui couvrait toute une partie du visage et avait coulé jusque sur sa poitrine velue.

« Après la mort — je me souviens qu'on le constata car j'étais trop jeune pour l'observer moi-même, — soit d'un coup de hache ou d'un coup de sabre, on lui avait coupé la main et tous les doigts pendaient, attachés seulement par quelques fibres, sans qu'une goutte de sang coulât de l'affreuse plaie.

« Le concierge et le voisin causaient entre eux de l'état des choses.

« Je leur entendis dire que le faubourg Saint-Antoine

n'était pas encore pris, qu'il avait jusqu'à neuf heures
pour se rendre. Je n'hésitai pas, je me dirigeai du côté
du faubourg, véritable gamine de Paris, inconsciente du
danger.

« La garde mobile et la garde nationale occupaient
tous les abords de la place... là et là... La ligne et l'artil-
lerie s'étendaient sur le bas de la place de la rue des
Tournelles au boulevard Bourdon; on ne peut pas le voir
d'ici.

« Comme les troupes empêchaient d'approcher, je descendit par la rue Jean-Beausire et je me trouvai sur la
place.

« J'eus peur ! Il était huit heures environ; tout autour
de moi des soldats, et des soldats comme je ne les avais
jamais vus, sales, boueux et débraillés, les visages et les
mains noires de poudre.

« Lorsque je levai la tête, à toutes les fenêtres scintil-
laient des fusils. Je regardai derrière moi et je vis la
gueule menaçante des canons.

« Devant moi, la barricade, haute de deux étages, avec
un grand drapeau rouge qui jouait dans le vent.

« A toutes les fenêtres du faubourg, de la rue de
Charenton, de la rue de la Roquette, en guise de rideaux, pendaient des matelas; à chaque étage des magasins de la Belle-Jardinière, des insurgés fumaient, assis
sur le rebord des fenêtres.

« Devant ce calme immense et cette apparence de tranquillité, je repris ma sérénité, et je me dirigeai vers le
canal.

« Au moment où je passais devant la cour Damoi, les
tambours battirent, les clairons sonnèrent et toutes les
troupes s'ébranlèrent.

« — Par ici, toi, la gosse ! et entraînée par quatre individus, je me trouvai dans les magasins de la Belle-Jardinière, dont l'un ferma et barricada les portes, en disant :

« — Peut-on laisser sortir des moutards comme ça !

« Je sortis par la rue de la Roquette en suivant les hommes qui criaient :

« — Aux armes ! aux armes !

« Je me trouvai quelques minutes derrière la grande barricade du faubourg. Un homme, par la fenêtre du second étage, était debout au sommet de la barricade, et s'appuyant sur la hampe du drapeau, en brandissant un fusil, il cria :

« — Vive la République démocratique et sociale !

« Le cri se perdit dans le silence ; les insurgés apprêtaient leurs armes et choisissaient leur place de combat. Le premier coup de neuf heures sonna. Un frisson me courut le corps.

« Je me glissai le long des boutiques jusqu'à la seconde barricade, construite à cinquante pas environ de la première ; je grimpai par une brèche lorsqu'une détonation épouvantable retentit ; le sol trembla, les vitres éclatèrent, et les pavés écrasés par la mitraille tuèrent quelques malheureux en couvrant les autres de grès.

« Une quinzaine d'insurgés râlaient sur le sable.

« Au bruit de la fusillade se mêlèrent les plaintes et les hurlements des blessés.

« Épouvantée, mes jambes tremblèrent et refusèrent de me porter ; je voulais crier et la voix ne pouvait sortir de ma gorge. Un homme, couché en haut de la barricade redescendit vivement en disant :

« — A nous ! v'là les mobiles !

« Au même moment les soldats parurent au faîte de la barricade ; l'on chercha à arracher le grand drapeau rouge que la mitraille avait haillonné. Une lutte d'une minute s'engagea corps à corps, à coups de dents, à coups de sabre, à coups de baïonnette, de couteau, à coups de pavés même, car je vis un malheureux auquel on défonça la poitrine !...

« Des insurgés et des gardes mobiles se tordaient agonisant au bas de la forteresse du faubourg.

« Un homme livide, les traits contractés, les yeux presque sortis de l'orbite, cherchait à gagner l'ambulance, les mains appuyées sur son ventre, qu'une baïonnette avait ouvert, et compressant ses intestins sanglants. Il tomba avant d'avoir fait dix pas.

« Oh! le cri qu'il jeta... Je l'entends encore!... »

Eugénie s'arrêta une seconde; mais, voyant que ses auditeurs écoutaient attentifs, elle reprit aussitôt :

« — Le grand drapeau flottait toujours. Le canon recommença à vomir la mitraille et la fusillade des fenêtres lui répondit. Tout à coup on cria :

« Au feu! au feu !

« Afin d'en déloger les insurgés dont le tir plus sûr tuait les artilleurs sur leurs pièces, les magasins de la Belle-Jardinière venaient d'être incendiés par les boulets rouges.

« Chaque décharge des batteries abaissait la barricade, le nombre des morts et des blessés était énorme; un nouvel assaut repoussa les insurgés presque jusqu'au second retranchement : on se battit encore corps à corps, cinq ou six mobiles seulement parvinrent à s'échapper, les autres furent tués.

« Est-ce l'odeur de la poudre, le cri des victimes, la vue de ce massacre? Je n'eus plus peur et je vins me mêler aux combattants.

« Une femme, jeune encore, sortit d'une allée et me remit des cornets de poudre et des balles que j'allais distribuer aux tirailleurs perchés sur la barricade.

« Je portais des munitions à un homme qui tirait par une meurtrière ménagée dans les pavés et faite d'un goulot de bouteille; je lui donnais de la poudre, lorsqu'une balle lui traversa le cou. Le sang jaillit et me frappa la figure.

« Le canon venait de se taire, des fenêtres on criait :

« — Aux armes !... Gare !... les v'là tous ! C'est une attaque générale !

« Comme il était impossible de défendre la première barricade, que le canon avait presque rasée, tous les insurgés gagnèrent la seconde redoute ; dans ce sauve-qui-peut, la femme dit :

« — Allons, vite ! vite, *calletons*, la *gosse* !

« Je grimpai, elle me donnait la main pour m'aider à passer derrière les pavés.

« Ce second assaut avait encore été repoussé, mais le grand drapeau rouge avait été enlevé.

« Sur le sol dépavé, plus de trente malheureux criaient, râlaient, se tordaient, sans qu'il fût possible de leur porter secours.

« Sans être occupée, la première barricade était prise, il fallait donc au plus vite fermer et défendre la seconde.

« Le canon commençait son œuvre.

« J'essayais de porter des pavés pour fermer la brèche, mais j'étais trop faible. Lorsque je vis la femme aux munitions dégringoler d'une façon si drôle et si peu... décente, que tout le monde se mit à rire.

« Elle n'avait pas glissé, la malheureuse ; elle tombait tuée, un biscaïen lui avait brisé la tête.

« C'était horrible.

« La peur me reprit, cette fois je cherchai le moyen de gagner le boulevard.

« Un petit homme en uniforme de garde nationale, me dit :

« — Allons, la gamine, fiche ton camp, dans dix minutes il ne faudra plus que des hommes ici.

« Il me fit entrer avec lui dans une cour-passage ; dans cette cour il alla au puits, tira un seau d'eau, se dévêtit de son uniforme, le roula autour de son fusil, et jeta ce paquet dans le puits.

« Il retourna ses poches, les secoua pour en faire tomber la poudre, puis il se lava la figure, les mains et m'en fit faire autant en disant :

« — Ils te fusilleraient tout comme un autre.

« Puis m'ouvrant la porte d'une arrière-boutique, il me conduisit à travers les magasins (j'ai su depuis qu'il se nommait Élie et qu'il était marchand de ferraille), jusqu'à la boutique qui donnait rue de Lappe.

« Quand je sortis, la rue était occupée militairement, le faubourg venait d'être pris d'assaut.

« Lorsque j'arrivai au canal, une douzaine de gardes mobiles entraînaient trois hommes, je courus afin de voir si je reconnaîtrais des défenseurs de la barricade.

« Près d'un chantier où est aujourd'hui un petit théâtre, les soldats jetèrent les trois malheureux sur les planches. L'un cacha sa figure dans ses mains, l'autre se blottit dans l'angle du poteau d'une lanterne. »

Eugénie s'arrêta une seconde, comme prise à la gorge par l'émotion. Faisant un effort, elle acheva :

« — Le troisième, droit, fier, écarta sa chemise, découvrit sa poitrine et cracha au visage des mobiles, ceux-ci firent feu au moment où il criait :

« — Assassinez-moi donc, lâches!

« Cet homme était mon père!... »

Eugénie sombre se tut; on juge de la douloureuse impression que fit ressentir ce récit aux deux auditeurs. Panafieu grogna :

— Oh! mais, c'est pas gai ça! en voilà une journée!... Ah! mais il faut cacher ces souvenirs-là.

Et en disant ces mots, il emplit les coupes à champagne.

— Allons! fit Jobert en attirant près de lui la jeune femme, ce n'est ni l'heure ni le lieu d'évoquer de pareils souvenirs.

On frappa à la porte du cabinet, Eugénie reprit aussitôt sa place, le garçon entra et demanda si ces messieurs ne se nommaient pas Jobert et Panafieu.

— Si, pourquoi? demanda Jobert étonné.

— Bon, qu'est-ce qu'il y a encore? fit Panafieu.

— Voici la carte d'un monsieur qui voudrait vous parler.

Panafieu prit la carte et lut à haute voix :

— Vincent Lebrun !

— Vincent; mais faites monter tout de suite ce monsieur. Comment diable a-t-il pu nous trouver ?

Vincent fut immédiatement introduit.

— Excusez-moi, madame et messieurs, fit-il, de venir vous tourmenter jusqu'ici.

— Vous êtes tout excusé, nous avons fini et nous allions partir.

— Mais, qu'y a-t-il de nouveau? demanda Panafieu.

— Rien, rien. C'est du docteur que j'ai besoin... une consultation.

— Je suis à vous.

— C'est que ce sera long.

— Eh bien ! nous allons reconduire Mme Herval, et nous causerons ensuite. Cette nuit encore vous restez à Charenton? demanda-t-il à la jeune femme.

— Oui, mais cette nuit seulement.

— Eh bien, partons. Nous allons vous reconduire, et demain j'aurai trouvé pour vous un appartement convenable.

— C'est cela ! fit en riant Eugénie.

— Moi je vous quitte, dit Panafieu, je suis inutile aujourd'hui.

— Vous veillerez sur notre homme, cependant.

— Ça, c'est entendu.

Panafieu rentra chez lui, croyant que Vincent était venu chercher Jobert pour le mener près de sa sœur malade à la suite de ce qu'elle avait appris. Vincent et

Jobert allèrent reconduire Eugénie Herval et, lorsque remontés dans la voiture, les deux hommes furent seuls, Vincent dit :

— C'est un grand, très grand service que je viens vous demander.

— Quel qu'il soit, si cela m'est possible, c'est fait.

— Merci ! dit Vincent, lui prenant affectueusement la main. Écoutez-moi.

Jobert se disposa à entendre la demande du jeune homme.

III

CE QUI PROUVE QU'ON PEUT ÊTRE ENTERRÉ COMME UN PRINCE APRÈS AVOIR VÉCU EN PAUVRE

Vincent lui dit immédiatement :

— Monsieur Jobert, savez-vous bien à peu près notre situation ?

— A peu près, Panafieu m'a raconté tout cela.

— Vous savez que notre malheureux père a été condamné, exécuté pour un crime dont il était innocent ; vous savez qu'il nous a laissé pour mission, à mon frère et à moi, de rechercher sans cesse le vrai coupable, non pour le livrer à la justice, mais pour sauver sa mémoire de l'horrible accusation portée contre lui.

— J'ignorais ce détail, très noble et très grand.

— Le service que je veux réclamer de vous, monsieur Jobert, m'oblige à vous parler franchement, à tout vous dire. C'est une confidence, une confession. Je vous demande le secret.

Jobert serra la main du jeune homme en l'assurant de son entier dévouement.

— Monsieur Jobert, nous sommes créanciers de l'échafaud, la guillotine nous doit la vie de notre père martyr... La vengeance était au-dessous de lui et de nous : c'est la réhabilitation que nous cherchons. Veuillez me permettre de vous lire les dernières volontés du père et avec ce que vous avez vu tout vous sera expliqué.

Et, tirant de son portefeuille un papier jauni, il l'embrassa et l'ouvrit en disant :

— Écoutez, monsieur Jobert, le testament du condamné.

Et la voix tremblante d'émotion, il lut :

« Six heures du matin, avant la toilette...

« Mes fils bien-aimés, je vous lègue mon nom, et je veux que vous le portiez fièrement, car je meurs innocent.

« Sur mon corps encore chaud, vous jurerez de rechercher sans cesse ni trêve celui pour lequel la société m'a condamné à mourir, non pour me venger, mais pour sauver ma mémoire.

« La société veut du sang pour du sang, je la paie.

« Vous trouverez le coupable; ce jour-là, au nom du sang que je verse pour lui, je veux qu'il soit gracié, qu'il n'ait d'autre punition que le remords éternel du crime commis pour lui et par lui.

« Mes fils, vous êtes des hommes, je n'ai demandé ni cassation ni grâce, parce que les juges ont eu raison... de par la loi, et parce que mon innocence ne peut se contenter d'une grâce.

« Vous serez dignes de moi et ne chercherez qu'une chose : la preuve de ma non-culpabilité.

« Mon corps devra rester dans le coin maudit, jusqu'au jour où vous prouverez à la société qu'elle s'est trompée; ce jour-là seulement vous me coucherez auprès de vôtre mère.

« Vous êtes des hommes, je ne crains rien pour vous, mais votre sœur Marguerite peut être à jamais perdue par l'erreur qui m'a fait condamner. Avant de penser à moi, vous penserez à elle.

« Je veux qu'elle soit mariée avant que vous ne commenciez vos recherches, qu'elle quitte au plus tôt le nom que, femme, elle ne pourrait plus défendre s'il était attaqué.

« Marguerite devait se marier avec Berry, votre ami ; depuis mon arrestation, il n'est plus revenu chez nous par discrétion, a-t-il dit... On m'a assuré qu'il ne m'accusait pas... »

Et ne pouvant se contenir, les sanglots l'étouffant, le malheureux garçon cessa sa lecture, disant :

— Excusez-moi... c'est trop cruel !... Pauvre homme, c'est lui, lui qui nous commandait de marier notre sœur à son assassin !

— Que me dites-vous là ? fit Jobert stupéfait.

— La vérité, monsieur Jobert. Pour réhabiliter notre père, il faut souiller notre sœur. Nous ne faisons que changer de honte.

— Mais expliquez-vous, je ne comprends pas.

— L'homme que vous avez vu, que nous avons arrêté, l'assassin de Mme Panafieu, de Mme Mazel, d'Eugénie Herval... c'est André Berry !

Et en disant ces mots, le pauvre garçon sanglota.

— Ah ! pauvres gens ! dit Jobert.

Mais Vincent était fort, il pleura une minute, et, se domptant, il se redressa et dit :

— Je continue, monsieur Jobert, il faut que vous jugiez quel généreux et bon homme était notre père.

Et s'étant essuyé les yeux, il continua :

« S'il en est ainsi, renouez ce mariage brisé.

« Si un mariage prompt était impossible, que Marguerite, je le lui demande en grâce, se sacrifie. Qu'elle entre en religion jusqu'au jour où vous aurez prouvé à tous que votre père, Cornille Lebrun, était innocent.

« Je sens que vous trouverez le coupable.

« Quand vous aurez convaincu la société de sa culpabilité, je vous ordonne de réclamer sa grâce : parce que, à notre époque, on dit encore : Sang pour sang ; — j'ai payé, et le coupable est à nous.

« S'il est véritablement une autre vie, si l'âme est !... Si sortie de son enveloppe, la créature peut suivre là-haut ce qui fut sa joie sur terre, sans cesse je serai avec vous.

« L'échafaud vous doit mon sang ; ne me vengez pas, purifiez-moi.

« En somme, je vous ordonne, mes fils :

« 1° De marier votre sœur ou de vous dégager de cette servitude.

« 2° De sauver ma mémoire.

« Et je vous ordonne de lever haut la tête, car vous êtes les fils de Cornille Lebrun, qui meurt innocent du crime pour lequel il est condamné.

« Ma mort ne peut pas être un sujet de douleur.

« Victime d'une imperfection sociale, je sers l'humanité en mourant pour elle.

« Je vous défends donc de porter mon deuil.

« Adieu, ma fille bien-aimée, ma Marguerite. Adieu, mon Vincent. Adieu, mon Charles. Adieu.

« Cornille LEBRUN. »

Après cette lecture, les deux hommes restèrent silencieux quelques minutes, douloureusement impressionnés.

— Pauvres garçons ! dit Jobert malgré lui.

Se domptant, après s'être essuyé les yeux et avoir précieusement replacé dans son portefeuille le testament du condamné, Vincent dit à Jobert :

— Maintenant, vous jugez la situation ; mon père a été condamné, exécuté, victime d'une erreur judiciaire. Après quatre années de recherches, nous avons trouvé le coupable, et nous pouvons livrer le coupable à la justice. Notre père, vous l'avez vu, nous le défend. Mais nous ne pouvons l'obliger en le faisant fuir à se dénoncer, car cet homme est de la famille... c'est le gendre de la victime !

— Cependant, vous ne pouvez laisser tous ces crimes impunis.

— Je n'ai pas d'idées de vengeance, monsieur Jobert. J'adore ma sœur : le malheur qui nous a frappés nous a obligés de renoncer à toute pensée de mariage, donc plus de famille dans le passé, plus de famille dans l'avenir... Notre famille est celle de notre sœur, c'est-à-dire la malheureuse et sainte femme et ce petit être dont je fus le parrain. Monsieur Jobert, je ne puis cependant pas perdre ma sœur et son fils, et j'ai la volonté absolue de réhabiliter mon père.

— Que voulez-vous faire?

— C'est à ce propos que je veux vous demander un service.

— Dites, quel qu'il soit, je suis prêt.

— Vous avez la possibilité, pour vos études, d'avoir un cadavre?

— Un cadavre ! répéta le docteur stupéfait.

— Oui.

— Avoir un cadavre, c'est très difficile, très difficile... C'est défendu même... mais, cependant, ce n'est pas impossible.

— Eh bien, monsieur Jobert, vous nous sauvez tous, vous sauvez ma sœur, vous me permettrez d'obéir à mon père et de le faire réhabiliter, si ce soir vous pouvez faire transporter chez moi le cadavre d'un homme de trente ans, blond et défiguré.

— Ah ! je vous comprends, fit Jobert.

— Eh bien ! demanda Vincent anxieux, voulez-vous?...

Jobert réfléchit une grande minute, puis il dit :

— Je n'ose vous dire positivement oui, mais je crois la chose possible ; en tout cas, nous allons l'essayer.

— Oh! si vous faites cela pour nous, monsieur Jobert, c'est une reconnaissance éternelle...

— Ne parlons pas de ça.

Le jeune homme baissa la glace de la voiture, appela le cocher et lui donna une nouvelle adresse.

La voiture tourna aussitôt, et Jobert dit à son compagnon :

— Monsieur Vincent, dans un quart d'heure je vous dirai si c'est oui ou non.

On juge facilement de l'impatience qu'éprouvait Vincent de voir s'arrêter la voiture.

La voiture s'arrêta devant la Clinique.

Chaque fois que nous avons rencontré une institution humanitaire, nous l'avons dépeinte en faisant valoir ce que notre grande Révolution avait fait.

Nous le ferons ici en disant ce qu'étaient les hôpitaux de cette époque.

Pendant qu'une partie de la Convention, dirigée par nos ennemis, démolissait les hommes et les choses, une autre partie, dirigée par l'amour des sciences, des arts et de la patrie, construisait et faisait faire des progrès rapides aux connaissances humaines.

Au premier rang des actes utiles de cette assemblée, on doit placer l'amélioration des hôpitaux de Paris.

En l'année 1787, époque où le misérable état de ces asiles de la misère parut intolérable, on proposa de remplacer l'Hôtel-Dieu par quatre hôpitaux qui seraient établis sur les dehors de Paris.

Les auteurs du rapport qui fut fait alors sur ce projet en adoptèrent une grande partie.

Les habitants de cette ville s'étaient empressés, par des dons et des souscriptions, de concourir à ces actes de bienfaisance.

Ce projet eut un commencement d'exécution, mais les sommes déposées étant dissipées par un ministre déprédateur, et la Révolution ayant engagé les citoyens dans d'autres intérêts, il ne fut point suivi.

Néanmoins le projet de diviser l'Hôtel-Dieu et d'établir quatre hôpitaux à Paris ne fut point oublié.

La Convention, par son décret du 16 juillet 1793, ordonne à l'administration du département de Paris de faire transférer sans délai, dans les maisons nationales qu'elle jugera les plus convenables, une partie des malades placés dans les hospices de Paris.

Par décret, elle réunit à l'Hôtel-Dieu le palais archiépiscopal de Paris, en attendant l'organisation générale des hôpitaux ; elle autorisa la municipalité de Paris à disposer provisoirement des bâtiments de ce palais, afin que chaque malade fût seul dans un lit, et que les lits fussent séparés l'un de l'autre par une distance de trois pieds.

Un autre décret attribua à seize membres de la Convention la surveillance des hôpitaux et hospices.

Par le décret du 17 janvier 1795, la Convention établit deux nouveaux hospices, l'un dans la maison Beaujon, l'autre dans les bâtiments neufs de l'abbaye Saint-Antoine ; elle ordonna que le premier de ces hospices contiendrait quatre-vingts lits et le second cent soixante, que l'hospice Saint-Jacques (hospice Cochin), qui ne contenait que quarante lits, serait porté à quatre-vingts.

Alors, sans avoir besoin de construire de nouveaux édifices, on trouva, dans ceux qui existaient déjà et dans les maisons religieuses, déclarées propriétés nationales, des moyens suffisants pour remplir les conditions du projet de 1787.

On perfectionna même ce projet en affectant certains hospices à des maladies spéciales, comme on le verra.

L'administration générale des hôpitaux et hospices civils fut installée, au mois de février 1804, sur un plan plus vaste que celui des administrations antécédentes, qui avaient le même objet, plan conçu par Chaptal, ministre de l'intérieur. Elle fut composée d'un conseil général et d'une commission administrative. Tous les hospices et hôpitaux civils furent dans ses attributions, et on y réunit diverses institutions qui s'y rapportent.

Cette administration a la surveillance des archives de tous les hôpitaux de Paris, anciens et nouveaux, réunies dans le même lieu. Elle a sous sa dépendance le bureau central d'admission, et de plus la Clinique, rue de l'École-de-Médecine ; c'est là que la voiture s'arrêta.

Jobert en descendit aussitôt en disant à Vincent :

— Attendez-moi quelques minutes.

Puis il se dirigea vers l'amphithéâtre, et s'adressant à un employé, il lui demanda :

— Est-ce que le père Lipau est là?

— L'homme des bois? Je ne sais pas, monsieur, s'il est venu aujourd'hui.

— Il est à Paris, au moins?

— Oh ! oui ! oui, depuis dix ou douze jours ; mais si vous voulez je vais aller voir s'il est là, car je ne l'ai pas vu, mais il peut être venu.

— Voyez, je vous prie.

L'employé s'éloigna, et Jobert roula une cigarette en se promenant dans la cour. Il était soucieux assurément, ennuyé par la commission qu'il venait faire. Il allumait sa cigarette lorsque l'employé revint, suivi par un homme bizarre de taille, d'allure et de costume ; c'était le père Lipau.

Il vint jusqu'auprès de Jobert, clignant de l'œil pour le reconnaître.

L'employé dit au médecin :

— Justement il était en haut.

— Je vous remercie, monsieur.

— Ah! mais, c'est monsieur Jobert, s'écria le père Lipau.

— Moi-même, père Lipau, je craignais ne pas vous

trouver. Comme il fait beau depuis quelques jours, vous auriez pu être en excursion.

— Non, j'ai passé tout le mois dernier à Fontaine-bleau. Mais comme M. X... recommençait son cours pratique de dissection, je suis revenu et je resterai près de lui les deux mois.

— Ah ! tant mieux.

— Est-ce que vous avez besoin de quelque chose... de moi.

— Oui.

En disant ces mots, Jobert regarda l'employé qui écoutait.

— A votre disposition.

— Est-ce que vous êtes occupé en ce moment; vous n'avez pas un quart d'heure à vous ?

— Mais si, mais si, je rangeais mes baquets et j'allais partir.

— Eh bien ! voulez-vous venir me joindre au café, au coin du boulevard Sébastopol, sur la terrasse, je suis avec un ami et je voudrais vous parler.

— Je vous suis, j'en ai encore pour deux minutes et je suis à vous.

— Eh bien ! c'est ça, père Lipau, je vous attends. A tout à l'heure.

— A tout à l'heure !

Et Jobert alla rejoindre Vincent qui lui demanda anxieux :

— Eh bien !

—. J'ai trouvé le seul homme qui puisse nous faire avoir cela. Nous allons voir dans quelques minutes, il va nous rejoindre au café...

— Qu'est cet homme ?

— Ah ! un être extraordinaire, qui vit autant dans la ville que dans les bois; une nature bizarre, vous verrez ça ; le père Lipau, dit l'homme des bois, est une des curiosités du vieux quartier *Lat.*

Ils se firent conduire au coin du boulevard, et ayant soldé le cocher, ils s'attablèrent et commandèrent leurs consommations. Moins de dix minutes après le père Lipau se présentait.

— Asseyez-vous, père Lipau, et dites-nous ce que vous voulez prendre.

— Oh ! vous savez, moi, toujours la même chose, un verre de cognac.

— Mon cher monsieur Lebrun, je vous présente le père Lipau, un vieux savant, de première force en anatomie, élève de lui-même, l'ami de tous les étudiants, notre fournisseur de sujets.

Le père Lipau saluait le jeune homme, tout confus de la présentation.

— On le nomme aussi l'homme des bois, car il est autant dans les bois qu'à la ville, et aussi fort en forêt qu'à l'amphithéâtre ; il connaît son histoire naturelle comme Cuvier et vous ferait de l'anatomie comme Lisfranc. Il ne tue pas les reptiles dans les bois, il les chasse, il les dompte.

— Vous êtes trop bon, monsieur Jobert, c'est-à-dire que j'ai beaucoup de mémoire... et j'aime ça.

— Il apprivoise des couleuvres !...

— Ça c'est vrai... Tenez, monsieur.

En disant ces mots, le père Lipau écartait ses vêtements, cherchait sous la flanelle qui lui couvrait la poitrine, et en tirait une longue couleuvre qu'il plaça sur la table.

On juge du mouvement de dégoût de Vincent, qui se recula, tandis que Jobert éclatait de rire.

— Ça, disait le père Lipau, c'est rien ; mais, tenez...
Et fouillant dans une de ses poches, il en tira un hideux crapaud, ajoutant : C'est le *ranabufo* de M. Linnée, qui

fit tant crier M. de Buffon, mais que Cuvier, le maître, classa comme lui dans les batraciens simples, section des grenouilles.

— Oh ! je vous en supplie ! enlevez ! enlevez, exclama Vincent avec dégoût.

Le père Lipàu, tout souriant, rentra aussitôt ses rep-tiles.

L'homme que nous présentons à nos lecteurs mérite, par son étrangeté, que nous lui consacrions quelques lignes.

Tous les artistes le connaissaient. Il courait les ateliers pour y vendre des vipères, des grenouilles, des crapauds, des hiboux et des os de mort.

Les vieux barbouilleurs à poils assuraient l'avoir vu toujours le même, c'est-à-dire :

Petit, sec, le teint mat, plombé, l'œil brun feu, comme celui des oiseaux de proie, les cheveux châtains en forêt vierge, les lèvres pâles et minces, une sainte horreur de l'eau ; c'est la pluie qui le débarbouillait.

Vêtu d'un paletot élimé, d'un gilet auquel il ne restait plus qu'un bouton, coiffé d'une casquette d'employé d'hospice, sa chemise, plus que douteuse, était toujours attachée au col par un ruban rose. Il avait, le coquet, des mouchoirs de fine batiste brodés.

Longtemps il avait été employé à Clamart ; c'est lui qui plaçait dans des baquets d'eau chlorurée les membres des sujets à l'étude. Lorsqu'on lui faisait une commande :

— Je voudrais une tête de mort, père Lipau.

— Voulez-vous quelque chose de beau ? Pas une tête de cimetière !

— Oui, c'est pour l'atelier.

— J'ai votre affaire, le numéro 3 termine une tête toute jeune, toutes les dents. J'articulerai la mâchoire.

— Oui.

— Bien ! Dans huit jours vous aurez ça.

La semaine qui suivait, il apportait la tête enveloppée dans son mouchoir et cachée sous son paletot.

— C'est tout ce que vous voulez ?

— Avez-vous du nouveau ?

— Oh ! j'ai une vipère bien gentille.

Alors, ainsi que le lecteur l'a vu, l'homme fouillait dans sa poitrine (son magasin), il tirait d'entre la flanelle et la peau un vieux foulard duquel sortait, toute somnolente, une petite vipère brune qu'il plaçait sur une dalle à modeler ou sur le parquet.

Les artistes se penchaient curieusement.

— Voyez, elle est belle et pas méchante.

On s'avançait un peu sans défiance.

— Elle montre sa langue, l'œil brille... Vous allez voir ça... Elle va sauter

C'était une déroute.

Chacun se sauvait dans les coins de l'atelier.

La vipère se dressait.

Mais, tranquille, l'homme des bois lui donnait une pichenette sur la tête, et le reptile retombait étourdi.

D'autres fois, ainsi que nous l'avons vu, il tirait de ses poches profondes un hideux crapaud.

Comme l'on s'éloignait avec dégoût :

— Mais c'est un préjugé ! s'écriait-il, ce n'est ni sale ni venimeux, tenez !...

Et l'homme des bois mettait le batracien dans sa bouche.

Quelquefois on était deux mois, trois mois sans le voir dans le quartier Latin.

Il passait son temps dans la forêt de Fontainebleau, couchant dans l'écurie des auberges environnantes.

Il faisait ses provisions de marchandises — de là son sobriquet : l'Homme des Bois.

Souvent, l'emmenant à la brasserie, on avait essayé, lorsque son cerveau commençait à s'échauffer, de lui faire dévoiler le mystère de sa vie.

Il restait muet ; si l'on insistait, il pleurait.

Une fois cependant, la tête plus prise qu'à l'ordinaire, il avait dit :

— Si j'avais voulu… si je voulais encore, je serais le plus riche… et le plus méprisé… J'avais la plus jolie femme de Paris, moi !…

— Ah ! vous êtes marié ? père Lipau.

— Je suis le mari de Denise… Non, je suis marié avec Denise.

— Elle vous a quitté, Denise ?

— Non ! c'est moi ! C'est moi, entendez-vous ?

— Contez-nous ça… père Lipau.

— Non, vous êtes trop curieux.

Et le malheureux, sanglotant, avait ajouté tout bas :

— Oh ! mais je ne mange pas de ce pain-là, moi !… Oh ! mais non !

Puis il était retombé dans son mutisme habituel.

Le lendemain on lui parla de Denise, il ne répondit pas, et, pour faire oublier son bavardage, il fut trois mois sans reparaître.

Il était de retour depuis deux mois, lorsque Jobert le trouva à la clinique.

Nos lecteurs connaissent suffisamment le père Lipau, qu'ils reverront souvent, au reste. Nous continuons donc notre histoire.

— Père Lipau, dit Jobert, j'ai absolument besoin d'un sujet ce soir.

— Ah ! et quel sujet ?

— Un homme !

— Un homme entier ?

— Comme vous et moi.

L'homme des bois regarda le docteur avec surprise.

— Eh bien ! père Lipau, que trouvez-vous donc de si étrange à ma demande ?

— Comme vous y allez, vous ! Un membre passe en-

core, un bras, une jambe, une tête même ! Mais un corps
entier, ce n'est pas si facile que ça !...

— Alors, vous me refusez ?

— Non, je ne refuse pas, mais encore faut-il que
je réfléchisse un peu. Où avoir ça ?

— Père Lipau, il faut... et vous serez bien payé.

— Mille francs, dit Vincent.

— Hein ! fit en sursautant l'homme des bois, qu'est-ce
que vous dites ? Mille francs ! J'ai bien entendu...

— Oui, mille francs, reprit en souriant Jobert. C'est
bleu, du papier de soie avec des dessins bleus.

— Oui, oui, dit le père Lipau, on m'en a parlé. Et vous
me promettez mille francs, si je... Attendez donc ! fit-il
tout à coup comme si une idée subite lui avait traversé
le cerveau, mais je pense à ça : Un externe de Lariboisière
nous a dit qu'on avait amené ce matin un homme qui s'est
brûlé la cervelle, il est maintenant à la Morgue. C'est
votre affaire, on suppose que c'est un étranger.

— Il devait avoir des papiers sur lui ?

— Non, rien !

— Eh bien ! demanda anxieusement Vincent, que voulez-vous faire ?

— Avez-vous du toupet ?

— Je ne vous comprends pas.

— Je connais un des gardiens de la Morgue ; je dis
que depuis la veille vous cherchez un parent qui a disparu... que vous, écoutant la chose, vous avez eu peur,
et que vous désirez voir le cadavre ; vous le voyez ;
s'il fait votre affaire, vous le reconnaissez, vous payez
les droits, on le conduit chez vous, et là tout est dit.

— Mais, c'est parfait, ce qu'il dit là le père Lipau,
dit aussitôt Jobert. Allons-y tous les trois. Un docteur,
un employé de clinique et le parent, c'est tout ce qu'il
faut.

Les trois hommes hélèrent une voiture et quelques

minutes après, dirigés par le père Lipau, ils étaient introduits dans la salle réservée de la Morgue.

Un homme jeune encore était étendu sur une dalle; il
était nu; le pistolet, qu'il avait trop approché du visage
avait brûlé la peau; la balle avait brisé la mâchoire et
soulevé le crâne. Déjà décomposé, car la mort remontait à la veille, l'individu était méconnaissable.

D'un regard échangé entre eux, Vincent sembla dire :

— C'est l'homme qu'il me faut.

Et s'adressant au gardien, il lui dit :

— Monsieur, je crains bien d'être devant le malheureux; c'est sa taille, la couleur de ses yeux, de ses cheveux; mais il est si méconnaissable que c'est à ses vêtements que je pourrais lever tous mes doutes.

— Les voici, monsieur, dit le gardien en montrant deux
patères où pendait la défroque du malheureux; les vêtements, moins les chaussures, sont de fabrication anglaise.

— C'est lui! exclama aussitôt le jeune homme; dans
son dernier voyage, il y a deux mois, il avait renouvelé
toute sa garde-robe et tout son linge à Londres.

— C'est bien cela, monsieur; pauvre jeune homme...
Il n'avait pas un papier sur lui, on n'a pu savoir la
cause...

— Il était joueur, dit Jobert.

— Ah! tout s'explique, dit aussitôt le gardien. Si vous
voulez me suivre, pour signer et faire la déclaration...
Vous êtes parent?

— C'est mon beau-frère.

— Bien. Ces messieurs serviront de témoins.

Ils entrèrent dans le bureau, ce qui soulagea Vincent,
très comprimé et contraint de dompter sa nature pour
mentir.

Mentir devant ce cadavre lui semblait un sacrilège.

Jobert le rassurait en lui disant :

— Mais, au contraire, le malheureux aurait été enterré dans un sac de toile au cimetière des hospices, et vous, vous allez lui faire dire une messe. C'est, dit-il, qu'il y a des fous qui se suicideraient pour en avoir autant.

— Vous reprenez le corps? Le service ne se fera pas ici?

— Oui, nous le reprenons.

— Je vais vous indiquer les démarches à faire.

— Une fois les signatures données, monsieur, dit le père Lipau, je ferai le reste et vous amènerai le corps.

— C'est cela, approuva Vincent, je vais à la maison faire tout préparer, car c'est chez nous et non chez lui qu'on le portera... Sa femme en mourrait.

Quand tout fut terminé, qu'il se plaça dans la voiture à côté du docteur, Vincent dit en respirant bruyamment :

— Oh! docteur, quel courage il m'a fallu pour mentir aussi effrontément devant ce cadavre.

— Allons donc, mon cher, cet homme est sans famille, vous sauvez ses restes; au contraire, vous faites une bonne action.

— Enfin, c'est fait! Il faudrait recommencer que je ne sais si j'en aurais le courage.

Vincent avait déclaré à la Morgue et à la mairie les nom et prénoms de son beau-frère.

Le soir de ce jour, vers six heures, le père Lipau frappait chez les frères Vincent.

Les deux frères et le docteur attendaient.

— Eh bien? demanda vivement Vincent, craignant qu'il ne fût survenu un incident qui dérangeât tout son plan.

— Eh bien! messieurs, je viens vous prier de descendre recevoir le corps, je suis venu dans le coupé du fourgon qui l'a amené et qui est en bas.

Rassuré par cette réponse, Vincent dit vivement à son frère et à Jobert :

— Descendons, je ne serai vraiment tranquille que lorsqu'il sera ici.

Ils descendirent aussitôt. Le fourgon fut ouvert et l'on en tira la bière contenant le corps du faux André Berry ; on la monta dans l'appartement des deux frères, où elle fut placée sur deux tréteaux et recouverte d'un drap mortuaire, puis on l'entoura de cierges.

Chapeau bas, les deux frères et le docteur avaient suivi.

Quand les employés furent partis, Vincent glissa dans la main du père Lipau un billet de mille francs.

L'homme des bois, en froissant le papier, tressaillit comme sous une secousse électrique.

— Père Lipau, veuillez aller chercher un prêtre, qui priera près du corps. C'est vous qui l'avez découvert, retrouvé, vous le veillerez. Vous savez que pour tout le monde André Berry est mort tué en duel.

— Compris, dit le père Lipau, qui courut à l'église voisine.

Charles Lebrun était allé voir sa sœur ; celle-ci était devenue presque folle en apprenant la nouvelle ; tous ses doutes s'étaient immédiatement évanouis, ses plaintes étaient oubliées, son amour était revenu plus fort, surtout avec l'idée que son mari s'était fait tuer pour elle.

Car les deux frères avaient convenu que le duel était survenu à la suite d'une altercation relative à la condamnation de Cornille Lebrun.

La douleur de la jeune femme était immense, et, malgré le refus de Charles, elle avait déclaré que le soir même elle viendrait prier sur son malheureux époux.

— Ainsi, elle doit venir ? dit Vincent.

— Elle y est absolument décidée.

— Au reste, avait ajouté Vincent, cela vaut mieux ainsi. Elle croira véritablement à son malheur... Docteur, vous restez avec nous ; si une crise survenait, nous serions heureux que vous soyez là.

— Je suis absolument à vos ordres, fit le brave garçon qui avait nom Jobert.

Une heure après, le prêtre assis près du cercueil, dans la chapelle mortuaire, psalmodiait ses prières.

Le père Lipau, installé dans la salle à manger, écrivait les adresses sur les lettres de convocation pour le service.

Jobert et les deux frères, lugubres comme la situation, couraient dans la chambre, lorsque la vieille Françoise, ayant entendu sonner, ouvrit la porte et reçut dans ses bras la malheureuse Marguerite affolée de douleur.

— Françoise, conduis-moi près de lui, dit-elle.

La vieille servante tout en larmes l'amena devant le cercueil.

En voyant le drap noir, le prêtre priant à la lueur des cierges, la veuve jeta un cri terrible et tomba à genoux en criant :

— Mais je veux le voir, je veux l'embrasser. Pourquoi me l'avez-vous enlevé !

Entendant sa voix, les deux frères et le docteur vinrent aussitôt.

— Ah ! mon Dieu ! mon Dieu ! fit-elle d'un accent déchirant. André, je ne te verrai donc plus.

Et tombant à genoux, elle exclama :

— Et moi qui t'accusais, mon André ! Moi qui suis cause de ta mort !... Oh ! mon Dieu !

Et se jetant sur le drap qui couvrait la bière, l'appliquant sur son visage, elle le couvrait de baisers.

Puis, gémissant, ne contenant plus les sanglots qui lui déchiraient la gorge, elle se roula à terre.

C'était un triste tableau.

Il faisait nuit, et ce groupe, composé du prêtre, des frères, du docteur et de la vieille Françoise, entourant le cercueil, était lugubre à voir à la lueur vacillante des cierges.

Le visage des deux frères était curieux à étudier ; c'était le devoir qui plissait leur front, non la douleur ; ils s'imposaient de faire souffrir leur malheureuse sœur pour la sauver, ils faisaient du mal pour le bien, sachant que leur sœur vivrait pour son enfant portant un nom respecté, sachant bien qu'elle serait morte en apprenant que son fils était l'enfant du misérable qui avait fait tuer son père en le déshonorant.

La malheureuse jeune femme gémissait ; elle regardait le cercueil, espérant qu'il allait se briser, et que son aimé allait en sortir, qu'elle entendrait sa voix mâle lui dire :

— Embrasse-moi, Marguerite.

Rien ne bougeait, tout le monde se taisait ; alors elle s'écria :

— Mais c'est donc vrai qu'il est mort !... Mort ! C'est impossible ! On ne va pas assassiner les fils après le père !... Nous sommes donc maudits !... On ne tue pas un homme de trente ans !... André !... André ! Oh ! mais c'est affreux, ça !

Et elle se dressa, voulut prendre le cercueil entre ses bras, mais elle retomba sans connaissance.

Les deux frères la relevèrent aussitôt, et Jobert lui donna les soins nécessaires.

En revenant à elle, Marguerite, qu'on avait portée dans la chambre à coucher de Vincent, chercha autour d'elle le cercueil de son époux ; ne le voyant pas, elle s'écria :

— Non ! je ne veux pas le quitter, je veux retourner près de lui.

— Margot, avait dit Vincent, je resterai près de lui jusqu'à la dernière heure. Il faut être femme, il faut être mère... Margot, il faut aller retrouver Cornille, ton enfant.

La brave jeune femme se leva alors, et dit :

— C'est vrai, tu as raison, Vincent, laisse-moi lui dire une dernière fois adieu, et je pars retrouver mon enfant.

— Tu me promets d'être forte ?

— Je ne pleurerai pas, je n'ai plus de larmes.

Vincent regarda fixement sa sœur, dont la douleur avait bouleversé les traits, et, lisant sur son visage qu'elle disait vrai, il lui prit la main et la ramena près du cercueil.

Marguerite ne dit pas un mot : elle jeta quelques gouttes d'eau bénite sur le corps, puis, s'agenouillant, elle fit une courte prière et se leva. Le prêtre vint vers elle, mais d'un ton ferme elle lui dit :

— Je ne crois plus, monsieur, je n'ai plus rien à entendre de vous.

Et, reconduite par son frère, elle sortit.

— Charles, dit Vincent, accompagne-la ; aussitôt chez elle, ne la quitte pas, elle est capable de faire quelque folie.

Charles partit avec sa sœur.

Le lendemain, à l'heure fixée pour l'enterrement, le chef des cérémonies vint glapir dans l'appartement. On attendait les invités.

— Messieurs, on va partir. La famille est en tête du convoi.

On descendit ; Vincent donnant le bras au docteur, suivit l'ordonnateur placé derrière le corps.

Le malheureux, couché dans le cercueil, s'était fait sauter la cervelle parce qu'il n'avait pas le soir les quelques sous nécessaires pour dîner.

Lorsque la cérémonie religieuse fut terminée, Vincent donnant le bras à Jobert suivit le convoi qui se rendait au Père-Lachaise.

Jobert observa que le jeune homme avait un tremblement nerveux, que ses dents mordaient ses lèvres, qu'un pli profond traversait son front, et que ses regards avaient une lueur étrange.

— Qu'avez-vous donc? demanda-t-il.

— Rien. répondit aussitôt le jeune homme, pourquoi me demandez-vous cela?

— Je vous dis cela, parce qu'il semblerait que c'est véritablement votre frère que vous conduisez au cimetière.

— C'est pis que cela, fit Vincent d'un ton lugubre.

— Qu'est-ce donc?

— Je pense que je vais coucher auprès de ma mère cet inconnu.., Je pense que depuis la mort de notre père je ne suis pas allé au cimetière, que je m'étais promis de n'y retourner que lorsque je l'y conduirais.

— C'est le premier pas que vous faites aujourd'hui.

Il y eut quelques minutes de silence.

On allait traverser la place de la Roquette, Vincent serra plus fortement le bras de son compagnon, et lui dit plus bas :

— C'est là qu'on l'a assassiné, le pauvre saint martyr. Et devant cette pompe ridicule, ce corbillard à plumes, ce velours, ces broderies d'argent, je pense à la conduite lugubre du maudit; le fourgon que nous suivions en courant par ce matin glacial; ces gendarmes qui gardaient leur cadavre jusqu'à l'enfouissement. Puis, là-bas, le Champ-des-Navets... le coin maudit... Ce trou où l'on jeta la sainte victime... ces grands paniers rougis... ce son sanglant... Monsieur Jobert, nous traversons la place... Il me semble que tous les gens qui nous suivent et qui savent notre histoire chercheront à lire sur mon visage ce que je pense.

— Du courage, monsieur Vincent, dit Jobert.

— Soutenez-moi, fit-il en souriant, je ne puis pas me

tenir debout ; la sueur coule sur mon front... Mais je vais sourire... Que les gens qui me regardent se disent :

« — Il n'y pense plus, il méprise son père comme il le méritait. »

Et le malheureux se dompta et grimaça un sourire.

Jobert le soutint, car il vacillait pour traverser la place.

On arriva bientôt au cimetière, et le cadavre de l'inconnu fut couché dans le caveau de la famille.

IV

OU NOUS MONTRONS AU LECTEUR UN NOUVEAU TYPE, QUI EST DÉJA POUR LUI UNE ANCIENNE CONNAISSANCE

Amusez-vous, ô balladeurs ! car, si sot que cela puisse paraître, un temps viendra où vous trouverez qu'il n'y a qu'un seul plaisir au monde : le canotage de ballade ; et pourquoi ? Parce que vous n'en serez plus !

Cette dernière phrase était dite par un gros garçon vêtu en canotier ; il s'adressait à l'équipe de la *Chauve* ; un canot de ballade réputé sur la Seine.

La *Chauve-Souris* se balançait sur l'onde verte de la Marne, attendant l'heure de l'éclusage, et l'équipe (c'est-à-dire quatre joyeux garçons), attendait étendue sur l'herbe.

Chaque canotier était doublé naturellement de sa canotière.

L'une d'elles se leva et dit :

— Oh ! assez, mes enfants : assez de discours sur le canotage. On est trop sérieux, ici... Moi, je demande à m'amuser, rien qu'à amuser.

— Tu ne t'amuses pas, parce qu'il n'est pas là.

— Ça, c'est vrai ; et, à vous quatre vous ne me faites pas rire.

— Vous savez, le meilleur moyen d'attendre, c'est de déjeuner.

— Avant de déjeuner, faut écluser.

— Où Panafieu t'a-t-il dit qu'il nous rejoindrait? demanda celui qui paraissait être le capitaine, s'adressant à celle qui avait parlé.

— Il m'a dit qu'il prendrait le chemin de fer de Joinville.

— Eh bien! vous savez, il nous attendra peut-être chez Julien.

— Mais voilà au moins une heure que je vous le crie!

— Qu'est-ce que tu veux qu'on y fasse? l'éclusage...

— Tenez, vous êtes des panés! voilà tout. Vous regardez à donner vingt sous pour faire écluser par un moutard, qui conduira le bateau chez Julien, tandis que nous irons à pied.

— Ma fille, tu plonges dans l'erreur; avant toi, nous aimons la *Chauve*, t'entends. Un malheur peut arriver, si nous la confions aux mains d'un salarié, et mon cœur se refuse à courir ce risque.

— Vous me faites suer!

— Nicette, vous insultez la *Chauve!*

— En voilà assez. Je crève de faim!... Panafieu attend, vous en avez encore pour deux heures; je passe sur la route à pied, je vais commander le dîner.

— J'y vais! j'y vais aussi! crièrent les dames en se levant.

— Allons! conduisons-les, dit le capitaine, et faisons écluser par la Sardine, nous lui donnerons chacun dix sous.

— Jamais! dit le grand gaillard qui avait déjà protesté, allez chez Julien.

— Ah! mais non, tu ne me lâcheras pas, fit une des femmes, tu vas venir!

— Silence, Louchinette. Soyez respectueuse avec le

maître, obéissez ! Allez commander le déjeuner, j'écluserai... Je ne serais pas étonné d'être là-bas en même temps que vous.

— Allons, allons, laissons-le, et en avant ! Chacun des canotiers offrit galamment le bras à une des dames, le capitaine l'offrit même à deux, et, suivant la coutume antique, ils partirent en chantant l'éternel refrain des bords de la Seine :

> Tas de chicards, tas de flambards,
> Les canotiers de la Seine,
> Sont bien vus, bien reçus,
> Et partout font du chahut.
> Hue !

— Allons, partons ! cria le capitaine, et ils partirent en courant, craignant d'être rappelés par le fidèle, car l'écluse s'ouvrait. Mais celui-ci avait poussé au large, et, appuyant sur les avirons, il s'engageait dans le bassin, ce qui l'assurait qu'il serait au rendez-vous en même temps qu'eux.

V

UN MOYEN AGRÉABLE DE FAIRE PARLER LES FEMMES

Le restaurant Julien est très connu du canotage parisien, c'est le rendez-vous ordinaire des canotiers de la haute Seine. Placé en face Joinville-le-Pont, dans une île verdoyante, le promeneur l'aperçoit facilement aux nombreux canots amarrés aux escaliers, et dont les pavillons multicolores flottent chaque dimanche.

Lorsque l'équipe de la *Chauve-Souris* arriva au restaurant, Panafieu, assis sur les marches de l'escalier de la berge, attendait philosophiquement.

Dès que Nicette le vit, elle courut vers lui, s'écriant :

— Ah ! le voilà ! le voilà !

Arrivée près du jeune homme, elle lui sauta au cou et l'embrassa chaleureusement, en disant :

— Tu le vois, malgré tout le mal que tu me fais, au premier mot de toi, j'arrive, tes désirs sont des ordres.

— J'ai à te parler sérieusement, dit Panafieu.

— Encore ! fit Nicette. Chaque fois que je te vois, c'est toujours la même chose ; je viens, contente, heureuse, croyant que tu n'as qu'un désir, me voir, et nous amuser, et toujours tu m'abordes par cette phrase lugubre : J'ai à te parler sérieusement.

— Tu m'as mal compris, dit Panafieu décontenancé.

— Comment ! j'ai mal compris.

— Je veux d'abord, ainsi que tu le disais, m'amuser, rire, puis je te parlerai sérieusement ; mais rien de toi, ma belle... des renseignements que je veux prendre.

— Sur Lise ? demanda Nicette fronçant les sourcils.

— Jamais ! fit aussitôt Panafieu, ne me parle pas de cette femme. Je l'ai voulu voir une fois, nous nous sommes expliqués et tout a été fini.

Nice   surprise, releva la tête, et regarda fixement Panafieu.

— Qu'est-ce que tu me dis là ?

— La vérité.

— Tu as quitté Lise ?... Tu ne la revois plus.

— C'est fini, bien fini, absolument fini.

— Tu n'es plus avec elle ?

— Non, Nicette, non ! et, dit effrontément Panafieu, c'est pour cela que je t'ai écrit de revenir avec nous dans la *Chauve*, j'ai mon indépendance de cœur... J'ai cependant malgré moi, bien au fond, quelque chose qui me parle pour toi ; je me suis dit : Nicette est une bonne fille, gaie, rieuse, aimante, légère peut-être, mais en ouvrant l'œil. Enfin, je veux avoir avec toi une explication ; si elle est satisfaisante, si tu es franche, loyale, eh bien !... il y aura de beaux jours pour nous deux.

Nicette n'avait pas cessé de regarder en face celui qui lui parlait ; elle lui tenait les mains et, son regard dans son regard, elle cherchait à lire dans son âme. Mais Panafieu était de première force, c'est en vain qu'elle usait sa prunelle, sa pensée était toute en lui, et son visage ne reflétait que ce que disaient ses lèvres. Nicette dit :

— C'est cela ce que tu appelais parler sérieusement.

— C'est cela.

— Oh ! alors, nous nous entendrons. Et en disant ces mots, la belle fille lui sauta au cou et l'embrassa joyeusement.

L'équipe de la *Chauve-Souris* avait commandé le dîner, les équipiers étaient à table et ils hurlaient :

— Assez d'amour, c'est l'heure de la matelotte !... A table ! à la *guindale !*

— Voilà ! répondit aussitôt Panafieu en entraînant Nicette.

Il grimpait lorsque l'équipier fidèle aborda avec la *Chauve*. Embossant le canot, il répondit au hurrah qui salua son arrivée :

— Tas de canotiers de carton !

Le brave garçon était en nage, la sueur ruisselait sur son front ; c'est qu'il faisait un temps sénégalien.

Les arbres étalaient leurs feuilles jaunies sans qu'un souffle d vent vînt les agiter ; il faisait un soleil à donner la rage, un soleil qui liquéfiait le bitume.

Pour un verre de coco, Esaü aurait cédé son droit d'aînesse.

— A table ! cria le capitaine en voyant entrer dans le bosquet où le couvert était dressé, Panafieu, Nicette et Balandard l'équipier fidèle, et guindale en main !

Aussitôt canotiers et canotières saisirent leurs verres

qu'on venait d'emplir jusqu'au bord. Le capitaine commanda :

— Guindale en main, guindale à six francs de la gargouenne... Lampez !

Canotiers et canotières vidèrent le verre d'un trait, sans respirer. — C'est obligatoire. — Puis ils obéirent au commandement.

— Sucez, onglez, guindale à six pouces de la table. Attention : Une, deux et trois !

Les dix verres frappèrent en même temps, et ce fut un seul cri :

— Ah ! bravo !

— Et maintenant, fit le capitaine, à table ! et que la fête commence !

Nicette était placée à côté de Panafieu ; se penchant sur lui, en souriant, elle lui dit :

— Mais qu'est-ce que tu veux me demander ?

— Ah ! plus tard, Nini, n'allons pas songer à ces choses-là ; ne nous occupons maintenant que du plaisir à prendre.

En disant ces mots, il emplit le verre de sa compagne.

Ce fut l'éternel dîner champêtre où les cris les plus discordants s'entendent, où le bruit tient lieu de gaîté, où l'esprit n'est pas de mise, où on use la bonne humeur en disant des bêtises.

Panafieu était un équipier de fondation, mais depuis quelque temps il ne paraissait que rarement, et le plus souvent il venait seul ; on croyait, à bord de la *Chauve*, qu'il avai rompu toutes relations avec la Ninise — c'est ainsi qu'on appelait Nicette. — Ce jour, en voyant paraître la jeune femme, on l'avait fêtée et on s'était promis, pour sceller la réconciliation, de se livrer à de copieuses libations. Les équipiers de la *Chauve*, voulant tenir parole, les santés se portèrent rapidement « au vieux de la vieille *Chauve* : à Panafieu. »

Quand le bon vin et les gais propos eurent allumé les yeux de Nicette, quand les regards de Panafieu lui eurent frappé au cœur, elle se pencha sur lui, le bras sur son épaule, la tête sur son bras et ses cheveux confondus avec ceux de celui qu'elle aimait, car, c'est l'absolue vérité, Nicette aimait Panafieu.

Ce dernier, passant son bras autour de la taille de Mme Levasseur, l'attira vers lui et de l'autre main, saisissant son verre plein du vin bourguignon, il se leva et dit :

— Eh ! de la *Chauve !* j'ai bu à vous, je vous demande de boire à ma réconciliation avec Nini, c'est un nouveau dîner de fiançailles que nous allons faire.

— Bon Dieu ! fit le capitaine, pour que ça soit juste assez solide pour se briser à l'heure où l'on voudra finir.

Panafieu regarda le capitaine de la *Chauve*, et eut un sourire narquois.

Et l'on but deux fois.

Nicette, au ravissement, ne le vit pas, et regardant amoureusement Paul, approchant sa tête de la sienne, elle lui dit d'une voix douce comme un chant d'oiseau :

— C'est donc vrai, bien vrai, Paul ! Tu me reviens.. tout à fait ? Tu l'as absolument quittée... elle ?

— Absolument.

— Tu ne l'aimes plus ?

— Non seulement je ne l'aime plus, mais je la hais !... Oh ! j'ai vu tant de choses.

— Tant de choses... Eh bien ! je t'en conterai encore, moi... Car tu ne sais pas tout !

Un mouvement nerveux contracta une seconde fois la face de Panafieu.

Il se mordit les lèvres ; mais calmé aussitôt, il dit :

— Oh ! tu n'en diras jamais autant que j'en sais.

Nicette embrassa Panafieu et lui dit avec passion :

— Ainsi, c'est vrai, tu m'aimais ; je ne t'étais pas indifférente... Et aujourd'hui tu viens à moi absolument libre, et nous pouvons vivre tout à fait ensemble.

En disant ces derniers mots, Nicette regarda fixement le jeune homme, cherchant à lire dans ses plus secrètes pensées.

Panafieu soutint son regard et lui répondit avec l'accent de la plus profonde sincérité :

— Tout à fait ensemble... si tu le veux.

— Qu'ai-je à faire pour cela ?

— Je te l'ai dit : être franche avec moi.

Nicette étonnée regarda encore Panafieu, cherchant à deviner ce qu'il voulait lui demander.

Puis, tout à coup, fronçant les sourcils et l'œil plein d'éclairs, elle dit avec amertume :

— Tu veux me parler d'elle; elle t'a quitté et c'est pour cela que tu viens vers moi.

Panafieu rougit, mais il répondit en haussant les épaules :

— Tu es folle, ma chère Nini, et je vais plus loin, je vais me fâcher, tout à fait me fâcher si tu prononces encore ce nom-là. Je désire qu'il n'en soit jamais question entre nous deux.

Nicette était intelligente, elle se croyait de force à lire sur le visage ce qui se passait dans l'âme, elle observa celui qu'elle aimait. Nicette se disait :

— Décidément, cette fois c'est vrai, je le tiens.

— Mon Dieu ! pensait Panafieu, c'est une agréable nuit à la suite de laquelle je saurai ce qu'est cet abbé Poulard.

On le voit, ils étaient disposés à bien s'entendre, bien prêts à se mentir.

— Mes enfants ! cria le capitaine, l'heure de la cérémonie est sonnée, en avant les cuivres ! la symphonie numéro quatre : *Amour et Mystère.*

Ces mots du capitaine s'adressaient aux équipiers réu-

nis de la *Chauve-Souris* et du *Souvenir* qui sortaient
des cuisines, armés de casseroles, de poches et de chaudrons ; ils se placèrent en ligne devant le capitaine de la
Chauve, qui commanda :

— En place les époux. C'est Balandard et Louchinette
qui tiendront le poêle.

Balandard et Louchinette prirent chacun un bout de la
nappe, et la tinrent levée au-dessus de la tête de Paul et
de Nicette, qui, restés à table, trinquèrent.

— Attention ! cria le capitaine, *piano* les cuivres, et
forte le chœur !

— Une... deux... trois !

Alors, commença la plus épouvantable cacophonie.

Chacun frappait à tour de bras sur les casseroles et sur
les chaudrons en chantant le chœur de cantique sacré :

> Esprit Saint descendez en eux
> Embrasez leurs deux cœurs de vos feux
> De tous vos feux.

— Plus bas ! les cuivres, cria le capitaine, et, piano le
chœur.

Les braillards chantèrent en sourdine, pendant que le
capitaine offrait un verre à chacun des conjoints et, en
prenant un lui-même, saisissait de l'autre main une bouteille, emplissait les verres et disait :

— Mes enfants, le mariage est une chose sérieuse, vous
en savez quelque chose, puisque vous avez déjà été unis
et qu'au bout de quelque temps vous étiez les plus grands
ennemis du monde. Après avoir bien réfléchi et con-
vaincus que vous ne pouvez pas vous entendre, vous
vous décidez aujourd'hui à convoler à une seconde noce ;
vous avez absolument raison, vous ne vous trompez ni
l'un ni l'autre, vous savez que vous ne ressentez l'un pour
l'autre qu'un amour très modéré ; donc, que votre volonté soit faite. Dans cette grande chose que vous faites

aujourd'hui, nous avons du moins une joie, c'est qu'elle ne sera pas de longue durée, et c'est que vous n'augmenterez pas la société d'un être de plus... Plein de cette idée, je vous dis donc : soyez heureux... jusqu'à demain. Je vous demande ces serments... Vous jurez de ne pas faire de tort au caniche, en tenant débit de fidélité, nous parlons du mâle sans la femme; la fidélité est gratuite et obligatoire.

— Nous le jurons! dirent en riant Panafieu et Nicette.

— Faites, Seigneur! dit alors le capitaine en levant les yeux au ciel, que cela ne dure pas plus que ce verre.

Et, choquant son verre contre ceux des conjoints, il dit :

— A la vôtre, les enfants!... Allez, la musique !

Ils trinquèrent et burent.

— C'est bâclé, dit le capitaine.

— Eh bien! en route, alors. On fera la noce chez Jambon, à Créteil.

— Oui, oui! à Créteil! cria l'équipe.

Et tous se dirigeaient sur le canot. Le capitaine dit :

— Pardon! Eh! de la *Chauve*, éclairons, s'il vous plaît! Chacun quatre cinquante.

On paya, et l'équipe s'embarqua aussitôt pour commencer le petit tour de Marne. Nicette, se plaçant devant le capitaine, lui dit :

— Dites donc! pourquoi donc ne voulez-vous pas qu'on s'attache pour de bon l'un à l'autre?

Toutes les femmes, abondant dans le sens de Nicette, dirent avec elle :

— Oui! de quel droit voulez-vous avoir celui de courir?

— Mes enfants, descendez dans le bateau, et là je vais vous parler.

Alors, avec la diction enflée des jeunes gens qui jouent dans les théâtres de société, le capitaine commença :

— Mes enfants, je vous réponds avec Molière : Quoi !
vous voulez qu'on se lie à demeure au premier objet qui
nous prend, qu'on renonce au monde pour lui et qu'on
n'ait plus d'yeux pour personne ? La belle chose de vouloir se piquer d'un faux honneur, d'être fidèle, de s'ensevelir pour toujours dans une passion, et d'être mort dès
sa jeunesse à toutes les autres beautés qui nous peuvent
frapper les yeux.

— Oui ! oui ! c'est ainsi que ça doit être, crièrent les
équipières de la *Chauve*.

— Non ! non ! ô filles d'Ève ! La constance n'est bonne
que pour des ridicules ; toutes les belles ont le droit de
nous charmer, et l'avantage d'être rencontrée la première ne doit point dérober aux autres les justes préten-
tions qu'elles ont toutes sur nos cœurs. Pour moi, la
beauté me ravit partout où je la trouve, et je cède facilement à cette douce violence dont elle nous entraîne.

— Oh ! tu vas te taire, cria Balandard, tu n'as pas
fini de nous faire notre barbe.

Les femmes accompagnaient en disant :

— Oh ! voyez donc ce singe.

— Qui est-ce qui aime ça !

— Ça n'est pas défendu d'y toucher.

— J'ai beau être engagé, l'amour...

— Ah ! assez ! assez ! crièrent tous les équipiers.

— A l'eau ! crièrent plus charitablement les dames.

— L'amour que j'ai pour une belle, voulut continuer le
capitaine de la *Chauve*...

Mais tout l'équipage — hommes et femmes — vociféra ;
le conférencier se tut, et s'asseyant à l'arrière, saisissant
les tireveilles, il murmura :

— Les malheureux ! ils blaguent Molière. Puis il reprit
avec un autre ton : Attention ! Pare à mâter ! Mâte et
mouille. Nage bâbord ! dénage tribord ! Attention donc,
et lestez !

Attentifs et obéissants, les canotiers suivaient le ordres du commandant, le canot virait sur place.

— Avant partout ! commanda le capitaine.

VI

OU PANAFIEU SAIT ENFIN CE QU'ÉTAIT L'ABBÉ POULARD

Et la *Chauve* fila rapide en descendant la Marne vers le barrage de Joinville qu'on venait d'ouvrir.

Nicette, se penchant vers Panafieu, lui demanda tout bas :

— C'est sérieux ce que tu m'as dit, Paul?

Paul eut un sourire incapable de sincérité et il dit :

— Je t'aime, Nini !

Jusqu'au soir la *Chauve* glissa sur la verte Marne, à l'ombre des grands frênes qui se reflétaient dans l'eau ; au soleil ardent succédait la tiédeur des bords de l'eau le soir : une brise douce agitait les feuilles, les hautes herbes et l'eau, le ciel et l'horizon s'empourpraient des rayons du soleil couchant.

Si tout était calme dans la nature, il n'en était pas de même dans la joyeuse équipe ; rires et chansons se succédaient sans cesse.

Un immense hourra accueillit l'avis de la vigie qui cria :

— Jambon !

— Enfin ! fit Balandard en atterrissant, on va donc manger !

— Il ne pense qu'à boire et manger, ce Balandard, dit une des femmes.

— Je suis pour le positif, moi ! Trop d'amour dans la *Chauve !* On s'occupe trop de cœur aux dépens de l'estomac.

— Pas de poésie pour un sou ! fit le capitaine en débarquant. Je vais commander le dîner.

La *Chauve* était embossée, l'équipage se précipita chez le restaurateur Jambon et fit rapidement dresser le couvert; cette journée passée sur l'eau avait aiguisé les appétits.

Panafieu et Nicette, se donnant le bras, étaient restés sur le bord de l'eau, semblant admirer le coucher du soleil. Balandard les voyant haussa les épaules et s'écria :

— Ma parole d'honneur, on croirait qu'ils se connaissent depuis hier. Oh ! malheur !

Et il commanda une absinthe.

Panafieu disait à Nicette :

— Si tu veux, ma mignonne, il fait un temps magnifique, nous ne retournerons pas à Paris ce soir.

— Que ferons-nous ?

— Nous louerons une chambre chez Jambon, nous coucherons ici; et demain, après un gai déjeuner, à l'ombre, là, au bord de l'eau, nous regagnerons Paris.

— Je ferai tout ce que tu voudras, dit gaiement Nicette.

Et, se penchant amoureusement sur l'épaule de Paul, elle lui tendit son front, sur lequel celui-ci plaça aussitôt ses lèvres.

On se tromperait en croyant que Nicette avait une confiance absolue dans le retour amoureux de Panafieu vers elle; un observateur aurait surpris dans certains regards ses doutes et ses hésitations : elle cherchait à deviner le but de Panafieu, essayant de s'assurer de son amour. Paul, qui sentait l'observation dont il était l'objet, se tenait sur ses gardes et ne laissait échapper aucune occasion d'affirmer sa passion renaissante.

Quand le dîner fut servi, on appela les deux retardataires. On se mit à table et Panafieu demanda la parole.

— Mes amis, dit-il, depuis longtemps je n'étais venu canoter, je dois payer mon retour. Je vous demande donc la permission d'offrir le dîner.

— Bravo ! bravo ! Vive Panafieu ! hurla l'équipe.

— Je suis sur le point de faire un petit héritage... Pour l'obliger à venir, je commence par le dépenser un peu.

— Très bien pensé ! approuva Balandard.

— Je vous demande donc la permission d'aller causer quelques minutes avec le père Jambon pour l'envoyer faire des fouilles dans ses caves !

— Bravo !

— Alors, demanda Balandard, il faut prendre la tenue de combat, on va mettre son *plumet ?*

— Justement, dit en riant Panafieu ; et la preuve que je suis plein de cette idée, c'est que j'ai retenu ma chambre, convaincu qu'il me sera impossible de retourner chez moi.

— Ah ! mais, très bien ! fit le capitaine. Balandard, dis à Jambon que cette nuit il aura l'insigne honneur d'abriter la *Chauve* sous son toit !... Qu'on prépare les chambres... Et avant de commencer la fête, rappelez-vous, messieurs, que tout individu dont l'ivresse ne serait pas convenable sera expulsé.

— Oui !...

— Maintenant, au nom de la *Chauve*, je propose un ban pour remercier l'équipier Paul.

Le ban fut frappé, et, Panafieu ayant commandé les vins, le dîner commença. Un dîner pantagruélique qui fut d'abord silencieux, mais qui se termina vers minuit, au milieu d'un tapage infernal. Les yeux étaient brillants, les bouches lippues ; ce n'étaient que rires, chansons et bruit de baisers. Oh ! l'on s'amusait bien, de bon cœur.

Balandard était le boute-en-train de l'équipe ; il ne s'arrêtait de chanter que pour boire. Et quelles chansons !... Les équipières de la *Chauve* riaient, mais riaient !...

— Est-il amusant ce Balandard, quand il est un peu en train...

Vers une heure du matin, Balandard, seul debout, chantait, les dames dormaient, les équipiers faisaient de vains efforts pour lutter contre le sommeil. Mais, solide au poste, Balandard hurlait un lof :

> Son équipe, tous bons amis,
> L'aime comme une belle fille.
> C'est un membre de la famille
> Que la vieille *Chauve-Souris*.
>   Eh ! holà les amis,
>   Vive la *Chauve*
>   Qui nous sauve
>   De nos ennuis,
>   Vive la *Chauve-Souris*.

Au refrain ! criait-il ; mais seul il le reprit.

Panafieu venait de conduire Nicette dans la petite chambre qu'il avait louée, une chambre discrète éloignée de l'habitation et dont les fenêtres donnaient sur la Marne. Panafieu, qui connaissait la maison, l'avait choisie.

C'était une petite chambre gaie, dont les fenêtres étaient encadrées par un rosier touffu ; au parfum des roses se mêlait l'odeur âcre de l'eau et des champs environnants ; la brise de la nuit apportait la senteur saine des luzernes et des foins frais fauchés.

Un lit à rideaux de mousseline, un lit bien blanc, une petite toilette garnie de faïence à dessins bleus, une chaise unique, ce qui obligeait à se causer intimement dès qu'on était entré.

Nos lecteurs connaissent suffisamment Nicette pour qu'il soit inutile de dire qu'elle avait largement fait honneur au dîner, ce qu'attestaient ses yeux brillants, sa bouche souriante. Au contraire, Panafieu avait feint de boire ; il avait remplacé par une gaieté factice la bonne humeur bavarde qu'amènent les libations copieuses.

Dès qu'il fut avec Nicette dans la chambre, pendant que celle-ci poussait discrètement les verrous, il s'asseyait sur la chaise unique. Nicette vint aussitôt s'asseoir sur ses genoux, et le bras autour de son cou, jouant avec ses cheveux, le regarda amoureusement, lui rendant sourire pour sourire, elle dit :

— Enfin, mon Paul ! nous sommes seuls ! Seuls, dans une petite chambre d'amoureux. Si tu savais comme j'ai de l'amour plein le cœur...

— De l'amour, bien vrai ?

— Oh ! oui, va ! fit-elle en avançant les lèvres pour offrir un baiser, offre acceptée du reste. Est-ce que tu es fatigué, toi ? Moi, je me sens forte comme tout.

— Moi de même ; mais nous n'allons pas encore nous coucher, nous allons causer. .

— Oh ! tant que tu voudras. Là, près de toi, ma joue sur ta joue, ma main dans tes cheveux, te prenant de temps en temps un baiser... J'avais hâte d'être ici...

— Comment ! tu ne t'amusais pas là-bas ?

— Oh ! pas du tout !

— Ils s'amusent, eux ; tiens, écoute !

— Ah ! c'est Balandard qui chante.

Ils écoutèrent ; on entendait la voix sonore de Balandard qui chantait seul des chœurs sans s'apercevoir que la *Chauve* dormait ; de temps en temps il secouait Louchinette endormie près de lui et lui disait :

— En chœur, Chinette !

Louchinette, docile, chantait deux ou trois vers et se rendormait.

Nicette et Panafieu allèrent s'asseoir sur le bord de la fenêtre et écoutèrent.

Balandard chantait :

Encore un pichet,
Dame Grégoire,
De ce vin clairet,
Qu'on aime à boire,

A boire, à boire.
Encore un pichet,
Dame Grégoire.

Le pe'it vin, comme il tape !
Il est cause que la nuit
On a vu plus d'une nappe
Se changer en drap de lit.
Il grise sous les tonnelles
L'amour qui, trop confiant,
Dans un verre de vin blanc
Mouille ses ailes.

— En chœur ! cria Balandard, et il reprit seul :

Encore un pichet, etc.

Nicette passa ses bras autour du cou de Paul, et l'on entendit le bruit d'un long baiser.

— Mon Dieu ! est-il possible que t'aimant comme je t'aime, tu fasses si peu de cas de moi.

— Que dis-tu là ? demanda Panafieu.

— La vérité. Si tu m'aimais un peu, me quitterais-tu ainsi que tu l'as fait... Pourquoi, enfin, n'as-tu plus voulu de moi ?

— Je vais être franc, Nicette. Je n'ai peut-être pas pour toi les mêmes sentiments que j'avais autrefois.

— Que veux-tu dire ?

— Je veux dire que je n'avais ni passion ni amour ; tu étais jeune, jolie, et je désirais t'avoir, voilà tout. N'ayant pas, tu le comprends, un attachement bien profond, je t'ai quittée ; j'ai trouvé indigne de ma part, de tromper ce pauvre brave homme de Levasseur, ton mari.

— Mais tu sais parfaitement bien qu'il n'était pas mon mari.

— Je le sais aujourd'hui, mais je ne le savais pas alors. Cela m'a répugné, et j'ai brisé, ou plutôt j'ai voulu briser. Car, à peine t'avais-je quittée que je sentis en moi une flamme que j'ignorais. Je la combats... en mes désirs et ma volonté.

— Et Mlle Lise !

— Oui ! et Lise, à laquelle je croyais à l'époque ; enfin, aujourd'hui, je n'aime plus Lise, et je me laisse aller tout entier au penchant qui m'attire vers toi.

— Tu reviens à moi pour de bon ?

— Oui, pour de bon ; mais avant, je veux, ainsi que je te l'ai dit, que tu me parles franchement, je le veux.

Nicette observa une grande minute Panafieu ; celui-ci, embarrassé par son regard et par ce silence, lui dit :

— Qu'as-tu, maintenant ?

— Je me souviens, Paul, il y a presqu'un an que tu me disais — tes paroles sont restées gravées là — tu me disais : « Je t'aime d'un amour terrible que je suis forcé de combattre, car ma souffrance dans le doute est trop grande. Écoute, Nicette, veux-tu être franche avec moi, veux-tu me dire ce que tu es ? Je ne suis pas jaloux du passé, mais je tremble pour l'avenir, sois franche et loyale, je t'aimerai. » Voilà ce que tu me disais, t'en souviens-tu ? Ce soir tu me dis à peu près la même chose... As-tu le même but ? Tes promesses ont-elles la même valeur ?

Panafieu fut tout interdit ; cependant, se remettant vite, il dit :

— Je pense ce que je pensais ; alors tu m'as compté une longue histoire ; mais tu ne m'as pas dit la seule chose qui m'intéressait.

— Quoi donc ?

— Nicette, tu n'as eu dans ta vie qu'une passion : Poulard. Le jour où tu consentiras à dire tout ce que tu sais de lui, ce jour-là je croirai que ton amour est mort.

Ce fut au tour de Nicette d'être embarrassée, mais cela dura dix secondes, car elle répondit :

— Tu te trompes sur le sentiment qui dicte ma réserve... Non, je n'aime plus, mais j'ai honte, mais j'ai peur... Mais pourquoi désires-tu connaître cet homme qui ne mérite, je te l'assure, que le mépris, que la haine!

— Peut-être parce que, le connaissant à fond, je pourrais par un mot l'empêcher de te revoir si cette fantaisie lui prenait.

La jalousie est toujours du goût des femmes et cette explication plut à Nicette.

— Tu te fais une idée grande de ce qui n'est rien.

— Non, Nicette, j'en sais trop et pas assez pour consentir à n'en pas savoir davantage.

— Je ne te comprends pas, fit Nicette avec inquiétude et cherchant à deviner l'intention que Panafieu avait mise dans ses paroles.

Ce dernier reprit :

— Nicette, moi aussi j'ai bonne mémoire, et ce jour ou plutôt cette nuit que tu rappelais tout à l'heure, te souviens-tu de ce que tu m'as dit de cet homme?

— Non, dit Nicette plissant le front en faisant des efforts de mémoire. Au reste, j'étais un peu... comme ce soir, ajouta-t-elle en essayant de sourire.

— Tu me dis, parlant de lui, avec une flamme dans les yeux qui semblait évoquer son souvenir : « Oh! si tu savais comme il était beau, et spirituel et gai... Ce que je me suis amusée avec lui ! » Je te dis alors : « Et tu l'aimais bien? — Oh! oui, » me répondis-tu effrontément.

— Est-ce que je savais ce que je disais? fit Nicette.

— J'ajoutai : « Tu l'aimes encore? » et tu me répondis le plus naturellement du monde : « Non et si? »

— J'étais folle! dit Nicette en riant, mais embarrassée par les souvenirs de Panafieu.

— Tu étais franche, voilà tout.

— Aujourd'hui, fit-elle en minaudant, je ne te dirai pas cela.

— Mais ce n'est pas tout. Quand j'insistai pour savoir d'où était né ton amour pour cet homme...

— Eh! bien? demanda Nicette inquiète.

— Tu vois bien que tu ne m'as pas tout dit, fit Panafieu vivement; te voilà inquiète et craignant d'avoir été trop loin.

Nicette se mordit les lèvres et demanda :

— Que t'ai-je dit?

— Tu m'as répondu : « Moi, j'ai une nature effrayante, insatiable. J'aimais ce Poulard pour ses vices. Ce qu'il a fait de moi, c'est affreux à dire... Cherche, invente tout ce que la fantaisie d'un vicieux peut oser. J'obéissais par ordre et un peu par nature. »

— Eh bien?...

— Eh bien! si tu es franche, sincère; si tu dis ce que ces mots contiennent, tout nuage s'effacera entre nous.

— Tu le veux, Paul? demanda Nicette gravement.

— Je le veux.

— Tu peux apprendre des choses terribles et je puis devenir à tes yeux la dernière des femmes.

— Il n'est faute qu'un repentir sincère n'efface.

Cette phrase, d'une moralité élastique, et qui sentait la sacristie d'une lieue, c'est-à-dire qui promettait ce qu'elle ne pouvait tenir, plut à Nicette.

— Je vais te dire d'épouvantables choses.

— Je le sais.

— Et tu ne me repousseras pas ?

— Nous déchirerons ensemble cette page de ta vie.

Nicette cacha son visage dans ses mains, hochant la tête, hésitant à parler. Alors Paul la prit dans ses bras, lui dit à l'oreille :

— Que crains-tu donc, Nicette ; crois-tu, niaise, que je ne sais rien?

Nicette releva la tête aussitôt et dit :

— Tu sais ce que tu viens de me dire; mais qu'est-ce cela ? Oh ! si tu savais!...

— Allons, il faut que je t'aide dans tes aveux. L'abbé Poulard, c'est Raoul de la Havertière ; ce n'est pas seulement un escroc et un libertin, c'est un assassin !

Nicette s'échappa des bras de Panafieu et, se reculant effrayée, elle dit comme malgré elle :

— Oh ! tu sais cela!...

— N'aie pas peur, Nicette. Je t'ai promis plus que le pardon. Je sais, mais je veux avoir des détails.

— Au reste, je puis tout te dire, tu ne peux me mépriser plus après ce que tu sais déjà, fit-elle décidée à tout.

— Depuis combien de temps connais-tu cet homme ?

— Depuis dix ans.

— Dix ans ! exclama Panafieu. Où le connus-tu ?

— Je t'ai dit la vérité ; je le connus au quartier Latin. A cette époque, il était encore revêtu d'une grande soutane de séminariste, il portait un béret, et, ainsi vêtu, il allait au bal, au café, ayant presque toujours une femme au bras ; tout le monde le connaissait, on l'appelait l'abbé, c'est de là que lui vient son sobriquet.

— Ah ! tu sais qu'il n'a jamais été abbé.

— Jamais. Je le connais depuis cette époque et je l'ai presque toujours vu.

— Mais il n'est plus ton amant ?

— Depuis trois ou quatre ans environ, mais c'est tout comme.

— Je ne te comprends pas.

— Je t'expliquerai cela tout à l'heure. On le nomme l'abbé Poulard, du nom d'un défroqué connu dans le quartier *Lat*, mais ce n'est pas son nom, son véritable nom.

— Je le sais, c'est Raoul de la Havertière, dit Panafieu.

— Mais non ! ça n'est pas le nom qu'il prend dans les cercles et chez les cocottes.

— Quel est donc son nom ?

— Son nom véritable, c'est André Berry.

— André Berry ! fit Panafieu en sautant, que me dis-tu là ?

— Qu'as-tu donc ? demanda Nicette étonnée de l'effet produit par sa déclaration.

En effet, Panafieu restait tout interdit. Il ne s'était pas expliqué le motif qui poussait les deux frères à garder et à ne pas livrer à la justice le coupable.

Il avait trouvé étonnant qu'ils ne profitassent pas de la faculté qu'il leur donnait de satisfaire en même temps leur juste ressentiment et la volonté de leur malheureux père.

Car eux, obéissant au testament du condamné, eux, les créanciers de l'échafaud, retrouvant le coupable, ils l'obligeaient à reconnaître son crime et ne réclamaient nulle vengeance ; mais alors Panafieu, au nom de sa mère adoptive, mais Eugénie Herval, en son nom propre, livraient le misérable à la justice.

Si les deux frères n'avaient pas voulu accepter ce biais qui satisferait en même temps et la volonté paternelle, et les convenances de la société actuelle, c'est que, pour réparer un malheur, ils en subissaient un autre.

Ils sauvaient l'infamie du père, en faisant condamner les enfants.

Ce nom fut toute une révélation qui surprit tellement Panafieu que, malgré sa réserve habituelle, Nicette lut sur son visage l'effet que cette révélation avait produit.

Elle demanda à Panafieu :

— Le connais-tu, cet André Berry ?

— Tu me fais une question insensée, fit vivement Panafieu ; si je le connaissais, est-ce que j'aurais besoin de tous ces renseignements ? Tu avoueras qu'on serait étonné à moins, un homme qui a trois noms; l'abbé Poulard, Raoul de la Havertière et André Berry.

— Son nom véritable est le dernier.

— Comment lui as-tu échappé?

— Je ne te comprends pas.

— Cet homme assassine les femmes qu'il connaît, et toi...

Nicette devint livide et, regardant Panafieu avec étonnement, elle dit comme malgré elle :

— Tu sais cela?

— Oui, je sais cela, tu le vois donc, il faut maintenant parler franchement.

— Eh bien ! je suis franche. Je te dis ce que je sais.

— Il t'a épargnée, toi. Pourquoi?

— Je pourrais te dire que c'est parce qu'il m'aimait; mais non, je t'ai dit que pour cet homme j'ai autant de haine que j'ai eu d'amour; je n'ai rien à ménager maintenant. La vérité, la voici : s'il m'a épargnée, c'est que j'étais pauvre. Il devient l'amant d'une femme lorsqu'elle est riche; la nuit, il l'assassine !...

— Tu connaissais cet homme, et tu savais cela?

— Le jour où je l'ai su, je l'aimais. Craignant que je ne parlasse, il a voulu me tuer aussi. Je me suis sauvée en lui promettant tout ce qu'il voulait.

Se souvenant que c'était Nicette qui avait poussé Lise vers l'abbé, il dit aussitôt :

— Mais alors, tu fus sa complice?

— Non, une fois seulement, je fus sa confidente.

— Une fois?

— Oui, une nuit, où il fit ce qu'il appelait un beau coup.

— L'assassinat de l'avenue Friedland?

— Mais, tu sais donc tout ! exclama Nicette stupéfaite et peu rassurée.

Panafieu lui prit la main et, attirant Nicette dans le rayon lumineux, il lui dit :

— Je sais aussi l'affaire de la rue des Dames, à Montmartre.

Nicette, effrayée de l'allure et du ton de Panafieu, essaya de se dégager, ne comprenant plus les raisons qui poussaient son amant à savoir de si terribles choses.

Panafieu continua :

— Je sais bien des choses, Nicette, ne cherche donc pas à me rien cacher ; de ta franchise dépend ma conduite future. Réponds-moi. Tu étais l'amante de cet homme lorsqu'il assassina la malheureuse veuve de la rue des Dames ?

— Oui.

— Tu savais qu'il allait commettre cet horrible crime ?

— Oh ! non ! Je te le jure ! non ! Je l'adorais, je vivais alors avec lui, nous restions ensemble rue Saint-André-des-Arts ; il était joueur, et tous les soirs il sortait pour ne rentrer que très tard dans la nuit. Nous n'étions pas malheureux, parce que lorsque nous avions un jour de misère, pendant dix ou douze jours nous menions la vie large.

— Quel était son métier ?

— Il n'en avait pas, il jouait... Une fois, le sort s'acharnait après lui, il ne pouvait gagner, nous avions tout vendu et engagé pour vivre. Un jour arriva enfin où il ne restait plus rien. Lasse de cette vie, je m'emportai, je me fâchai, il me dit : «.Ne te tourmente pas, dans quelques jours, nous serons riches !... » Trois jours après, il rentra vers quatre heures du matin... J'étais couchée, mais non endormie ; j'avais laissé brûler la bougie, je voulais lui parler sérieusement à son retour et en finir. Quand je le vis entrer, je fus tout interdite ; il était pâle, défait, il avait un air singulier, son front était mouillé de sueur, et il tremblait. Il fut surpris de me voir éveillée

à cette heure, il essaya de me sourire et fit une grimace ;
ce n'était plus le même... D'une voix saccadée, qu'il cherchait à rendre douce, il dit :

« — Comment se fait-il que tu sois encore éveillée à
cette heure ?

« — Je t'attendais.

« — Pourquoi donc ? fit-il inquiet, en fronçant les
sourcils.

« — Pour te dire que je suis lasse de la vie que je
mène, et que je veux en finir.

« — Comment cela ?

« — Oui, je ne me sens pas le courage de supporter
cette misère de tous les jours.

« — C'est tout ? fit-il en riant.

« — Il faut que notre vie change.

« — Eh bien ! ma Nicette, dit-il en riant, tout va se
passer comme dans les contes de fées. Tu veux que ta vie
change, tu veux de l'argent. Que ta volonté soit faite. »

Alors il fouilla dans ses poches, et en tira une poignée
d'or qu'il fit tomber en cascade sur le lit.

Ce tintement, ces scintillements me ravirent ; je plongeai mes mains dedans ; il y avait environ dix mille francs
d'or et une vingtaine de mille francs de billets de banque.
Je lui dis aussitôt :

— Où as-tu eu cela ?

Alors, je m'en souviens comme si cela venait de se
passer, il se campa comme Frédéric Lemaître, dans
Trente ans ou la Vie d'un Joueur, et, l'imitant, il
répondit :

« — Eh ! la fortune n'est pas toujours inconstante.

« — Tu as gagné cela.

« — Plus que cela.

« — C'est impossible !

« — Je perds depuis assez longtemps. Je devais bien
me rattraper un jour ! »

J'étais ravie.

Il se coucha et s'endormit, mais d'un sommeil agité, dans lequel il ne cessait de rêver haut, de se plaindre, de se débattre.

Je remarquai qu'il avait au poignet droit de sa chemise trois gouttes de sang.

Comme il criait à un moment, je l'éveillai. Il se dressa devant moi terrible et me dit :

« — Est-ce que j'ai parlé?

« — Non, » dis-je.

Il respira bruyamment, et me dit encore :

« — Je n'ai rien dit?

« — Mais pourquoi cette question ?

« — Je faisais un rêve horrible.

« — Qu'as-tu ?

« — J'ai le cauchemar... la fièvre! »

Je me levai alors et je lui préparai un cordial.

Pendant plusieurs nuits son sommeil fut aussi agité. Chaque matin, il se levait pour lire les journaux. Comme on m'avait conté l'assassinat de la rue des Dames, je lui en parlai le soir.

Il devint livide et me dit :

« — Pourquoi me contes-tu cela?

« — Mais pour rien, c'est dans les journaux. »

Il me regarda fixement, puis d'un ton dégagé il me dit :

« — Vous autres, femmes, vous croyez tout ce qui s'imprime. C'est un canard ! »

Quand il était en colère, il était terrible, j'avais peur de lui. Je me tus, attachant au reste peu d'importance à ce que j'avais dit, mais poursuivie par le souvenir de sa réponse singulière et de son emportement sans motif. Le lendemain, je ne sais pour quelle raison, je fouillais dans l'armoire. Sous du linge, je trouvai un paquet que je dénouai pour voir son contenu, je vis dedans des bagues, des chaînes, des bijoux.

Au moment où, stupéfaite, je cherchais à deviner la provenance de ces objets, il rentra et se précipita sur moi en voyant que je tenais les bijoux; me saisissant au cou, il m'étranglait en disant :

« — Tu en sais trop pour vivre maintenant, Nicette. »

Je me débattis, demandant grâce, lui jurant que je me tairais.

Tout à coup il s'arrêta, et, me relevant, il me dit :

« — Au fait, j'en sais assez sur toi pour te faire aller au... »

Nicette se tut.

Panafieu, dont le regard étrange depuis un moment ne la quittait pas, lui dit d'un ton sec :

— Tu m'as promis de tout dire, il serait bien tard pour t'arrêter.

Nicette reprit :

— Il voulait dire qu'il m'accuserait d'avoir fait mourir mon dernier enfant, celui que j'avais eu après avoir quitté mon mari. Mais c'est faux, le pauvre petit est mort avant de naître; mais ce n'est pas moi...

Panafieu sentait son cœur se remplir de mépris et de haine en voyant remuer toute cette boue.

— Pour me sauver, je lui promis de me taire. De ce jour, notre affection fut brisée, nous restions ensemble, forcément attachés l'un à l'autre par ce que nous connaissions...

— De ce jour, c'est toi qui te chargeais de lui faire la vie agréable en allant chercher les femmes que son caprice te désignait ?

— Oui.

— Mais comment faisais-tu donc pour attirer ces femmes ?

— Tu devrais comprendre ça, puisque tu me connais.

Je t'ai dit que cet homme m'avait donné tous les vices.

Panafieu, qui comprit les relations indignes qu'elle avouait, eut un geste mêlé de honte et de dégoût.

— Et en échange de ces... choses, que te donnait-il ?

— J'étais des parties, et j'avais une existence luxueuse. J'étais parfaitement bien entretenue.

Ces cyniques aveux, qu'il avait cherchés, révoltaient Panafieu ; il voyait Nicette sous un jour nouveau ; il avait honte de ses relations avec cette femme, et son mépris devenait de la haine.

— Tu fus alors sa complice ?

— Oh ! non ! Je t'en ai assez dit pour te rien cacher. Je fus sa confidente, mais c'est tout.

— Tu mens ! Nicette.

— Je te le jure...

— Je lis en toi, fit Panafieu, dont l'œil ardent comme une flamme était fixé sur elle.

Ce regard, auquel elle voulait échapper, l'embarrassait.

— C'est toi qui créais par tes vices les relations avec les femmes qu'il devait tuer ; c'est toi, sa maîtresse, qui lui cherchais des amantes, auxquelles vous donniez ensemble vos mortelles amours.

Nicette, embarrassée, balbutiait :

— Non ! non ! Moi je savais ce qu'il faisait, voilà tout.

— Tu mens ! te dis-je, tu mens ! Tu fus sa complice dans l'assassinat de la dame Mazel !

Reculant encore une fois, effrayée de l'accusation que Panafieu avait jetée à tout hasard, Nicette balbutia, perdant la tête :

— Non ! non ! je n'étais pas chez Adèle ce jour-là.

— Mais tu le savais, malheureuse ! tu viens de te vendre en disant ce nom.

— Écoute, fit la misérable, tremblante de crainte et de honte, et sentant qu'elle était tombée dans un piège grossier en croyant que Panafieu préparait une nuit de réconciliation. Écoute, Paul, je connais Adèle chez laquelle il allait presque tous les jours ; il passait pour un abbé, on ne le connaissait que sous le nom de Poulard, nous faisions souvent des parties avec Adèle, qui l'adorait. Il me quitta quelque temps avant le crime, prétendant qu'il allait se marier ; il me dit qu'il me verrait de temps à autre, et qu'il ne me laisserait manquer de rien, mais que, pour son mariage, il était nécessaire que nous n'ayons plus de relations. Comme à cette époque je n'avais plus la moindre affection pour lui, j'en fus très heureuse. Quelque temps après j'appris l'assassinat d'Adèle, je me doutais bien de ce qui était.

— Et tu ne dis rien en voyant juger et condamner un innocent ?

— Non, je haïssais Adèle et son amant, M. Cornille Lebrun ; c'est lui qui m'avait fait fâcher avec elle, et elle m'avait une fois indignement chassée. Quand on me blesse, moi, je ne pardonne pas !

Panafieu eut une grimace de dégoût, cette misérable avait encore de l'orgueil.

— Je ne dis rien. Lorsque l'enquête commença, il vint me trouver ; il me dit de connaître un étudiant qui avait assisté à l'autopsie pour savoir si on avait trouvé la cause véritable de la mort.

— Jobert.

— C'est cela !

— Il voulait savoir si l'on avait trouvé l'épingle.

— Comment, tu sais cela ! fit-elle étonnée, mais ça n'était pas dans le procès...

— Continue.

Nicette surprise continua.

— Je le vis quelques jours après et il me conseilla de me cacher, car mon nom avait été prononcé par les domestiques ; c'est là que je devins, ce qui te surprit tant : Madame Levasseur, concierge... Je restai trois ans

ainsi, et n'en sortis que lorsque la chose fut tout à fait
oubliée.

— C'est effrayant, pensa tout haut Panafieu.

— Que dis-tu?

— Rien... Ce n'est pas tout, cela! tu le revis encore?

— Nous nous revoyions peu, lorsqu'il y a deux ans,
après l'affaire Levasseur...

— Quelle affaire?

— Quand il devint fou.

— Ah! tu appelles cela une affaire, dit avec amertume
Panafieu.

— Il me fit faire un voyage à Genève et à Lyon.

— Ah! exclama Paul, pour une autre affaire : Eugénie
Herval, la comtesse.

— Mais tu es donc de la police! s'écria Nicette, véritablement épouvantée.

— Peut-être, répondit Panafieu ; ainsi, réponds-moi...
Tu es allée à Lyon et tu as connu la comtesse Eugénie?

— Oui, fit Nicette, tremblante de ce qu'elle venait
d'apprendre.

Panafieu l'avait jouée ; cette fois, elle comprenait la
feinte passion, les retours singuliers de Paul. Tout cela
avait un mobile ; la recherche d'André Berry. Elle avait
toujours donné dans le piège grossier qui lui avait été
tendu, et cette fois encore elle avait été plus loin qu'elle
n'était allée jusqu'alors. Il n'y avait plus pour elle de
retour possible sur ce qu'elle avait dit; elle avait commencé, il fallait continuer ses aveux.

Panafieu, qui vit le combat intérieur de Nicette, lui dit :

— Nicette, tu le comprends maintenant, c'est ta liberté
qui est en jeu; d'un mot je puis t'envoyer à la préfecture,
c'est de ta franchise que ton sort dépend.

— Mais je ne suis pas coupable, j'étais poussée par cet
homme.

— Je ne veux pas discuter cela avec toi ; mais si tu continues tes aveux, je le croirai.

— Tu me livrerais, toi ? interrogea Nicette avec stupéfaction.

— Si tu mens, tu ne sortiras d'ici que pour entrer en prison.

— Ah ! mais tu es vraiment de la police, alors !

Panafieu haussa les épaules et reprit :

— Tu étais à Lyon le soir du départ d'Eugénie Herval pour Paris ?

— Oui, répondit Nicette obéissante.

— Que fis-tu ?

— Sur l'ordre d'André, je m'occupai des bagages.

— Tu avais soupé le soir avec eux alors ?

— Oui.

— Eugénie Herval te connaissait ?

— Nous nous étions trouvées ensemble deux fois, avec Raoul.

— Raoul ?

— Oui, André, on l'appelait Raoul.

— C'est vrai. Que lui fîtes-vous prendre au souper pour lui faire perdre la mémoire ?

— Ce n'est pas au souper... Au souper nous n'avions pris que du champagne et nous nous étions grisées toutes les deux, seul Raoul était de sangfroid. Mais dans le wagon-coupé où nous étions, la noce a continué ; alors Raoul lui a fait boire du champagne dans lequel il avait jeté une poudre jaunâtre.

— Une poudre ! Cette poudre est un soporifique.

— Ça agite d'abord, ça donne des idées insensées, une autre ivresse, puis le sommeil, et après...

— Après, la folie, parbleu ! Je le sais, te dis-je... Tu connaissais l'effet terrible de cette poudre, Nicette. Ce n'est pas la première fois que tu t'en servais !

Nicette devint pâle et baissa les yeux.

— Une fois déjà tu t'étais servie de cette poudre chez toi, avec le malheureux Levasseur, et, depuis ce jour, le pauvre diable est dans une maison de fous. Nicette, qui t'a poussée à ce crime odieux ?

— Lui ! lui, toujours lui ! fit Nicette en se cachant le visage dans les mains.

— Il n'avait aucun motif de haine contre le père Levasseur ?

— Si, il en avait un.

— Lequel ?

— Il m'avait confié un coffret contenant des bijoux et des papiers ; j'avais soigneusement caché ce coffret ; mais un jour le père Levasseur le trouva, il me demanda des explications que je ne pus lui donner. Il y eut une scène terrible à la suite de laquelle je lui dis que ce coffret et ce qu'il contenait m'avaient été confiés. Il me dit violemment que je faisais un métier de recéleuse. Je voulus reprendre le coffret, il me le refusa et déclara qu'il allait le porter chez le commissaire de police, et que celui ou celle à qui il appartenait irait le lui réclamer et en expliquer la possession. Il allait partir. Je courus aussitôt prévenir Raoul, obligeant Levasseur à garder la loge. C'est alors qu'il me remit cette poudre... Quand je revins, une scène nouvelle m'attendait ; Levasseur avait tout fouillé, il avait trouvé du linge et des toilettes que tu m'as vue quelquefois porter. Il me dit alors que j'étais une misérable, qu'il s'expliquait mes absences singulières, et que tout cela allait finir. Il écumait de rage... Je glissai, sans qu'il le vît, la poudre dans la carafe ; il but...

— Et ? demanda Panafieu, effrayé de ce qu'il entendait, étourdi de l'audace et du cynisme de l'infâme créature qu'il avait jugée jusqu'alors comme une bonne fille.

— Et le lendemain, répondit celle-ci, il s'éveilla en proie à la folie la plus étrange : il croyait qu'il représentait l'Amour sur terre et qu'il était envoyé par Orphée pour charmer les femmes par ses chants !...

Et, en disant ces mots, Nicette éclata de rire.

Panafieu eut un mouvement de colère, qu'il réprima aussitôt. Cette femme sans cœur, sans âme, faite de vice et de honte, lui inspirait le plus profond dégoût. Faisant un effort pour le surmonter, il reprit :

— C'est cette poudre qui fut employée par vous sur Eugénie Herval?

— Oui, répondit Nicette.

— Et quel effet produisit-elle ?

— Partie de la nuit on rit, on fut gai; l'orgie, c'est le mot propre dans l'état où nous étions, continua; à Dijon, elle s'endormit fatiguée; en arrivant à Paris, Raoul l'éveilla, elle ouvrit les yeux ; mais déjà la poudre opérait, car elle se leva obéissante. Je fus obligée de mettre ordre à sa toilette, elle semblait hébétée, ne comprenant rien. Raoul lui donna le bras et la conduisit vers une voiture dans laquelle il monta avec elle.

— Et toi, que fis-tu?

— Moi, j'avais des ordres de Raoul; il m'avait remis les bulletins de bagage et je devais les retirer et les porter dans un endroit désigné.

— Et la malheureuse partait ainsi, dévalisée ?...

— Non, elle portait, pendu après elle, un petit sac de voyage dans lequel étaient ses bijoux et un portefeuille contenant une somme assez ronde en billets de banque.

— Il partit avec elle; et où l'emmena-t-il ?

— Sur le boulevard Malesherbes, en face le parc Monceaux; il avait loué là un appartement qu'il avait fait meubler avec des meubles achetés à l'hôtel Drouot.

— C'était un appartement spécialement loué pour cette affaire ?

— Non, deux ou trois fois il y avait fait des parties...

Il lui servait surtout pour se travestir; c'est là qu'il venait s'habiller en prêtre.

— Il reprenait donc son costume d'abbé ?

— Oh ! absolument ! Chez Adèle Mazel, il n'est jamais venu habillé autrement, et Adèle croyait bien qu'il était prêtre; c'était même cette croyance qui excitait son amour pour lui. Il passait dans la maison pour le confesseur.

— Revenons à Eugénie Herval. Tu sus ce qui se passa.

— Oui. Oh ! comme toujours, ils rentrèrent. Lorsqu'ils furent couchés, elle, confiante, amoureuse, se croyant entre les bras de celui qui l'aimait, se livrait tout entière... Profitant de cet abandon, il appuyait là, sur la nuque, et il y enfonçait une épingle d'or.

— Comme celle-ci, fit Panafieu en montrant une épingle.

— Où as-tu eu cela ? fit aussitôt Nicette.

— Je te dirai cela plus tard. Continue.

— Je t'ai tout dit.

— Il t'a dit si sa victime souffrait, criait?

— Point du tout; au contraire, elle passait de vie à trépas par une voluptueuse agonie.

— Et Eugénie Herval ?

— Oh ! je vois que tu sais tout.

— Oui, toujours...

— Eh bien ! Eugénie fut seulement blessée ; elle sauta du lit et, folle, je te l'ai déjà dit, elle se sauva dans la rue, au milieu de la nuit, nue, absolument nue...

— Mais le misérable la poursuivit?

— Oui, mais il la perdit de vue immédiatement. Le lendemain, inquiet, redoutant une enquête, il s'informa prudemment, et il apprit qu'on l'avait trouvée le matin dans le parc, assoupie au pied d'un arbre, absolument folle. Elle était entrée la nuit par une porte de jardinier laissée ouverte. C'est à cette circonstance qu'elle dut la vie.

— Comment ! le misérable l'aurait tuée ?

— Il me l'a dit... et il en est capable.

Nicette ajouta en changeant de ton :

— Et si je te dis tout cela, c'est que je le connais ; tout ce qui le menace, tout ce qui peut se placer devant lui, il le détruit. Je sais trop de choses pour qu'un jour il ne se retourne pas sur moi.

— Et c'est là seulement ce que tu crains ?

— Que veux-tu que je craigne ? demanda aussitôt Nicette avec inquiétude en regardant Panafieu.

— Tu ne crains que lui ?

— Oui !...

— Tu étais sa complice, cependant, et je ne m'explique pas l'emploi de l'argent que vous gagniez ainsi. Vous deviez partager ?

— Je n'étais pas sa complice, je ne le fus jamais ! Et si parfois il se servait de moi pour attirer ses victimes, alors j'ignorais le but ; lorsqu'il me faisait agir, il me menaçait de me livrer à la justice à cause de mon enfant. J'étais forcée d'obéir. Il m'aurait tuée peut-être.

— Mais tu recevais l'argent !... Et qu'en fis-tu ?

— Non. Il me donnait toujours la même somme par mois et des cadeaux. Il était jeune et sans fortune. Or, son train de maison justifiait au moins quarante mille francs de revenu... et il n'avait pas un sou ; et je l'ai vu perdre en une nuit quatre-vingt mille francs.

— Ces crimes avaient un mobile, l'argent qu'il fallait chez lui... Mais, toi, ta complicité ne s'explique pas, si tu n'as rien.

— Je ne suis pas sa complice, te dis-je. J'ai consenti à me taire, parce que j'ai eu peur de la misère ; je l'ai connu jeune, et j'ai eu peur vieille... Je n'ai jamais beaucoup dépensé d'argent, et, Dieu merci, comme je suis une femme d'ordre, je suis à l'abri du besoin ; mon argent est placé.

Cette phrase étourdit Panafieu. Cet assassin, ce monstre sans cœur, sans âme ; cette ennemie de la société rentrait dans la société par son côté mercantile. Elle avait de l'ordre, son argent était placé ; elle avait eu dans sa vie criminelle un but : c'était d'entendre dire d'elle un jour :

« C'est une femme d'ordre qui a su se mettre quelques sous de côté. »

Panafieu, hochant la tête, lui dit :

— Ah ! tu as pensé à ta vieillesse...

— Je sais bien que l'on ne peut pas vivre seule éternellement... J'ai des fautes à me faire excuser, et ainsi je peux dire à l'homme que j'aime : loin de t'être à charge en vivant ensemble, tu seras à l'abri du besoin.

La mesure était comble, car Panafieu se mordit les lèvres et lui dit en se contenant :

— Et tu ne crains pas que cet homme... Tu ne redoutes pas un autre châtiment ?

— Qu'ai-je à redouter ? Quelle loi peut m'atteindre ? Je ne suis pas la complice de Raoul, j'étais l'amie d'Eugénie Herval. Ils partent de la gare et me prient tous les deux de retirer leurs malles, de les faire porter à une adresse désignée, je le fais ! De quoi suis-je coupable ? d'avoir été la maîtresse de Raoul et de me trouver avec lui et sa maîtresse nouvelle ? C'est un vice, c'est vrai, mais la loi ne l'atteint pas. Pour les autres, j'ai pu supposer qu'il n'était qu'un misérable, mais jamais je n'ai assisté à un de ses crimes. Il me donnait de l'argent ! Je le savais joueur, je le croyais riche et n'avais rien à redouter. Un seul homme au reste sait la vérité, et cet homme c'est toi. Or, ce n'est pas toi qui voudrais me punir.

Panafieu l'écoutait en hochant la tête, tandis qu'elle, ennuyée de ce mouvement, le regardait avec inquiétude.

— Ainsi, fit Panafieu, tu es arrivée à ce degré d'insouciance, à ce manque de sens moral ; tu te dis : on peut entendre de sang-froid toute cette série de crimes, de délits, toutes ces hontes, tous ces vices ; on peut entendre l'énumération de tout cela et rester froid. Tu n'as donc pas pensé qu'un honnête homme se révolterait devant ces aveux.

— Que veux-tu dire ? demanda Nicette plus inquiète.

— Je veux dire que tu me crois bien misérable, Nicette !

Nicette eut peur.

— Je veux dire que je suis venu ici pour obtenir de toi les aveux que tu viens de me faire. Maintenant, que tu saches bien que ta vie est entre mes mains, que tu n'as d'autre ressource pour la sauver que de m'obéir aveuglément. Pour t'assurer qu'il ne peut plus y avoir entre nous autre chose que les relations du maître et de l'esclave, que je ne puis me rendre à des cris ou des larmes, Nicette, la femme qui fut assassinée par ton complice, rue des Dames, c'était ma mère !

— Oh ! grâce ! grâce ! ne me tue pas ! s'écria la misérable épouvantée en reculant dans l'angle le plus éloigné.

— Ta terreur, fit avec mépris Panafieu, en dit plus que tous tes aveux sur ta complicité. Ainsi, malheureuse ! c'est toi qui aidais ce bandit, tu lui apportais dans ses crimes inouïs tes vices de débauche ; c'était toi qui préparais par une orgie le moyen d'accomplir le crime ; avec la luxure tu apportais la mort, et, un crime accompli, tu cherchais une autre victime ; ton visage doux, ton air bon, ta beauté, tout cela servait d'appât.

Muette, tremblante, redoutant un éclat de colère de son ancien amant, l'infâme restait blottie dans un coin, attendant anxieuse ce que Panafieu allait exiger d'elle.

— C'est incroyable, disait ce dernier, que Dieu mette tant d'attraits au service du crime. Cet air de bonté, à ce monstre. Mais les nuits, les fantômes des victimes ne viennent donc pas te tourmenter ? Pauline Panafieu, Adèle Mazel, Eugénie Herval, le pauvre vieux brave homme qui t'avait recueillie, Levasseur, et le plus horrible de tout : ton enfant ! Je ne sais qui me retient d'en finir là en te tuant comme un chien.

La misérable, qui s'était accroupie et qui tenait son visage caché dans ses mains, se traîna vers Panafieu en entendant ces derniers mots, et suppliante, lui dit :

— Oh ! je t'en prie, ne me tue pas, je ferai tout ce que tu voudras, je t'obéirai en tout, mais ne me tue pas.

Panafieu debout, les bras croisés, la regardait avec autant de haine que de dégoût.

— Je me tairai, mais tu m'obéiras. Avant, tu as dis un mot qu'il faut éclaircir. Tu as dit que tu en savais beaucoup sur Lise... Parle et ne mens pas !

Nicette regarda Panafieu, leurs regards se croisèrent, et le sien se baissa aussitôt ; elle comprit qu'un mensonge la perdrait, elle dit :

— J'ai menti. Je n'ai pas un mot à dire sur elle ; j'ai voulu la débaucher en la trompant ; elle était persuadée que tu étais mon amant lorsqu'elle quitta la maison, et Raoul, qui en était éperdument amoureux, l'avait placée dans l'hôtel de l'avenue de Chaillot et lui avait donné le titre de propriété du mobilier pour la fin de la cinquième semaine de son séjour. Poussée par mes conseils, elle avait consenti à appartenir à Raoul au bout d'un mois si tu ne l'avais pas fait revenir. J'évitais soigneusement toute rencontre, lorsque tu nous trouvas au cimetière.

— Et la bague ?

— Ah ! le gros diamant d'Adèle... C'était à la Mazel cette bague-là. Elle l'avait depuis le matin seulement, car le mois expirait le lendemain.

Panafieu eut un gros soupir de soulagement qui fit plaisir à Nicette, car il adoucissait l'entretien.

Panafieu se dirigea vers la porte.

— Tu pars, tu me laisses seule.

— Oui, couche-toi, dors, puisque tu peux encore dormir. Demain matin, nous partirons ensemble. Voici le petit jour; et pour tous les amis, je me lève. Je vais retrouver Balandard.

Et il sortit.

Nicette éteignit la lumière, et, voyant qu'il faisait jour, elle dit, en se jetant sur le lit :

— Heureusement il fait jour, je n'aurai pas peur seule.

Quand Panafieu entra dans le cabinet où avait eu lieu le souper, tout le monde dormait, c'est-à-dire Balandard et un équipier, les autres avaient pu gagner leur chambre.

— Eh bien! de la *Chauve!* qu'est-ce que c'est que ça! Quand mange-t-on, quand boit-on?

Balandard s'éveilla en sursaut et, reconnaissant Panafieu, il répondit joyeusement :

— Quand on boit, quand on mange? mais tout de suite. A table, ma vieille!

Et les trois équipiers se mirent à déjeuner.

VII

OU LE LECTEUR, SACHANT CE QU'ÉTAIT L'ABBÉ POULARD, VA CONNAITRE ANDRÉ BERRY

Nous devons retourner un peu en arrière, pour retrouver le misérable et mystérieux héros de cette longue histoire : André Berry.

Il était toujours enfermé dans la petite maison de Montreuil, sous la garde de nos vieilles connaissances, Pierre-de-Taille et Ladèche.

Après la scène terrible à laquelle le lecteur a assisté et dans laquelle Vincent et Panafieu accusaient le misérable des crimes qu'il croyait ignorés, André Berry épouvanté, se demandant vainement quel horrible châtiment lui était réservé, n'eut plus qu'une pensée : la fuite.

Pour pouvoir réussir, il était d'abord nécessaire de rassurer ses gardiens.

C'est ce qu'il fit aussitôt.

Souple, obéissant, il semblait se plaire avec eux, et acceptait en souriant lorsque Ladèche, lui offrant un verre, disait :

— Tout le monde a ses malheurs, monsieur l'abbé, et moi je ne suis pas de ceux qui méprisent les gens dans le malheur. Si vous voulez acceptez un verre? C'est de la fine, ça remet toujours... A la vôtre !

En quelques jours, les deux gardiens furent tout à fait rassurés sur leur prisonnier : il acceptait et attendait son sort.

André n'était pas un niais, il ne tenta pas de corrompre les deux coquins, se doutant bien qu'il essuierait un refus qui servirait aux deux compaings à avoir une augmentation et qui ferait redoubler la surveillance.

Déjà ses mouvements des premiers jours avaient été la cause qu'un nouveau gardien avait été placé.

La vérité est que Panafieu qui craignait la défaillance de ses deux affiliés et les relations du dehors, avait placé un concierge, un grand gaillard solide, dont la consigne était de surveiller autant le prisonnier que ceux qui le gardaient.

Depuis dix jours déjà avait eu lieu la visite de Vincent, et André sentait la nécessité de partir le plus tôt possible s'il voulait échapper à la menace faite par celui-là, à son départ, lorsqu'il lui avait demandé :

— Mais, qu'allez-vous donc faire de moi?

— Te juger et te punir, avait répondu Vincent.

D'un jour à l'autre ils allaient revenir, et la vengeance commencerait, car il croyait, le misérable, qu'ils ne l'arrachaient à la justice que pour augmenter son châtiment.

André, pendant quatre jours, avait tout observé autour

de lui : les dispositions de la maison, les habitudes des deux coquins, les précautions prises et les rondes faites par le colossal Alsacien que Ladèche appelait le « frère portier ». Il avait tout vu, et était décidé à essayer la nuit même.

André Berry, que nos lecteurs n'ont qu'à peine entrevu, était un beau garçon de trente-six ans, élégant de formes et d'allures, aux manières distinguées, vêtu comme un gentleman, assez grand, svelte, élancé, d'un visage excessivement doux et sur lequel était sans cesse un bon sourire.

Il avait le front haut, le nez droit et fin, la bouche rose, petite, mais aux lèvres un peu lourdes ; l'œil était brun, ce qui était singulier, car André était blond ; ses cheveux bien plantés et légèrement ondulés encadraient admirablement l'ovale pur du visage ; des cils excessivement longs donnaient un charme étrange à ses yeux bruns.

Il ne portait ni barbe ni moustache ; toujours frais rasé, le teint mat de sa peau se perdait avec le bleuâtre du menton.

Il inspirait la confiance, il semblait franc, bon et doux ; il inspirait l'amour, car il était beau et superbe.

L'œil seul avait parfois sous le sourcil épais qui se fronçait des éclairs terribles, qu'il adoucissait aussitôt en fermant les yeux et en les rouvrant lentement et béatement.

Le soir où nous retrouvons André, il est étendu sur le canapé, la tête dans ses mains, faisant entendre parfois de sourds gémissements. Ladèche et De Taille sont à table et terminent leur repas du soir.

— C'est drôle, ça ! dit Ladèche, vous ne mangez pas parce que vous avez la migraine ; mais ce sont les médecins d'hospice qui font courir ce bruit-là, par économie, pour mettre leur malade à la diète ! Le premier médicament pour toutes les maladies, c'est une pastille de gigot, un peu saignante.

— Avec une purée de haricots, ajouta De Taille la bouche pleine.

— Vous vous placez ça dans l'estomac, ça remplace les cataplasmes; moi je suis pour le traitement interne.

— C'est la vérité, se traiter sur la peau ou sur sa manche, c'est la même chose.

— Quand vous avez pris votre cataplasme de gigot...

— Aux haricots, insista De Taille.

— Oui, dit l'accommodant Ladèche, vous prenez toutes les cinq minutes un verre de tisane...

— Décoction de raisin de Beaune et de Mâcon, dit en riant De Taille.

— C'est ça même, du bon vin, là ! Au dixième verre vous m'en direz des nouvelles. Et vous savez que je ne suis pas comme les docteurs qui font des essais sur leur malade, moi, l'abbé, c'est sur moi que j'ai essayé.

— Voyez comment je me porte, dit à son tour De Taille.

— A bras tendus ! répondit Ladèche qui faisait quelquefois des mots.

— D'abord, dit De-Taille qui n'avait pas compris, il y a un proverbe là-dessus qui dit : Mal de tête veut paître.

— Si j'ai un conseil à vous donner, l'abbé, c'est de vous mettre à table et de faire comme nous.

André n'avait pas répondu, il semblait se débattre sous la douleur; enfin s'accoudant, il dit d'un ton suppliant à ses gardiens :

— Je vous en prie, laissez-moi dormir. Ladèche, je vous connais depuis longtemps ; au nom de nos anciennes relations, ne me tourmentez pas ainsi ; je ne vous inquiète et ne vous tourmente en rien, je suis un prisonnier docile. Soyez humains avec moi.

Les deux compaings se regardèrent ébahis.

— Mais, dit Ladèche, nous ne vous faisons pas de mal; au contraire, nous ne cherchons que votre bien vous êtes triste, nous cherchons à vous distraire en disant des farces ; vous êtes malade, et nous vous conseillons des remèdes que nous donnerions à un bon ami.

— Que j'ordonnerais à mon père, dit Pierre De Taille.

— Monsieur l'abbé, dans le temps, pour des affaires où vous avez eu besoin de nous, vous avez éclairé, nous avons fait notre travail; nous n'avons eu que de bonnes relations ensemble, pourquoi que nous vous ferions du mal ? Nous ne sommes pas payés pour vous en faire, nous sommes chargés de vous garder. De ce côté-là nous serions intraitables, parce qu'il y va de notre peau si nous laissons partir la vôtre. Mais, à part ça, vous avez en nous des amis, des bons amis.

— De la famille, appuya aussitôt Pierre-de-Taille.

— La meilleure preuve que vous m'en puissiez donner, alors, sera de faire ce que je vais vous demander.

— Si c'est dans nos moyens, on le fera. Vous savez que c'est pas l'intérêt qui nous fait agir, puisque nous avons retourné vos poches et que ce qui est dedans nous revient entièrement.

— De l'intérêt, nous, jamais ! *Nib* d'intérêt, mais du cœur.

— Parlez, l'abbé, on écoute.

— Je suis très sujet à ce mal, et je n'ai qu'un remède bien plus simple que les vôtres.

— Dites voir, on a été rabiot dans un hôpital, et, si on peut le faire, on le fera.

— Il n'y a rien à faire. Il me faut le silence et le sommeil.

— Ah ! ben, ça, c'est dans nos moyens. C'est la faute à Pierre, il a une voix... Je comprends ça. Eh bien ! voilà ce que nous allons faire. Nous avons fini de dîner, c'est l'heure où nous attaquons le piquet. Nous passons dans la pièce voisine, nous faisons notre partie en silence, et, pendant ce temps, vous dormez.

— Vous m'aurez rendu le plus grand service. Avec trois ou quatre heures de sommeil, je n'aurai plus rien.

— De Taille avait ouvert la porte, et le colosse, prenant la table chargée de la vaisselle et des bouteilles, la portait dans la salle qui précédait le salon et qui servait ordinairement de chambre à coucher aux deux compagnons.

— Nous vous laissons. Voulez-vous sans façon un bon verre de notre tisane?

— Merci, rien.

— Vous avez tort. En tout cas, voici la chose. Il est maintenant dix heures; vers trois heures du matin, nous viendrons vous éveiller.

— C'est cela, fit André commençant à se déshabiller, vous êtes aimable, et je me permettrai de vous faire une recommandation.

— Faites. On est homme de devoir, mais on n'est pas des Turcs... Vous êtes un honnête homme après tout, et c'est pas de la politique, ça !

— Je vous prierai de ne pas faire de bruit. Une chaise qu'on remue, une porte qui s'ouvre, je m'éveille, et je suis une heure pour me rendormir.

— C'est entendu. T'entends, Pierre, faut parler de la gorge; et puis votre porte reste fermée et on ne l'ouvre que demain à quatre heures.

— Merci, mes amis, dit André qui pressa la main des deux coquins surpris.

Ils sortirent aussitôt emportant les lumières et fermant à double tour la porte derrière eux.

— Eh bien ! dit Ladèche, c'est un zig, l'abbé ! Tu vois, pas fier, il nous a donné la main. Il a vu à qui il avait affaire... Il s'est dit : ça c'est pas des voyous, c'est des

zigs ! Voilà ce que c'est que de savoir se mettre à la hauteur de tout le monde

— Il sait bien qu'on peut, comme nous, être bien élevés, et tout à coup tomber dans le malheur !

— Pardine ! Allons, assieds-toi ; je te fais une partie
en deux cent vingt et un.

— Ça va, dit Pierre en prenant place et en débarrassant la table, laissant toutefois les verres et les bouteilles.

Il plaça sur le tapis un jeu de cartes neuf.

— Qu'est-ce que nous allons jouer ? dit Ladèche ; pour
étrenner le jeu, nous avons du vin, de l'eau-de-vie à discrétion ; faudrait jouer quelque chose d'amusant.

— Ah ! oui, quelque chose de drôle. De l'argent, c'est
dégoûtant.

— Non, pas d'argent. Quand on perd son blé, on est
de mauvaise humeur et on se fâche.

— Ah ! j'ai une idée, fit tout à coup le colosse après
avoir réfléchi.

L'idée lui plaisait, car un large sourire s'étendit sur sa
face.

— Dis, si c'est drôle ? demanda Ladèche en prenant les
cartes pour les battre.

— Celui qui gagnera collera un bon coup de poing sur
le nez du perdant.

— Hein ! fit aussitôt Ladèche avec une grimace, jamais
de la vie ! Je te joue vingt sous.

— Ça ne sera pas amusant, dit piteusement De Taille.

Et les deux compaings entamèrent la partie.

Dès que la porte avait été fermée sur lui, André s'é-
tait hâté de revêtir les vêtements qu'il venait de quitter,
et il avait immédiatement songé aux moyens de fuir.

André était convaincu, nous l'avons dit, que les deux
fils de Cornille Lebrun ne l'avaient fait arrêter et ne le
gardaient que pour le réserver à un châtiment plus redou-

table que celui que la justice ordinaire lui réservait. Or, c'était l'échafaud !

Quel châtiment terrible lui préparait-on ? Son imagination lui faisait créer chaque nuit des supplices insensés, et souvent il s'éveillait en proie à d'horribles cauchemars. Et cependant André n'avait pas peur, et ce n'était pas la crainte de la mort qui dirigeait sa conduite ; il ne voulait échapper à ses beaux-frères que parce qu'il voulait s'occuper de deux affections restées pures dans la boue de cette affreuse nature. André avait le vice criminel de Dumolard ; son but n'était pas seulement le vol, c'était aussi la possession de sa victime ; c'était une jouissance particulière éprouvée à transformer une nuit d'amour en une nuit mortelle.

Malgré cette bizarre nature, un sentiment était resté pur : André aimait sa femme, André adorait son enfant. Il voulait fuir, parce qu'il pensait que les frères resteraient muets sur ce qu'ils avaient appris, qu'ils cacheraient à tout le monde, à leur sœur surtout, l'épouvantable vérité qu'ils venaient d'apprendre.

Plein de cette pensée, André se disait :

« J'ai, avec les bijoux et les valeurs qui sont chez moi, l'assurance de vivre tranquille. Partant d'ici, je fais prévenir ma femme de l'endroit où je suis ; elle vient me rejoindre ; nous passons à l'étranger, et là nous vivons à l'abri, moi loin de ceux qui m'ont connu, de ceux auxquels je suis encore un peu attaché, loin surtout des souvenirs. Les deux frères ont le même intérêt que moi à se taire. Je n'ai à craindre que cette fille Eugénie Herval ; elle ne sait pas qui je suis, et je serai loin d'elle. Il faut sortir d'abord de leurs mains. »

Ce soir donc, André était décidé à fuir ; il avait obtenu de ses gardiens d'être seul ; il avait six heures devant lui, c'était le double de ce qu'il fallait.

Depuis plusieurs jours déjà, le misérable était décidé à

cette tentative ; aussi pour établir son plan avait-il interrogé ceux qui le gardaient.

Ladèche et De Taille, n'ayant pas d'ordre à cet égard, avaient répondu à tout ce qu'il avait demandé assez adroitement, au reste, pour ne pas éveiller leur défiance.

André savait qu'il était dans une grande maison isolée au-dessus de Montreuil-sous-Bois.

Cette maison avait appartenu à un médecin aliéniste, qui y plaçait ses sujets les plus dangereux.

De là venait le luxe de grilles et de verrous qu'on voyait aux fenêtres et aux portes et qui faisait prendre sa maison de campagne pour une prison.

Il savait que ses deux acolytes du *Chat enragé* avaient ordre de ne jamais dormir en même temps ; il devait en rester toujours un à veiller, et ils ne pouvaient sortir que difficilement, surveillés eux-mêmes, sans s'en douter, par un robuste Alsacien et un jeune homme qui gardaient la loge du portier.

L'Alsacien avait un chien que Ladèche qualifiait de « la plus sale bête du monde. »

Il est vrai qu'il ne pouvait passer lui ou son compagnon sans que le chien montrât aussitôt les dents.

Ladèche avait employé de tous les petits moyens.

Il avait jeté du sucre, de la viande...

Rien n'y avait fait.

C'est à la chaîne qui attachait Pluton (c'était le nom du chien) qu'il devait d'avoir encore ses jambes.

Or, toutes les nuits, Strann et son chien veillaient autour de la maison.

André avait appris tout cela.

Mais il était décidé à tenter l'évasion, surtout que chaque jour de retard, en approchant le dénouement, diminuait les chances de réussite.

Il fallait sortir d'abord...

Une fois dehors, il aviserait.

Il avait de l'argent.

Lorsque Ladèche et De Taille l'avaient fouillé, André était ganté.

Dans un doigt de gant, il avait pu glisser un billet de mille francs.

C'était plus qu'il n'en fallait, une fois en liberté.

Il tira de dessous le coussin d'un canapé un couteau catalan qu'il roula dans une serviette qu'il passa à sa ceinture.

Puis, il ouvrit doucement la fenêtre.

Elle était grillée en double.

Mais il n'en manifesta ni surprise, ni mécontentement.

Ce n'était pas par ce côté qu'il pensait se sauver.

Il ouvrait la fenêtre afin que le bruit qu'il pouvait faire dans la chambre se perdît et ne fût pas entendu de la chambre voisine où veillaient ses deux gardiens.

Il regarda le ciel qui était très noir à cette heure et dit :

— Bon temps... La lune ne se lèvera pas avant une heure, et je serai loin.

Son plan était audacieux, mais il était réalisable, surtout par sa simplicité.

D'abord, il ne fallait commencer que le soir, ce qui plut à André, car il avait ainsi le temps de mûrir les détails de cette nouvelle tentative.

André était accroupi dans le cachot; il resta ainsi toute la journée, cherchant vainement. Le soir seulement, l'idée jaillit de son cerveau.

Tout était calme dans la prison, la première ronde avait eu lieu, les feux venaient d'être allumés.

André poussa la porte de son cachot, et sans attirer l'attention du garde du couloir, il grimpa à l'étage audessus de la chambre où il était, c'étaient les combles.

André se trouva devant la porte d'un grenier, il fallait forcer la serrure; mais pour André c'était un jeu d'enfant. Montant alors sur une échelle de meunier, il se trouva dans un grenier bas, non employé ; à la lueur jetée par une lucarne, il se dirigea ; la lucarne ouverte, il fallait se glisser sur le toit, ramper, afin de n'être pas vu des quatre factionnaires placés sur des terrasses aux quatre coins de la prison.

C'est qu'il n'y avait pas de : Qui vive ! l'ordre était formel.

Tirer sur tout ce qui sortait de la prison autrement que par les portes.

Rampant comme une couleuvre, André arriva jusqu'à une cheminée.

Il se pencha et écouta.

André eut un joyeux sourire. Il ne s'était pas trompé.

Le plan d'André était simple.

Dissimulé dans l'ombre que jetait le tuyau sur le toit, il attendit.

A sept heures il se prépara, grimpant après la haute cheminée et se faisant petit pour n'être point vu ; il se trouva un moment suspendu, se tenant à peine.

Un faux pas, une brique se descellant, il glissait, roulait sur le toit et allait se briser le crâne sur le pavé de la rue.

Bah ! André ne pensait pas à cela.

Son unique pensée était :

— Vais-je arriver ?

Arrivé enfin au faîte de la cheminée, il se glissa dans le trou noir, se soutenant des coudes et des genoux.

Il descendit deux mètres environ, deux mètres encore il était près de la liberté.

Tout à coup ses pieds s'arrêtèrent.

Quatre solides barres de fer obstruaient la cheminée.

Ah ! le malheureux. La sueur ruisselait sur son front.

En sentant l'invincible obstacle, des cheveux aux ongles, de la chair aux moelles, un frisson lui courut le corps.

I! n'y avait pas à hésiter. Il fallait remonter et remonter au plus tôt. Aussitôt André remonta.

Épuisé, les mains en sang, il s'accrocha au bord de la cheminée, sa tête sortait entière du trou.

Il entendit le bruit sec de la batterie d'un fusil qu'on armait.

André rentra aussitôt la tête.

Plus d'une demi-heure il resta ainsi, se doutant bien que le factionnaire ferait feu sur le premier objet qu'il verrait bouger.

Effectivement, c'était l'Alsacien qui, voyant surgir une masse, avait armé son fusil et allait faire feu ; rien ne bougeant plus, le soldat reprit sa faction.

Après avoir attendu, André sortit enfin de sa cachette.

Cette fois encore, le coup était manqué, bien manqué : les feux étaient éteints dans la prison, la surveillance était doublée.

Il n'y avait plus à penser circuler dans l'escalier et dans les couloirs, et cependant il fallait sortir au plus tôt.

André, rampant sur le toit, gagna le côté des champs.

Là, il trouva, faisant presque le coin, une fenêtre de grenier ; au-dessus de la fenêtre, une bosse en saillie soutenait une énorme poulie.

André grimpa à la force de ses poignets, il se suspendit à la poulie et entra dans le grenier.

Là il battit le briquet, et, à la lueur de l'amadou, il se dirigea.

La porte du grenier était fermée, mais en dedans, c'est-à-dire du côté où il se trouvait. En deux temps elle fut ouverte.

André se trouva alors au faîte d'un escalier ; il se défit du premier vêtement maculé et couvert de suie, puis, s'étant essuyé la figure, il descendit.

L'étage où il se trouva était l'issue d'un immense escalier. Il regarda... rien... pas un garde !

André se demanda s'il n'était pas dans une maison bourgeoise.

Il cherchait le moyen de sortir ; trouvant une porte devant lui, il l'ouvrit doucement et écouta ; n'entendant rien, il avança à tâtons, craignant de se heurter dans un meuble.

Tout à coup, il s'arrêta. Il lui semblait entendre un bruit de voix. Il vit, à l'extrémité de la pièce dans laquelle il se trouvait, filtrer la lumière par une fente. Il s'avança avec précaution et écouta.

— Si tu as froid, disait une voix qu'André reconnut aussitôt pour celle de Ladèche, je vais te donner de quoi te réchauffer, mon petit père. Tu vas avoir une capote ; écoute-moi ça : Nous disons une dix-huitième, quatorze de pains à cacheter ; nous disons quatre-vingt-dix-huit... Quelle veste, mon vieux !

— C'est *esbrouffant!* répondit De Taille. Tu gagnes tout le temps ; t'as une veine quand tu donnes les cartes.

— Hein ! tu vas peut-être dire que je *maquille les brêmes ?*

— Enfin, tu les bats pas assez!

— Tu perds et tu cherches une querelle d'Allemand. Mais, tu vois, ce n'est pas parce que tu es le plus fort que je te céderai. Faut pas croire que tu m'en imposes.

— Est-ce que je te dis quelque chose ?

— Tu es grossier..

— Mais non, je ne suis pas grossier.

— J'ai bien deviné ce que tu voulais dire.

— J'ai rien voulu dire.

— Moi, l'estime d'un ami, c'est tout. T'avais l'air de pas m'estimer. Ah ! malheur ! alors je ne connais plus rien.

— Mais j'ai jamais dit ça, répéta De Taille.

— Alors ta main, ma vieille, ta main.

André entendit les deux amis se frapper dans les mains.

Puis Ladèche dit :

— Si nous allions voir comment va notre malade?

En entendant ces mots, André sentit la sueur perler sur son front ; un frisson lui couvrit le corps. Il écouta, anxieux.

Si Ladèche s'apercevait de la disparition d'André, il allait naturellement donner l'éveil. Alors une chasse à l'homme allait être organisée.

De Taille dit à son ami :

— Laissez-le donc dormir ; nous avons dit que nous ne l'éveillerions que vers les quatre heures... il est à peine une heure... donne-moi ma revanche.

— Oui, mais tu vas battre les brêmes.

— Je ne veux pas, je te dis que je ne doute pas de toi...

— Moi, je suis susceptible... on a que son honnêteté pour soi, et dame ! on y tient ! Coupe ! t'es premier en carte.

Les amis se remettaient à jouer, André respira plus longuement, mais il n'avait plus un instant à perdre ; il fallait se hâter, il était une heure.

Il revint sur ses pas et se trouva où il était d'abord, c'est-à-dire à l'issue du grand escalier ; il le descendit et se trouva bientôt sur le péristyle, dont la porte grillée et vitrée était fermée.

La porte donnait sur la cour et par le vitrage on voyait distinctement la petite loge du portier ; les vitres étaient éclairées, on veillait.

André vit un gros chien qui courait dans la cour ; craignant que le flair du chien ne le poussât de son côté, il se recula aussitôt ; il trouva sous l'escalier une porte, il l'ouvrit aussitôt.

C'était un long couloir ; il le suivit, et arriva devant une autre porte, la clef était encore sur cette porte.

Il l'ouvrit, et, à la fraîcheur et au goût qui le frappèrent, il reconnut la cave.

Il pensa qu'il n'avait aucune chance de fuite de ce côté, et il allait se retirer pour chercher une nouvelle issue, lorsque se ravisant, il revint et, allumant encore de l'amadou avec son briquet, il descendit, se dirigeant à cette faible lueur.

La cave marquait le passage récent de plusieurs individus ; c'est que Ladèche et De Taille auxquels elle avait été abandonnée, y faisaient de fréquentes visites ; c'était le moyen que Panafieu avait trouvé pour éviter que ses deux hommes ne sortissent pas du tout de la maison.

Après avoir parcouru plusieurs caves dans lesquelles étaient des pièces de vin largement entamées, André Berry, las de ne rien trouver, allait remonter lorsqu'il aperçut une porte ; il l'ouvrit et se trouva dans le cellier. Un immense rayon de lune l'éclairait.

La lune passait par un grand soupirail qui servait à jeter le charbon et le bois que les voitures amenaient devant la maison.

André eut un cri de joie...

Cette fois il était sauvé.

Ce cellier-fournil était vide, et pour se hisser jusqu'au soupirail il fallait une échelle assez haute.

André réfléchit quelques minutes, puis se souvenant que dans les caves voisines il avait vu trois ou quatre futailles vides, il courut aussitôt, en roula une jusqu'au dessous du soupirail ; il retourna en chercher une seconde, et, les ayant hissées l'une sur l'autre, il en alla chercher une troisième qui l'aida à monter sur les autres.

Une fois à cette hauteur, il atteignit le soupirail, et, se cramponnant après les arêtes de fer, il parvint à sortir la moitié du corps.

C'est là qu'était le danger.

Berry sauta, cherchant à voir où il allait.

Était-il dans une cour, et n'avait-il pas à craindre le gros chien qu'il avait vu du péristyle?... Se trouvait-il encore dans la maison et n'allait-il pas se jeter dans les rondes permanentes que faisait le portier?

Il fut aussitôt rassuré; le soupirail donnait sur un verger qui était clos par un mur très bas.

Il sortit aussitôt, craignant que la lune, qui éclairait l'endroit où il se trouvait, ne le fît découvrir. Il se précipita vers le jardin; une fois dans l'ombre, à l'abri des indiscrets, il répara le désordre de ses vêtements.

Nous avons dit qu'à la suite de sa tentative de fuite par la cheminée, il avait jeté son pardessus : il se trouvait donc assez proprement habillé.

Il sauta par-dessus le petit mur de clôture, et se trouva sur une route de traverse qui conduisait à Vincennes.

Un poteau éclairé par la lune lui indiqua où il était et la route qu'il devait suivre.

Quatre heures sonnaient lorsqu'il arriva devant le donjon de Vincennes.

VIII

OU PANAFIEU N'EST PAS CERTAIN D'AVOIR TOUTE SA RAISON

Nous avons laissé les frèr s. Lebrun au cimetière du Père-Lachaise, enfermant dans le caveau de famille, près des dépouilles mortelles de leur mère, le cadavre d'un inconnu.

La journée avait été longue pour les deux malheureux; ils ignoraient que le corbillard qu'ils suivaient devait passer sur la place de la Roquette, car d'un mot ils auraient pu faire changer l'itinéraire, et ils se seraient évité ainsi la poignante douleur de l'affreux souvenir.

Ayant assisté jusqu'à la dernière minute à la triste

cérémonie, les deux frères montèrent dans une voiture
de deuil pour regagner Paris. Ils avaient prié le docteur
de monter avec eux, et celui-ci les avait accompagnés
jusqu'à la gare du chemin de fer de Lyon.

Jobert allait à Charenton chercher Eugénie Herval
à laquelle il avait donné rendez-vous, pour la conduire
dans l'appartement qu'il avait loué pour elle au coin de
la rue Duphot et de la rue Saint-Honoré.

— Quand vous reverrai-je? demanda Jobert.

— Dans quelques jours, nous vous verrons, nous avons
encore des services à vous demander. Mon cher monsieur Jobert, nous vous remercierons alors, si toutefois
il est possible de remercier un dévouement aussi absolu.

— Vous plaisantez, monsieur Lebrun, je désire être
votre ami, et voilà tout.

— A bientôt, au revoir, dit Vincent en lui serrant affectueusement les mains.

— Au revoir, dit Charles.

Ayant échangé une dernière poignée de main, les jeunes gens dirent au cocher :

— Conduisez-nous aux Champs-Elysées, près l'entrée
du bois de Boulogne, rue Chalgrin.

Le cocher fouetta ses chevaux qui partirent, pendant
que le jeune docteur courait vers la gare.

— Qu'allons-nous faire de lui? demanda Charles à son
frère.

— De qui parles-tu? dit ce dernier.

— Je parle d'André.

— Oh! il m'importe peu, lui. Je ne sais pas encore, je
n'ai pas songé à cela ; mais c'est elle qui m'inquiète, la
pauvre enfant, c'est l'avenir qui m'effraie. Si, après avoir
atteint le but que nous poursuivons, le misérable ayant
conscience de son infamie, se faisait justice à lui-même,
il débarrasserait ainsi la pauvre enfant, et nous pourrions,
par une autre union, effacer celle-ci.

28.

— Et ne le peut-on ? elle est veuve...

— Veuve pour tous, mais pour nous...

— Et qu'importe !

— Comment ! Charles, fit aussitôt Vincent avec étonnement, que me dis-tu là ? N'est-il pas suffisant que seul tu saches que tu fais une faute pour t'empêcher de la faire ? As-tu donc besoin d'autre juge que ta conscience ? Et est-ce toi qui vas croire qu'on n'est pas criminel lorsqu'un crime est resté inconnu ?

— Tu as raison, frère, dit Charles, la douleur me fait juger faux. Pardonne-moi. Que comptes-tu faire avec Marguerite ?

— Il faut d'abord que nous nous occupions de la succession ; or, pour faire bien les affaires, nous l'éloignerons si cela est possible. Notre présence à tous deux n'est pas utile ici.

— Que veux-tu que je fasse ?

— Il faut décider Marguerite à faire un voyage avec toi. Vous irez pour quelques mois en Suisse.

— Elle refusera.

— Non, en l'assurant que la santé de son fils en dépend.

— Mais pour la succession, pour les affaires, sa présence sera nécessaire ?

— Elle me donnera ses pouvoirs. Tu penses bien que Marguerite ne peut occuper seule l'hôtel de la rue Chalgrin.

— C'est vrai. Au reste hier, en la conduisant et, ce matin encore, elle me disait qu'elle ne pouvait plus rester dans cette maison.

— Tu vois, cela va déjà nous aider. Ne pouvant immédiatement trouver un appartement pour elle, elle voyagera pendant que je m'occuperai de cela, et toi tu la consoleras. La pauvre belle n'a jamais quitté Paris, et ce sera pour elle une distraction très utile en ce moment.

— Vue ainsi, la chose me semble plus facile, et je crois qu'elle acceptera.

— Maintenant, Charles, il y a un point grave.

Charles releva la tête et regarda son frère.

— Je t'écoute.

— Le misérable Berry a fait trois victimes. Deux intéressés sont là aujourd'hui qui réclament que nous livrions l'assassin à la justice. La volonté de notre père est expresse, et la situation de notre sœur, d'un autre côté, nous a obligés à voler à la société le coupable qu'elle doit punir, et aux deux réclamants l'assassin qu'ils voudraient livrer.

Vincent continua :

— Panafieu et Eugénie Herval nous abandonnent l'homme, croyant bien que nous lui réservons un châtiment. Mais ce qu'ils ne peuvent abandonner, puisque la justice les ferait revenir sur l'héritage du misérable, c'est l'argent qu'il avait volé à ses victimes. Nous devrons les payer.

— Mais c'est fort juste, frère, et je t'ai compris.

— Marguerite doit toujours ignorer. Nous n'aurons donc rien d'elle.

— Mais, Vincent, notre fortune à chacun nous permet de faire un sacrifice. Nous ne sommes pas très riches; mais, bah! c'est pour chacun trois milliers de francs de rentes de moins.

— A peu près.

— Il nous en reste bien assez, d'autant que, notre père réhabilité, nous pouvons nous risquer dans les affaires.

— A la bonne heure! mon frère, dit Vincent en pressant affectueusement les mains de Charles.

Les deux frères arrivèrent bientôt au petit hôtel de la rue Chalgrin.

Vincent sauta de voiture, paya le cocher, et entra suivi de Charles chez sa sœur.

Marguerite était assise dans l'embrasure d'une fenêtre du salon, accoudée sur ses genoux; elle regardait au travers des vitres les gros nuages noirs qui fuyaient dans le ciel orageux.

Elle rêvait; son teint blême, ses yeux cernés, ses lèvres pâles indiquaient que la malheureuse jeune femme n'avait pas dormi.

Elle pensait, la pauvre Marguerite, que Dieu était injuste avec elle; digne fille de sa mère, sa vie n'avait eu qu'un culte : le devoir. Honnête elle était née, honnête elle était restée. Les faibles et les pauvres avaient trouvé en elle un appui et un soutien, elle faisait le bien parce qu'elle était bonne, et que la souffrance des autres était une souffrance pour elle; elle avait adoré sa mère, elle avait aimé son père, elle avait été enfin bonne fille, bonne épouse et bonne mère.

D'abord elle avait perdu sa mère, puis son père, et d'une si horrible façon qu'un frisson lui courait le corps à cette seule pensée. Alors qu'elle croyait enfin avoir payé largement son tribut au malheur, on lui tuait son unique soutien dans cette vie où elle était abandonnée : son mari. Il lui restait son enfant... Il était près d'elle dans le salon, jouant, inconscient du malheur qui le frappait, et Marguerite le regardait aussitôt l'œil fiévreux, se demandant si une nouvelle catastrophe n'allait pas l'enlever à son tour.

— Oh! mais, je me tuerai alors, disait-elle.

C'est à ce moment qu'elle entendit le bruit de la grille, elle regarda et, voyant entrer ses deux frères, elle se leva pour aller au-devant deux.

Droite, calme, les yeux secs (elle avait tant pleuré), elle embrassa ses frères et leur demanda :

— Eh bien! c'est fini?

— Oui, Marguerite, c'est fini! Il te faut du courage, toute ta vie est là! dit Vincent en montrant l'enfant.

Marguerite attira le petit Cornille vers elle, et fondant en larmes elle le couvrit de baisers.

— Oh! oui, pauvre ange, tu es tout! tout, et sans toi, j'irais le rejoindre, ce pauvre aimé!

Les deux frères échangèrent un regard, ils avaient ressenti tous les deux la même émotion.

Le culte voué au misérable leur semblait un sacrilège dont ils étaient coupables.

Vincent dit aussitôt.

— Marguerite, il ne faut pas dire des folies; chaque fois qu'un malheur nous a frappés, nous n'avons pensé qu'à toi. Marguerite, il ne faut pas être ingrate, il faut penser que nous t'aimons, il faut du courage, de la volonté.

Marguerite se redressa, et, après avoir embrassé avec effusion les deux frères, elle dit :

— Je suis forte! parlez.

— Que penses-tu faire, maintenant? demanda Vincent.

— Rien... je ne sais... Mais je désire une chose : quitter cette maison où chaque objet me rappelle sa présence.

— C'est ce que nous voulions te proposer. Tu partiras avec nous.

Cette décision plut à Vincent, on ne savait ce qui pouvait arriver, un incident survenant pouvait détruire tout ce qui était fait.

Il fallait donc au plus tôt éloigner Marguerite.

C'était facile, puisqu'elle dit :

— Si vous le voulez, je suis prête; les bonnes emballeront tout; je ne désire rien garder, vous vendrez tout.

Puis, regardant fixement ses frères, elle dit tout à coup :

— Je suis forte, vous le voyez; on m'a tué mon mari, et à la douleur qui m'accable succédera la haine; si vous ne voulez que je blasphème, il faut que vous me disiez le nom de celui qui m'a fait veuve.

Vincent fut d'abord tout décontenancé de cette demande, qu'il n'avait pas prévue.

Charles restait interdit; mais Vincent se remit aussitôt, et il trouva un nom qui la satisferait, car il vouait à la haine et au mépris qu'il méritait celui qui le portait.

Il reprit :

— Je n'ai nulle raison de te cacher le nom de l'adversaire.

— De l'assassin ! exclama Marguerite.

— De l'assassin de ton mari. Il se nomme Raoul de la Havertière.

Charles échangea avec son frère un regard qui lui disait que le nom était heureusement trouvé, puisqu'il permettait à chacun d'exprimer tout haut la haine qu'il méritait.

Marguerite, entendant ce nom, dit aussitôt avec surprise :

— Raoul de la Havertière?

— Oui, fit Vincent stupéfait.

Il ajouta avec une certaine inquiétude :

— Le connais-tu?

— Non; mais c'était un des amis d'André.

Les deux frères se regardèrent.

Ils se demandèrent tous deux jusqu'où avait été l'imprudence de cet homme qui, jusque chez lui, avait prononcé le nom sous lequel il commettait ses crimes.

— Comment sais-tu cela? demanda Vincent à sa sœur.

— Ce matin, après que Charles m'eut quittée, pendant que vous conduisiez mon pauvre ami à sa dernière demeure, je me suis enfermée dans sa chambre pour vivre encore avec lui. J'ai ouvert son bureau et j'ai fouillé dans ses papiers pour lire ses lettres.

Les deux frères devinrent livides.

— Et que trouvas-tu ? demanda Vincent dont la voix
tremblait.

— Rien. Des lettres d'amis, des lettres adressées à
moi ; et c'est parmi ces papiers que j'ai vu des lettres si-
gnées Raoul de la Havertière et deux ou trois cartes de
visite.

Vincent respira bruyamment.

Il était plus tranquille pour le moment, mais le danger
était là.

Vincent l'avait bien compris ; aussi voulait-il à tout prix
éviter que des recherches nouvelles, faites par Marguerite, n'amenassent la découverte de ce qu'il voulait absolument cacher.

— Ma chère Marguerite, dit Vincent, tu as dit que tu
t'abandonnais entièrement à nous ; et voici ce que nous
avons pensé et décidé avec Charles.

— Je vous écoute, dit la jeune femme caressant son
enfant, et n'apportant à ce que disait son frère qu'une
légère attention, car sa pensée était tout entière sur le
passé.

Vincent reprit :

— Le coup que tu viens de recevoir est terrible, il va
ébranler ta santé un peu faible, et...

— Oh ! que me fait, que m'importe maintenant la
santé ?

— Marguerite, dit gravement le frère aîné, au-dessus
de la femme il y a la mère, et tu devrais t'en souvenir.

La jeune veuve pleura et pressa son enfant contre son
cœur, en disant :

— Oui, c'est vrai, je vivrai pour toi, mon Cornille,
pour toi, cher ange.

Le petit Cornille, les yeux grands ouverts, les lèvres
boudeuses, regardait sa mère et ses oncles, ne comprenant
rien à cette scène et prêt à pleurer à son tour ; se contenant à peine, il dit :

— Pourquoi que tu fais pleurer maman, mon oncle Vincent ?

— Non, mon chéri ! je ne pleure pas, dit la mère séchant ses yeux dans les boucles de cheveux blonds de son enfant.

— Je t'écoute, Vincent.

— Marguerite, tu vas partir aujourd'hui avec ton fils et tes bonnes, non pour venir chez nous, cela n'est pas possible, mais pour faire un voyage.

— Un voyage ! seule avec mon Cornille ? fit la jeune veuve étonnée.

— Non, ma mignonne, tu sais bien que nous ne serions pas tranquilles ainsi. Charles partira avec toi, vous irez en Suisse.

— En Suisse ! répéta Marguerite baissant la tête et pensant qu'André lui avait souvent promis de lui faire faire ce voyage.

— Vous marcherez sans cesse ; et voyant chaque jour de nouveaux points de vue, de nouveaux pays, tu ne trouveras pas l'oubli ; mais l'éloignement, le changement constant occuperont ton cerveau, et tu ressentiras moins le vide qui s'est fait près de toi. La santé un peu frêle de notre petit Cornille se fortifiera. Acceptes-tu ?

— Je ferai ce que vous voudrez.

— Eh bien ! c'est entendu ; il n'y a pas de temps à perdre. Fais faire tes malles.

— Ne voulant pas rester ici et croyant aller chez vous après le départ de Charles, j'avais commandé de s'en occuper, et moi-même j'avais préparé les objets qui me sont chers.

— Très bien. Charles n'en a pas pour longtemps à se préparer, et ce soir vous partirez. Mets ton châle, Marguerite ; je vais envoyer chercher une voiture, et nous allons aller chez ton notaire où tu me donneras ta procuration pour agir.

— Oui.

Et Marguerite appela sa femme de chambre qui lui donna son châle et son chapeau de deuil ; l'enfant était prêt.

La jeune femme donna des ordres pour le départ ; elle congédia partie du personnel de la maison et ne garda que sa femme de chambre et la bonne pour son enfant.

Les deux femmes devaient retrouver leur maîtresse le soir, à la gare, avec les bagages.

Charles partit aussitôt avec son neveu, jusqu'à la rue Charlot, pour faire faire ses malles, ce qui amusait beaucoup l'enfant. Le pauvre petit, avec l'insouciance de son âge, avait déjà tout oublié, et il était joyeux à l'idée d'aller en chemin de fer, en voyage, avec son oncle et sa mère.

Pendant ce temps, Vincent se rendait avec Marguerite chez le notaire. Les actes néanmoins étaient faits et la vente, dans le délai le plus bref, était décidée après un inventaire qui devait être fait le lendemain, en présence de Vincent, et duquel celui-ci avait pouvoir de retirer tout ce qu'il voudrait.

Le soir, le petit hôtel de la rue Chalgrin était vide, Vincent en avait les clefs.

La famille Lebrun trouva à la gare les deux bonnes accompagnées des trois autres domestiques qui venaient faire leurs adieux à Madame, et l'assurer des regrets qu'ils éprouvaient de perdre une si bonne maîtresse.

Marguerite les remercia et leur déclara qu'il avait fallu le malheur qui la frappait pour qu'elle se séparât d'eux.

La cloche du train sonna.

Vincent embrassa sa sœur, lui promettant que, les affaires en marche, il irait la rejoindre.

Il embrassa son neveu, puis, attirant son frère à part, il lui dit tout bas :

— Maintenant je vais agir, me débarrasser d'André et lui faire cependant établir l'innocence du père. Je ne sais ce que je ferai, je ne sais ce qui arrivera. Tout ce que nous avons fait pourra être ébruité. Ce sera un scandale qui courra les journaux, si cela malheureusement arrive.

— Eh bien?

— Ne donne à Marguerite les journaux que lorsque tu les auras lus.

— Je comprends très bien. Mais tu m'écriras?

— Oui, tous les jours, et je te recommande encore une chose; mes lettres qui seront toutes personnelles seraient encore dangereuses pour elle. Il faut donc les brûler dès que tu les recevras. Au revoir, frère, tâche de la distraire et de chasser au plus tôt de son souvenir cette exécrable mémoire.

— Hâte-toi, frère, de te défaire de cet homme; tant qu'il est là-bas, je le crains. Au revoir.

— Monsieur Lebrun, vint dire une bonne, le train va partir.

— Allons, au revoir.

— Au revoir!

Les deux frères s'embrassèrent.

Vincent conduisit Charles jusqu'aux voitures; puis, le signal donné, le train partit, et Vincent seul revint pensif jusque chez lui.

Suivant lentement les boulevards pour revenir à son domicile, rue Charlot, Vincent songeait aux événements qui venaient de se passer si rapidement.

Il était plus tranquille, car il était libre d'action et ne craignait plus qu'un incident imprévu vînt détruire tout ce qu'il avait construit pour sortir sa sœur sans tache de l'horrible catastrophe qui les frappait une seconde fois.

Il était plus à son aise pour hâter le dénouement qui devait rendre l'honneur du nom à la famille, et qui avait failli être compromis par l'affreuse découverte qu'il avait faite dans la maison de Montreuil.

Vincent sentait qu'il fallait se hâter.

Il était décidé à en finir le lendemain.

Pour cela, il résolut de voir Panafieu et Jobert, et de leur donner rendez-vous le lendemain à Montreuil.

Là, il ferait un tribunal intime, tribunal de famille.

Ils écouteraient la défense d'André.

Ce que Vincent entendait par défense, c'était le moyen de racheter les intérêts volés, c'étaient les aveux qui permettraient de retrouver l'argent nécessaire à rembourser les sommes volées.

Vincent, voyant qu'il avait beaucoup à faire dans sa soirée, sauta dans une voiture et se fit conduire chez lui.

Il dit aussitôt à la vieille Françoise :

— Françoise, est-ce que vous auriez peur si vous habitiez seule l'hôtel de Marguerite ?

— Au bois de Boulogne ?

— Oui.

— Oh ! non, monsieur, j'aurais moins peur qu'ici. Dame ! on n'a pas ramené M. André là-bas, il a été ici. Eh bien ! monsieur, c'est bête comme tout, je le sais bien, mais je suis capable de ne pas fermer l'œil de la nuit.

— Eh bien ! Françoise, tout est pour le mieux ; faites un petit paquet et vous allez venir avec moi à l'hôtel de la rue Chalgrin, où vous coucherez.

— Ah ! tant mieux ! fit avec une satisfaction visible la vieille servante. Mais vous me disiez : seule ?

— Oui. Mme Berry est partie avec mon frère et son fils faire un voyage ; j'ai la garde de la maison pour y faire procéder à la vente. Vous allez y rester et vous mettrez tout en ordre, car déjà, demain à deux heures, j'ai rendez-vous avec le notaire pour commencer l'inventaire. Hâtez-vous, nous allons partir.

— Oh ! ça va être vite fait, monsieur.

La vieille servante, heureuse de ne pas dormir dans l'appartement où un mort était resté la veille, se hâta de faire son petit paquet. Pendant ce temps, Vincent écrivit deux lettres, l'une à Jobert et l'autre à Panafieu.

La vieille Françoise qui vint au moment où il cachetait la dernière, lui dit :

— Me voilà, monsieur Vincent, je suis prête.

— Partons, fit ce dernier.

Ils descendirent aussitôt et montèrent en voiture.

Vincent se fit d'abord conduire rue de Poitou, où demeurait Panafieu ; ayant appris que celui-ci était allé canoter, il remit sa lettre en recommandant qu'elle lui soit remise à son retour.

— Puis-je la remettre à madame, s'il rentrait tard ? Il l'aurait sûrement ainsi.

— Non, dit Vincent, personnellement ; si ce n'est ce soir, demain matin.

Il alla jeter l'autre lettre à la poste, et remontant en voiture il se fit conduire aux Champs-Élysées.

Vincent et la vieille servante arrivèrent à l'hôtel de la rue Chalgrin, alors qu'il faisait encore grand jour. Comme tout y était sens dessus dessous, ainsi que cela arrive dans un départ précipité, Françoise se fit un lit dans la pièce qui précédait la chambre d'André, où rien n'avait été dérangé.

Et puis, c'était une mesure de précaution que conseillait Vincent qui, à tout hasard, préférait que la chambre d'André fût gardée jusqu'au jour où il y aurait fait une perquisition, ce qu'il se promettait de faire le lendemain matin. La vieille Françoise installée, Vincent lui dit qu'il reviendrait le lendemain de bonne heure, et il reprit sa voiture pour rentrer chez lui.

Plus calme il se coucha fatigué de l'interminable journée, et résuma tout ce qui était fait :

D'abord André Berry était mort pour le monde ; cela

était un fait constaté, enregistré sur les listes de l'état civil.

Un bandit, connu sous le nom de Raoul et de l'abbé Poulard, avait assassiné Mme Mazel, et cet homme allait être obligé d'en faire l'aveu. Cette déclaration serait faite devant témoins, à l'étranger, et, constatée, elle permettrait la réhabilitation du père Cornille Lebrun.

Le misérable était libre selon la volonté d'un martyr ; le testament du condamné se trouvait être exécuté fidèlement.

Ce qu'il allait tirer de la vente des bijoux, des meubles, et les restitutions qu'il comptait arracher le lendemain au misérable lui permettraient de rembourser Eugénie Herval et Panafieu.

C'est sur ce résultat tant désiré et qu'il croyait enfin avoir atteint, que Vincent Lebrun, harassé de fatigue, s'endormit.

C'est assez souvent ainsi qu'à l'heure où nous sommes le plus menacés, notre quiétude est extrême. Le brave garçon croyait que tout était sauvé, et, cette nuit même, tout était perdu.

IX

UNE LETTRE, UN COUVENT, UN MYSTÈRE

Le surlendemain, Vincent recevait de son frère une lettre qui l'assurait du calme revenu chez Marguerite, et dont nous détacherons ce passage tout entier, qui nous décrit un lieu dans lequel se passera bientôt une scène capitale de notre histoire, lettre que Vincent lut avec le plus grand intérêt.

« Lorsque l'heure arriva de faire ma malle longtemps je me consultai pour savoir si je ne ferais pas bien d'y glisser, avec mes chemises, quelques pantalons de nankin et mon caleçon de bain.

« Je me disais :

« La température parisienne est toute printanière ;
plus je descendrai vers le Midi, plus je suis assuré de
me chauffer aux rayons de l'astre chanté par de Pom-
pignan.

« Et, tout joyeux, je grimpai dans le wagon de la ligne
de Lyon.

« Lorsque l'employé cria :

« Dijon !

« Je descendis confiant, le gilet déboutonné.

« Cristi ! j'en frémis encore !

« Des milliers de franges de glace pendaient au bord
de la toiture.

« Les vitres étaient toutes ciselées.

« Deux secondes et mon nez devint violet, mes doigts
s'engourdirent, mes dents s'entrechoquèrent, et c'est à
peine si je pus articuler cette phrase à un employé :

« — Pardon, monsieur, n'ai-je pas pris le train pour
Saint-Pétersbourg ?

« — Belfort, en voiture, Belfort !

« Oh ! comme je grimpai vite ! C'est sous cette haleine
glaciale que je continuai ma route, et que, cinq heures
après, en carriole découverte... brou !... brou !... j'arrivai à Chaux-les-Passavant, au couvent des trappistes de
la...

« L'abbaye, bâtie sur la rive d'une petite rivière, au
fond d'une immense impasse, enfermée dans un cercle de
rochers hauts de plus de cinquante mètres, a beaucoup
plus l'allure d'une ferme pleine d'activité que d'une association religieuse, ayant fait vœu de silence.

« Dom Gérard, le prieur du couvent, se chargea
complaisamment de nous conduire.

« Alors, nous visitâmes successivement deux moulins
superbes, construits sur les modèles des moulins d'Her-
blay ;

« Une scierie mécanique qui ne compte pas moins de vingt lames ;

« Une distillerie où se fabrique cette fameuse Chartreuse nommé Trappistine.

« Les différents ateliers ne travaillent que pour les particuliers.

« Dom Gérard avoua que les meuniers des environs étaient jaloux et mécontents du couvent.

« Avouons qu'il y a bien de quoi.

« Les moulins rapportent au monastère comme une centaine de mille francs.

« La scierie travaille dans les mêmes proportions.

« La trappistine rapporte à elle seule plus que les deux autres, et les bons moines, ayant fait vœu de *pauvreté*, distribuent ces sommes au frère trésorier qui les engloutit dans le trésor du couvent.

« Pauvres malheureux moines !... La règle du couvent les oblige à ne rien consommer du dehors. Ils ont des moutons, avec la laine desquels ils tissent l'étoffe de leurs longues robes blanches ou grises.

« L'ordre défend toutes espèces de viandes, même le poisson, et les malheureux sont encore obligés de vendre leurs bestiaux et leurs pêches.

« L'unique repas de la communauté n'est composé que de légumes cuits dans l'huile ou dans l'eau, selon le jour gras ou maigre.

« Comme je fis la grimace en entendant ce menu, dom Gérard me dit, montrant son obésité naissante :

« — Eh bien ! vous voyez qu'on ne s'en porte pas plus mal.

« En effet, l'œil un peu enfoncé sous l'arcade sourcilière, mais vif et brillant ; les lèvres riantes et lippues, la face grassouillette et rose, dom Gérard est loin de donner une idée triste des coutumes de l'ordre.

« Il éclata de rire lorsque je lui demandai si les moines

ne consacraient pas quelques heures chaque jour au creu-
sage de leur fosse, et s'ils ne devaient pas, chaque fois
qu'ils se coudoyaient, se saluer de ces mots :

« — Frère, il faut mourir !

« — Pour parler parisien, me dit dom Gérard, c'est
une charge.

« Il est défendu aux frères de parler à qui que ce soit ;
la devise du couvent est : Silence !

« Nous arrivons dans une grande salle blanchie à la
chaux, entourée de barres de bois où l'on lit, de place en
place, le nom de chaque frère.

« Au fond trois grands fauteuils de chêne pour les su-
périeurs.

« — C'est ici que se tient le chapitre, continua dom
Gérard, chaque frère doit se confesser ici au frère supérieur des péchés qu'il a commis la veille.

« Une illusion détruite.

« La cellule meublée d'une tête de mort et d'une natte
est encore une charge.

« Les frères dorment dans de longs dortoirs, chaque lit
est fermé par des rideaux tendus.

« Le sommeil est divisé en deux parties.

« A minuit, les trappistes se lèvent et vont prier.

« Quoique le révérend dom Gérard m'ait assuré que la
prière est la première loi de la Trappe, je n'ai pu voir,
pendant les trois heures que je suis resté au couvent,
aucun moine se rendre à la chapelle.

« Chapelle fort simple, sans sculptures, entourée de
deux rangées de stalles et séparée par une grille de celle
des moines convers.

« De la chapelle, nous nous rendîmes au cimetière en
passant devant les écuries et les granges, dont une forte
partie vient a être incendiée.

« Les trappistes s'expliquent le sinistre, en assurant
que l'incendie fut allumé par les meuniers jaloux.

« Le cimetière enfin.

« Il est simple, pas de monuments, un monticule de terre et une croix de bois sur laquelle est une épitaphe latine, disant le nom de religion, l'âge et le nombre d'années de professorat.

« Lorsqu'un frère agonise, tous les trappistes entourent son lit, en récitant à voix basse les recommandations.

« Dès qu'il est mort, le corps est porté dans la chapelle, où, pendant vingt-quatre heures, deux frères font près de lui la veillée des morts.

« Enfin, dans son habit de religieux, sans cercueil, il est descendu dans la fosse, profonde de trois mètres.

« *De profundis.*

. . . .

« Quand, au sortir du monastère, j'ai voulu résumer dans mon cerveau ce que je venais de voir, je n'ai trouvé que trois mots :

« Quelle riche manufacture !

« Mais j'avais une consolation à ma désillusion, c'est que j'ai trouvé ce que nous cherchons ; là, mon cher, nous trouverons l'homme nécessaire.

« Nous allons rester avec Marguerite quelques jours aux eaux de Guyon. Écris-moi donc à cette adresse. »

En lisant cette phrase mystérieuse, Vincent dit :

— Allons, maintenant tout va bien.

Le lecteur saura bientôt le but de la visite de Charles Lebrun au monastère des Trappistes, et comprendra l'assurance qu'avait Vincent Lebrun.

Au reste, depuis le départ de son frère, ce dernier n'avait pas perdu une minute ; il avait avant l'arrivée du notaire fait une perquisition chez son beau-frère, il avait trouvé des valeurs qui devaient permettre de rembourser ceux qui ne réclamaient plus que l'argent qu'ils avaient perdu ; il avait trouvé également des bijoux ayant appartenu à Mme Mazel, et c'était là une trouvaille importante et qui devait servir à établir l'erreur judiciaire dont le malheureux·Cornille Lebrun avait été la victime.

Vincent avait emporté chez lui les valeurs et les bijoux.

Le lendemain, lors de l'inventaire devant le notaire, on avait trouvé bien au delà de ce qu'on supposait.

Ainsi ce n'était pas le besoin, l'obligation de soutenir sa maison qui faisait du misérable un criminel; non, c'était l'horrible nature de cet individu.

L'inventaire légal, disons-nous, avait été fait, la vente était fixée, et aux quatre coins de l'hôtel des affiches en annonçaient la date. Une fois ces formalités terminées et la situation liquidée, Vincent réunirait en conseil ceux qui avaient souffert d'André Berry et, après l'avoir confondu, il devait lui imposer ce qu'il avait décidé.

Vincent avait reçu la lettre de son frère, il pensait à tout ce qu'il avait fait déjà et à ce qui lui restait à faire, lorsqu'on sonna à sa porte.

Nous avons dit que Vincent avait placé dans l'hôtel de la rue Chalgrin sa vieille gouvernante Françoise, il alla donc ouvrir lui-même au matinal visiteur.

C'était la vieille Françoise. En la voyant, Vincent ne put retenir un cri d'étonnement.

— Vous, Françoise !... Mais dans quel état êtes-vous?

La vieille femme ferma la porte et suivit son maître dans le salon.

Françoise était haletante. Vincent avait raison de s'étonner de sa mise, car la pauvre vieille, ordinairement « tirée à quatre épingles », selon son expression, était ce jour-là dans un débraillé étonnant; les cheveux ébouriffés portaient sur le côté un bonnet à rubans, le corsage de la robe était à moitié agrafé, le châle flottait sa pointe sur le côté. Mais la toilette n'était rien, c'est la tête qu'il fallait voir, les mèches vagabondes des cheveux gris pendaient sur le front plissé, les yeux étaient extravagamment ouverts, les lèvres tremblaient, et c'est vainement que la pauvre vieille, qui s'était plutôt affaissée qu'assise sur un fauteuil, cherchait à répondre à la question de son maître étonné.

— Mais que se passe-t-il donc, ma pauvre Françoise ?

— Seigneur Dieu ! monsieur Vincent, dit la vieille femme d'une voix entrecoupée, si je suis encore vivante, je ne sais pas comment... Oh ! voyez-vous, ces morts-là, le bon Dieu ne les pardonne pas.

Vincent regarda attentivement la vieille Françoise. Que voulait-elle dire ? Avait-elle appris la terrible histoire du cadavre ? Il demanda inquiet :

— Expliquez-vous, Françoise, que voulez-vous dire ? Quelle mort ?

— Monsieur Vincent, pour mon pesant en or, je ne retournerais pas dans la maison là-bas...

— Pourquoi ?

— Cette nuit, monsieur Vincent, j'ai vu le revenant !

— Le revenant ?

— Comme je vous vois. Vers minuit, j'étais couchée, j'entends du bruit comme des portes qu'on ouvre ; je me lève, — vous savez que vous aviez fermé la porte de la chambre de M. André, — il me sembla que, par la serrure de cette chambre, je voyais de la lumière. Je me dis : c'est drôle : je vais regarder par le trou de la serrure, et...

— Et ? demanda Vincent, tremblant d'inquiétude.

— Et, sur ma part de paradis, je vous le jure, je vis M. André, comme je vous vois là... Oh ! ce n'était pas lui, je le sais bien, c'était son fantôme ; mais vous auriez juré qu'il était en chair et en os, comme vous et moi... Il avait l'air de fouiller dans les papiers ; il était pâle, pâle, voyez-vous. C'était à ça qu'on voyait que c'était un esprit.

— Et que fîtes-vous ? interrogea vivement Vincent.

— Moi, Seigneur ! je me suis signée. On dit chez nous

que ça chasse les esprits ; mais il n'est pas parti, au contraire, il s'est tourné du côté de la porte, venant sur moi ; alors...

— Alors !... Dites vite, Françoise... Parlez donc !

— Dame ! monsieur, je ne sais plus ce qui s'est passé, la peur m'a saisie. Vous pensez, un fantôme !... J'ai répété un *Ave* pour chasser l'esprit ; mais il marchait toujours. Il m'a semblé même que son regard me voyait derrière la porte et j'ai perdu connaissance, je suis tombée sur le tapis.

— Il est venu vers vous ? demanda anxieusement Vincent.

— Ah ! je ne sais plus, je vous dis, j'ai perdu connaissance. C'est seulement ce matin que je me suis réveillée, toute transie de froid ; je ne me souvenais plus de rien d'abord, puis peu à peu ça m'est revenu... Alors j'ai regardé s'il n'y avait pas quelque chose de dérangé dans les chambres, rien ! Et si je ne l'avais pas vu de mes yeux, vu comme je vous vois, je croirais que j'ai rêvé.

— C'est ce qui vous est arrivé, ma bonne Françoise, dit Vincent. Le malheur vous avait impressionnée ; vous étant couchée avec cette pensée qui ne vous quitte pas, le rêve et le cauchemar auront produit cette hallucination.

— Monsieur Vincent, je ne sais pas si c'est ça ; mais ce que je sais, c'est que je vivrais cent ans, ça restera là ! Je me moquais des revenants, des fantômes. Oh ! mais maintenant, Jésus-Marie ! dit la vieille femme en se signant, je n'en rirai plus ; mais je n'aurais jamais cru que c'était ainsi. Si ce n'est sa pâleur et qu'il paraissait un peu plus maigre, vous auriez cru que c'était feu M. André en chair et en os.

— C'est une hallucination.

— Mais, je me suis levée !

— Cela arrive quelquefois, un accès de somnambulisme.

— Mais, monsieur Vincent, vous me croirez si vous voulez, ce matin, dans la chambre, ça sentait le soufre, la fumée, comme un goût de tabac.

Vincent se mordillait les moustaches ; ces détails donnés par la vieille servante l'inquiétaient.

En tout cas, il fallait à tout prix qu'elle restât dans sa croyance, et il lui dit :

— Ma bonne Françoise, je suis un peu sceptique. Cependant devant vos affirmations, je n'ose nier. C'est étrange... Et, puisqu'il en est ainsi, vous resterez ici, et je mettrai un homme là-bas.

— Oh ! merci, monsieur Vincent, si j'y retournais, ce serait pour mourir.

— Non, Françoise, vous resterez ici avec moi, et vous préparerez tout pour mon prochain départ... Je vais en voyage.

— Monsieur va probablement rejoindre Mme Berry ?

— Oui, et je vous emmènerai pour rester près d'elle.

— Oh ! merci, monsieur.

— Seulement, Françoise, j'ai une recommandation sérieuse à vous faire. C'est assez du malheur qui vient de nous frapper, sans en renouveler sans cesse le souvenir. Je vous prie de ne conter à personne l'histoire de cette nuit.

— Oh ! non, monsieur.

— Vous entendez, Françoise, j'y tiens absolument, à personne un mot.

— Oh ! non, monsieur Vincent. Je vous comprends bien ; les mauvaises langues ne manqueraient pas de dire que, s'il revient ainsi, c'est qu'il est mort en état de péché mortel.

Malgré la gravité de la situation, Vincent eut quelque peine à dissimuler le sourire que cette naïve sottise fit naître.

Quand Françoise l'eut laissé seul, penchant la tête, il pensait :

— Il y a là-dessous quelque chose de nouveau... Qu'est-ce que cela veut dire? Est-ce un cauchemar de cette vieille affolée? Il n'est pas probable qu'André se soit sauvé ; et il est moins probable encore qu'il ose, lui qui ignore si sa femme n'est pas informée de ce qu'il est, si la justice n'est pas saisie de son affaire, par contumace, pour réhabiliter notre père. Il n'est pas probable qu'il ose retourner à l'hôtel de la rue Chalgrin.

Énumérant un à un les motifs qui devaient empêcher le misérable de faire une semblable visite, Vincent se rassurait, et il se dit avec calme :

— C'est un cauchemar de cette pauvre vieille. Elle se sera débattue dans le lit qu'elle se faisait sur le canapé ; elle aura roulé par terre, et, s'éveillant gelée au matin, elle aura cru à ce qu'elle avait rêvé.

A ce moment un violent coup de sonnette fit sursauter le jeune homme.

— Qu'est-ce cela? dit-il.

La vieille Françoise parut bientôt et dit :

— C'est M. Panafieu qui veut vous parler tout de suite ; il a l'air tout sens dessus dessous.

— Faites entrer, vite, et laissez-nous.

Panafieu entra presque aussitôt, en effet; sa figure était toute bouleversée.

Dès que la porte fut fermée, Vincent lui demanda avec inquiétude :

— Eh bien! qu'y a-t-il?

— Ah! un malheur, une fatalité !

— C'est donc vrai! exclama Vincent.

— Le savez-vous déjà? dit Panafieu étonné.

— André s'est sauvé !

— Oui! mais comment le savez-vous? demanda l'amant de Lise tout stupéfait.

— Cette nuit, il est rentré chez lui.

On juge facilement de l'étonnement de Panafieu à cette nouvelle.

Raoul de la Havertière avait osé rentrer chez lui.

Le misérable n'avait donc pas conscience de ses crimes, ou il s'apprêtait à en commettre d'autres.

En quelques mots, sur la demande de Vincent, Panafieu raconta que le matin même il avait appris la fuite du misérable, qui remontait à la veille.

Il était à la campagne lorsque Ladèche était venu pour lui annoncer l'évasion.

On l'avait vainement cherché toute la journée ; revenu le matin même, il venait aussitôt en informer Vincent.

Il lui raconta ce que lui avait dit Ladèche : feignant d'être malade, André avait demandé à ses deux gardiens de le laisser seul dans la chambre pour dormir ; ceux-ci, qui ignoraient qu'il existait une autre porte que celle qui communiquait à la pièce où ils étaient, avaient cédé à sa demande.

André, alors, avait gagné l'étage supérieur, puis était redescendu sans bruit jusqu'aux caves ; là, il avait trouvé le cellier où l'on mettait jadis le bois, et il s'était sauvé par le soupirail, très large, de là par le jardin.

De Taille, Ladèche et surtout le chien avaient suivi ses traces le lendemain jusqu'à la barrière de Vincennes.

Le chien s'était obstinément arrêté au restaurant de la Tournelle, ils étaient entrés, s'étaient informés et avaient appris qu'effectivement le matin, à l'ouverture de la boutique, un monsieur était entré, s'était fait servir à déjeuner, un déjeuner copieux, — par la qualité du vin surtout, — car il avait fait une addition de vingt-huit francs ; il avait envoyé chercher une voiture, et pour payer avait changé un billet de mille francs.

— Un billet de mille francs ! Vous lui avez donc laissé de l'argent ? dit Vincent.

— J'ai fait la même question ; mais les deux gaillards étaient furieux après eux, car je leur avais donné ce qu'ils trouveraient sur le prisonnier.

— Eh bien ! ajouta Vincent, la première chose faite par lui a été de rentrer chez lui.

— Mais votre sœur ?

— Heureusement que j'avais pris des précautions contre toutes éventualités. Ma sœur était en voyage depuis trois jours, les gens étaient renvoyés, et ma vieille bonne seule était gardienne de la maison.

— Alors, elle l'a revu ?

— Non.

— Comment cela ?

Vincent raconta à Panafieu ce qui était arrivé.

André avait attendu la nuit pour pouvoir rentrer chez lui. Ayant la connaissance parfaite des lieux, il avait pris son chemin ordinaire, la porte dérobée qui donnait sur ses appartements.

Ce que Vincent ne s'expliquait pas, c'est le moyen par lequel il était rentré, car le trousseau de clés qui avait été trouvé sur lui, lors de l'enlèvement, avait été remis aux deux frères.

André entra dans sa chambre ; la vieille servante qui couchait à côté, voyant par les interstices de la porte filtrer la lumière qu'il avait allumée, s'était levée étonnée et avait, toute tremblante, été regarder par le trou de la serrure.

Voyant debout, devant son armoire, celui qu'elle savait mort et enterré depuis quatre jours, elle le prit pour un revenant, pour un fantôme de celui qu'elle connaissait, et, heureusement, elle avait perdu connaissance.

André n'avait pu lui parler. Quand la pauvre Françoise était revenue à elle, il était parti, et la brave femme assurait que la chambre dans laquelle il avait été sentait le soufre et la fumée ; la superstition de Françoise servait donc heureusement leur cause.

— Il n'y a pas une minute à perdre, dit Vincent ; il faut que nous le retrouvions immédiatement. Vos deux hommes vont nous servir.

— Avant tout, fit Panafieu, allons à l'hôtel de la rue Chalgrin ; voyons ce qu'il a fait.

— Je voulais m'y rendre au moment où vous êtes arrivé. Il doit avoir dérobé quelque chose.

— En tout cas, il est nécessaire de placer quelqu'un là, car il peut revenir.

— Vous avez raison.

— Nous avons l'homme, l'Alsacien qui était à Montreuil et qui le connaît. Il est fort, et s'il venait nous pouvons être certains qu'il ne sortirait pas.

L'idée de Panafieu fut acceptée. On envoya chercher Strann, lui ordonnant de se rendre rue Chalgrin, et les deux hommes s'y rendirent immédiatement.

Arrivés à l'hôtel, ils inspectèrent les portes : toutes étaient en bon état et avaient dû être ouvertes avec la clé ; dans la chambre, le meuble n'était pas forcé. Un petit coffret avait disparu, celui qui contenait les boucles d'oreilles de brillant qu'on supposait avoir appartenu à la dame Mazel ; elles représentaient une valeur d'environ vingt à vingt-cinq mille francs. C'est sur l'ordre de Vincent que ces bijoux n'avaient pas été compris dans l'inventaire, et par conséquent n'avaient pas été, avec les valeurs, déposés chez le notaire.

Le soir même, l'Alsacien Strann était gardien de l'hôtel, et Panafieu et Vincent, en sortant, avaient fait appeler Ladèche et De Taille pour commencer leurs recherches.

X

LES MORTS REVIENNENT

Nous avons laissé André Berry sur la route de Vincennes ; nous avons su depuis, par le rapport de Ladèche, qu'il avait passé la nuit à errer, et que le matin il avait été déjeuner au restaurant de la Tourelle ; là il avait changé un billet de mille francs ; le lecteur sait comment ce billet avait échappé aux fouilles des deux gardiens. André l'avait caché dans un gant, et pendant qu'on le fouillait, il était resté ganté.

Pour attendre huit à neuf heures du matin, heure à laquelle il pouvait entrer dans un restaurant déjeuner, André avait été se promener dans le bois de Vincennes ; il avait fait sa toilette près d'une source, puis, calme, le front rafraîchi, il avait pensé à sa situation.

Il était tranquille, parce qu'il était certain qu'il n'était pas poursuivi ; les frères Lebrun ne pouvaient pas le livrer à la justice. En cherchant à réhabiliter une mémoire (qu'il croyait oubliée), ils perdaient leur sœur qu'ils adoraient, ils perdaient leur petit neveu qui était leur plus grande affection.

A aucun prix ils ne le livreraient à la justice, le misérable le sentait bien.

Ceux qui étaient venus avec eux l'accuser dans la prison de Montreuil devaient avoir été payés pour se taire ; l'honneur de la famille, une fois frappé déjà, le voulait ainsi, et le misérable connaissait à fond la généreuse nature des deux frères.

Il était donc tranquille, certain de n'avoir rien à craindre de la police.

Il n'en était pas de même de la famille.

L'ennemi était là...

Dès qu'on s'était aperçu de sa fuite, les deux frères avaient dû être prévenus et l'on avait dû lancer les deux coquins qui le gardaient à sa poursuite.

Ceux-là n'étaient pas redoutables en plein jour; ils avaient pu l'enlever nuitamment rue Aumaire, mais ce rapt n'était plus possible à cette heure.

Ayant ainsi pensé, c'est-à-dire s'étant donné l'assurance de sa conservation, André se dirigea par la grande route, recherchant surtout les endroits fréquentés, afin que, si ceux qui le cherchaient le rencontraient, il se trouvât à l'abri de leur tentative.

Une chose cependant lui battait douloureusement le cerveau, c'était la pensée de sa femme et de son fils. André aimait sa femme! André aimait son fils! et ce qui l'effrayait, c'était la révélation que les deux frères avaient dû faire à la malheureuse Marguerite.

Il se représentait l'horrible scène; il comprenait l'immense douleur qu'avait dû ressentir la pauvre enfant en apprenant qu'elle était la femme d'un meurtrier; de celui qui avait fait ignominieusement mourir son père, que son enfant était le fils d'un assassin!...

Dans cet amas de vices, de honte, d'infamie, un sentiment vivait pur, une double affection occupait encore une place : l'amour de sa femme et de son enfant.

Qu'avait-on fait? Qu'avait-on dit pour expliquer son absence? Il avait hâte de le savoir. Les deux frères Lebrun avaient probablement été habiter avec leur sœur, surtout en apprenant sa fuite, et André voulait à tout prix aller autour de l'hôtel; il avait besoin de se renseigner, bravant tout, mais décidé à ne pas se laisser surprendre.

Ayant pris une résolution, il descendit vers Paris, et entra déjeuner à la Tourelle. On le prit, en le voyant se faire servir un copieux déjeuner aussi matin, en voyant sa figure défaite, son linge fané, pour un invité revenant d'une noce bourgeoise dont le maigre dîner et le bal de nuit avaient creusé l'estomac. Il demanda une voiture et se fit conduire boulevard Malesherbes.

La voiture s'arrêta presque en face le parc Monceaux. André descendit, paya le cocher et remonta à pied quelques maisons plus loin, il entra dans une splendide maison dont le premier étage seulement était entièrement achevé ; les travaux avaient été suspendus ou abandonnés, et la maison n'avait pas de concierge. Il entra par le chantier qui formait cour derrière la maison, sauta par une fenêtre située dans ce qui devait être la loge du portier., ouvrit la porte et se trouva au pied de l'escalier qu'il monta jusqu'au premier étage dans un appartement non achevé, ouvert à tous les vents ; il entra et prit dans une armoire une petite clef cachée dans un coin obscur. Il revint alors sur le palier avec cette clef ouvrir la porte et entra dans un appartement charmant ; la porte refermée, il entra dans la chambre, et tombant dans un fauteuil, il dit :

— Me voici encore une fois chez moi !...

Mais il se releva tout d'un coup en ajoutant :

— Prenons toujours nos précautions, car je pourrais avoir été filé.

En disant ces mots, il ouvrit sa table de nuit et en tira un revolver dont il retira la baguette de sûreté et inspecta les cartouches.

— Et je casserai la tête au premier qui mettra la main sur moi... quel qu'il soit !

Il plaça le revolver sur sa table et, se déshabillant, il procéda à une toilette minutieuse, tira des meubles et des armoires .inge et vêtements. Moins d'une heure après (ayant glissé dans sa poche le petit revolver), vêtu comme un parfait gandin, ganté, parfumé, André faisait avec sa canne signe à un cocher d'avancer sa voiture, un coupé de remise. Il y monta et assis sur les coussins, allumant un cigare, il dit entre deux bouffées de fumée :

— Au bois !

Le cocher partit aussitôt. Vingt minutes après, la voiture passait devant l'hôtel de la rue Chalgrin. Caché derrière le store baissé, André regardait, surpris de voir aux quatre coins de l'hôtel les affiches jaunes. Il dit au cocher d'aller lire ce que c'était ; quand le cocher revint il lui dit :

— Monsieur, c'est le mobilier de l'hôtel qu'on vend après décès.

— Après décès ! répéta André dont une sueur froide couvrit le front.

La voiture était arrêtée sur un des côtés de l'avenue de l'Impératrice ; le cocher allait remonter sur son siège, André lui dit :

— Retournez, je vous prie, et informez-vous du nom de la personne décédée.

Le misérable tremblait pendant que le cocher remplissait ses ordres. Était-il donc puni cette fois dans les seules affections qui vivaient en lui ! Sa femme, son fils, étaient-ils morts ? Est-ce qu'à la suite de la révélation de ses frères, la malheureuse Marguerite se serait tuée ? Avait-il encore là commis un crime nouveau ? Et à cause de lui sa femme était-elle morte ? Il attendait, anxieux, le cocher trop long à revenir à son gré. Lorsqu'il revint, il lui demanda :

— Eh bien ?

— Eh bien ! monsieur, c'est le bourgeois de la maison qui a été tué dans un duel, il y a une huitaine de jours.

— Que me dites-vous là ? fit André stupéfait.

— Je vous dis ce qu'on vient de me dire à l'instant.

— Vous a-t-on dit le nom de la personne décédée ?

— Oui , monsieur ; c'était un boursier qui faisait de grandes affaires, un nommé André Berry.

— Je sais, fit Berry en se jetant dans le fond de la voiture, allez !

— Le tour du lac ?

— Non, par le bois, du côté de Madrid.

— Bien, monsieur, fit le cocher, qui remonta sur son siège et fouetta ses chevaux.

On juge facilement de la stupéfaction du misérable. Que signifiait cette histoire, et comment, en l'absence de l'individu, avait-on pu déclarer son décès ? La situation semblait singulière à André; par cela dangereuse. Il redoutait surtout l'inconnu et n'osait s'y lancer. Il résolut donc de s'informer avant de reparaître.

Les faits acquis l'épouvantaient. Il réfléchissait, le bras accoudé sur la portière, le menton dans les mains. Lorsqu'il vit le cocher repasser devant la rue Chalgrin, il sortit tout d'un coup de ses pensées :

— Il faut que cela s'éclaircisse. Cocher, conduisez-moi avenue de la Grande-Armée.

Quelques minutes après, André, ayant payé son cocher, remontait à pied la côte de la barrière de Neuilly. Avisant sur le trottoir un jeune homme au teint hâve, à l'œil malin, aux vêtements élimés, un de ces individus auxquels on ne peut attribuer un métier, mais duquel on dit : c'est un Parisien, André s'avança vers lui et dit :

— Vous plairait-il de gagner un louis en vingt minutes ?

Celui auquel il s'adressait tendit la tête en avant, gardant ses mains dans ses poches, se posa devant lui et le regarda, en disant d'une voix traînante :

— Que qui faudra faire pour ça ?

— Peu de chose !

— Peu de chose ! Je le sais bien, pardi ! vous n'allez pas me faire faire la colonne ; mais encore faudrait savoir avant de dire : oui.

André regarda autour de lui et, voyant un petit café

borgne dans lequel allaient les domestiques des environs, le désigna au voyou, et lui dit :

— Vous plairait-il d'accepter quelque chose là ?

— Ça, ça ne se refuse jamais, d'autant que j'ai la dalle en feu, et que ça gratte.

André entra suivi de son individu, il demanda un verre de chartreuse, le Parisien commanda :

— Un mazag..., dans un grand verre... Puis s'accoudant sur la table, il dit : On vous écoute, notre bourgeois.

— Ce que je vous demande est fort peu de chose.

— On dit toujours ça ! Allez-y donc tout de même, on s'entendra pour le prix après.

— Vous allez vous rendre rue Chalgrin, c'est là...

— Connu, continuez.

— Il y a un petit hôtel sur lequel sont collées des affiches annonçant la vente du mobilier après le décès du locataire de l'hôtel, M. André Berry. J'ai besoin de savoi comment est morte cette personne.

— Bien ! Et puis ?

— C'est tout.

— C'est tout ! fit le voyou étonné, tiens, je m'attendais à autre chose... Ça, c'est faisable dans ce prix. Si monsieur est content, on aura un petit pourboire ?

— Comptez sur moi. Entendons-nous : Voici les questions auxquelles il me faut des réponses catégoriques.

— Allez, fit le Parisien déchirant un coin de journal et s'apprêtant à écrire sous la dictée avec un crayon dont il passait la mine sur sa langue.

— Voici, dit André : 1° Où, comment et par qui a été tué André Berry ? Où est-il inhumé ?

— Inhumé... enterré, quoi, c'est des mots, ça.

— Oui. 2° L'hôtel est-il encore habité par sa femme et son fils ? Sinon, que sont-ils devenus ?

— Très-bien, c'est entendu.

— Et ce qu'on pensait du défunt ?

— C'est tout ?

— C'est tout.

— Dans un petit quart d'heure on sera là ; préparez le jaunet. Vous savez, je ne serai pas humilié s'il fait des petits.

Il but son mazag... et partit.

Moins de vingt minutes après il était de retour.

Il s'attabla et dit :

— On a votre affaire, préparez-vous à éclairer.

— Dites vite ! dit André anxieux.

— Voici la chose : 1° André Berry, qui était un tripoteur de Bourse chançard, menait une vie de polichinelle, vous savez, de la cocotte en veux-tu en voilà, ce qui ne l'empêchait pas d'adorer sa bourgeoise et son gosse, qui le lui rendaient bien, paraît-il. Voilà pour le bonhomme, donc il est regretté.

— Après.

— Nous y sommes. On ne sait pas pour quel motif il s'est battu. Il y a dix jours, il a découché ; la petite mère, le lendemain, était aux cent coups, lorsque le soir son frère est venu lui apprendre la nouvelle que l'autre avait été tué la veille... Mais, c'est l'histoire qu'on raconte : Il paraît que la veille, c'est que le boursier avait fait de mauvaises affaires à la Bourse et qu'il s'est fait sauter le caisson. On l'a trouvé à la Morgue.

— A la Morgue, à Paris?

— A Paris.

— L'enterrement a eu lieu?

— Oui. Seulement pour ne pas tout à fait abîmer cette pauvre femme, on a porté le corps chez les frères de la veuve. Elle a seulement été le voir.

— Elle a été le voir ?

— Oui, la veille de l'inhumation, comme vous dites.

— Elle l'a vu? répéta André stupéfait, se parlant à lui-même, tandis que son commissionnaire continuait

— On l'a donc fourré dans un caveau de famille, un caveau superbe; m'a dit le voisin qui était au convoi... Il paraît que ç'a été très riche.

— Ah! fit André comme hébété.

— Le soir, les frères de la veuve sont venus la chercher, et ils l'ont emmenée en voyage avec le môme. On vend dans huit jours, et la maison est gardée par une vieille bonne; voilà. Maintenant, si monsieur est content... J'observerai au bourgeois que j'ai dansé d'un litre et d'une pièce de vingt ronds pour faire babiller les gens.

— Tenez, fit André en lui donnant deux louis.

— Merci, bourgeois! dit le voyou joyeusement; si vous avez besoin de moi, à une autre fois; vous savez mon adresse, tout le temps entre l'Arc de Triomphe et la barrière; du reste, chez le premier mastroquet venu, vous pouvez demander l'amant de la belle Anglaise; nous sommes connus.

André, étourdi de ce qu'il venait d'apprendre, regagnait le boulevard Malesherbes, cherchant vainement l'explication de ce qui se passait.

Il allait y arriver lorsque, se ravisant, il prit une voiture et se fit conduire au Père-Lachaise. André connaissait l'emplacement du caveau de la famille Lebrun; il s'y rendit, et ce n'est pas sans une certaine impression qu'il lut sur un marbre, qu'on venait de graver, l'inscription suivante :

« Ici repose André Berry, décédé le 5 juin 18.., à l'âge de 34 ans. — Regretté de sa veuve, de son fils et de toute sa famille. — *De profundis !* »

Secouant la tête, les bras croisés, le menton dans une de ses mains, André dit :

— Que signifie toute cette comédie? Marguerite est-elle de bonne foi? Je pourrais démolir tout cela en me présentant, et que répondraient-ils à la justice?

André revenait en pensant ainsi. Il était sorti du cimetière, et d'où il était, il vit la grande place de la Roquette. Il pâlit, et la réponse vint sur ses lèvres.

— Ils liraient : oui, c'est André Berry; il n'est pas mort, emparez-vous de lui, c'est l'assassin d'Adèle Mazel, pour lequel notre père a été exécuté, c'est l'assassin!

Il se blottit dans l'angle de sa voiture et se fit conduire chez lui.

—Ainsi, c'est entendu, pensait-il, André Berry est mort. Au fait! cela vaut mieux, il n'y a plus de coupable, c'est un homme nouveau qui va vivre. Sans jugement, j'ai été exécuté... Donc, les Lebrun n'ont plus rien à me réclamer, ajouta-t-il en souriant. Que dois-je faire maintenant? Je n'ai presque rien au boulevard Malesherbes ; je ne puis rester sans argent? Suis-je sot! La vente de ce qui m'appartient n'est pas faite, et j'ai bien le droit, ce soir, d'y aller reprendre le nécessaire. La maison est vide, j'ai des clefs; c'est simple comme tout. Si je peux trouver suffisamment, je quitte Paris où je risque de me trouver nez à nez avec une ancienne connaissance. A Lyon, on connaît Raoul de la Havertière; eh bien! c'est lui qui va vivre maintenant. J'ai chez moi les papiers nécessaires. Je vais faire porter mes malles au chemin de fer; je fais porter les meubles à l'hôtel des ventes; je réalise ce soir, si je peux les retrouver en place, les brillants. Depuis cinq ans, cela est oublié, et je peux facilement les vendre, et j'ai plus qu'il ne me faut.

André bâtissait son plan, lorsque le cocher ouvrit la portière et lui dit :

— Nous sommes arrivés, bourgeois.

Il paya, rentra chez lui, fit ce qu'il avait décidé, c'est-à-dire alla chercher un commissionnaire qui amena bientôt une voiture de déménagement; les meubles, le linge, furent portés à l'hôtel de la rue Drouot, les malles vivement faites furent envoyées au chemin de fer de Lyon, et mises à la consigne jusqu'au lendemain matin.

Revêtu d'un costume de voyage, André attendit la nuit.

Vers huit heures, il alla dîner ; il prit ensuite une voiture et se fit promener jusqu'à minuit dans l'avenue de l'Impératrice et le bois de Boulogne.

Ayant vu enfin disparaître la lumière de la vieille femme qu'il savait garder la maison, il fit attendre sa voiture au coin de l'avenue et rentra chez lui par la petite porte qu'il prenait habituellement. La bougie qui lui servait était encore à sa place, il l'alluma et monta chez lui.

Rien n'avait été dérangé, il ouvrit le meuble dans lequel il serrait ses valeurs. Ainsi qu'il l'avait supposé, tout avait été enlevé. Il ouvrit un petit tiroir secret et trouva un petit coffret ; les boucles d'oreilles y étaient encore, il respira.

Il prenait les papiers qui lui étaient utiles, lorsqu'il lui sembla entendre du bruit derrière lui : il plaça les papiers sur le bureau, prit d'une main la bougie, de l'autre il fouilla dans sa poche, en tira le revolver qu'il avait pris chez lui le matin, et il se dirigea vers la porte, décidé à brûler la cervelle à ceux qui voudraient s'emparer de lui.

Il ouvrit la porte et vit tomber à ses pieds la vieille Françoise ; abaissant la lumière, il la reconnut.

La vieille femme était sans connaissance ; il haussa les épaules, en disant :

— La pauvre vieille m'a pris pour un revenant... Cela vaut mieux pour elle, ajouta-t-il en remettant doucement son revolver dans sa poche.

Il prit alors les papiers qu'il avait mis en ordre, les bijoux, et redescendit le plus tranquillement du monde ; il était deux heures du matin.

Il remonta légèrement en voiture et dit au cocher :

— Rue de Laval prolongée, 19. (Puis à lui-même :)
Que je voie si, elle aussi, elle me croit mort.

Arrivé rue de Laval, il grimpa trois étages et sonna.

On entendit une porte qui s'ouvrait et une voix de
femme demanda :

— Qui est là ?

— Ouvre, Nicette, c'est moi, Raoul !

— Comment ! toi ! Ah ! exclama-t-on, et la porte s'ouvrit.

XI

UNE AUTRE NUIT D'AMOUR DE NICETTE

Nicette apparut en peignoir, tenant un bougeoir à la
main. Elle embrassa son visiteur, l'introduisit chez elle.

Le type étrange de Nicette a pu paraître invraisembla-
ble, il a pu paraître chargé à plaisir, et cependant il n'est
que l'exacte photographie des misérables filles que la
débauche jette sur le pavé de Paris.

Il y avait en Nicette tous les appétits de la vie, appétits
immodérés, une confusion dans sa pensée de la passion
et du vice, du plaisir et de la débauche, un mépris
absolu de la morale et de la pudeur, et pour guide dans
la vie l'inhumaine devise de l'égoïsme : Chacun pour
soi !

Elle aimait la vie ; elle voulait vivre à tout prix, rien
ne l'arrêtait.

Elle avait été dans toutes les situations, et toujours le
vice, qu'elle appelait passion, l'avait jetée bas.

Rien ne la décourageait.

Elle supportait bravement la misère, la faim, le froid
— ce que les pauvres appellent *la dure*, enfin — mais
elle ne supportait pas le travail, la seule chose qui pou-

vait la sauver ; c'est la paresse qui en avait fait ce qu'elle
était.

Ses amours étaient des caprices dont la base était le
refrain :

J'aimerai qui m'aime.

Elle aimait tous ceux qui voulaient l'aimer, cela durait
le temps de le dire.

Une seule fois, elle avait été prise, prise pour toujours ;
c'est lorsqu'elle avait rencontré André.

La nature de tigre d'André avait plu à sa nature de
chatte.

Ce gentil garçon, bien fait, à l'air doux, qui cachait en
lui tous les vices et tous les crimes, l'avait séduite.

Elle l'aimait à la folie et sans s'en rendre compte.

André la traitait comme la dernière des filles ; lorsqu'elle était lasse d'être traitée ainsi elle le quittait, elle
jurait de ne le revoir jamais ; elle aurait dit ce qu'on
aurait voulu sur lui ; et, dès qu'elle le revoyait, elle ne
pouvait résister, son amour renaissait aussi fort qu'au
début.

Nous l'avons dit, en voyant paraître André Berry au
milieu de la nuit, elle ne montra aucune surprise, et
c'est au contraire avec joie qu'elle l'entraîna dans sa
chambre.

Nos lecteurs ont vu la scène terrible cependant du tour
de Marne, de laquelle elle revenait depuis quelques heures seulement.

— Quel heureux hasard t'amène ? J'avais besoin de te
voir.

— Je viens te faire une visite d'adieu !

— D'adieu ?

— Oui, je pars demain matin en voyage.

— Et tu as pensé à moi !

Et s'étant couchée, André vint s'asseoir auprès d'elle ;

elle lui passa le bras autour du cou, et le regardant amoureusement, elle dit :

— Tu m'aimes toujours, André ?

— Tu le vois...

— Bien vrai ? Oh ! réponds-moi franchement.

André la regarda fixement, sentant qu'elle cachait de
graves choses.

— Nicette, la meilleure preuve d'amour que je te puisse
donner, c'est que, quelle que soit la position où je me
suis trouvé placé, jamais je ne t'ai oubliée, toujours je
t'ai vue.

— Ça pourrait être autre chose que de l'amour.

— Que veux-tu dire ?

— Nous sommes liés par des choses...

André regarda Nicette. Ce regard fut tel qu'elle s'interrompit aussitôt ; celui-ci lui prit la main en se dégageant de son étreinte, et, comme Nicette semblait tourner la tête pour échapper à son regard, André lui plaça la
main sur la nuque, l'obligea à le regarder en face et lui
dit d'une voix singulière :

— Tu oublies, Nicette, que mon amour est discret,
qu'il tue celles qu'il ne veut pas garder. Nicette, la preuve
de mon amour, c'est que tu existes encore.

Nicette ne répondit pas, mais André, qui lui tenait la
main et caressait ses cheveux, sentit la secousse que ses
paroles produisirent.

Pour rassurer la misérable, il l'attira vers lui et l'embrassa en lui disant :

— Je t'aime, sois toujours mon alliée, ne cherche pas
dans d'autres raisons ce que je ressens pour toi. Aide-moi,
et tu n'as rien à craindre.

Nicette s'abandonna quelques secondes ; puis, jetant
dans l'éclair de son regard tout ce qu'il pouvait contenir
de passion, elle lui dit :

— Eh bien! je vais te donner, moi, une preuve de mon amour.

— Dis? demanda curieusement André.

— Ce matin, un homme est venu ici, un homme de police.

— Hein!

— On m'a interrogée, on sait tout, on te cherche.

André tendit aussitôt l'oreille, il se redressa et dit vivement :

— Nicette, il ne faut pas mentir. Est-ce un homme de la police qui est venu?

Celle-ci fut embarrassée par la demande qu'elle n'attendait pas; le regard fixe d'André l'embarrassait, elle répondit aussitôt :

— Non, je ne crois pas...

— Allons, ma belle, il ne faut pas répondre à demi, tu es trop intelligente pour me tromper.

Et cette fois encore il la regarda fixement. Comme domptée par ce regard, Nicette dit :

— Écoute, André, je vais tout te dire, car tu sais que je t'aime.

André s'approcha de Nicette, et celle-ci lui fit le récit de ce qui s'était passé la dernière nuit; elle arrangea son conte de façon à sauver sa petite trahison.

Quand elle eut fini, André resta quelques minutes pensif, puis, relevant la tête, il dit :

— Nicette, il y a autant de danger pour toi que pour moi; il y a plus de danger pour toi, moi je n'existe plus.

— Qu'est-ce que tu dis? demanda Nicette.

A son tour, André raconta en quelques mots ce qui s'était passé chez lui.

— Que faire? demanda Nicette épouvantée.

— Je ne sais pas ce qu'ils veulent, ce qu'ils cherchent; or, c'est le plus dangereux. Celui qui ne peut parer les coups doit être frappé; il faut échapper d'abord, et là se renseigner pour agir; mais le plus pressé, c'est la fuite, c'est de glisser entre leurs mains.

— Que comptes-tu faire?

— Partir !

— Et me laisser là !...

— Je devais partir seul. Mais, maintenant, il est utile et prudent que nous partions ensemble ; ils vont me chercher sous les différents noms que j'ai pris.

— C'est probable.

— As-tu encore ton acte de mariage?

— Oui !

— Les papiers de ton mari?

— Oui! oui! j'ai tout cela.

— Vite! lève-toi, Nicette, nous n'avons pas de temps à perdre.

— Tu m'emmènes avec toi?

— Oui.

— Oh ! mon André, fit-elle joyeuse.

Et sautant du lit, elle courut l'embrasser.

— Dépêche-toi! Nicette, il faut que nous soyons partis d'ici avant le jour. Habille-toi, fais tes malles... Avant, donne-moi les papiers de ton mari.

Nicette fouilla dans un meuble, en tira une liasse de papiers qu'elle donna à André. Pendant que celui-ci les étudiait rapidement, elle s'habilla et fit ses malles. André lui demanda au bout d'un instant :

— Tu te nommes Alice?

— Oui.

— Pourquoi te nomme-t-on Nicette?

— Petite fille on m'appelait Licette et, pour faire l'enfant, Nicette, et ce nom m'est resté ; mon vrai nom c'est Alice Berlette et femme Sauvanet...

André, après avoir lu et relu un passeport, se tourna vers Nicette et lui dit :

— Ma chère Nicette, à compter de ce jour, tu redeviens Alice Sauvanet, tu te retrouves avec ton mari.

— Es-tu fou? il est mort, dit Nicette étonnée.

— Ton mari, c'est moi, hein! fit en riant André; je t'ai épousée il y a une dizaine d'années — une quinzaine même. — Je me nomme Henri Sauvanet!

— Ah! je comprends, fit Nicette gaiement.

— Tu vois qu'avec de la bonne conduite on arrive à tout, dit en riant cyniquement André, nous rentrons dans la société par la grande porte; ce qui me reste aujourd'hui de ce que je prévoyais, de ce que j'avais, ce que j'ai retrouvé tantôt, ce sont des bijoux. Cela aurait été difficile à vendre. Maintenant, tu comprends, j'ai passeport, patente de bijoutier.

— C'est vrai!

— Cela va tout seul, nous sommes M. et Mme Sauvanet, ancienne maison Henri Sauvanet, bijoutier, retiré des affaires, mais de temps à autre travaillant encore un peu quand ils trouvent une bonne affaire. Or, j'ai trouvé les diamants de la Mazel et ceux de la comtesse; avec ça, nous allons à Lyon, et de là nous ferons un voyage en Suisse.

— Oh! exclama gaiement Nicette, comme ça va me sembler bon de t'appeler et de te dire; mon mari!

— Maintenant, dit André, pendant que tu fais tes malles, je vais procéder à un petit maquillage utile.

Et tirant de là petite gibecière de voyage qui pendait à ses côtés un petit coffret, il y prit un flacon et une éponge qu'il passa sur ses cheveux.

— Tu sais, Nicette, que c'est le plus agréable signalement qu'on puisse rêver, celui de ton mari.

— Oh! il n'était pas laid.

— Il n'était pas remarquable. Front ordinaire, bouche moyenne, yeux noirs, teint ordinaire, cheveux châtains, barbe idem... Je me fais les cheveux châtains et je lui ressemble d'une façon étonnante... pour un gendarme. Je ne suis pas rasé depuis une quinzaine, j'aurai bientôt mes moustaches, et du diable si on me reconnaît.

— Monsieur Sauvanet, quelle heure as-tu? dit Nicette en riant. Mes malles sont fermées.

— Mais bientôt six heures, madame Sauvanet. Il faut nous hâter. Dépêchons-nous! il faut mettre tout en ordre ici et brûler les papiers gênants.

En fort peu de temps, tout fut fait : papiers brûlés, appartements en ordre, et un commissionnaire avait descendu les malles.

Une heure après, les singuliers époux Sauvanet étaient à la gare de Lyon.

Le prétendu négociant en bijouterie prenait ses billets pour l'express, et le train les emporta vers Lyon.

Nous avons dit que Ladèche et Dé Taille avaient été mis à la recherche d'André.

Pendant deux jours, Panafieu, qui cherchait de son côté, n'eut aucun renseignement.

Le troisième jour, il se trouvait chez Vincent, lorsque Ladèche et De Taille parurent, introduits par la vieille Françoise, étonnée de voir son maître recevoir pareil monde.

Ladèche souriait à la vieille servante, et ce sourire, qu'elle prenait pour une grimace, l'effrayait.

Elle ne quittait pas des yeux les mains des deux amis, en les conduisant.

A mesure qu'ils avançaient, elle fermait les armoires et en retirait les clefs.

La casquette à la main, en entrant dans le salon, Ladèche fit la révérence, faisant signe à Dé Taille de l'imiter.

Mais celui-ci s'accrochait dans le tapis et buttait dans les meubles, tout confus d'être admis pendant le jour dans une maison où tant de choses traînaient sur les meubles.

— Asseyez-vous, messieurs, dit Vincent désignant un canapé.

La vieille Françoise s'empressa de jeter dessus le linge qu'elle tenait à la main, et les deux compaings s'assirent absolument sur le bord.

La vieille Françoise se retira en joignant les mains et en levant les yeux au ciel.

— Vous avez du nouveau? demanda aussitôt Panafieu.

— Nous savons tout! répondit Ladèche.

— Vous l'avez retrouvé! fit Vincent.

— Ah! non, pas ça, mais nous sommes sur ses pas..

— Dites vite!

— Voilà la chose, commença Ladèche, pendant qu'à mesure qu'il parlait De Taille approuvait par des sourires et des hochements de tête. D'abord, nous sommes retournés à Vincennes, et par le garçon nous avons eu le numéro de la voiture dont il avait gardé le bulletin.

— Très-bien!

— De Taille s'est mis en route pour trouver le cocher ; nous avons des amis partout, et le soir même, nous dînions avec celui qui l'a conduit.

— Très-bien! Que vous a-t-il dit?

— Rien qu'une chose, c'est qu'il l'avait mené boulevard Malesherbes, presque en face du parc Monceau.

— C'est ça! exclama Panafieu, c'est là qu'a eu lieu la tentative d'assassinat sur Eugénie Herval.

— Alors, reprit Ladèche, je me suis mis en campagne, et j'ai su là que, sous le nom de Raoul de la Havertière, il avait loué tout le second étage d'une maison non encore terminée.

— Comment; non terminée?

— Oui, les travaux étaient arrêtés après la grosse bâtisse, la maçonnerie et partie de la menuiserie. Faute d'argent probablement, le propriétaire ne voulait faire reprendre les travaux que deux ans après. Il est venu le trouver, et lui a demandé à louer un appartement dont il prenait la décoration à ses frais. Vous pensez que le propriétaire a accepté, et c'est là qu'il était revenu en sortant de là-bas.

— Mais alors, c'est là où nous le prendrons.

— N'allez pas si vite, le jeune homme a du nez : il est venu là il y a quatre jours, dans la journée; il s'est habillé, il a fait ses malles et a déménagé.

— Et tu ne sais pas où? demanda Panafieu désappointé.

— C'est pas tout. Attendez donc! J'ai dit : c'est un commissionnaire qui a porté les malles, on le trouvera, et De Taille l'a cherché... C'est deux voitures de déménagement qui ont enlevé les meubles, je vais chercher le déménageur.

— Et alors? interrogea auxieusement Vincent.

— Et nous avons trouvé ce que nous cherchions.

— Ah! firent ensemble Panafieu et Vincent Lebrun, échangeant un regard de satisfaction.

— Le déménageur a porté les meubles à l'hôtel Drouot, où ils ont été vendus. Le commissionnaire a porté les malles à la gare de Lyon, où elles ont été mises immédiatement en consigne.

— A la gare de Lyon!

— Oh! mais, c'est pas tout! dit De Taille. C'est que c'est un finaud, Ladèche, on ne la lui fait pas à lui.

— On ne me refait pas, fit modestement Ladèche, si on me fuit.... Mais, enfin, je suis plus difficile à refaire que les autres, voilà tout; c'est dans la nature... et puis, un peu d'instruction.

— Qu'y a-t-il donc encore? demanda Vincent.

— Voilà! Je me dis : mon homme a fait mettre ses malles à la consigne. Je vais prendre des informations, et j'apprends qu'il était parti par l'express du matin, avec une femme, et pour Lyon.

Panafieu et Vincent se regardèrent étonnés.

— Avec une femme !

— Quelle femme a-t-il pu emmener ? Une nouvelle victime !

— Attendez donc ! attendez donc !

— Mais tu peux t'être trompé.

— Je vous dis : attendez ! Je suis sûr que c'est notre homme ; mais écoutez !

— Ecoutez d'abord ! reprit De Taille. Qu'est-ce que ça vous fait, puisque nous sommes certains de notre affaire? Va, ma vieille, on t'écoute.

— Le bonhomme aux bagages me dit : « Ils m'ont donné trois francs, et c'est pour Lyon qu'ils sont partis. C'est la voiture du chemin de fer qui a amené les bagages de la dame. » Vous pensez si je me dis alors : je vais avoir encore un renseignement là.

— Tu a été chez...

— Vous me coupez tout le temps la parole, pas moyen de rien faire, alors.

— Continue, nous t'écoutons ; mais, je t'en supplie, sois bref ! Vois, nous sommes anxieux.

— Vous savez, si on se mêle de parler, je ne connais que ça. Faut parler clairement.

— C'est la vérité pure, approuva De Taille. Faire lentement, mais faire bien ; nous ne sortons pas de là.

— Continuez ! Ladèche, dit Vincent impatienté.

— Je vais donc au voiturier du chemin de fer... Je prends un verre avec le cocher, et j'apprends que l'avant-veille au matin, à sept heures, il a été chez la petite dame. Une fois que j'ai l'adresse, j'y cours ; la concierge me dit que sa locataire est partie le matin avec un monsieur qui était venu chez elle au milieu de la nuit, et qu'elle connaissait bien au reste, car il venait quelquefois, et on

le nommait M. Raoül ou l'abbé. Eh bien ! voyez-vous
que je ne me trompais pas, ajouta Ladèche triomphant.

— Comment se nomme cette femme ? demanda Vincent.

— Attendez, j'ai son nom écrit ; elle reste rue de Laval
prolongée, 19.

— Mais, c'est Nicette ! exclama Panafieu stupéfait.

— Nicette Levasseur, c'est ça même.

— Et elle est partie avec lui ?

— Oui, monsieur Panafieu, avant-hier matin par l'express.

— Oh ! c'est renversant ! s'écria l'amant de Mlle Lise.

— Que voyez-vous là de surprenant ? demanda Vincent.

— Mais, monsieur Vincent, je connais cette femme.
On ne m'a pas trouvé chez moi, le jour où le misérable
s'est sauvé, parce que j'étais avec elle ; je savais qu'elle
entretenait des relations avec lui, et je l'interrogeais, j'avais appris et j'avais eu d'elle-même de quoi le confondre.
Elle avait été presque sa complice.

— Que voyez-vous donc d'étonnant dans son départ
avec cette femme, alors ?...

— Je ne suis pas étonné ; je suis contrarié, parce que
croyant à l'impossibilité de la fuite et voulant confondre
celle dont je voulais faire un témoin, j'ai tout dit. Or,
cette femme, se trouvant avec lui maintenant, va le mettre sur ses gardes, et nous n'avons guère de chance de le
retrouver.

— Il le faut ! dit Vincent.

— Aie pas peur, monsieur, dit aussitôt Ladèche, nous
le trouverons si on nous met à sa poursuite.

Panafieu se désolait, marchant dans le salon, gesticulant en répétant :

— Ai-je été assez sot ! Moi qui me croyais fort, m'a-t-elle joué!... Quel niais je suis! J'ai tout compromis par ma sottise!

Vincent Lebrun, calme, accoudé sur le guéridon, le front dans ses mains, réfléchissait. Après quelques minutes, il dit :

— Il n'y a pas à hésiter, il faut nous mettre en route... Pouvez-vous partir?

— Si vous le voulez, je partirai; mais j'avoue que je suis découragé.

— Nous n'avons de chance de réussite qu'à la condition de le rejoindre au plus tôt. Loin de Paris, il croit nous avoir dépistés; il restera quelques jours avec sa compagne à Lyon. Il sait qu'il n'est pas poursuivi par la police et, pour nous éviter, sa tactique est naturellement tout autre qu'avec elle. C'est au contraire le grand jour et le monde qu'il doit rechercher. Si leur intention est de passer à l'étranger, ils ne partiront pas avant un jour ou deux. Partant aujourd'hui, nous sommes là demain, et une journée d'avance c'est énorme.

— Je suis à vos ordres, dit Panafieu.

— Mais, reprit Vincent, vous semblez être retenu ici; vous pouvez, si vous voulez, ne partir que dans deux jours.

— Comment cela? demanda Panafieu.

— Ce n'est ni vous ni moi qui prendrons les premiers renseignements. Ce sont eux, dit Vincent en désignant De Taille et Ladèche, qui échangèrent un regard de satisfaction en apprenant leur départ.

— Vous les emmenez?

— Certainement.

— Très-bien! alors je ne partirai que demain soir, je vous rejoindrai après-demain.

— Connaissez-vous Lyon? demanda Vincent à Ladèche.

— Moi, oui ; lui, pas. Mais comme il est avec moi, ça ira.

— Vous pouvez partir tout de suite ?

— En sortant d'ici, si monsieur veut, dit Ladèche.

— Alors, tout est pour le mieux. Vous allez faire vos affaires , dit Vincent à Panafieu ; où nous retrouverez-vous ?

— Pas à l'hôtel Collet, où il peut être descendu encore ; descendez dans un hôtel où il y ait beaucoup de monde.

— L'hôtel où vont les voyageurs de commerce, on est mêlé à tout le monde.

— C'est ça, hôtel des Négociants. Après-demain matin, je vous trouverai au déjeuner, je ne serai pas seul.

— Comment cela ?

— Je veux emmener ma petite femme.

— Ah ! très-bien, fit en souriant Vincent, vous n'aimez pas la laisser seule.

Panafieu fut un peu embarrassé ; on disait la vérité, il répondit :

— Non, ce n'est pas ça ; mais la chère enfant est une petite Parisienne qui n'a jamais été plus loin que Saint-Cloud, et vous comprenez... et puis on ne sait pas le temps que nous serons en voyage.

S'adressant à Ladèche et à De Taille, Vincent dit .

— Eh bien ! mes amis, il faut faire vos malles, nous partons dans deux heures.

— Qu'est-ce que vous dites ? demanda De Taille en ouvrant ses gros yeux.

— Quelle malle ? répéta Ladèche.

En voyant les deux visages des deux compagnons, Vincent et Panafieu éclatèrent de rire.

— C'est vrai, fit le premier, j'oubliais qu'ils portent sur eux tout ce qu'ils ont.

De Taille à son tour éclata de rire.

— Mon cher Panafieu, vous allez me rendre un ser-vice ; le temps que je m'occuperai de mes malles, vous allez m'habiller ces deux gaillards-là.

— Pour qui vont-ils passer ? demanda gaiement Pana-fieu.

— Pierre sera mon cocher, Ladèche le palefrenier.

— Sensément, fit aussitôt ce dernier, parce que vous savez, je ne veux pas être plus, mais je ne veux pas être moins que lui.

— Bien entendu, dit Vincent, pendant que De Taille pressait vigoureusement la main de son ami, en lui di-sant à mi-voix :

— Jamais de ça entre nous deux, ma vieille !

On se sépara, et deux heures après Vincent, Ladèche et De Taille partaient pour Lyon.

Dans un wagon de seconde étaient De Taille et Ladè-che, réellement tout de neuf habillés. Et ils étaient cu-rieux à voir, à entendre surtout, car le dernier disait d'un accent convaincu à son ami en lui montrant ses vê-tements :

— Qu'est-ce qu'il faut pour être un homme chic? Ça, et voilà tout ! Tu vois l'effet que nous faisons, tout le monde nous regarde. Voilà ce que c'est que de savoir porter la toilette !

— Pardi !

— Dis donc ! ma vieille, nous en avons pour dix heures à rester dans cette boîte-là. Si tu veux, nous allons nous mettre à notre aise, retirer nos redingotes, fumer une pipe et tailler un piquet.

— Ça va ! fit De Taille.

Et la partie commença pour finir à Lyon.

FIN DE LA TROISIÈME PARTIE

QUATRIÈME PARTIE

LA JUSTICE DES HOMMES

I

LE PÈLERINAGE DE LADÈCHE

Nous sommes arrivés à la dernière partie de cette longue histoire. Le crime est connu et le châtiment se prépare.

Là encore la thèse du droit de tuer se place ; le misérable que la société poursuit, indigne d'intérêt, rien ne plaide pour lui, c'est un fauve parmi les civilisés. Nous l'avons placé ainsi pour que la question soit plus nette, pour demander si cet assassin, ce bandit étant livré au bourreau, la société sera vengée. La loi inexorable a déjà frappé, elle a frappé sur un innocent et elle se trouve impuissante à réparer ce qu'elle a commis.

En travers de cet échafaud qui réclame encore une victime, toute une famille se trouve placée ; sans venger la société, on va frapper ceux-là qui, deux fois déjà, sont les victimes.

Dans cette histoire, dont le fond est absolument vrai, nos lecteurs jugeront si les frères Lebrun ont été plus humains et plus sévères à la fois, en ne frappant que le coupable.

La peine de mort n'effraie pas le criminel, il risque sa vie le jour où il commet le crime. J'ai vu des condamnés pendant leurs huit derniers jours, et j'ai entendu dire

— Quand donc va-t-on en finir ?

Ainsi, rien de moins vrai que ces lignes :

« L'échafaud ! ce mot vous ne pouvez comprendre tout ce qu'il contient de menaçant et de terrible pour certaines gens qui l'entendent retentir comme un glas sinistre.

« A Cayenne, au bagne et dans les prisons, les plus cyniques habitants de ces lieux ne le prononcent qu'avec un frisson de terreur, car c'est pour eux le châtiment redoutable qui les arrêtera dans la carrière du crime qu'ils espéraient impuni.

« Il faut voir le criminel abattu par le procès et la condamnation, usé par la captivité qui, chaque jour, le rapproche de l'expiation, à demi affolé par le désespoir, le remords, l'horrible peur, et cette menaçante pensée de l'échafaud, qui le torture tout le jour et la nuit, veiller encore en son cerveau engourdi par la torpeur qui lui tient lieu de sommeil.

« A cette heure, il n'est plus redoutable.

« Il fait pitié. Et le dernier, mais terrible représentant de la justice humaine, ne trouve plus qu'une proie facile. »

Rien n'est moins vrai.

Il est des condamnés à mort qui, jusqu'à la dernière minute, causent de choses insignifiantes.

Il en est qui ont la pensée assez libre pour penser à l'évasion.

J'ai lu même une singulière histoire sur un condamné que l'on menait au supplice.

C'était à Bucharest.

L'exécuteur conduisait au gibet un bandit d'une force herculéenne qui, au dernier moment, se débarrassa de ses liens et pendit le bourreau à sa place.

On se trouvait sans bourreau.

Que fit-on?

On donna sa place au bandit, qui s'était si prestement tiré d'affaire et qui garda longtemps ces fonctions.

Reprenons notre récit.

Vers dix heures du matin, Ladèche et De Taille suivaient les quais du Rhône; ils étaient superbes à voir les deux compaings, superbes d'allures, de maintien dans leur habillement neuf.

Ils étaient riches, et Ladèche avait offert des *mégots,* c'est-à-dire des cigares d'un sou; De Taille tenait le sien entre ses lèvres comme une clarinette.

Ils devisaient joyeusement les deux compaings, calmes, heureux, ne demandant qu'une chose à Dieu, c'est qu'il continuât de les favoriser ainsi.

— Qu'allons-nous faire, aujourd'hui? demanda De Taille.

— Je ne connais qu'une chose, moi, c'est d'obéir aux ordres donnés, surtout lorsqu'ils sont agréables à exécuter.

— Et quel est l'ordre aujourd'hui?

— Hier, nous avons flâné dans Lyon, aujourd'hui nous devons passer la journée dans le parc de la Tête-d'Or.

— Mais pourquoi que nous n'allons pas dans les hôtels?

— Je lui ai dit, il a répondu qu'il valait beaucoup mieux attendre Panafieu, il se chargerait de ça.

— Nous sommes assez bien mis pour aller partout, dit De Taille, en se regardant complaisamment.

— Pour la toilette, il est évident que ce n'est pas cela qui nous gêne? du linge tous les jours, des vêtements de rechange... Faut-il que ces gens soient gâcheux! Enfin, nous sommes payés, n'est-il pas vrai, nous devons obéir. Mais je défie bien au plus malin de faire une différence entre nous et des gens du beau monde.

— Nous n'allons pas nous promener comme ça toute la journée? demanda De Taille.

— Mais non, tu ne connais pas le parc de la Tête-d'Or, toi ; je te conduis, nous allons aller au Chalet, nous ferons une partie en buvant un coup, et, à l'heure de la promenade, comme deux gentilshommes, nous allumons un cigare et nous nous promenons de chaque côté de la route... en donnant des *châsses* sur les voitures : si nous *la donnons* sur notre *pante*, nous sautons dans un *sapin* et nous le filons à la rigolade, sans avoir l'air de rien... Et voilà.

— Alors, nous ne rentrons pas à l'hôtel à l'heure du déjeuner?

— Mais non, puisque je te dis que c'est l'ordre, nous déjeunons au parc de la Tête-d'Or. Tu n'as donc plus d'intelligence, aujourd'hui? Figure-toi que tu as vingt mille livres de rentes, ma vieille. Nous allons déjeuner dans le parc, un déjeuner fin, avec des *aliqueurs* et des vins fins, et le café, pousse-café, et le cent de piquet!

— Allons-y, alors.

Et prenant joyeusement le bras de son ami, De Taille replaça encore un peu plus sur le côté son chapeau, qui ne tenait déjà plus sur sa large tête que par un prodige d'équilibre.

Depuis deux jours les deux amis rôdaient dans Lyon, et Vincent n'avait pas cru devoir les prévenir de l'arrivée de Panafieu, qui déjà avait fouillé vainement les principaux hôtels en cherchant M. Raoul de la Havertière, ou M. Poulard, ou M. l'abbé... Il n'avait rien trouvé.

C'est sur son conseil que Vincent avait envoyé les deux compagnons se poster à la Tête-d'Or.

Panafieu avait pensé assez justement que, ne sachant que faire de sa journée, n'ayant pas d'intérieur et se trouvant avec une femme, par le temps magnifique qu'il faisait, André ne passerait pas la journée à l'hôtel et ne manquerait pas de se faire conduire avec Nicette à la promenade des Lyonnais.

Panafieu avait raison. Ladèche et De Taille arrivèrent au parc de la Tête-d'Or, descendirent au Chalet et se firent servir à déjeuner sur la terrasse.

Ils avaient presque terminé lorsqu'une voiture s'arrêta devant la porte et qu'un couple en descendit.

— Sacré tonnerre! exclama Ladèche, les voilà ; essuie-toi le nez avec ta serviette, ils regardent par ici.

Pendant que Pierre De Taille, obéissant, se cachait le visage, Ladèche se penchait sur son assiette.

En effet, c'étaient André et Nicette qui, descendant de voiture, venaient dîner au Chalet; André semblait gai, Nicette était heureuse, et le passant qui aurait vu le gracieux couple n'aurait pas manqué de dire : Voilà deux heureux.

André se sentait revivre, il se croyait absolument inconnu et cette fois véritablement à l'abri de ceux qui le poursuivaient.

Pour gagner la terrasse du premier étage, il passa près des deux coquins sans les regarder, et ceux-ci entendirent Nicette justifier la pensée de Panafieu en disant :

— Par un temps semblable, il faudrait être fou pour déjeuner à l'hôtel, ici au moins on a de l'air, on respire, on vit.

Dirigés par le garçon, ils allèrent prendre place à une table.

Ladèche paya aussitôt son addition et il dit à De Taille :

— Tu vas te placer là-bas en face, à l'ombre, comme un bon bourgeois qui fait sa sieste, et tu les fileras s'ils sortent avant que je sois revenu ; mais je serai probablement là avant leur départ.

De Taille, obéissant, alla s'asseoir sous l'arbre pen-

dant que Ladèche arrêtait le cocher qui venait de conduire André et Nicette :

— Eh! là-bas, est-ce que vous êtes retenu?

— Non, bourgeois.

La voiture s'arrêta, et montant sur le marchepied :

— Oh! je m'ennuierais dedans tout seul, je vais monter
à côté de vous, nous ferons un doigt de conversation.

— Comme vous voudrez, bourgeois, dit le cocher en
faisant une place à côté de lui sur le siège.

Ladèche y monta et dit :

— Menez-moi donc à Notre-Dame-de-Fourvières, et
vous me ramènerez ici.

— Bien !... Par les quais ou par les rues ?

— Vous savez, je ne connais pas bien Lyon ; par les
rues.

— Ah ! monsieur n'est pas d'ici !...

— Je suis Parisien, mon petit père ! Et si vous le voulez, je vous offre un mégot. Ah ! mais, je suis pas fier,
moi !...

— Avec plaisir, bourgeois !

Le cocher prit le cigare, alluma celui de son voyageur
et le sien.

Quelques minutes après, Ladèche était l'intime de son
cocher; il savait son nom et le tutoyait.

— Alors, ma vieille! c'est un truc dans lequel on fait
encore son gras d'être trimbaleur ?...

— On a des hauts et des bas; mais enfin j'ai des jour-
nées de quarante et cinquante francs.

— Ta parole !

— Pas souvent, pardi ! mais la moyenne est entre douze
et quinze.

— Maintenant, faut tout dire, t'as des frais, c'est que
ça doit bouffer, sûr, un carcasson comme ça ; il est vrai
qu'il n'a pas l'air d'avoir souvent des indigestions... C'est
pas la graisse qui l'empêche de marcher.

— C'est sa nature, et puis, si on leur en donnait autant qu'ils en mangeraient, alors on n'y arriverait pas.

— Ce matin as-tu déjà fait ton petit sac ?

— Presque rien, en sortant j'ai eu une course.

— Ah ! oui, une petite femme gentillette avec un assez beau garçon.

— C'est ça !

— Ça m'avait l'air de ne pas être des gens d'ici, ça.

— Non, je crois que ce sont des Parisiens.

— Tu reconnais ça, toi?

— Pardi !

— La petite était gentille, mais ça m'a fait l'effet d'être une cascadeuse.

— Entre nous, je crois que ça n'est que ça.

— Cependant ils avaient l'air d'être ensemble pour de vrai.

— Oh! ils sont ensemble.

— Tu sais ça ?

— Pardi, puisque j'ai été les prendre à l'hôtel...

— Ah! ils sont à l'hôtel?

— Oui, à l'hôtel Collet.

La voiture tournait la rue et barrait le passage à un omnibus; le nouvel ami de Ladèche ne laissa pas échapper l'occasion d'invectiver son collègue. Le cocher d'omnibus, désignant Ladèche, s'écria :

— Si tu n'as que des clients comme ça pour t'enrichir!...

Ladèche outré se redressa, et désignant l'impériale couverte de voyageurs, il s'écria :

—Malheur ! fais donc pas le malin, toi, avec tes indigents.

Les urbains parurent, il était temps, les fouets allaient manœuvrer.

Ladèche, pour se remettre de l'émotion, dit :

— J'irai une autre fois à Fourvières, allons casser la

tête à une vieille bouteille et tu me ramèneras au parc.

Le cocher, indifférent, lui répondit

— Comme tu voudras.

On but, et une demi-heure après, Ladèche, quittant la voiture à l'entrée du parc, allait à pied rejoindre De Taille. Celui-ci n'était plus à son poste.

— Très bien ! fit Ladèche, nous sommes sur la voie, lui les file et moi je connais le nid.

Le lendemain les deux compagnons vinrent faire leur rapport chez Vincent Lebrun dans la chambre duquel Panafieu venait d'entrer.

De Taille raconta qu'il avait suivi jusqu'à cinq heures du soir André et sa compagne. André n'avait quitté sa Nicette qu'à cette heure pour aller dans un cercle qui se trouvait place des Jacobins ; il était resté là deux heures, puis il était sorti et avait été sur la place des Terreaux où Nicette l'avait rejoint, et ils avaient été dîner ensemble, puis avaient terminé la journée au Grand-Théâtre.

— Mais, demanda Panafieu, tu ne sais pas toujours où est sa demeure ?

— Non, fit aussitôt Ladèche. Ça, ça me regarde.

— Comment cela ?

— Je le sais.

— Où sont-ils descendus ? demandèrent en même temps Vincent et Panafieu.

— A l'hôtel Collet.

— Comment, à l'hôtel Collet ! J'y ai été deux fois, on ne les a pas vus.

— Je vous assure que ce matin encore il y demeurait.

— C'est, fit Vincent, qu'il a encore pris un autre nom.

— C'est probable. Tu es certain de ce que tu dis, il reste hôtel Collet ?

— Absolument sûr.

— Bien. Il est à l'hôtel, il sort le jour avec sa compagne, c'est qu'il est convaincu que la police n'est pas à ses trousses. Il sait tout, puisqu'il ne fait aucune recherche pour retrouver sa femme.

— Il est probable qu'il la croit édifiée sur son compte.

— Dans tous les cas, il n'a pas l'idée de se fixer à Lyon, puisqu'il vit à l'hôtel et ne cherche pas une résidence en ville. Il ne fait que passer ici, il faut donc nous hâter.

— Qu'allons-nous faire aujourd'hui? demanda Ladèche.

— Rien; reposez-vous... Si nous avons besoin de vous tantôt, nous vous le dirons.

Les deux amis se retirèrent aussitôt.

Quand ils furent seuls, Vincent demanda à Panafieu :

— Qu'allons-nous faire ?

— Je ne sais, mais il faut que nous l'ayons avant demain, sans cela il va nous échapper des mains.

— Comment s'y prendre ?

— C'est ce que je cherche, et c'est par Nicette, je crois, que nous réussirons.

— Nicette !

— Oh ! ne vous étonnez pas, je sais m'en servir, et, malgré son affection pour lui, elle le trahira; il y a quelqu'un que Nicette aime mieux que lui... c'est elle ! Et par la menace j'en ferai ce que je voudrai.

— Il faudrait savoir d'abord si leurs renseignements sont précis.

— Il n'y a pas à s'occuper de cela; il est impossible qu'ils se soient trompés tous les deux.

— Vous avez raison.

— Je pars immédiatement, dit Panafieu en prenant son chapeau, je vais m'occuper d'eux, et ce soir j'aurai un plan.

Il sortit.

Le soir seulement il rentra à l'hôtel; pendant qu'on faisait prévenir Mlle Lise que ces messieurs l'attendaient pour se mettre à table, Panafieu dit à Vincent :

— J'ai trouvé.

— Ils sont à l'hôtel Collet ?

— Oui. Ils partent demain soir, vous voyez que nous n'avons pas de temps à perdre.

— Vous avez été déjà plusieurs fois à l'hôtel Collet...

— Oui, mais j'avais demandé Raoul, l'abbé Poulard; et ils se font appeler M. et Mme Chauvanet, négociants, retirés des affaires.

— Très bien, nous n'avons pas beaucoup de temps devant nous pour nous en rendre maîtres, et il va falloir faire un coup de force.

— Nous ne réussirions pas.

— Mais, si simplement je lui demandais un entretien, et qu'à certaines conditions, je le fasse partir ?

Panafieu eut un singulier regard, il répondit :

— C'est le véritable moyen de tout défaire. Sachant que nous sommes ici, il partira demain; à aucun prix il ne s'entendra avec vous, il croit qu'il sera le plus fort, justement le jour où il aura gagné la frontière.

— Mais alors, que faire ?

— J'ai mon plan, et je le crois bon; il faut que je prenne encore quelques informations et je vous conterai cela... Plus un mot.

Lise entrait, très coquettement habillée, charmante à voir. Elle salua ces messieurs et l'on se mit à table.

La pauvre petite ignorait les motifs qui faisaient voyager celui qu'elle considérait comme son mari; elle ne voyait là qu'un heureux divertissement, elle croyait même un peu au fond que la principale raison était de lui être agréable et de l'éloigner de Paris où elle avait mené pendant un mois une conduite assez irrégulière.

Lise n'avait jamais quitté Paris, elle était toute aux charmes d'un premier voyage.

Panafieu était fort, il s'était habitué à la vie d'aventures qu'il menait et savait à l'heure où il le voulait chasser les lourdes pensées des affaires pour être tout entier aux impressions du moment.

On se tromperait en pensant que Panafieu s'acharnait toujours après celui qui avait tué sa mère adoptive ; il aurait parfaitement accepté les idées de Vincent, c'est-à-dire l'exécution du testament du condamné ; l'assassinat était déjà de vieille date. Vincent, en exigeant la vie d'André, l'indemnisait des pertes matérielles subies, il avait déjà touché une petite partie qui lui avait donné un bien-être relatif. L'assassin, il y pensait peu, il l'eût volontiers oublié.

Mais celui auquel il ne pardonnerait jamais, celui qu'il poursuivait sans cesse, auquel il était décidé à n'accorder ni pitié, ni merci, c'était celui qui avait détourné Lise de chez lui, qui avait failli la lui enlever à tout jamais. Oh ! pour celui-là, Panafieu se sentait incapable de dominer sa haine... Il voulait se venger.

II

LA MAISON MULLER ET Cᵉ

Le soir même de ce jour, après le dîner, Panafieu menait Mˡˡᵉ Lise au spectacle, et, pendant un entr'acte, il conduisit Vincent Lebrun sur le quai d'Albret.

— Qu'allons-nous faire ? avait demandé Vincent.

— Toute la journée j'ai cherché un petit appartement isolé dans lequel nous pourrions enfermer André.

— Avant de nous occuper de le garder, dit Vincent en souriant, peut-être vaudrait-il mieux s'en emparer.

— Je vous ai dit que j'avais mon plan et que j'étais sûr de sa réussite.

— Et vous avez trouvé cet appartement ?

— Oui, j'ai trouvé dans une maison neuve et peu habitée un petit appartement au rez-de-chaussée, j'ai dit à la personne qui le loue que je viendrais ce soir avec mon associé pour terminer.

— Vous le pouviez faire sans moi.

— Cela paraît ainsi plus naturel.

Ils arrivèrent bientôt à la maison dite et traitèrent de la location au nom de MM. Muller frères, marchands de diamants.

— Ah! çà, dit Vincent en sortant de la maison, expliquez-moi votre plan, cette révélation ne peut en empêcher l'exécution.

— Assurément non.

— Quelle raison nous fait devenir des marchands de diamants?

— Voici ce que je compte faire et ce que je fais.

— Je vous écoute.

— J'ai su qu'à l'hôtel, hier au soir, il a demandé l'annuaire de Lyon et qu'il a relevé dessus deux ou trois adresses. Un garçon qui me sert m'a dit la page sur laquelle il avait cherché, j'ai regardé dans un annuaire et j'ai vu les bijoutiers, les joailliers.

— Naturellement, il veut vendre les brillants qu'il a repris chez lui.

— C'est ça même.

Une idée m'est venue, alors. La voici : Je louai un petit appartement bien indépendant, sous le nom de Muller, marchand de diamants, et je me fis faire des cartes ainsi conçues :

Et, en disant ces mots, Panafieu tira de sa poche des cartes qu'il donna à Vincent. Celui-ci lut avec étonnement :

MULLER FRÈRES

Vente et achats de diamants

Quai d'Albret, 1.

— Comment, les cartes sont déjà faites ?

— Plus que ça. J'ai porté aussitôt ces cartes à l'hôtel, et le garçon en a placé deux dans la chambre.

— Très bien !

— Ce que j'espérais n'a pas manqué. André a demandé des explications au garçon, celui-ci lui a répondu que la personne qui occupait la chambre avant eux avait laissé probablement cette adresse ; alors il s'est renseigné sur la maison Muller ; j'avais édifié le garçon à ce sujet, et il lui a répondu de façon à le décider à venir. Je sais que demain, dans l'après-midi, il sera chez nous.

— Mais, c'est très bien imaginé, dit Vincent étonné.

— Vous comprenez maintenant ce que nous avons à faire, demain nous serons là avec nos hommes ; dès qu'il sera entré, ils sautent dessus, nous le bâillonnons, le garrottons, et le soir même nous l'emportons où nous devons en finir avec lui.

— Très bien !

— Ainsi, monsieur Vincent, tout est prêt, il est donc nécessaire que vous songiez sérieusement à ce que vous allez faire, il faut en finir dès qu'il sera entre nos mains.

Quand ils arrivèrent au Grand-Théâtre, Vincent quitta Panafieu.

Ce dernier trouva Lise dans le couloir des loges, et cependant le spectacle était commencé.

— Mais, que fais-tu là ? demanda-t-il étonné.

— Je t'attends bien impatiemment.

— Pourquoi ?

— Pour partir.

— Partir ! Quel nouveau caprice as-tu ? Tu adorais le théâtre.

Et en disant ces mots, Panafieu regardait sa maîtresse, dont il vit le visage bouleversé.

— Qu'as-tu ? ma Lison, tu es malade ?

— Non. Mais dans la loge en face de la mienne, je viens de voir Nicette et...

— Ah ! bah ! Et ils t'ont vue ?

— Oh ! oui. J'ai feint de ne les avoir point vus, mais ils ne cessent de me regarder et je crains qu'ils ne viennent à la fin de l'acte me trouver dans ma loge.

Panafieu eut d'abord un mouvement de rage qu'il réprima aussitôt.

Après avoir réfléchi un instant, il dit assez haut pour que Lise l'entende :

— Ils peuvent se douter de quelque chose, mieux vaut aller au-devant et m'en servir.

— Que dis-tu ? demanda Lise qui se dirigeait vers l'ouvreuse pour lui demander son manteau.

— Tu vas rentrer dans la loge, et si Nicette te fait signe tu y répondras.

— Que me dis-tu là ? fit Lise stupéfaite.

— Je te dis ce qu'il faut faire, ma mignonne.

— Mais si Nicette vient me parler, c'est au nom de...

— De Raoul ! Je le sais, ma chère Lison ; tu es bien convaincue que mon unique pensée est de te débarrasser en me débarrassant de ces gens qui ont fait jusqu'ici notre malheur. C'est ce but que je poursuis. Obéis-moi aveuglément, fais mot à mot ce que je te dis.

— Mais que lui dirai-je si elle vient ?

— Tu lui diras que, Dieu merci, tu t'es tout à fait débarrassée de moi.

— Oh ! je ne veux pas dire cela.

— Ma Lison, je t'en supplie. Si singulière que soit ma demande, obéis, il le faut, pour de graves intérêts qui sont les nôtres... Je t'en prie, combats ta répugnance, ou nous serions perdus ; ces gens nous poursuivent encore, et de grands malheurs arriveraient s'ils réussissaient dans leurs desseins... Il faut, ma Lison aimée, que tu te places à leur niveau, que tu te déclares sans honneur et sans cœur ; sacrifiant seulement à l'argent... Il le faut, ma Lison.

— Je t'obéirai, dit Lise visiblement ennuyée du métier qu'on lui faisait faire. Que dois-je dire ? Il faut que je trouve une histoire pour expliquer ma présence ici.

— C'est ce que je voulais te dire... Hâtons-nous, car ils ne cessent de regarder dans ta loge, ils craignent que tu ne soies partie, dit Panafieu en regardant par le trou de la porte de la loge.

— Je t'écoute.

— A la suite des affaires que Nicette connaît, tu m'as quitté, et tu as fait la connaissance d'un marchand de diamants.

— Oh ! tu es fou, de m'obliger à dire cela.

— Tu m'as promis de m'obéir, il le faut, ma Lise ; tu as conscience de la valeur de ce que tu vas dire, et ce n'est pas, je pense, l'estime de ces gens que tu désires le plus.

— J'obéirai, dit Lise avec tristesse.

— Tu as fait connaissance d'un marchand de diamants, qui demeure ici, quai d'Albret. Voici sa carte.

Et Panafieu donna deux cartes à Lise qui, stupéfaite, s'écria :

— Ah ! c'est trop fort ! Voyons.

— Obéis-moi sans mot dire, répéta Panafieu.

Souviens-toi du nom de Muller. Pour moi, tu ne sais pas ce que je suis devenu ; tu m'as laissé à Paris et tu désires surtout ne plus entendre parler de moi.

— Tu me fais faire là une chose qui me coûte bien, Paul, et il faut pour l'exécuter tout l'amour que j'ai pour toi.

— C'est ta tranquillité et la mienne que nous jouons, Lise. C'est plus, c'est notre existence !

— Mais cet homme va vouloir me voir ?

— J'y compte bien. Tu répondras que tu habites chez

M. Muller, mais que, jouissant d'une certaine liberté, tu peux recevoir chez toi à l'heure où il est parti au café, le soir vers neuf heures. Il ne manquera pas de te donner un rendez-vous...

— Que j'accepterai? fit Lise ébahie cette fois, hésitant à obéir. Paul, je ne veux à aucun prix, entends-tu, me trouver avec cet homme!

— Mais, ma mignonne, ne te tourmente pas de cela. Ce n'est pas toi qui le recevras au rendez-vous que je te désigne.

— Mais il me faudra le recevoir dans la loge.

— Il ne le faut pas. Nicette va venir en son nom, et c'est à Nicette que tu diras tout cela, et aussitôt tu te retireras, disant que tu crains de voir paraître d'un moment à l'autre M. Muller, qui a l'habitude de venir te joindre à la fin du spectacle.

— Allons! fit Lise avec un gros soupir.

— Courage, ma Lise aimée, dit Panafieu en lui serrant la main.

— Mais, où te trouverai-je, toi?

— Je ne te quitte pas, ma belle; je suis là, près de toi. Dès que Nicette sera sortie de ta loge, je t'attends et nous partirons.

Lise rentra dans la loge pendant que Panafieu se retirait à l'écart.

Elle reprit sa place en souriant et, jetant un regard circulaire autour de la salle, le regard de Nicette croisa le sien avec une science incroyable. Mlle Lise eut un mouvement de surprise gaie, auquel se trompa même Nicette; André salua discrètement. Sur un signe interrogateur, auquel Lise répondit par un geste d'acquiescement, Nicette se leva et l'alla rejoindre dans sa loge.

— Quelle surprise, ma chère, fit-elle en se plaçant près d'elle.

— Et moi!... Est-ce qu'il y a longtemps que vous êtes arrivés?

— Pendant le deuxième acte.

— Je ne vous ai pas vus.

— Nous t'avons vue; j'ai cru que tu ne voulais pas nous reconnaître.

— En voilà une idée! Mais, pourquoi cela?

— Dame! il aurait pu te le défendre.

— Qui donc? demanda, avec un ton d'ingénue, Lise qui craignait qu'ils n'aient vu Panafieu.

— Lui.

— Qui, lui? fit-elle dédaigneusement.

— Mais, ton Paul!

— Ah! ah! ah! mon Paul!

Et elle imita si bien le rire que quelques personnes scandalisées se retournèrent; elle dit plus bas:

— Tu me parles là d'histoire ancienne.

— Vraiment tu n'es plus avec lui?...

— Tu le vois bien, je suis à Lyon; il est, je pense, resté à Paris.

— Ah! ma chère Lison, je t'en félicite, ce sont des amours qui coûtent cher aux femmes, et c'eût été un crime de penser qu'une jolie fille comme toi allait user sa jeunesse à ce pauvre diable; l'amour est très joli, mais il est trop peu vêtu, et l'autorité ne permet pas de se promener comme ça.

Lise souriait toujours à son amie; mais ses petites dents déchiraient ses lèvres tant elle faisait d'efforts pour cacher le dégoût qu'elle ressentait.

— Et que fais-tu ici?

— Je suis... remariée... — Et elle eut un sourire espiègle, plein de vérité. — Avec un homme très riche, un gros négociant d'ici, un marchand de diamants.

— Un joaillier?

— Non, il fait le commerce de diamants; il vend et achète les brillants montés, non montés.

— Sur papier? dit Nicette.

— Oui, c'est un nommé Muller, un brave homme, jaloux comme un tigre.

— Et peut-on le voir?

— D'autres non, mais vous c'est différent.

— Où?

— Chez lui, chez moi.

— Tu restes chez lui?

— Il l'a voulu ainsi... Mais cela ne me gêne pas, je suis libre tous les soirs; très rarement je vais au théâtre, et lui va tous les soirs à son cercle, de neuf heures à minuit, une heure... Si vous voulez venir me voir...

— Oui, nous causerons à notre aise, car tout le monde nous regarde ici.

En effet, le public avait déjà fait deux fois des marques d'impatience d'entendre causer pendant le spectacle.

— As-tu une carte?

— Oui.

— Donne.

— Tiens, dit Lise en lui donnant une des cartes que Panafieu lui avait remises.

— Je me retire... Tous ces imbéciles grognent encore... Nous te verrons demain.

— C'est cela.

— De neuf à dix heures.

— Oui... Au revoir.

— Au revoir.

Et Nicette se retira.

Pendant tout le temps qu'avait duré cette scène, quoique n'ayant pas bougé, André n'avait pas détaché son regard d'elles.

Lise sortit à son tour, et, ayant hâtivement mis son manteau, elle allait descendre lorsque Panafieu parut.

— Eh bien ? demanda celui-ci.

— C'est entendu, ils viennent demain, de neuf à dix heures.

— Merci, ma Lise.

— Tiens, regarde-moi, fit-elle en se plaçant devant lui; et la jeune fille, éclatant en sanglots, lui montra son visage couvert de larmes.

Il se hâta de la conduire à sa voiture ; ayant dit l'adresse au cocher, il monta près d'elle et, l'attirant dans ses bras, la couvrant de baisers, il lui dit :

— Oh! ma Lison aimée, ne pleure pas, je t'aime ! je t'aime !...

III

OU L'ON VOIT CE QUE VALENT LES FEMMES

Le lendemain soir, Panafieu et Vincent se rendaient, suivis par les deux inséparables De Taille et Ladèche, à la petite maison du quai d'Albret, louée au nom des frères Muller.

Espérant se rendre maître du misérable, Panafieu cherchait à faire partager à Vincent ses idées de vengeance, et c'est avec une certaine éloquence qu'il exclama, après avoir rappelé les divers crimes commis par André :

— Voilà la longue série de crimes commis par cet homme jeune encore, à l'âge où le cœur est étranger aux calculs d'un sordide intérêt, où les mœurs, les fautes, les crimes même ne sont ordinairement que le résultat d'un excès de sensibilité. Lorsque nous trouvons le bourreau de tant de victimes, vous croyez-vous le droit de l'arracher à la justice ?

— Je ne puis le livrer.

— Mais ne pensez-vous pas que le misérable, sauvé ainsi par vous, profitant dans sa retraite d'une impunité cruelle, va méditer encore d'autres assassinats?... Cet homme marié, heureux et père, qui devait ainsi donner l'exemple de toutes les vertus, qui devait les rappeler même lorsque la fougue des passions a pu en étouffer la voix, cette homme ne sera qu'un monstre dont la barbarie déjouerait celle des plus grands criminels, et vous le sauveriez! Y pensez-vous! monsieur Lebrun, au nom de votre malheureux père mort innocent.

— C'est en son nom que j'agis ainsi...

— Mais enfin, cet homme est indigne de pitié, monsieur Lebrun, et votre père ne voyait dans l'assassin qu'un jaloux peut-être, il ne voyait pas un monstre ! Ayez le courage de revoir en un seul tableau le résultat de vos recherches, et que voyez-vous? Un homme bien élevé qui, dès sa plus tendre jeunesse, se jette dans la boue de la plus crapuleuse débauche, et qui tourne toute son intelligence vers le moyen de prendre la propriété d'autrui. Sans conseils, sans appui, sans complice, il entre et marche seul dans cette carrière criminelle. La nécessité de donner la mort à celle dont il envie les dépouilles n'a rien qui puisse l'arrêter. Tous les crimes possibles se présentent à sa pensée; il les fixe, les raisonne avec un sangfroid, une cruauté capables de les réaliser. Après une méditation barbare, il adopte un genre de mort étrange, voluptueuse, qui lui paraît la plus propre à l'exécution de ses noirs desseins... Les honteux plaisirs qu'il peut offrir sont les appâts dont il se sert pour ses victimes. Amour, tendresse, soins assidus enchaînent de plus en plus l'infortunée qu'il a résolu d'assassiner. Ce lit dans lequel l'assassin se couche à côté de sa victime... Quand je pense à l'heure fatale où le misérable accomplissait son œuvre ! Un premier coup mortel est donné, aussitôt suivi de cent autres qui doivent tromper ceux qui recherchent la cause. Assuré de la mort de celle qui était son amante, il se hâte de fouiller pour voler l'argent et les bijoux. Et vous voulez ne pas frapper cet homme!... C'est le tigre, qu'il faut tuer ou qui tue. Si vous lui pardonnez, lui ne vous pardonnera jamais sa grâce.

Vincent ignorait l'histoire de la dame aux violettes. En voyant l'acharnement avec lequel Panafieu demandait la mort d'André, il croyait que le seul désir de venger sa mère adoptive le guidait. Ils arrivèrent bientôt quai d'Albret. Ils apprirent que dans la journée un individu s'était présenté et avait dit qu'il reviendrait, venant pour affaires, ou que M. Muller veuille prendre la peine de passer à l'hôtel Collet où il était descendu. Il avait laissé sa carte sur laquelle Panafieu lut :

Henri Chauvanet.

Il montra le nom à Vincent, puis sourit en songeant au rendez-vous donné par Lise à Nicette. Le prudent André, afin d'être assurément seul avec Lise, envoyait, pendant sa visite, le soi-disant marchand de diamants le chercher à l'hôtel, où probablement Nicette l'occuperait le plus longtemps possible.

— Il ne va pas tarder à venir, dit Panafieu, hâtons-nous de prendre nos dispositions. C'est Ladèche qui ouvrira et fermera la porte. Tu vas te grimer de façon à n'être pas reconnu. Il y a dans cette boîte tout ce qu'il faut pour cela, ajouta-t-il en désignant une boîte de peintre que De Taille portait à la main.

— Je vous demande dix minutes, et vous verrez ça!

Et il entra dans une chambre ; il revint au bout de quelques instants absolument méconnaissable.

— Très bien, dit Vincent.

— Superbe! fit Panafieu.

— C'est-à-dire, dit De Taille, que je le prendrais presque pour un garçon de banque.

— Tu vas te placer dans l'antichambre, reprit Panafieu, et tu ne diras pas un mot; lorsqu'il sonnera, tu arriveras ; la faible lumière que nous laissons l'aidera à ce qu'il soit trompé ; il te demandera M. Muller, tu répondras que M. Muller est sorti, mais que madame est là... Tu l'introduiras alors dans la chambre où nous serons prêts et tu nous aideras.

— Très bien. Il s'agit de changer de voix.

— Naturellement.

— Je vais à mon poste, dit Ladèche, qui alla s'asseoir dans l'antichambre.

S'adressant à De Taille, Panafieu lui dit :

— Toi, Pierre, tu vas te placer là, près de la porte, et au moment où il entrera tu te précipiteras sur lui et le tiendras dans tes bras pendant que nous l'attacherons solidement.

— Entendu, dit De Taille, qui se plaça au poste qui lui était dévolu, obéissant comme un soldat.

— Nous, dissimulons-nous en attendant.

— Êtes-vous certain qu'il viendra?

— Absolument.

— Il peut remettre à demain.

— Je suis persuadé qu'il viendra ce soir. Vous ne savez pas tout ; puis, au théâtre, je lui ai fait jouer un tour par une femme...

— Il était au théâtre hier?

— Cette femme, qu'il a connue, s'est fait passer pour la maîtresse d'un des frères Muller, et ce soir il vient moins pour son affaire que pour se trouver seul avec elle.

— Jamais je ne pourrai m'expliquer cette légèreté dans une conscience que les remords devraient sans cesse tourmenter.

— Parce que vous voulez voir un homme là où n'est qu'un tigre ; cet homme-là vit pour le mal et par le mal ; ses joies sont des crimes, il est assassin, vous le savez bien, jusque dans l'amour.

— En admettant la réussite de notre tentative, tout est préparé?

— Pour ce que vous voulez, oui ; nous avons trouvé cè matin la voiture, et nous partons aussitôt en poste, où... je l'ignore encore.

— Oh ! ce n'est pas un secret, nous allons à quelques lieues de Besançon. C'est là seulement que j'aurai avec lui un sérieux entretien.

— Tout est prêt. C'est une malle-poste que j'ai fait arranger, les portes ferment à clef; nons nous ferons conduire en poste sans arrêt?

— Sans arrêt?

— Au reste, il le faut, car la moindre imprudence éveillerait l'attention de la police, qui le prendrait, et finirait la chose autrement qu'il faut.

— Évitons cela surtout.

On entendit le bruit du timbre.

— Chut ! le voici, dit Panafieu. Attention !

Tout le monde se tut, De Taille se prépara en dégageant ses poignets de ses manches. On entendit la porte s'ouvrir et une voix fit tressaillir Panafieu ; André demanda :

— MM. Muller frères?

— C'est ici, répondit Ladèche avec un accent qui fit sourire Panafieu.

— Pourrais-je leur parler ?

— Monsieur n'est pas là, mais madame est dans le salon.

— Voyez si madame veut me recevoir.

La porte d'entrée se ferma.

Panafieu dit tout bas à Vincent.

— Maintenant, nous le tenons.

Ladèche entra dans la chambre, fermant soigneusement la porte.

— Attention ! fit-il à mi-voix, voilà le pékin, je vais le faire entrer.

Il sortit aussitôt et dit en se plaçant derrière André :

— Si monsieur veut se donner la peine d'entrer.

Le misérable entra confiant dans la chambre dont Ladèche avait ouvert la porte ; le chapeau à la main, le sourire sur les lèvres, légèrement incliné pour le salut, il entra.

A peine avait-il fait deux pas dans l'appartement qu'il vit De Taille se précipiter sur lui : il se jeta en arrière et tomba sur Ladèche qui le poussa dans les bras solides de son compagnon.

Vainement André essaya de sortir de cet étau humain ; pendant qu'il cherchait à se défendre, il était bâillonné et garrotté par Ladèche et Panafieu. Il n'était pas revenu de sa stupeur que, sur l'ordre de Vincent, il était placé sur un fauteuil devant lui.

Ladèche disait à De Taille :

— Eh bien ! s'il perd ses abatis, c'est pas faute d'être bien attaché.

— Faut-il faire ce que vous avez dit ? demanda Panafieu à Vincent.

— Oui, oui ! répondit vivement celui-ci, je suis décidé à en finir.

En entendant les derniers mots, André releva la tête, ses regards jetèrent des flammes en regardant son beau-frère.

Sur l'ordre de Panafieu, Ladèche et De Taille sortirent pour chercher la voiture. Quand la porte fut refermée sur eux, Vincent se leva, et se plaçant devant André, debout, les bras croisés sur sa poitrine, il lui dit :

— Oui, André, je vais en finir... Aussi bien maintenant, nous pouvons tout te dire puisque tu t'es renseigné depuis le jour où tu nous as échappé. André, tu n'existes plus ! Infâme en tout, tu avais oublié femme et enfant,

32.

nous y avons pensé et ce sont eux que nous avons sauvés d'abord de la honte et du déshonneur !... André Berry est mort, il a été tué en duel par un individu qui lui avait parlé en termes inconvenants du supplicié Cornille Lebrun, son beau-père. Les registres de l'état civil en font foi ; la famille a trouvé et reconnu son cadavre à la Morgue, elle l'a fait inhumer dans le caveau de la famille au Père-Lachaise. La pauvre victime que tu aurais fait mourir de honte, celle qui aurait peut-être repoussé son enfant en apprenant ce qu'était son père, croit à ta mort et elle pleure l'époux qu'on lui a dit être mort pour elle, ou du moins à cause d'elle. Je te dis cela pour que tu saches bien que le mari de ma sœur, le père de mon neveu est mort, il a disparu de la société ! Il ne reste plus qu'un misérable, qui a assassiné Mme Mazel, et je me suis emparé de cet homme parce que je veux qu'il déclare à tous que l'assassinat de l'avenue Friedland fut commis par lui, par lui seul, et que Cornille Lebrun fut un martyr.

André était bâillonné et garrotté, son regard seul répondait à ce que disait Vincent.

D'abord indifférent à ce que son beau-frère lui disait, il devint plus attentif lorsqu'il lui parla de sa sœur.

On vit dans un sourire l'espoir que faisait renaître en lui l'ignorance dans laquelle était sa femme de son existence.

Vincent le devina, car il dit aussitôt :

— Oh ! n'espère plus échapper, André ! Ce n'est pas une phrase creuse celle où je te dis : André Berry est mort, le mari de ma sœur est mort !... Et le jour où l'assassin aura tout avoué, je saurai le mettre dans l'impossibilité de raconter jamais cette terrible histoire.

En entendant ces mots, André devint blême et un mouvement de rage contracta sa face, lorsque Panafieu lui dit :

— Si celui-là peut parler, j'en serai bien étonné.

André vit l'éclair de haine qui s'échappa des yeux de Panafieu, et il eut peur.

Cet homme qui le poursuivait sans cesse, il sentait qu'il était la cheville ouvrière de toutes les machinations dans lesquelles il se trouvait pris.

Cet homme, qu'il avait pris d'abord pour un agent, pour le chef des deux coquins par lesquels on le faisait garder, se dressait à son tour devant lui comme un implacable vengeur.

Lorsqu'il l'avait vu pour la première fois, après l'affaire de la rue Aumaire, il lui avait dénié le droit de le poursuivre, et quand il avait demandé d'un ton hautain :

— Que me voulez-vous ?

Panafieu avait répondu en se contenant avec peine :

— Je veux vous voir en face... bien en face !

— Je n'ai à répondre qu'à ces messieurs, avait dit d'un ton méprisant André, vous avez fait votre métier d'agent, laissez-nous.

— Te laisser, coquin !... Ah ! tu crois que je ne suis qu'un agent !

— Mais, qui donc êtes-vous ?

— Je suis celui que tu as fait orphelin, je suis le fils de Pauline Panafieu, celle que tu as assassinée !

— C'est faux ! c'est faux ! avait crié André. Et avec un accent plein de vérité il avait ajouté : Non, non ! c'en est trop à la fin ! pour qui me prenez-vous donc !... Un grand malheur est survenu à la suite d'une querelle de jalousie... Un homme, un innocent a payé ce malheur de sa vie, par ma faute, par ma lâcheté, soit ! Mais c'est tout. Je suis un malheureux, je ne suis pas un assassin !

Et Panafieu avait hésité devant cette formelle dénégation.

Depuis, il avait souvent pensé à cet homme, il s'était souvenu de sa première victime, Pauline Panafieu ; jamais celle-ci ne lui avait parlé de son fils, et il lui semblait impossible, en se rappelant l'âge de la pauvre femme, qu'elle eût un fils de cet âge.

Panafieu n'était donc qu'un parent, et son désir de vengeance venait peut-être de la perte qu'il avait faite, non seulement de sa parente, mais encore de ce qu'il devait hériter d'elle.

André était un homme pratique, qui attribuait aux autres les sentiments qu'il éprouvait lui-même.

Or, son beau-frère avait assuré à chacun des intéressés la restitution des valeurs volées...

D'où venait donc l'acharnement de cet homme après lui ? D'où venait cette haine implacable que le temps ne pouvait atténuer ? Il y avait là un mystère qu'André désirait vivement s'expliquer.

Panafieu ajouta :

— Cette fois, jusqu'à l'heure de la vengeance, je serai là, et, au premier mouvement, je lui brûle la cervelle.

— Panafieu, fit vivement Vincent, quoi qu'il fasse, il faut qu'il vive, souvenez-vous, jusqu'à l'heure où ma mission sera terminée.

— N'ayez pas peur, nous n'en arriverons pas à cette extrémité.

— Nous partons immédiatement.

— Bien.

— J'entends, je crois, la voiture.

On entendait, en effet, les grelots des chevaux de poste.

— Je vais vous l'abandonner... Voici votre route.

En disant ces mots, Vincent donna à Panafieu un papier sur lequel il avait écrit l'itinéraire qu'il devait suivre.

— Mais, j'y pense, fit tout à coup Panafieu, écoutez-moi donc un peu... Et il attira Vincent dans un coin de la chambre pour lui parler à voix basse, afin de n'être pas entendu d'André.

— Mais je pense à une chose très grave. Si en route nous étions surpris, une indiscrétion du postillon ? Un homme bâillonné, garrotté dans une voiture, pendant un jour et une nuit, c'est difficile à cacher au relais. *

Vincent fouilla dans ses papiers ; il en prit un, le donna à Panafieu, et lui dit :

— J'avais prévu le cas. J'ai pu me procurer, par l'intermédiaire de qui vous savez, un ordre pour faire transporter un fou furieux dans une maison du Doubs.

— Alors, nous n'avons rien à craindre.

En ce moment Ladèche entrait, le postillon attendait avec sa voiture à la porte.

— Il faut le mettre en voiture sans que le postillon le voie ainsi, quoique j'aie dit la chose au maître de poste.

— Oh ! c'est bien simple, dit Panafieu

Et, s'adressant à Ladèche, il continua :

— Ladèche, tu vas offrir un verre de vin au postillon, tu le conduiras à l'office, il y a un panier de vin. Tu sais où est l'office ?

— Oui, nous avons visité la maison avec Pierre... Faut bien savoir où on est.

— Très bien ! tu offriras un verre au postillon ; pendant qu'il boira avec toi, De Taille portera notre coquin dans la chaise, puis, avec le postillon, tu apporteras le panier de vin que l'on placera sur le caisson de la voiture.

— Très bien ! on y va.

— Préviens De Taille.

— Ayez pas peur !

Presque aussitôt on entendit les portes s'ouvrir et se fermer. C'était Ladèche qui dirigeait le postillon vers l'office. De Taille parut, il prit André dans ses bras ; celui-ci essaya de résister ; mais convaincu, au bout d'une minute, que toute résistance était impossible, il se tut. Sous le bâillon, on entendait grincer ses dents.

Panafieu sortit devant pour voir si le moment était propice, si personne ne passait. Le quai était désert.

De Taille sortit avec son fardeau et le plaça dans

la voiture. Là, encore, quelques précautions furent prises. Quand le postillon parut, qu'il eut avec Ladèche hissé le panier dans le caisson, Panafieu dit :

— Êtes-vous prêt, postillon?

— A vos ordres, notre bourgeois!

— Eh bien ! allons vite !

Les trois hommes montèrent, le postillon sauta en selle et fit claquer son fouet.

— A après-demain matin, dit Panafieu à Vincent, et occupez-vous de ce que fait Nicette.

En entendant ce nom, André bondit sur la banquette.

— Eh ben ! jeune homme, qu'est-ce que c'est que ça ? on se débat? Soyons sage, c'est l'heure du sommeil !

Le misérable se blottit dans un coin, secouant la tête; il pensait qu'il avait été livré à ses bourreaux par Nicette... Nicette!...

— Oh! les femmes ! pensait-il.

Et la voiture partit au grand trot.

IV

OU L'ON VOIT TOUTE LA BONTÉ D'AME DE NICETTE

Le lendemain matin, à peine sorti de l'hôtel, Vincent suivit la rue Tupin et, tournant à droite après avoir longé la rue de Lyon, il se trouva devant l'hôtel Collet; il entra et demanda :

— Monsieur Chauvanet?

— Un garçon de l'hôtel le conduisit aussitôt à l'appartement, où, ayant frappé, il fut reçu par Nicette.

En voyant Vincent qu'elle ne connaissait pas, le regard profond de Nicette se fixa quelques secondes sur lui, cherchant à deviner à qui elle avait affaire.

Lui ayant offert un siège et en prenant un elle-même, elle dit au visiteur :

— M. Chauvanet est déjà sorti pour ses affaires.

— Je le sais, madame. Aussi n'est-ce pas à lui, mais à vous que je désire parler.

Le visage de Nicette devint inquiet.

Elle n'était nullement tourmentée par l'absence d'André, celui-ci était coutumier du fait; lorsqu'il se trouvait attardé, il entrait au cercle et y finissait sa nuit quand il n'y passait pas encore une partie de la journée.

— Puis-je savoir, demanda Nicette, à qui j'ai l'honneur de parler?

— Oui, madame. Mon nom ne vous apprendra rien, vous ne me connaissez pas. Je me nomme Vincent Lebrun.

— Lebrun! répéta Nicette en faisant un soubresaut.

— Ah! je me trompais, alors... Vous savez tout!

— Mais, non, monsieur, je...

— Oh! ne vous défendez pas... Aussi bien il vaut mieux que nous sachions l'un et l'autre à qui nous avons affaire. Je suis le fils de Cornille Lebrun, et je sais que vous êtes la maîtresse de celui pour lequel mon père est mort.

— Je ne suis la maîtresse de personne, monsieur, je...

— Ne jouons pas avec les mots, madame Nicette. Vous vous nommez véritablement Alice Chauvanet, mais votre mari est mort ou disparu, et l'homme qui se fait appeler Henri Chauvanet n'est autre qu'André Berry! Vous voyez, madame, que je suis parfaitement renseigné. Asseyez-vous donc et causons.

— Monsieur, d'un moment à l'autre il peut entrer, et...

— Ne craignez rien, madame, André ne viendra pas. Vous l'avez fait arrêter hier soir.

— Arrêté! s'écria Nicette, qui commença à être véritablement inquiète.

— Oui, madame, en l'envoyant où nous l'attendions, quai d'Albret, chez le soi-disant Muller...

— Lise m'a jouée! Mais, monsieur, je ne vivais que depuis peu de temps seulement avec M. André et je ne suis pas...

— Oh! ne craignez rien, André est arrêté, vous le serez dans une heure si nous voulons.

Nicette eut un terrible changement, et son œil chercha aussitôt dans la chambre une porte par laquelle elle pourrait s'échapper. Vincent suivit le regard, et devina la pensée; il lui dit :

— Si vous voulez vous sauver, ne cherchez pas les portes cachées, soyez loyale avec nous et aidez-nous.

— Que voulez-vous dire?

— Que nous vous sauverons si vous le voulez.

— Expliquez-vous, dit-elle, espérant que le danger n'était pas si menaçant qu'on le lui avait dit, puisque l'on venait lui proposer un marché.

Vincent la devina encore, et, pour la mettre bien à sa discrétion, il reprit :

— André est perdu sans ressources, nous ne voulons pas le sauver, nous voulons le perdre, nous savons tout; et d'un mot, au reste, vous allez me comprendre.

Vous souvenez-vous de ces paroles :

« Maintenant, pour que tu saches bien que ta vie est entre nos mains, que tu n'as d'autres ressources de la sauver que de m'obéir aveuglément, pour t'assurer qu'il ne peut exister entre nous que les relations du maître et de l'esclave, que je ne puis me rendre ni aux cris ni aux larmes, j'ai là preuve que tu aidais ce bandit, c'est toi qui préparais ses victimes... Pauline, Adèle, Eugénie et ton enfant... »

Muette de terreur en entendant ces mots, la misérable se recula dans l'angle de la chambre, et quand Vincent termina, en disant :

— Vous souvenez-vous?

— Oh! oui, dit-elle sourdement... la nuit de Créteil !...
Vous étiez avec Paul !

— Je suis envoyé par lui, pour vous donner à choisir :
ou être livrée à la police dans une heure, ou tenir votre
promesse que je vous répète : « Ne me tue pas, je ferai
ce que tu voudras, et je t'obéirai en tout. »

Nicette revint prendre place à côté de Vincent et lui
dit :

— Parlez, monsieur, je ferai ce que vous voudrez...

Mais, en disant ces mots, on sentait que la misérable
créature avait peur et qu'elle craignait de tomber dans un
piège nouveau.

En quelques mots Vincent lui prouva qu'il savait ce
qu'elle était, et elle fut obligée de reconnaître qu'elle était
sous sa dépendance absolue.

Vincent reprit :

— Aujourd'hui André est entre nos mains, nous voulons en finir avec lui ; il faut donc que nous puissions op-
poser à ses dénégations une affirmation absolue, un témoignage indéniable.

— Et c'est moi qui devrais fournir ce témoignage? demanda Nicette stupéfaite.

— C'est vous.

— Mais alors, je le perds, c'est vrai, mais je suis perdue aussi.

— Non pas. Personne que nous, qui savons, ne peut
vous accuser. Vos déclarations n'auront d'autre but que
de constater l'identité d'une même personne, qui se faisait appeler Poulard et Raoul de la Havertière; que cet
individu était connu sous le nom de l'abbé. Vous affirme-
rez l'avoir vu dans ce costume, vous vous souviendrez des
dates et vous déclarerez que, misérable avant le 2 octobre, nuit du crime de l'avenue de Friedland, vous l'avez
reçu chez vous la nuit suivante. Vous déposerez, ce qui

est vrai, que, lui ayant demandé la source de cet argent, il vous a répondu l'avoir gagné dans un tripot.

— C'est vrai, dit vivement Nicette, se souvenant qu'elle avait ainsi parlé à Panafieu.

Vincent tira de sa poche un papier sur lequel il lit :

« — ... Trois jours après, il rentra vers quatre heures du matin. J'étais couchée, mais non endormie. J'avais laissé brûler la bougie. Je voulais lui parler sérieusement à son retour et en finir. Quand je le vis entrer, je fus tout interdite; il était pâle, défait; il avait l'air singulier. Son front était mouillé de sueur et il tremblait. Il fut surpris de me voir éveillée à cette heure; il essaya de me sourire. Ce n'était plus le même; d'une voix saccadée, qu'il cherchait à rendre douce, il me dit :

« — Comment se fait-il que tu sois encore éveillée ?

« — Je t'attendais pour te dire que je suis lasse de la vie que tu mènes, et que je veux en finir. Je ne me sens pas le courage de supporter cette misère de tous les jours.

« — C'est tout, fit-il en riant; tu veux que ta vie change, tu veux de l'argent ! Que ta volonté soit faite !

« Alors il fouilla dans ses poches et il tira des poignées d'or qu'il fit tomber en cascade sur le lit.

« Ce tintement, ces scintillements me ravirent, je plongeai mes mains dedans; il y avait environ dix mille francs d'or et une vingtaine de billets de banque de mille francs. Je lui demandai aussitôt :

« — Où as-tu eu cela?

« Il me répondit qu'il l'avait gagné au jeu. J'étais ravie, et cette fortune si bien venue m'empêchait de dormir. Il se coucha et s'endormit, mais d'un sommeil agité, dans lequel il ne cessait de rêver haut, de se plaindre et de se débattre.

« Je remarquai qu'il avait au poignet droit de sa chemise trois gouttes de sang.

« Comme il criait dans son rêve, je l'éveillai...

« Il se dressa devant moi ; les yeux hagards, terribles, menaçants, il me demanda :

« — Est-ce que j'ai parlé !

« — Non, lui répondis-je inquiète.

« Il respira bruyamment et me dit comme rassuré par ma réponse négative :

« — Je faisais un rêve affreux ; j'ai le cauchemar, la fièvre

« Pendant plusieurs nuits son sommeil fut ainsi agité. »

— Vous souvenez-vous de ce récit? demanda Vincent, cessant de lire et regardant Nicette.

Celle-ci, muette d'épouvante, était devenue livide.

Ses lèvres remuaient sans qu'il en ressortît un son.

Faisant un effort, elle dit.

— Mais pourquoi a-t-il écrit ce que je lui ai conté? Pourquoi avez-vous ce papier sur vous?

— Il l'a écrit le matin même de votre déclaration, comme on écrit la déposition importante d'un témoin.

— Et pourquoi avez-vous cela?

— Mais je suis venu ici pour le lire, afin que vous reconnaissiez bien que vos paroles n'ont pas été changées.

— Mais quel usage allez-vous faire de cela? demanda anxieusement la misérable.

— Je vais vous lire le commencement qui vous expliquera tout.

Et Vincent lut encore :

« Je soussignée déclare avoir connu un nommé Raoul Poulard, dit l'abbé Poulard, dit Raoul de la Havertière ; j'étais sa maîtresse, il passait la plus grande partie de ses nuits dans les tripots où il jouait. Je me fâchais et me plaignais. Il me dit : « Ne te tourmente pas, dans quelques jours nous serons riches. »

« C'était, le 3o septembre 18.., trois jours après, etc., etc. »

— Je vous ai dit le reste.

— Et, fit vivement Nicette, vous voulez que je signe cela?...

— C'est ce que je venais vous demander.

— Jamais! jamais!... Autant me rendre moi-même chez le commissaire de police... Jamais! monsieur.

Vincent releva la tête, regarda fixement la fille, et, de l'air le plus naturel du monde, il lui dit :

— Mais, madame, nous n'avons pas l'intention de nous servir de ce papier, nous ne vous le demandons que comme une garantie ; c'est-à-dire qu'un nouvel incident survenant, nous aurions en main votre déclaration.

Les sourcils froncés, le regard brillant, Nicette cherchait à comprendre ce que voulait dire Vincent.

Celui-ci continua ;

— Vous me dites : « Autant me rendre moi-même chez le commissaire, » mais c'est justement ce qu'il faudra faire. Vous devrez, l'heure venue, vous rendre chez le commissaire, vous devrez affirmer chez le procureur ce qui est.

Nicette était étourdie.

— Moi! fit-elle, j'irais chez le commissaire! chez le procureur! Mais alors, monsieur, envoyez-moi tout de suite à la prison, et obligez-moi à dire : Enfermez-moi! guillotinez-moi ; je suis la véritable coupable des crimes commis par André Berry!

Vincent se leva, et son regard froid s'appuyant sur celui de la misérable, il lui dit d'un ton sec :

— Si vous refusez ce que je vous demande, madame Chauvanet, ce n'est pas vous, c'est moi qui, ce soir même, irai faire cette déclaration.

— Vous! exclama Nicette avec inquiétude.

— Oui, madame, moi! et vous savez aussi bien que moi que je serai dans la vérité. André est un misérable, qui ne mérite aucune pitié ; mais j'ai, moi, la conviction que celle qu'il a un jour véritablement aimée, celle avec

qui il a vécu honnête, pouvait l'empêcher de devenir criminel. C'est un coupable, mais celle qui tenait par un
amour son cœur et son âme fut plus coupable que lui, le
jour où l'idée du crime naissant dans son cerveau elle le
poussa sur ses victimes.

A mesure que Vincent parlait, on pouvait suivre sur la
face blême de la fille l'effet que produisaient ses paroles.

Le dédain, l'inquiétude, la crainte, la peur, et enfin l'é-
pouvante.

C'est alors qu'elle se précipita vers lui et que, les mains
tendues, suppliantes :

— Ah ! taisez-vous ! taisez-vous ! Si vous voulez me
sauver, ainsi que vous le disiez, je vous obéirai.

Vincent eut un méprisant sourire.

Il reprit :

— Ce papier n'est, je vous le répète, que notre garantie; une fois déjà, ayant fait ces déclarations, vous les
avez oubliées. Mais, plus encore, vous avez été retrouver,
le lendemain, celui contre lequel vous les aviez faites...
Vous avez compromis en une nuit notre travail de deux
ans. Nous n'avons à votre égard ni haine, ni affection;
vous nous êtes utile, et nous consentons, si vous voulez
nous servir, à nous taire. Nous vous laisserons vous déclarer la malheureuse femme trompée, au lieu de la complice. Vous serez aussi une victime. Vous nous servez et
vous vous sauvez, non seulement à cette heure, mais dans
l'avenir, car vous effacez le passé en nous aidant à le faire
disparaître.

Le front dans ses mains. Nicette écoutait; quand Vincent eut dit le dernier mot, il y eut une grande minute de
silence pendant laquelle celui-ci, ne la perdant pas de vue,
attendait anxieux sa décision.

Nos lecteurs le comprennent, Vincent mentait, il voulait obtenir de Nicette tout ce qui était nécessaire; par la
menace, par de l'argent même; mais si Nicette, éclairée

ou dirigée par André, avait refusé, tout se trouvait détruit. La seule chose que Vincent ne voulait pas faire, c'était la dénonciation dont il la menaçait. On juge de son anxiété.

Nicette releva la tête, et cette fois, regardant fixement son interlocuteur, elle alla droit au but en lui disant :

— Monsieur, voici ce que vous me dites : « Je veux perdre absolument André, j'ai besoin pour cela d'un témoin, et je viens vous demander à vous d'être ce témoin; sinon, indifférent à votre sort, je vous livre tous les deux. »

— C'est absolument ce que je vous ai dit, madame, dit Vincent assez inquiet de la façon crâne avec laquelle la maîtresse de son beau-frère abordait la situation.

— Vous m'avez dit que, vous obéissant, au lieu de la complice je devenais la victime; que, vous servant, je me sauvais; qu'enfin je m'assurais l'avenir et effaçais absolument tout le passé...

— Je vous promets tout cela, je m'y engage sur l'honneur !

— Vous vous y engagez sur l'honneur, répliqua Nicette pensive.

Elle se tut quelques minutes encore. Vincent l'observait attentivement.

— Mais, reprit-elle, tout cela est bien, c'est nous qui le faisons; mais *Lui* pris, il dira...

— Il ne sera pas pris.

— Que me dites-vous là? fit aussitôt Nicette.

Vincent fut ennuyé, mais il reprit vivement :

— Ceci est notre affaire. André est entre nos mains, nous ne voulons laisser à personne le soin de notre vengeance; mais nous voulons prouver qu'il est coupable, le faire juger par contumace.

— Ah ! je déposerai, fit Nicette, et je dirai ce que je voudrai sans qu'il y ait de confrontation.

— Non pas ! fit aussitôt Vincent d'un ton sévère, vous direz la vérité sur lui... Nous vous promettons de nous taire sur vous.

— Mais vous m'assurez que je ne le verrai plus, dit Nicette, vous m'assurez que je ne serai pas confrontée avec lui ?

— Vous ne serez appelée que lorsqu'il sera mort.

En entendant le dernier mot, la misérable fille eut un tressaillement ; elle regarda celui qui lui parlait, et, le voyant calme et froid, elle eut peur ; elle comprit que ceux qui voulaient venger les victimes d'André étaient forts, et que sa vie serait peu de chose si le sacrifice leur en semblait nécessaire.

Nicette, nous l'avons dit déjà, était d'une nature, hélas ! trop commune, qui n'agit que sous l'influence du présent. C'est un peu la philosophie des ignorants. Inconscients de l'avenir, méprisant le passé, ils ne cherchent que la tranquillité dans le présent. Nicette vivait du présent. En disant à celui qu'elle connaissait du jour même qu'elle l'aimait, Nicette ne mentait pas. Subissant les influences de ce qu'elle ressentait, elle vivait avec le présent et lui sacrifiait tout, bravant ce qui pouvait en advenir.

C'était un peu de la philosophie de Zénon qu'elle avait en elle : « La fleur vous donne son parfum au passage, jouissez-en, elle se fane. Marchez, vous en trouverez une autre dont le charme vous semblera plus grand. » Elle vivait ainsi, la Nicette, méprisant toute idée d'affection sincère, de morale, de pudeur, vivant pour vivre et surtout pour jouir de la vie, se moquant bien du souvenir maudit qu'elle laisserait derrière elle, n'ayant qu'une peur, la mort, et décidée à lui échapper en sacrifiant tout le monde.

Convaincue qu'elle ne courait aucun danger, qu'elle serait au contraire protégée contre André par la famille Lebrun, elle dit d'un accent décidé :

— Monsieur, je suis à vos ordres, je ferai tout ce que vous voudrez.

— D'abord, signez, dit Vincent.

Il étendit la déposition copiée par Panafieu sur la table, et offrit la plume à Nicette qui signa :

« Approuvé l'écriture ci-dessus :

> « ALICE, femme CHAUV.'NET,
> « dite *Nicette*. »

— N'êtes-vous pas veuve ? demanda Vincent, en lisant la signature.

— Pour tout le monde, oui ; mais si la pièce doit aller devant la justice, je ne veux pas mentir : non !

— Votre mari existe ?

— Oui ; je ne sais ce qu'il est devenu. Comme moi il a changé de nom ; je ne l'ai jamais revu.

Vincent demandait cela indifféremment et plutôt pour employer le temps nécessaire pour faire sécher l'encre, que pour se renseigner. Quand il eut soigneusement plié le papier, qu'il l'eut précieusement enfoui dans son portefeuille, il dit à Nicette :

— Maintenant, madame, suivant nos conventions, vous allez m'écouter.

— Je suis prête.

— Je vais vous donner l'argent nécessaire à votre déplacement, et vous allez retourner à Paris, chez vous, vous allez y vivre le plus simplement possible, car, à compter de ce jour, une enquête peut être faite sur votre conduite ; observez-vous donc et attendez un avis de nous.

Ces réclamations ne rassurèrent guère la fille ; mais se sentant à la merci de ceux qui la dirigeaient, elle ne fit aucune observation, et, recevant l'argent nécessaire à son retour à Paris, elle dit :

— Demain, monsieur, je serai chez moi.

Puis, regardant bien en face Vincent Lebrun et changeant de ton, elle ajouta :

— Mais vous me garantissez que je ne serai pas compromise dans tout cela ; car, je vous le déclare, si l'on me trompait, je ne cacherais rien, moi, je dirais...

Vincent l'interrompit en lui disant sèchement :

— Vous n'avez rien à dire que ce que nous vous dirons lorsque l'heure en sera venue. Je vous ai dit qu'André serait mort à cette heure ; or, si vous parliez, il ne resterait plus qu'une coupable à punir, et nous n'hésiterions pas à la livrer.

Nicette baissa la tête et trembla ; le ton avec lequel Vincent avait parlé l'épouvantait.

Ce dernier la regarda quelques minutes, et, la voyant domptée, il la salua cérémonieusement en disant :

— Madame, je vous salue, je ne vous reverrai maintenant qu'à Paris.

Et il sortit.

V

UN SINGULIER CABARET, UN NON MOINS SINGULIER AUBERGISTE, ET DE BIZARRES TOURISTES.

Les dents serrées, rageuse, Nicette disait tout bas :

— Maintenant il faut obéir ou je suis perdue.

Et elle sonna le garçon auquel elle commanda de faire enlever ses malles et de les porter au chemin de fer pour Paris.

A quelques heures de Guillon-les-Bains, sur la route de Beaume-les-Dames, se trouve un petit cabaret.

La maison n'a qu'un étage, qui se compose de quatre chambres, et le rez-de-chaussée de trois pièces seulement.

Le débit est une grande salle dans laquelle cinq tables

sont dressées ; derrière se trouvent la cuisine et une chambre dans laquelle couche le maître de la maison.

L'habitation est suivie d'un jardin potager et d'un verger qui va se terminer dans la petite rivière de Cuisancin.

Le cabaret est gai, la vue est magnifique : il est au pied de la montagne, et par sa position devrait attirer du monde ; l'intérieur en est propre, soigné, ce qui est rare dans les petits villages de la Franche-Comté, et cependant la plupart du temps, le seul bruit qu'on entende autour du comptoir, c'est le bruit monotone du balancier du grand coucou.

Les verres brillent au soleil, les liqueurs scintillent dans leurs flacons en jetant les émeraudes et les rubis de leur teinte. La pompe en cuivre rouge est étincelante, les tables sont bien cirées, les dalles sont blanches, et le cabaret est toujours triste. La table et le banc placés à la porte, sous l'ombre de l'espalier de vigne qui enveloppe la maison, ne sont occupés que par le maître du logis, et l'enseigne *Aux Bons-Enfants* grince sur sa tringle rouillée sans attirer personne.

C'est que la maison a une mauvaise réputation. Ouverte depuis quelques mois seulement, le jour de l'ouverture, à la suite d'une querelle, un individu a été tué et, quoiqu'on n'ait pu le prouver, la rumeur publique assure que c'est par le nouveau cabaretier que des on-dit prétendent être un ancien forçat.

A l'heure où nous amenons nos lecteurs *Aux Bons-Enfants*, le cabaretier est assis à sa porte, accoudé sur sa table et le front dans ses mains. En présentant ce singulier personnage, peut-être nos lecteurs le reconnaîtront-ils.

C'était un être étrange, gracieux comme Quasimodo, avons-nous déjà dit de lui, grand comme Méphistophélès ; ses pas étaient si démesurément longs qu'il desservait

une table en restant au bout; on le nommait Champignon; les uns disaient à cause de son nez, d'autres à
cause de sa bosse.

Nos lecteurs se souviendront peut-être avoir déjà vu
cet individu au commencement de cette histoire, il servait
de garçon au bouge du *Chat-Enragé*.

Un héritage lui avait donné sa maison, quelques vignes,
mais peu d'argent.

C'est alors qu'il avait transformé sa maison en une hô-
tellerie, car on lisait au-dessous de la tringle qui soutenait
l'enseigne :

J.-C. Champit, aubergiste. — Écurie, remise

En installant des chambres meublées, Champit, dit
Champignon, avait pensé qu'il trouverait quelques étran-
gers amoureux du site qui, voulant prendre les bains de
Guillon et ne pas vivre au milieu des malades de l'hôtel,
viendraient habiter chez lui.

Nous avons dit que Champit, assis à sa porte, la tête
dans ses mains, étrillait ses cheveux de ses ongles en pensant à son cabaret vide, et songeait tout bas :

— Voilà comme on est récompensé quand on veut vivre
honnêtement.

Tout à coup Champit dressa la tête et tendit l'oreille.

Il écouta quelques minutes, et, se levant aussitôt, il prit
un torchon et épousseta toutes ses tables en disant :

— Des grelots; le postillon prendrait peut-être une
bouteille.

Il vint regarder la route et vit au sommet de la montée
paraître une chaise de poste, qui, malgré la pente, descendait avec rapidité.

— Voilà un postillon qui risque bien de casser et briser les jambes de ses voyageurs.

La voiture arriva cependant sans accident jusque devant la porte de l'auberge des *Bons-Enfants*.

Champit, la serviette à la main, sur le pas de sa porte, adressait aux voyageurs son plus gracieux sourire — une laide grimace.

Et ce n'est pas sans étonnement qu'il remarquait que le postillon, un robuste gaillard, n'avait pas l'uniforme, et était même en bras de chemise et sans bottes.

La voiture s'arrêta.

Une voix dit :

— Informe-toi si nous sommes encore loin.

Un homme sauta aussitôt du siège et vint jusqu'à Champit.

Celui-ci le regarda, et en même temps les deux hommes exclamèrent :

— Comment, toi !

Le postillon, si peu vêtu, regardait stupéfait, trop éloigné pour distinguer.

En entendant l'exclamation, un homme s'était penché à la portière de la chaise de poste et avait demandé :

— Qu'y a-t-il donc !

— Ah ! mais, monsieur Panafieu, voyez donc cette rencontre.

L'aubergiste, entendant à son tour le nom de Panafieu, courut à la portière et dit :

— Comment, vous par ici, monsieur Panafieu ?

— Champignon ! fit celui-ci stupéfait. Et que fais-tu ici?

— Vous voyez. Je suis établi... Hôtel, restaurant, chambres, écuries, remises.

— D'abord, dis-moi, sommes-nous loin du couvent de la Trappe?

— C'est à moins d'une lieue d'ici ; et si vous étiez un bon homme, monsieur Panafieu, vous me feriez l'honneur de descendre chez moi.

Panafieu regarda autour de lui.

Voyant la maison isolée, la route solitaire, il descendit de voiture, ferma la porte à clef et entraîna Champignon à quelques pas ; il lui demanda des renseignements sur sa maison, et lui confia qu'il avait un prisonnier.

La figure de Champignon s'illumina.

— Mais, je suis votre homme, et c'est ma maison qu'il vous faut. Ah ! à la bonne heure, au moins, je vais me distraire et revenir au beau temps.

Dix minutes après, la voiture était sous la remise, les chevaux à l'écurie. Champignon aux fourneaux, Ladèche et De Taille, qui servait de postillon depuis Beaume-les-Dames, autour de la table.

Panafieu avait enfermé André dans une chambre au premier, à côté de la sienne.

Le long voyage s'était passé silencieusement. A quelques lieues de Lyon seulement, André, dont le bâillon avait été retiré, dès que la voiture s'était mise en marche, avait dit à Panafieu :

— Je suis très mal à l'aise ainsi ; vous n'avez pas l'intention de me martyriser, je suis sans armes, vous m'avez fait fouiller et dévaliser, vous en êtes convaincu ; puis vous êtes trois contre moi et armés, vous ne risquez rien, je pense, en me dégageant les mains, vous me permettrez ainsi de fumer.

Panafieu appela Ladèche, et André fut entièrement détaché ; mais il lui dit, en lui donnant du feu pour allumer son cigare :

— Je vous préviens, monsieur, que si vous faites la moindre tentative, je vous fais sauter la cervelle.

André eut un méchant sourire.

— Je vous appartiens, monsieur.

— Non pas, je ne suis ici que votre gardien, au nom de votre beau-frère, M. Vincent Lebrun. C'est seulement lorsque vous aurez fini avec lui, que vous serez libre, que nous nous retrouverons.

André releva la tête et regarda Panafieu, le mot libre l'avait agréablement frappé.

S'enfonçant dans le coin de la voiture, il ne pensa qu'à cette espérance, insoucieux de la menace dont Panafieu l'avait fait suivre.

— Libre! pensait-il, alors ce n'est pas-à ma vie qu'en veut la famille Lebrun, ils ne cherchent pas à me livrer au bourreau. C'est donc l'intérêt bourgeois qui les guide; ils veulent les valeurs seulement. Alors, tout n'est pas perdu.

Et, le visage plus calme, André fuma tranquillement.

Au premier relai, il dormait comme un juste, il ne s'éveilla même qu'au grand jour.

Panafieu évitait de lui parler. A dix heures, au quatrième relai, il lui fit servir à déjeuner dans la voiture par Ladèche, tandis qu'il déjeunait dans l'auberge.

En traversant Beaume-les-Dames, André lui demanda:

— Dois-je revoir bientôt Vincent?

— Demain! répondit sèchement Panafieu.

Vers le soir, on arriva à l'auberge des *Bons-Enfants*, entre Guillon et Passavant.

Panafieu était fort embarrassé du choix à faire d'une auberge, et le hasard l'avait heureusement servi en lui faisant rencontrer l'ancien garçon du *Chat-Enragé*.

Champignon n'avait besoin d'aucune explication, il était prêt à tout; et en voyant enfermer André dans la chambre grillée, il avait cligné de l'œil à Ladèche, en lui demandant :

— Est-ce que vous allez lui faire son affaire par ici?

— Non, avait répondu Ladèche, c'est un autre genre de travail; au contraire, nous sommes obligés d'en faire des conserves de ce bonhomme-là. Mais, tu le connais de nom, ce gars-là; c'est un *mariole* de la *haute*. tu sais bien, l'abbé?

— L'abbé! exclama avec considération Champignon. Oh! mais c'est un fort, celui-là!

— Oui, c'est un fort ! mais qui se fait rouler par Panafieu ; tu vas voir ça, en voilà un qui est à la coule.

— Mais la chaise de poste et les chevaux ? demanda Champignon, on va venir chercher tout ça...

— Comment, ça ? Mais c'est à nous. Est-ce que tu crois que nous louons ? Oh ! mais l'argent roule avec nous ! tu verras ça... On attend le grand patron, et ça va avec lui ! On a acheté tout ça, la boîte à Lyon, les chevaux à Beaume-les-Dames.

— Mais enfin, qu'est-ce que vous faites ?

— Puisque je te dis que je n'en sais rien. C'est des affaires de famille qu'ils disent ; moi, il y a des moments où je crois que c'est de la politique.

— Enfin, vous êtes contents ?

— Demande à Pierre, nous nous mettons de l'argent de côté. Et quand nous serons balancés, nous nous établirons. Faut bien faire une fin.

— Mais, toi, demanda Ladèche, ça va-t-il les affaires ?

Champignon fit la grimace.

— Non, ça ne va pas, et peut-être bien que je vendrai tout ça... Ça allait bien en commençant, tu sais, on était libre chez moi ; alors je me dis : pour poser ma maison il faut se faire respecter, je ferai un exemple. Un soir, ça arrive, j'en *estourbis* un...

— Oh ! malheur.

— J'ai été jugé et acquitté... légitime défense. Mais ils ne sont plus revenus.

— Eh bien ! ça c'est bête ! fit naïvement De Taille ; parce que c'était fini, de ce jour-là on pouvait s'amuser.

A ce moment Panafieu parut. Il demanda à Champignon :

— Y a-t-il un bureau de télégraphe, par ici ?

— Il y en a un à Beaume.

— Peux-tu me faire porter une dépêche ?

— Oh! mais, à vos ordres ; je vais envoyer un gars à cheval.

— C'est ça !

Quelques minutes après, un Franc-Comtois portait au télégraphe la dépêche qui indiquait à Vincent Lebrun l'endroit où il était attendu.

Panafieu veillait lui-même son prisonnier. Il remonta aussitôt dans sa chambre et s'y fit servir son repas.

Les trois anciens du *Chat-Enragé* soupèrent ensemble, et, après dîner, comme on avait bu un peu plus que de coutume du petit vin de montagne, la gaieté présidait au festin.

Panafieu entendit Ladèche qui lâchait sa romance ; c'était un des faibles de l'ami de De Taille, il adorait la musique, et c'est une chose assez commune, au reste, de voir les bandits chanter les fleurs, les petits oiseaux et la madone.

Ladèche chantait : *L'Amour maudit*, romance.

Une jeune religieuse aime et est aimée par un seigneur qui vient lui déclarer sa flamme jusqu'au pied des autels, mais elle préfère mourir ; elle touche la croix et le beau seigneur disparaît dans une flamme.

C'était Satan.

Ladèche avait pour chanter une voix de basse.

De Taille, au contraire, l'accompagnait en fausset.

Champignon aimait les gaudrioles ; par habitude, au refrain, il tapait avec son couteau sur son verre.

— Ça imite les cloches, disait-il.

Le refrain de la romance était :

> Retirez-vous, ne souillez pas mon voile :
> Arthur, Arthur, quittez ce lieu sacré.   } *bis.*

Rien au monde ne peut dépeindre l'accent convaincu, le geste suppliant et la mine triste de Ladèche en soupirant cette phrase. C'était à crever de rire.

VI

UNE PETITE VISITE AU MONASTÈRE

Le lendemain soir, vers dix heures, un homme grimpait au galop de son cheval la pente aride qui débouche sur une route plus douce, dont les capricieux détours viennent aboutir au couvent des trappistes de la Grâce Dieu.

Le paysage n'était pas gai à cette heure, le vent hurlait dans les sapins qui bordaient la route et couvraient la colline, opposant leur teinte sombre aux rochers dont les pierres luisaient sous l'humidité de la nuit.

La petite rivière, devenue torrent, mugissait en cascade sur un côté de la route, et au loin se profilait sur le ciel sombre la silhouette immense du monastère.

Tout était morne, désolé autour du nocturne voyageur.

Par-dessus la masse sombre du couvent se dressait le petit clocher de la chapelle.

Ce n'est pas la chapelle recherchée de l'archéologue, avec les grandes fenêtres ogivales, avec les clochetons... C'est la vieille église lourde, dont la solennité pénètre la chapelle perdue où les désolés qui croient viennent prier.

L'homme arrivé à la porte du couvent sauta à terre et alla sonner la cloche.

Presque aussitôt le guichet de la porte s'ouvrit, et un des frères parut.

— Que voulez-vous ? demanda-t-il.

— Mon père, fit l'homme, j'ai fait une lieue au triple galop pour venir chercher un frère ; un homme se meurt sur la route de Chaux-les-Passavant.

— Pourquoi n'avez-vous pas été à la paroisse ?

— J'y suis allé, mon frère, et M. l'abbé est en tournée depuis deux jours...

— Et l'homme se meurt, dites-vous?

— Il ne passera pas la nuit.

— C'est lui qui demande un confesseur?

— Oui, mon père. Il nous a suppliés de ramener un confesseur, sentant sa fin prochaine et ayant, a-t-il ajouté, de graves choses à se faire pardonner.

— Attendez, dit le frère portier, frappez en face, on vous ouvrira, et tout à l'heure le frère partira avec vous, mais je dois en référer au prieur.

Et, ayant dit cela, le frère ferma le guichet; l'homme se retourna et vit quelques pas plus loin, sur le bord de la route, une petite maison ayant l'apparence d'un cabaret.

Au bruit de la cloche, la porte s'était ouverte.

L'homme entra.

Il trouva pour le recevoir un moine à face épanouie, qui lui offrit aussitôt un siège et demanda s'il désirait du vin ou de la Trappistine.

L'homme, stupéfait, demanda :

— Mais, où suis-je donc ici? Et il regardait à la fois et le costume religieux et les bouteilles de liqueurs et toute une vitrine pleine de chapelets, de crucifix et d'images.

— Ici, fit en souriant le moine, c'est ce qu'on nomme dans le pays la buvette du couvent; cela était nécessaire, vous concevez, nous sommes à plus de trois heures de marche de la moindre auberge, les visiteurs arrivaient ici exténués, mourant de faim; alors nous avons fait cette petite restauration... Et puis ici on est libre.

— C'est assez intelligent, d'autant que si un particulier s'avisait de s'établir par ici on lui défendrait...

— Oh! oui, monsieur, bien certainement; bois, riviè-

res, routes, terres, tout cela est à nous... Et puis, vous
savez la règle.

— Quelle règle?

— Les femmes ne peuvent entrer dans le couvent.

— Ah! Et?...

— Et ceux qui ne le savent pas viennent avec des
dames; or, elles attendent ici.

L'homme se fit servir un verre de Trappistine.

— Songez aussi, monsieur, que nous aurions beaucoup
de pertes, si nous n'avions pas de ce débit; l'ordre nous
défend de manger même notre pêche, et nous avons des
truites dont les visiteurs sont très friands.

— Je croyais que les trappistes faisaient vœu de pauvreté?

— Oui, monsieur, et vous le voyez nous vivons en
pauvres, toujours vêtus de bure; nous ne devons faire
qu'un repas par jour, qui ne peut être composé que de
légumes cuits dans l'eau ou dans l'huile, selon le jour
maigre ou gras.

— Et, demanda l'homme en souriant, c'est avec cet
unique et léger repas que vous avez acquis cette obésité?

Le père trappiste eut un rire sonore.

— Ah! ah! mais moi je ne suis pas obligé de suivre le
règlement, j'ai une dispense, le commerce avant tout. Je
ne pourrais pas faire injure au visiteur; je mange et bois
quand je veux.

— Et des légumes seulement?

— Oh! peu de viande; mais du poisson... Vous savez,
j'ai des petites provisions pour les visiteurs...

— Oui, je comprends.

— Quelquefois il ne vient personne, alors...

— Alors, pour que ce ne soit pas perdu, vous vous sa-
crifiez!

— Oui, c'est cela; mais j'ai une dispense.

L'homme avait fait apporter un autre verre, le moine trinqua et but.

Quelques minutes après, deux moines entraient, et s'adressant à l'homme :

— C'est vous, monsieur, qui venez chercher an confesseur pour un mourant?

— Oui, mon père.

— Est-ce un homme du pays?

— Non, mon père, c'est un voyageur qui est descendu à l'auberge des *Bons-Enfants*, sur la route de Passavant, ne pouvant plus continuer son chemin.

— Vous avez un cheval? demanda le moine.

— Oui, mon père.

— Partez en avant, nous vous suivrons, on attelle une carriole.

— Merci, mon père.

L'homme paya, sauta aussitôt en selle, et partit au grand galop.

Pendant qu'on attelait un cheval à la carriole, le frère trappiste s'adressant au frère convers qui devait l'accompagner, lui demanda :

— Avez-vous, à tout hasard, emporté la petite boîte de secours?

— Oui, mon père.

— Quelquefois il suffit d'un cordial pour remettre un malheureux exténué, qui prend une faiblesse pour l'annonce de sa fin prochaine.

Le moine qui parlait était un homme de taille moyenne. Sous les longs plis de sa robe de bure, il ressemblait un peu à ces statuettes de vieux chêne que nous voyons dans les chapelles du moyen âge.

A la lueur des bougies qui éclairaient faiblement la petite salle, sa tête osseuse semblait de cire, tant le teint était jaune.

Le crâne chauve était entouré de cheveux gris, coupés

ras, au milieu desquels ressortait la peau qui luisait comme du buis verni ; ses yeux vifs étaient enfoncés sous l'arcade sourcilière et brillaient étonnamment dans le bistre qui les encadrait d'ombre ; le nez était droit, fin, mais un peu long ; le front était osseux, le bas de la figure se perdait dans une longue barbe grise qui formait deux pointes.

Quand le frère qui gardait la buvette eut attelé, le frère qui se nommait Dom Caliste et le jeune convers montèrent dans la petite voiture, le plus jeune frère prit les guides et fouetta.

Le temps se mettait à l'orage, le vent gémissait en effeuillant les arbres ; les liserons et les ronces, secoués par le vent, battaient les roches ; les feuilles sèches, soulevées, voltigeaient sur la route comme de sombres papillons, le vent hurlait, les arbres se ployaient en gémissant, c'est à peine si sur la route on pouvait entendre le bruit des sabots du cheval et des roues de la voiture. On entendait seulement le grincement aigu d'une girouette sur un toit ; les grosses nuées brunes glissaient dans le ciel sombre. Le tonnerre commença à gronder, et dans ces chemins bordés de bois, ce fut bien le plus épouvantable fracas qu'on pût entendre ; la pluie commença à tomber.

Le frère convers poussa vivement le cheval, qui hennissait épouvanté, et qui dévora l'espace ; elle était fantastisque la petite carriole, le cheval noir, les deux hommes noirs, et le petit feu rouge de la lanterne ; et lorsque les éclairs illuminaient la route, celui qui aurait vu la carriole filer rapide avec les deux hommes noirs, aurait pensé que c'était bien plus le diable que le bon Dieu qu'ils allaient porter de ce train.

Ils arrivèrent bientôt à l'auberge des *Bons-Enfants*, Panafieu sortait de l'écurie où il venait de rentrer son cheval, Ladèche et De Taille prirent le cheval qui conduisait la carriole et le rentrèrent sous la remise.

Vincent, arrivé le matin même, vint recevoir le moine.

— Mon père, dit-il, je vous remercie de la hâte que vous avez mise à vous rendre à notre prière.

— Lorsque le pécheur souffre, serait-il juste de ne point se hâter d'apaiser sa souffrance?

— Veuillez entrer, mon père. Le malheureux vient de s'assoupir, et nous profiterons de ces quelques minutes. En voyant la pluie nous avons allumé une flambée, vous vous sécherez, et je vous donnerai quelques renseignements.

Le moine accepta ; il suivit Vincent dans la cuisine, où sous la vaste cheminée pétillait un grand feu de sarment.

Vincent ferma la porte derrière lui, offrit un siège au moine, presque sous la hotte de la grande cheminée, en prit un lui-même et s'assit.

— Mon père, dit aussitôt Vincent, il y a quelques semaines, mon frère vint visiter la trappe de X... Il fut présenté au frère dom Caliste.

— C'est moi ! dit le moine relevant la tête, sans manifester de surprise.

— Vous souvient-il, mon père, de cette visite? Un jeune homme qui se renseigna sur la confession *in extremis?*

Sans hésiter, le moine répondit :

— Je me souviens d'un homme un peu plus jeune que vous. Il était accompagné de sa sœur, me dit-il, qui l'attendait au repos du couvent. Une jeune dame en grand deuil, tenant un enfant de cinq à six ans.

— C'est cela même. C'est mon frère et ma sœur.

Le moine releva la tête, et, son regard froidement fixé sur le jeune homme, il lui dit :

— Monsieur votre frère me dit qu'un ami intime, rongé par un mal inconnu, devait venir passer la saison aux bains de Guillon. Ce malheureux, pensait-il, avait dans sa vie une terrible histoire dont il ne voulait décharger sa conscience qu'à la dernière heure, loin des lieux où elle s'était passée; qu'il refusait un prêtre dont les relations mondaines (si la vie lui revenait après sa confession) pouvaient le replacer devant lui, et qu'avant de venir à Guillon, il l'avait chargé, lui votre frère, de voir si un frère trappiste pourrait recevoir cette confession.

— C'est cela, mon père.

— C'est pour cet homme que vous m'avez fait appeler?

— Oui, mon père. Il est venu seul ici, mais il s'est trouvé si mal, qu'il n'a pu faire les deux lieues qui restaient à faire. Il est descendu dans cette auberge, et voyant son état s'aggraver, il m'a fait appeler. Arrivé il y a quelques heures, j'ai jugé que le moment était venu, je vous ai envoyé chercher.

— Mon frère, dit le moine en se levant, conduisez-moi près du pécheur.

Vincent prit la bougie et dirigea le moine vers le premier étage dans la chambre de derrière.

André était couché.

Il s'éveilla en entendant ouvrir sa porte et chercha vainement à se soulever.

Quand Vincent approcha sa lumière, on put voir le visage du misérable; il était livide, les joues creuses, les yeux enfoncés, la bouche pincée; le regard seul semblait vivre encore.

— Merci, mon père, d'être venu à mon appel, malgré cet horrible temps.

— Dieu entend toujours la voix de celui qui l'appelle, mon fils.

— Vincent, dit André, je vous remercie; veuillez me laisser seul avec le père, et éloignez-moi cette bougie qui me fait mal.

Vincent obéit, plaça la bougie plus loin, abattit le rideau sur le lit pour voiler la lumière et se retira aussitôt.

Le moine s'agenouilla près du lit en disant : Priez, mon fils... et il pria. Puis, se relevant, il avança un siège, s'assit à la tête du lit, et d'une main prenant son front, de l'autre soutenant le coude, il dit :

— Mon fils, je vous écoute.

Avant d'aller plus loin, nous devons quelques mots d'explication aux lecteurs sur ce qui s'était passé à l'auberge des *Bons-Enfants*, depuis l'arrivée de Vincent Lebrun.

VII

OU L'ON VOIT QU'IL RESTAIT ENCORE UN SENTIMENT HUMAIN DANS LE CŒUR D'ANDRÉ BERRY

Vincent était arrivé à l'auberge de la route de Chaux-les-Passavant le matin même du jour où Panafieu avait été au couvent chercher un confesseur.

En arrivant, il s'était aussitôt présenté à André et lui avait dit :

— Il faut en finir, André, et nous devons avoir un long entretien.

— Je le désire de tout mon cœur, avait répondu le misérable d'un air narquois.

Vincent ne s'y était pas arrêté, il avait pris un siège et avait fait signe à André de s'asseoir.

— D'abord, je dois te bien faire sentir qu'ici tu m'appartiens tout entier, tu es loin de tout dans un pays que tu ne connais pas ; personne ne sait ta présence ici, je puis te faire disparaître sans bruit et sans crainte que personne ne te recherche.

— Tu te trompes, dit André, qui cependant avait senti un froid mortel lui courir les veines en entendant la déclaration de son beau-frère ; je n'étais pas seul à Lyon, et l'on doit me faire rechercher.

— Nicette est en ce moment à Paris, où je l'ai renvoyée avant-hier, bien heureuse d'être débarrassée de toi, et ne craignant qu'une chose, te revoir.

André se mordit les lèvres et ne répondit pas, Vincent reprit :

— Je n'ai pas à te répéter ici les noms de tes victimes, je ne viens venger personne, je veux seulement réhabiliter mon pauvre père... J'avais cru trouver un autre homme en toi, j'avais espéré qu'il n'y avait pas en toi que la hideuse nature de l'assassin, je croyais que le coupable vaincu se souviendrait qu'il avait une femme... qu'il avait un fils...

André se leva aussitôt et dit avec véhémence :

— Vincent, tais-toi !... tais-toi ! Ne me parle pas d'eux. Je ne veux pas y penser.

— Et c'est là justement ton malheur. Si tu avais pensé plus à eux, aurais-tu pu commettre d'aussi inexcusables forfaits ?

— Mon fils !... répéta André en se cachant, mais ils me croient mort.

— Il a fallu que nous pensions à eux, nous, et c'est à eux que tu dois de n'être pas traîné devant les tribunaux. Car enfin, tu fus assez infâme pour concevoir cet abominable plan d'être attaché à nous de façon à ce que nous ne puissions te livrer à la justice pour rendre l'honneur à notre père, sans nous déshonorer encore dans ta femme et dans ton enfant.

André retomba sur sa chaise et pleura.

— Dieu merci ! Marguerite et Cornille sont sauvés. Il nous reste notre père à réhabiliter, et si vraiment les larmes que tu verses sont sincères, si vraiment il reste dans ton cœur une place pour ceux qui te pleurent, tu dois m'aider à en finir.

André dit dans un sanglot :

— Parle !...

Vincent ne se sentit aucune pitié pour cet attendrissement tardif ; il avait pour le misérable tant de mépris et tant de haine !

Il lui raconta tout ce qui était, la volonté formelle de son père qui les avait chargés de rechercher sans trêve l'assassin pour lequel il allait être exécuté, puis, cet homme retrouvé, la défense formelle de le livrer à la justice.

Il lui lut la lettre de Cornille Lebrun.

André trembla en entendant cette phrase du testament du condamné :

« Sur mon corps encore chaud, vous jurerez de rechercher sans cesse ni trêve celui pour lequel la société m'a condamné à mort, non pour me venger, mais pour sauver ma mémoire.

« La société veut du sang pour du sang : je la paye.

« Vous trouverez le coupable. Ce jour, au nom du sang que je verse pour lui, je veux qu'il soit gracié, qu'il n'ait d'autre punition que le remords éternel du crime commis par lui et pour lui. »

André courba la tête, et, l'œil fixe, sans regard, il resta immobile ; il ne releva les yeux vers Vincent que lorsqu'une autre phrase, appuyant la première, dit :

« Je sens que vous trouverez le coupable.

« Quand vous aurez convaincu la société de sa culpabilité, je vous ordonne de réclamer sa grâce ; puisqu'à notre époque on dit encore : sang pour sang — j'ai payé ! Le coupable est à vous. »

Quand Vincent eut terminé sa lecture. André dit d'une voix sourde :

— Que veux-tu faire ? commande et j'obéirai.... Mais tu sauveras ma femme et son enfant ?

— Voici ce que je veux faire, dit Vincent.

André écoutait, attentif, les yeux baissés, n'osant affronter le regard de son beau-frère. Le sentiment humain avait vaincu la nature farouche. Il pensait à sauver sa femme, surtout son fils, de l'hérédité de ses crimes.

— Il faut maintenant prouver à la société que l'assassin de la dame Mazel n'était pas Cornille Lebrun, et il faut lui cacher en même temps que c'était André Berry. André Berry pour tous est mort ; il a été tué dans un duel avec un individu qui avait parlé de sa femme en termes inconsidérés en faisant allusion à la fin de son père. Cet homme l'a blessé mortellement. Transporté à Lariboisière, il expira en arrivant et fut porté à la Morgue où son beau-frère le reconnut. Je fis porter le corps chez moi, je lui fis rendre les honneurs funèbres et inhumer dans le caveau de famille. André est donc mort, laissant une veuve honorée qui le pleure, un fils que l'on élève dans le respect de son nom. Tu le vois, l'avenir est assuré. Il nous reste donc à sauver le passé. A cet effet, tu te nommes Poulard, Raoul. Tu te faisais passer pour abbé, et d'autres fois, pour t'introduire dans certains cercles, tu prenais le nom de la Havertière... Comprends-tu ?

— Oui, fit André comme hébété.

— Il fallait désintéresser l'héritier de ta première victime et ta dernière victime, ce ne fut qu'une question d'argent ; avec les bijoux que nous avons retrouvés, provenant de chez la dame Mazel, avec quelques valeurs retrouvées chez toi et ignorées de ta femme, enfin avec une part assez large que nous prenons, mon frère et moi, sur notre fortune personnelle, nous avons déjà payé et nous payerons les pertes subies par Panafieu et Eugénie Herval. Ceux-là nous abandonnent à ce prix le coupable... Maintenant, voici ce que je demande : Tu vas feindre une maladie, maladie sans espoir. Sentant ta fin prochaine, tu fais appeler un prêtre. A ce confesseur, tu révéleras le crime de l'avenue Friedland dans tous ses détails : tu raconteras que tu te faisais passer pour abbé, que

tu étais l'amant secret de la dame Mazel, dont mon père
était l'amant en titre... Tu diras, ce qui est vrai, que c'est
à cette circonstance que tu dus de pouvoir rester inconnu. Tu diras la vérité tout entière en ne changeant
que ton nom. Ayant fait cet aveu, tu ordonneras au confesseur de déclarer, dans un délai que tu fixeras, c'est-à-
dire dans dix jours, le temps nécessaire pour ton départ
pour l'étranger, à la justice française que Cornille Lebrun, exécuté en vertu du jugement qui le condamnait à
mort, était innocent du crime pour lequel il a été condamné.

Vincent regarda André, attendant sa réponse. André
se tut, l'œil fixe, et dans son regard on sentait que la
pensée seule vivait en lui.

— Tu ne me réponds pas ? demanda Vincent.

Comme sortant d'un rêve, André dit aussitôt :

— Oui ! que veux-tu que je dise ? Marguerite et l'enfant sont ainsi sauvés de moi. C'est tout ce que je peux
espérer en ce monde.

— Tu feras ce que je demande ?

— Je le ferai, et puisque c'est la volonté du malheureux dont j'ai causé la mort, en revanche de cette grâce
posthume qu'il accorde à mon forfait... je te jure d'employer la vie que vous me laissez à travailler pour aider
de loin ceux que, sans vous, j'aurais ruinés et perdus.

Vincent regarda avec moins de haine le misérable qui
dit :

— Hâtons-nous, finissons-en. Ici l'on peut avoir un
prêtre ?

— Oui ! mais avant organisons tout pour le moine
qu'on va aller chercher.

— Le moine ? interrogea André.

— Tu ne comprends pas nos précautions, et cependant elles sont simples. Si nous avions fait à Paris ce
que nous faisons ici, nous n'avions pas près de nous la

frontière pour ta fuite, et nous prenions un prêtre qui, croyant véritablement à ta mort, aurait pu, avec des intimes, raconter la lugubre histoire. Ici, point de crainte, nous sommes loin de tous, et ta confession ira se perdre entre les quatre murs d'un cloître.

— C'est un moine d'un couvent voisin que vous allez prendre ?

— Oui, un trappiste, un père bien entendu. Déjà Charles est venu visiter le couvent, il s'est renseigné ; il a dit qu'un de nos pauvres amis, mourant d'un mal étrange, devait venir essayer de la saison de Guillon ; mais que ce malheureux, qui avait probablement un drame dans sa vie, lui avait demandé s'il ne pourrait trouver dans le couvent voisin un conseiller et un confesseur, si, ainsi qu'il en est convaincu, la mort devait le prendre en ce voyage. Le moine lui présenta le révérend dom Caliste, qui accepta.

— Très bien, fit André. Je vais me grimer, me coucher, et ce soir vous irez chercher ce moine.

— C'est cela. Mais comme tu dois sembler mourant, il est bon que tu écrives une lettre.

— Quelle lettre ?

— Écris, et tu comprendras.

André, obéissant, prit une plume et écrivit sous la dictée de Vincent :

« Sentant ma fin prochaine, j'ai voulu paraître devant Dieu après avoir confessé mes fautes, après avoir avoué mon crime.

« Je suis le seul auteur de l'assassinat de la dame Mazel (Adèle), dont j'étais l'amant secret.

« J'ai confessé mon crime dans tous ses détails au révérend dom Caliste, et je lui donne la présente pour l'autoriser à révéler ma confession, afin de réhabiliter le malheureux Cornille Lebrun qui fut condamné et exécuté innocent. »

— Mets la date et signe : Raoul Poulard.

André obéit ; mais, le sourcil froncé, il demanda :

— Et que devrai-je faire de cela ?

— Tu remettras ce papier au moine, en lui disant que quatre jours après il devra faire sa déposition chez le procureur.

— Ah ! oui, je comprends, fit André d'un ton singulier.

— Apprête-toi maintenant, et ce soir on ira chercher le moine.

Nous allons maintenant ramener le lecteur près du mourant et de son confesseur.

VIII

OU ANDRÉ VEUT SAUVER SON AME ET SON CORPS

Nous avons laissé André seul avec le moine de la Grâce-Dieu, qui, assis près du lit, attendait la confession d'André qui était resté quelques heures seul dans sa chambre.

Vincent ne s'était pas senti le courage d'entrer près de lui, il ressentait pour le misérable une répulsion trop naturelle pour qu'il soit besoin de l'expliquer.

On avait convenu de ne faire appeler le moine que la nuit pour rendre plus facile la supercherie à l'aide de laquelle André devait avoir l'air d'un mourant.

Panafieu aurait pu monter près du prisonnier ; mais depuis l'arrivée de Vincent, dégagé de sa surveillance, il évitait soigneusement de se trouver avec l'homme qu'il haïssait.

Le voyage forcé qu'il avait dû faire avec lui dans la voiture avait épuisé tout le calme qu'il avait promis de conserver devant lui.

Or, laissé seul, André, avait pensé à tout ce que son

beau-frère lui avait dit, il avait dégagé clairement la situation.

Il appartenait entièrement à Vincent, celui-ci pouvait le livrer à la justice, il avait en main les preuves nécessaires à sa condamnation ; mais ce qui le sauvait, c'étaient ceux qu'il avait failli déshonorer, sa femme et son fils. Or, l'affection de Vincent pour sa sœur et son neveu assurait André de l'impunité.

De ce côté, il était tranquille.

Il n'en était pas de même d'un autre côté ; lorsqu'il pensait à Panafieu, malgré les assurances que Vincent lui avait données, il sentait qu'il avait encore là un ennemi mortel.

Et ce n'est point que les relations de Panafieu eussent été mauvaises.

Non, car Panafieu, au contraire, s'était appliqué à le traiter comme un homme dont il aurait ignoré la criminelle existence.

Mais un mot échappé à Panafieu pendant le voyage revenait sans cesse à la mémoire du misérable.

Lorsque sorti de Lyon, sur la route de Bourg, il avait dit à Panafieu :

— Je suis très mal ainsi. Je crois que vous n'avez pas l'intention de me martyriser. Je suis sans armes, vous le savez, puisque vous m'avez fait fouiller par vos hommes. Vous êtes armés contre moi, vous ne pouvez craindre que je cherche à m'échapper. Je vous demanderai donc de me rendre la liberté de mes mouvements en me déliant les mains. Je voudrais fumer.

Sur l'ordre de Panafieu, qui ne lui avait pas répondu, on détacha les cordes qui lui liaient les mains.

Alors, lui offrant du feu, Panafieu lui dit sèchement en montrant la crosse d'un revolver qui sortait de sa poche :

— Je vous préviens, monsieur, qu'à la moindre tentative de fuite, je vous brûle la cervelle.

André avait eu un méchant sourire et avait répondu :

— Je vous appartiens, monsieur.

— Non pas, je ne suis ici que votre gardien, au nom de votre beau-frère, M. Vincent Lebrun. C'est seulement lorsque vous aurez fini avec lui, que vous serez libre, que nous nous retrouverons.

Or, seul en attendant le moine, André s'était souvenu de cette dernière phrase.

— Il m'a dit, pensait-il : « Ayant fini avec Vincent, vous serez libre et alors nous nous retrouverons. » Or, l'impunité que j'ai avec Vincent, je ne l'ai pas avec lui, malgré le remboursement de ce qu'il avait perdu. Ma déclaration écrite, qui ordonne au moine de révéler ma confession, me met à la discrétion de cet homme, qui peut venir dire : « Voilà celui qu'on croit mort ! Voilà le coupable, prenez-le !... » Vincent peut me confondre, mais il ne le fera pas ; lui seul a les preuves nécessaires, tandis que je peux nier ce que dira ce M. Panafieu, tant que le moine n'aura pas déclaré ce que je dois lui révéler.

L'orage commençait, la pluie battait les vitres, le tonnerre grondait. Tout en pensant ainsi devant sa glace, André se *maquillait;* il avait bistré ses paupières, il avait jauni ses joues ; et, passant du vinaigre sur ses lèvres, il les avait blanchies. Il se regarda et dit :

— Du diable, si me voyant ainsi on me donnera la nuit à vivre.

Il se coucha. Entendant l'arrivée du moine, il eut un sourire narquois, et dit à mi-voix :

— Voici le confesseur ; je vais d'abord sauver mon âme, et après... je m'arrangerai avec M. Panafieu pour sauver mon corps.

Le moine entra.

Nos lecteurs l'ont vu prier au pied du lit, puis aussi près de celui qu'il croyait être un moribond, lui disant :

— Parlez, mon fils, je vous écoute.

André commença d'une voix sourde :

— Mon père, ce que je dois vous dire est tellement odieux, terrible, que je dois avant vous dire qui je suis.

Ce que je vais vous dire ne peut ni excuser, ni atténuer mes crimes ; mais cela pourra du moins vous expliquer ma nature tout entière.

Quand un enfant n'a eu ni père ni mère pour vous apprendre à vivre... lorsque la misère, du matin au soir, vous a tenu dans ses griffes aiguës, quand on n'a autour de soi que de cyniques exemples, qu'on ne comprend pas bien ce que veut dire le mot convenance, on cherche à voler à la vie ce qu'elle a refusé de vous donner... On prend le plaisir dans la débauche, et l'on appelle passion les vices. Je n'ai jamais été aimé ; ma famille est une famille d'adoption, des gens qui avaient la passion de la seule chose que je n'aie jamais pu m'imposer, le travail.

Jeune, on me laissait sans éducation, abandonné, courant les rues ; quand je fus recueilli par les gens dont je veux taire le nom, ils ne trouvèrent en moi qu'une nature rebelle, ivre d'indépendance, parce que, jeune, on ne l'avait pas domptée, et pleine de mauvais instincts. J'avais pour amis tous les vauriens de Paris, cette lèpre plus vicieuse à dix ans qu'un vieux galérien.

C'est là que j'ai sucé le poison duquel je meurs aujourd'hui... Cette bande où les filles de dix ans sont déjà des femmes !

Je n'ai pas besoin de m'expliquer plus, vous me comprenez. J'ai été élevé à l'école du vice... J'héritai à vingt ans de mes parents adoptifs... J'essayai avec cette petite fortune de changer ma vie... vainement, j'étais joueur, et, en quelques mois, j'avais tout perdu.

— N'avez-vous donc jamais reçu d'instruction ?

— Si, mon père, mais tard ! heureusement j'avais une grande facilité pour apprendre, et je sus rapidement...

— Mais vos parents d'adoption ne vous veillaient donc pas?

— C'était le plus atroce ménage qu'on pût voir. L'homme s'amusait au dehors, et la femme ne se gênait guère pour en faire autant, et l'affreux, c'est qu'ils m'adoraient tous les deux, et j'étais leur confident.

Le moine eut un imperceptible mouvement de dégoût.

— J'arrive maintenant aux crimes dont je viens réclamer le pardon.

Et André raconta, au moine épouvanté, les trois crimes qu'il avait commis.

On juge de la stupéfaction du religieux, lorsque lui ayant demandé :

— Mais vous ne ressentiez alors pour ces femmes aucune affection.

— Si, mon père, je n'avais pas pour elles de sérieuses passions; mais j'avais alors de l'affection, et en leur disant que je les aimais je ne mentais pas.

— Mais, pourquoi les assassiniez-vous?

— C'était une volupté de plus.

On juge de l'effet que produisit cet horrible aveu.

— Achevez, dit le prêtre, résolu à ne plus interroger...

André raconta ce que nos lecteurs connaissent.

— Ayant terminé, l'air suppliant, il ajouta :

— Et maintenant, mon père, j'ai une grâce à vous demander. Les secrets terribles que je viens de révéler peuvent sauver la mémoire d'une famille dont le chef fut condamné et exécuté ainsi que je vous l'ai dit. Je veux vous autoriser à révéler à qui de droit ma confession; je crois ma mort prochaine, mais la vie peut revenir allégée du poids que j'avais sur la conscience, et je veux que cette révélation ne soit faite qu'après moi, ou tout au moins sur mon ordre si un jour je me trouvais à l'abri.

— Que voulez-vous dire? demanda le moine, cherchant

à vaincre la répulsion qu'il éprouvait pour l'odieux misérable, dont l'égoïsme ne cessait de se montrer.

— J'ai écrit, mon père, une lettre vous autorisant à livrer le secret de ma confession. Veuillez la prendre dans ce meuble, dans le premier tiroir.

Le moine se leva, ouvrit le tiroir et y prit une large lettre cachetée de noir, mais sans suscription.

— Est-ce cela? demanda-t-il.

— C'est cela, mon père. Sur la table il y a plume et encre, veuillez écrire votre nom dessus... Cette lettre, si je meurs, vous sera immédiatement remise.

Le moine obéit, et sur la demande d'André il la plaça sous son oreiller.

— N'oubliez pas, mon père, que c'est non sur un avis, mais sur la remise de cette lettre que vous devez parler.

Le moine discourut seul avec lui quelques minutes encore, pendant lesquelles, en l'écoutant, le misérable manifestait un hypocrite repentir.

Puis le moine fit monter le frère qui l'avait accompagné et il remplit son ministère.

Quand il quitta l'auberge, Vincent vint vers le moine et lui dit :

— C'est fait ? mon père.

Le moine, sombre, fit un signe de la tête pour dire : oui, et partit. On lisait clairement sur son visage l'effet produit par les terribles révélations qu'il venait d'entendre.

André, dès que le moine fut sorti, sauta du lit et alla glisser la lettre dans la doublure de ses vêtements, en disant :

— Maintenant, quand André aura fini, monsieur Panafieu, vous ne me tenez pas encore!

IX

OU L'ON POURRAIT CROIRE
QUE LE VICE EST TOUJOURS RÉCOMPENSÉ

Le moine venait de quitter la chambre d'André lorsque Vincent y monta.

André était debout et il se débarbouillait. Quand il eut enlevé le maquillage qui lui couvrait la figure, il se tourna vers son beau-frère et lui demanda :

— Que me veux-tu ?... Je t'ai obéi en tous points.

— Je veux causer quelques minutes avec toi pour en finir tout à fait, car je suppose qu'ainsi qu'à moi, nos relations doivent te sembler pénibles.

André ne répondit pas, mais son geste fut un signe d'assentiment.

— D'abord, dit Vincent, qu'as-tu convenu avec le père dom Caliste?

— Ce que tu avais exigé ; je lui ai dit la vérité absolue. J'ai déclaré me nommer Raoul Poulard, je lui ai avoué que souvent je portais le costume ecclésiastique. Puis enfin, je lui ai remis la déclaration en lui demandant quarante-huit heures avant d'en faire usage. Ce délai passé il doit se rendre à Paris, et tout révéler au parquet.

— Dans quarante-huit heures!

En entendant Vincent dire l'heure, André releva la tête : il craignait que celui-ci ne l'obligeât à rester son prisonnier jusqu'à ce moment.

— Maintenant, André, voici un testament antidaté que tu vas transcrire et signer afin qu'il soit olographe et incontestable.

— Et pourquoi ce testament?

— Il nous aide, par des dons que tu fais, à restituer ce que tu avais pris. Il est daté du jour où tu as disparu, et, par conséquent, paraîtra des plus naturels. Devant te battre, tu as arrangé tes affaires avant d'aller au rendez-vous.

André, obéissant, se mit à table et écrivit sous la dictée de Vincent, et signa.

— Maintenant, dit ce dernier, tu es libre. Si véritablement il reste en toi un peu d'affection pour ta femme et pour ton fils, avant quarante-huit heures, André, tu auras quitté l'Europe. Souviens-toi cependant que la volonté de mon père est exécutée, ma mission va être terminée, et je n'aurai plus pour diriger mes actions que mon libre arbitre.

— Ce qui veut dire? interrogea André.

— Ce qui veut dire que si tu te trouvais sur mon chemin, je n'hésiterais pas à te livrer à la justice, non pour le crime de Mme Mazel, mais en conseillant aux héritiers de Pauline Panafieu de se venger.

André eut un sourire narquois que Vincent ne vit pas.

— Tu es sans ressources, et nous voulons que tu puisses partir. Ce portefeuille que nous t'avions pris contient tes papiers et quatre mille francs.

Tu vas écrire encore une autre lettre.

André attachait si peu d'importance à ce qu'on lui faisait faire, et il avait surtout une telle hâte de passer la frontière qu'il se mit aussitôt à table, et qu'il dit :

— Dicte, j'écris.

— Mon père...

André releva la tête vivement, demandant avec inquiétude :

— C'est au moine que tu me fais écrire?

— Oui.

— Que veux-tu donc que j'écrive ?

— Je veux lui adresser les bijoux que nous avons retrouvés, qui serviront de preuve et nous aideront dans les restitutions.

— Quels bijoux avez-vous donc?

— Les pendants d'oreilles de Mme Mazel que tu avais été reprendre chez toi, et la bague que mon père lui avait donnée.

— La grosse bague, vous l'avez?

— Oui!

— Ah! fit André d'un accent singulier, la dame aux violettes, la naïve Lise était avec vous.

Il réfléchit quelques secondes; puis prenant la plume et écrivant, il dit:

— Oh! c'est très simple, j'écris:

« Mon père, craignant que la mort ne me prenne plus rapidement qu'on me le fait espérer, redoutant de n'avoir plus à cette heure la force nécessaire pour accomplir la restitution que je dois faire, je vous adresse des bijoux qui, en attestant les aveux que je vous ai faits, serviront à indemniser les familles des malheureux que dans ma folie j'ai sacrifiés.

« Vous agirez, mon père, ainsi que je vous l'ai demandé, et au jour convenu seulement, vous remettrez entre les mains de la justice ces bijoux et ma confession.

« Priez pour celui que le remords tue...

« Priez pour le coupable repentant.

« RAOUL POULARD. »

— Est-ce cela? demanda-t-il en signant.

— C'est bien cela!

Vincent plaça le testament et la lettre dans son portefeuille, et avant de se retirer, il dit:

— André, maintenant tu es libre; c'est à celui que tu as fais guillotiner que tu dois la vie, c'est à ta femme que

tu dois que nous ayons agi ainsi sans recourir aux tribunaux. Que la volonté de notre père soit faite ! Si horrible
que soit ta vie passée, si profond que soit l'abîme qui te
séparait des honnêtes gens, cet abîme est comblé ; tu rentres aujourd'hui dans la société, tu vas à l'étranger ; tu
peux, sinon racheter, au moins faire pardonner ta vie passée par ta vie nouvelle, ton avenir t'appartient. C'est le
dernier mot que je te dis... Désormais je ne connais pas
Raoul Poulard ; et mon beau-frère, André Berry, est
mort... Tu es libre !

— J'aurai quitté la France au point du jour. Adieu !

En disant ces mots, André inconscient, croyant que le
pardon obligé qui lui était accordé par les frères Lebrun
entraînait l'oubli du passé, tendit sa main.

Mais Vincent fit un geste de dénégation et se retira
sans répondre à son adieu.

La porte était à peine fermée qu'André, montrant le
poing, disait avec rage :

— Vous êtes des niais ! et vous ne m'avez pas encore
vaincu... Belle grâce que vous me faites en me donnant
la vie.

Puis, changeant tout à coup d'idée, il dit:

— Au fait, pourquoi n'irais-je pas reprendre au moine
ce qu'ils vont lui faire porter, c'est une petite fortune.

Au point du jour, André partit.

Vincent, le soir même, avait payé Ladèche et De Taille
largement, si l'on en jugeait par l'air de satisfaction ré-
pandu sur la physionomie des deux compaings.

Il les avait remerciés, n'ayant plus besoin de leurs services.

Le matin, quand Vincent fut pour partir, il demanda
Panafieu.

Champignon lui dit :

— Monsieur, il est parti avec ses deux hommes cette

nuit, un peu après l'abbé, et il m'a dit qu'ils reviendraient probablement demain.

Vincent fut surpris de ce départ précipité, mais il se l'expliqua en disant :

— Le brave garçon a voulu s'assurer de visu de son départ.

Il se fit servir à déjeuner, content d'être seul, car il pouvait ainsi longuement penser à tout ce qu'il avait fait.

Cette fois, le but était atteint, dans quarante-huit heures, le moine partirait pour Paris, et dans trois jours au plus, la justice serait saisie de la demande en réhabilitation du malheureux Cornille Lebrun.

Quel monde étrange il avait dû voir pendant ses recherches, et quelles malheureuses circonstances l'avaient fait chercher sans cesse dans un cercle qu'il ne connaissait pas, quand chaque jour il coudoyait le misérable !

Il bénissait la présence d'esprit de son malheureux père en leur signalant surtout cette bague disparue, c'est-à-dire le premier indice qui les avait mis sur la voie du véritable coupable.

Il se félicitait de la prudente discrétion qu'il avait résolu de garder avec tous, lorsque, sortant du cimetière du Champ de Navets, du coin maudit, il exigeait de son frère, avant de commencer les recherches, l'engagement de ne rien dire.

— Nous allons commencer aujourd'hui, avait-il dit sur le boulevard de l'Hôpital, l'exécution des volontés de notre père. Charles, je ne sais pas encore les moyens que nous emploierons, nous nous concerterons à ce sujet quand nous serons plus calmes. Mais je crois que nous devons d'abord arrêter entre nous ceci : Les volontés de notre père resteront un secret, personne autre que nous ne doit savoir la mission qu'il nous a donnée ; pour tous nous ne protestons pas et nous acceptons le fait accompli.

— Je suis absolument de ton avis, avait répondu Charles dominant son émotion : nous rassurerons ainsi le coupable et nous arriverons plus facilement à notre but en profitant de sa confiance dans l'impunité.

Cette décision s'étend à tous, même à notre sœur Marguerite. Seuls nous savons ce que contient le testament du condamné. J'insiste sur ce sujet afin qu'aucun mot ne puisse nous échapper chez André Berry.

Il constatait que c'était à cette réserve qu'il devait la réussite.

S'il avait agi autrement, André se serait offert pour les aider et n'aurait eu d'autre but que de les dépister.

Il était heureux surtout d'avoir sauvé sa sœur et son neveu de l'infamie, en exécutant toutefois la volonté de son père.

Puis une flamme de colère brilla dans ses yeux, il se mordit les lèvres. Il regrettait l'ordre formel de son père de faire grâce. Il se demandait si, en obéissant, il n'avait pas été plus loin que la volonté paternelle.

En écrivant le testament, Cornille Lebrun n'avait pensé qu'à un malheureux qui avait voulu voler la femme Mazel. Il avait vu là le crime isolé du misérable qui voit un coup à faire.

Il se disait :

« Sa mort ne changera rien ! » Il ne songeait pas que ce pouvait être cet épouvantable bandit qui faisait métier de tuer.

Il se secoua pour ne penser qu'au but atteint, c'est-à-dire la réhabilitation de Cornille Lebrun ; il pensa que l'heure enfin était venue d'exécuter cette autre volonté de leur père :

« Je n'ai ni cassation, ni grâce à demander, parce que les juges ont eu raison de par la loi, et parce que mon innocence ne peut se contenter d'une grâce.

« Vous serez dignes de moi et ne chercherez qu'une chose, la preuve de ma non culpabilité.

« Mon corps devra rester dans le *coin maudit* jusqu'au jour où vous prouverez à la société qu'elle s'est
trompée ; ce jour seulement vous me coucherez près de
votre mère. »

Cette heure était venue.

— Allons, dit Vincent, il faut me hâter.

Il demanda une boîte et de la cire à cacheter.

Il enferma dans cette boîte les bijoux, scella la boîte,
et, ayant payé Champit de tout ce qui avait été dépensé
depuis trois jours à l'auberge, il fit seller son cheval et
partit, laissant un mot à Panafieu, au cas où il reviendrait, le priant de venir au plus tôt à Paris.

Il sauta en selle et se dirigea vers le couvent des trappistes.

Moins d'une heure après il demandait à parler au révérend dom Caliste.

Celui-ci vint aussitôt.

En voyant le jeune homme, il crut qu'un accident
prévu était arrivé, et lui demanda :

— M'apportez-vous déjà de mauvaises nouvelles ?

— Non, mon père, dit Vincent ; au contraire, ce matin
il allait mieux, et sur le conseil de son médecin, qui vient
d'arriver, il va peut-être se rendre en Suisse ; l'air de ce
pays est trop vif, et il irait à Genève.

— Ah ! fit le moine, qui sembla satisfait de ce retour du
moribond à la santé.

— Je viens près de vous, mon père, vous apporter cette
petite boîte et cette lettre de sa part.

— Dois-je vous donner une réponse ? demanda dom
Caliste en prenant la lettre et la boîte.

— Je ne le crois pas ; mais veuillez voir vous-même.

Le moine ouvrit la lettre, lut les quelques lignes que
nos lecteurs connaissent, et dit simplement :

— Dites-lui que sa volonté sera faite.

Il salua, et sa grande robe brune alla se perdre sous la colonnade qui borde la cour du couvent.

Le frère portier reconduisit alors Vincent.

Le soir même, ce dernier prenait l'express à Beaume-les-Dames pour Paris.

X

UNE LETTRE ET DEUX DÉPÊCHES

En arrivant à Paris, Vincent se rendit chez lui.

Il trouva une lettre de son frère, arrivée la veille.

Il l'ouvrit et la lut.

« Cher Vincent,

« Nous sommes en Suisse, et déjà le résultat de ton heureuse idée se fait sentir.

« Marguerite va beaucoup mieux.

« Ce n'est assurément pas l'oubli, mais c'est le calme qui est revenu.

« Elle a raisonné froidement sa situation.

« Je crois qu'il s'est mêlé à son souvenir ces plaintes qu'elle nous adressait un jour ; des détails qu'elle avait oubliés, prennent leur place aujourd'hui et l'ont presque assuré que son mari n'était pas aussi absolument fidèle et aussi aimant qu'elle le croyait.

« Marguerite ne m'a pas dit un mot de tout cela ; mais je crois l'avoir deviné dans le changement qui s'est opéré en elle.

« Elle n'a plus qu'une pensée, son enfant.

« Il faut dire que Cornille est le plus charmant et le plus agréable enfant que l'on puisse voir.

« Si tu savais quel trouble, quelle émotion je ressens en les voyant tous les deux échangeant un souvenir, à la pensée de ce qui serait advenu si nous n'avions pu dompter le misérable.

« La quiétude qui a suivi sa sombre douleur m'a beaucoup rassuré, et a rendu notre voyage beaucoup plus agréable.

« Notre chère Marguerite, tu le sais, n'avait jamais quitté Paris, si ce n'est lors de notre malheur, lorsqu'elle alla chez notre tante, à quelques lieues seulement ; aussi pour elle ce voyage est-il une révélation.

« En arrivant à Genève, elle a été émerveillée par ce lac superbe, aux eaux calmes et transparentes, par cette ville gaie et point bruyante.

« Nous avons fait une excursion en bateau et tu aurais été bien heureux si, comme moi, tu avais vu le changement opéré en elle.

« Je ne la laisse pas se reposer, comme tu le penses sans doute. Nous avons quitté Genève pour visiter Neuchâtel, puis Berne ; nous avons visité les lacs et fait les ascensions que tu connais.

« Devant toutes ces splendeurs, Marguerite reste muette d'admiration, son petit Cornille serré près d'elle. Que je regrette, frère, que tu ne sois pas là près de nous, tu verrais comme nos deux aimés sont beaux.

« Après avoir visité les glaciers, les lacs, les montagnes, j'ai voulu, pour prendre un peu de repos, que nous nous rendions dans une ville d'eaux, et nous nous sommes dirigés vers le Valais, à Saxon.

« Nous y sommes depuis hier, et je dois, ce soir, mener Marguerite au Kursalt. C'est encore une chose nouvelle pour elle ; la chère enfant ne se doute pas de ce qu'est une maison de jeu. Je m'amuse déjà de sa surprise, en voyant si rapidement glisser l'or sur le tapis.

« As-tu tout terminé, ainsi que me le disait ta dernière lettre, et vas-tu bientôt nous rejoindre ?

« Nous ne quitterons la Suisse qu'avec toi : c'est la volonté absolue de Marguerite, et surtout de Cornille qui trouve étonnant que son grand-oncle ne soit pas là.

« Écris-moi bien vite, que je sache enfin si nous sommes près du jour où les volontés de notre père seront exécutées.

« Je t'embrasse, mon cher frère.

« CHARLES LEBRUN.

« Hôtel des Bains. — Saxon (Valais). »

Vincent se disposait à écrire pour répondre à son frère, lorsque la domestique se présenta.

— Qu'y a-t-il? demanda Vincent.

— Monsieur, c'est un employé du télégraphe.

— Quoi! encore du nouveau? dit-il inquiet, faites entrer.

L'employé lui remit la dépêche, et Vincent, ayant signé s'approcha.

Aussitôt il exclama stupéfait, et se disposa à sortir.

Voici ce que contenait la dépêche :

De Genève. — A Vincent Lebrun, rue Charlot,
Paris.

« Crains que vous n'ayez été joué encore, le surveille pour mon compte. Il est à l'hôtel des Bergues, doit partir demain pour Saxon.

« Voyez toujours Nicette.

« PANAFIEU »

On juge facilement de l'inquiétude qui s'empara de Vincent.

Si André pouvait aller jusqu'à Saxon il risquait de se trouver face à face avec sa femme.

A cette pensée, une sueur froide couvrit les tempes du pauvre garçon.

Que faire?

Panafieu ne disait pas son adresse : impossible de lui envoyer une dépêche, et il ne pouvait en adresser une assez explicite à son frère, car elle risquait de tomber entre les mains de Marguerite.

Et cependant il fallait se hâter, le danger était là.

Tout en regardant la dépêche, Vincent relut la date :

— Ah ! fit-il, c'est cela, tout est sauvé pour aujourd'hui, et demain matin j'y serai.

Il prit une feuille de papier et écrivit :

> « *A Charles Lebrun, hôtel des Bains,*
> *à Saxon (Suisse).*

« C'est aujourd'hui anniversaire de la mort de notre mère, pensez-y et ne sortez point de chez vous ; suspendez pour un jour vos promenades ainsi que nous faisions chaque année.

« Je vous rejoins demain.

> « VINCENT LEBRUN. »

— Ainsi, je suis tranquille... Pauvre chère mère, ton souvenir seul nous sauve peut-être d'un grand danger.

Et Vincent était doublement heureux et du malheur évité, et de son souvenir pieux ; c'eût été la première fois que le brave garçon eût oublié ce triste anniversaire ; ce jour, chaque année, les deux frères et la sœur s'abstenaient de tous plaisirs, restaient ensemble chez eux et la journée se passait en récits sur la chère morte.

Une façon de prier qui me semble bien valoir la messe à un franc qu'on vend dans nos églises.

Vincent porta sa dépêche et, selon l'avis de Panafieu, il se rendit chez Nicette.

Lorsqu'il arriva rue de Laval, la concierge lui dit que Mme Levasseur était sortie.

Il s'informa du jour où elle était revenue à Paris et il apprit que les conventions entendues entre eux avaient été strictement exécutées. Depuis cinq jours Nicette était de retour.

La concierge était bavarde et Vincent n'eut qu'à l'écouter.

Elle lui raconta qu'il se passait depuis quelques jours une chose singulière, relative à sa locataire :

Tous les matins, pendant son absence, un homme singulier était venu, il avait demandé Mme Chauvanet, puis Nicette; alors on lui avait dit qu'elle était en voyage et devait revenir d'un jour à l'autre.

Tous les matins il était revenu.

Le jour où on lui avait annoncé le retour de Nicette, il avait laissé une lettre.

Lorsque celle-ci avait lu la lettre, elle avait paru stupéfaite ; puis s'étant remise peu à peu elle avait dit :

— Quand cet homme reviendra, vous direz que je n'y suis pas.

Mais l'homme n'était plus revenu.

Malgré lui, Vincent pensa que la visite de cet individu avait un rapport avec ce qu'il cherchait.

Mais dans l'impossibilité d'être renseigné, il passa outre, et, obligé de promptement partir, il chercha le moyen d'empêcher Nicette de rejoindre son ancien amant, suivant la recommandation de Panafieu.

Nicette avait tout à craindre de Vincent; elle n'agirait que si elle supposait celui-ci à Lyon.

Vincent laissa sa carte en disant à la concierge :

— Vous remettrez cette carte à Mme Levasseur, et vous lui direz ce que je vous dis.

— Bien, monsieur, je vous écoute.

— Je vous le répète, madame, mot pour mot, car cela

est très grave dans cette affaire, aussi bien pour moi que
pour Mme Levasseur, à laquelle la non-observation de nos
recommandations amènerait des résultats qu'elle appré-
ciera.

En entendant ces phrases entortillées avec intention,
la concierge restait bouche béante.

Vincent reprit :

— Vous direz donc à Mme Levasseur : La personne
qu'elle sait est arrivée de Lyon hier, elle avait bien besoin
de la voir aujourd'hui. Ne la trouvant pas, la personne reviendra après-demain. Elle ne peut pas venir demain,
parce qu'elle doit se trouver chez le chef du parquet,
devant lequel est portée, depuis hier, l'affaire qu'elle connaît et pour laquelle je venais m'entretenir avec elle.

— C'est cela que je devrai dire ?

— Oui, madame. Souvenez-vous, dit Vincent, qui
glissa un louis dans la main de la vieille femme, ravie.

Puis il répéta :

— La personne qu'elle sait est arrivée hier de Lyon,
elle a le plus grand besoin de la voir ; la personne est
obligée de ne revenir qu'après-demain, devant passer la
plus grande partie de la journée de demain chez le chef du
parquet, devant lequel est portée, depuis hier soir, l'affaire qu'elle connaît et pour laquelle on venait s'entendre
avec elle.

— Bien, monsieur, fit la concierge en répétant la phrase
pour se la bien graver dans la mémoire.

— De cette façon, pensa-t-il, je n'ai plus rien à craindre d'elle. Me sachant à Paris, elle n'osera partir, craignant qu'une dénonciation ne fasse lancer contre elle un
mandat d'amener. Elle croira que j'ai déjà porté l'affaire
devant la justice qu'elle redoute. Je veux m'entendre avec
elle, donc je suis conciliant. Elle a tout à gagner à rester
ici et à ne pas répondre aux avances qui lui seraient faites
par André. J'ai deux jours de tranquillité, puisqu'elle ne

m'attend qu'à ce moment, et pendant ce temps j'aurai évité le malheur qui nous menace là-bas.

Vincent vit passer de l'autre côté de la rue un homme qu'il connaissait ; il chercha à se rappeler son nom, en regardant l'endroit où l'individu se rendait. Il le vit entrer dans la maison de Nicette et se souvint. C'était le père Lipau, l'homme des bois, celui qui lui avait procuré le cadavre du suicidé qui avait été inhumé à la place d'André.

Qu'est-ce que cet homme venait faire chez Nicette ? Quel nouveau danger y avait-il encore de ce côté ? Cet homme était-il donc un ennemi ?

Vincent se cacha sous la porte cochère d'une maison et attendit ; il vit presque aussitôt le père Lipau sortir... Lorsqu'il eut tourné la rue il courut chez la concierge de Nicette et lui demanda :

— Qu'est-ce que cet homme qui sort d'ici ?

— Justement, monsieur, c'est l'homme dont je vous parlais qui venait tous les matins et qui m'a laissé une lettre un jour, puis n'est plus revenu.

— Que vous a-t-il dit ?

— Il venait demander Mme Nicette, et m'a dit de lui dire qu'elle fixe elle-même dans une lettre le rendez-vous convenu.

Vincent fut tout à fait inquiet. Obligé de partir, il fallait cependant promptement aviser. Il pensa que cet homme venait vendre à Nicette pour André le secret de la fausse inhumation d'André Berry.

Il dit à la concierge en lui donnant un nouveau louis :

— Madame, vous pouvez oublier pendant deux jours ce qu'on vous a dit.

— Comment cela, monsieur, fit la concierge, ravie de la façon de procéder du jeune homme ; je peux faire tout ce que vous voudrez.

— Vous ne direz pas un mot de ce que cet homme vous a dit avant mon retour, c'est-à-dire dans trois jours.

XI

SUR LA MONTAGNE

— Bien, monsieur ; quand Mme Nicette rentrera, je lui dirai : « Je n'ai vu qu'une personne. » Je donnerai votre carte en disant la personne qu'elle sait, etc.; mais du vieux, pas un mot.

— C'est cela même.

Vincent partit, sauta dans une voiture et se fit conduire à la gare de Lyon où il prit un billet pour Genève.

Arrivé à Genève le soir même, Vincent dut attendre au lendemain pour traverser le lac et se rendre dans le Valais, où se trouvait celui qu'il cherchait.

C'est au milieu des grandes montagnes de Suisse que se passe une des plus importantes péripéties de cette longue histoire.

La Suisse est le véritable pays des montagnes.

La montagne des Alpes, la plus importante des cinq masses européennes, embrasse les montagnes à la gauche du Rhin, au sud du Danube, et comprend les montagnes de France et de l'Italie.

La Suisse est le plateau le plus élevé de l'Europe et le noyau de cette vaste région.

Les Vosges, le Jura, les Apennins, les Cévennes, le Mont-Dore en sont les dépendances.

La chaîne des Alpes, proprement dite, part des environs de Nice, se courbe au nord de l'Italie jusque vers Trieste et domine le tout.

Sur ces sommités on rencontre les tableaux les plus gigantesques, les horreurs les plus sublimes, les glaciers les plus immenses et les monts les plus élevés :

Le mont Cenis, le Saint-Bernard, le mont Rose, le Simplon, le Saint-Gothard; au milieu de ces géants, un autre géant pour eux-mêmes, le mont Blanc.

Cependant, cette montagne, la plus élevée de l'Europe, est de moitié moins haute que l'Himalaya, en Asie.

Les montagnes suisses sont encore superbes, joignant les splendeurs de la nature, la richesse des végétations à leurs proportions gigantesques.

A quelques lieues de Martigny, en plein Valais, commencent les premières collines des montagnes à l'aspect farouche, dont les sommets couverts d'une abrupte végétation paraissent s'enfuir pour se perdre dans les croupes boisées des plus hautes montagnes.

Les faits sont trop récents pour que nous puissions dire le nom positif du lieu où nous transportons le lecteur ; il lui suffira de savoir que la plus haute montagne, celle qui semble se perdre dans le ciel, boisée sur ses pentes, forme à son sommet un plateau stérile, sans végétation, dont le terrain rocheux ne produit que l'ortie et l'herbe courte. Ce plateau chauve est entouré de bois, comme le crâne d'un moine de petits cheveux rudes. Lorsque le crépuscule épaissit l'ombre des feuillées, quand les dernières lueurs du soleil couchant viennent enflammer les futaies, tout semble mort sur cette cime déserte.

Le plateau ouvert au milieu, gercé par une plaie immense, laisse passer, sur son lit de cailloux, une source claire qui poursuit son cours rapide dans ces hauteurs mystérieuses. Sous les roseaux et les ronces qui bordent ses rives étroites, elle court vive, et cependant, au milieu de ce silence, son lit est si doux, les herbes qui y croissent si flexibles, les roches si couvertes de mousse, que pas un bruit ne se fait entendre, jusqu'à l'endroit où elle finit.

Elle finit tombant de haut, semblant jaillir de la montagne, comme si, sous la baguette du patriarche, la pierre s'était ouverte pour donner passage à la source sacrée.

Deux chemins seulement aboutissent au sommet.

La roche est impraticable par ses flancs; ces chemins commencent au village; l'un n'est qu'une longue échelle appliquée en spirale sur la roche, et constamment arrosée par l'eau que le vent pousse comme une rosée rafraîchissante sur les voyageurs fatigués, et qui offre, tous les vingt mètres, un point de vue nouveau, diminuant, à mesure que l'on monte, la valeur des objets; au sommet, l'homme ne paraît qu'un enfant!

L'autre route, sinueuse, creusée entre les parois de la montagne et sillonnée d'un long ruisseau que les pluies ont formé, aboutit à l'extrémité du plateau.

C'est d'abord un chemin, puis un autre, puis une route étroite que les basses futaies couvrent d'un tunnel de verdure. Puis la route se perd elle-même, diminuant insensiblement pour arriver sur la route abrupte, n'offrant plus qu'un sentier que suivent les chèvres; on ne voit plus alors que la roche et le ciel.

C'est de ce chemin que jaillit tout à coup un homme, suant, soufflant, et dont le regard inquiet cherchait à percer les masses noires du bois qu'il venait de traverser.

Nous devons donner au lecteur une idée bien exacte de l'homme qui venait de paraître, qui a joué un rôle important dans notre histoire.

Celui qui venait de paraître si subitement était un homme de taille moyenne, ayant de trente à trente-deux ans, admirablement bâti, et dans lequel on lisait à la fois la force et l'adresse.

Il était vêtu d'une redingote de drap noir, une culotte de velours côtelé dessinait ses jambes fortes et nerveuses; il était chaussé de hautes bottes.

Son visage était plein de finesse, son regard, à cette

heure, donnait l'expression de ses sentiments, ses grands yeux jetaient des flammes.

A peine celui que nous venons de peindre avait-il fait quelques pas sur le plateau qu'il regarda vivement autour de lui ; se voyant seul, il épongea son front couvert de sueur, ses tempes ruisselantes.

Son premier mouvement fut de retourner sur ses pas pour voir s'il n'était pas suivi, puis, se penchant sur la terre, il écouta longuement.

Il entendit probablement un bruit singulier, car son front se plissa, et un grincement de dents tourna sa bouche.

Il écouta encore quelques minutes, et, n'entendant plus rien, il revint plus calme, près de la source, dans laquelle il trempa son mouchoir et mouilla ses tempes encore fumantes.

Puis, calme, il s'assit, et s'accoudant sur ses genoux, il pensa.

A ce moment, par l'escalier, rampant le long de la montagne, deux hommes parurent sur le plateau, mais prudemment , ne montrant que la tête ; après avoir regardé, ayant vu l'homme, les deux têtes disparurent.

Les deux nouveaux venus descendirent les échelles pour rejoindre un troisième personnage qui montait.

Nos lecteurs ont reconnu sans doute ceux que nous venons de leur montrer.

Celui qui avait suivi le chemin était André Berry.

Ceux qui venaient de paraître au sommet des échelles étaient Ladèche et De Taille.

Ce qui se passait était grave.

Vincent, en arrivant à Genève, avait pu suivre la trace de Panafieu qu'il avait rejoint à Saint-Maurice.

Celui-ci filait, pour son compte personnel, le misérable que Vincent, contre son avis, avait imprudemment rendu à la liberté. Depuis la veille, il l'avait perdu.

Ces renseignements furent donnés à Vincent dès qu'il eut rencontré son ami. Vincent expliqua en quelques mots le danger nouveau qui les menaçait, si André retrouvait sa femme.

— Tout cela arrive par votre faute. André exécute un plan qu'il avait combiné à Lyon. Lorsqu'il se dirigeait vers Genève et que nous l'avons rattrapé, c'était son but ; il avait appris par Nicette, peut-être, la direction suivie par votre frère, et il s'y rendait, certain que, s'il retrouvait sa femme, son impunité était tout à fait assurée.

— Mais ce malheur peut arriver d'un moment à l'autre, puisque vous ne savez plus où il est... Que faire ?

— Votre frère est-il prévenu ?

— Oui.

— Bien. Il est sur ses gardes. Notez bien, monsieur Lebrun, que cette fois, c'est moi qui poursuis André ; c'est vous qui m'aidez.

— Pourquoi me dites-vous cela ? demanda Vincent étonné.

— Oh ! parce que votre mission est terminée et que la mienne commence. La volonté de votre père était que l'auteur du crime qu'il allait expier ne fût pas poursuivi. Cette volonté est exécutée. Vous avez abandonné l'affaire de l'assassinat de la dame Mazel ; c'est très bien. Mais moi, je cherche personnellement l'assassin de ma mère adoptive ; moi non plus, je ne veux pas le livrer à la justice.

— Que voulez-vous donc faire ?

— Ceci, permettez-moi de le tenir secret, monsieur Lebrun ; vous avez l'âme trop sensible pour savoir tout cela. Si vous voulez m'aider, je vous accepte ; mais à moi seul appartient le droit de faire ce que je voudrai du coquin... Et je vous réponds que si vous acceptez, vous pourrez être tranquille sur votre pauvre sœur.

— Je ferai ce que vous voudrez, dit Vincent.

— A la bonne heure ! vous voilà raisonnable.

Vincent, au reste, nous devons le dire, n'avait qu'à regret exécuté l'ordre paternel. Dégagé de tout maintenant, il était satisfait de la décision de Panafieu, qui semblait promettre une punition, trop méritée, et qui à tout jamais assurait l'avenir de sa sœur.

Il était toujours dans la ligne tracée, puisque ce n'était pas lui, mais Panafieu qui allait châtier le coupable ; puisque ce n'était plus du meurtre de l'avenue Friedland, du drame de la place de la Roquette, mais de l'assassinat de la rue des Dames qu'il s'agissait.

Ce que Vincent ne pouvait s'expliquer, c'était l'acharnement nouveau de Panafieu après André, lui qui, dans l'origine, avait semblé acquiescer très facilement aux conditions imposées par feu Cornille Lebrun à sa dernière heure.

Vincent ignorait absolument l'histoire de la dame aux Violettes, et cette histoire, dans laquelle le jeune homme avait été assez ridicule, Panafieu ne la pardonnait pas.

On avait voulu lui enlever Lise, il devait punir celui-là même, justement parce qu'il avait pardonné facilement à la jeune fille.

Vincent, très perplexe, demanda à Panafieu :

— Que devons-nous faire? Hâtons-nous. Il faut agir vite.

Lorsque tout à coup Ladèche fit irruption dans la chambre, criant joyeusement :

— Nous l'avons repigé.

Panafieu demanda vivement :

— Où?

— Il sortait de l'hôtel du Cygne.

— Ici même?

— Ici même.

— Il faut en finir, advienne que pourra. Ladèche, con-
duis-nous.

— Suivez-moi ; cette fois nous le ficelons.

— Oui !

— Allons-y gaiement ! dit le Parisien.

Et les trois hommes sortirent.

Saint-Maurice est une ancienne ville qui n'a guère de
remarquable que son antique abbaye, dont le trésor est,
dit-on, riche en œuvres d'art et en métaux précieux. Les
trois hommes suivaient la rue principale, lorsque Vincent jeta un cri de surprise.

Panafieu se retourna aussitôt et demanda :

— Qu'y a-t-il ?

— Oh ! il y a du nouveau, assurément ; nous arrivons
trop tard.

En disant ces mots, il désignait son frère Charles qui
se trouvait au bout de la rue.

Il courut vers lui, et du plus loin qu'il le vit, il lui cria :

— Charles ! Charles ! qu'est-il arrivé ?

Celui-ci se retourna stupéfait et répondit :

— Mais rien ! Comment diable es-tu ici ? En voilà un hasard !...

Tout haletant, s'essuyant le front et s'appuyant sur son
frère, Vincent dit :

— Où est Marguerite ?

— A l'hôtel !...

— Vite ! fais la partir... Où allez-vous ?

— Je te l'ai télégraphié ce matin, aux bains de Lavey.

— Écoute, un grand malheur nous menace : Panafieu
et ses hommes sont à la recherche d'André, qui est ici,
et sait probablement qu'il doit y retrouver Marguerite.

— Que me dis-tu là ? fit Charles inquiet.

— La vérité.

— Mais, alors, je retourne près d'elle.

— C'est cela. Veille-la. Ne la quitte pas d'une minute !

Il faut que nous le retrouvions, et ce soir nous aurons fini.

— Va, va, frère, je cours près d'elle.

Vincent rejoignit Panafieu, pendant que son frère tournait la rue pour gagner l'hôtel. Quand il arriva, Ladèche venait de voir De Taille.

— Eh bien ? avait interrogé Panafieu.

— Eh bien ! il est dans l'hôtel là-bas, et il se prépare à partir.

— Il était temps, vous voyez, dit Ladèche.

— Vite ! conduisez-nous. Il faut que j'aie une explication avec lui.

Panafieu haussa les épaules et demanda :

— Qu'est-ce que votre frère vous a dit?

—Sur l'avis de ma dépêche, ils ont quitté Saxon pour aller aux bains de Lavey.

— Ils n'ont pas vu André?

— Non !

— Celui-ci les suit et cherche une occasion pour se trouver seul avec elle.

— C'est ce que je crains, ce qu'il faut éviter à tout prix.

— Oh! monsieur Lebrun, je vous en supplie, dans votre intérêt, laissez-moi agir, vous diriger, et ne faites que ce que je vous dirai, sans cela tout sera perdu avant une heure.

Vincent ne demandait que cela; il n'avait pas la tranquillité nécessaire pour bâtir un plan, il s'en remit donc sagement à Panafieu.

Celui-ci dit aussitôt à ses deux acolytes:

— Vous allez vous mettre tous les deux à l'extrémité de cette rue; s'il sort, filez-le, et au risque du scandale, sous n'importe quel prétexte, essayez de le faire arrêter; que l'un de vous vienne me prévenir immédiatement, si nous ne sommes déjà près de vous.

Ladèche dit :

— C'est très bien ! on va travailler.

Mais Vincent restait comme stupéfié.

— Je vous l'ai dit, laissez-moi faire, venez avec moi.

Ils se dirigèrent vers l'hôtel où Charles venait de rentrer.

Cette découverte fit perler une sueur froide sur les tempes de Vincent Lebrun.

André était sous le même toit que sa femme.

Il allait en faire l'observation à Panafieu en entrant sous le péristyle de l'hôtel du Cygne lorsqu'un cri terrible le glaça d'épouvante.

— C'est Marguerite ! dit-il, se sentant défaillir.

— C'est encore un malheur ! exclama Panafieu en se précipitant vers l'escalier sombre d'où le cri semblait avoir été poussé.

Vincent, terrifié, le suivit.

Ils se trouvaient au milieu de l'étage, lorsqu'un homme se jeta sur Panafieu, en se sauvant. Si prompt qu'il eût été à disparaître, ce dernier l'avait reconnu, car se précipitant sur ses traces, il cria :

— C'est lui ! mais cette fois il ne m'échappera pas !

Vincent épouvanté, redoutant un malheur, grimpa rapidement les quelques marches.

Il vit sur le palier du salon le corps de sa sœur étendu raide.

Charles, à genoux, était penché sur elle.

— Seigneur Dieu ! qu'y a-t-il ? demanda Vincent.

— Rien, fit aussitôt Charles Lebrun, rien. Elle l'a vu descendant l'escalier au moment où elle sortait du salon, et épouvantée, elle a jeté un cri et est tombée sans connaissance.

— Il ne l'a pas touchée ?

— Non, Vincent ; mais ne t'occupe pas d'elle, je suis là ; cours vers lui, qu'il ne reparaisse plus.

Vincent comprit la justesse du raisonnement de son frère.

— C'est le plus prudent, fit-il, j'y cours de suite.

Il descendit rapidement, rassuré sur le sort de sa sœur, pour laquelle il avait un moment tremblé, croyant que le misérable avait commis un crime nouveau.

Il chercha dans la rue et ne trouvant plus personne, il se lança vers la rue qui conduit à la station du chemin de fer.

Là, il rencontra Ladèche caché dans l'encoignure d'une porte; en le voyant, ce dernier lui fit signe de s'avancer vite et silencieusement.

Vincent vint près de lui.

— Qu'y a-t-il?

— Nous le tenons, il est dans cette rue qui conduit à la route des Roches.

— Où est-il?

— Comme nous, caché pour nous dépister; si nous avons la chance qu'il ne rentre pas en ville, ce ne sera pas long à faire l'affaire.

Ces derniers mots étaient dits avec un calme tel que Vincent sentit un froid lui courir dans les veines.

— Nous n'avons qu'un point qui n'est pas bien gardé; c'est ce côté là-bas, par lequel on se rend à la gare... Ce n'est pas que vous me gênez, mais, monsieur Vincent, je crois que vous ne feriez pas mal de vous y placer, j'ai assez, moi, de veiller par ici.

— Mais, s'il part de l'autre côté?

— Vous entendrez le sifflet... Tenez, comme ça... deux fois...

Et Ladèche siffla doucement.

— Bien !

— Alors, à ce signal, vous sortez et vous glissez le long des murs, de façon à n'être pas aperçu... Vous comprenez bien?

— Oui, parfaitement.

— A votre poste, monsieur Lebrun, vite, sans vous commander, ^t l'œil au guet, car c'est un *mariole*, et il sait bien aujourd'hui qu'il défend sa peau.

Vincent gagna aussitôt le poste qui lui était désigné.

Deux heures, ils restèrent ainsi ; André ne reparaissait plus.

Vincent haussait déjà les épaules, pensant qu'une fois encore, ils étaient dupés, lorsqu'il entendit le signal.

Il regarda dans la rue et vit son beau-frère qui sortait d'une petite maison. André regardait prudemment autour de lui avant de se montrer tout à fait sur le chemin. Voyant la rue déserte, il se risqua, puis, s'arrêtant au milieu de la chaussée, il sembla hésiter sur le chemin qu'il devait suivre.

Assurément, il se disait :

— Ceux qui me poursuivent doivent être à la gare et dans la ville, cherchant partout ; le plus simple pour les dépister serait donc de gagner la route du côté des champs et des montagnes : là, suivant la ligne, je gagnerai la plus prochaine station pour me diriger où je voudrai.

C'est à cette idée qu'il s'arrêta. Se tournant aussitôt, il suivit la rue se dirigeant vers la route de la montagne.

Les quatre hommes, Vincent, De Taille, Ladèche et Panafieu, longeant les murailles, le filaient, sans qu'il pensât à tourner la tête.

André avait deux cents mètres d'avance sur eux environ.

Ils marchèrent ainsi une grande demi-heure.

Soit fatigue, soit pour se rendre compte de la route faite, André s'arrêta et regarda derrière lui.

Voyant quatre individus suivre le côté ombreux, il ne les reconnut pas et les prit pour des paysans.

Il continua sa route, mais inquiet sans doute à mesure qu'il avançait, il se retournait souvent.

Il se douta qu'on le suivait et voulut s'en assurer.

Il changea de route appuyant à droite et traversa le passage à niveau du chemin de fer qui aboutissait au chemin de la montagne. Les quatre hommes suivirent le même chemin.

André s'arrêta, fit un auvent de ses mains, et regarda.

Il reconnut De Taille, puis son beau-frère. Il bondit en s'écriant :

— C'est eux. Ils sont quatre, je suis perdu ! Puis se ravisant : Pas encore, ajouta-t-il, je connais le pays.

Et prompt comme l'éclair, il courut du côté de la montagne, abandonnant le grand chemin pour suivre le sentier des Chèvres.

Vincent, De Taille et Ladèche allaient se précipiter à sa poursuite.

— Ne nous pressons pas, maintenant nous le tenons.

— Une fois dans la montagne, il peut encore nous échapper ! dit Vincent.

— C'est impossible ; et son but est des plus simples, cette montagne n'a que deux chemins praticables : l'un le long de la route au-dessous de la cascade, les Échelles ; l'autre, celui qu'il suit ; il va gagner le plateau nous croyant à sa poursuite, puis il redescendra par les Échelles. Heureusement, je connais le pays au moins aussi bien que lui.

— Qu'allons-nous faire ?

— Nous allons nous diviser ; car si l'on peut se rendre seul par le chemin, on ne peut seul faire l'ascension des Échelles. Je suis le dernier chemin que je connais : et vous, avec Ladèche, vous allez vous lancer à sa poursuite, nous devons ainsi le prendre en haut du plateau.

— Je n'ai besoin de personne avec moi, dit Vincent, et je vous donne ma parole qu'il n'échappera pas.

— Seul, c'est imprudent, il peut vous faire un mauvais parti.

— Ne craignez pas cela. Je réponds de lui.

— Qu'il soit fait ainsi que vous le voulez.

— Je pars, dit Vincent.

Et il se précipita sur les traces d'André.

— Nous avons une heure au moins d'avance sur lui par les Échelles; nous achèterons des cordes et des bâtons au guide qui est toujours en bas... Allons-y.

Panafieu, suivi de ses deux hommes, se dirigea vers le pied des Échelles.

Ladèche disait gaiement à De Taille :

— Nous faisons, comme les gens de la haute, notre petit voyage en Suisse, dans la belle saison. Ça ne t'élève pas l'âme, toi, la nature ?

— Moi, je trouve qu'il y a trop à monter ; et puis ça me creuse tout le temps, moi, l'air de ce pays-ci... Il a parlé d'acheter des cannes, on devrait bien penser un peu au gigot...

Ladèche regarda son ami, émerveillé.

— Toi, mon vieux père, t'es un vrai homme ; sans toi nous crevions de faim ; car tu sais que l'on met huit heures pour aller flâner la haut.

— Huit heures ! exclama De Taille effrayé. Mais alors, nous ne revenons que demain ?

— Justement.

Pierre De Taille jeta autour de lui un regard circulaire. Il aperçut une petite auberge et se mit aussitôt à courir.

— Que fait-il ! demanda Panafieu.

— Pardi ! vous oubliez le solide, vous. Huit heures pour l'aller et le retour ! nous aurions l'estomac dans les talons. Il est allé acheter une ou deux bouteilles de vin d'Yvorne et quelques pastilles de jambon pour manger en route. Ah ! dame, monsieur Panafieu, nous sommes sans famille, et nous n'avons que nous pour nous entretenir notre petite santé. Faut pas être l'ennemi de son corps.

De Taille reparaissait avec une provision sérieuse.

— Mais, dit Panafieu en riant, nous n'avons qu'un repas à faire.

— On ne sait pas ce qui peut arriver, dit philosophiquement De Taille, je n'ai jamais fait d'ascension, moi, et j'aime mieux en avoir trop que pas assez ; c'est plus facile à jeter qu'à trouver.

Ils arrivèrent bientôt au pied des Échelles, et ayant acheté une corde et des bâtons, ils commencèrent l'ascension.

— Quand on pense, disait Ladèche en grimpant, qu'il y a des gens qui n'y sont pas obligés, qui pourraient se promener à l'ombre dans une douce voiture, et qui dépensent des sommes folles pour venir en plein soleil grimper huit heures après ça. Oh ! malheur !

— Ces gens-là, conclut De Taille, ne sont pas dignes de la fortune !

XII

CE QUE PENSAIT MARGUERITE EN REVOYANT FEU SON MARI

Nous avons laissé Marguerite étendue roide sur le palier de l'escalier de l'hôtel du Cygne, et soignée par son frère et par Françoise, la vieille servante que Vincent avait envoyée près de sa sœur à la suite de l'événement de la petite maison des Champs-Elysées.

Ce qui s'était passé dans l'hôtel du Cygne, tout en pouvant amener de terribles résultats, était cependant des plus simples.

Marguerite, se disposant au départ pour les bains de Lavey, avait envoyé Françoise et ses femmes de chambre préparer les bagages et habiller le petit Cornille ; elle était entrée au salon de l'hôtel pour lire quelques renseignements sur l'endroit où elle se rendait.

Nature docile, jeune, — le malheur qui l'avait frappée remontait déjà à quelquesmois — elle s'abandonnait aux charmes d'un voyage qui lui apportait tout doucement l'oubli du passé.

Son amour était tout entier pour son fils.

Elle avait jusqu'alors vécu très retirée, et ce voyage qui, pour elle, était sans cesse une distraction, l'avait soustraite à la pensée d'André.

Superbe dans ses longs habits de deuil, elle était entrée, disons-nous, dans le salon de l'hôtel; elle avait consulté le Guide, et, calme, mettant ses gants, elle sortait pour faire appeler son enfant afin de partir.

Charles Lebrun lui avait dit, quelques minutes avant, que c'était à Lavey que Vincent devait venir les rejoindre.

Elle sortait, lorsque dans l'ombre de l'escalier, éclairé par la lumière que filtraient les vitres de couleurs de l'escalier, surgit tout à coup devant elle son mari.

Celui-ci atterré, ne bougea pas, son regard étincelant resta fixé sur celui de Marguerite. Celle-ci croyait à une hallucination. Superstitieuse, elle supposait que l'ombre de son époux venait lui reprocher de l'avoir perdu. Elle tomba raide devant l'apparition.

André, bien plus que les deux frères, redoutait la rencontre de sa femme, et c'est par la fuite qu'il chercha aussitôt le salut.

Charles, appelé aussitôt, se rendit auprès de sa sœur; aidé par Françoise, il la porta dans sa chambre.

Une demi-heure après cette scène, quand Marguerite revint à elle, ne s'occupant pas des sanglots de la vieille Françoise, ni de l'inquiétude de son frère Charles, elle se souleva sur son coude et, l'œil hagard, elle regarda autour d'elle; se voyant dans sa chambre, elle regarda chacun de ceux qui l'entouraient ; ne trouvant pas celui qu'elle craignait y voir, elle sourit à tous pour les remercier de leurs soins et, se laissant retomber sur l'oreiller, elle murmura :

— C'était un rêve...

Charles s'avança aussitôt et lui demanda comme s'il ne savait pas ce qui s'était passé :

— Mais, qu'as-tu donc eu, ma pauvre Marguerite?

Elle attira la tête de son frère près d'elle, lui dit tout bas, point si bas que l'indiscrète Françoise ne l'entendît :

— Il m'est arrivé une chose bien étrange. En sortant du salon de l'hôtel pour te joindre, j'ai vu se dresser devant moi le fantôme de mon mari.

— Son fantôme? répéta Charles, heureux de la façon dont tournait l'incident.

— Oui, mais c'est singulier; il semblait vivant, habillé comme toi, debout. Le teint seul du visage était changé, il avait la verte couleur du cadavre.

— Il ne t'a semblé rien entendre; je veux dire, tu n'as point cru qu'il parlait? demanda Charles.

C'était le point important. Si André avait parlé, un doute constant aurait pu rester dans l'esprit de Marguerite sur cette apparition; elle répondit naïvement :

— Les fantômes ne parlent pas. Non, il est resté muet, immobile devant moi, dardant la flamme singulière de ses yeux épouvantés; je me suis sentie défaillir, je suis tombée en criant :

— Pardon!

Ce mot fit tressaillir Charles. La pauvre sainte fille avait demandé pardon au misérable.

Charles feignit de croire à l'hallucination de sa sœur.

— C'est, dit-il, l'extrême fatigue et la pensée constante que tu as de lui qui a produit ce singulier effet. Mais, maintenant, tu n'as plus peur ?

36.

— Non ! Mais, c'est bien étrange ; il a fallu qu'une chose semblable m'arrivât pour que je comprisse la terreur des gens qui parlent de fantômes... Et puis, c'est aussi un peu la cause de cet hôtel triste.

— Nous allons partir immédiatement, et demain, à Lavey, tu reverras Vincent qui te donnera de bonnes nouvelles.

— De bonnes nouvelles ! répéta la jeune femme avec un triste sourire dans lequel on lisait que l'avenir comme le passé était plein d'amertume.

— N'es-tu pas heureuse de revoir Vincent ?

— Oh ! ce n'est pas cela que je veux dire, tu le sais bien, et, au contraire, je me croirai encore aux bons jours.

La vieille Françoise avait écouté sa jeune maîtresse, mais retenait difficilement sa langue ; elle dit enfin :

— Madame, tout ce qui vous épouvante, je l'ai vu comme vous, moi.

— Que veux-tu dire ?

— Un jour, dans la maison de la rue Chalgrin...

La vieille fut interrompue par Charles qui lui dit :

— Françoise, êtes-vous folle ? Voulez-vous donc, lorsqu'elle est à peine guérie d'un mal, la faire retomber dans un autre ?

— Moi, monsieur Charles, se récria la brave femme, moi, faire du mal à notre demoiselle !

— Ne parlons plus de tout cela, et hâtons-nous de partir.

— Oui, dit Marguerite, j'ai hâte de quitter ces lieux, je crains à chaque instant de revoir ce que j'ai vu.

Les bagages furent très vivement descendus.

Charles Lebrun, plus que tout autre, avait hâte d'être parti ; il ignorait où était le misérable, cause de tout ; il craignait à chaque instant de le voir reparaître, et redoutait une catastrophe.

Une fois parti de Saint-Maurice, il serait tranquille.

Les bagages furent chargés, et la famille monta dans une voiture fermée, afin d'éviter de se trouver encore une fois en présence d'André.

Ce n'était pas seulement pour Marguerite que Charles Lebrun redoutait cette rencontre ; ce qu'il craignait, c'était que les bonnes qui avaient connu M. Berry ne le vissent, et leurs révélations devenaient au moins aussi redoutables qu'une entrevue entre la veuve et feu son mari.

Le voyage se fit heureusement sans incident. Lavey est tout près de Saint-Maurice, un peu sur la droite, et en une petite heure, Marguerite, son fils et son frère, furent installés à l'hôtel des Bains.

Là, plus tranquille, et ayant recommandé à Marguerite de ne pas sortir dans l'état nerveux où elle se trouvait, Charles, très inquiet, retourna à Saint-Maurice pour essayer d'avoir des nouvelles.

XIII

SANG POUR SANG, PEAU POUR PEAU

Nous avons dû revenir un peu en arrière pour expliquer aux lecteurs la présence de nos héros dans le Valais. Cela fait, nous revenons au point où nous en étions restés.

André Berry, fatigué d'une ascension qui n'avait pas duré moins de sept heures, était assis sur le plateau, et accoudé, le front dans ses mains, il pensait.

Ladèche et De Taille venaient de paraître et avaient sitôt redescendu les Échelles pour informer Panafieu que celui qu'il cherchait était sur le plateau.

André, seul, disions-nous, pensait :

— Il faut cependant en finir une fois pour toutes avec ces gens ! Vis-à-vis d'eux, je suis libre, j'ai subi leurs conditions ; ici, je suis à l'étranger, c'est-à-dire à l'abri de leurs poursuites, puisqu'il n'y a pas d'accusation contre moi.

« Avant qu'un jugement, qu'un commencement de poursuites puisse permettre mon extradition, je serai loin. Je n'ai rien à craindre d'eux et, au contraire, ils ont tout à craindre de moi, un mot peut les perdre tous. J'ai contre eux une force, c'est l'ignorance de ma femme du drame odieux dans lequel ils la font jouer.

« Pour sortir de tout cela, que faut-il ? de l'audace. J'en aurai ! Avec les Lebrun, je n'ai rien à redouter, je les tiens ! et l'aveu qu'ils croient entre les mains du moine est encore entre les miennes. Il me reste cet ennemi implacable de Panafieu, et, ma foi, il me tarde d'en finir avec lui, car c'est le pivot, j'en suis certain, de tout ce complot... Une fois encore, je suis sauvé. Ils arriveront ici, lorsque par les Echelles je serai redescendu et que j'aurai gagné une gare. Mais c'est la dernière fois; maintenant face au danger, quelle que soit l'heure, le lieu où je les retrouverai ! Je ne romps plus, je lutte, et nous verrons bien s'ils ont autant de courage que de haine ! »

Et cette fois, décidé à tout, un mauvais sourire sur les lèvres, André releva la tête en pensant :

— Hâtons-nous, la nuit descend rapidement et je voudrais être en ville avant qu'elle ne soit tout à fait arrivée.

En relevant la tête, il vit, debout devant lui et les bras croisés, Panafieu.

Il ne se releva pas, il bondit en exclamant :

— Encore lui !... Ah ! cette fois nous allons en finir !

— Je l'espère, dit froidement Panafieu.

André jeta un regard autour de lui et vit à un bout du plateau, près le sentier conduisant aux Echelles, De Taille, et devant le chemin par lequel il était monté la silhouette anguleuse de Ladèche.

D'un ton méprisant, il dit :

— Ah! ah! monsieur Panafieu, vous êtes trois... c'est un assassinat!

— Ce serait la première fois que votre rôle serait changé.

— Monsieur, finissons-en vite!

— Permettez, monsieur, nous avons le temps, nous attendons ici M. Vincent.

— Vincent! Que me veut-il, lui?

— Il veut vous reprocher la façon dont vous avez tenu vos engagements.

André pensa que Vincent savait qu'il n'avait pas remis la lettre au moine.

Il ne pensait plus à l'incident de l'hôtel arrivé absolument par l'effet du hasard, et que Vincent croyait prémédité.

— Je ne veux plus, dit-il, revoir M. Lebrun.

— Cela est aisé à dire, mais j'ai décidé, monsieur, que vous ne descendriez que mort de ce plateau.

— Ah! ah! vous voulez m'assassiner?

— Je le devrais; mais vous vous méprenez sur le mobile qui me fait agir, Vous avez assassiné Mme Panafieu; le soin de cette vengeance, je l'avais laissé à M. Vincent Lebrun. Je n'ai plus rien à voir là.

— Que me voulez-vous donc?

— Vous vous êtes servi d'une misérable criminelle comme vous, Nicette, pour détourner et enlever celle que j'aimais, Lise...

— Lise?...

— Et il ne me plaît pas qu'un rival, même malheureux, vive.

Panafieu haïssait profondément le misérable.

Il ne voulait pas mentir à la parole donnée à Vincent, et se servait d'un argument singulier, qui, malgré la gravité de la situation, fit sourire André.

— Et, enfin, que voulez-vous, monsieur?

— Je veux en finir !

— C'est vrai, vous êtes trois ! fit dédaigneusement André.

— Non pas. Je pourrais refuser de me mesurer avec vous ; je pourrais, vous sachant vil et infâme, vous tuer comme un chien... Mais, non, je veux jusqu'au bout vous considérer comme un homme... J'ai pour moi la cause juste et je dois vous tuer.

Il y eut sur les lèvres d'André un sourire qui aurait pu intimider tout autre que l'amant de Lise. On y lisait clairement la confiance de la lutte, l'assurance du triomphe.

— Je suis heureux, monsieur Panafieu, de trouver un homme là où je ne croyais trouver qu'un agent ; j'accepte le combat, mais je vous avoue que je suis sans armes.

— J'ai ce qu'il faut, fit Panafieu.

Et, plongeant les deux mains dans ses poches, il en tira deux revolvers.

En voyant les deux armes chargées, André sentit un froid mortel lui courir le corps. Puis il eut un mouvement de tête invisible qui signifiait :

— Le niais ! il pouvait en finir... Et les sots croient toujours à la punition d'en haut !

Sur un signe de Panafieu, Ladèche et De Taille s'approchèrent. Lorsqu'ils furent près de lui, il dit en s'adressant à André :

— Nous allons nous battre à l'américaine. Vous avez six coups à tirer, moi j'ai six coups également. De Taille vous remettra l'arme là-bas, près du chemin. Vous savez que Vincent monte en ce moment, c'est vous dire que vous n'avez d'autre chance que les Échelles où je vais me placer ; nous pouvons marcher et tirer à volonté.

On juge de la stupéfaction de De Taille et de Ladèche. Ce dernier, au reste, exprima sa pensée en disant à son ami :

— Quand c'était si simple de le faire éternuer en lui déchargeant son revolver dans le nez. En voilà des gens qui ont des scrupules... Ça ne veut pas assassiner, malheur !

Aussitôt Panafieu donna le revolver à De Taille en lui disant :

— Tu le donneras à monsieur à l'entrée du sentier.

— Entendu !

André suivit De Taille, pendant que Panafieu retournait à l'entrée des Échelles. Ladèche caressait son couteau dans sa poche en disant :

— Moi, je me mets sur la première passerelle, et s'il fait l'affaire de mon imbécile, je lui montrerai un petit travail qui fera plaisir à M. Vincent ; il ne faut pas être ingrat ; ces gens-là nous ont fait notre bonheur. Je veux payer ça.

Arrivés à leur place, les deux adversaires firent descendre ceux qui les avaient accompagnés, et, sur le plateau, large de cinquante mètres environ à cet endroit, on ne vit plus, dans la nuit tombante, que les deux silhouettes de Panafieu et d'André.

Ce dernier fit vingt pas environ et tira deux coups sans atteindre son adversaire. Panafieu, accoté sur la rampe de l'échelle, ne bougea pas.

— Il est solide, murmura André.

Et il tira encore deux coups sans résultat.

Il courut et franchit l'espace de soixante mètres environ.

Panafieu abaissait son arme lentement et visait ; prompt comme l'éclair, André visa et tira en même temps que son adversaire ; le voyant toujours debout, il tira son dernier coup.

Il ressentit une douleur comme un coup de poing dans l'épaule, il regarda Panafieu. Celui-ci sacrait les plus affreux jurons, le second coup d'André lui avait brisé et enlevé son arme.

André, voyant son adversaire désarmé, saisit son revolver par le canon et se précipita sur lui...

En entendant les cris de colère de Panafieu, Ladèche reparut inquiet ; le voyant debout, l'arme brisée dans la main, il comprit et jeta dans l'air le coup de sifflet qui servait de signal ; De Taille accourut aussitôt.

Mais André s'était précipité si violemment sur Panafieu qu'il l'avait jeté par terre en lui assénant sur la tête un coup de crosse de son revolver. En voyant Ladèche, son couteau à la main, devant l'entrée des Échelles, qui disait :

— Si monsieur a besoin d'une saignée, il n'a qu'à descendre.

— Ce n'est plus un duel, c'est un assassinat ! s'écria André.

— Oh ! c'est pas ça qui me gêne, dit Ladèche calme. On ne sort pas avant que monsieur ne soit revenu à lui... Le coup de crosse n'est pas convenu.

— Allons ! il faut en finir ! hurla André.

Se jetant sur le malheureux Ladèche, il lui saisit le poignet qui tenait le couteau et levait le pistolet avec lequel il allait lui briser le crâne, lorsqu'il se sentit tout à coup soulevé de terre, et se trouva suspendu dans le vide par-dessus la rampe au-dessus de la cascade. Il entendit une voix qui disait :

— Puisque monsieur est pressé, je vais le faire descendre plus vite.

C'était De Taille qui, arrivant au secours de son ami, avait saisi le misérable par ses vêtements et le tenait suspendu au-dessus de l'abîme.

Ladèche, en voyant son ennemi à sa merci, dit en riant :

— Dites donc, jeune homme, vous avez une belle vue... On vous laisse le choix de la descente la tête en avant, si vous ne voulez pas vous abîmer les mains.

André, crispé, n'osant pas bouger, presque mort de frayeur, gémissait :

— Grâce ! grâce !

A ce moment, Panafieu, revenu du choc, se relevait, et voyant ce qui se passait, épouvanté, il cria :

— Malheureux ! qu'allez-vous faire ?

Un déchirement se fit entendre, suivi d'un blasphème. André disparut et De Taille roula sur la passerelle tenant dans ses mains les lambeaux du vêtement d'André, qui s'était déchiré.

Panafieu jeta un cri et resta atterré, pendant que Ladèche, après avoir aidé son ami De Taille à se relever, se penchait sur la rampe et ayant regardé dans l'abîme disait :

— Il est pilé !

Panafieu semblait stupéfié.

Lorsqu'André s'était précipité sur lui, qu'il lui avait porté le coup qui l'avait étourdi, il s'était senti perdu, et tout à coup, par un brusque changement, il se trouvait debout et son ennemi avait vécu.

A ce moment Vincent parut ; en voyant seulement la silhouette des trois hommes — car la nuit commençait à tomber — il courut, craignant qu'André ne se fût échappé encore une fois.

Il apprit, épouvanté, l'affreuse scène qui venait de se passer. Cependant il remercia le ciel qui ne l'avait point obligé par sa présence à empêcher le résultat, et il était surtout heureux que la mort d'André ne fût pas un crime, mais l'issue d'un cas de légitime défense.

De Taille vint vers Vincent et Panafieu, et leur montrant le côté de la redingote qui lui était resté dans la main, il dit :

— Le portefeuille est resté, et je crois que l'on ferait une vilaine action en le déposant chez le commissaire.

— Le portefeuille ? répéta Panafieu.

Il prit le morceau du vêtement et le sentit crier sous sa main comme s'il froissait du papier ; il n'y fit pas attention d'abord, et s'occupa du portefeuille ; il ne contenait que les quatre billets de mille francs que Vincent lui avait donnés à Guillon, des cartes de visite et un passeport au nom de Raoul Poulard de la Havertière.

— C'est très bien cela ; il faut jeter ce portefeuille dans le morceau d'habit sur son corps ; si demain l'on trouve le cadavre, la constatation de son identité nous sera utile.

— Mais, qu'est cela ? fit Panafieu, sans se préoccuper du portefeuille que De Taille, après l'avoir allégé des billets de banque, remettait dans la poche.

Panafieu tâtait la doublure qu'il avait froissée, et dit :

— On croirait que c'est une lettre.

— Voyez, fit aussitôt Vincent.

Panafieu déchira la doublure et en tira une large lettre sur l'enveloppe de laquelle il lut :

« Au Révérend Père dom Caliste, au couvent des Trappistes, à... »

Les deux hommes se regardèrent stupéfaits. Panafieu dit :

— Eh bien ! vous le voyez, nous étions joués encore une fois ; tout était perdu, nos recherches étaient sans résultats si ce lambeau d'étoffe n'était resté entre les mains de Pierre.

— C'était un bien grand misérable !

— Il avait convenu probablement avec le moine qu'il ne devait révéler sa confession que lorsqu'il recevrait cette lettre.

— Enfin, Dieu soit loué ! dit Vincent, maintenant tout est fini. Partons, car voici la nuit.

Impressionnés par le drame qui venait de se passer devant eux et par la nuit qui envahissait les hauteurs, les quatre hommes descendirent sans échanger une parole.

Ladèche seul, en jetant sur le corps d'André le morceau d'habit qui contenait le portefeuille, lui cria :

— Bonsoir, ma vieille ! à là-bas ! et le plus tard possible.

L'écho répéta la cynique plaisanterie du coquin.

Ils arrivèrent au petit jour à Saint-Maurice.

Après avoir convenu de ce qu'il restait à faire, Ladèche et De Taille reçurent de Vincent une forte somme, et il les congédia.

Panafieu leur demanda s'il les reverrait à Paris.

— Ah ! mais, jamais ! Ici nous sommes des hommes libres, pas de dossiers, pas de passé, l'avenir est à nous. *Ce pays* nous refait une virginité ; nous allons nous lancer dans la finance !

Vincent sourit, Panafieu éclata de rire.

— Je rejoins ma sœur, dit le premier, et nous retournerons en France demain ; à Paris dans une dizaine de jours ; seulement, d'ici-là, vous aurez fait le nécessaire.

— Comptez sur moi, dit Panafieu ; ce soir je verrai le moine et lui remettrai la lettre. Demain matin je serai à Paris.

Vincent les quitta. Arrivés au chemin de fer, Panafieu dit :

— Vous ne prenez donc pas vos billets pour Genève ?

— Monsieur Panafieu, le travail étant fini, ayant besoin de repos, nous allons prendre les eaux à Saxon, voir un peu ce que c'est que le trente-et-quarante.

Panafieu les abandonna pour monter en wagon, en disant :

— Eh mon Dieu ! qui sait ? Ces gens-là ont un peu d'argent maintenant ; ils peuvent penser à redevenir honnêtes.

Ladèche et De Taille, que la fortune ne rendait pas vaniteux, montèrent dans un wagon de troisième. Ladèche, installé le premier, dit à l'autre :

— Nous allons louer un magasin dans les environs de Genève, et nous ferons de la contrebande ; on dit que ça rapporte beaucoup... Et je crois, mon petit père, que si nous voulons, nous pourrons faire quelque chose ici.

— C'est convenu, nous nous associons.

— Après tout, quoi ! c'est le bien du peuple que nous cherchons, nous lui faisons avoir le tabac à meilleur marché !

ÉPILOGUE

Cinq mois après les événements que nous avons racontés, quatre hommes descendaient de voiture en face le restaurant Brébant ; ils se firent servir un copieux déjeuner. Ces quatre hommes étaient Panafieu, les deux frères Lebrun et le docteur Jobert.

Ils revenaient d'une triste et pénible cérémonie ; ils venaient d'inhumer, dans le caveau de famille, près de sa femme, le malheureux Cornille Lebrun, dont un jugement récent avait réhabilité la mémoire.

La justice avait. . . . .
. . . .
. . . .

Lorsqu'on fut à table, Vincent demanda :

— Savez-vous ce que sont devenus nos deux gaillards, Ladèche et De Taille ? Je vous le donne en mille. Ils ont fondé à Genève une maison insensée, et ils gagnent beaucoup d'argent ; ils donnent asile à tous les coquins qui peuvent échapper à nos tribunaux.

— Ce n'est pas ça qui peut les enrichir?

— Mais ils les emploient.

— A leur ancien métier?

— Non pas. Ils ont fondé ce qu'ils appellent l'*Agence de renseignements universels*, et c'est simplement un bureau de police internationale pour les particuliers. Ces hommes sont leurs agents. Ils m'ont offert leurs services!

On rit, et Jobert s'écria :

— Ah! que je vous raconte une chose singulière. J'ai trouvé, à Fontainebleau, une petite maisonnette sur la route, où l'on vend des grenouilles, des couleuvres, etc., tenue par le père Lipau. Il est maintenant le plus heureux des hommes, il a retrouvé sa femme et s'est remis avec elle. Vous savez bien, celle qu'il pleurait et qui l'avait, en le quittant, rendu ce qu'il était. Les mille francs qu'il a reçus lui permirent de s'établir là-bas; et retrouvant sa femme, à laquelle il a tout pardonné, il est le plus heureux des hommes, il a repris son vrai nom. Mais ce que je vous défie de deviner, c'est le nom de la femme... Nicette!... Nicette que j'ai revue là.

On juge de la stupéfaction de tous.

— Mais la malheureuse est bien changée, elle est un peu hébétée, c'est à peine si elle m'a reconnu.

— Et Eugénie Herval, demanda Vincent en s'adressant à Jobert, savez-vous ce qu'elle est devenue?

— Elle est avec un ténor, et joue en province.

— Allons, messieurs, ne parlons plus de cela, puisque heureusement tout est fini. Oublions... Je bois à vos santés!

— Pardon, fit Vincent. Je bois à la santé de Mme Panafieu, et à son heureuse délivrance.

— Vous êtes trop aimable.

On but.

Lise était devenue, depuis cinq mois, Mme Panafieu.

et Jobert et Marguerite devaient tenir l'enfant sur les fonts baptismaux.

Le déjeuner s'acheva gaiement, et lorsque les jeunes gens sortirent du restaurant, Panafieu, qui donnait le bras à Vincent, lui dit en montrant Jobert :

— Ce serait un bon consolateur pour Mme Marguerite.

Vincent sourit et dit :

— C'est au baptême que nous parlerons de ça.

FIN

TABLE DES MATIÈRES

PROLOGUE.

I. — Ce qui se passait sur la place de la
    Roquette une nuit de novembre......   1
II. — Le Champ de Navets.................   10
III. — Requiescat in pace   16
IV. — Trois frères........................   21
V. — Le testament........................   23
VI. — La bague...........................   27

PREMIÈRE PARTIE

LES BOUGES ET LES TRIPOTS DE PARIS.

I. — Le Chat enragé......................   32
II. — La jolie société.....................   42
III. — Où l'on voit que les petits coups de
    poing entretiennent l'amitié.........   49
IV. — Où il est prouvé que le bien vient en
    dormant...........................   51
V. — Vivent le jeu, les belles............   54
VI. — Les premiers plans.................   58
VII. — Le crime de l'avenue Friedland   63
VIII. — Où Panafieu est complètement de l'avis
    des deux frères....................   67
IX. — Où Panafieu commence à espérer   71

X. — Où l'on voit que l'habit ne fait pas... l'abbé 74

XI. — Premiers indices 79

XII. — La maison de l'avenue Friedland 86

XIII. — Un affreux mais curieux tableau 101

XIV. — Une petite conversation gaie au dessert 105

XV. — Deux lettres 115

XVI. — Chez la Balandier 125

XVII. — Où il est prouvé que Mme Nicette faisait un singulier métier 139

XVIII. — Roueries de Mme Nicette 142

XIX. — Aux Enfants de la lyre d'Orphée 148

XX. — De l'influence du soleil sur les choses et les gens 156

XXI. — Où Panafieu est prêt à croire qu'il n'est qu'un imbécile 162

XXII. — L'éternelle histoire 177

XXIII. — Préparatifs d'expédition 182

XXIV. — Où Panafieu ne comprend plus rien 192

DEUXIÈME PARTIE

UN SOUVENIR DE FAMILLE.

I. — Dieu bénit les grandes familles 212

II. — Les petits moyens de Panafieu pour entretenir la foi du serment chez Mlle Lise 234

III. — Près d'atteindre le but. 242

IV. — Un monsieur qu'on aimerait à avoir pour ami 247

V. — Ce qui fut cause d'une grande détermination 251

VI. — Comment Ladèche se trouve transformé en garde-malade 258

VII. — La dame aux violettes 274

VIII. — Où Panafieu se venge agréablement ... 299

TABLE. 657

IX.	— Où il est question d'une personne qui se montrait au lever du jour dans un singulier costume	311
X.	— Une singulière histoire	322
XI.	— Ce qui se passait par une belle nuit dans le nouveau Paris	334
XII.	— Petits et grands chagrins d'amour	344
XIII.	— Une histoire d'enfant	350
XIV.	— Où Panafieu est absolument sur la voie	356
XV.	— Où Panafieu regrette d'avoir enlevé un homme	364
XVI.	— Du danger de laisser traîner des lettres et des bijoux	375
XVII.	— Les petits moyens de Panafieu	384
XVIII.	— La veuve d'un vivant	400

TROISIÈME PARTIE

LES CRÉANCIERS DE L'ÉCHAFAUD.

I.	— Où l'on annonce la mort d'un homme qui se porte bien	410
II.	— Un souvenir de l'insurrection de juin 1848	413
III.	— Ce qui prouve qu'on peut être enterré comme un prince après avoir vécu en pauvre	422
IV.	— Où nous montrons au lecteur un nouveau type, qui est déjà pour lui une ancienne connaissance	443
V.	— Un moyen agréable de faire parler les femmes	445
VI.	— Où Panafieu sait enfin ce qu'était l'abbé Poulard	454
VII.	— Où le lecteur, sachant ce qu'était l'abbé Poulard, va connaître André Berry	481
VIII.	— Où Panafieu n'est pas certain d'avoir toute sa raison	496
IX.	— Une lettre, un couvent, un mystère	509

DE LA

FRANCE ILLUSTRÉE

PAR

V.-A. MALTE-BRUN ✳✠❀

Secrétaire général honoraire et ancien Président de la Commission
centrale ou Conseil de la Société de Géographie de Paris

avec la collaboration

d'éminents Professeurs, d'après les documents
officiels les plus récents

ILLUSTRATIONS

PAR LES PREMIERS ARTISTES

CARTES & PLANS

dressés avec les plus grands soins

Sous la direction de **V.-A. MALTE-BRUN**

NOTICE EXPLICATIVE

PARIS

JULES ROUFF, ÉDITEUR

14, CLOITRE SAINT-HONORÉ, 14

La nouvelle **France Illustrée** se trouve chez tous les libraires

MODE DE PUBLICATION

L'ouvrage paraît

En Livraisons Illustrées à 15 centimes

le lundi et le jeudi de chaque semaine.
La SÉRIE, c'est-à-dire un département,
avec une *Carte coloriée :* **75** centimes,
le 1er et le 15 de chaque mois.
Quelques départements forment deux séries.

L'Ouvrage complet
formera 5 volumes in-4°, dont un pour l'Atlas

SE TROUVE :

Chez tous les Libraires et Marchands
de Journaux

SOUSCRIPTION PERMANENTE.

L'Ouvrage sera complet, avec les cartes coloriées,
en **100** séries ou **4** volumes in-4° de **800** pages
et un Atlas de **100** cartes.

La quatrième livraison de chaque série renferme hors
texte **une belle carte coloriée**, et la livraison sera
vendue **30** centimes. C'est une prime que nous
offrons à nos **50,000** premiers souscripteurs.
Pendant le cours de la publication la carte seule
sera vendue **30** centimes.
L'ouvrage terminé, la carte sera vendue séparément
50 centimes.

Jules ROUFF, Éditeur,

14, CLOITRE SAINT-HONORÉ, A PARIS.

NOTICE

FRANCE ILLUSTRÉE

Un des désirs les plus légitimes de l'homme est de connaître la terre qu'il habite, en particulier le pays qui l'a vu naître. Ce désir est devenu pour l'homme moderne une nécessité impérieuse. L'étude de la géographie répond à ce besoin, satisfait à cette heureuse et féconde curiosité.

Nous n'avons pas l'intention de remonter ici aux origines de cette science si attrayante, et ce n'est pas le lieu d'énumérer les innombrables services qu'elle a rendus et qu'elle rend encore tous les jours.

Contentons-nous de faire remarquer que, chez nous, après avoir été trop longtemps négligée, elle commence à prendre la place d'honneur et à occuper dans les préoccupations publiques le rang élevé qu'elle mérite. On comprend de plus en plus et de mieux en mieux son incontestable utilité. Les esprits se sont éveillés, et, regrettant enfin sa longue indifférence à cet égard, le public se tourne avidement vers les études géographiques.

Un des premiers initiateurs à ces études dans notre pays, celui qui en a été le plus habile vulgarisateur et qui en est resté le maître le plus populaire, c'est sans conteste CONRAD MALTE-BRUN, qui, dès 1803, apportait une collaboration active à la *Géographie mathématique, physique et politique de toutes les parties du monde* et commençait, en 1810, son *Précis de géographie universelle*.

M. VICTOR-ADOLPHE MALTE-BRUN, son fils, suivant la carrière que lui avait tracée son illustre père, a mérité de lui succéder dans l'estime des savants et des érudits. Il a donné à la jeunesse et à la nation plusieurs ouvrages appréciés. Parmi ceux-ci, il convient de distinguer la *France illustrée* (1852-1855).

La *France illustrée* est le premier et le seul ouvrage de ce genre qui ait été conçu et exécuté sur un plan aussi clair aussi attrayant et aussi complet. Cet ouvrage avait été accueilli avec faveur par le public, car il s'en est vendu jusqu'à ce jour plus de cent mille exemplaires.

Mais, en géographie comme en toute autre chose, — en géographie surtout, — les livres vieillissent vite.

Un intelligent éditeur de Paris, M. Jules Rouff, l'a compris. Se rendant bien compte du courant qui entraîne les esprits, partageant lui-même cette soif de savoir qui s'est emparée des masses, cette saine curiosité qui nous porte à connaître *à fond* notre pays et toutes ses ressources, il n'a pas hésité à entreprendre de remanier et de refondre la *France illustrée* sur le plan primitif, mais en mettant à profit les documents les plus récents et les plus sûrs.

M. V.-A. MALTE-BRUN a bien voulu se charger de cet immense travail, auquel il consacre depuis plusieurs années une notable partie de son temps.

La nouvelle *France illustrée*, en effet, avec ses annexes nécessaires (l'Algérie et les colonies françaises dans les diverses parties du monde), n'est pas une réimpression ni même une édition revue et corrigée, — suivant la formule consacrée. A proprement parler, c'est un ouvrage nouveau. La partie historique seule n'a subi que d'insignifiantes modifications, tout au moins pour ce qui regarde les événements antérieurs à 1852; car les faits dignes d'être notés qui se sont produits depuis cette époque ont été soigneusement relevés et consignés.

Pour que le lecteur puisse se rendre un compte à peu près exact de l'importance et de l'utilité de cet ouvrage, il est nécessaire que nous entrions dans quelques détails.

La *France illustrée* est le tableau actuel et vivant de notre patrie; c'est la description détaillée et complète, à tous les points de vue, des départements qui forment le territoire de la République française, et, à ce titre, c'est, si nous osons le dire, une œuvre d'utilité publique, une œuvre nationale et patriotique.

Chaque département, divisé en cinq livraisons au minimum, comprend trente-deux pages de texte; trois gravures dans le texte et une hors texte, représentant les vues des villes et des monuments les plus remarquables ou des faits historiques, des scènes empruntées aux mœurs et aux coutumes des habitants, ou à leurs travaux habituels, éclairent et illustrent le texte.

La cinquième livraison est consacrée à la carte coloriée du département. La teinte est différente pour chaque arrondissement.

Nous avons donc à considérer dans cette publication : le *texte*, les *illustrations*, les *cartes*.

I. Texte. — Comme nous l'avons dit, chaque département comprend le plus souvent trente-deux pages de texte et de gravures. Quelques départements très importants, la Seine, Seine-et-Oise, la Seine-Inférieure, le Rhône, les Bouches-du-Rhône, la Gironde, la Côte-d'Or, l'Eure, par exemple, exigent de plus amples développements et demandent un texte double et même triple.

Le texte est partagé en cinq divisions principales:

Description physique et géographique;
Histoire du département;
Histoire et description des villes, bourgs
**   et châteaux les plus remarquables;**
Statistique;
Bibliographie.

1º DESCRIPTION PHYSIQUE ET GÉOGRAPHIQUE. — Sous cette rubrique sont traitées les matières suivantes :

    Situation, limites;
    Nature du sol, montagnes et vallées;
    Hydrographie; Fleuves, rivières, etc., etc.;
    Voies de communication;
    Climat;
    Productions naturelles;
    Industrie agricole, manufacturière
      et commerciale;
    Division politique administrative, judiciaire
      et militaire.

Un soin tout particulier a été apporté à l'énumération et au classement des voies de communication. Les lignes de chemin de fer qui traversent le département ont spécialement attiré l'attention; la distance kilométrique du chef-lieu du département à Paris est indiquée. Les routes nationales et départementales et la longueur de leur parcours sont mentionnées.

Sous le titre PRODUCTIONS NATURELLES, on a passé en revue toutes les richesses que produit le sol du département :

    Productions minérales, eaux minérales;
    Récoltes en céréales, en vins, etc.;
    Arbres fruitiers, forêts;

Animaux domestiques, animaux sauvages, gibier à plume ou à poil.

Les détails les plus circonstanciés, puisés aux sources les plus sûres et tirés des documents les plus récents, sont condensés sous la rubrique *Industrie agricole, manufacturière et commerciale.*

Nous en dirons autant pour ce qui concerne la *Division politique et administrative*, qui, dans ces dernières années, a subi pour certains départements de notables changements. On y trouve les renseignements suivants : nombre d'arrondissements ; désignation de la région à laquelle appartient le département; sa situation au point de vue religieux, judiciaire, universitaire, militaire (corps d'armée, réserve, armée territoriale, gendarmerie), minéralogique, forestier et financier.

Les tableaux statistiques placés à la fin de chaque département complètent ces renseignements généraux par des chiffres scrupuleusement exacts.

2° HISTOIRE DU DÉPARTEMENT.— Cette histoire comprend les événements dignes d'intérêt qui se sont passés depuis l'époque romaine jusqu'à nos jours. Elle a été rédigée, pour chaque département, sur les documents locaux et résumée d'après les ouvrages de nos historiens les plus illustres : Guizot, Michelet, Henri Martin, Augustin Thierry, Vaulabelle, Thiers, etc. Les personnages célèbres nés dans le département sont rappelés. Les faits récents y sont sommairement racontés, notamment ceux qui ont trait à la guerre franco-allemande de 1870-1871. Les pertes éprouvées par chaque département envahi sont notées.

3° HISTOIRE ET DESCRIPTION DES VILLES, BOURGS ET CHATEAUX LES PLUS REMARQUABLES. — Le titre même de cette division indique suffisamment le sujet qui y est abordé.

Mais ce qu'il ne peut dire, c'est l'intérêt général du récit, l'exactitude des descriptions, le soin minutieux avec lequel sont données les indications relatives à la situation, au chiffre de la population, aux curiosités locales naturelles ou artistiques, aux stations de chemin de fer, à l'industrie et au commerce; en un mot, tout ce qui peut instruire et renseigner, et même amuser le lecteur, se rencontre dans la Description des villes, bourgs et châteaux. Les villes d'eaux, les stations maritimes balnéaires, etc., etc., y trouvent naturellement leur place.

4° STATISTIQUE. — Ce titre comprend trois statistiques différentes :

La statistique générale;
La statistique communale;
La statistique morale;

La STATISTIQUE GÉNÉRALE donne le rang du département au point de vue de la superficie, de la population et de la densité de celle-ci. Elle indique :

La superficie du département en kilomètres carrés et en hectares;
Le chiffre total de la population;
Le chiffre total suivant les sexes;
Le nombre des arrondissements, celui des cantons et des communes;
Le chiffre du revenu territorial et celui des contributions et revenus publics;

La STATISTIQUE COMMUNALE forme plusieurs tableaux qui comprennent :

Les divers arrondissements du département, avec le nom de chaque canton et le chiffre de sa population;
Le nom de chaque commune et le chiffre de sa population; la distance de chacune d'elles au chef-lieu d'arrondissement.

Ces tableaux sont la reproduction intégrale de ceux qui sont publiés par le ministère de l'intérieur. Ils donnent de plus que ces derniers les distances au chef-lieu d'arrondissement.

La STATISTIQUE MORALE constitue un tableau très intéressant. Ce tableau comprend, pour chaque département :

La religion (nombre des catholiques, des protestants, des israélites; clergés des différents cultes) ·

Le mouvement de la population (naissances, mariages, décès, durée moyenne de la vie);

Instruction (nombre de jeunes gens sachant lire, écrire et compter, sur 100 jeunes gens maintenus sur les listes de tirage; nombre des établissements d'enseignement secondaire; nombre des écoles primaires, publiques ou libres);

Crimes contre les personnes : cours d'assises (rapport du nombre des accusés au chiffre de la population; nombre total des accusés);

Infanticides (rapport du nombre des infanticides à celui des enfants naturels ; nombre total des infanticides);

Suicides (rapport du nombre des suicides au chiffre de la population ; nombre total des suicides) ;

Crimes contre les propriétés (rapport du nombre des accusés au chiffre de la population ; nombre total des accusés) ;

Tribunaux correctionnels (nombre des affaires, nombre des prévenus, nombre des condamnés);

Procès (nombre des affaires civiles, nombre des affaires commerciales, nombre des faillites);

Paupérisme (rapport des indigents au chiffre de la population, nombre total des indigents ; bureaux de bienfaisance, hôpitaux, hospices; nombre des aliénés à la charge du département ; sociétés de secours mutuels);

Enfin :

Contributions directes (foncière, personnelle et mobilière, portes et fenêtres).

En outre, le **rang** du département par rapport aux autres est donné pour chacune de ces rubriques (la religion exceptée); il l'est à trois points de vue différents pour l'instruction. Des chiffres en caractères gras inscrits dans chacune des trois petites colonnes du tableau indiquent ce rang relativement à la mention devant laquelle ils sont placés. De nombreuses notes accompagnent, éclairent et complètent ce tableau. Elles sont relatives aux diocèses : nombre de curés, de succursales et de vicariats, de congrégations et communautés religieuses d'hommes et de femmes. Par rapport à l'instruction, elles indiquent le nombre et le siège des Facultés, écoles préparatoires, écoles pour l'enseignement supérieur; lycées, collèges, établissements libres, pour l'enseignement secondaire; écoles normales primaires d'instituteurs et d'institutrices, cours normaux, etc. Au point de vue judiciaire, on y trouve l'indication de la cour d'appel à laquelle ressortit le département, le nom des villes où siègent les cours d'assises, les tribunaux de première instance, les tribunaux de commerce et les conseils de prud'hommes. Au point de vue financier, le nombre des percepteurs, des receveurs particuliers et le siège du trésorier-payeur général sont consignés.

Cette STATISTIQUE MORALE, dressée avec des précautions minutieuses d'après les documents officiels émanés des ministères de la justice, de l'intérieur, de l'instruction publique, de l'agriculture et du commerce, n'existe dans aucune autre publication. Elle a exigé des recherches considérables. Elle se distingue en particulier par le classement de chaque département auquel un *rang*, nous l'avons dit plus haut, est attribué pour dix rubriques différentes.

5° BIBLIOGRAPHIE. — La bibliographie n'a pas été traitée avec moins d'attention. Elle donne la liste d'un nombre considérable d'ouvrages relatifs au département, publiés depuis la découverte de l'imprimerie jusqu'à nos jours : documents généraux, documents locaux, mémoires, annuaires et cartes. Elle permettra à ceux qui voudraient approfondir l'histoire des localités qui les intéressent de diriger à coup sûr leurs recherches.

II. **Illustrations.** — Les dessins, qui représentent des vues de villes, de châteaux ou autres monuments historiques, ou qui ont pour sujet des faits puisés dans les annales du département, les mœurs ou les coutumes des habitants, ont été confiés aux artistes les plus en renom de notre époque et gravés avec la perfection qu'a atteinte aujourd'hui la gravure sur bois.

Une série, c'est-à-dire un département, renferme une grande gravure hors texte qui donne la vue de la localité principale ; d'autres gravures sont consacrées aux lieux les plus remarquables.

III. **Cartes.** — Les cartes, *entièrement refaites*, sont dressées sous la direction spéciale de M. Malte-Brun, d'après les relevés les plus récents ; nous n'avons pas besoin d'ajouter qu'elles sont scrupuleusement exactes. Il suffira de les comparer à celles de l'ancienne édition de la *France illustrée* pour se convaincre de leur importance et des améliorations qui y ont été apportées. N'oublions pas de dire que toutes les voies de communication : chemins de fer, routes nationales, départementales, grands chemins vicinaux, canaux, y sont soigneusement indiqués.

L'exécution matérielle n'est point indifférente quand il s'agit d'ouvrages du genre de la *France illustrée*. Aussi rien n'a été négligé à cet égard : l'impression a été confiée à la maison V⁰ P. Larousse et Cie, qui s'est rendue si justement célèbre par l'édition monumentale du *Grand Dictionnaire universel du XIXe siècle*. La correction a été l'objet des plus grands soins; le texte, les illustrations, dues à nos premiers maîtres, sont dignes de ce grand ouvrage; les cartes, tirées et coloriées d'après les procédés les plus nouveaux et les plus perfectionnés, présentent une clarté rare, qui en rend la lecture facile à tous. L'ensemble, en un mot, répond pleinement au but, à l'utilité incontestable et à l'importance capitale de la publication.

On peut donc le dire sans crainte d'être contredit : la nouvelle

FRANCE ILLUSTRÉE

doit se trouver dans toutes les mains ; car

**c'est un livre d'étude et de bibliothèque,
de renseignement et d'instruction.**

On le rencontrera dans le cabinet du savant, dans le bureau du chef d'industrie, sur la table de l'instituteur, du professeur, du fonctionnaire public, de l'officier ministériel, du commerçant, de l'agriculteur, du soldat, aussi bien qu'entre les mains du curieux ou dans le salon de l'homme du monde, à l'atelier comme à la ferme.